Das Zentrum der Existenz jedes Menschen ist ein Traum.
G. K. Chesterton

STEPHEN LAWHEAD

DER TRAUMDIEB

ROMAN

Aus dem Englischen von Christian Rendel

Brendow Buch Kunst Verlag

Für Harold

Die Deutsche Bibliothek – CIP-Einheitsaufnahme

Lawhead, Stephen:
Der Traumdieb : Roman / Stephen Lawhead. [Aus dem Engl.
von Christian Rendel]. – Moers : Brendow, 1992
Einheitssacht.: Dream thief <dt.>
ISBN 3-87067-476-8

ISBN 3-87067-476-8
Edition C, Reihe C 362

First edition published by Crossway Books under the title *Dream Thief.*
Aus dem Englischen von Christian Rendel
Einbandgestaltung: Kommunikationsdesign Heidenreich, Haltern am See
Grafik: Thomas Georg
Gesamtherstellung: Ebner Ulm
Printed in Germany

Erster Teil

GOTHAM

Erstes Kapitel

Der Mann schläft. Die dicht gedrängte Masse von Nerven und Sehnen ruht entspannt auf dem Bett; äußerlich ist keine Bewegung zu bemerken. Innerlich summt das Gehirn vor unwillkürlicher Aktivität. Eine Instandhaltungsabteilung überwacht ständig die inneren Aktivitäten des Mannes über einen riesigen Kabelbaum aus Nerven.

Im Ruhezustand ist das Netzwerk dunkel. Momentan aufflakkernde elektrische Impulse schießen ihre Botschaften auf den Nervenbahnen hin und her. In den Randbereichen verbinden sich diese einzelnen Lichtperlen miteinander und beginnen ihre Reise die Wirbelsäule empor wie mitternächtliche Züge, die der Stadt entgegenrollen. Schließlich kommen sie an und schicken ihre Impulse in die verschlungenen Schaltkreise des Gehirns, wo jeder Blitz kurz zur Kenntnis genommen wird und dann erlischt. Von diesen momentanen Stecknadelkopfblitzen abgesehen ist das System dunkel und still.

Allmählich nimmt die Aktivität der Funken zu; mehr Botschaften gehen ein und durchfluten die Schaltkreise. Die Leitungen beginnen zu summen und vor Energie zu leuchten. Lichtimpulse jagen ihren Zielen tief im Innern des Labyrinths entgegen und erleuchten ihren Weg. Bald erstrahlt das eben noch verdunkelte Geflecht vor Licht – es knistert, pulsiert, bebt vor Elektrizität. Der Mann erwacht.

Wieder war Spence von den Träumen heimgesucht worden. Er spürte, wie sie noch an ihm hingen wie ein undeutlich erinnertes Flüstern. Auf eine vage Art und Weise wirkten sie beunruhigend auf ihn. Nichts, worauf er seinen Finger hätte legen können – ein Spuk. Das Wort schien zu passen. Er fühlte sich wie in einem Spuk.

Nachdem er nun neun Wochen mit seinem Projekt zugebracht hatte, war er sich nicht mehr so sicher, daß er es auch zu Ende bringen wollte. Ein merkwürdiger Gedanke. Beinahe drei Jahre lang hatte er für nichts anderes gearbeitet als für die Chance, seine Theorien im angesehensten Forschungszentrum der Welt zu testen: in dem die Erde umkreisenden Weltraumlaboratorium GM. Allein um den Förderungsantrag zu verfassen, hatte er ein Jahr gebraucht. Und jetzt war er hier; trotz beträchtlicher Widerstände war sein Projekt ausgewählt worden. Wenn er jetzt aufgab, war das beruflicher Selbstmord.

Vorsichtig erhob Spence seinen Kopf vom Kissen. Er nahm die Meßhaube ab – einen dünnen Plastikhelm mit unzähligen Nervensensoren – und hängte sie an ihren Haken über der Couch. Er fragte sich, wie wohl die Messungen dieser Nacht gelaufen waren, aber er merkte, daß er sich im Grunde immer weniger dafür interessierte. Als er mit dem Projekt begonnen hatte, war es stets sein erster Gedanke gewesen, sobald er aufwachte, in den Kontrollraum zu rennen und sich die Aufzeichnungen anzusehen. Jetzt machte er sich die Mühe nur noch selten, obwohl er immer noch gelegentlich Neugier verspürte. Er zuckte die Achseln und schlurfte in die winzige Sanitärkabine, um mit seiner Morgenroutine zu beginnen.

Er verließ sein Quartier und eilte in die Kantine, ohne im Kontrollraum haltzumachen. *Ich schaue später hinein*, dachte er ohne große Überzeugung. Er ging den Achsentunnel entlang und reihte sich in den fließenden Verkehr ein. Das Leben in einer Raumstation, selbst in einer so riesigen wie GM – oder Gotham, wie sie von denen genannte wurde, die sie als ihr Zuhause ansahen – begann seine Spuren an ihm zu hinterlassen. Er ließ seinen Blick über seine Kollegen und die glattgeschrubbten Gesichter der studierenden Kadetten wandern und machte sich klar, daß er hier mit den brillantesten Geistern aller Planeten zusammen war. Doch während er zusah, wie die Kadetten stumm hintereinander in der Von-Braun-Halle verschwanden, dachte er: *Es muß doch noch mehr geben.* Wissen machte doch angeblich frei, oder? Spence fühlte sich nicht sonderlich frei.

Plötzlich verspürte er einen Drang, sich unter den eifrigen Studenten zu verlieren, und ließ sich mit in den Hörsaal schieben. Als der Strom zum Stillstand kam, ließ er sich in einen der gepolsterten Sessel fallen. Die Deckenbeleuchtung verdunkelte sich, und am Sitz unmittelbar vor ihm hob sich die Abdeckung von dem automatischen Aufzeichner. Geistesabwesend legte er einen Schalter an der Armlehne seines Stuhls um, der die Abdeckung wieder zurück in ihre Verankerung gleiten ließ. Anders als alle anderen um ihn her hatte Spence nicht die Absicht, sich Notizen zu machen.

Er drehte den Kopf nach links und stellte erschrocken fest, daß er neben einem Skelett saß. Die eingesunkenen Augen des Skeletts blinzelten ihm hell entgegen, und die dünne Haut seines Gesichts spannte sich zu einer Grimasse. Bei jedem anderen hätte es wie ein herzliches Lächeln ausgesehen.

„Mein Name ist Hocking", sagte die Erscheinung.

„Ich heiße Reston." Spence fuhr sich mit der Zunge über die trockenen Lippen und versuchte, den anderen nicht anzustarren.

Hockings Körper war erbärmlich dünn. Die Knochen standen in spitzen Winkeln hervor, und der Kopf wackelte unsicher auf dem zu dünnen Hals. *Warum liegt dieser Mann nicht irgendwo in einem Krankenhausbett?* fragte sich Spence. Er sah zu schwach aus, um auch nur die Vorlesung durchzustehen.

Hocking ruhte in der Hi-Tech-Bequemlichkeit eines Pneumostuhls; sein Körper, der kaum mehr als sechsunddreißig Kilo wiegen konnte, versank in den stützenden Kissen. Er sah aus wie eine Mumie in einem Sarkophag. Ein dünnes Bündel von Drähten trat aus Hockings Schädelbasis hervor und verschwand in der Kopfplatte des Stuhls. *Offenbar hirngesteuert*, überlegte Spence; wahrscheinlich überwachte der Stuhl gleichzeitig die Lebensfunktionen seines Insassen.

„Zu welchem Level gehören Sie?" hörte sich Spence fragen. Es war eine automatische Frage, mit der jedes Gespräch zwischen Einwohnern Gothams eröffnet wurde.

„A-Level. Sektor eins." Hocking blinzelte. Spence war sofort beeindruckt. Er hatte noch nie von jemandem gehört, der diese Einstufung erreicht hatte. Die meisten Leute sahen sie lediglich als eine theoretische Möglichkeit an. „Und Sie?“ Hocking nickte leicht in seine Richtung. Spence zögerte. Normalerweise wäre er stolz gewesen, seine Einstufung zu nennen, doch jetzt war es ihm nur peinlich.

„Oh, ich bin C-Level“, sagte er und beließ es dabei. Spence wußte, daß die meisten seiner Landsleute nie über die unteren Sektoren des E-Levels hinauskamen. Selbst diejenigen, die auf Raumstationen forschen durften, gehörten größtenteils dem D-Level an – wenn auch nicht niedriger als Sektor zwei.

Spence merkte, daß er den anderen schon wieder anstarrte. Hocking rutschte unbeholfen in seinem Stuhl herum. Es lag auf der Hand, daß er an irgendeiner neurologischen Muskelerkrankung litt – er besaß überhaupt keine Kontrolle über seine Muskeln, oder zumindest nur sehr wenig. „Tut mir leid“, sagte Spence endlich. „Es ist nur, daß ich noch nie einem A-Level begegnet bin. Sie müssen sehr stolz darauf sein.“ Er wußte, daß es idiotisch klang, aber die Worte waren bereits heraus.

„Es hat seine Vorteile“, antwortete Hocking. Er setzte wieder seine Grimasse auf. „*Ich* habe auch noch nicht viele C's getroffen.“

Es war unmöglich für Spence, festzustellen, ob das Skelett einen Witz machte oder nicht. Klar, C's waren eine Seltenheit, und B's gab es so gut wie überhaupt nicht, aber auf Gotham war beides reichlich vorhanden. Bevor er weiter darüber nachdenken konnte, sprach Hocking wieder.

„Was ist Ihr Spezialgebiet, Reston?“

„Ich schlafe“, sagte Spence sarkastisch.

„Und träumen Sie auch?“

Spence zuckte zusammen bei dem Gedanken, dieses Gespenst könnte etwas von seinem speziellen Problem wissen. Gleichzeitig fiel ihm auf, daß Hockings Stimme nicht aus seinem Kehlkopf kam, sondern aus einer Quelle zu beiden Seiten seines Kopfes. Der Stuhl verstärkte seine Stimme, während er sprach. Das gab Hockings Worten eine unheimliche Färbung, da sich seine natürliche und die verstärkte Stimme etwas überlappten und Spence den Eindruck vermittelten, als spreche Hocking im Duett mit sich selbst. Hocking bemerkte seinen Blick, und seine Stimme wurde automatisch etwas leiser. Er brauchte nur zu denken, und schon passierte, was er wollte. Spence, der noch nie eines dieser seltenen und teuren biorobotischen Geräte zu Gesicht bekommen hatte, fragte sich, was der Stuhl sonst noch alles konnte.

Die Vorlesung begann und endete wie jede andere Vorlesung auch. Spence behielt nichts davon in Erinnerung, außer daß er die ganze Zeit über das Gefühl hatte, daß die Person, die neben ihm saß, ihn beobachtete, ihn abschätzte, ihn zu irgendeinem unbekannten Zweck zu taxieren versuchte. Spence rutschte unbehaglich in seinem Sessel hin und her.

Als die Vorlesung endlich zu Ende war, stand er auf und wandte sich zu Hocking, um ihm zu sagen, daß man sich ja sicherlich wieder begegnen werde. In einer die Erde umkreisenden Universität, wie riesig sie auch sein mochte, lief man immer wieder denselben Leuten in die Arme. Doch als er sich umdrehte, war Hocking bereits weg. Er glaubte, die Rückseite des weißen, eiförmigen Stuhls in der Menschenflut zu entdecken, die aus den Türen des Hörsaals strömte, aber er war sich nicht sicher.

Gemächlich wanderte Spence zu der nahegelegenen Kantine hinüber. Praktischerweise war auf jeder Ebene der Station eine eingerichtet worden, da Wissenschaftler es nun einmal hassen, mehr als ein paar Schritte zu ihrem Kaffee zurücklegen zu müssen. Er reihte sich in die kurze Schlange ein und nahm sich eines der runden, blauen Tabletts und einen dazu passenden Plastikbecher.

Er glitt in eine Nische auf der anderen Seite des Kantinenbereichs und setzte seiner schwarzen Flüssigkeit eine reichliche Dosis Süßstoff zu. Seine Gedanken wanderten zurück zu dem Tag, als er die Erde verlassen hatte. Er sah noch vor sich, wie ihn sein Vater durch Tränen hindurch angestrahlt hatte, und konnte noch den sanften Zitrusduft von Orangen in der Luft riechen. Sie hatten an einem Tisch unter einem Orangenbaum gesessen, im Hof des Besucherzentrums der GM-Bodenstation.

„Sei einfach locker und verkrampf dich nicht", hatte sein Vater gesagt. „Dann fällst du auch nicht um. Vergiß nicht ..."

„Ich vergesse es schon nicht. Ich muß die Fähre ja nicht fliegen, weißt du. Außerdem ist es nicht mehr so wie früher."

„Ich wünschte, Mutter könnte dich sehen. Sie wäre so stolz."

„Ich weiß, Dad. Ich weiß."

„Meinst du, du könntest ab und zu mal schreiben? Ich weiß, ich verstehe nicht viel von dem, was du machst – von deinen Forschungen und so – aber ich wüßte gern, wie es dir geht. Du bist jetzt alles, was ich habe ..."

„Die Auswirkungen langer Aufenthalte im Weltraum auf die Gehirnfunktionen und das Schlafverhalten. Ich gehöre zum LTST-Projekt. Habe ich dir schon mal erzählt. Ich werde schon klarkommen – das ist ja eine richtige kleine Stadt da oben. Und du hast ja noch Kate. Sie bleibt hier."

„Du und Kate. Das ist alles."

„Ich werde versuchen zu schreiben, aber du weißt ja, wie ich bin."

„Nur ab und zu eine Zeile, damit ich weiß, wie es dir geht."

Ein Lautsprecher, der in den Zweigen des Baumes verborgen war, begann zu krächzen: „Die Passagiere für die GM-Fähre Colossus können jetzt an Bord gehen. Bitte begeben Sie sich zum Einstiegsbereich."

Die beiden Männer sahen sich an. In diesem Moment sah Spence die Tränen in den Augen seines Vaters. „Hey, ich werde dich auch vermissen, Dad", sagte er mit flacher und unnatürlicher Stimme. „In zehn Monaten bin ich wieder da, und dann werde ich dir alles erzählen."

„Mach's gut, mein Sohn", sagte sein Vater heiser. Zwei feuchte Linien glänzten auf seinem Gesicht. Sie umarmten sich unbeholfen, und Spence ging davon.

Spence sah immer noch die Tränen und seinen Vater, wie er in Hemdsärmeln unter dem Orangenbaum stand, alt, erschüttert und allein.

Eine ungebrochene Landschaft sanft wogender Hügel erstreckte sich, so weit Spence sehen konnte. Es waren sanfte Hügel zu Beginn des Frühjahrs; die Luft hatte noch eine rauhe Kühle unter dem grau verhangenen Himmel. Als Silhouetten in der Ferne konnte Spence Menschen erkennen, die sich zwischen den Hügeln bewegten, beladen mit schweren Lasten.

Die Leute waren alt – Männer und Frauen, die zusammen arbeiteten, Bauern, in Lumpen gekleidet. Sie trugen keine Schuhe, wenn auch einige von ihnen sich mit Stroh gefüllte Fetzen um die Füße gewickelt hatten, um die Kälte abzuhalten. In ihren langen, knochigen Händen trugen die Bauern mit Steinen gefüllte Reisigkörbe. Jene mit vollen Körben gingen unbewegt auf einen Feldweg zu, in einer Reihe, ihre Lasten auf den Schultern. Die Körbe waren offensichtlich schwer; einige der Bauern beugten sich unter dem Gewicht.

Spence wurde überwältigt von Mitleid für diese unglücklichen Leute. Er wandte sich zu denen, die in seiner Nähe arbeiteten und Steine aus der Erde zogen. Die Steine waren weiß wie Pilze und groß wie Brotlaibe. Spence bückte sich, um einer ächzenden alten Frau zu helfen, ihre schwere Last zu heben. Er beschwor sie, sich auszuruhen, aber sie hörte nicht auf ihn. Die Frau schaute ihn weder an, noch gab sie in irgendeiner anderen Weise zu erkennen, daß sie ihn gehört hatte.

Er lief von einem zum anderen und versuchte, ihnen zu helfen, doch immer mit demselben Ergebnis – niemand schien ihn auch nur zu bemerken.

Spence setzte sich nieder und brütete über seiner Hilflosigkeit. Die Luft war totenstill, bemerkte er jetzt, und als er aufblickte, waren alle Bauern fort. Sie hatten das Feld verlassen und gingen den Weg entlang. Er war ganz allein. Plötzlich spürte er ein Zittern in der Erde, und zu seinen Füßen quoll langsam ein weißer Stein aus dem Boden empor. Als er sich umblickte, sah er weitere Steine aus der Erde hervorbrechen wie kleine Vulkane. Spence bekam es mit der Angst zu tun und rannte über das Feld los, um die letzte der entschwindenden Gestalten einzuholen.

Als er die Bauern erreichte, standen sie auf der Uferböschung eines Flusses, dessen dunkles, schlammiges Wasser unter ihnen entlangwirbelte. Die Arbeiter warfen die Steine ins Wasser. Atemlos lief er herzu, gerade rechtzeitig, um zu sehen, wie die letzten der Bauern ihre Körbe entleerten. Zu seinem Entsetzen sah er, daß die Körbe nun keine Steine mehr enthielten, sondern Köpfe. Er trat näher heran, als die letzten Köpfe ins Wasser rollten. Voll faszinierten Grauens erkannte er Hocking und Tickler, und dann, mit eiskaltem Schrecken, sich selbst.

„Träumen Sie, Spencer?"

„Ja."

„Ist es derselbe Traum? Derselbe wie zuvor?"

„Ja. Aber jetzt ist er vorbei."

„Sie können noch ein wenig schlafen und dann aufwachen, wenn Sie das Signal hören."

Ein hoher elektronischer Signalton weckte Spence aus einem tiefen Schlaf. Er drehte sich im Sessel herum und schaute auf die Uhr über der Konsole. Er hatte nur zwanzig Minuten lang geschlafen. Tickler war immer noch nicht in Sicht. Er rieb sich mit den Händen durchs Gesicht und fragte sich träge, wo sich sein Assistent wohl versteckte, wenn er ihn brauchte. Er stand auf und streckte sich.

Kurz darauf kam Tickler geschäftig in den Raum geeilt. Er war völlig zerknirscht. „Tut mir schrecklich leid, daß ich Sie habe warten lassen, Dr. Reston. Sind Sie schon lange hier?"

„Oh, ungefähr eine Stunde, schätze ich . . .", gähnte Spence.

„Ich wurde, äh, aufgehalten." Auf Ticklers scharfen Zügen glänzten winzige Schweißtröpfchen. Es war nicht zu übersehen, daß er sich über irgend etwas aufgeregt hatte. Spence kam zu dem Schluß, daß es an diesem Tag für eine weitere Sitzung zu spät sei.

„Ich denke, wir versuchen es heute abend noch einmal. Bis dahin werde ich Sie nicht brauchen. Sie haben noch irgendwo anders zu tun, nehme ich an?"

Tickler schaute ihn an, wobei er seinen Kopf schief legte, als wollte er eine neue Art von Pilzsporen untersuchen. „Möglich." Er kratzte sich am Kinn. „Ja, kein Problem. Heute abend also."

Spence gab ihm einen Stapel gefalzter Ausdrucke, die er entziffert und in einem dicken Logbuch verzeichnet haben wollte – eine völlig sinnlose Aufgabe, da derselbe Computer, der die Informationen ausgespuckt hatte, sie auch verzeichnen konnte. Aber Spence bevorzugte die persönliche Note.

„Danke", sagte er, ohne es zu meinen. Tickler nahm die Ausdrucke in einen angrenzenden Raum mit und machte sich an die Arbeit. Spence warf noch einen Blick auf seinen Hinterkopf, wie er sich über die Ausdrucke beugte, und verließ dann das Labor.

Er schlenderte hinunter zum Central Park – jenem riesigen ringförmigen Bereich voller tropischer Pflanzen und Bäume, die angepflanzt worden waren, um das Kohlendioxid der fünfzehntausend Einwohner Gothams zu recyclen. Der Park bildete einen lebendigen grünen Gürtel rund um die gesamte Station und bot eine natürliche Umgebung zur Entspannung und Erholung. Normalerweise war es dort zwar still, aber reichlich überlaufen mit Leuten, die vor der Tyrannei der Duraluminium- und Plastikeinrichtungen flohen. Spence hatte nichts anderes vor, als sich zwischen den Farnen und Büschen zu verlieren und den Tag verstreichen zu lassen.

Sein erster Gedanke, als er die Gartenebene erreichte, war, daß er eine gute Zeit herausgefunden hatte, um hierherzukommen – die Sektion war nahezu menschenleer. Nur ein paar spazierengehende Pärchen und ein paar Leute von der Verwaltung, die auf Bänken saßen, waren zu sehen. Er holte tief Luft. Die Atmosphäre war warm und feucht und roch nach Erde und Wurzeln, Vegetation und Wasser: zwar künstlich kontrolliert, das wußte er, aber er konnte nicht umhin, zu denken, daß es hier genauso war wie unten auf der Erde.

Er wanderte ziellos die engen, verschlungenen Pfade entlang und suchte nach einem stillen Fleckchen, wo er sich ausstrecken und über den Zustand seines Daseins meditieren, über die Träume nachdenken und versuchen konnte, sich wieder in den Griff zu bekommen. Er hatte keine Angst, „mental" zu werden – ein Ausdruck für Leute, die wegen Weltraummüdigkeit durchdrehten – obwohl das etwas war, womit irgendwann jeder rechnen mußte; doch das war nicht sein Problem, das wußte er. Doch er wußte auch, daß er sich nicht ganz in Ordnung fühlte, und das machte ihm Sorgen. Irgend etwas an den entlegensten Rändern seines Bewußtseins nagte an den Fasern seines Verstandes. Wenn er sich darüber klarwerden konnte, was es war, und es aufdeckte, dann würde er in der Lage sein, damit fertigzuwerden.

Plötzlich stieß er auf eine abgelegene Nische. Er blieb einen Moment stehen und überlegte, ob er hierbleiben oder weitersuchen sollte. Dann bahnte er sich mit einem Achselzucken den Weg durch die Farne und trat ins Halbdunkel der stillen Lichtung.

Er setzte sich ins Gras und ließ den Kopf zurückfallen. Hoch über ihm schien das Sonnenlicht durch die riesigen Keile der Solarschirme. Er sah, wie der elegante Bogen der Raumstation sich dahinschwang, bis er sich aus dem Blickfeld wand. Man konnte auf der Gartenebene den ganzen sechs Kilometer langen Umfang der Raumstation entlanggehen und dabei die Illusion gewinnen, auf einem endlosen Pfad zu wandern.

Normalerweise konnten das Grün und die Stille Spences rastlosen Geist zur Ruhe bringen, aber nicht heute. Er legte sich zurück und versuchte, die Augen zu schließen, aber sie wollten nicht zubleiben. Mehrmals verlagerte er seine Position, um es sich bequemer zu machen. Doch nichts, was er tat, schien irgendeinen Unterschied zu bewirken. Er fühlte sich unbehaglich und nervös – als ob ihn jemand aus nächster Nähe beobachtete.

Als er über diese unsichtbaren Augen nachdachte, die auf ihm zu ruhen schienen, wurde er sich immer sicherer, daß er tatsächlich beobachtet wurde. Er stand auf, verließ die schattige Nische und schaute sich in alle Richtungen um, ob er nicht einen Blick auf seinen Spion erhaschen könnte.

Erneut begann er, den Pfad entlangzuwandern, und da er niemanden sah, wurde er immer unruhiger. *Du benimmst dich albern*, sagte er sich, *wenn du so weitermachst, bist du bald ein Kandidat für die Gummizelle.* Noch während er sich schalt, beschleunigte er seinen Schritt, so daß er schon fast rannte, als er den Eingangsbereich des Gartengeländes erreichte. Er prüfte mit einem Blick zurück über die Schulter, ob er verfolgt wurde; aus irgendeinem Grund rechnete er halb damit, daß Hockings eiförmiger Stuhl hinter einem Gebüsch zum Vorschein kommen würde.

Mit immer noch zurückgewandtem Blick stürmte er durch den Eingang und stieß mit voller Wucht mit einer Gestalt zusammen, die gerade den Garten betreten wollte. Der unglückliche Passant wurde zu Boden geworfen und lag flach zu seinen Füßen, während er blinzelnd dastand und noch nicht ganz begriff, was gerade passiert war.

„Tut mir leid!" platzte er schließlich heraus, als ob ihm jemand einen Elektroschock versetzt hätte. Der grünweiße, zerknitterte Overall eines Kadetten ruderte mit den Armen, als er aufzustehen versuchte. Spence ergriff einen der schwingenden Arme und half dem Overall auf die Füße. Erst dann bemerkte er das verwirrte Gesicht, das ihn mit hastigen, gespannten Blicken musterte. „Ich bin Dr. Reston. Abteilung BioPsych. Sind Sie verletzt?"

„Nein, Sir. Ich habe Sie nicht kommen sehen. War mein Fehler."

„Nein, wirklich, es tut mir leid. Ich dachte . . . " Er drehte den Kopf und schaute noch einmal über die Schulter zurück. „Ich dachte, mir folgt vielleicht jemand."

„Ich sehe niemanden", sagte der Kadett, nachdem er an Spence vorbei in den Garten gestarrt hatte. Es war nichts zu sehen außer dem grünen Vorhang der Vegetation, der von nichts unterbrochen wurde außer von den achtlos verteilten Tupfen weißer und gelber Blumen, die wild im ganzen Garten blühten. „Ich heiße Kurt. Und ich studiere BioPsych im ersten Jahr. Ich dachte, ich hätte schon die meisten Leute aus meiner Abteilung kennengelernt."

„Nun, ich bin kein Dozent. Ich bin in der Forschung."

„Oh", sagte Kurt geistesabwesend. „Na ja, ich muß zurück an die Arbeit." Der Kadett setzte sich in Bewegung. „Nett, Sie kennengelernt zu haben, Dr. Reston. Machen Sie's rund."

Auf diesem überdimensionalen Schmalzkringel von einer Raumstation sagten die Kadetten immer „Machen Sie's rund". Spence gefiel das Wortspiel.

Zweites Kapitel

Die ungebrochene Landschaft sanft wogender Hügel erstreckte sich, so weit Spence sehen konnte. Dieselbe Landschaft, dieselben Hügel wie in früheren Träumen. In der Ferne konnte er Menschen erkennen, die sich zwischen den Hügeln bewegten, beladen mit schweren Lasten. Aus geringer Entfernung erkannte er sie als die Bauern, die in ihren Lumpen daran arbeiteten, die kargen Hügel von Steinen zu säubern, die sie mit ihren abgemagerten Händen in ihre groben Reisigkörbe fallen ließen. Alles war vertraut, schmerzlich vertraut für Spence, der diesen Traum schon oft durchlebt hatte.

Er schaute zu, wie die barfüßigen Bauern sich das Gewicht der Körbe auf die knochigen Schultern luden und sich im Gänsemarsch auf dem Pfad in Bewegung setzten. Andere um ihn her mühten sich immer noch ab, die Steine, die weiß waren wie Pilze und groß wie Brotlaibe, vom Boden hochzuhieven. Er wußte, daß er machtlos war, ihnen auf irgendeine Weise zu helfen; seine Worte und Taten wurden ignoriert. Er war unsichtbar für sie.

Wieder setzte sich Spence nieder und brütete über seine Hilflosigkeit. Wieder war die Luft totenstill; die Bauern waren fort. Er spürte, wie die Erde zu seinen Füßen erzitterte und ein runder, weißer Stein durch den Boden hervorbrach. Als er sich umblickte, sah er weitere Steine aus der Erde hervorbrechen wie kleine Vulkane.

Er stand auf und fand sich auf der hohen Uferböschung eines Flusses wieder. Das dunkle, schlammige Wasser wirbelte in schäumenden Strudeln unter ihm vorbei. Der letzte Bauer leerte seinen Korb ins Wasser, und Spence hörte eine Stimme seinen Namen rufen. Er drehte sich um und sah ein Dutzend riesiger schwarzer Vögel in der Luft kreisen. Er folgte ihnen und bemerkte, daß er sich auf einer riesigen Ebene befand, die sich unendlich in alle Richtungen zu erstrecken schien. Auf dieser flachen, grasbedeckten Ebene erhob sich vor ihm ein uraltes, verfallenes Schloß.

Er hob seinen Fuß; die Landschaft verschwamm vor seinen Augen, und dann stand er im Hof des Schlosses vor einer zerkerbten hölzernen Tür, die er versuchte und offen fand. Ein leeres, marmornes Treppenhaus wand sich abwärts. Er ging die Stufen hinunter. Immer tiefer schraubte es sich, bis es schließlich vor dem Eingang einer trübe beleuchteten kleinen Kammer ankam.

Spence rieb sich die Augen und trat ein. Alles Licht in dem Raum schien von einer einzigen Quelle auszugehen – einem unglaublich großen Ei, das in der Mitte der Kammer schwebte. Voll Grauen sah er, wie das Ei leicht zu hüpfen und höher aufzusteigen begann. Beim Aufsteigen drehte es sich, und da sah er, was er gefürchtet hatte – das Ei war die Rückseite von Hockings Stuhl. Aber er stand auf dem Kopf. Als er sich ihm langsam entgegendrehte, sah Spence Hocking gelassen lachend auf seinem Stuhl sitzen. Der Stuhl schwebte näher heran. Hocking warf ihm eine zähnebleckende Grimasse zu und verwandelte sich dann in einen böse grinsenden Totenschädel.

Spence drehte sich um und floh; der Ei-Stuhl-Totenschädel verfolgte ihn. Er rannte zur Tür am Ende des Korridors und stürmte hinaus in eine tintenschwarze Nacht, übersät mit tausend Sternen. Über seiner Schulter stieg die Erde, ein stiller, blauer Globus, am Himmel auf, während er blutend über eine fremdartige Felsenlandschaft stolperte . . .

Spence beobachtete, wie sich die Fähre von der gewaltigen, geschwungenen Flanke der Raumstation löste. Er stand auf einer kleinen Aussichtsplattform, von der aus er den Dockbereich überblicken und beobachten konnte, wie die routinemäßigen Versorgungsgüter eintrafen und Angestellte sich zum Heimaturlaub hinunter – oder besser zurück – zur Erde einschifften. Er wünschte, er könnte mit ihnen fliegen.

Nie hatte er mehr Lust zum Aufgeben verspürt als gerade jetzt. Sein Leben war zu einem dumpfen, schmerzhaften Schwanken zwischen Depressionen und Einsamkeit geworden. Er wußte nicht, was schlimmer war: der schwarze Schleier, durch den er das Leben um ihn her zu betrachten schien, oder die scharfen Stiche, die durch seine Brust gingen, wann immer er sich in den Strom der Menschen einreihte, die sich entlang der Verbindungswege bewegten, und sich klarmachte, daß er nicht eine einzige andere Seele hier kannte.

Doch unter diesen beiden unangenehmen Wirklichkeiten schwelte, wie er wohl wußte, das, wovor er sich am meisten fürchtete: die Träume.

Seit jenem Nachmittag im Central Park vor fast zwei Wochen hatte er angefangen, in jedem wachen Moment jene unsichtbaren Augen auf sich zu spüren. Er stellte sich sogar vor, daß sie ihn beobachteten, während er schlief. Er spürte, wie er ganz langsam den Verstand verlor.

Er blickte hinauf durch die riesige Beobachtungskuppel in die samtschwarze Leere des Weltraums mit seiner Milliarde von stecknadelkopfgroßen Flammen namenloser Sterne. Er starrte auf den Rand der Milchstraße, aber der Anblick bedeutete ihm nichts. „Was soll ich tun?" flüsterte er laut zu sich selbst.

Er wandte sich ab, als die weiße Hülle der Fähre unter ihm langsam seinem Blick entschwand. Es gab ein flatterndes Geräusch, als das Andockgitter eingezogen wurde, und ein schwaches Zischen, als in den inneren Luftschleusen der Druck ausgeglichen wurde. Spence gähnte und dachte zum millionsten Male, wie müde er war. In den letzten drei Tagen hatte er kaum die Augen zugemacht – kurze Nickerchen, hie und da ein paar Minuten, das war alles.

Er hatte sich vor dem Schlafen gedrückt wie ein Junge vor dem Zahnarzt, wenn der Schmerz im Zahn klopft und den ganzen Kiefer betäubt. Durch irgendein Wunder, hoffte er, würde der Schmerz, würden die Träume einfach aufhören. Gleichzeitig wußte er, daß diese Hoffnung vergeblich war.

Bald würde er einmal richtig schlafen müssen, wenn er auch nur halbwegs aufrecht und denkfähig bleiben wollte. Er hatte den merkwürdigen Eindruck, sich in einen Zombie zu verwandeln, eine jener erbärmlichen mythischen Kreaturen, deren Los es war, als weder ganz Tote noch ganz Lebendige die Regionen des Zwielichtes zu durchstreifen. Keine Gedanken, keine Gefühle.

Nur noch ein wandelnder Leichnam, der von irgendeinem fremden, dämonischen Willen geleitet wurde.

Doch der Gedanke an Schlaf war ihm widerwärtig geworden. Zu einem Zombie zu werden, erschien ihm weniger beängstigend als der Gedanke an den Alptraum, der nur darauf wartete, daß er in seligen Schlummer sank, um ihn wieder in seinen schrecklichen Wahnsinn einzuhüllen.

Spence schüttelte sich, um einen klaren Kopf zu bekommen; er war vom Weg abgekommen. Er schaute sich um und stellte fest, daß sein zielloses Wandern ihn zum Broadway gebracht hatte.

Er bog links ab und machte sich auf den Weg zurück zur Bio-Psych-Abteilung und zum Schlaflabor, zu seinem eigenen Quartier – um dort von neuem mit der Frage „Schlafen oder Nichtschlafen" zu ringen –, aber sein Blick blieb an etwas hängen, und er blieb stehen, um noch einmal hinzusehen. Alles, was er sah, war ein hell erleuchtetes Schild, genau wie alle anderen, die die Verbindungswege von Gotham bezeichneten. Spence starrte das Schild mehrere Sekunden lang an, bevor ihm klar wurde, was seine Aufmerksamkeit erregt hatte. Die Worte BÜRO DES DIREKTORS und der rote Pfeil, der in die entgegengesetzte Richtung wies, schienen auf ihn in seinem verwirrten Zustand eine besondere Faszination auszuüben.

Ohne darüber nachzudenken oder überhaupt eine Entscheidung zu treffen, stellte er fest, wie seine Füße ihn mechanisch dem Büro des Direktors entgegentrugen. Und ohne Überraschung wurde ihm klar, warum er dorthin ging. Vielleicht hatte er unbewußt schon lange vorgehabt, um einige Zeit Urlaub zur psychischen Erholung zu bitten. Nun, in seinem durch Schlafmangel geschwächten Zustand, brachte ihn sein Körper dorthin, wo er schon die ganze Zeit über hinwollte, aber nicht die Nerven aufgebracht hatte.

Spence schob sich blind vorwärts und schaffte es irgendwie, den anderen auszuweichen, die auf dem Verbindungsweg hin und her eilten. Zweimal warfen ihm Passanten merkwürdige Blicke zu, aber ihre fragende Besorgnis fiel ihm nicht auf. Es war, als hätte er sich in eine innere Zelle seines Geistes zurückgezogen und lugte nur noch hinter den Gittern hervor. Die Reaktionen anderer bedeuteten ihm nichts mehr.

Nach vielen Abbiegungen und mehreren Wechseln der Ebene – die Spence kaum wahrnahm – erreichte er den Verwaltungssektor. Er kam zu sich, als er stehenblieb und die Trennwand betrachtete, die ihn von der Rezeptionistin drinnen trennte.

„So kann ich da nicht einfach hineingehen“, murmelte er. Er drehte sich auf dem Absatz um, entdeckte eine Toilette und verschwand darin. Als er sich über das Duraluminium-Becken beugte und in den Spiegel starrte, staunte er über den Anblick, den er abgab. Rotgeränderte Augen brannten aus einem bleichen, ausdruckslosen Gesicht hervor; ungewaschenes Haar stand auf seinem Kopf in alle Richtungen, als wäre er vor Angst erstarrt; tiefe Linien verzogen seinen Mund zu einem finsteren, mißgelaunten Ausdruck.

Es war die visuelle Entsprechung dessen, wie er sich fühlte; der äußere Mensch ahmte den inneren nach.

Spence schüttelte ungläubig den Kopf und füllte das Becken mit kaltem Wasser. Er ließ das Wasser laufen, bis das Becken überzufließen drohte, tauchte dann seine Hände ein, schöpfte eine doppelte Handvoll empor und spritzte sie sich ins Gesicht.

Die Kälte des Wassers klärte seine Sinne ein wenig, und er fühlte sich sofort besser. Er wiederholte die Prozedur mehrere Male und unternahm dann einen Versuch, sich die Haare zu glätten. Dann trocknete er seine Hände am Gebläse und trat wieder aus der Zelle auf den Verbindungsweg hinaus.

Nach einigem Zögern drückte er auf die Zugangsplatte, und die durchscheinende Trennwand öffnete sich leicht. Er trat steif ein und zwang sich zu einem Grinsen gegenüber der schmallippigen Empfangsdame, die ihn mit einem professionellen Lächeln und dem üblichen „Guten Tag. Wen möchten Sie bitte sprechen?“ begrüßte.

„Ich – ich bin gekommen, um mit dem Direktor zu reden“, sagte Spence, während er sich nach dem richtigen Büro unter den vielen, die an den zentralen Empfangsbereich angrenzten, umsah. Er entdeckte es und ging darauf zu.

„Tut mir leid", rief die Empfangsdame ihm nach, „haben Sie einen Termin?"

„Ja", log Spence und ging weiter. Er näherte sich der Tür, drückte auf die Zugangsplatte und trat ein.

Er hatte nichts Spezielles erwartet, aber der Raum, der sich vor ihm öffnete, verblüffte ihn durch seine Größe und fürstliche Ausstattung. Verglichen mit seinem eigenen vollgestopften Würfel und den anderen, ganz auf effiziente Raumausnutzung ausgelegten Quartieren, Kammern und Labors, die er in der Station gesehen hatte, war dieser geradezu palastartig in seiner völligen Mißachtung jeglicher Einschränkung.

Er konnte nur Augen und Mund aufreißen, als er auf die herrliche Ausdehnung offenen Raumes vor seinen Augen starrte. Das Zimmer war eine riesige achteckige Kammer mit einer Kuppel über einem großen freien Bereich, von dem ein Teil von einer Art Empore eingenommen wurde, die man über eine spiralförmige Reihe breiter Stufen erreichte. Die fürstliche Geräumigkeit des Quartiers wurde noch verstärkt durch eine große Aussichtsblase, die zu einer konvexen Wand über der Empore gehörte. Auf einen Beobachter wie Spence wirkte das so, als ob man eine große Halle mit einem Fenster zum Universum betrat.

Seine Füße sanken in einen mehrere Zentimeter dicken, ockerfarbenen Teppich ein. Grünpflanzen verschiedener Art und Miniaturausgaben blühender Bäume gaben Farbkontraste zu den blassen, schiefergrauen Wänden und den hellbraunen Möbeln. Auffällig war die Abwesenheit jeder Spur von Aluminium oder anderen metallischen Oberflächen. Es war ein Büro, wie man es in einer der großen Bastionen wirtschaftlicher Macht unten auf der Erde finden würde, aber kaum in einer Raumstation. Rang, dachte Spence, war tatsächlich mit Privilegien verbunden.

„Ja?" sagte eine Stimme dicht neben ihm. Spence fuhr herum und geriet sofort in Verlegenheit.

„Es tut mir leid. Ich habe Sie nicht gesehen, als ich hereinkam."

Die hellen, chinablauen Augen, die ihm entgegenblickten, funkelten. „Das macht nichts. Ich werde oft übersehen."

„Nein, das habe ich nicht gemeint . . . " Er brach ab. Die junge

Dame, die einige Jahre jünger war als er, lachte über ihn. Er verfärbte sich und kam sich lächerlich und völlig fehl am Platze vor. Er wußte nicht, was er sagen sollte, und starrte das Mädchen, das lässig an einem niedrigen Schreibtisch direkt am Eingang zu dem riesigen Büro saß, einige Augenblicke lang unverwandt an.

Sie trug einen Overall wie jeder andere auf GM, nur war ihrer in einem hellen Blau gehalten – bestimmt nicht vorschriftsmäßig. Ihr langes blondes Haar war an den Schläfen zurückgekämmt und am Hinterkopf irgendwie festgesteckt und fiel von dort in vollen Locken um ihren schlanken, wohlgeformten Hals.

„Wollten Sie etwas?“ fragte sie. Diesmal war ihr Lächeln von einem winzigen Anflug eines Zitterns ihre langen, dunklen Wimpern begleitet.

„Oh, ja.“ Spence rief sich mit Gewalt zurück zu seinem Anliegen. „Ich bin gekommen, um mit dem Direktor zu sprechen.“

„Darf ich fragen, warum?“

Spence fuhr zusammen. Unverschämt. „Das würde ich lieber mit dem Direktor selbst erörtern, vielen Dank“, sagte er eingeschnappt und hoffte, sie damit in ihre Schranken gewiesen zu haben. Die hatte Nerven.

„Gewiß“, sagte sie wieder lächelnd. „Nur, wenn ich wüßte, worum es sich handelt, würde Ihnen das vielleicht dazu verhelfen, ihn schon früher sprechen zu können, das ist alles.“

„Ich hatte gehofft, ihn sofort sprechen zu können.“

„Ich fürchte, das geht nicht.“

„Aber es ist sehr wichtig. Ich muß ihn heute sprechen. Ich werde nicht mehr als ein paar Minuten seiner Zeit in Anspruch nehmen. Könnten Sie ihm nicht sagen, daß es privat und dringend ist?“

„Nein.“

Wieder diese Unverschämtheit. Spence spürte in seiner Erschöpfung, wie ihm ein heißer Strom des Zorns in den Kopf stieg. Er zwang sich, ruhig zu bleiben. „Darf ich warten?“ fragte er und nickte zu einem Sessel inmitten eines Hains von Miniaturpalmen hinüber.

„Wenn Sie möchten“, sagte das Mädchen kühl, und als Spence

auf den Sessel zuging, fügte sie hinzu: „Allerdings werden Sie ziemlich lange warten müssen. Er . . . “

„Macht mir nichts aus“, unterbrach Spence fest. Damit ließ er sich mit trotziger Entschlossenheit in die weichen Kissen des Sessels fallen.

Ohne einen weiteren Blick auf ihn wandte sich die junge Frau wieder ihrer Arbeit zu. Eine Zeitlang ignorierte er sie und beschäftigte sich damit, die Dimensionen des offiziellen Quartiers des Direktors zu studieren. Als er dessen überdrüssig wurde, wandte er seine Aufmerksamkeit Stück für Stück wieder der Frau am Schreibtisch ihm gegenüber zu. Sie hatte begonnen, an einem Terminal an der Seite ihres Schreibtisches Daten einzugeben. Er bewunderte ihre Schnelligkeit und Geschicklichkeit. Das waren offenbar die Gründe, warum man ihr diesen Job als Assistentin des Direktors gegeben hatte, dachte Spence; ihr Takt konnte es kaum sein.

Während er sie beobachtete, komplettierte er allmählich seine Meinung über sie. Sie war, schloß er, von der albernen Sorte, die zu unterdrücktem Gekicher und sentimentalen Gefühlen neigte. Zweifellos ein oberflächliches Wesen. Wahrscheinlich nicht viel Hirn im Kopf. Beim leisesten Anflug von Intellektualität würde sie wahrscheinlich mit den Wimpern klimpern und sagen: „Ich fürchte, das ist ein bißchen zu hoch für mein kleines Köpfchen.“

Hübsch war sie, daran gab es nichts zu rütteln. Aber, sagte sich Spence, es war eine oberflächliche Schönheit ohne bleibenden Eindruck. Für irgend jemanden ohne besondere Ambitionen würde sie sicher eine passende Partnerin abgeben. Aber für jemanden wie ihn selbst wäre sie niemals geeignet. Nicht in einer Milliarde Jahren.

Es fiel Spence nicht auf, daß er sie gerade mit den gleichen unschmeichelhaften Strichen gezeichnet hatte, mit denen er auch fast jede andere Frau zeichnete. Das war für ihn leichter, als einfach zuzugeben, daß er keine Zeit für Frauen hatte, daß die Liebe nur seiner Forschung und seiner Karriere in die Quere kommen würde, daß er Angst vor Frauen hatte, weil er sich nicht zutraute, sowohl einer intimen Beziehung zu einem anderen Menschen als auch seiner Arbeit treu bleiben zu können.

Diese Angst war nicht ganz unberechtigt; er hatte schon zu viele begabte Männer erlebt, die sich unter der Last der Sorge für Frau und Familie mit zweitklassigen Forschungszentren und Lehrtätigkeiten abspeisen ließen. Der junge Dr. Reston dagegen wollte so hoch fliegen, wie er nur konnte, und keine Frau sollte ihn am Boden halten.

Der jungen Dame wurde es unbehaglich unter seinem unverwandten Blick. Sie legte ihren Kopf auf die Seite und spähte zurück. Ihre Augen trafen sich, und Spence schaute schnell weg. Doch schon bald starrte er sie wieder an. Sie lächelte und lachte dann, als sie sich umdrehte, um ihn zurechtzuweisen.

„Ist das Ihre Methode, die Aufmerksamkeit eines Mädchens zu erregen?"

„Wie bitte?" Er war unvorbereitet.

„Anstarren. Kann ich irgend etwas für Sie tun?"

„Habe ich Sie angestarrt? Tut mir leid. Das wollte ich nicht . . . Schauen Sie, ich will nur mit dem Direktor sprechen. Wann wird er kommen?"

Das Mädchen warf einen Blick auf seine Uhr und sagte: „Oh, irgendwann nächste Woche. Vielleicht am Donnerstag."

„Was?" Spence sprang von seinem Sessel hoch und stürmte zum Schreibtisch hinüber. „Sie sagten doch, ich könne warten!"

„Sie können warten, solange Sie wollen, aber vor nächsten Donnerstag ist er nicht zurück."

„Aber Sie sagten . . .", stotterte Spence. Seine Hände ballten sich an seinen Seiten zu wütenden Fäusten.

„Ich sagte, Sie müßten wahrscheinlich ziemlich lange warten. Sie haben mich unterbrochen, bevor ich meinen Satz beenden konnte."

„Behandeln Sie jeden so, der hier wichtige Geschäfte hat?"

Sie warf ihm eine trotzige Grimasse zu. „Nein, nur solche, die hier hereingeschneit kommen und den Direktor sprechen wollen, ohne einen Termin zu haben."

Sie hatte ihn erwischt; er war besiegt und beschämt. Es stimmte, er hatte sich benommen wie ein Idiot. Eine Welle kalter Scham löschte seinen Zorn in einem Moment aus, gerade als die Flammen sein Temperament auflodern zu lassen drohten.

Die junge Sekretärin lächelte ihn wieder an, und er fühlte sich nicht mehr so schlecht. „Dann wären wir also quitt", sagte sie. „Möchten Sie jetzt noch einmal von vorne anfangen?"

Spence nickte nur.

„Schön. Geht es um etwas Persönliches oder etwas Offizielles?"

„Nun, um etwas Persönliches."

„Sehen Sie, das war doch nicht so schwer. Ich trage Sie gleich als erstes für Freitagmorgen für einen Termin ein. Sein Assistent wird Sie anrufen."

„Sie meinen, Sie sind nicht seine Assistentin? Ich dachte –"

„Sie dachten, ich wäre es, ich weiß. Nein, ich helfe nur aus, während sie weg sind. Mr. Wermeyer ist sein Assistent."

Nun fühlte sich Spence doppelt blamiert. Er wollte nur noch im Teppich versinken und sich davonschleichen. „Danke vielmals", murmelte er und zog sich langsam zurück. Die Trennwand schloß sich hinter ihm und beendete die Episode im Büro des Direktors. Er seufzte und machte sich auf den Weg zurück zu seinem Quartier, noch hoffnungsloser übermüdet als zuvor.

Drittes Kapitel

Langsam hob sich das greisenhafte Haupt. Echsenähnlich. Die großen, ovalen, gelben Augen starrten unter halb geschlossenen Lidern hervor. Die vergilbte Haut von der Farbe und Textur alten Pergaments spannte sich eng um einen glatten, flachen Schädel und hing in Falten um den schlaffen Hals. Kein Haar war mehr in der Kopfhaut; kein Barthaar, keine Wimper.

Ein dünnes, leicht gerundetes Band zog sich über die glatte Stirn. Dieser Reif pulsierte mit einem eigenen, purpurnen Licht im Rhythmus aufflackernder und verebbender Energiewellen.

Hocking sah ihn wie in Rauch gehüllt – ganz deutlich in der Mitte seines Gesichtsfeldes, aber schimmernd und undeutlich an der Peripherie. Das Gesicht betrachtete ihn mit einem stetigen Blick und einem Ausdruck jenseits von Verachtung oder Böswilligkeit, obwohl Spuren von beidem vorhanden waren, jenseits von Erschöpfung oder Alter. Kalt. Reptilienhaft. Es war ein Ausdruck, dem man keine menschliche Emotion zuordnen konnte.

Bei einem geringeren Menschen hätte das Gesicht und sein mysteriöser, finsterer Ausdruck zumindest ein Gefühl des Unbehagens, wenn nicht gar der offenen Angst ausgelöst, aber Hokking war daran gewöhnt.

„Ortu." Er sprach den Namen leise und deutlich aus. „Wir sind bereit, mit dem abschließenden Experiment zu beginnen. Ich habe eine Versuchsperson gefunden, die besonders gut auf den Stimulus anspricht." Hocking fuhr sich mit der Zunge über die Lippen und wartete auf eine Antwort.

Einen Moment lang zweifelte er, ob das Bild vor ihm ihn gehört hatte, doch er wußte, daß es so war. Die Antwort würde kommen.

„Fahre also meinen Anweisungen entsprechend fort." Die Worte wurden glatt ausgesprochen, allerdings mit einer ungewöhnlichen Färbung – einem leisen Anflug eines fremden Akzentes, der jedoch nicht zu identifizieren war.

„Ich dachte, du würdest erfreut sein, Ortu. Wir können endlich beginnen." Hockings Oberlippe zuckte vor Begeisterung. „Endlich . . . "

„Erfreut? Aus welchem Grund sollte ich erfreut sein? Oh, es gibt so viele Gründe." Das Gift in seiner Stimme war nicht zu überhören. „Erfreut darüber, daß es so lange gedauert hat? Daß selbst meine unerschöpfliche Geduld immer und immer wieder ohne Ergebnis auf die Probe gestellt wurde? Daß meine Pläne von den schwächlichen Bemühungen einer Kreatur abhängen, die zu dumm ist, um auch nur den geringsten Bruchteil der Arbeit zu begreifen?" Der Reif auf seiner Stirn leuchtete hell auf.

Hocking ertrug den Sarkasmus tapfer. „Ich bin diesmal sehr sorgfältig in der Wahl der Versuchsperson gewesen. Es ist ein

Schlafforscher namens Reston, und er ist sehr gut formbar. Wir werden keine neue Enttäuschung erleben, das versichere ich dir."

„Na schön, fang sofort an." Ortu schloß seine Augen, und sein greisenhaftes Haupt versank wieder.

„Es soll geschehen." Auch Hocking schloß seine Augen, und als er sie wieder öffnete, war das schimmernde Bild verschwunden. Er saß auf seinem Stuhl in der Mitte seines verdunkelten Quartiers. Ein kaum merkliches Lächeln flog über seine skeletthaften Züge. Nun endlich war alles bereit. Der letzte Test konnte beginnen.

Als Spence aus seiner Sanitärkabine kam, pfiff er tatsächlich. Er fühlte sich besser als je in den letzten Wochen. Ausgeruht, wach und guter Dinge. Er hatte die ganze Nacht über wie ein Toter geschlafen. Und nicht ein einziger Traum war in seinen Schlummer eingedrungen – zumindest keiner von den Träumen, die er in letzter Zeit zu fürchten gelernt hatte: jene Träume ohne Farben und Formen, die die Ausgeburt einer fremden, sterilen Intelligenz zu sein schienen und die in seinen Geist eindrangen und ihn zitternd und ausgelaugt, aber ohne jede Erinnerung zurückließen.

Was immer ihn beunruhigt hatte, war nun erledigt; zumindest hoffte er das. Vielleicht war es nur die Belastung gewesen, sich an die Einschränkungen in der Station anzupassen. GM war das größte Forschungszentrum in der Erdumlaufbahn; außerdem auch das höchste. Im Grunde war es die erste selbstversorgende Weltraumkolonie der Welt; es beschrieb in einer Höhe von dreihundertundzwanzigtausend Kilometern über der Erde eine Umlaufbahn um einen Punkt, den die Astrophysiker „Libration fünf" nannten. Diese Distanz, oder besser der *Gedanke* an diese Distanz übte manchmal eine merkwürdige Wirkung auf Neuankömmlinge aus. Manche litten an Symptomen von Klaustrophobie; andere wurden nervös und reizbar und hatten Schlafstörungen, oder sie träumten schlecht. Oft tauchten diese Probleme nicht sofort auf; sie entwickelten sich langsam während der ersten Wochen und Monate des Rekrutenjahres und hatten sehr wenig mit dem Problem der Raummüdigkeit zu tun, unter dem nur erprobte Veteranen – nach fünf oder sechs Jahren All – zu leiden schienen. Das war eine ganz andere Sache.

Zufrieden mit sich selbst, daß er das Schlimmste überstanden hatte und durchgekommen war, rieb sich Spence mit einem heißen, feuchten Handtuch das feine blaue Puder aus seiner Sanitärstation vom Körper und warf das Handtuch dann in den Wäschebehälter. Er zog sich einen frischen blaugoldenen Overall an und machte sich auf den Weg ins Labor, um die lose hängenden Fäden seines Projektes wieder zusammenzuweben.

Er glitt leise ins Labor und fand Dr. Tickler über einen Arbeitstisch gebeugt und damit beschäftigt, mit einer Anordnung elektronischer Instrumente eine Reihe von Geräten zu testen, die er um sich ausgebreitet hatte.

„Guten Morgen“, sagte Spence liebenswürdig. Einen echten Tag-Nacht-Wechsel gab es nicht, aber die Gothamiten erhielten sich die Illusion, und die Station selbst vollführte sogar alle zwölf Stunden eine Drehung um die eigene Achse, um die Täuschung zu unterstützen.

„Oh, da sind Sie ja! Ja, guten Morgen.“ Tickler drehte den Kopf herum, um Spence genau zu beobachten. Er trug eine Vergrößerungsbrille, die seine Augen absurd hervorstehen ließen, wie zwei gläserne Türknöpfe, die mit Farbe bespritzt waren.

„Irgend etwas Ernstes?“

„Eines der Aufzeichnungsgeräte spinnt ein bißchen. Nichts Ernstes. Ich dachte mir, ich nutze die Gelegenheit, um das in Ordnung zu bringen.“

Spence hörte einen leichten Tadel aus Ticklers knappem Ton heraus. Dann fiel ihm ein, daß er den für gestern abend anberaumten Arbeitstermin versäumt hatte.

„Es tut mir leid. Es – es ging mir nicht besonders gut gestern.“ Das stimmte durchaus. „Ich bin eingeschlafen. Ich hätte Sie benachrichtigen müssen.“

„Und die Tage davor?“ Tickler neigte den Kopf vor und schob die Brille hoch, um ihn scharf anzusehen. Bevor Spence eine passende Antwort einfiel, zuckte sein Assistent die Achseln und sagte:

„Für mich macht es keinen Unterschied, Dr. Reston. Ich kann jederzeit eine andere Aufgabe bekommen – vielleicht nicht bei einem so angesehenen Kollegen, aber dafür einem, der meine Dienste ernst nimmt.

Sie dagegen würden es, vermute ich, nicht ganz einfach haben, zu diesem späten Zeitpunkt einen anderen Assistenten zu finden. Sie wären gezwungen, Ihr Projekt zu verschieben, nicht wahr?"

Spence nickte stumm.

„Ja, das dachte ich mir. Nun, Sie haben die Wahl, aber ich werde Ihr bisheriges Verhalten nicht länger hinnehmen. Ich respektiere Ihre Arbeit, Dr. Reston, und erwarte das gleiche auch für meine. Und nun" – er setzte ein steifes, schwaches Lächeln auf, in dem keine Wärme lag – „nun, da wir einander verstehen, bin ich sicher, daß es keine weiteren Probleme geben wird."

„Sie haben recht", antwortete Spence hölzern. Er fühlte sich wie ein Schuljunge, der sich einmal zu oft verspätet und nun seine verdiente Strafpredigt erhalten hatte. Das war schlimm genug, aber er haßte es, daran erinnert zu werden, daß er nur aufgrund einer großzügigen Förderung auf GM war und bei seinem Vorgehen an die eng definierten Grenzen dieser Förderung gebunden war. Eigenes Geld hatte er nicht, zumindest nicht in den Summen, die nötig waren, um eine Kabine an Bord auch nur des kleinsten Weltraumlaboratoriums zu bezahlen, von GM ganz zu schweigen. Daß er hier war, verdankte er der schieren Leistungsfähigkeit seines Gehirns; ihr und dem Wohlwollen des GM-Forschungskomitees.

„Ich versichere Ihnen, daß es keine weiteren Mißverständnisse geben wird. Und nun werden wir da beginnen, wo wir es gestern abend hätten tun sollen."

Als sie zusammen arbeiteten, um das Labor für die nächste Versuchsreihe vorzubereiten, weckte das glückliche innere Glühen Spences Lebensgeister wieder. Er fühlte sich besser als je in den letzten Wochen. Und schließlich hätte es schlimmer für ihn kommen können: Tickler hätte die Versetzung beantragen können. Das hätte wirklich die ganze Arbeit zum Stillstand gebracht und ihn vor dem Komitee sehr schlecht aussehen lassen.

Am Ende rang er sich dazu durch, Tickler geradezu dankbar für die Standpauke zu sein. Er hatte sie verdient, hatte sie vielleicht sogar gebraucht, um seine Gedanken wieder auf seine Arbeit zu konzentrieren. Und Tickler tat ihm auch ein wenig leid – er war der Ältere, selbst ein C-Level-Mann und Dr. phil., und mußte hier den Laborassistenten spielen und zusehen, wie jüngere Männer statt seiner die Karriereleiter emporstiegen. Er mußte einem leid tun.

Als er an der Kontrollnische mit der großen Datenwand vorbeikam, erhaschte er einen Blick auf sein Spiegelbild in dem halbversilberten Fenster. Er sah einen jungen Mann Ende der Zwanzig, schlank, etwas überdurchschnittlich groß, mit geraden Gliedmaßen und fester Hand. Große dunkle Augen schauten unter einem braunen Büschel von Haaren hervor, die immer rebellisch wirken, wie man sie auch kämmte. Das Gesicht verriet eine behende Intelligenz, und der feste Kiefer ließ eine beharrliche Entschlossenheit erkennen, die schon fast an Sturheit grenzte. Es war ein Gesicht, das nicht leicht Emotionen zeigte, doch es wurde durch den vollen, sensiblen Mund, der sich über dem tief gespaltenen Kinn wölbte, davor bewahrt, kalt zu wirken.

Die Schicht nahm ihren Lauf, und als sie dem Ende entgegenging, war er soweit, daß er mit der nächsten Runde von Schlafexperimenten beginnen konnte. Er feierte die Rückkehr seines Arbeitswillens, indem er sich eine Stunde *Rat Race*, sein bevorzugtes Holo-Spiel, in Gothams Automatenspielhalle gönnte. Es war eines von der neuesten Generation von Holo-Spielen, die eine Biofeedback-Variable beinhalteten, die auf die geistigen und emotionalen Reflexe des Spielers reagierte. Bei seiner augenblicklichen guten Laune konnte Spence eine halbe Million Punkte einheimsen, bevor die Ratten ihn fingen und er das Spiel einer Gruppe ungeduldig wartender Kadetten überließ. Er verließ die lärmerfüllte Spielhalle und schlenderte bald darauf träge auf seinem Lieblingspfad zwischen den großen grünen Farnen des Central Parks entlang.

Er war gerade stehengeblieben, um ganz in die feuchte, erdige Atmosphäre des Ortes einzutauchen, hatte die Augen geschlossen, das Gesicht emporgewandt, um das von den Schirmen reflektierte

Sonnenlicht zu empfangen, und zog in langen Zügen die Luft tief in seine Lungen, als er ein Rascheln hinter sich hörte. Widerstrebend drehte er sich um, um den anderen vorbeizulassen, und als er die Augen öffnete, blinzelte er in zwei glänzende, chinablaue, von langen, dunklen Wimpern umrandete Augen.

„*Sie*!" Spence machte unfreiwillig einen Satz rückwärts.

Der Eindringling lachte entwaffnend und antwortete fröhlich: „Ich dachte mir, daß Sie es sind; ich sehe, daß ich recht hatte. Ich vergesse nie ein Gesicht."

„Sie haben mich erschreckt. Ich wollte Sie nicht anschreien."

„Ich vergebe Ihnen. Ich bin Ihnen gefolgt. Sie wandern ganz schön in der Gegend herum. Ein paar Mal hätte ich Sie beinahe verloren."

„Sie sind *mir* gefolgt?"

„Wie sonst hätte ich mich entschuldigen sollen? Ich habe Sie zufällig auf dem Vorplatz gesehen – ich komme immer in den Park, jeden Tag."

„Entschuldigen?" Spence biß sich auf die Zunge, weil er herumstotterte wie ein Schwachsinniger. „Wofür?"

„Für mein schockierendes Benehmen gestern. Es tut mir leid, wirklich. Ich hatte kein Recht, Sie so zu behandeln. Das war sehr unprofessionell von mir."

„Oh, das ist schon in Ordnung", murmelte er.

Die junge Dame fuhr fort. „Es war nur so, daß es aufs Ende der Schicht zuging und mir ein wenig schwindlig wurde. Das geht mir immer so, wenn ich müde werde. Und überhaupt, Daddy ist schon so lange weg, daß ich fürchte, ich habe die Würde seines Büros etwas verkommen lassen."

„Daddy?" Noch ein Biß auf die Zunge.

„Oh, da fange ich schon wieder an. Ich mache immer zu große Gedankensprünge."

„Sie meinen, Ihr Vater ist der Direktor von GM?"

„Ja – der Direktor der Kolonie, nicht der Gesellschaft."

„Dann sind Sie seine Tochter . . . " *Witzbold! Was redest du da?*

„Das ist richtig", lachte sie.

„Sie arbeiten für ihn? Ich meine . . . "

„Nein, eigentlich nicht. Ich habe nur ausgeholfen, weil sowohl er als auch sein Assistent unterwegs sind. Ich hatte nichts anderes zu tun. Sie waren die ganze Woche weg, um irgendeine Feldexkursion oder so etwas vorzubereiten."

„Das klingt interessant." Spence suchte fieberhaft nach irgend etwas halbwegs Intelligentem, das er sagen könnte. Zumindest war er über den Schwachsinn hinaus und benahm sich jetzt nur noch wie ein geistig Minderbemittelter.

„Tut es das? Wahrscheinlich, für einen Wissenschaftler, meine ich. Ich verspüre keinen Wunsch, auf dem Mars oder sonstwo herumzukraxeln. Mir hat selbst der Sprung hier herauf schon nicht sonderlich gefallen."

Spence hatte von derartigen „Feldexkursionen", wie sie sie nannte, gehört; zumindest einmal im Semester wurden verschiedene Kadetten ausgewählt, um eine Reise zu einer der außerirdischen Basen zu machen, wo sie die dortige Arbeit aus erster Hand sehen konnten. Der Mars war zweifellos der Luxustrip unter diesen Exkursionen. Wer immer daran teilnahm, würde sich eine Menge zusätzliches Ansehen für seine Referenzen erwerben.

„Wann soll diese – äh, Feldexkursion stattfinden? Ich hoffe, es stört Sie nicht, daß ich frage. Wollen wir ein Stück zusammen gehen? Mein Name ist Spencer. Spence."

„Ich weiß. Ich habe in Ihrer Akte nachgeschaut, Dr. Reston." Auf seinen leicht überraschten Ausdruck hin fügte sie hinzu: „Oh, es war nicht schwer. Ich habe Ihnen ja gesagt, daß ich niemals ein Gesicht vergesse. Und ich erinnerte mich auch an den Strichcode auf Ihrem Overall."

„Richtig." Sie setzten sich langsam zwischen den Farnen und Laubbäumen in Bewegung. Jetzt jedoch bemerkte Spence eine neue Note unter den moschusartigen Düften des tropischen Gartens. Eine frische, reine Note: Zitronen, dachte er.

„Ich bin Ari. Das steht für Ariadne, aber wenn Sie mich jemals so nennen, werde ich nie wieder mit Ihnen reden."

Für einen Augenblick ging Spence durch den Kopf, daß das eine äußerst unglückliche Wendung wäre, doch dann fiel ihm ein, daß er das Mädchen so gut wie überhaupt nicht kannte. „Hmmm." Er runzelte nachdenklich die Stirn. „Ariadne – das stammt aus der griechischen Mythologie. Sie war die Tochter des Königs Minos von Kreta. Sie gab ihrem Geliebten Theseus einen Ballen Garn, den er benutzte, um aus dem Labyrinth des Minotaurus zu entkommen."

„Sehr gut!" Sie lachte und klatschte in die Hände. „Nicht einer unter tausend erinnert sich daran."

„Oh, ich betrachte mich als in den klassischen Mythen durchaus bewandert", bemerkte Spence mit gespieltem Ernst. „Ari. Ein hübscher Name. Er gefällt mir."

„Ich mag Ihren auch." Sie blieben stehen. Als Spence sich umwandte, um sie anzusehen, spürte er, wie ihn die Nerven verließen. „Tja, es war nett, mich mit Ihnen zu unterhalten", sagte sie. „Ich muß jetzt gehen. Vielleicht laufen wir uns wieder mal über den Weg." Sie zögerte. „Bis dann."

Sie wandte sich schnell ab und duckte sich unter den großen Blättern eines Palmenfarns weg, und Spence sah, wie sie wie ein Reh davonjagte und ihr blondes Haar hinter ihr herwehte, während sie zwischen den grünen Schatten verschwand. Verwirrt von der merkwürdigen Mischung von Emotionen, die ihn überfielen, stand er da. Es tat ihm leid, daß sie ging; und doch sagte er sich, daß er gar nicht so empfinden konnte; daß sie nicht anders war als jedes andere Mädchen, dem er je begegnet war. Dennoch blieb ihm ein vages Gefühl des Verlustes, während er seinen Gang über die Gartenwege fortsetzte.

Viertes Kapitel

Spence stolperte zerschunden und blutend über eine fremdartige Felsenlandschaft. Über seiner Schulter erhob sich die volle Erde, eine schöne, stille blaue Kugel, in dem schwarzen, gestaltlosen Himmel. Er zuckte vor Schmerz zusammen, wenn nadelspitze Splitter winziger Ascheteilchen die Sohlen seiner nackten Füße aufschlitzten und ihm das Fleisch von den Knien und Handflächen schürften, wenn er fiel. Er spürte eine kühle Feuchtigkeit auf seiner Wange und hob eine Hand ans Gesicht.

Tränen. Er weinte.

Dann stand er auf dem Gipfel eines niedrigen Berges, der ein Tal voll üppigen Grüns überragte. Eine sanfte Brise umspielte winzige gelbe Blumen und schüttelte mit jedem Stoß ihre sonnigen Blüten spielerisch durch. In der Luft lag ein angenehm scharfer Duft, und ein kaum hörbares klingelndes Geräusch vibrierte in ihr, das ihn an Glocken erinnerte.

In dem Tal zu seinen Füßen waren die Hänge in regelmäßigen Abständen mit kleinen weißen Häusern besetzt, von denen jedes sein eigenes kleines Stück Land hatte. Er konnte die winzigen Gestalten von Menschen erkennen, die ihren täglichen Pflichten nachgingen und in den Häusern ein- und ausgingen. Eine Atmosphäre des unermeßlichen Friedens und der Unversehrtheit hüllte das Tal ein wie ein goldener Nebel, und Spence weinte – erschüttert, weil er nicht zu diesem Tal gehörte, zu diesen Leuten, die in solch schlichter Herrlichkeit lebten.

Die Luft wurde kalt um ihn her. Die empfindlichen gelben Blumen verwelkten zu seinen Füßen. Die Tränen gefroren auf seinem Gesicht. Er hörte das leere Geheul eiskalter Winde herabschallen wie aus unglaublichen Höhen. In Verzweiflung blickte er hinab und sah das grünende Tal verdorren und braun werden. Die weißen Spitzen vertrockneter Grashalme und Blätter flogen in dem wild wütenden Sturm um ihn her.

Er schauderte und schlang sich die Arme eng um die Brust, um sich warm zu halten. Er blickte hinab zu seinen Füßen und sah, daß er auf harter, kahler Erde stand. Er sah etwas funkeln und erkannte einen kleinen Haufen Diamanten, die in dem eisigen Licht eines harten, strengen Mondes glitzerten. Es waren seine Tränen – gefroren, wo sie gefallen waren. Die Erde wollte sie nicht aufnehmen.

Spence war wach, lange bevor er die Augen öffnete. Er lag einfach da und ließ sich von den Wellen der Gefühle überspülen, die die leeren Höhlen in seiner Brust mit heftig widerstreitenden Emotionen füllten. Er fühlte sich wie ein Blatt, das im Sturm umhergewirbelt wurde, ein Fetzen, der vor dem sich zusammenballenden Gewitter hergeweht wird. Er lag mit krampfhaft geschlossenen Augen da und versuchte, all dem einen Sinn abzugewinnen.

Endlich ließ der Sturm nach, und er öffnete erschöpft die Augen, richtete sich auf und hängte die Meßhaube an ihren Haken. Einen Augenblick lang saß er auf dem Rand der Couch und kämpfte mit einem leichten Schwindel, der ihm zuvor nie aufgefallen war. Der Moment ging vorüber; er stand langsam auf und fuhr dabei mit der Hand über sein Kopfkissen. Er starrte es an, als hätte er es noch nie zuvor gesehen. Auf dem hellen Himmelblau des Kissenbezugs waren nebeneinander zwei dunklere Flecken zu sehen. Er berührte sie leicht, obwohl er wußte, woher sie rührten. Das Kissen war feucht von seinen Tränen.

„. . . Und ich werde das Gefühl nicht los, daß es ein Fehler war, mich selbst bei den Experimenten als Versuchsperson zu gebrauchen, das ist alles.“ Spence sprach ruhig, aber mit einiger Überzeugung zu Dr. Lloyd, dem Leiter der Abteilung BioPsych in Gotham. Er hatte sich an Dr. Lloyd gewandt, um sich einmal auszusprechen.

„Aber da bin ich anderer Meinung, Dr. Reston. Ich habe in dem Komitee gesessen, das Ihren Förderungsantrag beurteilt hat. Ich habe dafür gestimmt; ich halte Ihren Entwurf für tadellos und, wenn ich so sagen darf, sehr einsichtsvoll. Wie sonst könnte ein Wissenschaftler subjektive Daten völlig beurteilen, ohne selbst die Phänomene zu erleben, durch die die Daten zustande kommen?

Ihre Arbeit über die Wechselwirkung von Tyrosin-Hydroxylase mit Katecholaminen grenzt ans Revolutionäre. Ich denke, Sie sind da einem sehr vielversprechenden Forschungsmodell auf der Spur, einem Modell, das, wenn es Erfolg hat, den Weg für einige sehr wichtige Entwicklungen in der Schlafforschung bahnen könnte. Ihre Forschungen sind ein Schlüssel zu dem gesamten LTST-Projekt. Wenn ich als Kollege sprechen darf, wünsche ich mir, daß Sie die Arbeit fortsetzen. Ich halte das für unbedingt geboten."

Spence bekam nicht das zu hören, was er zu hören hoffte. Dr. Lloyd verteidigte mit großem Enthusiasmus Spences Projekt gegen ihn selbst.

„Vielleicht gäbe es eine Möglichkeit, das Projekt umzustrukturieren, vielleicht –"

Dr. Lloyd lächelte wohlwollend und schüttelte langsam den Kopf. „Sie haben ihm noch keine richtige Chance gegeben. Warum warten Sie nicht ab, wo es Sie hinführt?"

„Ich könnte eine andere Versuchsperson derselben Versuchsanordnung unterziehen – dann müßte ich nicht . . . "

„Nein, nein. Ich kann Ihre Besorgnis verstehen. Aber Sie haben bereits soviel getan. Woher wissen Sie, daß Sie nicht gerade jetzt einige der Anzeichen des LTST-Syndroms zeigen? Na? Haben Sie daran schon gedacht?"

„Aber –"

„Glauben Sie mir, Dr. Reston, ich bewundere Ihre Arbeit. Es wäre mir sehr unlieb, wenn die Fortschritte, die Sie bereits erzielt haben, gefährdet würden. Ihre Karriere ist auf dem aufsteigenden Ast. Sie werden es weit bringen. Doch als Freund muß ich Sie warnen. Pfuschen Sie jetzt nicht an Ihrer Versuchsanordnung herum. Das würde vor dem Komitee nicht gut aussehen. Sie wollen doch nicht, sagen wir, unentschlossen erscheinen? Wischi-waschi?

Ich fürchte, das Komitee wäre über irgendwelche Änderungen zu diesem späten Zeitpunkt ganz und gar nicht entzückt. Und als Mitglied des Komitees müßte ich mich dieser Sicht anschließen."

„Ich nehme an, Sie haben recht, Dr. Lloyd. Danke, daß Sie sich die Zeit genommen haben." Spence stand widerwillig auf, und sein Kollege legte ihm die Hand auf die Schulter und führte ihn zur Tür.

„Jederzeit, Dr. Reston. Zögern Sie nicht, jederzeit hereinzuschauen. Dafür bin ich ja schließlich hier." Lloyd schmunzelte, erfreut darüber, daß er dem legendären jungen Dr. Reston eine Hilfe sein konnte. „Machen Sie sich wieder an die Arbeit. Sie sollten wissen, daß wir alle Ihre Fortschritte mit dem größten Interesse beobachten."

„Danke. Auf Wiedersehen, Sir."

„Nicht der Rede wert. Auf Wiedersehen. Schauen Sie jederzeit wieder herein."

Spence war gegen eine Mauer gelaufen, die er sich selbst gebaut hatte. Er hatte es vorher nie bedacht, aber es ergab einen Sinn, daß die GM-Leute ihn jetzt genauso dringend haben wollten, wie er zunächst sie gewollt hatte. Seine Gegenwart steigerte das gesamte Ansehen des Zentrums, und nun, da sie ihn hatten, würden sie nicht zulassen, daß ihm etwas geschah, das seinen Wert als Beiträger mindern würde. Sie hatten nicht die Absicht, Dr. Restons glorreichem Erfolg irgend etwas im Weg stehen zu lassen, nicht einmal Dr. Reston selbst.

Mißmutig ging er zurück ins Labor. Er fühlte sich in der Falle. Was war mit ihm los? War er dabei, den Verstand zu verlieren? Fing es so an?

Die Träume waren zurückgekehrt, und sie gewannen immer mehr Kontrolle über seinen Schlafzustand. Er erwachte morgens ausgelaugt und unausgeruht mit bis zum Zerreißen gespannten Emotionen. An die Träume selbst konnte er sich nicht erinnern. Es waren schattenhafte Formen, die sich gerade außerhalb der Grenzen seines Bewußtseins bewegten.

Hatte Lloyd recht? Litt er unter den Belastungen des langen Aufenthalts im All, die sich in dem „Long-Term-Space-Travel"-Syndrom ausdrückten? Wenn ja, wie war das möglich? Er war dafür noch nicht lange genug auf GM. Gab es einen Mechanismus, der bewirkte, daß seine eigene Reaktion sich irgendwie beschleunigte? Die Encephamin-Injektionen vielleicht? Oder lag die Erklärung woanders?

Nur eines war sicher: Die Träume waren wieder da und verfolgten ihn.

Vielleicht sollte er tun, was Dr. Lloyd vorgeschlagen hatte, nämlich einfach seinem Verstand folgen, wohin er ihn führte. Spence scheute vor diesem Gedanken zurück. Irgend etwas in ihm rebellierte gegen diesen Vorschlag. Es war ein irrationales Rebellieren, so schien es zumindest, denn es war ein Ratschlag, für den jede Logik sprach. Doch etwas in Spence – sein Geist, sein Gewissen, jene winzige innere Stimme – schrie eine Warnung bei dem Gedanken, seine Vernunft dem Plan des Projekts zu opfern. Auch wenn es sein eigenes Projekt war.

Während er zum Labor zurückging, versuchte Spence, diese innere Meuterei zu ersticken. Es gab keinen Grund, warum er nicht wie geplant weitermachen sollte – keinen wissenschaftlich objektiven Grund.

Die aufgleitende Trennwand flüsterte schwach, als er das Labor betrat. Die Lichter waren aus, und Tickler war weg. Das Labor lag still. Er trat ein und die Tür schloß sich hinter ihm, so daß er sich in völliger Dunkelheit und Stille fand.

Er drehte sich um und tastete in der Schwärze nach der Schalttafel, um die Lichtschiene an der Decke einzuschalten. Als er sich abwandte, glaubte er, einen kaum merklichen, schwachen Glanz wahrzunehmen. Er hielt inne und wandte sich langsam zurück.

In der Dunkelheit des leeren Labors nahm er ein merkwürdiges Leuchten wahr, eine Art Halo, der kaum sichtbar in der Mitte des Labors schwebte. Er schloß seine Augen und öffnete sie wieder, doch das leicht grünliche Glühen war immer noch da. Während Spence hinschaute, schien sich der leuchtende Fleck zu verdichten und allmählich schärfer und heller zu werden, und er ging auf das Glühen zu wie von einem starken Magneten angezogen.

Der Halo war jetzt deutlich zu sehen; sogar seine Umgebung begann jetzt das Licht zu reflektieren. Spence umkreiste ihn langsam mit gespannten Muskeln wie eine sprungbereite Katze. So etwas hatte er noch nie gesehen. Wo immer er auch hinging, der glänzende Halo zeigte ihm immer das gleiche Gesicht: ein leuchtender Kranz aus blaßgrünem Licht, der unter seinem Blick waberte und tanzte. Das Zentrum des Halos leuchtete nicht. Spence konnte hindurchschauen und die undeutlichen Umrisse von Gegenständen auf der anderen Seite des Raumes erkennen.

Er schob sich vorsichtig näher heran, seitwärts, wie ein Krebs. Er versuchte wegzuschauen, aber seine Neugier oder eine stärkere Macht hielten seine Aufmerksamkeit fest. Er konnte nicht widerstehen.

Jetzt stand er sehr nahe an der leuchtenden Erscheinung im Mittelpunkt des Labors. So nahe, daß er ein kribbelndes Gefühl an Händen und Gesicht verspürte, wie die winzigen Nadelstiche in der Haut bei extremer Kälte. Er streckte der Aura eine Hand entgegen und sah sie von dem grünlichen Leuchten umgeben.

Allmählich bemerkte er eine Bewegung innerhalb des Halos – einen fast durchsichtigen Schimmer des tiefsten Blaus, fast jenseits des menschlichen Sehvermögens. Das Leuchten verstärkte sich und sandte Strahlen aus, die golden und silbern glitzerten, als sie innerhalb der grünen Aura des Halos aufleuchteten.

Obwohl er mit beiden Füßen fest auf dem Boden stand, hatte er das entnervende Gefühl, mit großer Geschwindigkeit in den Halo hineingezogen zu werden, als ob er in einen kreisenden Strudel aus kaltem, blauem Feuer hinabgesogen würde. Mit dieser Empfindung kam eine Beschleunigung seiner körperlichen Sinneswahrnehmungen. Sein Herz begann schnell zu schlagen, er atmete schwer, Schweißperlen bildeten sich auf seiner Stirn und seinem Hals. Er fühlte sich sehr schwach und schwindlig und schwankte am Rande der Bewußtlosigkeit, als ihn ein einzigartiges Gefühl überkam: Das Fleisch in seinem Nacken begann mit winzigen Nadelstichen nach oben über seine Kopfhaut zu kriechen. Was konnte das sein? Die Antwort traf ihn wie ein Schock: Jedes einzelne Haar auf seinem Kopf stand senkrecht zu Berge.

Spence riß den Mund auf, um zu schreien, aber er brachte keinen Laut hervor. Er war gefangen im stählernen Griff eines namenlosen Schreckens, einer Angst, die aus den dunklen Ecken des Raumes – seines Verstandes – auf ihn einschwemmte. Er konnte sich weder bewegen noch schreien noch den Blick abwenden. Nur ertragen.

Irgendein kleiner Teil seines Geistes zog sich von dem Grauen zurück, das nun seine Züge verzerrte. Mit diesem Teil beobachtete er mit grausiger Faszination, wie die grüne Aura strahlend aufflammte und der wirbelnde blaue Blitz sich verlangsamte und eine Form anzunehmen begann. Für sein rationales inneres Auge sah es so aus, als fände eine Szene hinter einem dünnen Vorhang aus Licht statt, aber die Bewegungen waren zu undeutlich und fern, als daß er sie hätte begreifen können.

Allmählich wurde er sich eines Geräuschs bewußt, daß vielleicht schon die ganze Zeit über zu hören gewesen war, ohne daß er es bemerkt hatte. Es war das dünne, nadelartige Klingeln winziger Glocken. Er hörte es nicht mit seinen Ohren, sondern im Innern seines Kopfes und auf der Oberfläche seiner Haut. Und daß er es jetzt auf diese Weise hörte, verwandelte das Blut in seinen Adern in Eiswasser. Denn bis zu diesem Moment hatte er es nur in seinen Träumen gehört.

Mit einer letzten Anstrengung hob er die Hände und hielt sich die Ohren zu und schrie mit jeder Faser seines Willens, die ihm noch blieb. Dann stürzte er bewußtlos zu Boden.

Fünftes Kapitel

„Hier ist er." Der Lampenstrahl spielte über die zusammengesunkene Gestalt auf dem Boden. „Ohnmächtig."

„Ich mache das Licht an", sagte eine zweite, etwas höhere Stimme.

„Nein, lassen Sie es aus. Er könnte aufwachen", antwortete die erste.

„Was sollen wir mit ihm machen? Wir können ihn nicht einfach auf dem Boden liegen lassen . . . "

„Warum nicht? Wir können später wiederkommen."

„Er könnte sich erinnern."

„Richtig. Legen wir ihn ins Schlaflabor."

„Gute Idee. Schließen Sie auch das Meßgerät an. Dann wird er sich nicht sicher sein. Selbst wenn er sich erinnert, wird er sich nicht sicher sein."

„Ich nehme seine Füße. Vorsichtig, wecken Sie ihn nicht auf."

Spence kam es so vor, als kehrte sein Bewußtsein zurück wie ein Stein, der in einen Teich fällt. Er spürte, wie es auf ihn zu fiel, langsam durch die leere Dunkelheit, während er selbst schwebend verharrte, um es zu empfangen.

Das schwebende Gefühl blieb noch eine Weile. Als er versuchte, seinen Kopf zu bewegen, wurde er von einem starken Schwindel überfallen, und ihm war, als fiele er in Zeitlupe in ein riesiges, bodenloses Loch hinab.

Also blieb er bewegungslos liegen und versuchte, die Bruchstücke seines Denkens zusammenzuraffen – oder was von ihnen übrig war. Er erinnerte sich, daß er mit Dr. Lloyd gesprochen und dann ins Labor zurückgekehrt war. Das war alles. Danach kam nur noch Dunkelheit. Und doch mußte noch etwas geschehen sein. Denn er lag hier, wenn er richtig riet, im Schlaflabor auf der Konturliege des Meßgeräts. Wie er dorthingekommen war, konnte er sich nicht erklären.

Aus dem Kontrollraum hörte er das sanfte Läuten der Versuchsuhr. Dann kam Ticklers Stimme aus dem Lautsprecher und fiel von oben auf ihn herab wie Schnee. „Die Sitzung ist vorüber, Dr. Reston. Soll ich das Licht anschalten?"

„Ja", hörte er sich selber sagen. „Schalten Sie das Licht an."

Die Lichtschienen an der Decke begannen zu leuchten; zuerst schwach, doch stetig heller werdend, bis er die gewohnte zylindrische Form des Raums ausmachen konnte. Langsam setzte er sich auf, als die letzten Wellen des Schwindelgefühls ihn überspülten. Er hielt sich an den Seiten der Konturliege fest und kam unbeholfen auf die Füße, wobei ihm nicht entging, daß Tickler ihn vom Kontrollraum aus genau beobachtete.

„Gute Messung bei dieser Sitzung, Doktor", sagte Tickler heiter.

„Bringen Sie sie mir nach dem Frühstück her." Spence schüttelte benommen den Kopf.

„Stimmt etwas nicht?"

„Nein. Ich, äh, habe nur nicht sonderlich gut geschlafen, das ist alles."

„Sie wissen doch noch, daß Sie für heute die Vorstellungsgespräche mit Kadetten für die Assistentenstelle anberaumt haben."

„Tickler, brauchen wir wirklich einen Assistenten? Ich meine, dieses Projekt besteht aus Ihnen und mir. Wir sind doch hier nicht in der HiEn-Abteilung – diese Typen brauchen dreißig Leute für jedes Experiment."

„Jede Abteilung muß einen Kadetten aufnehmen."

„Schön, aber könnte nicht Simmons noch einen nehmen? Ich kann wirklich nicht sehen, womit wir ihn beschäftigen sollten . . ."

„BioPsych ist eine kleine Abteilung, stimmt", sagte Tickler pikiert. „Aber sie wird sich wohl kaum ausdehnen können, wenn diejenigen unter uns, die in der Lage wären, das Interesse heller junger Köpfe zu fördern, es versäumen, den vollen Nutzen aus dem Assistentenprogramm zu ziehen."

Spence haßte Ticklers Grundsatzreden. Um weitere Eskalationen zu vermeiden, antwortete er, so gleichmütig er konnte: „Sie haben natürlich recht. Ich glaube sogar, es wäre eine gute Idee, wenn *Sie* die Kadetten selbst interviewen würden."

„Ich? Aber Dr. Reston, ich –"

„Ich wüßte nicht, was dagegen spricht. Sie haben ein gutes Fingerspitzengefühl für so etwas. Ich werde jedoch Ihre Wahl bestätigen wollen. Wenn Sie den richtigen Kandidaten für den Job gefunden haben, bringen Sie ihn zu mir."

Spence verzog sich eilends aus dem Kontrollraum und brachte die Angelegenheit damit zum Abschluß. Er trat auf den Korridor hinaus und machte sich auf den Weg zur Kantine. Sobald er der lästigen Gegenwart Ticklers entkommen war, kehrten seine Gedanken zu dem mysteriösen Problem seines Blackouts zurück.

Im Durcheinander der vollen Kantine fand er die Abgeschiedenheit, um eingehend darüber nachzudenken. Lärm, fand Spence, war ein ebenso guter Isolator wie vollkommene Stille. Vielleicht sogar besser. Bei der richtigen Menge zufälliger Geräusche wandten sich die Gedanken von selbst nach innen und schlossen den Rest der Welt vollkommen aus.

Das Klirren und Klappern von Tabletts und Utensilien, das Gewirr der Stimmen und das erbarmungslose Dröhnen ungenießbarer Hintergrundmusik, das die überlaufene Kantine erfüllte, brachten den Lärmfaktor auf genau die richtige Lautstärke für die Kontemplation. Mit seinem Tablett mit Rühreiern, Grapefruit und Kaffee bahnte er sich durch viele andere, die die verschiedensten Speisen zu sich nahmen, seinen Weg zu einem leeren Tisch in der Ecke. Er sah Spaghetti, Roastbeef, gefüllte Tomaten, Geflügelsalat, Pfannkuchen, Omelettes und Hot Dogs – Frühstück, Mittagessen und Abendessen wurden gleichzeitig serviert, um den Zeitplänen der verschiedenen Schichten gerecht zu werden. Der Anblick von Braten und Soße gleich neben Rühreiern und Toast traf ihn jedesmal wie ein Schlag; es sah irgendwie nicht richtig aus.

Spence kaute nachdenklich und war am Ende seiner Mahlzeit einer Antwort nicht näher als zuvor. Die fehlenden Stunden waren einfach weg. Über zehn Stunden – vielleicht sogar zwölf – konnte er keinerlei Auskunft geben. Zumindest nicht aus eigenem Gedächtnis. Er kippte den Rest seines lauwarmen Kaffees hinunter und beschloß, die Meßaufzeichnungen im Labor zu überprüfen – auf den vier roten Wellenlinien der Scannerrolle würde er einen minuziösen Bericht über jeden Augenblick seiner geistigen Befindlichkeit finden.

Er betrat das Labor mit dem Seufzen der Gleittür und sah, daß Tickler gegangen war. Er ging in den Kontrollraum und fand die Spule, wo Tickler sie zurückgelassen hatte; pflichtgemäß katalogisiert und fertig zum Archivieren, nachdem er sie inspiziert hatte.

Spence öffnete das Siegel und rollte den Streifen bis zum Anfang zurück, wobei er beobachtete, wie sich die endlosen Meter von Wellenlinien in seinen Fingern entrollten. Am Beginn des Bandes fand er das Datum und die Uhrzeit verzeichnet: EST 5/15/42 10:17 GM. Danach setzte sich die Aufzeichnung für neuneinviertel Stunden ohne Unterbrechung fort. Jeder Gipfel und jedes Tal, jeder Ausschlag eines Alphafunkens oder eines Betablitzes war pflichtgemäß verzeichnet. Er sah den gleichmäßigen, rhythmischen Verlauf seines Nachtschlafes vor sich. Seine Gegenwart war gesichert.

Aber was war mit der Zeit *vor* der Aufzeichnung? Wo war er gewesen? Was hatte er getan? Warum konnte er sich nicht erinnern?

Spence rollte das Band wieder auf und versiegelte die Spule. Er mußte heraus aus dem Labor und nachdenken – oder auch nicht nachdenken. Er beschloß, in den Central Park zu gehen.

Die Feuchtigkeit stieg merklich an, als er sich dem Vorplatz des Parks näherte. Nur wenn er den leicht moschusähnlichen Duft der Gartenatmosphäre wahrnahm, wurde ihm klar, wie steril die sorgfältig kontrollierte und gefilterte Luft überall sonst in der Station war.

Er stieg die Stufen hinab auf die weiche Erde und hob eine Hand, um seine Augen vor der blendenden Helligkeit zu schützen, die ihn sofort umgab. Die Solarschirme, jene riesigen Lamellen, die man öffnen und schließen konnte, um die Lichtmenge zu regulieren, die in den Garten einfiel, waren weit geöffnet, um einen Lichteinfall wie etwa zur Mittagszeit zu simulieren. Einige Augenblicke lang stand Spence blinzelnd da, bis sich seine Augen an das strahlende Sonnenlicht gewöhnt hatten, dann schlug er einen der vielen mäandrierenden Spazierwege ein. Er folgte dem Pfad zum Zentrum des Gartens und der Grünanlage, in der Hoffnung, in einer der durch Bäume und Hecken gebildeten abgeschiedenen Nischen eine leere Bank zu finden.

Ein kurzer Rundgang durch die Umgebung zeigte ihm, daß alle Bänke besetzt waren, meist von jungen Frauen, die die wohltuenden Strahlen der Sonne aufsaugten. Er hatte die Runde fast vollendet, als er vor der letzten Bank stehenblieb. Auch sie war besetzt. Er wollte sich schon abwenden, als ihm auffiel, daß er die Besitzerin des aufwärts gewandten Gesichts und der geschlossenen Augen kannte.

„Stört es Sie, wenn ich mich setze?“ fragte er. Die blauen Augen blinzelten, und eine Hand hob sich, um sie zu beschatten.

„Oh, Dr. Reston – Spence, meine ich. Bitte, setzen Sie sich. Ich mache mich hier viel breiter, als mir zusteht."

Er setzte sich auf das äußerste Ende der Bank und schaute die junge Frau an, und ihm wurde klar, daß er nicht die geringste Ahnung hatte, was er zu ihr sagen könnte. Er lächelte. Sie lächelte zurück.

Idiot! schimpfte sich Spence. *Sag was!* Das Lächeln auf seinem Gesicht franste allmählich am Rand aus.

„Hatten Sie eine erfolgreiche Zusammenkunft?" Ari rettete ihn, indem sie das Gespräch begann.

„Zusammenkunft?" *Oh nein!* dachte er, *ich labere schon wieder!*

„Schon vergessen? Sie hatten eine Zusammenkunft mit meinem Vater – oder war das ein anderer Dr. Reston?"

„Ist er denn zurück?"

„Sie meinen, Mr. Wermeyer hat Sie noch nicht angerufen? Ich könnte mit ihm reden, wenn Sie wollen. Daddy ist sehr beschäftigt, seit er zurück ist, aber Sie hätten benachrichtigt werden müssen. Ich werde sehen, was ich tun kann; ich kann einiges bewegen, wissen Sie."

„Nein, es wäre mir nicht recht, Sie darum zu bitten. Ich warte, bis ich dran bin."

„Vielleicht war es am Ende *doch* ein anderer Dr. Reston. Der, an den ich denke, war sehr beharrlich. Sehr dringend – eine Sache auf Leben und Tod."

„Offenbar ist die Krise vorüber – ich hatte Zeit, mich abzukühlen. Aber danke für das Angebot. Ich will ihn durchaus immer noch sprechen."

„Nun, vielleicht haben Sie Glück, wenn Sie noch einen Augenblick warten wollen. Mein Vater kommt herunter, um mich abzuholen, wenn seine Sitzung zu Ende ist. Wir gehen zusammen zum Mittagessen. Dann könnten Sie mit ihm reden."

„Ich möchte mich nicht aufdrängen –"

„Seien Sie nicht albern. Es stört mich nicht. Außerdem hätte ich es Ihnen nicht angeboten, wenn ich mich nicht immer noch ein wenig schuldig fühlte, weil ich Sie so schändlich behandelt habe."

„Das habe ich schon völlig vergessen, glauben Sie mir."

„Sie sind nett." Sie lächelte wieder, und Spence spürte, wie die Wärme sein Gesicht berührte wie die Strahlen der Sonne.

Und in diesem Moment wurden sie, ohne daß einer von ihnen sonderlich darüber nachdachte, ohne es sich überhaupt zu wünschen, zu Freunden. Für Ari war es eine ganz natürliche Sache; sie hatte viele Freunde und schloß leicht Freundschaften. Doch für Spence war es etwas ganz anderes. Er schloß nicht leicht Freundschaften – schon gar nicht mit Frauen. Er wußte nicht, wie er mit ihnen reden sollte, und fühlte sich nie wohl in ihrer Gegenwart. So erschrak er beinahe, als er einige Zeit später feststellte, daß er sich über eine Stunde lang mit Ari unterhalten hatte, ohne sich auch nur einen Moment lang unbehaglich zu fühlen.

Und Spence verspürte einen Stich echten Bedauerns, als er die schwergewichtige und doch würdevolle Gestalt des GM-Direktors über den Rasen auf sich zukommen sah.

„Oh, Daddy!" rief Ari und sprang auf. Auch Spence erhob sich. „Daddy, du erinnerst dich doch bestimmt an Dr. Reston –"

„Ja, natürlich!" Der Mann, den sie „Daddy" genannt hatte, streckte eine breite, kräftige Hand aus, die Spence ergriff.

„Schön, Sie wiederzusehen, Direktor Zanderson." Das letzte Mal hatte Spence den Direktor auf einem Empfang für die neuen Stipendiaten ein paar Tage vor seinem Abflug von der Erde gesehen.

„Es freut mich immer, einem unserer hellsten neuen Kollegen zu begegnen. Ich glaube, Sie haben sogar Ihre erste Beurteilung vor sich, nicht wahr? Ja, ich glaube. Ich habe es auf meinem Kalender gesehen. Wie gefällt es Ihnen hier, Dr. Reston? Haben sich alle Ihre Hoffnungen erfüllt?"

„Ja, und noch manches dazu", sagte Spence wahrheitsgemäß.

„Daddy, ich habe Spence gebeten, uns beim Essen Gesellschaft zu leisten. Ich weiß doch, wie sehr du ein neues Publikum genießt." Ari schlang einen Arm um ihren Vater, der amüsiert dreinblickte.

„Tochter, bedenke die Würde meines Amtes!" Sie küßte ihn auf die Wange. „Was soll Dr. Reston denken? Sagen Sie mir, haben Sie je eine so unverschämte junge Dame gesehen?"

Spence wurde durch Ari davor bewahrt, darauf antworten zu

müssen, indem sie sagte: „Ich bin am Verhungern. Laßt uns sofort essen gehen, oder ihr beide werdet einen schlaffen und leblosen Körper durch den Garten zur Kantine tragen müssen. Wie würde das zu deiner kostbaren Würde passen?"

„Dr. Reston, ich bedaure das schockierende Benehmen meiner Tochter." Seine Augen zwinkerten bei ihrem Anblick. „Aber ich wiederhole ihre Einladung. Würden Sie uns Gesellschaft leisten?"

Da es keinen eleganten Ausweg zu geben schien, antwortete Spence: „Es ist mir ein Vergnügen."

Sechstes Kapitel

Sie kehrten jeder an seinen Platz zurück: Spence in sein Labor, der Direktor in sein Büro und Ari ins Kultur- und Kunstzentrum. Es war eine der angenehmsten Mahlzeiten gewesen, an die Spence sich erinnern konnte. Sie hatten nicht in der Kantine gegessen, wie er erwartet hatte, sondern in einem der vier exzellenten Restaurants auf Gotham, dem *Belles Esprit*, einer durchaus gelungenen Kopie eines französischen Cafés.

Spence hatte zuvor noch keines der Restaurants besucht und war angenehm überrascht, festzustellen, daß sie ganz anders waren als die Kantinen. Was ihn weniger überraschte, war, daß sie, nicht anders als exklusive Restaurants auf der Erde, ausgesprochen teuer waren. Das Essen in der Kantine war kostenlos; von den Restaurants konnte man das nicht behaupten.

Sie hatten eine Palmenherzen- und Artischocken-Vinaigrette und Quiche Lorraine zu sich genommen. Und als Spence sich erhob, fühlte er sich beruhigt und erfrischt – ebensosehr durch die Gesellschaft wie durch das Essen und die Atmosphäre. Vater und Tochter Zanderson hatten sich als äußerst unterhaltsame Gastgeber erwiesen. Sie hatten ihn so aus sich herausgelockt, daß er wesentlich mehr von sich selbst erzählt hatte, als er es normalerweise tat, aber es hatte ihm gefallen. Und mehr als einmal während des Essens hatte er aufgeblickt und entdeckt, wie Aris blaue Augen ihn mit einem eigenartigen Ausdruck beobachteten.

Nun näherten sie sich dem Verbindungstunnel, wo er sie verlassen und zum Labor zurückkehren würde. Dafür, daß ihm innerlich vor dieser Einladung zum Mittagessen geschaudert hatte, tat es ihm reichlich leid, daß ihre kurze Zeit zusammen schon wieder zu Ende war.

„Ich hoffe, Sie werden über mein Angebot nachdenken", sagte Direktor Zanderson gerade. „Ich denke, es wäre eine lohnende Erfahrung für Sie. Es wäre sogar für Ihre Forschungen förderlich, möchte ich meinen. Ein intelligenter junger Mann wie Sie – ich stelle mir vor, Sie könnten ein paar Experimente entwerfen, durch die die Reise sehr nützlich für Sie würde."

Spence hörte nur halb auf das, was der Direktor sagte. „Ich fürchte, mit meiner bevorstehenden Beurteilung . . .", fing er an einzuwenden.

„Oh, das ist nur eine Formalität", grinste der Direktor. „Im übrigen könnte die Beurteilung verschoben werden oder vielleicht sogar ganz ausfallen, falls Sie sich entschließen könnten, eines der Forschungsteams auf der Exkursion zu leiten. Terraformung ist die Zukunft – eine sehr aufregende Tätigkeit. Ich wünschte, ich könnte selbst wieder mitkommen; aber . . . die Pflichten, Sie wissen ja."

Er schaute den Direktor etwas verlegen an. Ari bemerkte sein Unbehagen und kam ihm zu Hilfe. „Oh, Daddy. Terraformung ist *deine* große Manie, nicht jedermanns. Hör auf, ihn damit zu piesacken. Ich bin sicher, Spencer hat besseres zu tun, als auf einem staubigen alten Felsen herumzukraxeln. Ich jedenfalls hätte das."

Der Direktor schnalzte mit der Zunge. „Was für ein lästiges Mädchen! Na schön, ich werde Sie nicht zu einer Antwort drängen, Dr. Reston. Aber ich hoffe, Sie werden darüber nachdenken. Das Erlebnis des Mars *ist* wirklich faszinierend."

„Ich werde darüber nachdenken. Und ich danke Ihnen beiden

für das äußerst angenehme Mittagessen. Es war wirklich sehr nett.“

„Ich freue mich, daß Sie sich zu uns gesellt haben. Ich habe es immer gern, wenn ich meine Kollegen besser kennenlernen kann. Also auf Wiedersehen.“

„Schönen Tag noch“, sagte Ari. Sie wandten sich ab und schlenderten Arm in Arm die Hauptachse entlang. Spence sah ihnen nach und setzte sich dann durch den Tunnel in Richtung Labor in Bewegung.

Tickler wartete auf ihn, als er ankam. Sein geschäftiger Assistent schien über irgend etwas verstimmt zu sein; er warf ihm eine Reihe von Seitenblicken zu, die Spence als mißbilligend interpretierte. Er ignorierte den Tadel gelassen – schließlich hatte er gerade mit dem Direktor zu Mittag gegessen. Nichts hätte seine Selbstachtung im Moment auch nur entfernt beeinträchtigen können.

„Nun, Tickler, wie kommen wir heute nachmittag vorwärts? Sind wir bereit für die Sitzung heute abend? Ich habe vor, den Elektroencephamin-Quotienten noch einmal um fünf Prozent zu erhöhen. Ich würde gerne den Scanner testen, bevor das Experiment abläuft!“

„Das habe ich nicht vergessen“, sagte Tickler. Er nickte zum Kontrollraum hinüber, und Spence sah, daß sie einen Besucher hatten. „Vielleicht erinnern Sie sich, daß Sie mir aufgetragen hatten, uns einen neuen Assistenten zu verschaffen.“

„So bald? Sie haben aber keine Zeit verloren. Na schön, begrüßen wir ihn.“ Er winkte dem Kadetten zu, der sie durch das Kontrollfenster beobachtete. Der junge Mann stand auf, kam herüber und stellte sich neben Tickler.

Spence reichte dem etwas klein geratenen jungen Assistenten die Hand. „Wie ich sehe, haben Sie Dr. Tickler bereits kennengelernt. Wie ich ihn kenne, hat er Ihnen bereits etwas zu tun gegeben. Ich bin Dr. Reston.“

„Ja – wir sind uns schon begegnet“, antwortete der Neue, als sie sich die Hände schüttelten. Spence schaute ihn sich genauer an; der Kadett kam ihm zwar bekannt vor, aber er wußte nicht, wo er ihn hinstecken sollte.

„Tut mir leid . . . "

„Ich habe nicht erwartet, daß Sie sich daran erinnern", sagte der Kadett. Ich bin ungefähr vor einer Woche auf dem Gartenvorplatz mit Ihnen zusammengestoßen."

„Richtig – Kurt, nicht wahr?" Er erinnerte sich an den Vorfall.

„Stimmt. Kurt Millen. Erstes Jahr. D-Level, Sektor 1."

„Nun, schön, daß wir Sie an Bord haben. Ich hoffe, wir können dies zu einer interessanten Aufgabe für Sie machen."

„Sie sind also mit meiner Wahl einverstanden?" fragte Tickler. Spence sah nicht das merkwürdige Grinsen, das die Frage begleitete, sonst hätte er es sich vielleicht noch einmal überlegt.

Statt dessen sagte er: „Ja, ja. Ich glaube, Kurt ist genau der Richtige für uns. Er kann anfangen, indem er Ihnen hilft, den Scannertest vorzubereiten, während ich das Encephamin fertig mache."

Die Schicht verlief ohne Unterbrechung, und bei der Arbeit dachte Spence wieder an seine Unterhaltung mit Ari und brachte sich selbst durch die warmen Gefühle in Verlegenheit, die diese Gedanken begleiteten. *An diesem Mädchen ist etwas dran*, sagte er sich. *Sei vorsichtig*, antwortete seine wachsame innere Stimme.

Der goldene Nebel war in dem leeren Geheul eiskalter Winde verflogen, die aus ungeahnten Höhen herunterfegten. Das üppige, grüne Tal welkte und wurde braun. Verblichene Fetzen getrockneten Grases und die Blütenblätter winziger gelber Blumen umflatterten ihn in dem wild wütenden Sturm.

Er zitterte und schlug in dem Bemühen, sich warm zu halten, die Arme eng um die Brust. Er starrte hinab auf seine Füße und sah, daß er auf hartem, unfruchtbarem Boden stand. Um ihn her sah er das funkelnde Glitzern von Diamanten im eisigen Leuchten eines harten, strengen Mondes.

Es waren seine Tränen – gefroren, wo sie gefallen waren. Die Erde wollte sie nicht aufnehmen.

Spence wandte sich ab und schlurfte davon, und sofort stand er auf einer weiten, offenen Ebene unter einem vom Wind leergefegten Himmel, an dem dünne Wolken über ihm hinwegrasten und hinter dem Horizont verschwanden. Als er zusah, verspürte er einen überwältigenden Drang, diesen Federwolken zu folgen, zu sehen, wohin sie flogen.

Er hob die Füße, beugte sich vor und begann zu rennen. Doch seine Beine gehorchten ihm nicht richtig. Mit jedem Schritt schleppte er sich langsamer dahin, als ob ihm auf mysteriöse Weise die Kraft entzogen würde. Bald waren seine Beine zu schwer, um sie zu bewegen. Er spürte, wie er in der vertrockneten Erde versank, hinabgesogen wurde wie im Treibsand.

Mit aller Kraft versuchte er, sich zu bewegen, als der trockene rote Sand ihm bis zu den Knien ging, doch sein Gewicht zog ihn Zentimeter für Zentimeter nach unten. Er schrie, und seine Stimme klang hohl in seinen Ohren. Er schaute sich um und sah, daß er in einer großen Glaskugel gefangen war und daß der Sand weiter anstieg.

Der Sand schien jetzt vom Himmel zu fallen und ihn lebendig unter sich zu begraben. Er spürte das körnige Stechen und hörte das trockene, knisternde Rieseln, als der Sand auf ihn herabregnete. Er setzte sich in seinen Haaren und Augen ab. Er blickte auf und sah, daß sich die Glasblase hoch über ihm verjüngte und der Sand durch eine winzig Öffnung auf ihn herabrieselte. Als ihm der Sand bis zur Brust reichte, schob er ihn mit den Armen von sich, aber er fiel unablässig weiter, und bald war er tiefer begraben als zuvor.

Er schrie erneut, hörte den Widerhall der Stille und wußte, daß seine Schreie jenseits des Glases nicht zu hören war. Als sich der Sand über seinem Kopf schloß, erkannte er, daß er in einem Stundenglas gefangen und der Sand gerade abgelaufen war.

Spence erwachte mit einem Schreckensschrei und setzte sich kerzengerade auf. Die Schlafkammer war vollkommen dunkel – eine schwarze, samtige Dunkelheit, die auf ihn eindrang wie ein bedrückendes Gewicht. Er spürte, wie sie ihn einhüllte, bedeckte, erstickte.

Er wollte aufstehen, weglaufen und der schrecklichen Gegenwart seines Traums entkommen. Doch eine unsichtbare Macht hielt ihn an Ort und Stelle fest. Er legte sich langsam wieder zurück, und als er das tat, sah er in der dichten Dunkelheit etwas, das ihm den Atem stocken ließ.

Direkt über ihm, auf halbem Weg zwischen der Couch und der Zimmerdecke, schwebte ein ganz schwaches grünliches Leuchten, das im Dunkeln schimmerte. Er sank zurück auf die Konturliege und sah zu, wie das Leuchten stärker wurde und die Form eines glühenden Kranzes annahm, von dem winzige Lichttentakeln ausstrahlten. Das Zentrum des Kranzes war dunkel und formlos, doch er spürte, daß in dem strahlenden Halo etwas Dunkles und Mysteriöses brodelte.

Der leuchtend grüne Halo hatte etwas Vertrautes an sich, das ihn verwirrte. Er fühlte sich fast so, als hätte er ihn schon einmal irgendwo gesehen oder erlebt – aber wo? Er konnte sich nicht erinnern. Doch das Gefühl der Vertrautheit blieb, und mit ihm wuchs die Furcht.

Er begann am ganzen Körper zu zittern.

Im Zentrum des Halos sah er die undeutlichen Umrisse formloser Gebilde, die sich aus blauem Licht zusammenwebten. Subtil und undeutlich flammten sie auf und verblaßten wieder; sie trieben, waberten und verbanden sich innerhalb der grünen Aura. Die durchscheinenden blauen Fasern sandten silberne Blitze aus, die hell aufglänzten, wenn sie die grüne Aura berührten.

Das Ding schien an ihm zu zerren, ihn nach oben und in sich hineinziehen zu wollen. Er hatte das Gefühl zu fallen. Um sich gegen den Aufprall zu schützen, streckte er eine zitternde Hand aus. Angst durchfloß ihn wie ein Starkstromschlag. Sein Herz krampfte sich in seiner Brust zusammen, wie von einer unsichtbaren Faust zusammengepreßt. Das Blut trommelte in seinen Ohren.

Das wirbelnde innere Auge des leuchtenden Kranzes verdichtete sich zu einem durchscheinenden Kern, einer runden, glimmenden Masse, die aus winzigen, nadelspitzengroßen Flecken reinen Lichtes bestand. Das eiförmige Gebilde drehte sich langsam um die eigene Achse. Spence grub seine Fingernägel in das Material der Couch, als seine Haut sich unter dem dünnen, nadelähnlichen Klingeln eines Klanges sträubte, den er mehr spürte als hörte. Der Klang seiner Träume.

Spence kämpfte gegen eine Welle der Übelkeit an, die in ihm aufstieg. Schweißtropfen traten auf seine Stirn und seine Oberlippe. Er bemühte sich schwach, wegzuschauen, aber die Macht des glänzenden Dings hielt ihn fest. Sein Mund öffnete sich zu einem stummen Schreckensschrei; seine Zunge klebte am Gaumen.

Immer noch rotierte die schimmernde Masse langsam, und Spence versank noch tiefer in den Tiefen des Alptraums. Er beobachtete sie – wie sie sich drehte und drehte, sich dabei verfeinerte, sich zusammenzog, sich selbst aus Lichtatomen erschuf. Mit weit aufgerissenen Augen und voller Entsetzen erkannte Spence endlich, die sich verdichtende Form. Es war ein Gesicht. Und zwar ein Gesicht, das er zu gut kannte, um etwas anderes zu empfinden als Furcht und Abscheu.

Aus dem gleißenden Halo starrten ihm die skeletthaften Züge Hockings entgegen.

Siebentes Kapitel

„Hallo, Dad. Hör zu, danke, daß du zum Zentrum gekommen bist . . ." Das Gesicht auf dem Bildschirm blickte ihm gespannt entgegen. „Kannst du mich gut sehen? Prima. Ich sagte: ‚Danke, daß du zum Zentrum gekommen bist.' Ich weiß, daß es nicht leicht für dich ist."

„Geht es dir gut, Spencer? Als sie mir sagten, daß du mit mir reden willst, hatte ich Angst, dir wäre etwas passiert. Ich bin hergekommen, so schnell ich konnte. Die Dame hier sagte, du seist krank gewesen."

„Nicht krank – ich hatte einen Unfall. Einen *kleinen* Unfall. Ich bin hingefallen und habe mir den Kopf gestoßen, das ist alles. Doch als ich mir ein Aspirin holen wollte, haben sie mich gleich in die Krankenstation gesteckt." Spence war bisher bei seiner Geschichte geblieben, er sei hingefallen, und sah jetzt keinen Anlaß, etwas daran zu ändern. Er wollte seinem Vater nicht noch mehr Sorgen machen, als er es bereits getan hatte.

„Bist du sicher, daß du in Ordnung bist?" Das Gesicht auf dem Videofon-Bildschirm sah noch nicht beruhigt aus.

„Sicher bin ich in Ordnung; es war nicht der Rede wert. Doch da sie mich schon einmal für ein paar Stunden hierbehalten wollten, dachte ich, dann könnten sie auch eine Verbindung zur Basis für mich herstellen. Man hat Anspruch auf ein kostenloses Gespräch, wenn man krank ist."

„Oh", sagte sein Vater nur.

„Jedenfalls, ich bin nicht zum Schreiben gekommen und so, und da dachte ich, es wäre nett, wenn wir wenigstens einmal miteinander telefonieren könnten – ist ja fast so, als wäre man zusammen."

„Kommst du mit deiner Arbeit gut voran?"

„Prima, Dad. Alles läuft gut. Hör zu, ich wollte dir sagen, daß ich dich in der nächsten Zeit nicht wieder anrufen kann. Ich werde ziemlich beschäftigt sein. Vielleicht gehe ich mit einem der Forschungsteams auf eine Feldexkursion."

„Wie lange würde das dauern, Spencer? Du wärst doch nicht zu lange weg?"

„Nein, nicht allzu lange", log Spence. „Zwei Monate, mehr nicht. Ich werde dich anrufen, wenn ich zurückkomme." Er konnte sehen, daß sein Vater nicht verstand, wovon er redete. Er sah erschöpft und besorgt aus und hatte offenbar Mühe, die Tatsache zu akzeptieren, daß sein Sohn länger fort sein würde als erwartet. Spence wünschte sich, er hätte ihn nicht angerufen; seine Strategie des „schonenden Beibringens" funktionierte nicht. „Wie ist es dir inzwischen ergangen, Dad? Sorgt Kate gut für dich?"

„Kate hat ziemlich viel mit den Jungen am Hals. Sie hat alle Hände voll zu tun, weißt du. Ich möchte ihr nicht zur Last fallen."

„Die Jungen sind in der vierten Klasse, Dad. Sie sind den ganzen Tag in der Schule. Du wirst ihr nicht zur Last fallen. Ruf sie an, wenn du etwas brauchst. Wirst du das tun?"

„Ich denke ja", sagte Mr. Reston zweifelnd.

„Hör zu, ich muß jetzt gehen. Ich kann in ein paar Minuten hier heraus. Ich wollte dir nur sagen, daß du dir keine Sorgen machen sollst, wenn du eine Weile nichts von mir hörst. Ich werde viel zu tun haben, das ist alles.“ Es war ihm zuwider, es seinem Vater auf diese Weise mitzuteilen, aber es gab keine Möglichkeit, es ihm direkt zu sagen. Er hätte es nicht verstanden.

In all den Jahren, als Spence heranwuchs, hatten ihn seine Eltern nie verstanden. Sie verstanden seine Arbeit nicht und konnten auch seinen Erklärungen nicht folgen, wenn er sie ihnen zu beschreiben versuchte. Er hatte sie einfach zu weit hinter sich gelassen. Schließlich hatte er es aufgegeben, sich ihnen verständlich zu machen; er hörte auf, zu versuchen, die Kluft zu überbrücken.

Das Gesicht auf dem Videofon-Bildschirm fuhr sich nervös mit der Zunge über die Lippen und beugte sich vor. „Du rufst an, wenn du zurückkommst?“

„Ja, gleich als erstes.“

„Ich vermisse dich, Spencer.“

„Ich vermisse dich auch, Dad. Auf Wiedersehen.“

„Auf Wiedersehen, mein Sohn. Paß auf dich auf.“ Der Bildschirm erlosch.

Spence starrte einige Augenblicke auf den leeren, flackernden Bildschirm, dann schob er das Gerät von sich. Es glitt zurück in eine Nische in der Wand neben seinem Bett. Gerade als er aufblickte, sah er den Arzt herankommen.

„Geht es Ihnen besser, Dr. Reston?“ Der Mediziner blieb neben dem Kopfende seines Bettes stehen. Er gab an dem Datenmonitor über dem Bett einen Code ein und las Spences Krankenblatt.

„Mir geht es gut, Dr. Williams. Wenn Sie ein gutes Wort für mich einlegen, kann ich mich auf den Weg machen“, sagte Spence so heiter, wie er konnte. „Ich nehme zuviel von Ihrer Zeit in Anspruch.“

„Nicht im mindesten. Wir haben ein Sonderangebot diese Woche. Kostenlose Inspektion für alle Erstkunden. Sie haben Glück.“

„Danke, aber wenn es Ihnen nichts ausmacht, werde ich ein

anderes Mal darauf zurückkommen." Er machte Anstalten aufzustehen, aber ein besorgter Blick des Arztes ließ ihn innehalten. „Was ist los?"

„Ich hatte gehofft, das würden *Sie* mir sagen."

„Ich – ich verstehe nicht. Haben Sie etwas gefunden?"

„Nein, Sie sind vollkommen gesund, soweit wir es feststellen können. Aber ich glaube, wir sollten uns einmal unterhalten."

Spence hatte das Gefühl, zu versinken. „Dann ist *doch* etwas faul."

„Ich glaube ja." Der Arzt zog sich einen Hocker heran und setzte sich neben Spence, der sich nervös auf die Lippe biß. „Nichts Körperliches", fuhr Williams fort, „das heißt, zumindest in keinem der Bereiche, die wir überprüft haben."

Er schaute seinen Patienten eindringlich an, und Spence hatte das Gefühl, seine Fähigkeit, Spannung auszuhalten, würde auf die Probe gestellt, wie bei einer Feder, die gespannt wird, um festzustellen, wie lange es dauert, bis sie bricht. Er wartete darauf, daß sich die Spannung lösen würde.

„Spence ...", fing der Arzt an und zögerte dann.

Schlechtes Zeichen, dachte Spence. *Wenn sie dich mit dem Vornamen anreden, gibt es immer Ärger.*

„Haben Sie eine Vorstellung, warum Sie hier sind?" Die Augen des ruhigen Arztes beobachteten ihn sorgfältig, und sein Gesicht war eine Maske passiven Interesses, die nichts verriet.

„Ja", lachte Spence. „Ich bin über einen Hocker in meinem Labor gestolpert. Ich habe mir den Kopf gestoßen, das ist alles."

„Sie waren nicht in Ihrem Labor, Spence."

Spence hatte einen weiteren Blackout gehabt – soviel wußte er. Aber er dachte, seine Geschichte, er habe sich den Kopf gestoßen, wäre ohne Rückfrage akzeptiert worden. Er krampfte sich zusammen beim Gedanken an – was? Sein Gedächtnis war leer, und das jagte ihm mehr Angst ein als alles andere.

„Nein?" fragte Spence in ängstlicherem Ton, als ihm lieb war. „Wo war ich denn?"

„Sie waren in der Luftschleuse der Ladebucht."

„Unmöglich! Wer hat Ihnen das gesagt?"

„Die Arbeiter, die Sie gefunden haben. Sie haben Sie hergebracht. Und ich sehe keinen Anlaß, an ihrer Geschichte zu zweifeln; es ist alles auf Videoband aufgezeichnet. Alle Luftschleusen werden zur Sicherheit überwacht."

Spence war sprachlos. Er konnte nicht glauben, was er hörte.

„Da ist noch etwas."

Ihm gefiel der Ton in der Stimme des Arztes nicht. „Und zwar?"

„In der Luftschleuse sank der Druck. Sie waren dabei, vor dem Öffnen der Außentüren die Luft abzulassen."

„Das ist absurd! Warum sollte ich so etwas tun?"

„Ich weiß nicht, aber ich würde es gerne herausfinden." Der Arzt holte einen dünnen, metallischen Gegenstand aus seiner Tasche und befingerte ihn.

„Schauen Sie, wenn Sie meinen, ich sei mit Absicht in eine Luftschleuse marschiert und hätte den Druck abgelassen . . . dann sind Sie verrückt. Das wäre ja Selbstmord!"

Der Doktor zuckte die Achseln. „Manchmal halten es die Leute nicht aus. Sie wollen so dringend hier heraus, daß sie nicht auf die Fähre warten können. Sie hatten Glück. Ein Kadett sah Sie auf die Schleuse zugehen und machte dem Schichtleiter eine Meldung. Es waren ein paar Arbeiter in Druckanzügen in der Nähe. Ein paar Sekunden später, und Sie wären . . . nicht mehr zu retten gewesen."

„Nein. Ich kaufe Ihnen das nicht ab. Ich werde mir die Bänder ansehen müssen, bevor ich das glaube."

„Das läßt sich natürlich arrangieren. Aber ich hatte gehofft, Sie würden offen mit mir reden. Wenn Ihnen etwas Sorgen macht, könnte ich Ihnen helfen."

„Sie verstehen nicht. Ich habe keine Ahnung, wovon Sie reden. Ich bin gestolpert und habe mir den Kopf angestoßen. *Das ist alles*!"

„Das ist *alles*, woran Sie sich erinnern? Nichts sonst? Keine ungewöhnlichen Gefühle in letzter Zeit, nichts Unangenehmes? Weitere Blackouts vielleicht?"

Bei dem Wort „Blackouts" zuckte Spence zusammen. Wußte der Arzt mehr? „Nein, da ist nichts weiter."

Der Arzt seufzte schwer.

„Was werden Sie jetzt tun? Ich meine, was wird mit mir geschehen?“

„Nichts. Sie können gehen.“

„Aber – Sie werden nicht . . . ich meine, müssen Sie nicht . . .“

„Darüber berichten? Nein, ich glaube nicht. Sie scheinen nicht in unmittelbarer Gefahr zu sein. Sie sind stabil, mit anderen Worten.“

„Danke“, sagte Spence grimmig. „Dann kann ich also gehen?“

„Ja, aber ich hoffe, Sie denken daran, daß meine Tür offen ist – wenn Ihnen noch irgend etwas einfällt, oder falls Sie noch weiter darüber reden wollen.“

„Ich werde es mir merken.“

Spence schwang sich von dem hohen Krankenbett hinunter und folgte Dr. Williams aus dem Zimmer. In dem kleinen Empfangsbüro wandte er sich zur Seite und drückte auf den Türöffner. Als die Tür zur Seite glitt, wandte er sich um, um dem Arzt zuzunicken, der ihn immer noch genau beobachtete.

„Danke, Dr. Williams. Auf Wiedersehen.“

„Eine Sache noch, Dr. Reston.“ Mit einem Blick zur Seite trat der Mediziner näher heran und flüsterte: „Sie haben nicht zufällig Feinde . . . oder?“

Achtes Kapitel

„Es war dumm und töricht! Was haben Sie sich dabei gedacht? Sind Sie schwachsinnig? Glauben Sie etwa, das sei eine Art Spiel? Wir haben es diesmal nicht mit Bauern zu tun, meine Herren. Reston ist ein sehr intelligenter, sensibler Mann. Noch so ein Fehler wie der letzte, und er wird den Braten riechen. Oh ja, das wird er. Reston ist clever, und er hat einen starken Willen. Wir müssen sehr sorgfältig mit ihm umgehen." Hocking starrte die beiden zitternden Gestalten vor ihm wütend an.

„Vielleicht wäre es besser, sich jemanden anderes zu suchen", schlug der jüngere der beiden Männer vor.

„Stellen Sie etwa meine Entscheidung in Frage? Zweifeln Sie an mir? Schaut mich an, ihr beiden!" Hockings Augen traten aus seinem Schädel hervor, und auf seiner Stirn hoben sich die Adern ab. Seine Lippen verzogen sich zu einem wilden Grinsen.

„Es war nur ein Vorschlag", murmelte der Mann. „Außerdem sagten Sie, er würde sich an nichts erinnern."

„Halten Sie den Mund!" Hockings Stuhl stieg mit einem schwachen Surren seiner inneren Mechanismen in der Luft auf. Er drehte sich für einen Augenblick weg, und als er sich wieder zu seinen Handlangern umwandte, hatten sich seine Züge etwas entspannt.

„Hat einer von Ihnen eine Vorstellung, wie nahe wir unserem Ziel sind? Wir stehen an der Schwelle zu einer neuen Epoche in der Menschheitsgeschichte. Denken Sie daran, meine Herren! Der Reichtum des Universums wird uns bald gehören – und das ist nur der Anfang. Unsere Macht wird grenzenlos sein. Die ganze Menschheit wird sich vor uns verneigen. Wir werden Götter sein, meine Herren. Wir werden die Gedanken der ganzen menschlichen Rasse kontrollieren." Hockings Stimme war zu einem Flüstern herabgesunken. Seine Augen glänzten wie harte, schwarze Perlen, als der Stuhl näherschwebte.

Plötzlich zuckte ein Blitz durch den Raum zwischen Hockings Stuhl und seinen Assistenten, und ein gewaltiges Krachen erfüllte den Raum. Hocking öffnete den Mund und lachte, als seine Helfer sich unter ihm auf dem Boden wälzten. „Nur ein kleiner Vorgeschmack der Agonie, die auf jene wartet, die mich enttäuschen. Enttäuschen Sie mich nicht wieder, meine Herren.

Also los. Kommen Sie vom Boden hoch und hören Sie mir zu. Es gibt eine Menge Arbeit für uns."

Spence hatte gerade den Haupttunnel erreicht und dachte immer noch über Dr. Williams' Frage nach seinen möglichen Feinden nach, als er eine Stimme hinter sich hörte.

„Hat man Sie gehen lassen, Spence?“

Er wandte sich um zu Ari, die sich beeilte, ihn einzuholen. „Es war nichts.“

„Nun, *etwas* muß es wohl gewesen sein – Sie werden ja rot, Dr. Reston.“

Er spürte, wie das Purpur ihm in die Wangen stieg. „Wie haben Sie davon gehört?“ Er versuchte unbesorgt zu klingen.

„Der Direktor bekommt immer eine Liste aller Einweisungen in die Krankenstation. Ich habe Ihren Namen auf der Liste gesehen. Ich wollte sehen, wie es Ihnen geht.“

„Sie wollten mich besuchen?“

„Ja, aber man sagte mir, Sie seien schon entlassen worden. Ich kann Sie nur um ein paar Sekunden verpaßt haben. Sind Sie sicher, daß Sie in Ordnung sind?“

„Mir geht es gut. Wirklich. Nur ein wenig müde. Wenn Sie mich jetzt entschuldigen . . .“ Er wandte sich ab, um zu gehen, aber Ari blieb neben ihm und hakte sich bei ihm ein. Spence spürte, wie seine Haut unter ihrer Berührung kribbelte.

„Ich bin auf dem Weg zu meinem Quartier. Ich werde mit Ihnen gehen.“ Sie lächelte ihm ihr sonniges Lächeln zu. „Das stört Sie doch nicht, oder, Spencer?“

Spence kämpfte mit der Vorstellung, daß jeder, an dem sie vorbeikamen, stehenblieb und ihnen nachstarrte. Er versuchte, das Gefühl abzuschütteln, daß dies irgend etwas anderes als ein harmloser Spaziergang sei, bei dem ein Mann ein Mädchen bis zu ihrer Haustür begleitete. Doch seinem arg mitgenommenen Sinn für Etikette erschien die Angelegenheit viel bedeutungsvoller.

Sie gingen durch den Tunnel zu einer der Hauptachsen und dann in Richtung des Verwaltungssektors, wo Ari und ihr Vater ihr Quartier hatten. Auf dem ganzen Weg erging sie sich in einem Monolog, was Spence von der Notwendigkeit entband, mehr als nur ein pflichtschuldiges Nicken oder Brummen zum Gespräch beizusteuern.

Er achtete kaum auf das, was sie sagte, sondern fragte sich statt dessen, wie er sich einigermaßen elegant aus der Affäre ziehen und davonmachen könnte. Er hatte Wichtigeres zu tun, sagte er sich, als aggressive junge Frauen quer durch die Raumstation zu eskortieren. Er wollte sich freimachen, um über das nachzudenken, was mit ihm geschah.

„Also, da sind wir", sagte Ari. Sie standen vor einer ockerfarbenen Wand. „Möchten Sie hereinkommen? Ich mache uns einen Tee."

„Tee? Also, ich glaube nicht . . . "

„Bitte, kommen Sie doch. Ich würde mich sehr freuen, wenn Sie hereinkämen." Sie hatte bereits ihren Zugangscode in die Tasten der beleuchteten Platte eingegeben, und die Wand glitt zur Seite. Die Hand immer noch in seinen Arm gelegt, zog sie ihn sanft nach innen.

Er trat zögernd durch den Eingang und schaute sich um. Das Quartier der Zandersons war ausgesprochen großzügig eingerichtet; viel luxuriöser als seine eigene spartanische Unterkunft.

„Es ist schockierend, ich weiß. Aber es läßt sich nicht ändern, fürchte ich." Sie folgte seinem Blick durch die weitläufigen Räume. „Der Direktor lebt gut – zu gut vielleicht."

„Oh, ich weiß nicht", sagte Spence. „Es ist ein harter Job. Er braucht einen Ort wie diesen, um sich zu entspannen. Das geht nicht in einem Mauseloch."

„Trotzdem fühle ich mich manchmal schuldig. Schauen Sie sich das an – sogar Teppiche auf dem Boden! Es muß ein Vermögen gekostet haben, das Zeug hier heraufzuschaffen. Und Ledermöbel!"

„Es gefällt mir. Es ist hübsch."

„Natürlich ist es hübsch. Kommen Sie, setzen Sie sich. Es dauert nur einen Augenblick."

Spence ließ sich in den weichen Lederkissen am einen Ende der langen, bequemen Couch nieder. Geistesabwesend fuhr er mit der Hand über die dunkle, glatte Oberfläche des Leders und fragte sich, wann er das letzte Mal etwas so Angenehmes, Natürliches berührt hatte.

Neben ihm stand auf einem niedrigen Teakholztisch ein Sternenglobus mit einer Erde von der Größe einer Grapefruit als Mittelpunkt, umgeben von einer transparenten Schale, auf der die wichtigsten Sterne der Galaxis aufgemalt waren. Es war eine wertvolle Antiquität.

Über dem Globus hing ein Bild in einem Rahmen aus Walnußholz. Auf der Fotografie war eine auffallend schöne, dunkelhaarige Frau zu sehen, und Spence erkannte sofort, woher Ari ihre Schönheit hatte. Doch das Bild hatte etwas Beunruhigendes an sich. Die Augen der Frau waren nicht auf die Kamera gerichtet. Sie hatten einen abwesenden, in sich zurückgezogenen Ausdruck – fast ein leeres Starren. Obwohl die Frau warm lächelte, konnte ihr Lächeln diese kalten, leeren Augen nicht erwärmen. Es sah aus, als seien zwei verschiedene Bilder irgendwie zusammenmontiert worden. Zwei ganz verschiedene Stimmungen waren in diesem einen fotografischen Moment eingefangen, und die Wirkung ließ einen frösteln.

Ari kehrte zurück und sah, wie er das Bild studierte. Sie stellte das Teetablett auf den Tisch und begann einzuschenken.

„Ihre Mutter?" fragte er, den Blick immer noch auf die Fotografie gerichtet.

„Ja", sagte Ari. Sie blickte nicht auf.

„Ich glaube nicht, daß ich ihr schon begegnet bin. Ist sie hier?"

„Nein, ist sie nicht –"

„Sie hat wohl lieber die Erde unter ihren Füßen, nicht wahr?"

„Mutter . . .", fing Ari an und stockte dann. Sie warf Spence einen Blick zu und schaute dann weg. „Mutter ist nicht mehr bei uns."

„Es tut mir leid . . . das wußte ich nicht." Er hob seinen Becher an die Lippen und nahm einen Schluck. „Au!"

„Oh, Vorsicht! Er ist heiß. Ich hätte Sie warnen sollen. Haben Sie sich verbrannt?"

„Ich werde es überleben."

Eine unbehagliche Stille legte sich über den Raum. Spence rutschte nervös auf seinem Sitz herum.

„Ich bin auf die denkbar schlechteste Weise hier heraufgekommen", sagte Ari nach einer Weile. „Ich dachte, es wäre ein Abenteuer."

„Enttäuscht?"

„Ein wenig."

„Ich weiß, was Sie meinen – es ist wie ein riesiges Bürogebäude, nur daß man nie hinausgehen kann."

„Genau. Wenn der Garten nicht wäre, wüßte ich nicht, was ich täte. Ich glaube, ich würde Amok laufen; bestimmt würde ich das."

„Sie könnten doch jederzeit nach Hause, wann immer Sie wollen, oder nicht? Warum bleiben Sie hier?"

„Wegen Daddy. Er braucht mich. Außerdem ist das mein erster Sprung nach hier oben, und ich möchte auf keinen Fall, daß die Leute sagen, die Tochter des Direktors könne nicht einmal eine Dienstperiode durchhalten."

„Sie werden sich daran gewöhnen. Jeder tut das."

„Nicht jeder. Ich habe schon ein paar gesehen, die sich nicht daran gewöhnt haben. Es ist ein beängstigender Anblick."

Spence fand, daß das Gespräch sich zu sehr einem Bereich angenähert hatte, mit dem er sich nicht näher befassen wollte. Er wechselte das Thema. „Der Tee ist gut."

„Danke." Sie neigte ihren Kopf und nahm einen Schluck aus ihrem dampfenden Becher. Er beobachtete die zierliche Wölbung ihres Halses. Als sie trank, fielen ihre blonden Locken nach unten, und sie schwang sie mit einer leichten, routinierten Bewegung nach hinten. Ihre Augen trafen sich. Spence wandte den Blick ab.

„Ich sollte jetzt lieber gehen. Ich muß zurück an die Arbeit. Ich habe ein bißchen zu lange in der Krankenstation herumgesessen, glaube ich."

„Also schön, aber Sie müssen versprechen wiederzukommen. Bald."

„Das werde ich." Er erhob sich und ging auf die Tür zu.

Ari folgte ihm, und als die Gleittür sich öffnete, sagte sie: „Ach Spence, das hätte ich beinahe vergessen. Wir haben hier morgen abend – ich meine, in der zweiten Schicht – eine kleine Party. Sie sind eingeladen."

„Bin ich das? Seit wann?"

„Seit gerade eben. Ich lade Sie ein. Es kommen nur ein paar

Leute von den Fakultäten und Forschungslabors. Daddy hält es für eine gute Idee, wenn die beiden Gruppen Kontakt zueinander haben. Sie sind genau der Richtige dafür."

„Ich weiß nicht recht. Ich werde darüber nachdenken." Er trat durch den Eingang.

„Bitte kommen Sie. Ich werde Sie erwarten –" Die sich schließende Gleittür schnitt ihr das Wort ab, und Spence machte sich auf den Weg zurück zum Labor.

Er vergrub die Hände tief in den Seitentaschen seines Overalls und schlenderte mit gesenktem Kopf dahin. Bald war er in Gedanken über sein unerklärliches Verhalten in der Ladebucht versunken. Angenommen, der Arzt hatte recht –, und es gab keinen Grund, an seinen Worten zu zweifeln – was hatte er dort unten getrieben? Warum konnte er sich nicht erinnern?

Ich fange an zu spinnen. Ich verliere den Verstand.

Neuntes Kapitel

„Sind Sie entspannt, Spencer?"

„Ja."

„Ich werde Ihnen eine neue Anregung geben. Sind Sie bereit?"

„Ja."

„Ich möchte, daß Sie über die Farbe blau nachdenken. Verstehen Sie? Denken Sie an alles, was blau ist und woran die Farbe Blau Sie erinnert. Die Farbe Blau, Spencer. Blau."

Der Wind hatte sich aus dem Osten erhoben, und Spence wandte ihm sein Gesicht zu. Er blies kalt, und der Himmel oben tobte in wildem, blauschwarzem Zorn. In der Nähe hörte er das Klatschen von Wellen gegen Uferfelsen. Er wandte sich dem Geräusch zu und sah einen Ozean, der sich blau unter blauen Wolken bis zum Horizont erstreckte.

Er schaute in das klare blaue Wasser und sah kleine, silbrigblaue Fische in Schwärmen vorbeischießen wie winzige Raketen, die in der Tiefe des Alls verschwinden. Plötzlich war Spence bei ihnen. Er spürte, wie er im Wasser versank, während um ihn her die Fische durch das blaue Zwielicht ihrer eiskalten Welt jagten. Ihre silbrigen Leiber verschwanden im Zickzack in der trüben Ferne. Er sah, wie ihre großen, runden Augen ihn anstarrten, als sie flohen.

Immer tiefer sank er. Langsam – wie eine Münze, die sich immer wieder um sich selbst dreht, bis sie schließlich auf dem Sand am Boden des Meeres liegenbleibt. Er fühlte, wie ihm der Meeresboden entgegenkam, und als er mit den Füßen aufsetzte, merkte er, daß er gar nicht im Wasser war. Er hob die Augen und sah, daß er in eine riesige Höhle gefallen war, deren hohe, geschwungene Decke sich in blauen Schatten verlor.

Merkwürdig geformte Auswüchse sprossen aus dem Boden und aus der Decke. Sie waren durchsichtig und leuchteten schwach mit einem grünlich-blauen, kühlen inneren Licht. Er tat ein paar zögernde Schritte zwischen ihnen wie zwischen Bäumen eines stillen Waldes, und das Echo seiner eigenen Schritte hallte aus den dunklen Tiefen der Höhle zu ihm wider.

Allmählich drang ein anderes Geräusch in sein Bewußtsein, ein Summen, das aus dem Boden zu kommen schien und sich durch seine Füße bis in seine Knochen fortsetzte; ein Knirschen, das lauter wurde, als er tiefer in den Tunnel hinabstieg.

Spence ging zwischen den leuchtenden Stalagmiten entlang und folgte dem Geräusch. Bald hörte er ein rhythmisches Dröhnen, als ob die Erde die großen, steinernen Wurzeln der Berge zu Staub zerrieb, zermahlte. Der Klang schwoll an, bis er die ganze Höhle erfüllte; Spence ging weiter, als würde er von der Ursache des Geräuschs angezogen. Sein Magen vibrierte von dem Dröhnen, und er nahm in der feuchten Luft der Höhle einen scharfen, bitteren Geruch wahr.

Weit voraus sah er, wie ein pulsierendes blaues Licht die gegenüberliegende Wand der Höhle erleuchtete. Er hob eine Hand vors Gesicht und sah, daß sie mit einem feinen blauen Pulver bedeckt war. Der Staub fiel in einem sanften Regen auf ihn herab, verwehte wie feiner Schnee und bedeckte seine Kleidung und seine Haare.

Dann stand er an der Schwelle einer gewaltigen Kluft, die den Höhlenboden durchschnitt. Das Dröhnen war zu einem betäubenden Donnern angeschwollen, und heraufzuckende blaue Lichtblitze hüllten ihn ein. Das blaue Pulver stieg wie Rauch aus einer Grube auf, als er in die Schlucht hinabstarrte.

Irgend etwas bewegte sich in den mahlenden Tiefen des Abgrundes – als ob dort unten ein gewaltiges Tier in Agonie und Todeskampf tobte. In der Dunkelheit glaubte er, eine sich windende schwarze Masse zu sehen, die sich hob und senkte und inmitten des Dröhnens stöhnte und zitterte.

Nun zuckten blau aufleuchtende Blitze durch die Dunkelheit und erhellten den Abgrund. Er klammerte sich an die Felsen und ließ sich nieder, um über den Rand tief in das Chaos unter ihm hinabzuschauen. Im durchdringenden Gleißen der Lichtblitze sah er eigenartige Formen übereinandertaumeln, sich aneinander abreiben, einander zermahlen und eine endlose Wolke des blauen Pulvers wie einen samtigen Nebel emporsenden.

Ein weiterer Blitz durchschnitt die Dunkelheit, und er konnte die durcheinandertaumelnde Masse dort unten deutlich erkennen. Manche der Formen waren länglich und geschwungen, andere rund und dick wie Felsen, wieder andere lang und dünn. In diesem Moment wurde ihm klar, was es war, das diesen riesigen Steinkessel füllte: Knochen. Die gigantischen Knochen prähistorischer Monster wirbelten dort unten in unablässiger Bewegung durcheinander – eine entfesselte *danse macabre.*

In diesem Moment der Erkenntnis spürte er, wie sein Klammergriff an den Felsen sich löste und er fiel. Er wand sich in der Luft und versuchte, mit den Händen einen Halt an der glatten Felswand zu finden, aber es war zu spät. Er fiel schreiend in den knirschenden, zermalmenden Tanz der Knochen.

Spence saß aufrecht auf der Liege, als er zu sich kam. Das verhallende Echo seines Schreis klang immer noch in dem Raum nach wie eine verblassende Erinnerung. Doch der Traum war verflogen wie Dampf. Er war verschwunden, und er konnte sich an nichts erinnern als an das Entsetzen, das ihn geweckt hatte.

Kurz darauf begannen die Lampen schwach zu leuchten. Er nahm an, daß Tickler hinter der Glasscheibe stand und den Schrei gehört hatte.

„Tickler“, rief er.

„Ja, Sir?“, erklang die Stimme seines Assistenten metallisch aus den Deckenlautsprechern.

„Habe ich gerade geschrien?“

„Wie bitte?“

„Haben Sie irgend etwas Ungewöhnliches gehört – einen Schrei, einen Ruf? Irgend etwas dergleichen?“

„Wann, Dr. Reston?“

„Gerade eben. Als ich aufgewacht bin.“

„Nein, Sir. Der Alarm ertönte in der Kontrollkabine, und ich habe die Lichter eingeschaltet. Das ist die übliche Prozedur.“

„Ganz richtig. Danke.“ Sein Herz schlug immer noch wie wild. Er fühlte die Spannung in Schultern und Nacken. Seine Hände hielten immer noch die Seiten der Konturliege wie in Todesangst umklammert. Er war sicher, daß der Schrei real gewesen war und nicht nur ein Teil seines Traums.

Aber warum sollte ihn Tickler in einer solchen Sache anlügen? Vielleicht war er nicht in der Kabine gewesen, als Spence geschrien hatte, oder vielleicht wollte er nur die Tatsache verschleiern, daß er selbst auf seinem Posten eingenickt war. Möglich. Aber es sah Tickler nicht ähnlich.

Spence stand auf, streckte sich und ging in den Kontrollraum hinüber. Tickler war gerade dabei, das Aufzeichnungsband auf eine Spule zu wickeln. Spence sah zu, wie er damit fertig wurde und das lose Ende versiegelte.

„Ist das alles für den Augenblick?“

„Ja, Sie können gehen. Ich werde in dieser Schicht nichts weiter brauchen; aber sagen Sie Kurt, wenn er kommt, er möchte bitte das

Logbuch auf den neuesten Stand bringen und mir die Durchschnittswerte der letzten drei Sitzungen vorlegen."

„Die Durchschnittswerte?"

„Ja. Sobald er sie fertig hat."

„Aber wir haben noch nie –"

„Bitte keine Diskussionen, Tickler. Tun Sie einfach, was ich sage. Ich weiß, daß es ein wenig zusätzliche Arbeit ist. Aber dazu haben wir ja schließlich einen Assistenten, nicht wahr?"

„Schön, ich werde es ihm sagen."

Tickler drehte sich brüsk um und ging hinaus. *Was ihm wohl diesmal über die Leber gelaufen ist?* Mit Tickler war immer irgend etwas los.

Spence schüttelte den Gedanken ab, verließ die Kontrollkabine, durchquerte das Labor und betrat sein Quartier. Trotz des Nachtschlafs fühlte er sich nicht im geringsten ausgeruht. Ihm war, als wäre er mehrere Meilen gelaufen oder eine senkrechte Felswand emporgeklettert. Seine Muskeln waren hart und verspannt, und er roch, daß er seine Unterwäsche durchgeschwitzt hatte.

Er hatte vor, zu duschen und sich umzuziehen, aber dann kam ihm eine bessere Idee: das Sportzentrum. Warum nicht? Er konnte ein wenig Bewegung gebrauchen. Vielleicht fand er drei Leute, die noch einen vierten Mann für eine Partie Pidg suchten.

Während er seinen silberglänzenden Trainingsanzug anlegte, kam ihm der Gedanke, daß seine Probleme vielleicht von Überarbeitung herrührten. Er hatte sich wenig bewegt, seit er nach Gotham gekommen war; abgesehen von seinen gelegentlichen Spaziergängen im Garten und hin und wieder ein wenig Schwimmen hatte er sich körperlich kaum belastet. Eine schnelle Partie Pidg oder ein paar Runden um das Stadion würden ihn lockern und entspannen.

Er nahm eine Hauptachse, um den Zentralturm der Stadt zu erreichen, in dem Niedrigschwerkraft herrschte. Fast schwerelos sprang er vier Meter hoch vom Korridor auf eine Liftscheibe und zog den Hebel hoch, als sie am Riemen einrastete. Und hinauf ging es zum Sportzentrum. Von oben drangen Gelächter und Rufe durch die Metallröhre zu ihm hinab. Es erinnerte ihn daran, wie er als kleiner Junge schwimmen gegangen war und schon von weitem das fröhliche Treiben am Becken gehört hatte.

Als sich die Lifttür öffnete, trat er hinaus auf die schaumstoffartige Oberfläche der kugelförmigen Sporthalle – oder besser gesagt, er sprang mit dem ersten Schritt ab, denn er war nun vollkommen schwerelos. Einen Augenblick lang drehte er sich unbeholfen in der Luft, bevor er sich daran erinnerte, die Arme und Beine anzuziehen, um die Kontrolle zurückzugewinnen. Er zog die Knie an die Brust und stieß die Beine nach unten, als er nahe genug an der geschwungenen Oberfläche schwebte. Wie ein Pfeil schoß er vom Rand der Sporthalle weg und direkt auf den Mittelpunkt zu. Hoch über ihm spannte sich ein Netz vor dem Aussichtsbereich der Halle, um außer Kontrolle geratene menschliche Geschosse davor zu bewahren, mit der gläsernen Außenwand zusammenzustoßen.

Jenseits des Netzes sah er einen hellen Nebel von Sternen, die in ihrer tintenschwarzen Leere hingen. Weiter unten erkannte er die auf dem Kopf stehende Sichel des Mondes und die kleinere, daumennagelförmige Scheibe der Erde. Spence flog auf das Netz zu, zog den Kopf ein und landete auf dem Rücken. Am Netz entlang hangelte er sich auf die nächste Wand zu.

Über ihm gaben einige Kadetten eine komplizierte luftakrobatische Vorführung – sie vollführten Saltos und Purzelbäume quer durch die Mitte der Halle. Auf der Äquatorlinie joggten mehrere Läufer auf der Bahn entlang; eine andere Gruppe lief auf der zweiten Bahn, die senkrecht dazu verlief. Da niemand an einem Spiel Interesse zu haben schien, schwamm Spence zum Rand des Netzes und ging auf der geschwungenen Oberfläche der Halle zu dem roten Streifen hinüber, der die Laufbahn kennzeichnete.

Die Oberfläche der Laufbahn hatte eine leicht unregelmäßige, unebene Körnung, die einem Läufer die zusätzliche Reibung zur Verfügung stellte, die nötig war, um bei Schwerelosigkeit in Bewegung zu kommen. Spence setzte vorsichtig seine Füße auf die Bahn und begann gleichmäßig mit größter Sorgfalt zu gehen; ein falscher Schritt, und er würde der Mitte der Halle entgegenschießen. Doch er konzentrierte sich und steigerte sein Tempo, wobei er spürte, wie das Gewicht langsam in seine Glieder zurückkehrte. In

Wirklichkeit war es nur die Fliehkraft, die er spürte und die ihn auf der Bahn hielt. Bald lief er leichtfüßig rund um die Innenwand der Halle.

Er holte die anderen Jogger auf der Bahn ein und fiel in Gleichschritt mit ihnen. Im Rhythmus des Laufens lockerten sich seine Muskeln, und die Spannung fiel von ihnen ab. Automatisch übernahm sein Körper die Regie, und seine Gedanken wandten sich wieder dem Rätsel seiner Träume zu.

Daß er träumte, war sicher. Seine REM-Linie auf den Aufzeichnungen zeigte eindeutig, was er instinktiv ohnehin wußte, und wenn er noch weiterer Beweise bedurfte, dann waren die emotionalen Rückstände – jener Bodensatz, der zurückblieb, wenn das tosende Wasser davongerauscht war – real genug. Daß man sich an einen Traum nicht erinnerte, war völlig normal; jeder Mensch erinnert sich im Laufe seines Lebens nur an einen winzigen Bruchteil seiner Träume. Sie fliegen einfach in der Nacht vorbei – gesponnen aus dem Stoff des Unterbewußtseins, in dessen Gewebe sie wieder versinken, wenn man erwacht.

Aber Blackouts waren *nicht* normal. Spence fühlte sich wie jemand, dem ganze Stücke seines Lebens fehlten. Es gab Lücken in seiner Erinnerung, die er nicht schließen konnte; dunkle Vorhänge, die sein Blick nicht durchdrang. Das machte ihm angst.

Mehr noch als die Alpträume, mehr noch als den Vorfall in der Ladebucht fürchtete er die Hilflosigkeit, diese absolute Wehrlosigkeit, nicht zu wissen, was mit ihm geschah. Der sorgfältig durchdachte und begründete Bezugsrahmen seines Lebens geriet gefährlich ins Wanken und drohte völlig in sich zusammenzustürzen, und er wußte nicht, was er dagegen tun sollte.

Er senkte den Kopf und spurtete an den anderen vorbei. Seine Lungen stachen, und der Schweiß brannte in seinen Augen, doch er lief immer schneller und schneller, als wollte er der Angst entkommen, die aus der Dunkelheit der sternenbesetzten Nacht jenseits des Netzes auf ihn zuschwamm. Er schloß die Augen und stieß die Angst von sich, als wäre sie ein fester Gegenstand, den man zur Seite schieben könnte.

Nach seinem Lauf lag Spence bewegungslos im Zentrum der Halle und drehte sich langsam um die eigene Achse wie ein kleiner Planet. Das warme Glühen der Anstrengung pulsierte durch seine Glieder. Er hatte jenen wunderbaren Zustand der Erschöpfung erreicht, in dem Körper und Geist miteinander versöhnt sind, und das Universum schien von Frieden erfüllt zu sein.

Er lauschte dem Spielen der anderen und beobachtete durch halb geschlossene Lider, wie die rote Linie der Laufbahn ihn ziellos umkreiste. Es war ein Tribut an den unüberwindlichen Egoismus des Geistes, dachte er, daß er vollkommen ruhig zu schweben schien, während sich die ganze Weltraumstadt Gotham um ihn drehte. Rund und rund drehte sie sich in ihrer gemächlichen Kreisbahn – jetzt der schwarze Spiegel der Aussichtskuppel, jetzt die rote Linie der Laufbahn.

Die rote Linie der Laufbahn. Irgend etwas daran schien bedeutsam zu sein. Spence riß den Kopf hoch und schwebte in einem stumpfen Winkel davon. Im selben Moment fiel es ihm wieder ein: Die rote Linie der Laufbahn war die rote Linie seiner Schlafaufzeichnung. Er hatte sie überprüfen wollen, aber es war ihm entfallen, oder die Umstände seines letzten Blackouts hatten es aus seinen Gedanken verdrängt.

Plötzlich erschien es ihm wichtiger als je zuvor. Er tauchte auf die nächste Wand zu und stieß sich in Richtung Liftplattform ab. Sein Herz klopfte, und in seinem Schädel trommelte die Gewißheit, daß er ganz nahe an einer Antwort auf das Rätsel seiner Träume war, als er in fiebernder Eile zu seinem Labor zurückkehrte.

Zehntes Kapitel

Spence riß das Siegel auf, entrollte den Streifen bis zum Anfang und starrte auf das meterlange Papierband, das durch seine Finger glitt. Am Anfang des Streifens sah er das Datum und die Uhrzeit verzeichnet: EST 5/15/42 10:17 GM. Danach setzte sich die Aufzeichnung für neuneinviertel Stunden ohne Unterbrechung fort. Jeder Gipfel und jedes Tal, jeder Ausschlag eines Alphafunkens oder eines Betablitzes war pflichtgemäß verzeichnet. Er sah die winzigen Schwankungen im Blutkreislauf des Gehirns; das Steigen und Fallen der Körpertemperatur, des Herzschlags und der Schilddrüsenaktivität; das in Abständen auftretende Flattern der REM-Phasen. Kurz, er sah den gleichmäßigen, rhythmischen Verlauf seines Nachtschlafs vor sich. Jeder Moment war verzeichnet. Das war nicht zu leugnen – er hielt den Beweis in seinen Händen.

Aber es reichte nicht aus. Er wandte sich zu dem Schrank, in dem all die anderen Spulen aufbewahrt wurden. Es gab Dutzende davon, und jede enthielt die polysomnographische Information über das Schlafexperiment einer Nacht. Er nahm die Reihe heraus, die die Aufzeichnungen der letzten Woche enthielt, und überprüfte jede einzelne davon. Sie waren alle vorhanden und korrekt beschriftet und versiegelt.

Er überprüfte auch die vorletzte Woche und die Woche davor. Alles war in Ordnung. Tickler war ebenso präzise wie übellaunig. Spence wußte, daß er sich jede Spule der vergangenen zehn Wochen anschauen konnte, und sie würden alle in Ordnung sein. Dennoch haftete der kleine graue Schatten eines Zweifels in seinem Geist.

Er wandte sich noch einmal der Aufzeichnung zu, die er gerade entrollt hatte – es war die von der Nacht seines ersten Blackouts vor drei Tagen. Er ließ das Band durch die Hände gleiten und betrachtete es genau. Es unterschied sich in nichts von allen anderen.

Er entdeckte den gelben Plastikeinband des Logbuches in einer Ecke der Konsole und zog es an sich. Auf dem Logbuch lag ein

Stück grünes Millimeterpapier, auf dem die Durchschnittswerte der letzten drei Sitzungen aufgezeichnet waren, um die Spence gebeten hatte. Kurt mußte hiergewesen sein und sie eingetragen haben, während er weg war. Er warf einen Blick auf die Grafik mit den Durchschnittswerten und öffnete dann das Logbuch, um die Spalten über die Sitzung vom Fünfzehnten nachzuschlagen. Keinerlei Unregelmäßigkeiten waren in den Zahlen oder Informationen zu finden. Er schloß das Buch wieder mit dem entmutigenden Gefühl, daß alles in Ordnung war – außer ihm selbst.

Er warf das Buch auf die Konsole und lehnte sich mit hinter dem Kopf verschränkten Händen zurück. Wenn es eine Antwort auf sein Problem gab, dann mußte sie irgendwo in diesen harten Daten, die vor ihm lagen, zu finden sein. Irgendwo in diesen Meilen von Papierstreifen oder in den Zahlen des Logbuches mußte der Schlüssel zu dem verschlossenen Raum in seinem Geist zu finden sein. Dessen war er sich sicher. Sein Glaube an die wissenschaftliche Methodik stand auf festem, unerschütterlichem Felsengrund.

Auf eine plötzliche Eingebung hin wandte er sich dem Datenmonitor am einen Ende der Konsole zu. Das hauchdünne, halbversilberte Glas glänzte so glatt wie polierter Stein. „MIRA", sagte Spence, „Spence Reston hier. Fertig zur Befehlseingabe."

Eine sanfte, weibliche Stimme sagte: „Fertig, Dr. Reston."

Spence sprach den einfachen Befehl aus: „Eintragungen für PSG Serie sieben LTST fünf-fünfzehn bis fünf-achtzehn auf Ähnlichkeiten vergleichen. Nur Anzeige, bitte."

Er verschränkte die Finger hinter dem Kopf und lehnte sich auf seinem Stuhl zurück. Sofort schaltete sich der Monitor ein, und die Ergebnisse begannen auf dem Bildschirm zu erscheinen. Offenbar gab es viele Ähnlichkeiten zwischen den Aufzeichnungen einer Nacht und der nächsten, was die grundlegenden Zahlenwerte anging. Alle Informationen, die während einer Aufzeichnungssitzung gesammelt wurden, wurden zum späteren Abruf in Form von Zahlen gespeichert. Diese Zahlen waren sich in vieler Hinsicht ähnlich und doch alle verschieden.

Der Befehl war zu allgemein formuliert. Soviel war ihm klar, aber er wußte nicht, wie er die Frage eingrenzen konnte, weil er nicht genau wußte, wonach er suchte. Er kreuzte die Arme vor der Brust und starrte den Bildschirm an. Was genau hoffte er zu finden?

Nach einigen Minuten angestrengten Nachdenkens stand er auf und fing an, in den engen Grenzen der Kabine hin und her zu wandern. *Ähnlichkeiten und Unterschiede*, dachte er. *So muß man einen Fischzug dieser Art anpacken. Ähnlichkeiten und Unterschiede.*

Nach Ähnlichkeiten hatte er bereits gesucht, und dabei war er auf nichts Ungewöhnliches gestoßen. Vielleicht kam etwas dabei heraus, wenn er die gleichen Informationen auf Unterschiede untersuchen ließ. Er wandte sich zum Bildschirm und sagte: „PSG-LTST-Eintragungen fünf-fünfzehn bis fünf-achtzehn auf Unterschiede durchsuchen. Nur Anzeige, bitte."

Die Zahlen verschwanden, und an ihrer Stelle erschien auf dem Bildschirm: Null Unterschiede innerhalb der normalen Abweichung ± 3%.

Mit anderen Worten, eine Sackgasse.

Spence warf einen Blick auf die Digitaluhr über der Konsole. In ein paar Minuten würde Tickler eintreffen, um mit der Sitzung zu beginnen. Er wollte nicht, daß Tickler ihn dabei antraf, wie er Detektiv spielte. Ein alberner Gedanke, das wußte er – *meine Güte, es ist schließlich mein gutes Recht, die Daten meines eigenen Experimentes zu untersuchen* – aber er zog es dennoch vor, daß Tickler nichts von seinen Nachforschungen erfuhr.

Für zwei Schüsse ins Blaue reichte die Zeit noch, schätzte er. Also sagte er: „PSG LTST Serie sieben Eintragungen fünf-fünfzehn bis fünf-achtzehn auf Ähnlichkeiten von weniger als einem Prozent Abweichung vergleichen. Nur Anzeige, bitte." Er nickte befriedigt; indem er den Prozentsatz der möglichen Abweichung gesenkt hatte, hatte er die Frage bedeutend eingeschränkt.

In Sekunden meldete sich MIRA mit den Ergebnissen zurück. Die Botschaft lautete: Null Ähnlichkeiten. Spence runzelte wieder die Stirn. Offenbar gab es zwischen den Aufzeichnungen weder große Unterschiede noch große Ähnlichkeiten – über die normale Bandbreite seines individuellen Schlafmusters hinaus.

Mit einem Seufzer schob er seinen Stuhl zurück. Dieses blinde Tasten hatte keinen Sinn. Solange er nicht wußte, was er zu entdekken hoffte, würde ihm all das willkürliche Suchen nichts nützen. „Danke, MIRA. Das ist alles für . . ."

Er hielt mitten im Satz inne. Ihm fiel ein, daß er noch nicht alle Aufzeichnungen verglichen hatte, sondern nur die vom Fünfzehnten bis zum Achtzehnten – die beiden Daten, zwischen denen er seine beiden Blackouts erlitten hatte.

„MIRA, vergleiche *alle* Eintragungen von PSG LTST Serie sieben. Eintragungen mit Ähnlichkeiten von weniger als einem Prozent Abweichung anzeigen."

Es trat eine kleine Pause ein; der Monitor erlosch. Er bildete sich ein, die Elektronen in den Chips knistern zu hören, währen MIRA ihr magnetisches Gedächtnis durchforstete.

Spence saß auf dem äußersten Rand seines Stuhls und beobachtete, wie auf der Uhr die Sekunden gezählt wurden. Jeden Moment würde Tickler hereinkommen. *Beeilung!* murmelte Spence. *Beeilung!*

Dann erschienen die Worte auf dem Schirm. Er las die Botschaft: PSG LTST Serie sieben, Eintragungen mit weniger als 1 % Abweichung = 3/20 und 5/15.

Jackpot! Spence sprang von seinem Stuhl auf und starrte ungläubig auf den Bildschirm. Da war sie; eine Anomalie, die zu groß war, als daß es sie geben könnte; eine schiere Unmöglichkeit. Hätte er sie auf irgendeine andere Art und Weise entdeckt, so hätte er es einer Fehlfunktion im Computer zugeschrieben. Doch nun hatte er einen starken Verdacht, daß es sich nicht um eine Fehlfunktion handelte. Er hatte eine entscheidende Information entdeckt – oder war eher blind darüber gestolpert – und dort war in leuchtend orangen Buchstaben der Beweis.

Er griff nach dem Logbuch und blätterte vor bis zu der Eintragung von 3/20. Er zog das Blatt heraus und legte es neben den Eintrag 5/15. Sie waren sich überhaupt nicht ähnlich. Jeder Eintrag in Ticklers sauberer, ordentlicher Handschrift unterschied sich leicht von dem anderen – nicht genug, um stark voneinander abzuweichen, aber genug, damit Spence sah, daß sie beide einzigartig waren.

Offenbar hatte MIRA am Ende doch einen Fehler gemacht. Es gab keine Ähnlichkeit zwischen den beiden Aufzeichnungen.

Spence hörte das Geräusch der sich öffnenden Gleittür und Ticklers schnelle Schritte, als er das Labor betrat. „Das ist alles, MIRA. Danke", sagte er.

„Guten Abend, Dr. Reston."

„Guten Abend, Tickler." Spence drehte sich um und zwang sich zu einem Lächeln, von dem er hoffte, daß es beiläufig aussah.

„Sind wir bereit, mit der Sitzung zu beginnen?" Ticklers kleine Wieselaugen sprangen von Spence zu dem Monitor über dem Terminal.

„Oh, ich hatte Ihnen eigentlich davon erzählen wollen. Ich lasse die Sitzung heute abend ausfallen." Spence überraschte sich selbst mit dieser Ankündigung.

„Ich verstehe nicht, Sir. Ich habe alles vorbereitet – wir sind alle soweit. Wenn Sie –"

„Macht nichts. Es kann warten. Ich habe heute abend etwas anderes für Sie zu tun. Das heißt, für Sie und Kurt. Ich möchte, daß Sie die Durchschnittswerte für die letzten beiden Wochen erfassen. Ich glaube, es könnte sich eine Kurve zeigen, die wir untersuchen sollten. Damit dürften Sie den größten Teil der Sitzung beschäftigt sein."

„Aber – entschuldigen Sie, wenn ich frage – was werden *Sie* inzwischen tun?

Spence spürte, daß Tickler ärgerlich war. Der unflexible kleine Mann hatte Schwierigkeiten, sich auf Unerwartetes einzustellen.

„Ich gehe zu einer Gesellschaft in der Suite des Direktors. Wahrscheinlich wird es ziemlich spät werden, bis ich zurückkomme; gehen Sie also ruhig, wenn Sie fertig sind. Ich erwarte Sie dann morgen zur ersten Schicht." Spence drehte sich zum Gehen um. Tickler schwieg, aber sein Unterkiefer pumpte Luft. „Ja? Gibt es noch etwas?"

Tickler schüttelte den Kopf. Er hatte sich wieder gefangen. „Nein, ich denke, wir kommen von diesem Punkt an zurecht", schnappte er.

„Dann gute Nacht", sagte Spence und verließ die Kabine. Er lächelte verschlagen, während er das Labor durchquerte, um sein Quartier zu erreichen. Nur schnell umziehen, und er würde noch reichlich Zeit haben, zu der Party zu gehen.

Elftes Kapitel

Spence zog sich einen sauberen, informellen, zivilen Overall an und machte sich auf den Weg zum Quartier des Direktors. Er war sehr zufrieden mit sich, weil er sich in letzter Sekunde an die Party erinnert hatte – es war perfekt. Er wollte vom Labor weg und aus Ticklers Gegenwart heraus, um über seine Entdeckung nachzudenken. Was genau, wenn überhaupt etwas, hatte sie zu bedeuten?

Im ersten Augenblick war sie ihm elektrisierend bedeutsam erschienen. Nun, während er durch Gothams Verbindungswege eilte, in denen sich die wechselnden Schichten drängten, wirkte seine aufrüttelnde Offenbarung eher trivial. Es gab mindestens ein Dutzend mögliche Erklärungen für die Übereinstimmung der beiden Eintragungen. Spence hakte sie eine nach der anderen ab, während er sich mit den Ellbogen seinen Weg zu den Zandersons bahnte.

Als er das ockerfarbene Portal erreichte, hatte er sich selbst überzeugt, daß seine Entdeckung keine rechte Substanz hatte. Sie ließ noch keine Schlüsse zu. Es mußte mehr geben, etwas anderes, das ihm verriet, was dieser bare Fetzen einer Tatsache bedeutete. Doch was das sein konnte, hatte er keine Ahnung.

„Spencer! Ich freue mich, Sie zu sehen. Kommen Sie herein!" Ari strahlte ihn über die Schwelle hinweg an, als die Gleittür sich öffnete. Spence schüttelte seine Gedankenverlorenheit ab und erwiderte ihr Lächeln.

„Ich hoffe, ich komme nicht zu spät." Sie zog ihn in den Raum, der erfüllt war von den Gesprächen der Gäste. Einige drehten sich um und musterten den Neuankömmling mit unverhohlen mißbilligenden Blicken; die meisten nahmen von seiner Ankunft keine Notiz.

„Offenbar sind einige Ihrer Gäste nicht erbaut, daß ich überhaupt gekommen bin."

„Unsinn. Sie sind einfach noch nicht richtig vorgestellt worden. Kommen Sie. Daddy wird die Honeurs machen wollen."

Ari führte ihn durch die Versammlung und an Gesprächsrunden vorbei zum Büffet, wo ihr Vater zögernden Gästen winzige Sandwiches aufdrängte. Er war von Frauen umgeben – den Ehefrauen der Fakultätsangehörigen und Dozenten, nahm Spence an – die höflich über seine Witze kicherten, während sie sich an den auf dem Tisch dargebotenen Köstlichkeiten bedienten.

„Daddy, schau, wer hier ist." Ari ergriff den Arm ihres Vaters und drehte ihn geschickt zu Spence herum.

„Dr. Reston! Nett, daß Sie gekommen sind."

„Vielen Dank für die Einladung."

„Hier, nehmen Sie sich einen Teller und bedienen Sie sich. Das Rumaki ist köstlich."

„Danke, vielleicht etwas später, ich –"

„Daddy, ich habe Spencer gesagt, du würdest ihn einigen der anderen vorstellen. Wärst du so nett?"

„Aber natürlich. Mit Vergnügen. Schauen Sie – hier ist Olmstead Packer, Leiter der HiEn-Abteilung. Kommen Sie mit. Wer ist das, der bei ihm steht? Noch ein neues Gesicht, glaube ich." Direktor Zanderson ging als Lotse zielsicher voraus durch die Gruppen von stehenden Gästen. Spence folgte in seinem Kielwasser. Aus dem Augenwinkel sah er Ari mit einem Tablett voller Vorspeisen in einer Traube von Partygästen verschwinden. Er gab sich seinem unmittelbaren Schicksal hin.

„Sagen Sie, Dr. Reston, haben Sie noch einmal über die Feldexkursion nachgedacht?"

„Nun, ja. Ich habe es mir durch den Kopf gehen lassen –"

„Ich will nicht drängen, keineswegs. Oh, da sind wir. Meine

Herren!" Der Direktor unterbrach das Gespräch der beiden Männer und legte jedem von ihnen eine Hand auf die Schulter. „Ich möchte Ihnen Dr. Reston vorstellen, Abteilung BioPsych."

Bevor er weitersprechen konnte, streckte der Mann, der vorher als Packer identifiziert worden war, seine Hand aus und sagte: „Erfreut, Sie kennenzulernen. Ich bin Olmstead Packer, und das ist mein Kollege Adjani Rajwandhi."

„Ich werde Sie jetzt allein lassen, damit Sie sich besser kennenlernen können. Vergessen Sie mir aber nicht, am Büffet vorbeizuschauen. Seien Sie nicht schüchtern." Der Direktor ließ Spence in der Obhut seiner beiden neuen Bekannten zurück und stürzte sich wieder ins Getümmel.

Olmstead Packer lachte herzhaft und sagte: „Da geht ein Dynamo. Ein wirbelnder Dynamo. Meine Güte, wenn wir diese Energie kanalisieren könnten – man stelle sich das nur vor!"

„Diese Bücherwürmer von der HiEn-Abteilung!" bemerkte Rajwandhi. „Sie können es nicht ertragen, etwas zu sehen, das keinen Energieausgang hat. Sie halten die ganze Welt für ein Kraftwerk."

„Stimmt nicht, Adjani. Stimmt überhaupt nicht. Das ganze *Universum* ist ein riesengroßer Reaktor, und wir sind alle subatomare Partikel und schwirren in unseren zufälligen Kreisbahnen herum." Packer lächelte breit.

Spence war der hünenhafte, rotbärtige Cherub sofort sympathisch. Mit seinem ungebändigten roten Haar, das wie rostige Stahlwolle aussah, und seinen braunen Augen unter halb geschlossenen Lidern sah er beinahe aus wie eine Comic-Figur, die ständig kurz davor stand, in einen Lachanfall auszubrechen.

Adjani dagegen war ein zierlicher Mungo von einem Mann und schaute aus scharfen Augen, die klar und hart wie schwarze Diamanten wirkten, in die Welt. Er hatte eine mysteriöse Ausstrahlung an sich, die Spence fesselnd und leicht exotisch fand.

„Dr. Rajwandhi ist ein Kollege aus meiner Abteilung –" fing Packer an.

„Aber nicht aus Ihrer Fachrichtung!" unterbrach Adjani.

„Nein – leider nicht aus meiner Fachrichtung."

„An welchem Projekt arbeiten Sie mit, Dr. Rajwandhi?“ fragte Spence höflich.

„Für meine Kollegen bin ich einfach Adjani, bitte. Ich habe im Augenblick mit dem Plasma-Projekt zu tun. Es steht unter der Leitung von Dr. Packer.“

„Sie schmeicheln mir, Adjani“, röhrte Packer und ließ seine weißen Zähne durch das rotbraune Dickicht seines Bartes blitzen. Zu Spence gewandt sagte er: „Adjani steht unter niemandes Leitung. Der Mann, der mit ihm Schritt halten kann, muß erst noch geboren werden; und er weiß auch überhaupt nicht, wie man sich leiten läßt.“

„Was kann ich dafür, wenn Gott mir in vollem Umfang gegeben hat, was andere Leute nur teilweise besitzen?“

„Ich streite nicht mit Ihnen darüber, Sie alter Schlangenbeschwörer. Ich werde Ihr Lob singen bis zum Jupiter und zurück.“ Wieder wandte er sich an Spence und erklärte: „Adjani ist unsere Zündkerze – und zwar die beste in der Branche.“

Spence betrachtete den schlanken Adjani mit neuem Respekt. Eine sogenannte Zündkerze war ein Angehöriger einer Elitegruppe von Männern und Frauen, die so begabt waren, daß sie es auf mehreren Wissensgebieten – bis zu fünf oder sechs – zum Status eines Experten brachten. Während die meisten Wissenschaftler und Theoretiker Spezialisten waren, die ihre beruflichen Kenntnisse auf immer engere Bereiche des wissenschaftlichen Spektrums konzentrierten, arbeiteten Leute wie Adjani – und davon gab es nur sehr wenige – umgekehrt, indem sie die Bandbreite ihres Wissens immer mehr vergrößerten. Im Grunde waren sie Spezialisten in allen Bereichen: in der Physik, der Chemie, der Astronomie, der Biologie, der Metallurgie, der Psychologie und allen anderen Wissenschaften.

Meistens wurden sie als Systematiker beschäftigt – als Leute, die den Gesamtverlauf eines Projektes überblicken und wertvolle Informationen aus anderen Wissensgebieten heranziehen und auf das jeweilige Problem anwenden konnten. Sie arbeiteten als Katalysatoren der Kreativität – als Zündkerzen eben –, die bei Projekten, die zu komplex geworden waren, als daß man sich dabei auf eine nur zufällige Befruchtung durch Ideen aus anderen Fachgebieten verlassen könnte, für jene schnellen, dynamischen Ausbrüche schöpferischer Einsicht sorgten.

Sie waren die „Verbindungsleute", die die dringend benötigten Verbindungen zwischen einem vorliegenden Problem und den nützlichen Daten aus Bereichen herstellten, die mit dem jeweiligen Projekt nicht direkt zu tun hatten, aber dennoch mögliche Einsichten oder Lösungsansätze für hartnäckige Probleme boten. Und solche Verbindungsleute waren sehr gefragt. Die Wissenschaft hatte schon vor langer Zeit erkannt, daß sie es sich nicht leisten konnte, darauf zu warten, daß ihr der Zufall die Ideen bescherte, aus denen wissenschaftliche Durchbrüche entstanden. Das System brauchte, wenn es gesund und funktionsfähig bleiben sollte, Hilfe; die wissenschaftliche Methode brauchte die Impulse, die ihr Genies wie Adjani geben konnten.

Spence war also zu Recht beeindruckt. Er war noch nie einer Zündkerze begegnet; es gab nicht viele davon, und die Disziplin war noch zu jung, um schon in alle Wissenszweige eingedrungen zu sein. Meistens wurden die Verbindungsleute von den größeren und großzügiger finanzierten Programmen wie Hochenergietechnik oder Laserphysik weggeschnappt.

„Ich freue mich, Sie kennenzulernen, Adjani", sagte Spence, und er meinte es auch so.

Olmstead Packer fixierte Spence mit wachem Interesse. „Erzählen Sie uns von sich selbst."

„Von mir? Ich . . . äh . . . " Spence fiel nichts zu sagen ein. „Ich bin neu hier. Dies ist mein erstes Jahr im All."

„Dachte ich mir. Für Adjani ist es auch der erste Sprung. Ich mußte Himmel und Hölle in Bewegung setzen, um ihn hier heraufzubekommen. Die Cal Tech hatte ihn in ihren Klauen und wollte ihn nicht gehen lassen. *Sie* sind doch nicht von der Cal Tech, oder?"

„Nein – NYU. Warum fragen Sie?"

„Oh, mir ist nur so, als ob ich mich an einen Dr. Reston von der Cal Tech erinnere – aber das könnten nicht Sie sein . . . nein, es ist ja schon Jahre her, wenn ich darüber nachdenke."

„Der Name ist nicht allzu selten." Spence brachte es nicht über sich, zuzugeben, daß Packer von seinem Vater sprach. Dr. Reston – der Professor, den Spence nie kennengelernt hatte; er wollte nicht über den Zusammenbruch seines Vaters sprechen.

„Haben Sie auf der Cal Tech studiert?"

„Stanford", antwortete Packer stolz. „Obwohl ich die meiste Zeit an der JPL verbrachte. Sie haben mit der LTST-Schlafstudie zu tun, richtig?"

„Ja –"

„Faszinierende Arbeit", sagte Packer.

„Und lebenswichtig", ergänzte Adjani. „Sollten wir je in den Weltraum jenseits unseres Sonnensystems vorstoßen, müssen wir die empfindliche psychologische Balance zwischen dem Schlaf und dem geistigen Wohlbefinden verstehen lernen. Kann der Schlafzustand unbegrenzt verlängert werden? Ist er eine Funktion bestimmter chemischer Wechselbeziehungen innerhalb des Gehirns? Können individuelle Schlafmuster den wechselnden Anforderungen der Weltraumfahrt angepaßt werden? Sehr interessant. Sie arbeiten an sehr wichtigen Fragen, Dr. Reston."

„Meine Freunde nennen mich Spence." Jetzt war es an Spence, sich geschmeichelt zu fühlen. Getreu seiner Berufung schien Adjani die Natur seiner Arbeit genau zu kennen.

„Sagen Sie mir, Spence, glauben Sie, wir werden in der Lage sein, unsere Raumschiffbesatzungen auf interstellaren Reisen für, sagen wir, ein oder zwei Jahre in Schlaf zu versetzen?"

„Schwierige Frage." Spence blies die Wangen auf und ließ die Luft durch seine Zähne pfeifen. „Es ist nicht ganz ausgeschlossen. Doch ich muß zugeben, daß wir im Moment noch weit davon entfernt sind. Wir sind immer noch dabei, jungfräuliches Gebiet zu erforschen, wissen Sie. Wahrscheinlich werden unsere Erwartungen unseren Fähigkeiten noch für lange Zeit weit vorauseilen."

„Sie sind ein Pionier, Spence. Und noch dazu ein vorsichtiger. Das ist gut." Adjani lächelte ihn an. „Packer hat die Frage mit Hintergedanken gestellt, vermute ich."

„Ach, inwiefern?" Spence hob die Augenbrauen und beäugte Packer mit gespieltem Mißtrauen.

„Sehen Sie! Was habe ich Ihnen gesagt? Er ist schneller, als die Polizei erlaubt. Ja, ich gebe es zu. Ich hatte etwas im Hinterkopf, und ich dachte, ich könnte Ihrer Antwort vielleicht eine gewisse Beruhigung entnehmen."

„Olmstead leitet die Feldexkursion dieses Jahr, da er sechzehn von seinen Studenten im dritten Jahr mitnimmt. Ihm graut vor dem Flug."

„Es ist nicht der Flug, der mich stört. Es ist meine dritte Reise zum Mars, und es fängt einfach an, mich zu *langweilen*. Fünf Wochen sind eine lange Zeit, wenn man sich an Bord eines Eimers beschäftigen muß – ein langes Nickerchen wäre mir da gerade recht."

„Es würde keine fünf Wochen dauern, wenn Sie und Ihre Hochenergie-Theoretiker endlich mit dem Theoretisieren aufhören und den Plasma-Antrieb fertigstellen würden", frotzelte Adjani.

Der hünenhafte Physiker machte ein beleidigtes Gesicht und schüttelte müde den Kopf. „Sehen Sie, Spence? Sehen Sie, womit ich mich herumschlagen muß? Jetzt ist es auf einmal *mein* Fehler, daß wir keinen Plasma-Antrieb haben. Nur unter uns, Dr. Reston, ich glaube, Adjani ist ein Saboteur, den uns die Cal Tech geschickt hat, um unsere Experimente zu stören. Sie wären gerne die ersten, die sich den Plasma-Ionen-Antrieb patentieren lassen."

„Ich habe daran gedacht, selbst mit auf die Feldexkursion zu kommen. Direktor Zanderson hat mich dazu eingeladen."

„Dann müssen Sie auf jeden Fall mitkommen", sagte Adjani.

„Nicht so schnell. Spielen Sie Pidg?" Packer fixierte ihn mit einem strengen Blick.

„So lala, ja. Ich habe noch nicht viel Erfahrung mit der Schwerelosigkeit. Aber ich mag das Spiel."

„Schön. Damit ist alles klar. Sie müssen mitkommen, und Sie müssen in unserer Mannschaft spielen. Die Fakultätsangehörigen und Studenten halten während der Marsreise stets ein Pidg-Turnier ab. Es ist schon so etwas wie eine Tradition geworden, und es wird intensiv gewetteifert. Das einzige Problem ist, daß von den Fakultätsangehörigen nicht viele diesem Sport huldigen."

„Sie verlieren jedesmal", bemerkte Adjani.

„Ich bin eigentlich noch nicht ganz entschlossen. Und ich habe hier so viel zu tun . . . "

„Wenn Zanderson Ihnen vorgeschlagen hat, mitzufliegen, dann würde ich ernsthaft darüber nachdenken. Er lädt nicht jeden dazu ein. Sie sind ein Glückspilz, daß Sie schon so schnell zu dieser Ehre kommen."

Sie unterhielten sich lange Zeit, obwohl es Spence nur wie einige Augenblicke vorkam, bis Olmstead Packers Frau kam und ihren Mann entführte, um ihn einigen ihrer Freundinnen vorzustellen. Auch Adjani entschuldigte sich und verschwand im Gedränge ums Büffet. Spence fühlte sich nackt und bloßgestellt, da er niemanden mehr hatte, mit dem er reden konnte. Die Gemeinschaft, die er mit den beiden Männern erlebt hatte, war allzu schnell verflogen.

„Ich dachte schon, ich bekomme Sie nie wieder zurück", sagte eine Stimme hinter ihm.

Er wandte sich um und sah Ari dort stehen. Sie schien ständig unerwartet aufzutauchen. „Ich drifte ab – retten Sie mich", sagte er.

„Mir sah es aber nicht so aus, als ob Sie Rettung nötig hätten. Es sah eher so aus, als ob Sie sich prächtig amüsiert hätten."

„Nein, ich meine jetzt."

Sie lächelte schüchtern und sagte: „Ich werde Sie retten. Möchten Sie etwas essen? Daddy wird sehr enttäuscht sein, wenn Sie das Mousse nicht wenigstens versuchen."

„Ich probiere es gerne."

Ari führte ihn zum Büffet, und Spence folgte ihr gerne. Ihm kam allmählich der Gedanke, daß er vor allem anderen nicht mehr einsam sein wollte.

Zwölftes Kapitel

Das Büffet sah aus, als sei es von Haien angegriffen worden.

„Daddys Stolz und Freude – und schauen Sie es sich jetzt an", klagte Ari. Sie reichte Spence einen Teller und nahm sich selbst ebenfalls einen. „Also schön, beteiligen wir uns an der Plünderung. Schlagen wir zu."

Sie tasteten sich langsam am Tisch entlang, der mit Platten und Schüsseln voll der verschiedensten und exotischsten Speisen bedeckt war: Krabben auf Eis, Lachs in Aspik, süßsaure Fleischbällchen, diverse Soufflés, Quiches, ein großes Käserad, kalter Braten und Schinken, Hummerschwänze, Chutneys und Pickles, in Branntwein eingelegte Birnen, gegrillte Krebse, mit Geflügel- und Thunfischsalat gefüllte Avocados, Törtchen, Kuchen und viele andere Köstlichkeiten, von denen Spence manche nicht auf Anhieb erkannte.

Nicht, daß es einen Unterschied ausgemacht hätte, ob er eine Speise erkannte. Ari lotste ihn geschickt durch das Gewirr der Ellbogen und greifenden Hände und füllte beide Teller, während Spence versuchte, mit ihr Schritt zu halten und dabei nichts zu verschütten.

„Oh, nein", seufzte Ari, als sie an einer großen leeren Schüssel ankamen; das Glasgefäß sah aus, als sei es aus einem Schlammloch ausgegraben worden. „Wie ich befürchtet habe. Das Mousse ist alle. Zu schade. Aber ich glaube, ich weiß, wo vielleicht noch welches ist. Folgen Sie mir."

Sie schoben sich durch die Menge und an Essenden vorbei, die mit ihren Tellern am Mund am Rand des Geschehens standen. Sie führte ihn aus dem Gewirr der Versammlung heraus durch einen schwach beleuchteten Durchgang in einen Raum, der in eine behelfsmäßige Küche verwandelt worden war; er sah allerdings eher aus wie das Bühnenbild zu einer großen Schlachtszene. Mehrere Angestellte des Verpflegungsdienstes von Gotham arbeiteten an den Platten und versuchten tapfer, aus den Resten einen einigermaßen attraktiven Anblick zu rekonstruieren, verwelkte Salatblätter zu ersetzen und ausgegangene Speisen nachzufüllen. Sie arbeiteten geschickt und schnell, schulterten ihre Tabletts und stürzten sich aufs neue ins Getümmel.

„Wir hätten gleich hierher kommen sollen", murmelte Ari. „Es ist viel ruhiger. Hier ist das Mousse, oder das, was davon noch übrig ist." Sie nahm einen Löffel und füllte eine ordentliche Portion auf seinen bereits überfließenden Teller.

„Ich werde eine Woche brauchen, um das alles zu essen."

„Unsinn. Ich habe gesehen, wie Sie essen. Erinnern Sie sich?"

Er schaute sich nach einer Sitzgelegenheit um. Es gab keinen einzigen Stuhl in dem Raum.

„Sollen wir zu den anderen gehen?"

„Eher würde ich in eine Löwengrube springen."

Sie hob eine Augenbraue. „Das war die richtige Antwort. Ich kenne einen Ort, den die anderen vielleicht noch nicht entdeckt haben. Kommen Sie mit."

Sie schlichen sich durch eine Seitentür über den Flur und in einen kleinen Vorraum. Spence sah, daß der Raum als eine Art privates Wohnzimmer benutzt wurde. Drei Wände waren mit Bücherregalen bedeckt; an der vierten hing ein großes, in Grüntönen gehaltenes, abstraktes Gemälde über einer niedrigen Couch. Ein Tisch, der vor der Couch stand, trug die verräterischen Spuren von Gästen, die hier gegessen hatten und wieder gegangen waren, wobei sie die Überreste ihres Mahls zurückließen.

„Daddy nennt dies sein Lesezimmer. Er sagt, es sei gemütlicher als seine Bibliothek oder sein Büro. Meistens kommt er hierher, um ein Nickerchen zu machen."

Sie ließen sich auf der Couch nieder und machten sich sofort über das Essen her. Spence probierte erst einen Bissen von jedem der Gerichte auf seinem Teller, bevor er sie eines nach dem anderen verputzte.

„Köstlich", murmelte er mit vollem Mund.

„Nur das Beste für die Gäste."

Er sah sie mit echter Dankbarkeit an. „Danke, daß Sie mich

eingeladen haben. Normalerweise gehe ich nicht –“ Er hielt inne. „Ich bin froh, daß ich gekommen bin.“

Sie blickte auf ihren Teller hinab. „Ich bin auch froh, daß Sie gekommen sind. Ich habe nicht so recht daran geglaubt.“

„Um die Wahrheit zu sagen, ich auch nicht.“

„Was hat Ihre Meinung geändert?“

„Ich weiß nicht. Vielleicht bin ich einfach süchtig nach Schokoladen-Mousse.“

„Dann werden wir öfter welches servieren müssen“, sagte sie fröhlich. „Aber Sie essen Ihres ja gar nicht.“

Er schaute seinen Teller an. Er hatte sich in eine verschmierte Palette der verschiedensten Farben und Konsistenzen verwandelt. Er stellte den Teller vor sich ab. „Ich mag eigentlich kein Mousse“, gab er zu.

Da lachte sie, und Spence schien es, als ob sich der Raum plötzlich aufhellte. „Warum haben Sie mich dann nicht davon abgehalten, es Ihnen zu geben?“

„Ich weiß nicht. Es schien Ihnen solchen Spaß zu machen.“

Ari wurde etwas rot und senkte den Kopf. „Stimmt, macht es mir auch.“ Dann schien sie nervös zu werden und sagte nichts mehr.

Schweigen legte sich über den Raum und riß eine Kluft zwischen ihnen auf. Sie wuchs an, bis keiner von ihnen sie mehr überqueren wollte. Die Atmosphäre wurde beengend.

„Ari, ich bin nicht allzu geschickt in solchen Dingen.“ Spence war selbst überrascht, seine eigene Stimme unsicher in das Vakuum hinausposaunen zu hören.

„Sie müssen nichts sagen“, sagte Ari. Sie schaute ihn aus ihren blauen Augen an. „Ich verstehe schon.“

„Es ist nur so, daß ich . . . “ Er fand nicht die richtigen Worte.

„Bitte, es ist nicht wichtig.“ Sie lächelte ihn an und legte den Kopf auf die Seite. „Vielleicht sollten wir uns wieder zu der Party gesellen. Daddy wird sich schon wundern, wo ich stecke.“

„Sie haben recht.“ Spence stand langsam auf. Ari blieb sitzen, und er blickte auf sie herab und bot ihr seine Hand, um ihr auf die Füße zu helfen.

„Danke“, sagte sie leise.

Sie durchquerten den Raum, und Ari wandte sich um, wieder ganz die selbstbewußte, lebhafte Gastgeberin. „Wir können von Glück sagen, wenn sie nicht auch noch die Tischdecke aufessen", sagte sie, als sie am Büffet vorbeikamen.

„Na, wenn ich das nächste Mal Appetit auf Mousse bekomme, weiß ich, wohin ich mich wenden kann", sagte Spence.

Sie wandte sich ihm zu und legte ihre Hand auf seinen Arm. „Ich hoffe, so lange werden Sie nicht warten." Bevor er antworten konnte, wühlte sie sich in die Menge und war verschwunden.

Spence kehrte allein in einer Stimmung nervöser Erwartung, ja fast des Staunens in sein Quartier zurück. Die Angst, die er noch vor Stunden empfunden hatte, war vergessen; ja, er hatte eine ganze Menge Dinge vergessen. Was ihn jetzt ergriffen hatte, ließ für jene dunkleren Gedanken keinen Raum. Obwohl er keinen Namen für das hatte, was er empfand – da er es noch nie zuvor empfunden hatte –, wußte er, daß es in nicht geringem Maße mit der Person Ariadne Zandersons zu tun hatte.

Die Wärme des Gefühls überraschte und verwirrte ihn. Es lag völlig jenseits seiner rationalen Fähigkeit zur Beschreibung. Es schien sich jeder objektiven Analyse zu widersetzen und ließ ihn nach einer Erklärung tasten wie ein Mann, der in einem dunklen Raum nach einem Lichtschalter sucht. Der Gedanke, dieses ungreifbare Gefühl könnte Liebe sein, kam ihm nicht.

Er tippte seinen Code ein, und die Tür glitt mit einem Flüstern zur Seite. Weder Tickler noch Kurt waren zu sehen; sie hatten wohl schon vor langer Zeit Schluß gemacht und waren gegangen. Das war ihm recht. Er hatte keine Lust, über das Projekt, Tickler oder die Aufzeichnungen nachzudenken. Alles, was er wollte, war, aus seinem Overall heraus und ins Bett zu kommen – und das tat er auch, nachdem er MIRA instruiert hatte, ihn zu wecken.

Spence starrte in die Tiefen eines gewaltigen Abgrundes, während der unterirdische Donner die Felsen, an die er sich klammerte, beängstigend erbeben ließ. Seine Eingeweide zitterten von dem ohrenbetäubenden Dröhnen. Unter ihm in der brodelnden Schwärze sah er eigenartige Formen, die sich gegenseitig zermalmten und zermahlten und dabei ein feines blaues Pulver wie einen samtenen Nebel emporsandten.

Große, gezackte Blitze aus blauem Licht zerrissen die Luft und vertrieben die Dunkelheit des Abgrundes. Er blickte hinab und konnte die taumelnde Masse dort unten nun klar erkennen. Beim aufzuckenden Licht der Blitze sah er den stöhnenden, vibrierenden, mahlenden Inhalt der Grube: Knochen. Es waren die riesigen Überreste der Skelette prähistorischer Kreaturen, die sich dort in unablässiger Bewegung gegenseitig zermalmten.

Ein Blitzschlag traf den Felsen, an den er sich klammerte, und er spürte, wie seine Hände fortgerissen wurden, als er rückwärts in den Abgrund stürzte. Er drehte sich in der Luft und krallte mit den Fingern durch den leeren Raum in dem vergeblichen Versuch, einen Halt an der Felswand zu finden. Es war zu spät.

Spence stürzte schreiend in den wirbelnden Tanz der Knochen.

Immer tiefer stürzte er und drehte sich dabei unaufhörlich. Der feine blaue Staub, der auf dem warmen Aufwind aufstieg, stach in seinen Augen und füllte seine Nase und seinen Mund, so daß er bald erstickte. Er wand sich und keuchte, während sich schwarze Nebel rund um ihn schlossen.

Das Geräusch des schrecklichen, polternden Donners verlor sich allmählich. Er fiel wie ein Stein durch den gestaltlosen Raum. Er fühlte nichts und hörte nichts – nur das Schlagen seines eigenen Herzens und das Pulsieren seines Blutes in seinen Ohren. Es schien, als würde er ewig weiterfallen. Ein absurder Gedanke, sagte er sich.

Vielleicht, dachte Spence, *falle ich überhaupt nicht.* Aber was konnte es sonst sein? Plötzlich erfüllte ein neues Entsetzen seinen Geist: Er schrumpfte. Sofort spürte er, wie er kleiner wurde – in winzigen Abstufungen immer kleiner. Obwohl er keinen Bezugspunkt hatte, an dem er sich selbst hätte messen können, hatte er den Eindruck, inzwischen winzig geworden zu sein. Und das Schrumpfen ging immer noch weiter.

So wird alles enden, dachte Spence. Das Universum implodierte, raste zurück zu dem Blitz seiner Erschaffung, komprimierte seine

Atome zurück in jenen einzigen elementaren Funken, aus dem alle Materie geboren war. Und er war ein Teil davon; er war eins damit. Jetzt und für immer.

Diesmal gab es kein Erwachen. Spence war sich seiner Umgebung voll bewußt und war sich auch klar darüber, daß er schon eine ganze Weile bei Bewußtsein war. Es gab einfach keine Grenzlinie, auf die er weisen und sagen konnte: „Dort habe ich geschlafen, und dort war ich wach." Die schattenhafte Linie zwischen Wachen und Träumen war ausgelöscht worden. Sie bestand nicht mehr. In Spences Geist hatten sich Traum und Realität vermischt.

Vor ihm hing der schimmernde, opalisierende Halo aus blauem Licht mit seinen schwach leuchtenden Tentakeln in der Dunkelheit seines Quartiers. Die leuchtenden Tentakeln schienen nach ihm zu greifen und ihn in den grün glänzenden Halo hineinziehen zu wollen. Er spürte das steigende, ziehende, fallende Gefühl und wußte, daß er es schon zuvor ganz genauso verspürt hatte.

Er wußte, daß er all das schon einmal erlebt hatte – den leuchtenden Kranz, die glitzernden Tentakeln, die formlose Masse, die sich dunkel in der Mitte bewegte – er wußte es, aber es gab dennoch keine Erinnerung daran. Er wußte es einfach.

Voller Entsetzen und Faszination beobachtete er, wie das wirbelnde innere Auge des Halos sich zu einer gleißenden Lichtmasse verdichtete. Er spürte einen Druck in seiner Brust; seine Lungen brannten, und er bemerkte, daß er die Luft angehalten hatte. Sein Herz klopfte mit aller Kraft gegen seine Rippen, und er konnte die Angst, die von ihm aufstieg, riechen wie den Geruch des Fells eines nassen Tieres. Doch das Ding hielt ihn auf seinem Platz fest.

Das Entsetzen schien nur eine körperliche Reaktion zu sein. Er bemerkte das mit wissenschaftlicher Neugier, wie man vielleicht den Vorgang bemerkt, wie Wasser in einem Topf zu kochen beginnt und sich in Dampf verwandelt oder die Stufen einer wohlbekannten chemischen Reaktion verzeichnet. Das Grauen, das er empfand, gehörte zu einem anderen Teil von ihm, und dieser andere Teil hatte nichts mehr mit seinem Verstand zu tun.

Ein Geräusch wie aneinander klimpernde Nadeln oder Glassplitter erhob sich und nahm an Lautstärke zu. Er bemerkte das Geräusch und stellte fest, daß es auf der Oberfläche seiner Haut zu kitzeln schien. Er starrte tiefer in den grünen Halo hinein und sah, wie sich die Formen darin zu vage menschlichen Zügen verwebten. Die geisterhaften Züge verdichteten sich immer mehr zu einem erkennbaren Gesicht – dem dünnen, ausgemergelten Gesicht Hokkings.

Spence blinzelte wie betäubt zu der grinsenden Erscheinung herauf. Sein Mund war trocken; er konnte nicht sprechen oder schreien. Der Wille dazu hatte ihn verlassen.

Dann begann Hocking zu ihm zu sprechen. Er sagte: „Sie gewöhnen sich an den Stimulus, Spencer. Das ist gut. Sie machen bemerkenswerte Fortschritte. Bald werden wir mit ein paar einfachen Befehlen beginnen. Doch etwas ist noch notwendig, bevor Sie soweit sind. Wir müssen eine dauerhafte mentale Verbindung aufrichten, durch die meine Gedankenimpulse zu Ihnen gelangen können. Bisher habe ich Ihnen die Anregungen durch Ihre Träume zukommen lassen. Wenn unsere Geister jedoch miteinander verbunden sind, werde ich in der Lage sein, das auch in Ihrem Wachzustand zu tun."

Hocking lächelte sein totenschädelartiges Lächeln, und Spence, der sich nicht vom Fleck rühren konnte, blickte ausdruckslos geradeaus.

„Es wird Ihnen nicht schaden", sagte Hocking sanft. „Entspannen Sie sich. Schließen Sie Ihre Augen. Entleeren Sie Ihren Geist aller Gedanken. Denken Sie nur an die Farbe Blau. Konzentrieren Sie sich auf die Farbe Blau, Spencer. Denken Sie an nichts anderes."

Spence gehorchte den Anweisungen des Bildes. Er schloß die Augen und füllte seine innere Leinwand mit einem intensiven, leuchtenden Blauton. Er entspannte seine geballten Fäuste und sank in sich zusammen; sein Kopf sank nach vorne, und sein Kinn ruhte auf seiner Brust.

„In wenigen Augenblicken werde ich Ihnen sagen, daß Sie Ihre Augen öffnen und mich ansehen sollen. Aber nicht, bevor ich es Ihnen sage – verstehen Sie? Konzentrieren Sie sich. Tun Sie genau, was ich sage . . . konzentrieren Sie sich . . . "

Spence fühlte, wie sein Bewußtsein ihm entglitt. Es war, als ob seine Seele – alles, was er Spence nannte und als sich selbst erkannte – aus ihm herausflösse wie eine Flüssigkeit aus einer Flasche. Das Gefühl ließ seine Wirbelsäule und seine Glieder erzittern. Noch einmal steigerte sich der hohe, klingelnde Ton und bohrte sich von oben in seinen Schädel hinein.

Schwindel überkam ihn, und gleichzeitig formte sich irgendwo tief in seinem Innern ein zäher kleiner Kern des Widerstandes. Doch die übermächtigen Kräfte, die auf ihn einwirkten, drohten ihm selbst das zu rauben.

Nein! dachte Spence. *Ich kann das nicht zulassen!* Doch die Worte, die in seinem Kopf widerhallten, hatten keine Kraft. Alle Stärke hatte ihn verlassen.

Nein! schrie er wieder. *Aufhören! Aufhören!* Er wußte nicht, ob er die Worte aussprach oder nur dachte. Es spielte keine Rolle. Er klammerte sich an jenen harten Kern des Widerstandes und kämpfte darum, diesen letzten winzigen Fetzen seiner selbst festzuhalten. Ein Rest seines Willens kehrte zurück, als er sich abmühte, danach zu greifen.

„Entspannen Sie sich. Kämpfen Sie nicht dagegen an. Entspannen Sie sich, Spencer. Es wird Ihnen nicht schaden." Hockings Stimme erklang in seinem Innern. Hocking war *in* ihm!

Die unheimliche Erkenntnis brach über sein verblassendes Bewußtsein herein.

„Nein!" schrie Spence und riß den Kopf hoch. Er öffnete die Augen und sah den schimmernden grünen Halo, aus dem Hockings entsetzliches Gesicht auf ihn niederstarrte. Doch er sah noch etwa anderes, das ihn wieder zur Besinnung brachte.

Die wabernden Tentakel rund um den Rand des Halos streckten sich ihm entgegen und berührten ihn. Wenn er diesen Kontakt nicht sofort unterbrach, das wußte er, würde er aufhören zu existieren. Spence Reston würde zu einer hohlen Schale werden, die von Hockings Geist bewohnt und von Hockings Willen gesteuert würde. Das konnte er nicht zulassen.

Schon spürte er, wie Hockings Gegenwart in ihn eindrang. Er schrie auf, zwang seine bleiernen Glieder, sich zu bewegen, und warf sich auf den Boden. Doch die Tentakel ließen ihn nicht los, sondern blieben mit seiner Stirn verbunden.

Zitternd vor Anstrengung schleppte er sich über den Fußboden zur Sanitärkabine, während sich seine Muskeln in Wackelpudding verwandelten und die Kraft aus ihm herausfloß wie Wasser. Hand über Hand zog er sich auf die Füße.

„Setzen Sie sich, Spencer. Entspannen Sie sich. Wir sind fast fertig. Entspannen Sie sich. Konzentrieren Sie sich . . . “ Hockings Stimme sang in seinem Kopf. „Entspannen . . . entspannen . . . entspannen . . . “

Er drückte auf den Öffner und die Tür der Sanitärkabine glitt zur Seite. Er wankte auf der Schwelle.

„Entspannen Sie sich, Spencer. Setzen Sie sich.“

Spence hörte ein Knacken und fühlte seine Wange an der glatten Wand der Zelle hinabgleiten. Die Kabine schien sich auf den Kopf zu stellen, und er sank halb drinnen, halb draußen zu Boden. Sein Kopf traf die Sensorplatte auf dem Boden, und er hörte das Surren der Mechanik, als der sanfte Pulverregen wie feiner Schnee auf ihn herabzurieseln begann. Das leise Geräusch der Mechanik war das Letzte, was er hörte.

Dreizehntes Kapitel

Ari saß auf dem weißen, körpergerecht geformten Plastikstuhl neben Spences Bett. Die Schwestern waren gerade damit fertig geworden, die Reste des blauen Sanitärpulvers aus seinem Haar zu waschen. Eine Seite seines Gesichts war gerötet wie von einem Sonnenbrand. Allem Anschein nach war ihm nichts Schlimmeres passiert, als daß er in der Mittagssonne am Strand eingeschlafen war.

Der Atem des Patienten ging langsam und regelmäßig – das Schlimmste sei vorüber, hatte der Arzt gesagt. Vom Einatmen der Chemikalie würde eine leicht schmerzhafte Entzündung zurückbleiben, aber nichts Ernsteres. Es sei ein Wunder, daß Spence nicht in dem Pulver erstickt sei, meinte der Arzt. Für etwa eine Woche würde er eine empfindliche Haut haben, die sich wahrscheinlich auch abschälen würde. Spence hatte Glück gehabt, bemerkte Dr. Williams, daß er nicht mit dem Gesicht nach oben in die Sanitärkabine gefallen sei. Das ultraviolette Licht hätte ihn das Augenlicht kosten können. Alles in allem war er praktisch unbeschadet davongekommen.

„Hat er Ihnen von seinem ersten ‚Unfall' erzählt, Miss Zanderson?" fragte Dr. Williams.

„Nein – er sagte etwas von einer Beule am Kopf, glaube ich. Aber es schien ihm gutzugehen. Ich hätte nie gedacht . . . "

„Oh, die Sache ist durchaus ernst. Unser junger Freund zeigt eindeutige selbstzerstörerische Tendenzen. Er wurde in der Ladebucht in einer offenen Schleuse gefunden. Es hätte ihn beinahe das Leben gekostet. Ich würde Ihnen das nicht erzählen, verstehen Sie, aber er scheint keine engen Freunde zu haben – außer Ihnen natürlich."

Ari runzelte die Stirn und biß sich auf die Lippe. „Was kann ich tun, Doktor?"

Der Mediziner schüttelte langsam den Kopf. „Nur ihn beobachten. Bringen Sie ihn dazu, darüber zu reden, was diese Attacken verursacht, wenn Sie können. Wir müssen es abwarten. Auf lange Sicht ist es besser, wenn er aus eigenem Antrieb mit der Sprache herausrückt. Wenn wir zu hart bohren und ihn zu zwingen versuchen, uns etwas zu sagen, könnte das die Ursachen noch weiter vertiefen.

Wenn natürlich alle Stricke reißen, müssen wir eingreifen. Aber mir wäre es lieber, wenn es nicht soweit käme. Und ihm sicherlich auch. Ihm geht es nicht anders als vielen in seiner Position: ein solcher Vorfall in seiner Akte, und er wäre beruflich ruiniert."

Ari hatte Dr. Williams aufmerksam zugehört, und in ihren Zügen spiegelte sich der Tumult ihrer Gefühle wider. Sie sah so verloren aus, als er geendet hatte, daß er sich gedrängt fühlte, sie zu trösten und seine trüben Voraussagen abzuschwächen. „Verzeihen Sie mir, daß ich so offen gesprochen habe", sagte Dr. Williams entschuldigend. „Ich neige dazu, immer den schlimmsten Fall anzunehmen. Vielleicht habe ich die Dinge ein wenig überdramatisiert. Er wird schon wieder in Ordnung kommen. Ihr Dr. Reston ist ein willensstarker Bursche. Er wird sich wieder fangen, glaube ich."

Ari hatte sich bei dem Doktor bedankt, und er war gegangen und hatte sie am Bett zurückgelassen. Sie beschäftigte sich damit, über die Abschiedsworte des Arztes nachzudenken: *Ihr* Dr. Reston. War es denn wirklich so offensichtlich?

Nach einer Weile brachte ihr eine Schwester eine Tasse Kaffee herein und blieb, um sich ein wenig zu unterhalten. Im Moment waren keine weiteren Patienten in diesem Flügel der Krankenstation, so daß Ari so lange bleiben konnte, wie sie wollte. „Sie können sich auch auf einem der anderen Betten hinlegen, wenn Sie möchten", schlug die Schwester vor.

„Ich bin nicht müde, und das Warten macht mir nichts aus. Aber danke für den Kaffee."

Die Schwester verließ sie wieder, verdunkelte das Licht und tauchte das streng funktionale und peinlich saubere Krankenzimmer in kühlen, beruhigenden Schatten. Ari hörte, wie sich die Tür schloß, faltete die Hände im Schoß, neigte ihren Kopf und begann zu beten.

Die goldene Krone ihres geneigten Kopfes war das Erste, das Spence sah, als er erwachte.

„Ich scheine immer hier aufzuwachen." Seine Stimme war ein heiseres Flüstern. Seine Lungen brannten, und sein Hals fühlte sich an wie abgeschmirgelt.

Sie hob lächelnd den Kopf. „Das liegt daran, daß Sie immer an so komischen Orten einschlafen."

„Sie haben davon gehört, was?"

Sie nickte und sah ihn an. Die Sorge um ihn schien dem Blau ihrer Augen eine dunklere Schattierung zu geben. „Sie hätten es mir selbst sagen können", sagte sie.

Spence zuckte die Achseln. „Es gab nicht viel zu erzählen."

„Wie fühlen Sie sich?"

„In Ordnung."

„Sie *klingen* fürchterlich."

„Vielen Dank." Plötzlich wurde Spence von einem Hustenanfall geschüttelt. Die Flammen in seinen Lungen loderten hoch, und er fühlte, wie sein Hals Feuer fing.

Ari stand schnell auf und nahm einen Plastikbecher mit Eiswasser von dem Tablett neben seinem Bett. „Hier, nehmen Sie einen Schluck davon." Sie hielt ihm den Becher hin und führte ihm den Strohhalm zum Mund. „Besser?"

„Viel." Einen Moment lang schauten sie sich an, ohne zu sprechen, dann wandte Spence den Kopf ab.

„War es diesmal so schlimm?" Seine Stimme klang dünn und wie aus weiter Ferne.

Ari setzte sich auf seine Bettkante. Sie legte ihre Hand auf seinen Arm. „Erinnern Sie sich nicht?"

„Ich erinnere mich an gar nichts."

Sie legte eine kühle Hand auf die Seite seines Gesichts und drehte seinen Kopf zu sich hin. „Es ist gut, Spence. Es wird alles gut werden."

In der sanften, indirekten Beleuchtung erschien ihm Ari wie ein Engel, der gekommen war, um ihm in seiner Not zur Seite zu stehen. Ihr helles Haar glänzte mit einem weichen Leuchten, und in ihren Augen glomm eine ruhige Zuversicht. Ein Lächeln umspielte ihre Lippen, und die Schatten streichelten die sanfte Schwingung ihrer glatten Wange.

Er hob eine Hand an ihr Gesicht und schaute ihr in die Augen. Sie nahm die Hand in ihre und küßte sie behutsam. Spence fühlte sich belebt. Er drückte ihre Hand und zog sie an sich.

„Wie lange werde ich diesmal hierbleiben müssen?" fragte er nach einer Weile.

„Der Doktor sagte, mindestens vierundzwanzig Stunden, aber im Grunde liegt es bei dir. Wie fühlst du dich?"

„Müde."

„Ich werde dich allein lassen, damit du etwas Ruhe bekommst." Sie stand von dem Bett auf und legte seine Hand mit einem sanften Drücken zurück auf seine Brust.

„Nein. Ich wollte nicht –"

„Schhh. Mach dir keine Sorgen. Ich komme wieder. Schlaf jetzt ein wenig." Sie lächelte wieder, als sie sich zum Gehen wandte. „Du hast mir einen Schrecken eingejagt – für einen Augenblick dachte ich, es sei das Mousse gewesen."

„Ich habe es nicht gegessen, weißt du noch?" Er lächelte schwach.

„Gute Nacht, Spencer."

Er schloß die Augen und versank in einen tiefen, unbelasteten Schlaf.

„Er hat dem Versuch, eine Geistesverbindung herzustellen, widerstanden", sagte Hocking ausdruckslos. Es fiel ihm nicht leicht, ein Versagen einzugestehen, am wenigsten vor Ortu. Der Widerhall war oft äußerst unangenehm.

Ortus gelbe Augen verengten sich, als er kalt aus dem schimmernden Halo herausstarrte. „So?"

„Er ist eine willensstarke Versuchsperson, Ortu. Ich weiß nicht, woher er die Kraft nahm. Es erschien unmöglich, daß er dieses Mal noch Widerstand leisten konnte."

„Es scheint eine Menge Dinge zu geben, die du nicht weißt, und viel zu viele Unmöglichkeiten. Das paßt mir ganz und gar nicht. Ich bin unzufrieden mit dir, Hocking." Der metallische Reif auf Ortus Stirn pulsierte schneller.

Hocking bemühte sich, seine Stimme unter Kontrolle zu halten. „Ein unbedeutender Rückschlag. Eine kleine Verzögerung. Wir haben es fast geschafft. Das nächste Mal -"

„Das nächste Mal!" Das zerfurchte Antlitz verzerrte sich plötzlich zu einer Grimasse giftiger Wut. Der dünnlippige Mund stand offen und offenbarte eine Reihe scharfer, gleichmäßiger brauner

Zähne. Die gelben Augen sprühten Feuer, und der leuchtende Reif zitterte. „Das nächste Mal! Du sprichst zu mir vom nächsten Mal? Ich, Ortu, sage, was geschehen wird. Oder hast du das vergessen?"

Hocking zog sich tiefer in seinen Stuhl zurück, als wäre er eine Schale, in der er sich verstecken könnte. Seine Finger zuckten krampfhaft auf dem Tablett vor ihm.

„Ich habe es nicht vergessen. Wie könnte ich das je vergessen?" Ein eisiger Unterton des Hasses klang in der Stimme des Untergebenen mit.

Ortus Augen verengten sich wieder. „Ich habe dich zu dem gemacht, was du bist. Ich kann dich auch wieder vernichten. Du kamst zu mir als ein erbärmlicher Haufen mißgestalteten Fleisches. Ich rettete dich, nährte deinen Verstand, verstärkte die Macht deines Geistes. Tu jetzt nicht so, als täte es dir leid. Dafür ist es zu spät, Krüppel. Viel zu spät."

„Ich wollte nichts dergleichen sagen, Ortu. Ich bitte dich um Vergebung für meinen Irrtum." Hocking schluckte hart und schaute unverwandt in den blauglühenden Lichtkranz. Seine Antwort schien seinen unberechenbaren Mentor zu besänftigen. Ortu zog sich zurück, und seine verzerrten Züge erschlafften, wurden wieder leer und fern, als wären sie aus kaltem Stein gemeißelt.

„Was möchtest du, daß ich tue?" fragte Hocking. Sein Atem ging leichter.

„Wir bewegen uns im Moment auf gefährlichem Grund. Eine weitere Projektion könnte ihn brechen, und dann wäre er für unsere Zwecke ruiniert. Es könnte ihn umbringen. Jedes dieser Ergebnisse wäre bedauerlich. Es würde bedeuten, daß wir ganz von vorn beginnen müßten. Ich möchte nicht noch einmal beginnen. Außerdem erregt seine Fähigkeit, Widerstand zu leisten, mein Interesse. Wir werden also fortfahren."

„Wie du wünschst, Ortu. Ich werde ihm Zeit lassen, wieder zu Kräften zu kommen, und dann die Häufigkeit der Traumsuggestionen erhöhen. Das müßte seine geistigen Abwehrkräfte ausreichend schwächen.

Dr. Reston ist schließlich trotz allem eine sehr empfängliche Versuchsperson. Wir verfügen bereits über einen großen Vorrat an

Traumzustandsbildern von ihm. Es wird kein Problem für mich sein, den Inhalt seiner Träume nach unseren Wünschen zu verändern."

„Die nächste Projektion darf nicht scheitern", warnte Ortu. Der hohlen, leeren Stimme war weder Zorn noch Böswilligkeit anzuhören. Die Äußerung ließ Hocking bis ins Mark erschaudern.

„Das wird sie nicht."

Der Halo wurde dunkler und begann zu verblassen. Hocking sah zu, bis nichts mehr übrig war als ein schwaches Glühen in der Luft. Dann verschwand auch das. Der eiförmige Stuhl drehte sich lautlos herum und glitt aus der leeren Kammer.

„Ich bin zu nachsichtig mit ihm gewesen", murmelte Hocking. „Ich habe ihn entkommen lassen. Aber damit ist jetzt Schluß. Ich werde ihn zerbrechen wie einen Zweig. Er wird mich anerkennen. Reston wird vor mir kriechen!"

Vierzehntes Kapitel

„Du siehst prächtig aus heute morgen!"

Spence wandte sich um, als Ari das Zimmer betrat. Sie trug einen frischen, grünen Overall mit Jacke und hohem Kragen. Ihr Haar floß in flachsfarbenen Locken um ihre Schultern. Sie sah aus wie das Urbild der Gesundheit und der guten Laune.

„Mir geht es auch prächtig. Ich werde entlassen."

„Wann?"

„Jetzt gleich – oder sobald die Schwester mit meiner Kleidung zurückkommt."

Sie legte den Kopf auf die Seite. „Bist du sicher, daß du schon soweit bist?"

„Klar. Ich bin schließlich nur in der Dusche ausgerutscht. Mir geht es gut. Außerdem werde ich verhungern, wenn ich noch lange hierbleibe. Das Essen ist . . . frag mich nicht."

„Du klingst immer noch wie ein Frosch. Dein armer Hals –"

„Dr. Williams sagt, das geht in ein bis zwei Tagen vorbei. Die Substanz ist nicht schädlich, aber man sollte sie nicht in allzu großen Mengen inhalieren, das ist alles. Er meint, wenn ich nicht in den Regen gerate, werde ich mir schon keine Lungenentzündung holen. Es gibt keinen Grund, mich hierzubehalten."

„Kannst du richtig atmen? Tut es weh?"

„Nicht allzu sehr. Aber was soll das alles? Willst du nicht, daß ich hier herauskomme?"

„Doch, natürlich. Aber ich möchte nicht, daß du einen Rückfall bekommst."

„Einen Rückfall?"

„Du weißt schon – noch so einen Anfall, oder was immer das war."

Spence starrte einige Augenblicke lang an die Decke, bevor er wieder sprach. Und als er es tat, war der frotzelnde Ton aus seiner Stimme verschwunden.

„Ari, was, glaubst du, ist mit mir passiert?"

„Ich weiß es nicht. Ehrlich."

„Was hat Dr. Williams dir erzählt?"

„Nichts. Er wird genausowenig schlau aus der Sache wie jeder andere."

Er dachte darüber nach. „Hör zu, Ari, ich –" Er wurde vom Eintreten der Schwester mit seiner Kleidung unterbrochen.

„Da sind sie. So gut wie neu, Mr. Reston." Das Pflegepersonal redete jeden mit *Mister* an – nur so konnten sie die medizinischen Doktoren von all den anderen Arten unterscheiden, von denen auf Gotham so viele herumliefen. Sie legte seinen säuberlich zusammengelegten blau-goldenen Overall auf das Fußende seines Bettes.

„Ich warte draußen, während du dich umziehst, Spence", sagte Ari. Sie ging mit der Schwester hinaus.

Als er aus der Krankenstation herauskam, sah er fit und ausgeruht aus; besser, als Ari ihn bisher erlebt hatte. Sie fragte sich, ob sie sich übertriebene Sorgen gemacht hatte; Spence wußte sicherlich, was am besten war. Er drehte den Kopf, als er sie sah, und sie erblickte den „sonnenverbrannten“ Teil seines Gesichts. Nein, sie machte sich zu Recht Sorgen. Er brauchte jemanden, der sich um ihn kümmerte.

Dr. Williams trat herzu, um seinen Patienten zu verabschieden, als Spence Ari am Eingang traf. „Ich hoffe, Sie denken über das nach, was ich Ihnen gesagt habe, Dr. Reston. Mein Angebot gilt immer noch.“

„Ich werde darüber nachdenken. Aber ich glaube nicht, daß ich meine Meinung ändere.“

Der Arzt schüttelte den Kopf. „Es liegt bei Ihnen. Ich stehe immer zur Verfügung.“

„Ich weiß das zu schätzen.“

Die Gleittür öffnete sich. Spence und Ari traten hindurch. „Auf Wiedersehen, Doktor. Ich werde versuchen, mindestens eine Woche lang nicht in Schwierigkeiten zu geraten.“

„Bitte, tun Sie das! Ich brauche meine Betten für Kranke.“ Die sich schließende Tür trennte sie.

„Also, wohin soll es gehen?“ fragte Ari. „Wie wäre es mit Mittagessen? Ich zahle.“

„Ja, Mittagessen wäre gut. Aber *ich* zahle. Ich will dich um einen Gefallen bitten.“

„Schön. Wohin gehen wir?“

„Mir wäre das *Belles Esprit* recht. Was meinst du?“

„Meine Güte, das muß aber ein großer Gefallen sein. Aber ich bin dabei. Gehen wir.“

Mit Hilfe mehrerer Lifts und einer Rohrbahnverbindung erreichten sie die sogenannte Freizeitebene. Als sie auf der Plaza ankamen, wartete bereits eine Schlange von Leuten auf Sitzplätze in dem Restaurant.

„Ah, perfektes Timing“, sagte Spence. „Das ist das Dumme an einer guten Küche. Es spricht sich herum, und schon ist sie von Touristen belagert. Willst du lieber woanders hin?“

„Das Warten lohnt sich. Laß uns bleiben.“

Die Schlange bewegte sich langsam vorwärts, und die beiden füllten die Zeit aus, indem sie sich über Gothams allgemeine

Neuigkeiten unterhielten. Spence erwähnte seinen Grund für das Rendezvous nicht wieder, aber Ari wollte ihn auf seine Weise darauf hinarbeiten lassen.

Endlich wurden sie zu einem kleinen Tisch geführt und saßen einander über einem gestärkten, weißen Tischtuch gegenüber. Spence legte die Speisekarte zur Seite, nachdem er kaum einen Blick darauf geworfen hatte. Ari spürte, daß er sich sammelte, um ihr zu sagen, was er ihr in der Krankenstation zu erklären begonnen hatte.

„Ari –" Der in seinem schwarzen Anzug, seinem weißen Hemd und seiner Krawatte sehr europäisch wirkende Kellner erschien, um die Bestellung aufzunehmen.

„Was darf ich Ihnen bringen, Monsieur?" Selbst der französische Akzent war beachtlich. Spence gewann den Eindruck, daß die Kellner der verschiedenen Restaurants ebensosehr aufgrund ihres schauspielerischen Talents wie aufgrund ihrer Effizienz ausgewählt wurden. Sie schienen die Besten ihres Standes zu sein, viel besser als alle Kellner, denen auf der Erde zu begegnen Spence das Glück gehabt hatte. Vielleicht waren es am Ende sogar tatsächlich französische Kellner.

„Wir fangen mit der Artischocken-Vinaigrette an. Und dann die Scholle."

„Mit jungen Erbsen oder Blumenkohl, Monsieur?"

„Mit jungen Erbsen. Und ich glaube, ich würde gern einen schönen Beaujolais trinken."

„Soll ich eine Flasche bringen, Monsieur?"

„Eine halbe Flasche wird reichen, danke schön."

Erst nachdem der Kellner gegangen war, wurde ihm bewußt, daß er seinen Gast nicht nach seinen Wünschen gefragt hatte. „Es tut mir leid. Ich fürchte, ich habe es versäumt, dich zu fragen, was du möchtest."

Sie lachte. „Mach dir nichts draus. Du hast meine Gedanken gelesen."

„Ich tue so etwas so selten; ich fürchte, ich bin ganz aus der Übung."

„Du brauchst dich nicht zu entschuldigen. Dafür gibt es keinen Grund."

„Trotzdem, das nächste Mal werde ich dich reden lassen."

„Ich beschwere mich nicht, Spencer. Ich wäre ja dumm, wenn ich eine Einladung zum Essen verachten würde."

Der Kellner kehrte mit dem Wein zurück. Er zeigte Spence die Flasche, und Spence tat so, als ob er das Etikett läse. Dann entkorkte der Kellner die Flasche geschickt, goß eine kleine Menge in Spences Glas und reichte es ihm. Den Korken legte er neben Spences Hand. Spence nahm den Korken, schnupperte daran, ohne zu wissen, wonach er schnupperte, und nahm dann einen Schluck von dem Wein. Er war weich und gut und wärmte den Gaumen mit einem prickelnden Charme.

„Sehr gut", sagte er. Der Kellner schenkte ihre Gläser halb voll und verließ sie dann.

Die Gläser standen vor ihnen und warfen rötliche Schatten auf die weiße Tischdecke. Da Spence nicht nach seinem Glas griff, faltete Ari ihre Hände auf dem Tisch und wartete.

„Ich möchte dir etwas sagen – es geht um die Dinge, die vorgefallen sind."

„Du mußt nicht darüber reden."

„Ich möchte aber – ich möchte, daß du Bescheid weißt." Er hob den Kopf und sah sie an.

„Gut, ich höre dir zu", sagte sie sanft.

„Ari, ich weiß nicht, was mit mir los ist." Er schaute sie an, und für einen Moment konnte sie sehen, wie verängstigt er war. Er schüttelte den Kopf, und die Furcht wurde wieder hinter ihre Schranke zurückgedrängt. „Aber ich glaube nicht, daß es an mir liegt. Jedenfalls nicht allein."

„Oh?"

„Ich weiß, was Dr. Williams denkt. Und ich kann mir denken, was er dir gesagt hat. Aber er vergißt, daß ich auch in Psychologie ausgebildet bin. Ich kenne die Symptome und die Ursachen.

Ich glaube nicht, daß das Krankheitsbild auf mich zutrifft. Ich meine, ich bin wohl kaum manisch-depressiv, und ich bin nicht schizophren. Jedenfalls glaube ich nicht, daß ich es bin."

Der Kellner kehrte zurück, um ihnen die glänzenden, grüngrauen Artischocken zu servieren. Er entrollte ihre Servietten und legte sie ihnen auf den Schoß, legte ihnen das Silberbesteck vor und verschwand dann.

Spence fuhr fort, als sei der Kellner nie dagewesen. „Mir ist klar, daß ich im Moment Schwierigkeiten hätte, zu beweisen, daß ich geistig gesund bin."

„Niemand glaubt, du seist geisteskrank."

„Dr. Williams wäre da vielleicht anderer Meinung."

„Unsinn. Er macht sich Sorgen, und das tue ich auch. Du mußt allerdings zugeben, daß wir nicht viele Anhaltspunkte haben."

„Zugegeben. In den letzten Wochen habe *ich* allerdings an meiner geistigen Gesundheit gezweifelt. Ich spürte, wie sie mir entglitt, und ich konnte nichts tun, um das aufzuhalten. Es war, als würde ich Stück für Stück ausgesaugt, nur daß ich es anfangs nicht merkte. Ich versuchte mir einzureden, es liege nur an der Überarbeitung, dem Druck und der neuen Umgebung. Aber ich glaube das nicht mehr."

Er nahm sich ein paar Artischocken. Ari, die schon während der ganzen Zeit davon gegessen hatte, legte ihre Gabel nieder. „Ich glaube nicht, daß ich das alles richtig verstehe, Spence. Vielleicht solltest du lieber ganz von vorne anfangen."

„Du hast recht." Er nickte und nahm noch ein paar weitere Bissen. „An den Anfang kann ich mich nicht erinnern. Es gibt eine Menge Dinge, an die ich mich nicht erinnere. Mir fehlen ganze Stücke in meinem Gedächtnis.

Aber jedenfalls war es einige Zeit, nachdem ich hier angekommen war, wenn auch nicht lange danach. Zwei Wochen vielleicht. Es fing mit den Träumen an."

„Den Träumen?"

„Frag mich nicht, was für Träume; ich weiß es nicht. Manchmal bin ich nahe daran, mich zu erinnern – ich sehe beinahe ein Bild im Geist. Ein Wort oder ein Geräusch würde alles wiederbringen, aber dann ist es schon wieder weg. Alles wird schwarz.

Aber eines kann ich dir sagen: Es sind merkwürdige, beängstigende Träume. Ich wache jedesmal zitternd und mit kaltem Schweiß bedeckt auf. Ein- oder zweimal habe ich geschrien, glaube ich. Ich weiß, daß ich im Schlaf geweint habe.

Ich kann kein Muster dahinter entdecken. Manchmal passiert es während einer Sitzung – eines Experiments, weißt du – und manchmal auch, wenn ich in meinem eigenen Quartier schlafe. Aber die emotionale Wirkung bleibt für eine Weile auf mir, schwebt über mir wie eine gespenstische Gegenwart, wie ein Spuk."

„Das ist schrecklich!"

„Es kommt noch schlimmer."

„Ihre Bestellung, Monsieur." Der Kellner materialisierte aus dem Nichts und setzte ihnen mehrere dampfende Schüsseln vor. „Wünsche guten Appetit, Monsieur, Mademoiselle."

„Oh je", sagte Spence, „da stimmt etwas nicht."

„Was denn?" fragte Ari, die befürchtete, daß irgendein neues Grauen über Spence hereingebrochen war.

„Rotwein zur Scholle. Wie unfein." Er grinste schief. „Ari, du speist mit einem unfeinen Menschen."

Sie lachte, und der Klang war wie sprudelnde Musik. „Nieder mit den Konventionen! Mir macht es nichts aus. Außerdem kennst du ja das Sprichwort."

„Welches?"

„Törichte Konsequenz ist der Kobold der Kleingeister."

„Ist das so?"

„Nun, zumindest war Emerson der Meinung. Er hat es gesagt."

Sie lachten beide, und Ari sah, wie die tiefen Linien um seine Augen und seinen Mund sich entspannten. Er lockerte sich; das Eis war gebrochen. Er hatte ihr sein Geheimnis anvertraut; nun würde er ihr vertrauen. Auch sie entspannte sich und bemerkte, daß sie die ganze Zeit über auf der äußersten Kante ihres Stuhls gesessen hatte.

„Zum Wohl!" sagte Spence, hob sein Glas und stieß mit ihr an. Er nahm einen Schluck Wein und machte sich dann mit der Hast eines Ausgehungerten über sein Essen her. Sie aßen schweigend, bis er seinen Teller mit einer endgültigen Bewegung zurückschob. Er war zu einer Entscheidung gekommen.

Bereitwillig kam er wieder auf seine Beichte zurück. Die Worte sprudelten nur so hervor; die Schleusen waren offen. Ari hörte ihm wie gebannt zu.

„Die Blackouts begannen vor einer Woche – vor fünf Tagen, um genau zu sein. In meiner Familiengeschichte gibt es nichts, was auf eine entsprechende Erkrankung hindeuten würde. Keine Epilepsie, Katalepsie oder dergleichen. Was immer es ist, es betrifft nur mich.

Ich habe keine Ahnung, was während dieser Blackouts abläuft. Ich weiß auch nicht, wie lange sie genau dauern. Meiner Schätzung nach sind es etwa sechs bis zehn Stunden von dem letzten Zeitpunkt, an den ich mich im Rückblick erinnere, bis zum Aufwachen. Offensichtlich bin ich während dieser Perioden ziemlich aktiv, nach der Tatsache zu urteilen, daß ich offenbar durchaus in der Lage bin, mich in die verschiedensten Schwierigkeiten zu bringen." Er hob eine Hand zu der geröteten Seite seines Gesichts.

„Diese selbstzerstörerischen Akte, wie Dr. Williams sie nennt, sind in der psychologischen Literatur nichts Neues – besonders in Verbindung mit Blackouts oder Gedächtnisschwund. Es ist nicht ungewöhnlich, daß ein Blackout die Folge eines Traumas durch einen sehr destruktiven oder bedrohlichen Akt ist. Mit anderen Worten, das Unterbewußtsein blockiert die Erinnerung an den Vorfall, weil es einfach zu schmerzhaft ist, sich daran zu erinnern.

In meinem Fall ist es jedoch gerade anders herum, glaube ich. Ich kann es nicht beweisen, aber etwas in mir sagt mir, daß diese Annahme richtig ist. Ich habe die ganze letzte Nacht in der Krankenstation darüber nachgedacht. Es ist nur eine Ahnung, aber im Moment ist es das Beste, was ich habe."

„Ich bin nicht sicher, ob ich verstehe."

„Was ich zu sagen versuche, ist, daß in meinem Fall die Blackouts zuerst kommen und die selbstzerstörerischen Akte auslösen. Nur daß ich nicht glaube, daß es dabei darum geht, mich selbst zu zerstören."

„Worum denn?"

„Zu entkommen. Flucht ist einer der ältesten tierischen Reflexe. Sie ist etwas Grundlegendes, Universales. Selbst das furchtsamste Wesen wird jederzeit in eine unbekannte Gefahr fliehen, um aus einer bekannten zu entkommen."

„Aber Spence", sagte Ari atemlos, „wer oder was sollte dir schaden wollen?"

„Ich weiß es nicht – noch nicht. Aber ich habe vor, es herauszufinden." Er warf einen Blick in Aris besorgtes Gesicht; sie kaute auf ihrer Unterlippe herum und zog die Brauen zusammen. „Ich weiß, wie phantastisch das alles klingt. Du mußt mich für einen Verrückten halten. Warum unsichtbare Feinde erfinden? Warum die unwahrscheinlichsten Theorien aufstellen, wenn sich dieselben Tatsachen viel einfacher durch bekannte Prinzipien erklären lassen? Ich habe mir diese Fragen in den letzten vierundzwanzig Stunden tausendmal gestellt. Doch da ist etwas in mir, das mich die andere Alternative nicht akzeptieren läßt. Und im Moment ist das alles, was ich habe."

Ari lehnte sich über den Tisch und legte ihre Hände auf die seinen. Sie schaute ihm voll ins Gesicht und sagte: „Ich glaube dir, Spencer."

„Wirklich?"

„Ja, wirklich. Zum einen könnte niemand so wie du darüber reden – so objektiv, so logisch –, der an einer solchen geistigen Störung leidet, wie du sie beschreibst. Also glaube ich dir."

„Ich hätte nicht gedacht, daß es so leicht sein würde. Ich meine, alles spricht dafür, mich in die Gummizelle zu sperren, bevor ich mich selbst oder jemanden anderen zu Schaden bringen kann. Aber . . . du glaubst nicht, daß ich dabei bin, verrückt zu werden?"

„Nein, ich glaube das nicht. Was immer hinter diesen – diesen Anfällen steckt, es muß etwas außerhalb von dir sein."

„Das ist es, Ari. Du sagst es. Etwas außerhalb von mir. Ich habe gespürt, wie es über mir schwebte. Eine Präsenz . . . ich kann es nicht beschreiben."

„Aber wie kann das zugehen?"

Spence ballte die Fäuste. „Ich weiß es nicht. Ich halte es kaum für möglich. Aber das ist das Gefühl, das ich manchmal habe."

„Hat es Ihnen geschmeckt, Monsieur?" fragte der Kellner. Wie lange er schon dort stand, wußte Spence nicht. Zu seiner Überraschung sah er jetzt, daß das Geschirr bereits abgeräumt war; er war so sehr in seiner Geschichte aufgegangen, daß er nicht bemerkt hatte, wie es fortgenommen wurde.

„Das Essen war sehr gut, danke."

„Das freut mich, Monsieur. Ich werde Ihnen den Scheck bringen."

„Danke, Spence. Es war ein wunderbares Essen."

„Wenn auch etwas unheimlich."

„Nein, im Ernst. Ich kann nicht behaupten, daß mir die Unterhaltung Spaß gemacht hat – jetzt, wo ich weiß, was du durchgemacht hast. Aber ich habe es genossen, mit dir zusammenzusein."

Der Kellner brachte den Scheck auf einem silbernen Tablett und legte ihn Spence vor, wobei er ihm gleichzeitig einen silbernen Füllfederhalter reichte. Spence unterzeichnete mit seinem Namen und seiner persönlichen Kontonummer.

„Ich danke Ihnen, Monsieur. Beehren Sie uns recht bald wieder. Adieu." Der Kellner drehte sich um und schnippste mit den Fingern, worauf ein junger Mann in weißer Jacke mit einer silbernen Kaffeekanne erschien und ihre Porzellantassen füllte. In die Mitte des Tisches stellte er eine winzige silberne Schüssel mit vier köstlichen rosaroten Bonbons.

Spence nippte nachdenklich an seinem Kaffee. Ari merkte, daß er seine nächsten Worte sorgfältig abwägte.

„Ari, ich habe dir das alles erzählt, weil ich dich um einen Gefallen bitten wollte."

„Schieß los."

„Es ist nur eine Kleinigkeit, aber für mich ist sie wichtig. Du wirst es wahrscheinlich albern finden."

„Nein, werde ich nicht. Nicht nach allem, was du mir heute erzählt hast. Ich glaube nicht, daß irgend etwas davon albern ist. Ich halte es für sehr ernst."

„Nun, dein Vater hat mich eingeladen, an der Feldexkursion zu dem Terraformungsprojekt auf dem Mars teilzunehmen."

„Ich erinnere mich. Ich war dabei."

„Richtig. Die Sache ist die: Ich habe mich entschlossen, sein Angebot anzunehmen. Nur darf das niemand wissen. Und an diesem Punkt kommst du ins Spiel. Ich möchte, daß du dafür sorgst, daß alle notwendigen Arrangements getroffen werden, ohne daß jemand außer deinem Vater und seinen Mitarbeitern davon weiß. Könntest du das tun?"

„Ich glaube schon; ich kann es zumindest versuchen. Aber Spence, hältst du das für klug? Du wärst für lange Zeit weg – alles mögliche könnte inzwischen passieren. Du könntest neue Blackouts haben, und da draußen wäre niemand in der Lage, sich um dich zu kümmern; es gäbe keinerlei medizinische Versorgung."

„Ich muß hier verschwinden, verstehst du nicht? Die Blackouts haben hier angefangen, und sie werden sich fortsetzen, wenn ich bleibe. Das kann mir da draußen auch passieren, das ist mir klar, aber das Risiko muß ich eingehen."

Ari war nicht überzeugt. Sie runzelte die Stirn. „Es gefällt mir nicht – es ist zu gefährlich. Warum bleibst du nicht hier und arrangierst, daß jemand deine Aktivitäten überwacht – dein Assistent vielleicht. Oder laß dich von Dr. Williams durchchecken. Das würde jeder normale Mensch machen."

„Jeder *normale* Mensch?" schnappte er.

„Tut mir leid. Ungeschickte Wortwahl. Aber du weißt, was ich meine. Er hat dir angeboten, dich komplett körperlich und psychisch zu untersuchen. Und er würde nichts davon verlauten lassen."

„Das hat er dir gesagt? Was hat er dir denn sonst noch so erzählt? Was habt ihr beide ausgeheckt?"

„Nichts, Spence. Ich hatte nicht vor, irgend etwas –"

„Was war dein Plan? Mich reden zu lassen, bis ich mich selbst davon überzeugt hätte, mich als Psycho einweisen zu lassen? War es das, was du vorhattest?"

Die plötzliche Änderung in Spences Stimmung erschreckte Ari. Da sie nicht wußte, was sie tun sollte, sagte sie: „Hör zu, Spencer, ich werde tun, was du sagst. Ich verschaffe dir deinen Platz in der Exkursion, und ich arrangiere es so, daß niemand davon erfährt. Aber tu du mir auch einen Gefallen. Laß dich von Dr. Williams untersuchen, bevor du gehst. Es kann nichts schaden."

Er lehnte sich auf seinem Stuhl zurück und kämpfte darum, sein Temperament wieder unter Kontrolle zu bringen. Er starrte sie immer noch an, und der Ausdruck auf seinem Gesicht machte ihr Angst. „Ich werde darüber nachdenken", schnappte er.

Im nächsten Moment war er auf den Beinen. Er war so heftig

aufgesprungen, daß sein Stuhl mit lautem Krachen umstürzte. Köpfe drehten sich nach ihm um, als er aus dem Restaurant stürmte, und allenthalben starrten die Gäste an ihren Tischen Ari an und redeten hinter vorgehaltener Hand. Sie errötete unter ihren Blicken. Der Kellner sprang sofort herbei und stellte den Stuhl wieder auf.

„Kein Problem, Mademoiselle", sagte er und half ihr höflich von ihrem Stuhl hoch.

Mit hochroten Wangen eilte sie hinaus.

Fünfzehntes Kapitel

Als Spence beim Labor ankam, war seine Stimmung auf dem Tiefpunkt angelangt. Ari hatte ihn hintergangen. Er hatte ihr vertraut, war ihr gegenüber offen gewesen, nur um jetzt festzustellen, daß sie für Dr. Williams arbeitete. Daß die beiden sich hinter seinem Rücken um seine geistige Gesundheit bemühten, hatte er nicht nötig, dachte er sich. Er hatte überhaupt niemanden nötig.

In seinem gegenwärtigen Zustand war es gefährlich, ihm in die Quere zu kommen. Das mußte zu seinem Leidwesen der bedauernswerte Tickler entdecken, als sich die Gleittür öffnete und Spence ihm gegenüberstand. „Wo sind Sie gewesen, Dr. Reston? Wir haben uns Sorgen um Sie gemacht."

„So, haben Sie?" Spence warf ihm einen finsteren Blick zu. „Aber nicht genug Sorgen, um sich in der Krankenstation zu erkundigen."

„Ich war gerade auf dem Weg dorthin", sagte Tickler. Er rieb sich die Hände, als wollte er irgend etwas Widerwärtiges davon abwaschen. „Als Sie nicht zur Sitzung erschienen, habe ich . . . na ja, ich wußte nicht, was ich tun sollte."

„Na schön, Sie können aufhören, sich Sorgen zu machen. Mir geht es gut. Ich hatte nur einen kleinen Unfall, das ist alles."

„Ihre Stimme . . . Ihr Gesicht. Was war los?"

„Vielleicht erzähle ich es Ihnen irgendwann einmal. Im Moment möchte ich die Durchschnittswerte durchgehen, um die ich Sie gebeten habe."

Tickler drehte sich einmal vollständig im Kreis, bevor er zu dem Datenschrank am anderen Ende des Labors hinüberging. Spence lächelte finster; diesmal hatte er den blasierten Tickler wirklich aus der Fassung gebracht.

Er durchquerte das Labor und ging zu seinem Platz in der Kabine. Er ließ sich auf seinen Sessel fallen und griff nach dem Logbuch, in der festen Absicht, durch einige Stunden ungestümer Arbeit seine Wut abzureagieren. Doch kaum hatte er es sich in seinem Sessel bequem gemacht, da begann der ComCen-Monitor an der Wand vor ihm zu blinken, und aus dem Lautsprecher ertönte das akustische Signal.

Das Signal lief einmal durch und verstummte dann, und auch das Blinken hörte auf; nur ein roter Balken blieb auf dem Monitor zurück. Offenbar handelte es sich um keine besonders dringende Nachricht. Zuerst wollte er sie ignorieren, doch dann drückte er auf die Anzeige-Taste auf dem Keyboard unterhalb des Monitors.

Auf dem Bildschirm erschienen sein Name und seine ID-Nummer sowie die Buchstaben INOF-CLS-A-RDYRD. In der Computersprache bedeutete dies, daß die Nachricht aus einer anderen Abteilung kam, von unterster Priorität war und jederzeit gelesen werden konnte, indem man einfach noch einmal auf die Anzeige-Taste drückte. Einige der höheren Prioritätsebenen erforderten die Eingabe eines persönlichen Zugangscodes, bevor die Nachricht empfangen werden konnte, und manche ließen sich überhaupt nicht auf dem Bildschirm anzeigen, sondern nur auf dem ComCen-Drucker auf Papier ausgeben, damit kein Unbefugter zufällig den Bildschirm lesen konnte, während eine wichtige Nachricht übertragen wurde.

Spence tippte auf die Anzeige-Taste und las folgendes:

Spence, kommen Sie doch mal vorbei, wenn Sie einen Augenblick Zeit haben. Ich würde mich gern mit Ihnen unterhalten. Adjani.

Das war eine unerwartete Entwicklung. Das Genie lud ihn ein, bei ihm vorbeizuschauen, als wären sie alte Freunde. Er fühlte sich gegen seinen Willen geschmeichelt und fragte sich, worüber Adjani mit ihm reden wollte. *Es gibt nur eine Möglichkeit, das herauszufinden. Geh hin und rede mit ihm.*

Er erhob sich gerade in dem Augenblick, als Tickler die Kontrollkabine betrat. „Hier sind die Durchschnittswerte, Dr. Reston", schnaubte sein Assistent und winkte ihm mit einem Stapel Computerausdrucke.

„Danke, Tickler. Ich schaue sie mir später an. Mir ist etwas dazwischengekommen. Ich bin bald wieder zurück. Machen Sie schon mal die Voreinstellungen für die nächste Versuchsreihe fertig. Wir fangen heute abend damit an. Und Tickler – *bitte* seien Sie vorsichtig mit dem Encephamin. Noch so ein Ausrutscher wie beim letzten Mal, und Sie könnten die ganze Station in Schlaf versetzen. Außerdem ist das Zeug teuer!"

Spence verdrückte sich und ließ den verärgerten Tickler grummelnd zurück. Er verließ das Labor in viel besserer Laune, als er es betreten hatte, betrat den Verbindungsweg und steuerte auf die Hauptachse zu. Aus irgendeinem Grund bereitete es ihm ein verdrehtes Vergnügen, den empfindlichen Tickler zu reizen. Er empfand ein flüchtiges Schuldgefühl bei dieser Erkenntnis, doch er schob es von sich, ohne weiter darüber nachzudenken.

Unterwegs hielt er an, um sich einen Wegweiser anzuschauen. Er war noch nie zuvor in der HiEn-Abteilung gewesen und hatte nur eine vage Vorstellung davon, wie er dorthin kam. An dem ComCen-Terminal unterhalb des Wegweisers tippte er „HiEn" ein, erhielt sofort eine Wegbeschreibung und eilte weiter. Von der Hauptachse bog er in die Fünfte Straße ein und steuerte auf die Rohrbahn zu, die entlang der Gürtellinie der Station verlief. Das ersparte ihm den verschlungenen Weg durch die komplizierten Eingeweide Gothams. Im blauen Sektor verließ er die Rohrbahn und fuhr mit dem nächsten Lift die vier Ebenen zu seinem Ziel empor.

Adjanis Quartier bestand aus zwei vollgestopften Zellen voller elektronischer Geräte, Magnetkarten und Blasenspeicherplatten. Die Räume waren kaum größer als Sanitärkabinen, und Spence bemerkte, daß sie notdürftig von einem der größeren Labors abgeteilt worden waren. In einer Kabine befand sich ein Bett und ein Stuhl, auf dem ein Turm aus Magnetkarten in allen Farben aufgestapelt war; in dem anderen Raum stand ein Schreibtisch und ein Computer mit drei Flachbildschirmen und Tastaturen.

„Ich fürchte, einer von uns wird auf dem Bett sitzen müssen", erklärte Adjani entschuldigend, als er Spence in die Kabine schob. „Meine Ankunft hat, glaube ich, den Hausherren hier einiges Kopfzerbrechen bereitet. Olmstead war so freundlich, sein Quartier mit mir zu teilen, bis sich eine passendere Lösung findet. Kommen Sie herein, kommen Sie herein, bitte."

„Danke." Spence ließ seinen Blick über das Gedränge im Innern schweifen. Jeder Quadratzentimeter Platz, von einem schmalen Fußpfad durch die Kabinen abgesehen, war mit Daten in den verschiedensten Formen vollgepackt – auf Papier, Disketten, Bändern und in versiegelten Kassetten. Es erinnerte Spence an seine eigene Arbeitszelle damals an der Universität. „Ich werde mich nie wieder über mein Mini-Quartier beschweren. Verglichen mit diesem hier ist meines ein Saal."

„Mich stört es nicht, ehrlich. Ich halte mich hier nicht viel auf. Meistens bin ich in einem der Labors oder Arbeitsräume. Die halten mich hier ganz schön auf Trab, wissen Sie. Persönlich komme ich allmählich zu der Ansicht, daß Packer mich nur deswegen hier haben wollte, damit er nicht mehr denken muß." Der schlanke, braunhäutige Mann hielt inne, dann setzte er verschmitzt hinzu: „Aber das treibe ich ihm aus. Ich gebe ihm und seinen Raumschiff-Gammlern *doppelt* so viel zu denken!"

Er drehte sich um und bahnte sich sorgfältig seinen Weg in die angrenzende Kabine. Spence folgte ihm vorsichtig und versuchte, keine Lawine auszulösen. Adjani nahm die bunten Kassetten, legte sie auf einen ohnehin schon kniehohen Stapel Diskettenkartons und bot Spence den Stuhl an. Er selbst setzte sich im Lotussitz auf das Bett. Spence fragte sich, ob sein Gastgeber ein Hindu sei.

„Wo kommen Sie her, Adjani?"

„Aus San Francisco." Er lachte über Spences Gesichtsausdruck und schaukelte auf dem Bett vor und zurück. „Ich weiß, jeder macht den gleichen Fehler. Meine Familie stammt aus Nagaland. Mein Vater stammt aus Imphal, meine Mutter aus Manipur. Sie haben sich in London kennengelernt, als mein Vater an der Royal Academy lehrte. Jetzt ist er in Oxford."

Adjani sprach mit Stolz von seinen Eltern; Spence spürte, daß er ihnen nahestand. Etwas wehmütig ertappte er sich dabei, daß er Adjani um die Beziehung zu seiner Familie beneidete – obwohl er nicht das Geringste über sie wußte – und seine eigene bedauerte.

Adjani fuhr fort: „Sie warteten acht Jahre darauf, mich in die USA zu bringen. Wir kamen im Rahmen des Fachkräfte-Programms direkt nach dem Krieg, und unsere Einreisevisa kosteten meinen Vater über zwölftausend Dollar. Ich war acht Jahre alt, als wir kamen – ich weiß es noch so genau, weil ich in der siebenten Klasse war und alle sich über mich lustig machten, weil ich so klein war."

„Sie waren mit acht Jahren schon in der siebenten Klasse?" Spences Augen weiteten sich ungläubig.

„Meine Leute hatten alle Hände voll zu tun, um mich mit genügend Computerpapier zu versorgen", lachte Adjani.

„Und dann sind Sie in Kalifornien geblieben?"

„Ja, die meiste Zeit. Als ich mit der Schule fertig war, gingen wir zurück nach Indien, und ich verbrachte einige Zeit in der Heimat meines Vaters – eine sehr aufschlußreiche Erfahrung. Jeder Sohn sollte die Chance bekommen, seinen Vater als jungen Mann zu erleben. Das ist es, was ich in Nagaland gesehen habe.

Tja, in die Vereinigten Staaten konnten wir nicht zurück, weil unsere Visa abgelaufen waren. Mein Vater ging zurück nach Großbritannien. Ich wäre mit ihm gegangen, glaube ich, aber dann berief mich die Cal Tech in ihren ‚Denk-Tank'."

„Und was war mit Ihrem Visum?"

„Die Behörden machten eine Ausnahme. Olmstead hat das arrangiert, wenn er es auch nicht zugibt. Wir waren in Stanford Freunde geworden, und er hatte Angst, er würde mich nie wiedersehen, wenn er mir keinen Job verschaffte. Das hätte wohl auch durchaus passieren können." Adjani breitete seine Arme aus. „Jetzt kennen Sie meine ganze Lebensgeschichte – bis auf ein oder zwei wichtige Details."

„Eine interessante Geschichte. Sicher sind Ihre Eltern sehr stolz auf Sie."

Adjani zuckte die Achseln. „Ja und nein. Sie akzeptieren, daß ich bin, was ich bin, aber sie machen kein Hehl daraus, daß sie größere Pläne mit mir hatten."

Die Bemerkung kam Spence absurd vor. Adjani war möglicherweise der führende Mann in seinem Fach. „Was könnte noch größer sein als das, was Sie jetzt gerade tun?"

„Sie hatten gehofft, ich würde ihr *purohit* werden – ihr Familienpriester."

„Sie sind Hindu?" fragte Spence in dem Glauben, daß sein erster Eindruck richtig gewesen war.

„Oh, nein!" lachte Adjani. „Ich gebrauche das Wort im allgemeinen Sinn. Wir sind Christen. Meine Familie hoffte, ich würde Prediger werden, wie mein Großvater."

Dieses Eingeständnis ließ Adjani noch fremder und geheimnisvoller erscheinen. Für Spence war Religion nur ein Überbleibsel aus einer abergläubischen Zeit der Menschheitsgeschichte. Kein echter Wissenschaftler hielt noch an Dogmen fest.

„Überrascht Sie das, Spence?" Adjanis schwarze Augen funkelten eindringlich, als er sich auf seinem Bett vorbeugte.

„Ein bißchen schon. Man nimmt dieses Zeug eigentlich nicht mehr ernst."

„Oh, da irren Sie sich. Religion ist ein elementarer Teil im Wesen des Menschen. Wahre Religion veredelt, sie erniedrigt niemals."

„Ich glaube, ich habe darüber überhaupt noch nicht viel nachgedacht." Spence rutschte unbehaglich auf seinem Stuhl hin und her.

„Keine Sorge." Adjani lächelte breit. „Ich habe Sie nicht eingeladen, um Ihnen eine Predigt zu halten."

Spence entspannte sich und lehnte sich auf seinem Stuhl zurück. „Dann bin ich ja beruhigt. Warum *haben* Sie mich eigentlich hergebeten?"

„Aus purem Eigennutz. Ich möchte Sie gerne besser kennenlernen." Adjani faltete die Hände unter dem Kinn und stützte die Ellbogen auf die Knie. Er wog seine nächsten Worte ab, bevor er sie aussprach.

„Und?"

„Und – ich möchte Ihnen nicht zu nahe treten – ich fand, Sie sehen wie jemand aus, der einen Freund gebrauchen kann."

Spence antwortete nicht sofort. Die Bemerkung schien voller Implikationen zu stecken, die er nicht gleich durchschaute. Ein wachsamer Ausdruck trat in seine Augen, und sein Ton wurde zurückhaltend. „Das ist sehr freundlich von Ihnen. Ich weiß das zu schätzen", sagte er langsam. Es gelang ihm nicht, das Mißtrauen in seiner Stimme zu verbergen.

Adjani stürzte sich darauf, als wäre es eine Schlange. „Ist das denn so ungewöhnlich?"

„Eigentlich nicht. Natürlich nicht. Ich habe eine Menge Freunde." Spence hoffte, sie nicht aufzählen zu müssen.

„Gut. Ich würde mich freuen, wenn Sie mich zu Ihren Freunden rechnen würden."

Spence wußte nicht, was er sagen sollte; er war verlegen, wußte aber kaum, warum. „Ich wäre froh, Sie zum Freund zu haben, Adjani. Wirklich." Er meinte es ehrlich.

Einige Augenblicke lang sprach keiner der beiden. Adjani saß da und schaute Spence an, als wollte er in seinem Gesicht seine Zukunft lesen. Spence spürte, wie eine merkwürdige Erregung in ihm aufstieg und der Raum vor seinen Augen verschwommen und undeutlich wurde. Gleichzeitig bemerkte er eine gesteigerte Empfindsamkeit für seine Situation. Eine unsichtbare Präsenz war in den Raum eingedrungen. Er spürte sie – eine Kraft, die die Atmosphäre in der winzigen Zelle mit Elektrizität auflud.

Als Adjani sprach, schnitten seine Worte bis in Spences Herz. „Ich sehe etwas Dunkles, das Sie wie eine Wolke umgibt. Möchten Sie mir erzählen, was Sie belastet?"

Sechzehntes Kapitel

Spence hörte das verhallende Echo eines donnernden Dröhnens. Er war sich nicht klar darüber, ob er das Geräusch wirklich gehört oder sich nur eingebildet hatte, denn es schwand dahin und verwandelte sich in das Pochen seines eigenen Blutes in seinen Ohren. Er fiel wie ein Stein durch eine unendliche Finsternis, fiel und fiel, drehte sich langsam durch die Leere.

Wie lange er gefallen war, hätte er nicht sagen können. Zeit hatte keine Bedeutung in diesem gestaltlosen Raum. Doch irgendwann erblickte er – weit voraus, wie in einem weit entfernten Tunnel – einen einzigen Strahl weißen Lichtes. Das Licht wurde stärker und größer, als er darauf zu trudelte, bis es seine Augen mit einem sanften Leuchten füllte. Er konnte es ganz deutlich erkennen – eine große, leuchtende Scheibe, wie ein Mond vor der ewigen Finsternis, die rundum herrschte.

Während er die Scheibe beobachtete, veränderte sie sich leicht. Er bemerkte Linien darin, die menschlichen Gesichtszügen ähnelten. Die Scheibe kam ihm näher, oder er ihr, und er erkannte, daß sie gar kein Mond war, sondern ein menschlicher Schädel.

Die schwarzen, leeren Augenhöhlen des Schädels rotierten langsam auf ihn zu und fixierten ihn mit ihrem unheimlichen, leeren Blick. Er sah ihn jetzt ganz deutlich, immer näher, wie er die Leere mit seinem schwachen, geisterhaften Licht erfüllte. Er sah, daß der Schädel auf ihn zuraste, und gleichzeitig, daß er selbst schrumpfte.

Krämpfe der Furcht schüttelten seinen Körper – er bildete sich ein, seine eigenen Zähne klappern zu hören. Sein Herz hämmerte gegen seine Rippen, und seine Zunge klebte ihm am Gaumen, als er sich bemühte aufzuschreien.

Spence wurde immer kleiner, während der Schädel auf ihn zuflog und immer größer wurde, je näher er kam. Nun füllte er sein ganzes Gesichtsfeld aus – die Augen waren riesige schwarze Abgründe, die sich vor ihm auftaten. Er streckte seine Hände aus, um sich vor dem furchtbaren Zusammenstoß zu schützen, aber als er sie teilte, sah er, daß er in eine der leeren Augenhöhlen hineintrudelte.

Die glänzenden weißen Zähne im knochigen Kiefer des Schädels blitzten, als sich der Mund öffnete und sich hin und her zu bewegen begann. Er hörte ein dünnes, kaltes Gelächter, das zwischen den nackten Zähnen des Schädels hervorkam – den grauenhaften, fleischlosen Klang geisterhaften Lachens. Er preßte die Hände auf die Ohren, aber es war zu spät; das Geräusch war bereits in seinen Schädel eingedrungen und hallte dort endlos wider.

Nun konnte er die schuppige, löcherige Knochenfläche erkennen, die die Stirn bildete, und das dreieckige Loch der Nase mit seinem vorstehenden Knochensplitter. Die Augenhöhle schien sich im Nu auszudehnen, als er durch ihre gähnende, kraterähnliche Öffnung fiel.

In dem Augenblick, als er in die gewaltige Augenhöhle stürzte, färbte sich Spences ganze Welt rot – als wäre er in ein Meer aus Blut eingetaucht. Seine fallende, schrumpfende, tauchende Bewegung hörte abrupt auf, und er spürte in dem merkwürdigen, karmesinroten Glühen festen Grund unter sich.

Allmählich wurde er sich der Tatsache bewußt, daß er auf einem soliden Felsvorsprung lag, die Wange flach an den glatten, kühlen Stein gepreßt. Die tiefrote Farbe ging von dem Stein selbst aus. Seine schreckliche Angst wich.

Langsam hob Spence den Kopf. Er schaute auf seine Hände und hielt sie sich in dem blutroten Glühen vor die Augen, als ob sie vielleicht jemand anderem gehörten. Doch es waren seine Hände, und sie unverändert zu sehen beruhigte seinen flatternden Puls. Er stand unsicher auf und schaute sich um.

Er ging einen Schritt, doch seine Beine gaben unter ihm nach; er war immer noch zu mitgenommen und schwindlig, um zu gehen. Er stützte sich auf seine Hände und Knie und wartete, bis sein Kopf wieder klar wurde. Als er in dieser Haltung auf den Felsengrund unter ihm starrte, sah er etwas, das ihn vor Erstaunen den Mund aufsperren ließ. Er rieb sich die Augen.

Als er sich aufraffte, wieder hinzuschauen, war es immer noch da. Er beugte sich herab und untersuchte es noch einmal, um sicherzugehen, daß ihm seine Augen in dem merkwürdigen Licht keinen Streich gespielt hatten. Sein Atem ging in langen, zitternden, erregten Zügen, als er sein Gesicht näher heranbrachte.

Ja, es gab keinen Zweifel. Vor ihm im roten Staub des Felsbodens befand sich ein einziger Abdruck eines nackten, menschlichen Fußes.

Spence hörte einen Schrei von der hohen, geschwungenen Decke der Höhle widerhallen und erkannte mit Schrecken, daß es seine eigene Stimme war, die immer wieder ausrief: „Das kann nicht sein! Das kann nicht sein!"

Der Tag schleppte sich dahin wie eine verletzte Schlange, die ihren wunden Leib unter Schmerzen dahinschiebt. Jede Sekunde schien Spence langsam zu verebben, als ob sie aus seinem eigenen Fleisch gepreßt würde.

Er war in einer mißmutigen Stimmung erwacht und wußte sofort, daß er wieder geträumt hatte. Das deprimierte ihn gründlich. Irgendwie hatte er sich vorgestellt, daß die Träume ihm angesichts seiner Entschlossenheit, sich frontal mit seinen Problemen auseinanderzusetzen, nicht mehr zu schaffen machen würden.

Er hatte sich geirrt. Wenn sich überhaupt etwas geändert hatte, dann suchten sie ihn noch schwerer heim als je zuvor.

Er arbeitete die Schicht in einer schweigsamen, schwelenden Wut durch. Tickler spürte die Hitze seines Zorns und hielt sich wohlweislich außer Reichweite. Der pedantische kleine Mann beobachtete jede seiner Bewegungen aus der Ferne, als wäre Spence eine Laborpflanze, die jeden Augenblick Anstalten machen konnte, eine neue Blüte zu treiben; seine hellen, perlenähnlichen Augen folgten seinem Vorgesetzten auf Schritt und Tritt mit scharfem, wenn auch verhohlenem Interesse.

Spence arbeitete eine Magnetkarte mit vernachlässigten Verwaltungsaufgaben auf und hoffte, daß Tickler nicht die Absicht hatte, sich nach dem Ende der Schicht noch weiter im Labor aufzuhalten. Bei mehreren Gelegenheiten mußte er sich auf die Zunge beißen, wenn er kurz davor war, vorzuschlagen, daß Tickler sich den Rest des Tages frei nehmen solle. *Nein*, warnte ihn eine innere Stimme, *tu so, als wäre alles ganz normal, als wäre nichts Ungewöhnliches los. Halte dich an die übliche Prozedur.*

Spence hatte einen Grund dafür, sich nicht für Ticklers geschäftige Neugierde zu öffnen: Er wollte, daß die nächsten beiden Tage besonders glatt verliefen. Er wollte den Schein der Stabilität und Ordnung bis zum Moment seiner Abreise wahren. Er wollte, daß seine Exkursion zum Mars eine vollkommene Überraschung für jeden war, der sich für ein solches Ereignis interessieren mochte – und ganz besonders für Tickler.

Hätte man ihn gefragt, so hätte Spence für dieses Verhalten keine Erklärung geben können. Höchstwahrscheinlich wußte er selbst nicht, warum er das tat. Er sagte sich zwar, daß er so handelte, weil er Tickler mißtraute, aber er dachte nie darüber nach, woran das lag oder was Tickler getan hatte, um derartig in Ungnade zu fallen. Für Spence strahlte er ein vages Unbehagen aus, das seinen Verdacht erregte.

Endlich war die Schicht zu Ende, und Tickler näherte sich leise seinem Stuhl, die Hände schlaff vor sich, als wären es nasse Handschuhe, die er gerade zum Trocknen aufgehängt hatte. „Gibt es heute noch etwas zu tun, Dr. Reston?"

Spencer machte sich nicht die Mühe, die Digitaluhr über der Konsole zu konsultieren; er wußte, daß Tickler nicht eine Nanosekunde vor der Zeit gekommen wäre. Er schob seinen Stuhl zurück und rieb sich die Augen, als wäre er müde. „Oh, ist es schon Zeit, Feierabend zu machen?"

„Es würde mir nichts ausmachen, eine zusätzliche Schicht einzulegen –"

„Danke, aber das wird nicht nötig sein. Wir haben ein gutes Tagwerk hinter uns gebracht. Machen wir Schluß, morgen ist auch noch ein Tag. Die Geräte für die Sitzung morgen abend können wir dann auch noch vorbereiten. Einen schönen Tag noch, Tickler."

Tickler starrte ihn an, als versuchte er, eine Botschaft zu entziffern, die in einer fremden Sprache auf Spences Stirn geschrieben stand. „Sind Sie sicher, daß es nichts mehr zu tun gibt?"

Spence schüttelte den Kopf und lächelte so breit, wie er konnte.

„Sie sind aber wirklich ein Arbeitspferd. Nein, mir fällt nichts ein, das wir nicht auch noch morgen tun könnten. Machen Sie Feierabend. Ich sehe Sie dann morgen."

Tickler antwortete nicht; er deutete nur mit dem Kopf eine Verbeugung an und eilte dann davon wie eine Ratte, die in ihr Loch zurückkehrt, nachdem sie die Nacht im Wäscheschrank verbracht hat. Spence sah ihm nach und ging dann selbst zum Eingang. Er löschte den Zugangscode am Türöffner und gab einen neuen Code ein, so daß er ungestört bleiben würde.

„Und jetzt an die Arbeit!" murmelte er, als er sich in seinen Kontursitz hinter der Konsole sinken ließ. Während der ganzen Tagesarbeit hatte der Gedanke an ihm genagt, daß er dem Rätsel der identischen Aufzeichnungen auf den Grund gehen mußte. Im Grunde war dieser Drang nicht neu – er hatte ihn schon vorher umgetrieben, aber er hatte bis jetzt einfach keine Zeit gefunden, etwas deswegen zu unternehmen.

Jetzt machte er sich entschlossen an die Arbeit. Er ging im Geist noch einmal die Schritte durch, die er vollzogen hatte, um die Ähnlichkeit der beiden Aufzeichnungen überhaupt zu entdecken. Auf die Frage, was diese Ähnlichkeit bedeuten könnte, wußte er immer noch keine Antwort. Doch tief in seinem Innern war er davon überzeugt, daß sie auf irgendeine Weise wichtig war. Zunächst wollte er nun einmal sicherstellen, daß es sich nicht um eine Fehlfunktion handelte, ein momentanes Versagen der elektronischen Schaltkreise oder des Programms, das zu einer fehlerhaften Information geführt hatte.

Spence machte da weiter, wo er drei Tage zuvor auf seine merkwürdige Entdeckung gestoßen war.

„MIRA, Spence Reston hier. Fertig zur Befehlseingabe."

„Fertig, Dr. Reston", sagte MIRAs weibliche Stimme.

„Vergleiche alle Eintragungen der PSG Serie sieben LTST. Eintragungen mit einer Übereinstimmung von weniger als einem Prozent Abweichung anzeigen."

Er lehnte sich wartend zurück und trommelte mit den Fingern auf dem Tisch vor ihm, während MIRA arbeitete. MIRA – die Abkürzung stand für Multiple Integrierte Rationale Dingsbums, an das letzte Wort konnte er sich im Moment nicht erinnern – war der größte einer Generation von biotischen Computern, deren Schaltkreise teilweise aus organischen Molekülen bestanden – aus Proteinketten, die mit elektronischen Bausteinen verbunden waren. Sie war in dutzenderlei Hinsicht schneller, intelligenter und kreativer als jeder andere Computer vor ihr.

Binnen Sekunden zeigte der Flachbildschirm die Botschaft an, die zu Spences grimmiger Befriedigung mit dem vorigen Ergebnis identisch war: PSG Serie sieben, Aufzeichnungen 3/20 und 5/15.

Da war es wieder. Ein Computerirrtum kam nicht mehr in Frage. Fehlfunktionen wiederholten sich nicht. Daß ein Fehler im Programm steckte, war ebenfalls höchst unwahrscheinlich. Der Befehl lag reichlich innerhalb der Flexibilitätsspanne des Programms.

Er fing noch einmal von vorne an, öffnete das gelbe Logbuch und hielt die beiden fraglichen Aufzeichnungen nebeneinander. Wie er schon zuvor entdeckt hatte, waren sie völlig unterschiedlich.

Als nächstes ging er einen Schritt weiter und holte sich die Kassette mit den Spulen aus der Woche des fünfzehnten Mai und der Woche des zwanzigsten März aus dem Schrank. Er stellte die Kassetten auf seinen Schreibtisch und fischte die betreffenden Spulen heraus. Bei beiden entfernte er das Siegel und entrollte einen Teil des Bandes. Die vier roten Wellenlinien schlängelten sich gleichmäßig über seinen Schreibtisch. Er brachte zwei Intervalle zur Deckung, hielt die beiden Streifen übereinander und hielt sie gegen das Licht.

Die beiden Aufzeichnungen waren eindeutig verschieden. Er sah Gipfel auf der einen, wo auf der anderen Täler waren. Legte man beide übereinander, so hörten alle Ähnlichkeiten zwischen ihnen zu existieren auf. Er überprüfte das Intervall und versuchte sogar, eine Übereinstimmung zu erzwingen, indem er Täler und Berge übereinander legte, aber es ging nicht. Die Aufzeichnungen waren schlicht und einfach verschieden. Offenbar hatte MIRA am Ende doch einen Fehler gemacht.

Doch es gab noch eine Ecke, in der er suchen konnte: der Blasenspeicher. Als zusätzliches Backup für das gesamte Projekt hatte Spence jede Aufzeichnung auf einer Blasenspeicherplatte gesichert. Aus dieser Quelle stammten die Zahlen, die ins Logbuch eingetragen wurden. Die steigenden und fallenden Bewegungen der roten Linien des Scanners waren in der dünnen, versiegelten Kassette gespeichert, deren magnetische Blasen vom Computer als fortlaufende Reihe von Zahlen interpretiert wurden. Für jeden Ort, an dem die Nadel auf dem Papierstreifen stehenblieb, gab es eine entsprechende Zahl. Indem er die Zahlenwerte einlas, konnte der Computer die Wellenlinien auf dem Papierstreifen rekonstruieren.

Er öffnete den Plattenbehälter und nahm die Kassetten für die beiden Sitzungen heraus, steckte sie in die Laufwerke an der Konsole und gab den Anzeigebefehl.

Sofort begann sich der Bildschirm mit den auf den Platten gespeicherten Zahlen zu füllen. Er ließ seinen Blick über die Spalten laufen, und ihm stockte der Atem; die beiden Aufzeichnungen waren genau gleich!

Er ließ sich in seinen Drehstuhl fallen und legte die Füße auf den Rand des Tisches. Ungläubig starrte er die identischen Zahlenreihen auf dem Bildschirm an; dann schloß er die Augen und dachte nach.

Hier war endlich die Bestätigung, die er gesucht hatte – nur vertiefte sie das Rätsel, statt es einer Lösung näher zu bringen. Er rekapitulierte die Schritte seines Experiments und die verschiedenen Stufen, in denen die Ergebnisse aufgezeichnet wurden, um sich darüber klarzuwerden, wie in aller Welt es zu der Situation kommen konnte, die ihm da vom Bildschirm entgegenflackerte.

Ging man von der Tatsache aus, daß zwei Aufzeichnungen unmöglich durch Zufall völlig identisch sein konnten – selbst ein und derselbe Mensch in derselben Nacht konnte nicht zwei identische Aufzeichnungen hervorbringen –, so war er gezwungen, das Ergebnis als Irrtum zu betrachten, sei es ein menschlicher oder ein elektronischer.

Doch angesichts der Bestätigung durch den Blasenspeicher verringerte sich die Chance eines elektronischen Irrtums bis zur unendlichen Unwahrscheinlichkeit.

Die Wolke des Zweifels, in der er bisher seine Nachforschungen betrieben hatte, begann sich zu einem konkreten Verdacht zu verdichten: *Irgend jemand* hatte an seinen Aufzeichnungen herumgepfuscht.

Je länger er darüber nachdachte, desto gewisser wurde sein Verdacht, bis sich die unbewiesene Hypothese zur Gewißheit verhärtete. Irgend jemand *hatte* an seinem Material herumgepfuscht. Ging man davon aus, lautete die nächste Frage: *Warum?* Warum sollte jemand sein Experiment sabotieren wollen?

Nein, das war der falsche Ansatz. Nicht sabotieren – manipulieren. Das schien näher an der Lösung zu liegen. Warum wollte jemand die Ergebnisse manipulieren? Und warum gerade diese beiden Aufzeichnungen auf gerade diese Weise?

Um über diese letzte Verwicklung in seinem verwirrenden Problem zu rätseln, stand er auf und gab seinem Stuhl einen Tritt, so daß er quer durch den Raum rollte. Mit vor der Brust verschränkten Armen und gesenktem Kopf begann er, hin- und herzuwandern, als erwartete er, seine Antwort auf dem Fußboden zu finden.

Als die Antwort kam, traf sie ihn wie eine geballte Faust zwischen die Augen; sie warf ihn beinahe um.

Er konnte kaum fassen, wie einfach es war – es war so offensichtlich. Die Aufzeichnungen waren nicht manipuliert worden; sie waren kopiert worden. Die Aufzeichnung vom fünfzehnten Mai war eine Kopie der Aufzeichnung vom zwanzigsten März. Darum waren sie identisch. Wie stand es mit den anderen Teilen des Puzzles? Der Streifen, das Logbuch, der Hauptspeicher des Computers? Die waren einfach fabriziert worden, um die Lücke zu füllen.

Spences Gedanken überschlugen sich.

Der Morgen des fünfzehnten Mai war der Morgen nach seinem ersten Blackout gewesen, als er in der Schlafkammer aufgewacht war. Daran erinnerte er sich deutlich. Er wußte noch, daß Tickler bemerkt hatte, die Aufzeichnung sei in dieser Nacht sehr gut gelaufen. Er erinnerte sich ebenfalls, daß er die Aufzeichnung zu diesem Zeitpunkt nicht selbst gesehen hatte; erst nach dem Frühstück hatte er sie sich angeschaut. Reichlich Zeit, damit jemand die fehlenden Stücke fabrizieren und an den entsprechenden Stellen einsetzen konnte.

Hatte die Aufzeichnung vom zwanzigsten März irgendeine besondere Bedeutung? Wahrscheinlich nicht. Sie war nur willkürlich aus den ersten Aufzeichnungen der Versuchsreihe ausgewählt worden. Sie wurde benutzt, um die Lücken im Blasenspeicher und im Datenbankspeicher zu füllen.

Was war mit dem Papierstreifen und dem Logbuch? Das war die leichteste Frage. Die waren einfach Phantasieprodukte. Die Zahlen im Logbuch waren Attrappen, und auf dem Papierstreifen war vermutlich die Signatur der Gehirnströme eines anderen zu sehen.

Erfaßt von einem schwindelerregenden Strudel wirklicher und eingebildeter Intrigen stolperte Spence zu seinem Stuhl und ließ sich hineinfallen, als wäre er gerade tausend Meter gerannt. Er hatte sie – die Antwort, oder den Anfang der Antwort –, und er wußte, daß er sie hatte. Beweise dafür zu finden war eine andere Sache, aber im Moment interessierte er sich nicht dafür, irgend etwas zu beweisen. Er war schon froh, es nur zu wissen.

Doch sein erhebendes Gefühl war nur kurzlebig.

Schon nach wenigen Augenblicken kam ihm die andere Frage wieder in den Sinn. Warum? Warum waren diese Dinge geschehen?

Den Eingang zu dem Labyrinth hatte er eindeutig gefunden. Doch wohin es ihn führen würde, wußte er nicht. Doch zumindest fühlte er sich stark genug, allem zu begegnen, was immer er herausfinden mochte.

Er folgte einem Impuls und tippte einen Code in die ComCen-Tastatur ein. Es gab jemanden, den er sprechen mußte, bevor noch ein weiterer Moment verstrich.

Siebzehntes Kapitel

Als Tickler das Labor verließ, ging er nicht direkt in sein Quartier auf der gegenüberliegenden Seite des Korridors. Statt dessen nahm er die Beine in die Hand und hastete, so schnell seine Füße ihn trugen, zur Hauptachse und nahm von dort aus einen Lift zur achten und obersten Ebene der Station. Er nahm die Rohrbahn entlang dem inneren Ring bis zum Ende der Spur vor einer blanken, weißen Wand. Neben einer großen Druckschleuse in der Wand verkündete ein großes Schild in leuchtend orangen Buchstaben:

GEFAHR!
KONSTRUKTIONSBEREICH
DRUCKANZUG ERFORDERLICH
NUR AUTORISIERTES PERSONAL!

Gleich neben der Schleuse hin eine Reihe unförmiger Druckanzüge schlaff in ihren Gestellen wie Menschen, aus denen die Luft entwichen war. Tickler überquerte den Verbindungsweg, zwängte sich in einen der dicken Anzüge und löste ihn von dem Gestell. Dann tippte er einen Code in den Öffner der Schleuse und trat schnell hindurch, sobald die Gleittür weit genug geöffnet war, um ihn hindurchzulassen.

Er wartete in der kleinen Luftschleuse, bis sich der Druck angeglichen hatte, und löste dann die Luke. Aus dem kleinen Raum gelangte er in die atemberaubende Schwärze des Alls hinaus. Blinzelnd stand er einen Augenblick lang da und blickte hinauf in den weiten Raum über ihm, aus dem die Sterne mit ihrem gleichmäßigen, eisigen Licht herabstrahlten.

Kahle Streben ragten aus der Dunkelheit hervor wie die Rippen eines antiken Segelschiffs. An einigen davon hingen Reihen roter Lichter, um die Teile der Station zu markieren, die sich zur Zeit im Bau befanden. Über dem Rand der glatten Flanke der Station schwebte eine Arbeitsplattform mit Metallplatten und anderen

Materialien, die alle durch Stahlnetze gesichert waren, damit sie nicht in den Raum entschwebten. Mehrere Robotrucks hingen in der Nähe, mit Stahlkabeln an die Plattform gekettet.

Da auf keiner der Baustellen ein Arbeiter zu sehen war, bewegte sich Tickler auf einen riesigen zylindrischen Vorsprung zu, der in der Mitte des Konstruktionsbereichs stand. Um das obere Viertel des Zylinders wand sich ein diagonaler Lichtstreifen, der sich verbreiterte, je mehr die Station der Sonne entgegenrotierte. Normalerweise wäre der ganze Bereich mit Flutlicht erleuchtet gewesen, aber die Schicht war vorbei, und bis die nächste kam, würden noch ein paar Stunden vergehen. Tickler hatte den ganzen Bereich für sich allein. Dennoch verschwendete er keine Zeit, sondern bewegte sich schnell und vorsichtig vorwärts. Bei jedem Schritt klickten seine magnetischen Schuhsohlen auf den wabenförmigen, provisorischen Gehwegen, die in dem ganzen Bereich wie Gerüste errichtet worden waren. Er steuerte auf den Zylinder zu.

Als er ihn erreicht hatte, hielt er gerade lange genug inne, bis sich die Gleittür weit genug geöffnet hatte, daß er hindurchschlüpfen konnte. Nachdem er die Luftschleuse durchquert hatte, hängte er seinen Druckanzug in das Gestell neben einen anderen, der bereits dort wartete, und ging weiter. Ein Röhrenlift brachte ihn in den oberen Bereich des Zylinders, und als sich die Tür öffnete, trat er in einen kahlen Raum von beträchtlicher Größe hinaus. An einem Ende strahlte ein Licht aus einer Vertiefung am Boden herauf. In der Vertiefung warteten zwei Gestalten. Eine der Gestalten hatte Ähnlichkeit mit einem Ei.

„Sie kommen spät!“ schnappte das Ei, als Tickler näher kam.

„Ich bin so schnell gekommen, wie ich konnte“, erklärte der atemlose Tickler, während sich das Ei langsam drehte und die zerfurchten Züge Hockings zum Vorschein kamen. „Er hat mich die ganze Schicht hindurch arbeiten lassen. Ich konnte ihn nicht gut bitten, mir frei zu geben, ohne Verdacht zu erregen, und –“

Hocking zog eine Grimasse und schnitt die Entschuldigung ab. „Ich hatte Kontakt zu Ortu. Er ist nicht erfreut über unsere geringen Fortschritte. Ich habe die Schuld für unser Versagen auf mich selbst genommen.“

„Versagen?“ fragte Tickler, als hätte er das Wort noch nie gehört. Er blickte zu der anderen Gestalt hinüber, die an der Seite von Hockings Pneumostuhl stand. Der junge Mann im Kadetten-Overall erwiderte seinen Blick ausdruckslos.

„Ich erwarte“, fuhr Hocking langsam und schneidend fort, „daß Sie und Kurt einen Weg finden werden, das an mir wiedergutzumachen. Nun?“ Seine Augen blitzten aus ihren eingesunkenen Höhlen hervor.

Tickler breitete die Arme aus. „Wir haben alles getan, was Sie von uns verlangt haben. Ich vermag nicht zu erkennen, wie wir die Rückschläge, die sich durch die Halsstarrigkeit der Versuchsperson ergeben haben, hätten voraussehen sollen.“

„Davon rede ich nicht“, murmelte der abgemagerte Hocking. „Ich rede von dem Zusammenbruch der ständigen Überwachung der Versuchsperson. Er hätte keinen Augenblick außer Sichtweite eines von Ihnen beiden sein dürfen. Wissen Sie, wo er jetzt gerade ist?“

„Nun, ja. Er ist im Labor.“

„Oh? Wissen Sie das mit Bestimmtheit? Könnte es nicht sein, daß er das Labor verließ, sobald Sie gegangen waren? Hätte er Ihnen nicht sogar hierher folgen können?“

Tickler sah beunruhigt aus. Er warf einen schnellen Blick hinter sich, um zu sehen, ob Spence ihm tatsächlich zu Hockings geheimen Räumen gefolgt war.

„Sehen Sie!“ rief Hocking. „Sie wissen es *nicht*! Reston hat sich ständig durch die Station bewegt, wie er wollte, obwohl ich immer und immer wieder betont habe, wie notwendig es ist, ihn während der Induktionsperiode ständig zu überwachen. Es ist der reine Zufall, daß er uns noch zur Verfügung steht!“

Tickler sagte nichts; er blickte verärgert zu Boden.

„Aber das sage ich Ihnen ja nicht das erste Mal. Es mag genügen, Sie darauf hinzuweisen, daß ich, falls Sie nicht in der Lage sind, ihn gründlicher zu überwachen, als Sie es gegenwärtig tun, jemanden finden werde, der es *kann* . . . “ Er ließ den Satz bedrohlich verklingen.

„Also“, fuhr er fort, „ich habe nachgedacht. Morgen um diese

Zeit muß alles für einen weiteren Induktionsversuch vorbereitet sein. Reston ist jetzt reif dafür; ich spüre es. Ich habe ihm im Traumzustand zusätzliche Bildsignale übermittelt. Wir werden diesmal den psychomotorischen *tanti*-Quotienten steigern – ich glaube, wir haben die geistige Stärke und Willenskraft unserer Versuchsperson unterschätzt. Das sollte uns jedoch nicht noch einmal behindern."

„Wenn es ihn nicht umbringt", murmelte Tickler finster.

„Ich habe Sie sehr gut gehört, Tickler. Sie können es ruhig laut sagen. Ich bin bereit, seinen Tod zu riskieren, ja. Das wäre mir lieber, als zuzulassen, daß er mir noch einmal entkommt. Das darf nicht geschehen. Darum möchte ich, daß einer von Ihnen bei ihm ist, wenn die Induktion stattfindet."

„Nein!" Beide Männer stießen das Wort gleichzeitig hervor und starrten sich gespannt an.

„Sie Idioten! Die Projektion wird Ihnen nichts anhaben – sie ist nicht auf Ihre Gehirnwellenmuster eingestellt. Ich möchte, daß Sie dort sind, um ihn im Auge zu behalten und zu verhindern, daß er wieder entkommt."

„Ich weiß nicht, ob das so einfach sein wird. Er hat sich heute sehr merkwürdig verhalten. Ich glaube, er könnte Verdacht geschöpft haben."

„Was für einen Verdacht kann er schon haben?" Hocking starrte seine Helfershelfer an. „Antworten Sie! Falls Sie nicht wieder unvorsichtig waren, kann ich mir nicht denken, wie er Verdacht schöpfen könnte."

„Vielleicht, aber ich war heute mit ihm zusammen. Ich sage Ihnen, er ist mißtrauisch geworden."

Hocking fegte die Warnung mit einer ungeduldigen Kopfbewegung vom Tisch. „Und wenn er einen Verdacht hätte? Morgen um diese Zeit wird es keine Rolle mehr spielen, was unser brillanter junger Freund argwöhnt. Es wird zu spät sein! Er wird uns gehören!"

Die Solarschirme waren fast geschlossen, als Spence den Garten betrat. Die schräg durch die Bäume einfallenden Bänder goldenen

Lichtes ähnelten einer Art tropischen Abendrots, das alle Farben intensivierte. Um diese Zeit kam Spence am liebsten hierher – kurz bevor sich die Schirme schlossen und der Garten in seine Nachtruhe eintrat.

Er eilte zum Mittelpunkt des Gartens und auf die Bänke an der Grünfläche zu. Wie er gehofft hatte, waren die Bänke leer; keine Menschenseele war zu sehen. Er ließ sich auf der letzten Bank nieder, um zu warten. *Es fehlen nur die Moskitos*, dachte Spence, als er auf die krächzenden Schreie eines der sechs Papageien im Central Park lauschte.

Er schloß die Augen, sog die feuchte Luft tief in seine Lungen und legte den Kopf zurück auf die Rückenlehne. So, mit geschlossenen Augen und zurückgelegtem Kopf, fand ihn Ari.

„Ich bin *sicher*, daß du nicht *so* lange warten mußtest!" sagte sie. „Wie kannst du es wagen, dich schlafend zu stellen."

Spences Kopf fuhr hoch, und er riß die Augen auf. Er sprang auf die Füße. „Ich habe dich nicht kommen hören." Unsicher stand er da und schaute eindringlich in ihr Gesicht, das in dem weichen, goldenen Licht des Gartens noch lieblicher wirkte. Er versuchte, ihre Gefühle aus ihren Augen herauszulesen, aber er konnte es nicht.

„Ari", sagte er nach einem Moment der Verlegenheit, „danke, daß du gekommen bist. Nach dem, was ich getan habe, war es dein gutes Recht abzulehnen, und ich hätte es dir nicht verübelt."

Sie tat nichts, um ihm diesen Augenblick leichter zu machen, sondern stand da und schaute ihn unerbittlich an.

„Es tut mir wirklich leid. Ich . . . ich habe dich furchtbar behandelt." Er suchte ihre Augen und sprach leise weiter. „Ich habe noch nie jemanden um Vergebung gebeten, aber dich bitte ich jetzt darum. Bitte vergib mir."

Das Lächeln, das ihr Gesicht veränderte, drang wie ein Sonnenaufgang in seine lange, dunkle Nacht der Verzweiflung. Auf dem ganzen Weg zum Garten hatte er sich mit einer Vielzahl von Ängsten und Zweifeln über den Ausgang ihres Treffens herumgequält. Ihre Stimme war mit eisiger Höflichkeit aus dem ComCen-Lautsprecher gedrungen und hatte nichts verraten, womit er sein ramponiertes Ego hätte aufpolstern können. Doch ihr Lächeln verbannte all seine dunklen Gedanken.

„Oh, Spence, ich habe mir solche Sorgen um dich gemacht. Ich war auch wütend, verlaß dich drauf. Aber mehr besorgt als sauer."

„Ich habe mich wie ein Esel benommen. Einfach so aus dem Restaurant herauszurennen – ich weiß nicht, was in mich gefahren war. Es tut mir leid . . ."

„Ich vergebe dir. Aber sag, was ist denn so dringend und geheim?"

Er zog sie zur Bank, und sie setzten sich. Er schaute sich um, als rechnete er damit, daß die Büsche voller Spione wären. Sein Gesicht war vor Erregung gerötet. Ein wilder Blick kroch in seine Augen. Sie biß sich auf die Lippe. „Was ist los, Spencer?"

„Ich habe den Beweis, daß ich nicht dabei bin, verrückt zu werden."

Achtzehntes Kapitel

„Du wirst dich irgend jemandem anvertrauen müssen." Aris Stimme war fest. „Allein schaffst du es nicht."

Sie saßen im Lesezimmer ihres Vaters. Ein Teller mit Sandwiches stand unberührt auf dem niedrigen Tisch vor ihnen. Spence starrte auf die Reihen von Büchern, die die Wände bedeckten, als ob er hoffte, darunter einen Titel zu finden, der ihm verraten würde, was er als nächstes sagen sollte.

„Ich brauche Zeit, um mir über einiges klarzuwerden", sagte er schließlich. „Mir fehlen noch zu viele Puzzlesteine."

„Mir gefällt das nicht, Spence – dieses Weglaufen. Es ist gefährlich."

Er schwang herum und schaute sie verwirrt an. „Mir wird nichts passieren", sagte er lahm. „Ich muß nur für eine Weile hier verschwinden; das ist alles."

„Was bringt dich auf den Gedanken, da draußen würde nicht mehr an deinem Experiment herumgepfuscht? Sie könnten dir etwas antun, Spence. Dir könnte eine ganze Menge passieren, aus welchem Grund auch immer."

Er hatte keine Antwort darauf. Derselbe Gedanke war ihm in den letzten Stunden viele Male durch den Kopf gegangen. „Ari, ich weiß nur, daß mir auf jeden Fall etwas passiert, wenn ich hier *bleibe.* Ich muß irgendwo außer Reichweite kommen, um diese Sache zu durchschauen."

In seinem Ton lag etwas Endgültiges, das keine weitere Diskussion zuließ. Ari saß mit den Händen im Schoß und angezogenen Beinen auf der Couch. Sie blickte auf ihre verschränkten Hände und sagte: „Ich werde dich vermissen."

Er lächelte. „Ich werde dich auch vermissen. Glaub mir, wenn ich einen anderen Weg sähe, würde ich ihn gehen." Er holte tief Luft. „Ich werde nicht lange weg sein; du wirst sehen. Im Nu bin ich wieder da."

„Dreieinhalb Monate nenne ich nicht ‚im Nu'." Sie errötete leicht und gab dann zu: „Ich hatte mich gerade daran gewöhnt, dich in meiner Nähe zu haben."

„Wir werden genau da weitermachen, wo wir aufgehört haben, das verspreche ich dir." Er schaute sie fest an und sagte: „Wenn ich bliebe, würdest du mich nicht in deiner Nähe haben wollen. Es würde nur wieder zu solchen Szenen kommen. Vielleicht würde es noch schlimmer."

„Du hast wahrscheinlich recht. Vielleicht ist es besser so." Sie drehte schnell den Kopf weg. Er rückte näher und berührte vorsichtig ihre Schulter.

„Weinst du?"

„Nein!" schniefte sie. „Ich bin nur allergisch gegen Abschiede."

Spence legte ihr einen Finger unter das Kinn und drehte ihr Gesicht zu sich. Auf ihrer Wange glänzte eine feuchte Spur, wo eine Träne gefallen war. Er wischte sie ab, neigte den Kopf und küßte sie sehr sanft.

„Das ist dafür, daß du mich vermißt", sagte er scheu.

Ari lächelte, schniefte und rieb sich mit dem Handballen über die Augen. „Jetzt ist das Geheimnis heraus, was?" Sie schaute ihn wieder an, und er spürte, wie sich sein Inneres in warmen Wackelpudding verwandelte. „Sei vorsichtig, Spencer. Laß nicht zu, daß dir etwas passiert."

„Bestimmt nicht . . .", krächzte er.

„Spence, ich werde jeden Tag für dich beten." Unbewußt faltete sie die Hände. „Ich habe für dich gebetet, seit wir uns zum ersten Mal begegnet sind."

Er fühlte sich, als wäre er gerade unter eine warme Dusche getreten. Seine Haut prickelte vor einer merkwürdigen Erregung, und sein Herz pochte in seiner Brust. Er wünschte, er könnte ihr sagen, daß er auch für sie beten würde. Aber er wußte, daß eine solche Aussage geheuchelt klingen würde. Sie würde ihren ehrlichen Glauben herabwürdigen. Und wenn auch Spence diesen Glauben nicht teilte, sah er keinerlei Grund, auf ihrem herumzutrampeln.

„Danke, Ari", sagte er endlich. „Das hat noch nie jemand zu mir gesagt."

Eine lange Zeit saßen sie schweigend da. Schließlich erhob er sich unruhig auf die Füße und sagte: „Ich sollte wohl lieber gehen. Ich habe noch eine Menge zu tun, wenn ich morgen abend abreisen soll."

„Sehe ich dich noch einmal, bevor du gehst?"

„Ich hoffe. Ich werde hier vorbeikommen, bevor ich zur Andockbucht hinuntergehe. Und du bist sicher –"

„Ja, du hast deinen Platz. Und niemand außer Captain Kalnikov weiß, daß du mitfliegst."

„Gut."

„Aber Spence, solltest du nicht *irgend jemandem* Bescheid sagen? Irgend jemand sollte davon wissen."

„Du weißt es. Alle anderen werden es erfahren, wenn ich weg bin", sagte er und schlich sich schnell hinaus.

„Gute Nacht, Spencer." Ari winkte ihm nach. Er winkte zurück, und die sich schließende Gleittür löste den Bann zwischen ihnen.

Als er zu seinem Quartier zurückeilte, fühlte er sich wie ein Einbrecher, der nach getaner Arbeit einer Nacht in seinen Unterschlupf zurückkehrt. Um tausend Details würde er sich noch kümmern müssen, bevor er den Raumtransporter zum Mars bestieg; und es blieb ihm nur noch wenig Zeit bis dahin. Er würde die Nacht durcharbeiten müssen.

Er hatte gerade die Tür zu der Videofon-Kabine des ComCen geschlossen, als der Anruf durchkam. Er setzte sich und lehnte sich leicht der Kamera entgegen, die Ellbogen auf der Ablage aufgestützt. Der flache, quadratische Bildschirm flackerte bläulich auf. Er lächelte, als das rote Licht über dem Bildschirm aufleuchtete.

„Spence, ich bin es, Kate. Überrascht, mich zu sehen?"

Er hatte nicht erwartet, seine Schwester zu sehen, und für ein paar Sekunden konnte er das Bild auf dem Monitor nur anstarren. Er stellte sich so viele Unglücksfälle vor, die möglicherweise zu dem Anruf geführt hatten, daß er ganz vergaß, sie zu begrüßen.

„Deine Schwester, Kate – erinnerst du dich?" Sie lächelte nervös.

„Kate, geht es dir gut? Ist alles in Ordnung?"

„Ich weiß, ich hätte dich vorwarnen sollen. Ja, alles bestens. Keine Notfälle. Du klingst wütend."

„Ach, es ist nur gerade mitten in der Nacht hier."

„Tut mir leid. Das habe ich vergessen. Hier unten ist es gerade drei Uhr nachmittags."

Spence zwang sich, ihren verunsicherten Blick mit einem Lächeln zu beantworten. „Mach dir keine Gedanken deswegen. Als das ComCen mir mitteilte, daß ein Anruf für mich käme, dachte ich, Dad oder einem der Jungs sei irgend etwas Schreckliches passiert . . . du weißt schon."

„Es geht allen gut, Spence. Ich wollte nur mit dir reden – ich hoffe, ich unterbreche nicht eines von deinen Experimenten . . ."

„Nein, nein; ich arbeite heute nacht nicht."

„Es ist ein komisches Gefühl. Ich meine, du bist eine Million Meilen weit draußen im Weltraum, und ich rede hier mit dir, als ob du am anderen Ende der Stadt wärst oder so."

„Warte, bis du die Rechnung bekommst. Dann denkst du nicht

mehr, ich wäre so nahe gewesen." Er hielt inne und studierte ihr Gesicht auf dem Bildschirm. Obwohl sie nur zwei Jahre älter war als er, war Kate für ihn immer die kluge, wohlwollende große Schwester gewesen. Jetzt sah er sie vor sich, eine Mutter von zwei heranwachsenden Jungen, die mehr als je zuvor wie eine Dame aussah. Sie hatte wenig Ähnlichkeit mit dem Bild von ihr, das er in seinem Kopf hatte.

„Du siehst müde aus, Spence. Fühlst du dich wohl?"

„Mir geht es gut. Ich habe nur ein bißchen zu hart gearbeitet, das ist alles."

„Dad sagte, du hast einen Unfall gehabt."

„Eine Bagatelle. Ich habe mir den Kopf gestoßen."

An diesem Punkt schien das Gespräch zu versiegen. Kate fuhr sich mit der Zunge über die Lippen. Sie versuchte, die Kluft all jener Meilen zu überbrücken, indem sie besonders angestrengt auf den Bildschirm starrte. Spence merkte, daß es nicht eine räumliche Entfernung, sondern eine Entfernung des Lebens war, die sie zu überwinden versuchte. Sie versuchte sich das Leben an diesem Ort vorzustellen. Und sie schaffte es nicht.

„Warum rufst du an, Kate?" fragte er leise.

„Bist du wütend? Bitte sei nicht wütend, Spence. Du wirst es albern finden –"

„Ich werde es nicht albern finden, und ich bin nicht wütend. Glaub mir. Jetzt schieß los und sag es mir."

Sie sah aus, als stünde sie im Begriff, eine scharlachrote Sünde zu bekennen. „Spence, am Dienstag hat Dad Geburtstag."

Ein Stich des Schuldbewußtseins durchfuhr ihn. Er fühlte sich nicht schuldig, weil er den Geburtstag seines Vaters vergessen hatte; das war ihm im Lauf der Jahre oft passiert. Er fühlte sich schuldig, weil ihm das Ereignis nicht einmal etwas bedeutete. Es war ihm egal, und Kates Erinnerung machte ihn auf die Tatsache aufmerksam, daß andere Söhne die Geburtstage ihrer Väter *nicht* vergaßen; ihnen war es nicht egal.

„Tut mir leid", sagte er ausdruckslos. „Das habe ich vergessen."

„Das ist nicht der Grund, warum ich anrufe. Nicht, um dich daran zu erinnern. Das heißt, eigentlich doch, aber nicht so, wie du denkst. Dad sagt, du hättest ihm erzählt, daß du auf eine Feldexkursion gehst."

„Das habe ich ihm gesagt, ja. Ich erinnere mich."

„Jedenfalls hat er sich in den Kopf gesetzt, daß er dich nie wiedersehen wird. Du weißt ja, wie er manchmal ist. Man kann ihn durch nichts überzeugen. Er sagt, er sei sicher, daß dir auf dieser Reise irgend etwas Schreckliches passieren wird – dabei weiß er nicht einmal, wo du hingehst – und daß er dich nie wiedersehen wird."

Spence sah seinen Vater vor sich, wie er in seinem verblichenen roten Sessel saß und über das vermeintliche Ableben seines Sohnes murmelte und jammerte. Es war eine seiner fest eingegrabenen Kindheitserinnerungen, und er haßte sie.

„Was soll ich tun, Kate?" fragte er und wünschte, seine Mutter wäre noch am Leben. Sie zumindest war in der Lage gewesen, die irrationalen Ängste seines Vaters zu besänftigen; sie war der kühlende Balsam auf der fiebernden Stirn ihres Mannes gewesen.

Kate antwortete zögernd. „Es wäre nett, wenn du ihn anrufen und ihm zum Geburtstag gratulieren würdest. Dann könnte er dich sehen und deine Stimme hören. Das würde ihn vielleicht davon überzeugen, daß du immer noch in Ordnung bist und an ihn denkst."

„Das würde ich liebend gerne tun, Kate, aber ich kann nicht. Ich werde dann schon unterwegs zum Mars sein. Ich fliege morgen abend, und es wird eine Weile dauern, bis ich zurück bin." Ihm war nicht danach, die Details seiner Reise mit ihr zu besprechen.

„Zum Mars! Wirklich, Spencer? Das ist phantastisch. Wenn ich das den Jungs erzähle – die werden ganz aus dem Häuschen sein." Im nächsten Augenblick war ihr Enthusiasmus verflogen. „Aber was ist mit Dad?"

„Es tut mir leid. Er wird es einfach verstehen müssen."

„Aber gibt es nicht *irgend etwas*, das du tun könntest, Spence? Irgend etwas?"

„Ich könnte einen Anruf aufzeichnen und ihn am Dienstag absenden lassen. Ich könnte ihm auch ein Souvenir von der Station schicken – das würde ihm vielleicht gefallen."

„Würdest du das tun? Er würde sich so sehr darüber freuen. Ich bin sicher, es kommt gut an, was auch immer du ihm schickst. Es ist nicht das Geschenk, sondern der Gedanke, der zählt."

Aber es war Kates Gedanke – und das war das Problem. „Ich werde etwas mit der nächsten Fähre schicken."

„Schick es einfach zu mir. Wir veranstalten am Dienstagabend eine kleine Familienfeier für ihn. Ich kümmere mich um alles."

„Schön. Du wirst von dem Anruf benachrichtigt werden. Ich werde dafür sorgen, daß sie euch reichlich Zeit geben, zur Basis zu gelangen."

Eine gespannte Pause trat ein. „Also, Spence, ich gehe jetzt wohl besser. Paß gut auf dich auf. Und ruf an, wenn du zurückkommst. Ich kenne zwei Jungs, die darauf bestehen werden, daß ihnen ihr Onkel Spence alles haarklein erzählt."

„Das werde ich tun, Kate. Mach's gut."

„Mach's gut, Spence."

Der Bildschirm wurde dunkel. Einen Moment lang saß er da und starrte das flache, graue Quadrat an. Dann erhob er sich steif und verließ die Kabine. Er fühlte sich leer und einsam, als wäre jedes Gramm Warmherzigkeit aus ihm herausgepreßt worden durch diesen erbärmlichen Versuch eines Gesprächs mit einer seiner Angehörigen.

Grau im Gesicht und mit von der Anstrengung seines langen Tages brennenden Augen wanderte er zurück zu seinem Quartier. Am Besucherzentrum machte er kurz Halt, um unter den verschiedenen Souvenirs und Andenken zu stöbern, die als Erinnerung an die Reise nach Gotham angeboten wurden. Er suchte eine kleine Nachbildung der Raumstation aus Gußaluminium aus, die auf einen grauen Stein montiert war – wohl ein Teil eines Asteroiden oder eines Mondfelsens – und zweifellos als Briefbeschwerer dienen sollte.

Er bezahlte, indem er einer gelangweilten Angestellten seine Kontonummer herunterratterte, die die Daten pflichtschuldig eintippte.

„Möchten Sie es eingepackt haben?" fragte sie und unterdrückte ein Gähnen.

„Nein danke, ich esse es gleich hier", sagte er, stopfte den Gegenstand in seine Reißverschlußtasche und schlenderte davon zu seiner Nachtruhe.

Neunzehntes Kapitel

Sich an die „übliche Prozedur" zu halten, erwies sich als schwieriger, als Spence sich vorgestellt hatte. Zum Teil lag das daran, daß Tickler sich offenbar besonders für seine Pläne für die nächste Versuchsreihe interessierte, die an diesem Abend beginnen sollte.

„Was soll ich unserem Assistenten Mr. Millen sagen, wann er zu uns stoßen soll?"

„Oh, zur üblichen Zeit. Ich sehe keinen Grund, von unserer Norm abzuweichen. Sehen Sie einen?"

„Nein, Sir. Keineswegs. Ich dachte nur, Sie hätten vielleicht Pläne, die eine Änderung des Zeitplans erforderlich machen würden. In einem solchen Fall sollte ich darüber Bescheid wissen, das ist alles."

Spence mußte an sich halten, um nicht zu grinsen. „Mir ist klar, daß ich ein wenig unberechenbar gewesen bin, Tickler. Aber ich schlage eine neue Seite auf." Er wandte sich zu seinem diensteifrigen Assistenten, und ein schiefes Grinsen stahl sich über sein Gesicht. „Von heute abend an werden Sie eine dramatische Veränderung meiner bisherigen Gewohnheiten bemerken."

Tickler legte den Kopf auf die Seite und zog die Luft ein, als wollte er nachhaken, aber dann überlegte er es sich anders. Er verharrte mit angehaltener Luft und offenem Mund.

„War noch etwas?" fragte Spence heiter.

„Ahh – nein." Tickler ließ die Luft ab wie ein undichter Ballon. „Ich bin völlig zufriedengestellt." Doch er stand da und blinzelte mit seinen winzigen, perlenähnlichen Augen, als ob er erwartete, zum Tee eingeladen zu werden, und enttäuscht wäre, falls das nicht geschah.

Spence vermutete, daß er auf weitere Informationen über seine Pläne wartete. Er beschloß, das Gespräch zu beenden. „Also dann, wenn es nichts weiter gibt, schlage ich vor, daß wir beide an die Arbeit gehen. Es gibt noch eine Menge zu tun bis heute abend. Vielleicht wollen Sie noch etwas schlafen, bevor wir anfangen. Es könnte eine lange Sitzung werden."

„Natürlich." Tickler drehte sich um und trippelte davon. Spence sah ihm nach, wie er seinen Platz am anderen Ende des Labors gegenüber seinem eigenen Arbeitsplatz einnahm.

Ihm fehlen nur Schnurrhaare und ein Schwanz, dachte Spence, *und die Familie der Nagetiere hätte einen neuen Patriarchen.*

Spence hatte nicht die Absicht, zur Sitzung dieses Abends zu erscheinen. Doch als die Schicht endete, ließ er es sich nicht nehmen, zu Tickler zu sagen: „Ich erwarte Sie pünktlich zum Beginn der dritten Schicht hier. Ich möchte sofort beginnen."

Worauf Tickler antwortete: „Ich habe die Pünktlichkeit mit der Muttermilch eingesogen, Dr. Reston."

„Natürlich", sagte Spence. „Ich hätte es mir denken müssen."

Tickler ging, und Spence eilte in sein Quartier, um seine Habseligkeiten in seinen Travel-Container zu stopfen, einen jener weichwandigen, faltbaren, leichtgewichtigen Koffer, die speziell von Raumreisenden benutzt wurden. Unten auf der Erde waren sie ein Statussymbol, an dem man erfahrene Raumveteranen erkannte. Natürlich wurden sie von zahlreichen Herstellern nachgebaut und an jedermann verkauft, der so dringend einen haben wollte, daß er bereit war, die unverschämten Preise zu bezahlen, die dafür verlangt wurden. Sein eigener Container trug das Emblem der Gesellschaft in Silber und war ihm vor seinem Flug ausgehändigt worden.

Obwohl er zwei dieser Container mit auf die Reise nehmen durfte, beschloß er, sich mit einem zu begnügen. Er wollte sich nicht mit unnötigem Gepäck belasten. Erst im letzten Moment entschloß er sich, seine Kamera mitzunehmen.

Als er fertig gepackt hatte, rief er den Service an und bat, jemanden zu schicken, der den Container für ihn zur Andockbucht brachte. Er wollte nicht gesehen werden, wie er seinen Container durch die Station schleppte; schließlich hatte er nicht bis hierher mit verdeckten Karten gespielt, um nun zu riskieren, daß kurz vor seinem erfolgreichen Verschwinden alles aufflog.

Binnen einer Stunde kam ein Page, um seinen Container abzuholen.

„Wissen Sie, wer ich bin?" fragte Spence den jungen Mann.

„Nein, Sir." Er tat so, als ob ihm solche Fragen alle Tage gestellt würden.

„Es wäre mir lieb, wenn es auch sonst niemand wüßte. Wenn Sie jemand fragt, haben Sie mich nie gesehen, und der Container gehört Dr. Packer. Alles klar?"

„Alles klar."

Spence gab ihm eine Handvoll Münzen für seine Mühe. „Hier, trinken Sie einen auf meine Rechnung, was immer ihr Jungs heutzutage so trinkt."

„Ich habe Sie nie gesehen, Sir."

„Genau."

Der Junge verschwand und zog den Container hinter sich durch den Eingang.

Spence ging zurück in sein Quartier und ordnete alles sorgfältig so an, daß es aussah, als hätte er nur kurz das Zimmer verlassen und würde jeden Augenblick zurückkehren. Warum er sich diese Mühe machte, wußte er nicht. Und er sagte sich selbst, daß er sich lächerlich benahm. Doch da er nun einmal die Untergrundpose eingenommen hatte, fand er, daß es ihm Spaß machte.

Er ließ den Overall, den er in der Nacht zuvor getragen hatte, über dem Stuhl hängen. Verstreute Papiere lagen auf seinem Schreibtisch, und ein Becher mit kaltem Kaffee stand auf dem Tisch neben seinem Bett. Die Bettwäsche ließ er verknautscht liegen.

Als er sich endlich überzeugt hatte, daß alles normal aussah, schlich er sich auf Zehenspitzen aus dem Labor. Kaum hatte er die Türschwelle überquert, lief er seinem Assistenten Kurt Millen in die Arme.

„Kurt!" rief er aus, nachdem er den jungen Mann beinahe umgerannt hatte.

„Entschuldigen Sie, Dr. Reston. Ich habe Sie nicht kommen sehen. Wir scheinen immer ineinander zu rennen."

„Ja -" Spences Gedanken überschlugen sich auf der Suche nach einem unverdächtigen Ausweg. „Ich ... ich war gerade auf dem Weg in die Kantine. Wollen Sie nicht mitkommen?"

Eine ohnmächtige Sekunde lang glaubte er, der Kadett würde sein vorgetäuschtes Angebot annehmen.

„Danke für die Einladung, Dr. Reston. Aber ich habe einiges zu tun – Dr. Tickler hat mir eine Liste mit Aufgaben hinterlassen. Lieber nicht."

„Sicher? Nicht einmal auf eine Tasse Kaffee? Ich lade Sie ein." Spence spielte die Scharade furchtlos bis zum Äußersten.

„Vielleicht ein anderes Mal?"

„Klar – kein Problem. Ich bin gleich wieder zurück." Er wandte sich ab und setzte sich in Bewegung. „Ich gehe mir lieber einen Platz in der Schlange sichern, damit ich pünktlich zurück bin."

Er verließ den Kadetten, der vor dem Laboreingang stehenblieb und ihn beobachtete. Spence biß sich auf die Zunge, weil er seine Rolle übertrieben hatte. Durchaus möglich, daß er einen Verdacht erregt hatte, wo vorher keiner gewesen war. Um den Schein zu wahren, schlenderte er pflichtschuldig zur Kantine und trat ein, um ein paar Minuten lang in der Schlange zu stehen.

Dann ging er, glitt wieder hinaus auf den Verbindungsweg und verlor sich in den Menschenströmen, die sich zwischen den Schichten zu und von der Cafeteria wälzten. Er vermutete, daß Kurt versuchen würde, ihm zu folgen. Ein absurder Gedanke, sagte er sich, aber er schlug dennoch einen Haken durch einen Nebentunnel, wechselte mehrere Male die Ebene und erreichte schließlich Aris Tür, während er sich über die Schulter umschaute und mißtrauisch in jeden Schatten starrte.

„Spence! Oh, ich bin so froh, daß du da bist. Ich hatte schon Angst, es wäre etwas passiert."

„Beinahe wäre etwas passiert. Aber jetzt ist alles in Ordnung." Er trat schnell ein und stand mit Ari in der Mitte des Raumes. Beide versuchten, freundliche Zurückhaltung vorzutäuschen, als sie sich ansahen, doch es gelang ihnen nicht.

„Wie lange kannst du bleiben?"

„Nur ein paar Minuten. Ich sollte am besten unten an der Bucht sein, bevor die anderen einchecken – nur für alle Fälle."

„Ich verstehe."

„Ari, könntest du mir einen Gefallen tun, während ich weg bin?" fragte Spence plötzlich.

„Natürlich, jeden."

„Mein Vater hat am Dienstag Geburtstag . . . ich habe ihm ein Souvenir gekauft, aber vergessen, es abzuschicken. Könntest du dafür sorgen, daß er es bekommt? Ich habe es in meinem Quartier gelassen, in meinem Overall."

„Ich werde mich gleich darum kümmern, Spence. Mach dir keine Gedanken."

Eine empfindliche Stille folgte diesen Worten. Ari schaute auf ihre Hände, die sie verschränkte und wieder löste. Spence beobachtete sie, als ob sie einen Zauber vollführte.

Schließlich hob sie scheu den Kopf. „Ich werde dich vermissen, Spence. Ich vermisse dich jetzt schon; dabei bist du noch nicht einmal weg."

„Ich werde dich auch vermissen. Ich habe gedacht, daß –"

Plötzlich war sie ganz nahe bei ihm, und er hielt sie in seinen Armen und drückte sie an sich. Sie murmelte leise, und er roch den frischen, sauberen Duft des Parfüms in ihren Haaren.

„Spence, du wirst so lange weg sein . . ."

„Nicht so lange. Es wird schnell vorbei sein. Du wirst sehen." Die Worte sprudelten hervor, und er behielt mit Mühe seine Fassung. Warum dieser Aufruhr, diese Verwirrung über ein Mädchen? *Was ist in mich gefahren*, dachte er.

„Ich glaube, ich sollte jetzt gehen", sagte er endlich. Er fing an zu fürchten, daß er es nicht schaffen würde, wegzugehen, wenn er jetzt noch länger blieb.

Sie ließ ihn los, riß sich zusammen und machte ein heiteres Gesicht.

„Ich werde jeden Tag an dich denken."

Sie ergriff seinen Arm und führte ihn zur Tür. „Jetzt ab mit dir. Ich weiß, ihr werdet eine Menge Spaß haben, wenn ihr nach Herzenslust in euren kleinen Raumanzügen herumlaufen und Wissenschaftler spielen könnt."

„Ich komme wieder und erzähle dir alles." Er lachte, und seine Stimme hatte einen hohlen Klang.

„Ich hatte vor, mit dir hinunter zur Bucht zu gehen, aber ich lasse es lieber. Ich will nicht, daß du mich weinen siehst."

Er drehte ihr Gesicht zu sich und küßte sie sanft. „Auf Wiedersehen, Ari", flüsterte er; dann drehte er sich um und eilte davon. Sie hörte seine Schritte auf dem Korridor und lauschte, bis sie in den anderen Geräuschen untergegangen waren. Dann kehrte sie zurück, um ihre Wartezeit zu beginnen.

Die Andockbucht summte vor Aktivität. Der Einstiegstunnel war mit dem Raumtransporter verbunden, an dessen geschwungenem Bug in goldenen Lettern der Name *Gyrfalcon* glänzte. Paletten mit Versorgungsgütern und Gepäck – zumeist wissenschaftliche Instrumente in Frachtcontainern – wurden an Bord geschoben. Außerhalb der Station schwärmte eine kleine Armee von Wartungstechnikern um die Oberfläche des Raumschiffs herum, und die Lichtkegel ihrer Bogenlampen spielten über die glatte, schwarze Haut des Schiffes, während sie die letzten Überprüfungen vor dem Start durchführten. Es sah aus wie ein großer, schwarzer Wal, der geduldig eine gründliche Reinigung durch einen Schwarm silberner Fische über sich ergehen ließ.

Die große Uhr über dem Einstiegstunnel zeigte an, daß weniger als eine Stunde Zeit bis zum Start blieb. Einige der jungen Kadetten, die mitfliegen würden, standen in der Bucht herum, sahen nervös aus und lachten laut. Spence gönnte sich nur noch ein paar Sekunden, um die geschäftige Aktivität rund um das große Raumschiff in sich aufzunehmen. Dann schlich er sich hinter einer mit dehydrierten Lebensmitteln beladenen Robo-Palette in den Einstiegstunnel. Er fühlte sich wie ein blinder Passagier und erwartete halb, daß ihm jeden Augenblick jemand entgegentreten und rufen würde: „Halt! Wer geht da?"

Doch niemand tat es. Niemand schien überhaupt von seiner Ankunft Notiz zu nehmen, was Spence ein eigentümliches Gefühl der Enttäuschung verursachte.

Er erreichte das Ende des hell erleuchteten Tunnels und betrat den Frachtraum, wo Dutzende von Männern daran arbeiteten, alle Vorräte und alles Gepäck zu verstauen und in riesigen Frachtcontainern zu befestigen. Er bahnte sich seinen Weg durch das Gewirr und steuerte auf den Bug des Schiffes und die Passagierunterkünfte zu.

Einige Wartungstechniker in gelben Anzügen waren in den Mittelgängen unterwegs und zogen schwarz-grün gestreifte Schläuche und Wagen mit merkwürdigen Kästen aus Metall mit blinkenden Lämpchen hinter sich her, die Pfeif- und Klicktöne von sich gaben, während sie über die Bodenplatten glitten. Spence sah auch die königsblauen Overalls der Mitglieder der Raumschiffbesatzung, die an ihren Plätzen standen oder sich leise miteinander unterhielten, während die in den gelben Anzügen rund um sie her effizient arbeiteten.

Er fand einen offenen Raum mit Sitzplätzen, deren Sicherheitsnetze lose über die Kopfstützen gelegt waren, als hätten sich hier während der Nacht riesige Spinnen zu schaffen gemacht. Er durchquerte das Abteil und blieb vor einem Aussichtsfenster stehen, von dem aus er die Raumstation betrachten konnte, die er gerade verlassen hatte. Die Aktivitäten in der Andockbucht hatten sich in den wenigen Minuten, seit er angekommen war, verstärkt. Er konnte durch die riesige Aussichtskuppel in die Andockbucht hineinsehen, wo sich ungefähr dreißig Kadetten versammelt hatten und darauf warteten, an Bord zu gehen. Zahllose andere hatten sich eingefunden, um sie zu verabschieden, und Scharen von Männern in gelben Anzügen eilten hin und her, um die letzten Vorbereitungen zu treffen.

„So! Sie können es wohl kaum abwarten, auf den Mars zu kommen, ja?"

Er wandte sich der massigen Gestalt Kalnikovs zu, des Kapitäns des Raumschiffs. Der breitschultrige Riese durchquerte das Abteil mit zwei Schritten, schob seine große, fleischige Pranke vor und zerquetschte Spence die Hand. Kalnikov sah aus wie das Urbild eines russischen Gewichthebers – breite Schultern über einem sehnigen Rücken, dicke Arme und Fäuste, die vermutlich Steine zermalmen konnten. Seine Stimme grollte tief aus seinem gewaltigen Brustkorb hervor.

„Ja", bekannte Spence, „ich war gerade –"

Bevor er seinen Satz beenden konnte, schlug ihm der Mann mit der flachen Hand auf den Rücken, daß die Rippen krachten.

„Ha! Mir ging es beim ersten Mal genauso! Es ist ein tolles Gefühl! Genießen Sie es!"

„Danke", antwortete Spence, als er wieder atmen konnte. Der stämmige Russe drehte sich um und stampfte davon; Spence spürte, wie seine Stimme die Bodenplatten zum Vibrieren brachte, als er seine Freude darüber hinausbellte, wieder ins All hinauszufliegen. Er hörte ein paar Zeilen eines Liedes durch den Korridor dröhnen:

Gott der gleißenden Galaxen,
führ mich fort von hier.
Herr der Sternenfelder, flieg
bis an den Rand des Alls mit mir.

Spence konnte ein Lächeln nicht unterdrücken. Er spürte, wie Erregung ihn erfaßte und auf seiner Haut prickelte wie ein elektrischer Strom; er war so aufgeregt wie der grünste der Kadetten. Zum ersten Mal seit vielen Tagen spürte er, wie das Leben in ihm pulsierte.

Kalnikovs Stimme hallte die Gangway hinunter. „Willkommen, meine Freunde! Kommt herein! Wir werden diese Reise genießen! Kommt herein!"

Einen Augenblick lang ging Spence die absurde Vorstellung durch den Kopf, wie Gott, der Schöpfer des Universums, als schwergewichtiger russischer Pilot seine Kadetten aufrief, ihn auf einem phantastischen Entdeckungsflug zu begleiten.

„Okay", murmelte Spence zu sich selbst. „Ich bin bereit. Geh du voran."

Zwanzigstes Kapitel

„Was soll das heißen!“ schrie Hocking.

„Wir ... das heißt, er ... ist einfach nicht erschienen“, stammelte Tickler.

„Wie konnte er *nicht* erscheinen? Er hatte das Labor doch nie verlassen. Das haben Sie gesagt. Millen hat ihn die ganze Zeit über beobachtet, sagten Sie.“

„Nicht die ganze Zeit, nein“, sagte Kurt langsam, sich der Gefahr, in der er in diesem Moment schwebte, sehr bewußt. „Er ging für ein paar Minuten in die Kantine.“

„Sie sollten ihn doch nicht aus den Augen lassen!“

„Es ließ sich nicht ändern ...“

„Ach ja? Und warum nicht?“ fragte Hocking. Blut war in seine Wangen gestiegen und gab seiner blassen Haut im trüben Licht seines Quartiers einen karmesinroten Ton. Verschlungene Venen schwollen auf seiner Stirn, und er sah aus, als ob er jeden Moment vor Wut und Frustration platzen könnte.

„Ich habe ihn beobachtet, bis er sich in der Kantine in die Schlange einreihte, und bin dann zurückgegangen, um auf ihn zu warten. Ich hätte ihn doch nicht sehen lassen können, daß ich ihn beobachtete, oder?“

„Ortu wird davon erfahren! Ich werde es ihm nicht vorenthalten. Diesmal werden Sie sich ihm selbst stellen müssen. Es sei denn –“

„Es sei denn?“ Tickler sprang auf das erste Zeichen einer Hoffnung, daß sie irgendwie dem Zorn des schattenhaften und gefürchteten Ortu entgehen könnten.

„Es sei denn, Sie finden ihn unverzüglich. Sie haben vier Stunden.“

„Wir können nicht in vier Stunden die ganze Station durchsuchen“, jammerte Millen.

„Sie werden schon einen Weg finden“, zischte Hocking. „Ich will, daß er gefunden wird. Und zwar schnell. Haben Sie mich verstanden? Andernfalls wird sich Ortu mit Ihnen befassen.“

„Wir werden ihn finden", versprach Tickler.

Die beiden Männer eilten davon, um ihre Suche zu beginnen, bevor Hocking seine Meinung ändern konnte. Sie zogen ihre Druckanzüge an und kehrten über den Konstruktionsbereich in die Station zurück. Drinnen angekommen, hängten sie ihre Anzüge ins Gestell und betraten die Rohrbahn.

„Alles Ihre Schuld!" preßte Tickler durch die Zähne.

„Meine Schuld!" Kurt starrte seinen Begleiter an. „Ich habe ihn beobachtet, wie Sie mich angewiesen hatten. Sie sagten mir, ich solle sein Quartier durchsuchen, sobald ich eine Chance hätte – und solange er in der Kantine war, hatte ich die perfekte Chance. Er wollte nirgendwo sonst hin. Er sagte mir, er wäre gleich wieder da. Er lud mich sogar ein, mit ihm zu kommen."

„Sie hätten mitgehen sollen – die Suche hätte warten können."

„Wo waren *Sie* überhaupt? Sie konnten ihm ja selbst folgen."

„Offensichtlich würden wir jetzt nicht in diesem Schlamassel stecken, wenn ich das getan hätte!"

„Ihm ist irgend etwas passiert, sage ich Ihnen. Ich sah ihn in der Kantine in der Schlange stehen."

„Halten Sie den Mund! Ich will nichts mehr hören! Alles, was jetzt zählt, ist, daß wir ihn finden – und zwar schnell!"

„Wo sollen wir anfangen?"

„Keine Ahnung. Er kann inzwischen überall sein."

„Ich habe Ihnen ja gesagt, daß wir sofort zu Hocking hätten gehen sollen – sobald er nicht zu der Sitzung erschienen war", stöhnte Millen.

„Was macht es jetzt noch für einen Unterschied, was Sie mir gesagt haben? Wir konnten es nicht riskieren, Restons Verdacht zu erregen. Er weiß, daß irgend etwas vorgeht. Er versteckt sich irgendwo."

„Nun, weit kann er nicht sein."

„Er ist irgendwo auf der Station, und uns bleiben nur vier Stunden, um ihn zu finden. Warten Sie! Ich habe eine Idee! Ich weiß, wo wir zu suchen anfangen!"

Die Rohrbahn zischte auf ihrem Magnetkissen davon, und die beiden begannen ihre hektische Durchsuchung Gothams.

Ari fühlte sich merkwürdig in Spences Räumen. Sie war noch nie in seinem Quartier gewesen, nicht einmal im Labor. Alles, was sie hier sah, schien noch von seiner Gegenwart getränkt zu sein. Sie verspürte eine Scheu, irgend etwas zu berühren, als ob sie dadurch irgendwie die Erinnerung an ihn stören könnte.

Sie schüttelte das Gefühl ab. „Er ist schließlich nur verreist", sagte sie sich. „Er ist nicht *gestorben.*"

Doch die unheimliche Morbidität lag immer noch wie ein kalter Hauch über dem kleinen Raum.

Zumindest hätte er sein Bett machen können, dachte sie. Sie bückte sich, um das zu erledigen; doch dann zog sie ihre Hand zurück, bevor sie die Decken berührt hatte. *Nein, laß es, wie es ist. Laß alles, wie es ist.*

Die Begräbnisatmosphäre des Raumes erstickte sie beinahe, und sie wollte nur noch hinaus. Sie fand das Modell der Raumstation in der Tasche seines Overalls, wie er gesagt hatte. Sie fischte es heraus und ging aus dem Raum hinüber in das dunkle Labor.

„Wen haben wir denn da!"

„*Oh!* Oh! Haben Sie mich erschreckt", schrie Ari auf, als das Licht anging und Tickler sie packte. Kurt stand mit der Hand auf dem Öffner am Eingang.

„Ich wollte Sie nicht erschrecken, Miss. Ich habe Sie für einen Einbrecher gehalten."

Ari keuchte und wurde rot. „Ich . . . ich habe Dr. Reston gesucht."

„Sind Sie eine Freundin von ihm?" Tickler hielt ihren Arm immer noch fest umklammert.

„Ja; sind Sie sein Assistent?"

„Ich bin Dr. Tickler. Weswegen wollten Sie ihn sehen?"

„Oh, wegen einer persönlichen Sache. Aber das ist schon in Ordnung. Ich kann später noch einmal wiederkommen."

„Ja, das wäre vielleicht besser." Tickler beäugte sie sorgfältig von Kopf bis Fuß. „Was haben Sie da in der Hand?"

„Das? Das ist nur ein Briefbeschwerer", sagte sie unsicher. Ticklers Verhalten gefiel ihr nicht. „Wenn Sie mich jetzt entschuldigen wollen . . ." Sie befreite ihren Arm aus seinem Griff.

„Natürlich, tut mir leid. Man kann einfach nicht vorsichtig genug sein, wissen Sie. Unsere Arbeit ist sehr wichtig."

Er trat zur Seite, und Ari schob sich mit einem Ausdruck verletzter Würde an ihm vorbei. Innerlich jagte ihr die Art, wie Tickler sie behandelt hatte, Angst ein. Sie begann zu verstehen, warum Spence seine Mission geheimhalten wollte, und sie bereute nicht, den Grund ihres Hierseins durch eine Lüge verschleiert zu haben.

Sie erreichte den Eingang und trat hindurch, ohne sich umzuschauen. Dann eilte sie zum ComCen-Sektor, um Mr. Restons Briefbeschwerer in einen Postcontainer für die nächste Fähre nach unten zu legen.

„Folgen Sie ihr", sagte Tickler, sobald sie gegangen war. „Ich will wissen, was sie mit diesem Modell macht."

Kurt ging sofort hinaus und heftete sich ungesehen an ihre Fersen.

Die blauen Augen der Frau starrten hinaus auf eine grüne Rasenfläche, die von hohen Hecken und sanft wiegenden Weiden begrenzt war. Eine leichte Brise fuhr durch die Blätter eines Fliederbusches nahe der offenen Schiebetür. Sie saß steif in einem großen, weich gepolsterten Sessel, die Hände im Schoß gefaltet. In ihrem formlosen blaßblauen Baumwollkleid sah sie aus wie eine Puppe, die darüber alt geworden war, darauf zu warten, daß ihre junge Herrin zurückkäme, sie von der Einsamkeit erlöste und sie wieder liebhätte.

„Mrs. Zanderson . . ." intonierte eine Stimme an der Tür sanft.

Die Frau rührte sich nicht; keine Reaktion zeigte sich in ihren leeren blauen Augen.

„Mrs. Zanderson?" Eine weiß uniformierte Pflegerin glitt leise in das Zimmer und blieb neben dem Stuhl stehen. „Es ist Zeit für Ihr Medikament, Caroline. Hier."

Die Krankenschwester reichte ihr eine grüne Kapsel in einem weißen Pappbecher und legte sie in ihre Hand. Dann nahm sie die Hand, führte sie zum Mund der Frau und ließ sie die Kapsel hineinstecken.

„So. Möchten Sie heute morgen Ihren Spaziergang machen?"

Die Frau starrte unbeweglich zur offenen Tür hinaus.

„Gut. Dann stehen wir auf. So ist es richtig. Wir werden einen netten Spaziergang vor dem Essen machen. Kommen Sie. So ist es richtig."

Die Schwester zog sie behutsam auf die Füße, hakte sie unter und führte sie auf den weiten, grünen Rasen hinaus. Als sie die Schwelle überquerten, schaute sich die Frau nach ihrem Zimmer um, als hätte sie etwas von unschätzbarem Wert zurückgelassen und fürchtete nun um seine Sicherheit. „Mein Sessel!" rief sie.

„Ihrem Sessel wird nichts passieren, während wir weg sind. Er wird da sein, wenn wir wiederkommen."

Die Frau akzeptierte die Zusicherung der Schwester. Mit einem Ausdruck grimmiger Entschlossenheit, als ob sie eine Wanderung durch den ganzen Kontinent vor sich hätte, wandte sie sich wieder ihrem Spaziergang zu. Sie neigte der Schwester ihren Kopf zu und bekannte ihr wie jemand, der ein dunkles Geheimnis hat: „Die warten dort auf mich. Die wollen meinen Sessel, wissen Sie."

„Wir werden nicht zulassen, daß sie Ihnen den Sessel wegnehmen. Machen Sie sich keine Sorgen."

„Sie glauben mir nicht. Niemand glaubt mir. Die wollen meinen Sessel."

„Wer will Ihren Sessel, Caroline? Erzählen Sie mir alles darüber."

„Sie spielen mit mir. Sie glauben mir nicht."

„Dann erzählen Sie es mir doch. Wer will Ihren Sessel?"

Die Stimme sank zu einem trockenen Flüstern herab. „Der Traumdieb – er will mich haben, aber er kann mich nicht bekommen. Darum will er meinen Sessel. Sie werden nicht zulassen, daß er ihn bekommt, nicht wahr?" Die tiefblauen Augen weiteten sich.

„Nein, nein. Er wird Ihren Sessel nicht bekommen. Und er wird auch Sie nicht bekommen. Wir werden schon mit ihm fertigwerden. Machen Sie sich keine Sorgen."

Sie gingen im gelben Sonnenlicht eines klaren, wolkenlosen Tages auf den Rasen hinaus. Einige weitere Patienten gingen unter den wachsamen Augen ihrer weißgekleideten Pfleger auf dem Gelände spazieren. Mrs. Zanderson beruhigte sich in der Wärme des

Tages und vergaß die Erregung, die sie noch vor Augenblicken empfunden hatte. Erkennen leuchtete in den verwirrten Augen auf.

„Ich kenne Sie doch – Sie sind Belinda."

Die Schwester lächelte und nickte. „Das ist richtig; Sie haben sich erinnert."

„Ist meine Ari hier? Ich möchte mein kleines Mädchen sehen."

„Ari ist jetzt erwachsen, erinnern sie sich? Sie ist im Moment nicht hier, aber sie wird Sie bald besuchen kommen."

„Ich muß sie jetzt gleich sehen! Ich muß sie warnen!"

„Sie warnen, Caroline? Wovor wollen Sie sie warnen?"

„Vor den Traumdieben natürlich. Sie sind auch hinter ihr her. Ich weiß es. Ich kann sie spüren. Sie sind hinter ihr her. Sie glauben mir nicht, nicht wahr?"

„Ich glaube, Sie machen sich zu viele Sorgen um nichts, Caroline. Wir werden doch nicht zulassen, daß diese bösen alten Traumdiebe Ihre Ari bekommen, oder? Nein. Natürlich nicht."

„Sie machen sich über mich lustig."

„Nein, das tue ich nicht. Vielleicht sollten wir lieber hineingehen und uns vor dem Essen ein wenig hinlegen. Wenn Sie sich ein wenig ausgeruht haben, werden Sie sich viel besser fühlen."

„Nein – nein! Ich werde brav sein. Lassen Sie uns noch ein wenig gehen. Ich werde nichts mehr sagen. Bitte, lassen Sie uns gehen."

„Gut, Caroline. Ganz, wie Sie wollen. Wir gehen – aber wir reden nicht mehr von den Traumdieben, nicht wahr? Um die werde ich mich schon für Sie kümmern. Schauen Sie sich die hübschen Blumen an, Caroline. All die roten und gelben – sind sie nicht schön?

„Ja. Schön."

Mrs. Zanderson hatte sich wieder in ihre Schale zurückgezogen. Sie starrte ausdruckslos geradeaus; ihre Züge sahen aus, als wären sie aus grauem Stein gemeißelt. Nach einer kurzen Runde über das Gelände brachte die Schwester sie zurück in ihr Zimmer, wo sie ihre Wache wieder aufnahm und die Armlehnen des verblichenen roten Stuhls umklammerte wie ein Adlerweibchen, das sein Gelege bewacht.

Einundzwanzigstes Kapitel

Keines der Bilder des roten Planeten, die Spence je gesehen hatte, wurde ihm gerecht. Der Mars leuchtete mit einem rosigen Glühen wie ein großer, rosafarbener Erntemond, und seine geheimnisvollen Kanäle durchzogen die Oberfläche dunkelrot. Vor der Schwärze des Alls mit seinem Gewimmel von Sternen wirkte der Planet friedlich und einladend.

Das Raumschiff schwebte immer näher, und mit jeder Stunde wuchs die rote Scheibe an, obwohl es noch zwei Wochen dauern würde, bis die *Gyrfalcon* ihr Ziel erreichte.

„Ein phantastischer Anblick, nicht wahr?" Spence erkannte die Stimme und drehte sich zu seinem Freund um.

„Das ist es wirklich, Adjani. Ich weiß, daß ich eigentlich solchen Dingen gegenüber nonchalant sein sollte, aber ich kann nicht anders, als hinzustarren – es ist so eigentümlich, so fremdartig."

„Ich verrate dir ein Geheimnis: Allen anderen geht es genauso – sogar Packer. Er kehrt heraus, daß er das alles schon gesehen hat, und stellt sich gleichgültig. Aber ich habe den Ausdruck auf seinem Gesicht gesehen, wenn er denkt, daß ihn niemand beobachtet. Er ist so bezaubert davon wie jeder andere auch." Adjani sprach in seiner leichten, sanften Stimme, und in seinen schwarzen Augen glühte der Anblick vor ihm.

Spence riß sich von dem Fenster los und nahm Adjani beim Arm. „Komm, laß uns etwas essen gehen."

Sie verließen die Kabine und gingen durch den engen Korridor nach achtern zur Messe. Mehrere Grüppchen saßen über dampfenden Bechern an den langen Tischen. Eine Uhr über dem Fenster an einem Ende des rechteckigen Raums zeigte 1:25 an.

„Gut", sagte Spence. „Wir haben noch eine Stunde Schub. Da können wir noch einen Kaffee trinken und einen Bissen essen wie normale Menschen."

Kalnikov beschleunigte das Raumschiff in regelmäßigen Abständen während der Reise. Während dieser Zeiten erzeugte der

Schub der Triebwerke eine künstliche Schwerkraft für die Passagiere und die Besatzung. Dann füllte sich die Messe mit Leuten, die es leid waren, bei Schwerelosigkeit ihre Mahlzeiten aus Vakuumbeuteln zu saugen und ihre Getränke durch Schläuche zu trinken.

Sie stellten sich am Ausgabeschalter an und holten sich Becher mit Kaffee, Sandwiches und große Stücke krümeligen Schokoladenkuchens. Dann ließen sie sich an einem der Tische nieder und machten sich über die Sandwiches her.

„Du siehst jetzt viel besser aus, Spence."

„Ich fühle mich auch viel besser. Ich schätze, ich bin im Herzen ein Astronaut – diese Reise liegt mir."

Spence und Adjani waren während der langen Reise enge Freunde geworden. Endlose Stunden hatten sie damit verbracht, über Adjanis magnetischem Schachbrett zu brüten und sich zu unterhalten, bis Spence das Gefühl hatte, dem zierlichen Inder auf Gedeih und Verderb vertrauen zu können. Seit Tagen hatte er daran gedacht, ihm sein Geheimnis zu offenbaren, und in dem Augenblick, als sie sich zum Essen niedersetzten, beschloß er, es zu riskieren. Adjani spürte das und sorgte für die Gelegenheit. Er beobachtete seinen Freund schweigend und wartete geduldig auf das, was Spence ihm sagen würde.

„Ich nehme an, du weißt schon, daß ich da hinten unter einem gewissen Druck stand." Er machte eine Kopfbewegung nach hinten, die auf Gotham hinweisen sollte.

„Ich hatte den Eindruck, ja."

„Du hast meine Gedanken gelesen, als ich dich das erste Mal besuchte. Es hat mir richtig Angst gemacht. Ich bin froh, daß wir hier einige Zeit hatten, uns kennenzulernen, denn ich möchte dir gern davon erzählen."

Adjani sagte nichts, sondern lehnte sich ein kleines Stück vor und neigte seinen Kopf zu einer aufmerksamen Haltung.

„Ich weiß nicht, wie ich es dir sagen soll, ohne daß es nach schierem Wahnsinn klingt. Aber vertrau mir, Adjani, und hör es dir bis zu Ende an." Spence holte tief Luft und erzählte seine Geschichte von Anfang an bis zu dem Punkt, wo er sich heimlich an Bord des Raumschiffes geschlichen hatte. Adjani saß still wie ein Stein – nur in seinen Augen war der Funke zu sehen, der verriet, daß er jedes Wort aufmerksam aufnahm.

„... ich konnte es dir nicht früher sagen. Ich hatte Angst, du würdest mir nicht glauben." Spence nippte an seinem abgekühlten Kaffee und beobachtete, wie sein Zuhörer reagieren würde.

„Was du mir da erzählt hast, beunruhigt mich sehr, mein Freund. Ich wünschte, du hättest es mir früher gesagt – vielleicht an jenem Nachmittag in meinem Quartier. Das ist ein sehr gefährliches Spiel, in das du da hineingeraten bist."

Spence sah erschrocken in Adjanis ernste Züge. Eine solche Reaktion hatte er nicht erwartet. „Du denkst doch nicht etwa ..."

„Wenn es nur darum ginge, was ich denke, dann hättest du recht, wenn du mir sagen würdest, daß ich mich um meine eigenen Angelegenheiten kümmern soll. Doch was ich dir zu sagen habe, ist keine Vermutung. Ich habe es mit eigenen Augen gesehen."

Er verschränkte die Hände vor sich, und sein Blick kehrte sich nach innen, als er sich in seiner Erzählung verlor.

„Du kannst dir vorstellen, wie begeistert ich war, als ich die Universität verließ, um in mein eigenes Land zurückzukehren. Ich hatte meinen Vater schwärmen hören von den Bergen Indiens und den verschlafenen Dörfern, die an den Hängen und Klippen lagen. Ich war begierig, das Land meiner Väter zu sehen, dort zu wandern, wo sie gewandert waren.

Aber ich war naiv, mein Freund, wenn ich von idyllischen, goldenen Landschaften träumte. Ich ging in die Berge von Nagaland und wanderte durch Dörfer, die sich seit tausend Jahren nicht verändert haben. Doch statt uriger und glücklicher Bauern fand ich Leute, die unaussprechlich litten; Leute, die von etwas so Schrecklichem gefangen waren, daß es ihren Verstand und ihr Herz verformte. Und weißt du, was es war? Angst. Eine Angst, die so groß ist, daß sie sich vor Verzweiflung selbst das Leben nehmen. Jedes Jahr sterben sie zu Dutzenden, stürzen sich schreiend von den Klippen, um ihr Leben auf den Felsen in der Tiefe zu zermalmen und das Entsetzen zu beenden. Hunderte andere brechen unter der Last zusammen. Ihr Verstand setzt aus, und sie verkümmern fast zu Automaten."

„Aber wovor haben sie Angst?“

„Sie haben einen Namen dafür: Supno Kaa Chor. Übersetzt heißt das ‚Traumdieb‘.“

„Sehr anschaulich.“

„Es ist kein Witz. Diese Leute glauben, daß es einen Gott gibt – den Traumdieb –, der in der Nacht von Haus zu Haus kriecht und die Träume der Menschen stiehlt, während sie schlafen. Er ersetzt ihre Träume durch seine eigenen und streut so den Samen des Wahnsinns aus. Sie sagen, er lebe in den Bergen des Himalaya, wo er die gestohlenen Träume in einem großen Rubin eingeschlossen hält, bewacht von sechs Dämonen aus der Unterwelt.

Es heißt, wenn ein Mensch keine Träume mehr in sich hat, dann schickt ihn der Traumdieb in die Nacht hinaus, so daß er sich sein Leben nimmt.“

„Aber du glaubst doch diesen Unsinn sicher nicht.“

„Ich glaube, daß etwas dahintersteckt, doch. Es ist real; ich habe die Auswirkungen selbst gesehen. Ich habe die Geisteskranken durch die Berge wandern sehen und am hellichten Tage vor Entsetzen schreien hören. Ich habe gesehen, wie am Morgen, nachdem der Traumdieb umging, die zerschmetterten Körper aus den trokkenen Flußbetten unter den Klippen geholt wurden.

Was immer dahintersteckt, es ist real.“

„Aber du kannst unmöglich denken, daß ich – daß ich irgend etwas mit einem Haufen verängstigter Bergbewohner zu tun habe.“

Adjani sah ihn eigenartig an. „Ich bin ein Verbindungsmann, vergiß das nicht. Ich lebe davon, Verbindungen zwischen Fakten und Informationen herzustellen, die scheinbar nichts miteinander zu tun haben; es ist mein Job, die Leute auf Gedanken zu bringen, auf die sie von alleine nicht kommen. Ich sage dir, was ich für möglich halte. Es liegt bei dir, herauszufinden, ob du etwas damit gewinnen kannst, wenn du dem nachgehst, was ich dir gesagt habe.“

Spence starrte in Adjanis ernstes Gesicht. Er war geneigt, an der Verbindung, die sein Freund hergestellt hatte, zu zweifeln; wäre da nicht die offensichtliche Vorahnung gewesen, die Adjani zu empfinden schien, so hätte er sie rundheraus von sich gewiesen.

„Was sollte ich deiner Meinung nach tun?“ fragte er.

„Wir müssen einen Aktionsplan ausarbeiten und uns überlegen, wie wir deine Sicherheit schützen, bis wir zurück nach Gotham kommen, um Nachforschungen anzustellen."

„Aber hier bin ich nicht in Gefahr." Spence wischte den Gedanken mit einer Handbewegung zur Seite.

„Du bist in großer Gefahr, mein Freund. Du hast sie selbst gespürt, sonst wärst du nicht auf diese Weise mit auf diese Exkursion gekommen. Du weißt, daß etwas Wahres an dem ist, was ich sage."

Ein Summer ertönte, der das Ende der Beschleunigungsschwerkraft in fünf Minuten anzeigte, und alle, die sich in der Messe aufhielten, erhoben sich und brachten ihr Besteck und Geschirr zurück zum Ausgabefenster. Spence trank den Rest seines Kaffees aus und stand auf. Er zögerte und blickte hinab auf Adjanis aufwärts gewandtes Gesicht und die Sorge, die darin geschrieben stand.

„Also gut. Ich werde tun, was du sagst. Wo fangen wir an?"

Hocking starrte seine Häscher an; seine vom Schlafmangel rotgeränderten Augen glühten in ihren Höhlen wie heiße Kohlen. Seine Stimme zitterte vor Wut und Frustration.

„Seit drei Wochen ist er jetzt verschwunden! Keine Spur von ihm! Kein Zeichen! Und von diesem Mädchen haben wir nichts erfahren. Mr. Millen, haben Sie eine Antwort auf Ihre Nachfrage nach dem Päckchen, das sie abgeschickt hat?"

„Ja, erst vor einer Stunde."

„Und? Ich warte."

„Das Päckchen ging zu Dr. Reston nach Hause – oder besser gesagt, zu seinem Vater. Es enthielt nur das Modell und eine Geburtstagskarte. Nichts weiter."

„Hmm – das ist interessant." Der eiförmige Stuhl drehte sich langsam in der Luft, als Hocking über die Bedeutung dieser letzten Information nachsann. Keiner der anderen sprach; sie wagten es nicht, die Gedanken ihres Führers zu unterbrechen. Seit drei langen Wochen hatten sie in jeder wachen Stunde Hockings Wutanfälle ertragen müssen, und sie fürchteten um ihr Leben. Doch plötzlich wirbelte Hocking zu ihnen herum, und sein totenähnliches Gesicht leuchtete vor bösartigem Vergnügen.

„Meine Herren!“ verkündete er. „Unsere schlüpfrige Wasserratte Dr. Reston hat das Schiff verlassen. Er hat uns ausgetrickst!“

Tickler schüttelte den Kopf. „Wie könnte er? Wir haben jede Fähre beobachtet und jede Passagierliste überprüft – er hat die Station nicht verlassen. Einen anderen Weg nach draußen gibt es nicht.“

„*Einen* anderen Weg gibt es, Sie Tölpel! Das Raumschiff!“ Hokking zog eine Grimasse, und seine Augen glitzerten. „Er ist in diesem Raumschiff zum Mars geflogen!“

„Er stand nicht auf der Passagierliste, sage ich Ihnen. Ich habe es ein Dutzend Male überprüft. Nicht einmal unter einem falschen Namen.“

„Wie wir unseren Freund doch unterschätzt haben, meine Herren. Natürlich ist er auf diesem Schiff. Er hat es eingefädelt, daß er außerhalb der normalen Kanäle an Bord kam – wahrscheinlich hat dieses versponnene Mädchen das für ihn arrangiert. Schließlich ist sie Zandersons Tochter. Es gibt eine schnelle Möglichkeit, das herauszufinden: Ich werde Zanderson selbst einen kleinen Besuch abstatten.“

Tickler runzelte zweifelnd die Stirn. „Glauben Sie, daß das klug ist?“

„Und ob. Es ist an der Zeit, daß er sich erinnert, wem er es verdankt, daß er noch auf seinem Posten sitzt. Ja, ich werde hingehen und ihn selbst daran erinnern. Und ich werde herausfinden, ob Reston auf diesem Schiff ist – ich bin sicher, er ist dort.“

Hocking hielt inne und starrte seine Komplizen höhnisch an. „Und dann werden wir uns eine nette kleine Überraschung für Spencer ausdenken ... um seine erfolgreiche Reise zu feiern. Wenn er auf dem Mars landet, werden wir für ihn bereitstehen.“

Zweiundzwanzigstes Kapitel

Spence ging mit Packer und einem halben Dutzend seiner Studenten an Bord der Landekapsel. Schwerelos schwang er sich in einen der Sitze an der Kapselwand und schnallte sich an, indem er das Sicherheitsnetz über sich zog und es rundum befestigte. Er starrte hinab auf die großartige rotgoldene Kugel des Mars, die das Aussichtsfenster unter ihm erfüllte – so groß war sie in den letzten Tagen geworden, daß man immer nur einen Ausschnitt davon auf einmal sehen konnte.

In der Fähre herrschte eine merkwürdige Stille; die Kadetten, die sonst vor Schneid und Bravado kaum stillsitzen konnten, wirkten jetzt in sich gekehrt. Jedes Gesicht trug einen Ausdruck verzückten Staunens. Spence vermutete, daß er selbst genauso große Augen machte wie die anderen.

Olmstead Packer schwamm in die Mitte der Fähre und rief seine Gruppe zur Aufmerksamkeit. „Herhören, alle Mann!" sagte er, während er sich langsam durch die Luft drehte. „Wir werden warten, bis jeder seinen Anzug angelegt hat, bevor wir die Luke öffnen. Ich möchte jeden Anzug selbst überprüfen, bevor Sie auf die Oberfläche hinausgehen. Ich habe einen gelben Aufkleber für jeden Helm, der mir sagt, daß ich Sie durchgecheckt habe. Wer seinen Anzug nicht überprüfen läßt, bekommt nicht noch einmal die Chance, draußen zu spielen. Ist das klar?"

Der zottige rote Schädel wandte sich auch Spence und Adjani zu. „Das gilt auch für Sie, meine Herren. Ebenso wie für alle, die zum ersten Mal hier sind."

In diesem Augenblick ging ein Rütteln durch die Fähre, dem eine tiefe Vibration folgte, die sich zu einem dumpfen Dröhnen steigerte und verklang, beinahe bevor sie begonnen hatte.

„Das wird eine der anderen Fähren gewesen sein, die gerade gestartet ist", sagte Packer, als er auf seinen Sitz zuschwamm. „Glückliche Landung, meine Herren!"

Alle warteten auf den Schub, der sie auf die Reise zur Oberfläche des roten Planeten schicken würde. Sie hörten das Vibrieren der Triebwerke und dann ein Rauschen, als wäre ein Sturmwind über sie hinweggefegt. Im gleichen Moment fühlten sie sich sanft in die gepolsterten Sitze gedrückt, als die Illusion der Schwerkraft zurückkehrte.

Spence schien es, als fielen sie wie ein Stein vom Gipfel eines Berges hinunter. Das verbrannte Orange der marsianischen Landschaft drehte sich schwindelerregend, als die Fähre hinabsank, wurde größer und größer im Fenster, bis Einzelheiten zu erkennen waren. Sie fielen beunruhigend nahe an die Oberfläche heran, dachte Spence, bevor er sich daran erinnerte, daß die Marsatmosphäre sehr dünn war und nicht weit in den Raum hinausreichte. Dennoch schien es ihm, als würden sie jeden Moment auf den roten Felsen zerschellen. Im letzten Moment drehte sich die Kapsel herum, und die Triebwerke stießen ein Stakkato aus, um ihre Sinkgeschwindigkeit zu verringern.

Das nächste, was er spürte, war ein leichter, hüpfender Schlag – wie in einem altmodischen Fahrstuhl, der das Erdgeschoß erreicht. Er rechnete halb damit, daß eine Glocke erklingen und die Türen sich öffnen würden. Statt dessen füllte sich die Kapsel mit den Hochrufen der Kadetten, die ihre Netzgurte abstreiften und aufsprangen, um sich gegenseitig auf die Schultern zu klopfen, jubelnd wie alle Reisenden, die ihren Zielort sicher erreichen.

Von den Gestellen hinter jedem Sitz nahmen sie sich die elastischen Oberflächenanzüge herunter und begannen sie überzustreifen. Für den Mars waren einfache enganliegende, polymerisierte einteilige Anzüge entwickelt worden, ähnlich wie Taucheranzüge. Der nötige Druck entstand durch die Spannung des elastischen Materials. Ein pilzförmiger Helm, der an dem weiten Halsverschluß des Anzugs befestigt wurde, vervollständigte die Ausrüstung. Der Helm verfügte über ein halbkugelförmiges Visier, das den Blick in alle Richtungen zuließ. Auf der Rückseite des Helms befand sich ein eingebauter Behälter mit Sauerstofftabletten für ausgedehnte Ausflüge auf der Oberfläche des Planeten.

Als alle Helme verschlossen waren, wurde die Luke geöffnet, und jeder der Planetenforscher ging an Packer vorbei, der am Ausgang stand und seine gelben Aufkleber auf jedem Helm befestigte, nachdem er den jeweiligen Anzug überprüft hatte. Spence stand als letzter in der Reihe hinter Adjani, und nach seiner Musterung durch Packer trat er hinaus in die rostfarbene Welt.

Er hüpfte die Stufen des Ausstiegs hinunter und ging ein paar Schritte auf dem roten, pulverigen Staub unter seinen Füßen. Seine Bewegungen waren übertrieben und federnd – eine Auswirkung der geringeren Schwerkraft auf dem Mars. Er grinste über das ganze Gesicht vor Begeisterung darüber, einfach hier zu sein, als Mensch den Boden eines fremden Planeten zu betreten. Er fühlte sich stark, unbesiegbar – auch dies eine Wirkung der niedrigen Schwerkraft.

Er ließ den Blick über den Horizont des Planeten wandern und war überrascht darüber, wie nahe er ihm vorkam und wie deutlich die Wölbung zu sehen war. Er drehte sich, um in alle Himmelsrichtungen zu sehen. Wohin er auch blickte, traf sein Auge auf denselben blaßroten, ziegelsteinfarbenen Staub, als hätte er sich in einer einfarbigen Wüste verirrt. Felsen von unterschiedlicher Größe ragten aus dem roten Boden hervor; einige davon waren eine Nuance heller oder dunkler als der Boden um sie her und boten so den einzigen Kontrast, den er sehen konnte.

Über dem Horizont brannte der Himmel in einem leuchtenden Blau, das sich, je höher man blickte, immer mehr verdunkelte und im Zenit in ein tiefes Schwarz überging. Bald sollte Spence herausfinden, daß sich das je nach der Tageszeit dramatisch änderte. Zur Mittagszeit war der Himmel rosa. Beim Sonnenuntergang glühte er am Horizont mit goldener Wärme, während oben die Sterne hart und hell funkelten wie Edelsteine auf einem Tuch aus tiefschwarzem Samt.

Tief am Himmel schwebte einer der winzigen Monde des Mars über einer fernen Gebirgskette. Zumindest erschien sie Spence fern. Durch das Fehlen einer dichten Atmosphäre, die das Bild verzerrte und mit nebligen Schleiern verhüllte, wirkten auf dem Mars alle Gegenstände und Landformen scharf und deutlich, ob sie nun ganz in der Nähe waren oder weit entfernt.

Über einen Streifen des dürren Bodens hinweg sah er eine lose

Ansammlung von kuppelförmigen Gebäuden wie eine Gruppe von Pilzen – eine der fünf Terraformungsanlagen des Planeten –, aber ob sie zwei oder zehn Kilometer weit entfernt war, vermochte er nicht zu sagen.

Er hörte ein Summen in der Luft und drehte sich, um herauszufinden, woher es kam. Zu seiner Überraschung sah er Packer oben am Ausstieg der Kapsel stehen, den Helm in den Händen, wie er ihnen mit gerötetem Gesicht etwas zurief.

„Nehmen Sie Ihre Helme ab!" rief er. Durch die Isolation des Helms klangen die Worte, als riefe er sie ihnen vom anderen Ende eines sehr langen Schlauches aus zu.

Vorsichtig faßte Spence seinen Helm an den Seiten und drehte ihn zur Seite. Er hörte den Druck mit einem Zischen entweichen und spürte, wie es in seinen Ohren knackte, als ob er mit einem Satz in eine große Höhe gesprungen wäre.

Er nahm einen Atemzug und stellte fest, daß er nicht aufhören konnte, einzuatmen.

„Alles in Ordnung", sagte Packer ein wenig atemlos. „Atmen Sie nur ruhig. Übertreiben Sie es nicht. Entspannen Sie sich und lassen Sie Ihren Körper sich darauf einstellen."

Aufgeregte Ausrufe ertönten aus allen Richtungen, als die Kadetten zum ersten Mal die dünne marsianische Luft einatmeten.

„Ich wollte, daß Sie sehen, daß Sie im Notfall auch ohne Helm atmen können. Die Atmosphäre besteht immer noch größtenteils aus Kohlendioxid – das ist der Grund, warum es sich so anfühlt, als ob Ihre Lungen nicht genug bekommen könnten. Doch es ist uns bereits gelungen, die Atmosphäre um ein paar Prozentpunkte anzureichern. Es gibt genügend Sauerstoff, um für kurze Zeit am Leben zu bleiben, wenn Sie es nicht übertreiben. Sie könnten nicht rennen oder auch nur schnell gehen, ohne das Bewußtsein zu verlieren. Aber Sie werden auch nicht an Sauerstoffmangel sterben, wenn Sie sich nicht überanstrengen.

Eine direktere Gefahr ist die Temperatur. Sicherlich wissen Sie alle, daß um diese Jahreszeit die Temperatur tagsüber gleichmäßig 25° Celsius beträgt. Sobald die Sonne untergeht, stürzt die Temperatur auf minus 105° Celsius. Ihre Anzüge bieten einen gewissen

Schutz vor diesen gewaltigen Temperaturschwankungen, aber sie sind nicht dazu geeignet, während der Kälte der marsianischen Nacht damit draußen herumzulaufen." Packer hob den Helm über seinen Kopf. „Okay, setzen Sie Ihre Helme wieder auf, und dann machen wir uns auf den Weg zur Anlage." Damit wies er auf die Ansammlung von Gebäuden.

Spence hob seinen Helm und hielt inne, um noch einmal die unglaublich trockene, dünne Luft einzuatmen und ihren metallischen Geschmack auf der Zunge zu spüren. Er schloß die Augen und sog die Luft tief in seine Lungen, wo sie wie ein prickelndes Feuer brannte. Es schien fast, als stünde er auf einem Berggipfel – die Wirkung war die gleiche.

„Ganz ähnlich wie im Himalaya", sagte eine Stimme neben ihm.

Er öffnete die Augen und grinste Adjani an, der neben ihm stand. „Ich persönlich habe mehr an die Rocky Mountains gedacht. Ich war noch nie im Himalaya."

Sie setzten ihre Helme wieder auf, und Spence schmeckte den süßen Sauerstoff, als er ihn einatmete. Er stellte den Stimmverstärker ein, so daß er mit Adjani sprechen konnte – Adjani tat dasselbe –, und sie hängten sich an die hüpfende Reihe der Kadetten mit Packer an der Spitze an.

Das Terraformungsprojekt auf dem Mars befand sich im fünften Jahr. Im gegenwärtigen Stadium bestand es aus gigantischen Gewächshäusern voller großblättriger Pflanzen, die gentechnisch dazu konstruiert waren, regelrechte Sauerstoffabriken zu sein. Die Gewächshäuser saugten das Kohlendioxid der Marsatmosphäre ein und stießen den Sauerstoffabfall der Pflanzen aus. Unter den Gewächshäusern befanden sich Atomreaktoren, die für optimale Temperaturen sorgten und die Pflanzen während der langen, unglaublich kalten Nächte erwärmten.

Die Gewächshäuser waren errichtet und arbeiteten nach Plan. Diese Exkursion diente der Vorbereitung der zweiten Phase des Projektes: der Abschmelzung der riesigen polaren Eisdecken des Planeten.

Es gab Wasser auf dem Mars; die ersten Voyager-Sonden hatten das entdeckt. Doch das meiste davon war in dem Kohlendioxideis der Polkappen gebunden. Winzige Mengen lagen zwar auch in Form von Wasserdampf vor, aber bei weitem nicht genug, um pflanzliches Leben zu ermöglichen. Indem man das Polareis zum Schmelzen brachte, hoffte man, genügend Wasserdampf freizusetzen, damit der Planet wieder eine erdähnliche Atmosphäre aufbauen konnte. Wenn die Menge des Sauerstoffs und des Wasserdampfes in der Atmosphäre zunahm, würden sich auch die Temperaturen stabilisieren, und der mineralreiche Boden würde – obwohl er so trocken war wie Wüstensand – vielleicht gewisse Pflanzenarten am Leben erhalten können, später dann auch Tiere und schließlich den Menschen.

Terraformung war eine kühne Idee, die aller Voraussicht nach funktionieren mußte, wenn man genügend Zeit dafür ließ. Packer plante eine Expedition zu den Polen, um verschiedene mögliche Standorte für Atomanlagen zum Abschmelzen des Trockeneises zu besichtigen. Es war sein größter Ehrgeiz, daß die Terraformung des Mars noch zu seinen Lebzeiten abgeschlossen wurde. „Ich will sehen, wie meine Enkelkinder durch die üppige, grüne Landschaft des Mars tollen", sagte er seinen Kadetten. An diesem Projekt hing er viel mehr als am Plasma-Antrieb. Dennoch, bis zur Gründung der ersten Kolonien würden noch Jahrzehnte vergehen.

Kleine rote Staubwolken stiegen von den stampfenden Füßen der Kadetten auf, als sie vorwärts marschierten. Als sie die Anlage erreicht hatten, eine oktopusähnliche Anordnung von Gebäuden, von deren zentralen Baracken die langen Reihen der Gewächshäuser strahlenförmig ausgingen, war jeder von ihnen über und über mit dem feinen, rostfarbenen Staub bedeckt. Sie gingen an den durchsichtigen Hüllen der Gewächshäuser vorbei, in denen Spence es grün schimmern sah, ein krasser Gegensatz zur Eintönigkeit ihrer Umgebung.

Die Insassen zweier weiterer Landefähren hatten die Anlage bereits erreicht und waren dabei, Traktoren mit hohen, breiten Rädern aus ihren halbkugelförmigen Garagen zu holen. Einige Kadetten waren unter der Anleitung der Projektleiter unterwegs zurück zu den Kapseln, um die Vorräte zu entladen. Den anderen wurden Aufgaben zugeteilt, um die Anlage wieder als menschliche

Unterkunft bereit zu machen. Spence, Adjani und Packer traten durch den bunkerähnlichen Eingang in die Baracken ein und gingen durch den Tunnel zur Luftschleuse und zum Nervenzentrum der Anlage.

Packer nahm seinen Helm ab und sog die Luft tief ein. „Aah! Schnuppert mal an dieser frischen Luft! Sie kommt aus den Gewächshäusern."

Spence nahm seinen Helm ab, als Packer mit der Hand über eine Konsole fuhr, die nahe der Luftschleuse in die Wand eingelassen war. Ein Ring von Lichtern flammte rund um den kreisförmigen Raum auf. Oben öffnete sich eine Abschirmung, damit das Sonnenlicht eindringen und das Innere der versenkten Kugel erwärmen konnte. „Alle Annehmlichkeiten der Heimat", sagte Packer.

„Falls Ihre Heimat zufällig in der Antarktis liegen sollte", frotzelte Adjani.

„Denken Sie nur! In ein paar Jahren wird dieses ganze Gebiet nur aus Gewächshäusern bestehen, so weit das Auge reicht. Wir werden diesen Ort in einen Dschungel des Lebens verwandeln – wobei wir natürlich darauf achten werden, nur die nützlichsten Pflanzen und Organismen einzuführen. Der Ort wird ein Paradies sein."

„Zu spät", sagte Spence. „*Sie* sind ja schon hier."

„Sehen Sie, was Sie aus ihm gemacht haben, Adjani! Er ist schon genauso schlimm wie Sie. Warum werde ich so behandelt? Womit habe ich das verdient?" Er brach seine Darstellung eines verwundeten Elefanten ab, um sie durch das höhlenartige Innere der Wohneinheit zu führen. „Kommen Sie, ich werde Ihnen zeigen, wo Sie Ihre Hüte aufhängen können."

Spence warf einen Blick auf die Wandkonsole, in deren Ecke ein rotes Signal aufleuchtete. „Hat dieses rote Licht da etwas zu bedeuten?"

„Was? Ach das da. Das ist ein meteorologisches Signal. Wahrscheinlich ist es ein besonderer Wetterbericht." Er tippte auf der Tastatur der Konsole einen Code ein. Der Monitor leuchtete grün auf und begann Informationen abrollen zu lassen.

„In der Nähe des Äquators bläst ein Simoom. Könnte morgen

früh bei uns sein. Wir werden ein paar Tage drinnen bleiben und die Abschirmungen geschlossen halten müssen."

„Ein Simoom?"

„Ein Sturm – Wind und Sand. Ein Sandsturm, wie Sie noch nie einen gesehen haben. Windgeschwindigkeiten bis zu vierhundertundachtzig Kilometern in der Stunde. Wenn man dabei da draußen herumläuft – meine Güte, man wäre innerhalb von Sekunden *ausradiert.* Vorausgesetzt, man würde nicht vorher glatt weggeblasen."

„Unglaublich", sagte Adjani. Er nahm die Konstruktion des Gebäudes unter die Lupe.

„Keine Sorge", lachte Packer. „Diese Bauten sind windkanalgetestet, und die Abschirmungen halten unterhalb eines direkten Atomangriffs alles aus. Hier drinnen sind wir sicher. Wir müssen nur in Deckung bleiben, bis der Sturm sich ausgetobt hat."

Bei Anbruch der Nacht waren alle Vorräte und Ausrüstungsgegenstände verstaut, und in den Baracken wimmelte es vor Leben; das Innere der Kuppel ähnelte einem Ameisenhaufen. Sie nahmen eine gemeinsame Mahlzeit ein und teilten sich dann in ihre Arbeitsgruppen auf, um die Aufgaben für den nächsten Tag festzulegen. Spence und Adjani, die keine unmittelbare Aufgabe hatten, schlichen sich in den Aufenthaltsraum des Direktors, um sich zu entspannen und zu reden.

Spence bemerkte, daß Adjani seit der Landung nicht von seiner Seite gewichen war und selbst jetzt ein wachsames Auge auf ihn hatte.

„Meinst du, der Traumdieb wird heute nacht eine Attacke starten?" fragte er, als Adjani sich neben ihn stellte. Er schaute hinab auf eine holographische Karte der Marslandschaft im Umkreis von dreißig Kilometern um die Anlage.

„Ich habe gerade darüber gestaunt, wie hoch dieser Berg ist – der Olympus Mons. Doppelt so hoch wie der Everest. Warum? Spürst du etwas?"

„Nein, aber du bist mir wie ein Schatten gefolgt, seit wir gelandet sind; ich habe mich nur gefragt, ob es einen Grund dafür gibt."

Spence erinnerte sich an ihr Gespräch und den Plan, auf den sie sich geeinigt hatten. Er sollte Adjani alarmieren, sobald er spürte, daß irgend etwas Merkwürdiges mit ihm geschah. Adjani würde dann alles Notwendige unternehmen, um zu verhindern, daß Spence sich selbst irgendwelchen Schaden zufügte. Es war ein schlichter Plan, aber er würde genügen müssen, bis sie nach Gotham zurückkehrten, um zu beginnen, die Ursachen von Spences Problemen aufzuspüren.

Adjani schaute auf die Holo-Karte hinab. „Sinai – die Wüste des Mose. Hier sind wir, Wanderer in einer fremden Wildnis, und suchen eine Heimat in einem fremden Land. Die Geschichte wiederholt sich wieder einmal, was?"

„Ich frage mich, ob es auch in dieser Welt einen Gott gibt?"

„Spence –" Adjani sah ihn ernst an. „Du hast mich gefragt, ob ich glaube, daß der Traumdieb heute nacht wiederkommt. Die Antwort ist ja, ich rechne damit. Er hat dich während der Reise in Ruhe gelassen, aber ich halte es für wahrscheinlich, daß er versuchen wird, dich zu erreichen. Wir müssen annehmen, daß er es heute nacht versuchen wird."

Es stimmte; seit er Gotham verlassen hatte, war Spence nicht mehr von den Träumen oder Blackouts belästigt worden. Er hatte schon das Gefühl, ganz entkommen zu sein. Daß Adjani nun von möglichen Problemen sprach, traf bei ihm auf einen bloßen Nerv.

„Du meinst, nicht einmal hier bin ich sicher?"

„Nein, mein Freund. Du wirst nicht in Sicherheit sein, bis dem Traumdieb das Handwerk gelegt ist."

„Zumindest glaubst du, daß man ihm das Handwerk legen *kann.* Dessen war ich mir nie so sicher."

„Natürlich kann man ihm das Handwerk legen. Aber wir müssen auf dich aufpassen, bis wir den Weg dazu finden. Und denk daran; wenn ich mit meinen Vermutungen richtig liege, ist dein Leben nicht das einzige, das auf dem Spiel steht. Andere können davon abhängig sein, was dir geschieht. Wir müssen dich schützen."

Dreiundzwanzigstes Kapitel

Spence stolperte erschöpft über eine felsige, fremdartige Landschaft. Über seiner Schulter erhob sich Deimos voll am schwarzen Himmel, eine schöne, stille, blauweiße Kugel. Spence stürzte und zuckte vor Schmerz zusammen, als nadelspitze Geröllscherben die Haut von seinen Knien abschürften. Blut sickerte durch den winzigen Riß in seinem Oberflächenanzug.

Er zitterte und schlang die Arme um die Brust, um sich zu wärmen. Ein Blick nach unten zeigte ihm, daß er auf einem kahlen Felsvorsprung stand, rot beleuchtet vom Glühen der aufgehenden Sonne. Um ihn her lagen Diamanten, die mit einem eisigen Schimmern glänzten. Mit einem Schock erkannte er, daß es seine Tränen waren, gefroren, wo sie auf den kahlen Felsen gefallen waren. Er hob die Hände, setzte seinen Helm wieder auf und ging weiter.

Wie lange er ging oder wie weit, wußte er nicht. Hoch über ihm jagten weiße Wolkenfetzen wie zerrissene Schleier über einen schwarzen Himmel, getrieben von den Winden des kommenden Sturmes, um hinter dem Horizont zu verschwinden. Er hörte das Heulen des Windes, als er durch die Leere über ihm tobte. Er wollte rennen, um zu sehen, wohin die zerbrechlichen weißen Wolken flogen. Aber als er sich in Bewegung setzte, saugte ihm eine Schwere die Kraft aus den Gliedern. Seine Beine wollten ihm nicht gehorchen. Er stemmte sich vorwärts, fühlte sich wie von einer großen Hand zurückgeschoben und erkannte, daß es der Wind war. Mit jedem Schritt schleppte er sich langsamer dahin. Er schaute sich um und sah, wie der böige Wind um ihn her den roten Sand aufwirbelte wie zischelnde Schlangen.

Er kroch auf den Gipfel einer nahegelegenen Düne und ließ sich auf der anderen Seite in den Windschatten fallen. Immer tiefer glitt er hinab. Mit aller Kraft versuchte er, auf die Füße zu kommen, während der trockene Sand an seinen Gliedern saugte. Der Sand fegte vom Kamm der Düne her auf ihn herunter, als der Wind ihn zu einem stechenden Wüten anpeitschte. Zu durchgefroren und müde, um sich noch zu bewegen, ließ er sich zurücksinken. In einem stetigen Regen rieselte der Sand auf ihn herab und begrub ihn unter einer dünnen, roten Decke.

Er schrie, und seine Stimme klang hohl in seinen Ohren. Er blickte sich um und sah, daß er in einer großen Glasblase gefangen war – der Blase seines Helms, der nun anfing, sich durch die Wärme seines Atems von innen mit Eis zu beschlagen.

Der Sand schien aus dem schwarzen Himmel herabzufallen und ihn lebendig zu begraben. Er spürte das Stechen der Sandkörner, wenn sie auf seinen Anzug trafen. Schwach hörte er das trockene, knisternde Zischen, als sie auf seinem Helm aufschlugen.

Wieder schrie er und hörte den furchtbaren Nachhall der Stille und wußte, daß seine Schreie außerhalb seines Helms nicht zu hören waren. Die Kälte brachte seine Zähne zum Klappern und zerrte ihn in eine tiefe Lethargie hinab. Er dämmerte dem Schlaf entgegen. Der Schlaf, sein letzter großer Feind, hatte ihn besiegt.

Spence kam langsam, schrittweise zu sich, mit betäubten Sinnen, als hätte man ihm eine Droge eingegeben. Ein helles Licht drang in seine Augen, so daß er sie zusammenkniff, um nicht hineinsehen zu müssen. Als es nicht aufhörte, öffnete er die Augen und schaute sich um.

Zuerst fiel ihm nicht ein, wo oder in welchem Zustand er sich befand. Er hörte den gleichmäßigen Rhythmus seines eigenen Atems und wußte, daß er seinen Oberflächenanzug und seinen Helm trug. Aber sein Körper war bewegungslos und steifgefroren. Er versuchte einen Arm zu heben und stellte fest, daß er sich mit einiger Mühe bewegen ließ. Er hob den anderen Arm und richtete sich allmählich zu einer sitzenden Position auf.

Wie ein Blitz traf ihn die Erkenntnis, wo er war: auf dem Mars! Er war allein hinaus auf die Oberfläche gewandert. Sein Traum war real gewesen! Seine stolpernde Wanderung über die Marslandschaft war kein Alptraum; sie hatte sich wirklich ereignet. Und er erinnerte sich an sie, wenn auch wie an einen Traum.

Davor jedoch war nur Schwärze und Erinnerungslosigkeit: wieder ein Blackout.

Spence kam auf die Füße und fegte den Sand von sich ab. Er kroch auf den Kamm der Düne, blickte hinaus auf die rote Wüste und kämpfte gegen die Panik an, die in ihm aufstieg. Nirgendwo war etwas von der Anlage zu sehen, kein Schimmer, wohin er auch blickte.

Der Wind hatte sich beruhigt, doch weit im Süden – zumindest hielt er es für Süden – hatte der Himmel eine deutlich braunrote Färbung, als ob gleich hinter dem Horizont ein unbeherrschbarer Präriebrand tobte. Über ihm leuchtete der Himmel rosa, was bedeutete, daß es kurz vor oder gerade Mittag war.

Er hatte ein Problem. Auf keinen Fall konnte er hier sitzenbleiben und darauf warten, daß ihn ein Suchtrupp fand, und genausowenig konnte er in alle Richtungen gleichzeitig gehen. Er schaute auf die am rechten Unterarm an seinem Anzug angebrachte Uhr und stellte sie auf Stoppuhrfunktion ein. Bestenfalls sieben Stunden, schätzte er, blieben ihm, bis die Temperatur fallen und er zu Eis erstarren würde.

Er beschloß, auf den Berggipfel zuzusteuern, den er in der klaren Luft aufragen sah; er sah so nahe aus, als könnte er ihn mit der ausgestreckten Hand berühren. Er erinnerte sich an die Holo-Karte und die Tatsache, daß der Olympus Mons, der höchste Gipfel auf dem Mars, sich ungefähr dreißig Kilometer von der Anlage entfernt erhob. Wenn er ihn erreichen konnte, bestand eine Chance, daß er die Anlage von seinen Hängen aus sehen könnte. Es würde ein Wettlauf mit der Zeit werden, denn es bedeutete, daß er fünfzig oder sechzig Kilometer innerhalb von sieben Stunden zurücklegen mußte – allerhöchstens acht. Wenn er auch nur den Hauch einer Chance haben wollte, rechtzeitig die Basis zu erreichen, würde er sich mit sieben oder acht Kilometern in der Stunde fortbewegen müssen.

Ohne noch eine Sekunde zu verschwenden, wandte er sich dem Berg zu und setzte sich mit langen, ausgreifenden Schritten in Marsch.

Es schien ihm, daß er stundenlang wanderte, ohne daß sich der große, abgeflachte Kegel des Olympus Mons erkennbar veränderte. In Abständen war er stehengeblieben und hatte sich umgeschaut, um nicht ein Zeichen von einem Suchtrupp oder irgendeinen Hinweis, daß er seinem Ziel näherkam, zu übersehen.

Bei einer dieser Erkundungspausen wurde er sich der Tatsache bewußt, daß der braune Streifen am südlichen Horizont sich beträchtlich vergrößert hatte. Er füllte jetzt fast das ganze südliche Viertel des Horizontes aus und türmte sich, soweit er schätzen konnte, mehrere Kilometer hoch in den Himmel auf. Als er dastand und die Größe der Unwetterfront zu ermessen versuchte, spürte er, wie das Grauen der Erkenntnis ihn beschlich – der Simoom! Der Sturm fegte auf Flügeln entsetzlicher Wut dahin und jagte auf ihn zu.

Spence begann, in einer unbeholfenen, hüpfenden Gangart zu traben und seine Geschwindigkeit zu verdoppeln. Er mußte den Berg erreichen, bevor der Simoom ihn einholte. Das war seine einzige Chance.

Die ersten Windstöße schlugen wie wütende Fäuste auf Spence ein. Um seine Beine pfiff der Sand dahin wie Dampf, der aus einem Rohr entweicht. Die Gewalt des nahenden Sturmes trieb ihn weiter, hob seine Schritte und blies ihn vorwärts. Trunken, erschöpft und unter seinem Oberflächenanzug schwitzend taumelte er vorwärts. Seine Zunge klebte vor Durst am Gaumen. Er blickte zu dem trübbraunen Schleier empor, der wie ein verfärbter Schatten über den Himmel kroch. Die Sonne drang mit einem flackernden weißen Glühen hindurch, während er sich weiterschleppte.

Er bewegte sich jetzt mechanisch, ohne auf seine Schritte zu achten oder sich darum zu scheren, ob er den Berg erreichte oder nicht. Den Gedanken, durch die dicken roten Staubwolken, die der Simoom aufwirbelte, die Anlage erkennen zu können, hatte er längst aufgegeben. Spence bewegte sich jetzt nur noch, um sich von dem Gedanken an das grauenhafte Ende abzulenken, das ihn in wenigen Stunden erwarten würde.

Immer weiter ging er, und der Wind heulte um ihn her, füllte den Himmel mit Staub und entzog die Landschaft dem Blick. Winzige Projektile – kleine Steine, Sand und Felsscherben – fegten und stachen auf ihn ein. Er konnte ihr Stechen durch den Anzug hindurch spüren und wußte, daß es nur eine Frage der Zeit war, bis der stetige Ansturm ihm den Anzug vom Leib reißen und ihn nackt dem tödlichen Regen aussetzen würde.

Packers grimmige Voraussage hallte in seinen Ohren wider: „Man wäre innerhalb von Sekunden ausradiert." Spence stellte sich die quälenden Einzelheiten eines solchen Todes vor: wie ihm das Fleisch Molekül für Molekül von den Knochen gefetzt würde und dann die Knochen selbst in Stücke zermalmt und noch warm über die Oberfläche des Planeten verstreut würden, um zu Pulver zermahlen zu werden.

Die Szene übte eine grausige Faszination auf ihn aus, obwohl er wußte, daß sie wahrscheinlich ihm selbst zum Schicksal werden würde. Das oder Tod durch Erfrieren. Das waren seine Alternativen.

Die Sonne senkte sich am Himmel, und der Wind, der um ihn her pfiff, brachte bereits Kälte mit sich. Bald würde die Temperatur ins Bodenlose sinken, und er würde aufhören, sich zu bewegen, wenn seine Körperwärme sich verflüchtigte. Das erschien ihm zumindest erstrebenswerter als die andere Todesart.

Er stolperte nun blind voran. Der Staub verschleierte alles jenseits seines Kunststoffvisiers. Das Rasseln winziger Geschosse erfüllte seinen Helm wie statisches Knistern, und seine Gedanken wanderten zu denen, die über seinen Tod trauern würden: Sein Vater würde es schwer aufnehmen, natürlich; und seine Schwester ebenso. Adjani würde tiefes Mitgefühl empfinden, aber Spence konnte sich kaum vorstellen, daß das dunkelhäutige Genie tatsächlich um ihn trauern würde.

Ari allein unter allen, die er nennen konnte, verkörperte sein ganzes Bedauern. Nur an ihr lag ihm wirklich etwas. Und er würde sie nie wiedersehen – nie wieder in jene hellblauen Augen schauen, nie wieder ihr goldenes Haar im Sonnenlicht glänzen sehen oder die kühle Berührung ihrer Finger spüren, wenn sie ihm über das Gesicht strich –, die furchtbare Gewißheit ihrer Trennung verursachte ihm mehr Trauer und Angst als der Tod selbst.

Er hoffte, daß er irgendeine winzige Lücke in ihrem Leben zurücklassen würde, die niemals von einem anderen Menschen ausgefüllt würde; daß sie sich gerne an ihn erinnern und weinen würde, wenn sie die traurige Nachricht von seinem Tod erhielt.

Er erinnerte sich an die Worte, die sie am Abend vor seiner Abreise gesagt hatte. Ihm war, als hörte er ihre Stimme wieder: *Sei vorsichtig, Spencer . . . Ich werde jeden Tag für dich beten.*

Beten hilft mir jetzt nicht, dachte Spence; dann kam ihm der Gedanke, daß es vermutlich auch sonst nicht viel gab, das ihm jetzt helfen würde. Schaden konnte das Beten zumindest nicht. Irgendwie erschien ihm der Gedanke jetzt angemessen und richtig. Er wünschte, er hätte die richtigen Worte, damit sein erstes und wahrscheinlich auch letztes Gebet nicht dem erbärmlichen Gejammer eines sterbenden Agnostikers gliche.

Er spürte einen Sturm der Gefühle in sich, und Tränen stiegen in seine Augen, um unter dem Helm an seinen Wangen herunterzurollen. Er konnte sie nicht abwischen.

Mit den Tränen kamen die Worte: „Es tut mir leid, es tut mir leid . . . " Er wiederholte es immer wieder. „Vergib mir", flüsterte er. „Hilf mir."

Das war das Gebet, das er sprach, doch was ihm leid tat und für was er um Vergebung bat, wußte nur sein Herz.

Kaum waren die Worte über seine Lippen gekommen, da wurde er von einem kalten Windstoß von der Gewalt eines Raketenwerfers zu Boden geworfen und schrie auf wie ein Tier im Todeskampf.

Unbeweglich lag er da, während Sandkörner und kleine Steine über ihn dahinfegten. In seinem Helm konnte er den Kopf nicht weit heben, doch die Kälte, die über ihm herjagte, erinnerte ihn daran, daß er in Bewegung bleiben mußte, um warm zu bleiben. Wie eine Schlange kroch er auf dem Bauch vorwärts.

Er war noch nicht weit gekommen, als er spürte, wie der Wind abflaute. Er erhob sich auf die Knie und stand auf. Noch ein paar Schritte wankte er dahin, dann warf ihn der Wind erneut um, diesmal so, daß er sich vorwärts überschlug und zu einer Kugel zusammenrollte.

Er spürte, wie er rollte und rollte, als ob es unter ihm keinerlei Halt mehr gäbe und er immer weiterrollen würde. Doch schließlich blieb er liegen, und im gleichen Moment hörte der Wind auf, an ihm zu zerren. Er war kopfüber in einen der kleinen Kanäle gefallen, die die Oberfläche des Planeten durchzogen. Hier war er außer Reichweite des Windes und sicher vor dem Ansturm der heranfegenden Projektile.

Er konnte nur wenig besser sehen als zuvor; dichte Staubwolken, die vom Wind hineingetrieben wurden, füllten den Kanal. Spence senkte den Kopf und schleppte sich vorwärts über den felsigen Boden des trockenen Flußbettes. Die Dunkelheit nahm schnell zu, und mit dem Schwinden der Sonne spürte er, wie die Kälte ihn stärker umklammerte.

Allmählich fiel ihm auf, daß sein Weg bergab verlief. Der Kanal vertiefte und, soweit er erkennen konnte, wenn sich die Staubwolken für einen Moment teilten, verbreiterte sich gleichzeitig.

Hölzern stakste er voran, ohne etwas anderes im Sinn zu haben, als weiterzugehen, bis er vor Unterkühlung zusammenbrach. Er wußte, daß der Tod dann schnell folgen und daß er ihn nicht spüren würde. Das war zumindest besser, als von dem Wind in Stücke gerissen zu werden.

Nach einem kurzen, starken Gefälle wurde der Weg wieder eben. Spence blieb stehen, und im selben Moment teilten sich vor ihm die aufgetürmten Wolken roten Staubes. Im letzten schwindenden Licht des Tages sah er vor sich einen Anblick, der ihm den Verstand stocken ließ. Seine Knie gaben nach, als er zurückfuhr.

Er war bis ganz an den Rand der Schlucht gegangen. Jetzt stand er an der Klippe zu einem Canyon, der sich über Hunderte von Kilometern vor ihm erstreckte und sich tief in die Kruste des Planeten eingrub. Ein Schritt weiter hätte ihn in den Tod stürzen lassen.

Seine Reaktion auf diese neue Gefahr war rein körperlich. In seinem Denken war die Aussicht, durch einen Sturz sein Ende zu finden, weniger bedeutungsschwer, als sie es zu einem anderen Zeitpunkt vielleicht gewesen wäre. Er war einfach zu erschöpft und zu betäubt von der Kälte, um sich noch darum zu scheren; eine Tatsache, die, wie er bemerkte, darauf hindeutete, daß die Unterkühlung sich bereits auf ihn auszuwirken begann.

Jetzt würde es nicht mehr lange dauern.

So ist es also, wenn man stirbt, dachte er. *Man fühlt, wie einem die Lebenskraft entgleitet, und ist sich dessen deutlich bewußt.* Er fragte sich, ob er die Befreiung erleben würde, von der andere sprachen, ob er seine Mutter unter den Reihen der Seelen antreffen würde, die schon in das große Jenseits hinübergegangen waren – oder ob diese Dinge wie so vieles andere nur die abergläubischen Vorstellungen eines versinkenden Zeitalters waren.

Er dachte in diesem Moment an nichts Besonderes. Er bemerkte, wie sich die Schatten an den Wänden des Canyons zu Violett vertieften und wie der Boden des Canyons bereits in einer tiefschwarzen Finsternis versunken war. Die Simoomwinde über ihm schrien, als wären alle Dämonen der Hölle losgelassen, um ihre Wut an einem verwüsteten Land auszulassen.

Plötzlich spürte er ein Rumpeln unter seinen Füßen, eine Vibration in dem Felsvorsprung, auf dem er stand. Er schaute sich nach hinten um und sah eine brodelnde Masse, die am Rande der Spalte entlang auf ihn zukam.

Ein überstehender, vom Wind erodierter Felsen hatte sich gelöst und eine Lawine ausgelöst, die nun auf ihn zugerollt kam. Spence hatte gerade noch Zeit, sich auf den Boden zu werfen, bevor er von der abrutschenden Masse aus Steinen und Staub mitgerissen wurde.

Der Erdrutsch riß ihn bis tief hinunter in die Schlucht mit sich. Wie durch ein Wunder wurde er von der mahlenden, wirbelnden, donnernden Masse nicht sofort zerquetscht. Als der Erdrutsch zum Stillstand kam, lag er keuchend auf der obersten Schicht. Steine und Kiesel fielen weiter auf ihn herab, doch er hatte weder die Kraft noch den Willen, sich von der Stelle zu rühren.

Die grausame Marsnacht schloß ihre Faust um ihn, und er wußte nichts mehr.

Zweiter Teil

TSO

Erstes Kapitel

„Es hat keinen Zweck, Adjani. Er ist verschwunden. Wir müssen umkehren."

Packers große Hand legte einen Schalter um, und er sprach in sein Mikrofon. „Sandkatze 2 an Sandkatze 1 – wir kehren zur Basis zurück. Ich wiederhole. Wir kehren zur Basis zurück. Over."

„Nur noch einmal durch die Schlucht", drängte Adjani. Seine Augen wichen nicht vom Monitor des Nachtsicht-Thermographen ab. Die Sandkatze schwankte auf ihrer Federung, als der Simoom um sie herum brüllte.

Packers Gesicht, blau gefärbt vom Licht des Thermo-Monitors, wandte sich seinem Freund zu. Er legte ihm eine Hand auf die Schulter und drückte sie fest, als wollte er die Realität physisch in den Griff bekommen. Mit vor Erschöpfung und Trauer tieferer Stimme sagte er: „Es ist zwanzig Grad unter Null da draußen, und die Sonne ist erst seit einer Stunde untergegangen. Noch eine Stunde, und es wird fünfzig Grad unter Null sein. Gegen Morgen wird der Sturm seine volle Kraft entfalten – wir haben das Schlimmste noch nicht gesehen. Wir können seit vier Stunden nichts mehr sehen, und der Thermograph zeigt nichts an als eine glatte blaue Fläche. Wenn wir jetzt nicht umkehren, werden *wir* es nicht mehr schaffen."

Er hielt inne und fügte hinzu, während er die Schulter noch einmal drückte: „Es ist vorbei."

„Ich habe ihn weggehen lassen. Ich bin verantwortlich", protestierte Adjani.

„Du hattest Glück, daß er dich am Leben gelassen hat. Er war nicht aufzuhalten. Gott weiß, daß wir alles Menschenmögliche getan haben."

„Er ist irgendwo da draußen – lebendig. Ich weiß es. Ich fühle es."

„Selbst wenn er noch leben sollte, kann ihm niemand mehr helfen." Packer wendete die Sandkatze und beobachtete die Instrumente, während er den Kurs für den Rückweg am Navigationsgerät eingab. Er ließ das Steuerrad los und überließ es dem Computer, sie nach Hause zu bringen.

Adjani vergrub das Gesicht in den Händen und begann, auf seinem Sitz vor und zurück zu schaukeln. Packer wandte sich ab. Lange Zeit sprach keiner von beiden. Sie saßen nur da und lauschten auf das Rasseln von Sand und Steinen auf den Abschirmungen.

Das Funkgerät an der Deckenkonsole meldete sich mit einem Krächzen. „Hier I-Basis, Kalnikov spricht. MAT-Einheiten eins und zwei sofort zur I-Basis zurückkehren. Bitte bestätigen."

Die Botschaft wurde wiederholt, und Packer antwortete, indem er ihre geschätzte Ankunftszeit an die Basis durchgab. Es gab eine lange Pause, in der nur statische Geräusche im Lautsprecher knackten. „Ihr Verlust ist zu beklagen . . ." – weitere statische Störungen – „Es tut mir leid." Wieder ging die Übertragung im Sturm unter. Packer griff nach oben und schaltete das Funkgerät ab.

„Ich werde wohl einen Bericht abschicken müssen, sobald wir zur Basis zurückkehren. Ich weiß nicht genau, wie die korrekte Prozedur aussieht – so etwas ist noch nie vorgekommen."

„Könnten wir nicht noch ein paar Tage warten? Ich will noch weitersuchen."

„Natürlich können wir warten. Aber das ändert nichts."

„Ich möchte wenigstens die Leiche finden."

„Adjani, dieser Sturm wird wahrscheinlich tagelang wüten. Bis du wieder auf die Suche gehen kannst, ist nichts mehr übrig, das du finden könntest."

„Es ist das Mindeste, was ich tun kann. Bitte . . ."

„Also schön. Ich werde dich nicht abhalten."

Sie saßen schweigend da, bis der Computer die Umrisse der Anlage auf den Monitor warf. „Wir sind fast da", seufzte Packer schwer.

Adjani drehte sich hastig um und legte dem großen Mann eine Hand auf den Arm. „Bitte, laß uns jetzt für ihn beten. Bevor die anderen . . . “

„Natürlich.“

Beide Männer neigten ihre Köpfe, und Adjani sprach ein schlichtes, tief empfundenes Gebet, während die Sandkatze das Gelände der Anlage erreichte und sie vor dem Sturm in Sicherheit brachte.

Spence hob seinen schmerzenden Kopf. Seine Glieder waren taub; er spürte seine Hände und Füße nicht mehr. Schwer drückte sich der Schlaf auf ihn und lockte ihn, sich einfach der Vergessenheit zu überlassen. Einen Augenblick lang war er kurz davor, nachzugeben und sich wehrlos davontreiben zu lassen, aber dann siegte sein tief verwurzelter Widerwille gegen das Aufgeben.

Mit Mühe richtete er sich auf und befreite sich von dem Schutt, der sich über ihm angesammelt hatte. Er setzte seine gefühllosen Hände auf den Boden auf und stützte sich ab. Mit seinen vor Kälte steifen Kiefermuskeln biß er die Zähne zusammen und kam mit unsicheren Knien zum Stehen. Über ihm schien die helle Scheibe des Deimos auf ihn herab – der Simoom hatte sich für den Augenblick gelegt und erlaubte es dem geisterhaften Licht, in den Canyon hinabzudringen.

Er blickte sich um, während Schüttelfröste durch seinen Körper liefen. Seine Muskeln zogen sich in einem letzten Versuch, lebensrettende Wärme zu produzieren, gewaltsam zusammen. Bald würde auch das vorbeigehen, das wußte er; und dann würde er stillliegen.

Spence wollte den Tod nicht tatenlos erwarten. Er stellte sich auf seine hölzernen, gefühllosen Beine und versuchte zu gehen. Der lose Schutt verschob sich, und er fiel und rollte noch tiefer den Hang zur Schlucht hinunter. Er schlug mit seinem Helm auf einen Felsen auf und blieb liegen.

Erschöpft lag er da, starrte hinauf an den schwarzen Himmel des Mars und dachte daran, daß er vielleicht der erste und möglicherweise auch der letzte Mensch war, der je wach unter dem freien marsianischen Nachthimmel lag.

Allmählich ließen die Krämpfe nach. Er spürte eine prickelnde Wärme durch seinen Körper fließen – die Illusion der Wärme, in der sich der letzte Rest der Abwehrkräfte seines Körpers erschöpfte.

Eine neblige Dunkelheit schloß sich um ihn und engte sein Gesichtsfeld ein, dessen Ränder mit einer samtigen Weichheit verschwammen. Doch die Sterne oben in der Mitte seines Gesichtsfeldes strahlten immer noch hart und hell. Ohne Flackern, ohne Bewegung, eigentlich gar nicht wie Sterne. Es war, als beobachteten die Augen des Universums, wie ein Mann starb.

„Nein!" schrie er und hörte den leeren Nachhall seiner Stimme in seinem Helm. „Nein!" sagte er noch einmal; seine Stimme war nur ein Murmeln.

Als er die Sterne beobachtete, sah er, wie sich ein blasser, weißer Nebel über sie zog wie ein durchscheinender Schleier. Eine Täuschung seines nachlassenden Sehvermögens, dachte er. Dann sah er es wieder – eine kaum sichtbare Spur von Licht über der Nacht, ein unendlich feiner, seidiger Schimmer.

Merkwürdig, dachte er. *Was könnte eine solche Erscheinung hervorbringen?*

Sein Wissenschaftlerhirn rätselte über diese neue Wahrnehmung. Er hob den Kopf und sah etwas unterhalb von ihm auf dem Abhang einen silbrigen Überzug auf den Felsen, der im Licht des Mondes schimmerte.

Mit schierer Entschlossenheit brachte er seine nutzlosen Glieder in Bewegung und bewegte sich halb schlitternd, halb schwimmend auf den Fleck zu. Er berührte die weißen Umrisse der Substanz auf den Steinen mit seiner behandschuhten Hand. Sie glitzerte in dem klaren Licht. „Kristalle", murmelte er. „Eiskristalle. Frost."

Überall in der unmittelbaren Umgebung bemerkte er den weißen Rauhreif, und unter sich sah er die Dunstschwaden aus dem Boden aufsteigen.

Ohne viel darüber nachzudenken oder darauf zu achten, was er tat, kroch er den Hang noch weiter hinunter und starrte schließlich in ein stockfinsteres Loch hinab. Ein Riß hatte sich in der Felswand geöffnet, vielleicht aufgrund des Erdrutsches. Aus diesem Riß stieg ein kaum sichtbarer, perlmuttfarbener Nebel in die tödliche Kälte der Marsatmosphäre.

Die Spalte war gerade groß genug, daß ein Mann Kopf und Schulter hindurchzwängen konnte. Ohne lange zu überlegen, schob Spence sich in die Öffnung.

Hinter der Öffnung schien das Loch sich etwas auszuweiten. Zentimeter um Zentimeter schob er sich in die Schwärze hinein und entdeckte, daß die Höhle innen steil nach unten abfiel. Er setzte sich, zog sich mit den Fersen vorwärts und rutschte auf dem Hosenboden hinunter.

Tiefer und tiefer ging es hinab.

Ich habe mir mein eigenes Grab ausgesucht, dachte er. *Meine Knochen werden nicht vom Wind zu Staub zerblasen werden.*

Der Gedanke heiterte ihn merkwürdig auf.

Immer tiefer drang er in die spröde Kruste des roten Planeten ein. Manchmal rutschte er, manchmal ging er beinahe aufrecht; mit letzter Willenskraft bewegte er seine Glieder. Blind wie eine Fledermaus tastete er sich vorwärts und überließ sich nur noch der Bewegung. Vorwärts; tiefer, noch tiefer.

Wie lange er ging, wie weit er sich hineingrub, wußte er nicht. Die Schwärze um ihn her drang in seinen Geist ein und löschte alle Gedanken und alle Erinnerung aus; nur noch der gegenwärtige Augenblick und der nackte Wille, sich weiterzubewegen, blieben ihm.

Als seine Augen in der Dunkelheit den ersten geisterhaften Schimmer wahrnahmen, glaubte er, daß ihm sein nachlassender Verstand einen Streich spielte: Seine ausgebrannten Gehirnzellen feuerten winzige elektrische Ladungen ab und erzeugten irgendwie die Illusion von Licht in der Hirnrinde oder im Sehnerv.

Doch das schwache, grünliche Leuchten verschwand nicht. Es nahm zu. Vorwärtstaumelnd wie ein Zombie blieb Spence auf den Füßen und zwang seine Beine, ihn weiterzutragen; er stolperte den unebenen Weg abwärts auf das Leuchten zu, das er in der Ferne sah.

Er erreichte einen Punkt, an dem das Licht am hellsten zu sein schien, und stellte fest, daß es sich um einen Widerschein auf einer glatten Felswand handelte. Er legte seine Hand auf den Stein und sah den grünen Schimmer auf seinem Handschuh.

Wie ein Träumender drehte er sich um, um zu sehen, woher der Widerschein rührte. Was er sah, ließ ihn vor ungläubigem Erstaunen rückwärts gegen die Wand stolpern: Ein breiter, von verschlungenen Adern lebendigen Lichtes erleuchteter Tunnel erstreckte sich vor ihm. Die blaßgrüne Farbe glänzte auf den Wänden und an der Decke des Ganges wie leuchtender Tau.

Spence taumelte in den Tunnel und preßte sein Gesicht so nahe an die Felsoberfläche, wie es sein Helm zuließ. Die leuchtende Substanz quoll aus dem Felsen hervor und klebte daran wie ein Schleim. Er erinnerte sich an die phosphoreszierenden Algen und Planktonlebewesen in den Ozeanen der Erde.

Kann es sein? fragte er sich. *Habe ich Leben auf dem Mars entdeckt?*

Zweites Kapitel

Der Tunnel erstreckte sich im sanften Schein der winzigen grünen Organismen weiter, als Spence sehen konnte. Er war glatt und rund und groß genug, daß ein Mensch darin aufrecht gehen konnte, ohne an der Decke oder an den Seiten anzustoßen. Seine symmetrische Kreisform erinnerte ihn an eine Bewässerungs-Pipeline; ihm kam der Gedanke, daß die Höhle vor langer Zeit von dem Wasser gebildet wurde, das einst in dem Flußbett an der Oberfläche floß.

Er trat in den Gang hinein und setzte sich in Bewegung, ohne zu wissen oder sich sonderlich dafür zu interessieren, wo er hinführte. Beim Gehen bemerkte er, daß das grüne Licht schwächer wurde, wo er daran vorbeiging, als ob seine Nähe die leuchtenden Organismen störe. Das Schimmern verdunkelte sich, wenn er nahekam, und wurde dann hinter ihm wieder heller. Die Lebewesen, wenn es denn Lebewesen waren, konnten seine Gegenwart wahrnehmen.

Er ging weiter; stundenlang, wie es ihm schien, folgte er dem schnurgeraden Abwärtskurs des Ganges, bevor er eine leichte Biegung der Tunnelwände vor ihm bemerkte.

Als er die Stelle erreichte, wo die Kurve begann, bemerkte er eine Spalte im Boden des Tunnels. Sie war nicht breit – wenn er vorsichtig war, konnte er hinüberspringen –, aber völlig dunkel, so daß er nicht sehen konnte, wie tief sie hinabreichte.

Spence streckte eine Hand über den Rand der Spalte aus und spürte nach einigen Augenblicken ein Prickeln in seinen Fingern, als Wärme durch seine Handschuhe zu dringen begann.

Die Spalte war ein natürlicher Luftschacht, in dem Hitze aus einem Reservoir tief unter der Kruste des Planeten aufstieg; vielleicht aus vulkanischem Ursprung oder gar, überlegte Spence, vom geschmolzenen Kern des Planeten selbst.

Mit zitternden Händen ergriff er seinen Helm, drehte ihn zur Seite und nahm ihn ab. Er spürte die Wärme aus dem Loch aufsteigen und über seine kältestarren Gesichtszüge streichen. Dies war vielleicht die Quelle des dünnen Nebels, den er am Hang der Schlucht gesehen hatte.

Er setzte den Helm kurz wieder auf und nahm einen tiefen Atemzug; dann trat er von der Spalte zurück, ließ die Luft hinaus und sah seinen Atem in großen Schwaden davonschweben. Offensichtlich war es in dem Tunnel immer noch bitterkalt, aber verglichen mit der Oberfläche herrschte hier eine geradezu tropische Hitze. Zumindest war es warm genug für die winzigen, leuchtenden Algen. Er bezweifelte allerdings, daß die Wärme ausreichte, um ihn selbst auf die Dauer am Leben zu erhalten. Ohne echte Wärme würde ihn die Kälte schließlich doch überwältigen, wenn es auch länger dauern mochte als an der Oberfläche.

Spence balancierte sich sorgfältig aus, sprang mit äußerster Vorsicht über die Spalte und setzte sich wieder in Marsch. Er spürte jeden müden Schritt bis in die Knochen. Er fragte sich, wie lange er wohl noch würde weitergehen können, und fürchtete, wenn er anhielt, um zu schlafen, würde er nicht wieder aufwachen. Die Kälte würde ihn umbringen. Er schob den Gedanken beiseite, biß die Zähne zusammen und ging weiter.

Nach einer Weile bemerkte er, daß der grüne Schein um ihn her heller wurde. Ein Blick an die Wände des Tunnels zeigte ihm, daß die merkwürdigen Organismen hier üppiger wuchsen. Vielleicht bedeutete das, daß es in dem Gang wärmer wurde. Er schleppte sich weiter.

Bald bewegte er sich nicht mehr in einem schwachen Schimmer vorwärts, sondern in einem grünen Zwielicht wie in einer mondhellen Nacht. Die lichterzeugenden Lebewesen bedeckten in dichten Kolonien jeden verfügbaren Quadratzentimeter der Oberfläche und strahlten eine gleichmäßige grüne Fluoreszenz aus, die ihm das Gefühl gab, durch einen Lichtstrahl zu wandern.

Das Licht war ihm willkommen, aber der Boden war nun so dicht mit den algenähnlichen Organismen bedeckt, daß das Gehen schwierig wurde.

Seine unsicheren, schmerzenden Füße rutschten wie auf Glatteis, als er sich durch den Gang schob. Oft fiel er hin, und mit jedem Fall nahm seine Erschöpfung zu; jedesmal brauchte er länger, um wieder auf die Füße zu kommen. Allmählich fing er an zu denken, daß er beim nächsten Mal nicht mehr aufstehen würde.

Aber er stand wieder auf. Irgend etwas trieb ihn weiter und drängte ihn, sich immer wieder auf seine vor Schmerz und Erschöpfung wackeligen Beine aufzurichten. Wieder und wieder kämpfte er sich hoch und rutschte, stolperte, taumelte immer tiefer in die Eingeweide des Planeten hinab.

Der Gang wand sich wie eine Schlange. Bisweilen wurde das Gefälle so steil, daß er sich auf den Rücken legte und hinabrutschte wie ein Bobfahrer. Er folgte dem Tunnel, ohne darüber nachzudenken, wo er ihn hinführen würde.

Wo die Tunnelwände sich verengten, zwängte er sich hindurch. Wo sich Spalten durch den Boden zogen, fand er die Kraft, hinüberzukommen. Wo sich die Decke absenkte, kroch er auf Händen und Knien weiter. Er gab nicht auf.

Die Zeit verlor ihre Bedeutung. Er nahm nicht mehr wahr, wie die Stunden vergingen. Die Uhr seines Anzugs, die bei seinem Fall in das Flußbett zerschmettert worden war, zeigte ihm nur noch eine feste Gegenwart an – eine eingefrorene Zeit, als ob sein Leben in diesem Moment geendet hätte. Vergangenheit, Gegenwart und Zukunft verschmolzen zu einem einzigen gestaltlosen Element, durch das er sich bewegte wie durch Wasser.

Einmal kam er zu sich, als er spürte, wie der Boden plötzlich unter ihm abfiel und seine Füße keinen Halt mehr fanden. Er landete schwer auf dem Rücken und sah, wie der Schacht unter ihm fast senkrecht abfiel.

Er war über den Rand des Abgrundes getreten, ohne es zu wissen.

Die Tunnelwand unter ihm war glatt, und die leuchtenden Algen polsterten seine Rutschfahrt etwas, während er mit zunehmendem Tempo tiefer in das Herz des roten Planeten hinabglitt.

Die Erregung dieser wilden Fahrt vertrieb die Wolken aus seinem Verstand. Er spürte, wie Adrenalin in seinen Blutkreislauf gepumpt wurde und ihn aus seiner Apathie riß, während die Tunnelwände an ihm vorbeirasten und vor seinen Augen verschwammen.

Ihm war, als fiele er in eine leuchtend grüne Unendlichkeit, immer schneller einer unbekannten Strahlungsquelle entgegen.

Mit seinen Händen und Füßen riß er die leuchtenden Algen in hellen Fetzen vom Boden, so daß sie ihn wie mit schäumendem Licht bespritzten, sein Visier bedeckten und ihm die Sicht nahmen. Er wischte sich über das Visier und machte gerade rechtzeitig eine kleine Fläche frei, um den Boden des Schachtes auf sich zukommen zu sehen.

Er bereitete sich auf den Aufschlag vor und spürte, wie die Röhre in einer Kurve in die Ebene überging, als er mit einem krachenden Schlag auf dem Boden aufkam. Er rutschte weiter und überschlug sich mit wild rudernden Armen und Beinen, als wäre er aus einem dahinrasenden Fahrzeug gestoßen worden.

Als er endlich den Kopf hob, um sich umzuschauen, sah er, daß er sich in einer riesigen Höhle befand. Er richtete sich auf Ellenbogen und Knie auf und zuckte unter den Schmerzen zusammen, die durch seinen Kopf und seinen Rücken schossen.

Die Höhle war eine gewaltige, blasenförmige, am Boden abgeflachte Kuppel. Ihre Decke schwang sich mindestens hundert Meter über dem Boden dahin; die glatten, geschwungenen Wände erhoben sich in einem sanften Bogen.

Er erhob sich steif; alle Knochen in seinem Körper schienen durcheinandergeraten zu sein. Er setzte sich in Bewegung und durchquerte die kuppelförmige Halle. Das schwache, bläulichgrüne Licht weckte in ihm die Illusion, auf dem Meeresgrund zu wandern; er rechnete fest damit, daß jeden Moment Fischschwärme an ihm vorbeischweben würden.

Er erreichte die gegenüberliegende Wand und entdeckte, daß aus der Höhle mehrere kleinere Gänge hinausführten und daß sich im Boden große Löcher wie Abflußöffnungen befanden. Diese kleineren Tunnels waren nur ungefähr halb so hoch wie er; wenn er seine Reise fortsetzen wollte, würde er es auf Händen und Knien tun müssen.

Er erschauerte bei dem Gedanken. Seine Muskeln hingen jetzt schon vor Erschöpfung und Anstrengung schlaff herab.

Er sank nieder und legte sich in der Nähe einer der Bodenöffnungen flach in. Augenblicke später war er fest eingeschlafen.

Drittes Kapitel

Zwei Türen befanden sich am Ende eines langen, dunklen Ganges und schimmerten in einem kalten, blauen Licht. Spence ging auf die Türen zu, und als er näher kam, begann sein Herz wie rasend in seiner Brust zu klopfen. Schweiß perlte von seiner Stirn und brannte in seinen Augen. Er wischte sich mit dem Ärmel übers Gesicht und ging weiter.

Nun stand er vor den beiden Türen, und ihm kam der Gedanke,

daß hinter einer der Türen Ari darauf wartete, ihn in die Arme zu schließen, seinen verwirrten Geist zu besänftigen und seinen verheerten Leib zu heilen.

Hinter der anderen Tür lauerte ein Monster mit großen, gelben Augen, um ihn anzuspringen und zu verschlingen.

Er weinte vor Not über die Entscheidung, die er treffen mußte, und rief nach jemandem, der ihm helfen könnte, doch seine Stimme klang hohl in seinen Ohren.

Er trat vor, legte die Hand auf den altmodischen Türknopf und drehte ihn. Knarrend öffnete sich die Tür in den uralten Angeln, und er spähte gespannt in den Raum. Er war leer.

Spence betrat den Raum, und als er die Schwelle überquert hatte, schloß sich die Tür hinter ihm. Ein Nebel quoll aus den Wänden und dem Boden hervor und stieg wie eine Wolke vor ihm auf.

In der Wolke zuckten rote Blitze, und er sah, wie sich allmählich eine Form herausbildete, als würde sie aus dem Material der Dämpfe verdichtet. Es war die Form eines Menschen.

Dann verzogen sich die Wolken und offenbarten ein bemerkenswert menschenähnliches Geschöpf, aber aus einer anderen Schöpfung, das Kind eines fremden Gottes.

Er zitterte in der Gegenwart des Wesens, das ihn um eine Kopflänge überragte und dessen glatte, goldene Haut von perlender Feuchtigkeit bedeckt war. Ein Schauder erfaßte ihn, als der Fremde seine Lungen mit dem ersten Atemzug füllte. Spence sank von Ehrfurcht und Angst überwältigt vor dem Wesen auf die Knie.

Dann, als er durch seine zitternden Finger hinauf in die ernsten, hageren Züge blickte, blinzelten die Lider und hoben sich langsam. Zwei große, gelbe Augen starrten auf ihn herab, und er wich vor ihrem schrecklichen Blick zurück. Er warf die Arme über den Kopf und versuchte, sich vor ihnen zu verstecken.

Doch das Wesen sah ihn, sah durch ihn hindurch, wog seine Seele mit seinem durchbohrenden Blick und fand sie beschämend zu leicht. Es hob einen langen, vielgelenkigen Arm gegen ihn und öffnete seinen breiten Mund, um das Urteil zu verkünden.

Spence schrie auf und preßte die Hände auf die Ohren . . .

Das Zittern drang durch den felsigen Boden der Höhle herauf, begleitet von einem eigenartigen, seufzenden Dröhnen. Ein paar Augenblicke lang blieb Spence liegen, immer noch benommen von seinem Erschöpfungsschlaf, und versuchte sich zu erinnern, wo er war.

Das Rumpeln verstärkte sich, und das Dröhnen wurde lauter und vertrieb die letzten Spuren des Schlafes aus seinem Gehirn. Der Boden unter ihm vibrierte gleichmäßig. Er hatte noch nie auf dem Hang eines aktiven Vulkans gestanden, aber das war das Bild, das ihm in den Sinn kam, als er sich zitternd vor Furcht und Unsicherheit auf die Knie wälzte.

Die dünne Luft in der Höhle geriet in Aufruhr, als gewaltige Wasserstrahlen aus den Löchern im Boden hervorbrachen und sich zu fünfzig Meter hohen Fontänen aufbäumten. Die Druckwelle warf Spence von den Füßen, während der Boden bebte und Tonnen von Wasser auf ihn herabregneten.

Sofort wurde er in die enge Öffnung des Ganges hineingespült, versuchte schwächlich gegen die wirbelnde Flut anzutreten und wurde mit voller Kraft in jeder Kurve der Pipeline an die Wand geschmettert, bis er lernte, sich zu lockern und sich der Strömung zu überlassen.

Immer weiter trug ihn das Wasser, bis es schließlich den Gang nicht mehr ganz ausfüllte und sich unter der Decke des Tunnels eine Blase bildete. Die Blase dehnte sich aus, bis sie ein Viertel der Röhre einnahm, dann die Hälfte; und dann strandete er auf dem Bauch, als das Wasser verlief.

Er setzte den Helm ab und formte seine Hände zu einem Becher, um zu trinken, aber es gelang ihm lediglich, seine Handschuhe zu benetzen. Das war besser als gar nichts, dachte er sich und hielt die Hände empor, um das Wasser von seinen Fingern in seinen Mund tropfen zu lassen. Diese Prozedur wiederholte er mehrere Male, ohne mehr zu erreichen, als daß sein Durst durch die Stimulation noch größer wurde.

Auf Händen und Knien setzte er seine Reise fort und erreichte, gerade als seine Muskeln zu versagen drohten, eine Kreuzung mit einem größeren Tunnel. Dieser geräumigere Gang erstreckte sich zu beiden Seiten in die Ferne, bis er sich in dunklen Schatten verlor. Zur Rechten führte er bergauf und zur Linken bergab.

Er versuchte es zuerst mit dem Weg nach oben, aber der erwies sich als zu glitschig, und jeder Versuch ließ ihn unelegant zurückrutschen, bevor er ein Dutzend Schritte weit gekommen war. Er beschloß aufzuhören, bevor er ganz und gar den Halt verlor und in den dunklen Korridor hinter ihm hinabglitt.

Er war kurz davor, sich damit abzufinden, daß er diesen Weg ohnehin einschlagen mußte, als er weiter oben in der Tunnelwand eine kleine Öffnung erspähte, die er zuvor noch nicht bemerkt hatte. Diese Öffnung erschien ihm als akzeptable Alternative, und er beschloß, es damit zu versuchen.

Dieser Entschluß brachte ihn beinahe um.

Zweimal erreichte er den Rand der Öffnung, ohne daß es ihm gelang, sich dort festzuhalten, und er rutschte beide Male auf den Boden zurück. Beim dritten Mal schaffte er es, einige der Algen rund um den Rand der Öffnung abzureißen, um einen besseren Halt zu finden. Er griff hinein und hielt sich fest, während er die Füße nachzog, in der Hoffnung, sich damit hochstemmen und in die Öffnung hineinschieben zu können. Beinahe wäre es ihm gelungen.

Er zog die Beine an und stieß sich dann ab. Sein Kopf hob sich auf die Höhe des Bodens der Öffnung, und er streckte einen Arm hinein, während seine Füße gegen die glatte, glitschige Felswand traten. Dann griff er mit seiner anderen Hand nach der Felskante. In diesem Moment verlor er den Halt und fiel rückwärts hinab auf den Boden des Tunnels.

Er erlebte den Fall wie in Zeitlupe. Seine Hände glitten über das Gestein und dann durch die leere Luft, als er rückwärts nach unten stürzte und flach auf dem Boden landete.

Der Aufschlag nahm ihm die Luft. Einen schrecklichen Augenblick lang konnte er nicht atmen, dann drang die Luft in heftigem Keuchen in seine Lungen. Seine Rippen fühlten sich an, als wären sie eingedrückt, und in der Schulter, auf der er gelandet war, pochte ein heftiger Schmerz.

Was ihm mit Kraft und Geschicklichkeit nicht gelang, schaffte er schließlich mit Geduld und Einfallsreichtum.

Indem er jeden Quadratzentimeter Körperoberfläche einsetzte, um die höchstmögliche Reibung zu erreichen, kroch er wie eine Schnecke die geschwungene Tunnelwand empor zu der Öffnung. Er ertastete den Halt für seine Hand und zog sich Zentimeter für Zentimeter hoch, bis er sich in die Öffnung lehnen und auf dem Bauch hineinschlängeln konnte.

Auch dieser neue Tunnel verlief leicht ansteigend, was ihn zwang, sich auf jeden Schritt zu konzentrieren – ein einziger Fehltritt würde ihn hinaus in den Haupttunnel rutschen lassen wie ein Geschoß aus einer Kanone. Stur setzte er einen Fuß vor den anderen und kämpfte sich mit ausgestreckten Armen wie ein Seiltänzer den Gang empor.

Diese mühsame Art der Fortbewegung strengte ihn an und forderte seinen ohnehin ermüdeten Muskeln das Letzte ab. Er sehnte sich danach, sich zu setzen und sich auszuruhen, aber das Gefälle ließ ihm keine Chance dazu. Er senkte den Kopf, kämpfte sich weiter vor und ignorierte die Schmerzen, die wie Feuer durch seine Schenkel schossen.

Eine Art stumpfe Melancholie kam über ihn, die er als Summe einer Reihe von Faktoren erkannte – nicht zuletzt Streß, Erschöpfung, Hunger und Schmerzen. Jeder Schritt war ein Kampf gegen die herankriechende Verzweiflung; er sehnte sich nur noch danach, sich einfach hinzusetzen und sich von seinem Schicksal überrollen zu lassen wie ein verlassenes Ufer von der Brandung. Aber er gab nicht nach.

Er schlief wieder und erwachte immer noch erschöpft, aber mit klarem Kopf und einer nagenden Leere im Magen. Sein Hunger war mörderisch, aber die Aussicht, irgend etwas Wirksames dagegen zu unternehmen, erschien deprimierend gering. Er beschloß, jeden Gedanken an Nahrung und Essen aus seinem Verstand zu verbannen.

Der Versuch erwies sich als weitgehend erfolglos. Wie eine Zunge, die gerade die noch empfindliche Lücke entdeckt hat, in der sich vorher ein Zahn befand, kehrte sein Geist immer wieder zu diesem Thema zurück und bohrte darin herum, obwohl es ihm Schmerzen verursachte.

Unter solch extremen Bedingungen waren Halluzinationen vielleicht zu erwarten. Doch trotz seiner Kenntnisse über die Funktionsweise des menschlichen Gehirns ließ ihn die Halluzination mitten im Schritt erstarren, als wäre er gegen eine Mauer gelaufen.

So wenig bemerkenswert sie für eine Halluzination war, traf sie ihn doch mit verheerender Wucht, als wäre das Ding direkt in seinem Gesicht explodiert. Er wankte einen Augenblick lang auf seinen Fersen und machten dann einen Schritt rückwärts an die Wand hinter ihm, wo er langsam zu Boden sank, während seine Augen in ungläubigem Schrecken aus den Höhlen traten.

Über den Korridor hinweg schimmerte ihm schwach eine Tür entgegen.

Kein zähnefletschendes, neunköpfiges Monster hätte ihn mehr erschrecken können als dieses schlichte Einrichtungsstück. Zuerst dachte er, es müsse eine optische Täuschung sein, ein Streich, den ihm seine übermüdeten Nerven spielten. Dann wurde ihm klar, daß er eine Halluzination erlebte – er sah Türen, wo er sich verzweifelt welche wünschte.

Sobald er sich das klargemacht hatte, dämmerte ihm, daß Personen, die Halluzinationen erleiden, sie normalerweise nicht als solche erkennen, solange sie unter ihrem Einfluß stehen.

Eine Tür! Seine Gedanken überschlugen sich. Was konnte das bedeuten? Nein, was *sonst* konnte das bedeuten?

Fieberhaft begann Spence, mit beiden Händen die Algen abzureißen und das Objekt mit seinen behandschuhten Fingern freizulegen. Was zum Vorschein kam, war eine steinerne Platte, die aus demselben Material bestand wie die umgebenden Wände und keinerlei äußere Markierungen aufwies. Er hätte es als eine Spielerei der Natur betrachtet, wäre es nicht für eine natürliche Gesteinsformation zu glatt, zu rund und zu vollkommen symmetrisch gewesen. Aber sicher konnte er nicht sein.

Er nahm den Helm ab und schlug damit gegen die Platte. Das Echo hallte durch die endlose Länge des Tunnels. Außerdem hörte er ein hohles Geräusch von jenseits der Barriere; die Platte war keine Sackgasse.

Von brennender Neugier überwältigt, was jenseits der vermuteten Tür liegen mochte, sprang er gegen die Platte und begann, sich mit aller Kraft dagegenzustemmen, doch er konnte nur seine Füße unter sich wegschieben. Dann kniete er vor der Tür nieder und versuchte, seine Finger in die Spalten an den Seiten zu zwängen. Er krümmte seinen Rücken und zog, bis er dachte, sein Herz würde zerspringen – und die Platte begann sich zu bewegen.

Sie glitt ein paar Zentimeter weit auf, und er fühlte einen Strom warmer Luft von der anderen Seite herüberdringen. Die Algen auf dem Boden um ihn her leuchteten hell auf. Er roch die abgestandene, trockene Luft, die herausströmte; sie hatte einen merkwürdigen Geschmack, den er nicht einordnen konnte – süß, aber ranzig. Die Luft eines Grabes.

Ein weiteres Mal ging er die Tür mit wilder Entschlossenheit an. Den Lohn für seine Mühe bekam er, als der Stein endlich noch ein paar Zentimeter zur Seite rollte, so daß er seine Schultern hindurchschieben konnte.

Er zwängte sich durch die enge Öffnung, vor Sauerstoffmangel schwindelig und nach Luft ringend. Auf der anderen Seite sank er zu Boden, legte sich keuchend hin und spürte, wie Wellen der Übelkeit infolge seiner Überanstrengung ihn durchliefen.

Ein schwaches, rötlich-goldenes Schimmern fiel auf ihn, als er dalag und nach oben starrte, doch woher es kommen mochte, konnte er nicht sagen. Die Wände um ihn her bestanden aus glattem Gestein, das in dem rötlichen Zwielicht blaßrot schimmerte.

Nach einer Weile ließ die Übelkeit nach, und er schaffte es, den Kopf zu heben und sich umzuschauen. Viel zu sehen gab es nicht. Der knochentrockene und staubige Gang führte direkt vor ihm steil bergauf weiter. Um mehr über seine neue Umgebung herauszufinden, würde er sich wieder auf seine müden Beine hieven und diese Steigung erklimmen müssen.

Zitternd vor Erschöpfung wälzte er sich auf die Seite und versuchte sich hochzustemmen. Dabei ertastete seine Hand etwas unter dem Staub – eine flache Kante im Gestein. Er blickte hinab und sah zwischen seinen Händen die schwachen Umrisse eines Fußabdrucks.

Viertes Kapitel

Der Fußabdruck zeichnete sich direkt vor ihm in dem roten Staub ab, der den Boden in einer dicken Schicht bedeckte. Ein täuschender Lichteffekt, dachte er; irgendeine eigenartige Gesteinsformation. Doch er starrte ihn an, als ob er erwartete, daß er gleich verschwinden würde.

Spence beugte sich über den Abdruck und blies vorsichtig wie ein Archäologe den Staub weg. Dann wischte er behutsam mit den Fingerspitzen das schwerere Geröll weg, das sich angesammelt hatte.

Der Abdruck blieb, wo er war, unerklärlicherweise fest in den Stein eingedrückt – ein Abdruck eines aufrecht gehenden, menschenähnlichen Wesens. Allerdings schmaler und länger – es sah so aus, als hätte jemand den Fuß eines Menschen genommen und in die Länge gezogen. Und er hatte nur vier kleine Zehen. Nach genauerer Untersuchung kam er zu dem Schluß, daß nicht etwa einer der Zehen fehlte, wie durch einen Unfall; der Fuß war so konstruiert.

Er blickte sich um, ob es noch weitere Abdrücke in der Nähe gab, aber er sah keine. Er entdeckte jedoch, daß der Abdruck sich auf dem Boden einer leichten Absenkung befand, die von zwei flachen Uferlinien begrenzt war, als ob hier vor langer Zeit ein unterirdischer Bach entlanggeflossen war.

Spence setzte sich in den Staub, und seine Gedanken überschlugen sich.

Dies war eine Jahrhundertentdeckung – eine Jahrtausendentdeckung. Leben auf dem Mars! Er, Dr. Spencer Reston, hatte Leben auf dem Mars entdeckt. Ohne den Schatten eines Zweifels war der Mars einst eine Heimat für komplexere Wesen als jene leuchtenden Algen gewesen. Das Wesen, das diesen Abdruck verursacht hatte, ging aufrecht wie ein Mensch, dachte vielleicht wie ein Mensch, war sich seiner selbst bewußt.

Die Implikationen seiner Entdeckung wurden ihm erst allmählich klar. Als erst einmal die ungeheuren Dimensionen seines Fundes vor ihm aufstiegen, wurden auch die feineren Einzelheiten sichtbar. Der Abdruck war eindeutig schon vor undenklichen Zeiten entstanden, da er nun völlig versteinert war. Wenn es noch andere Überbleibsel der marsianischen Zivilisation gab, dann waren sie höchstwahrscheinlich zu Staub und Asche zerfallen, wenn sie nicht als Fossilien erhalten blieben.

Natürlich war es nicht unbedingt gesagt, daß der Abdruck von einem Marsbewohner stammte. Genausogut konnte er von einem Eindringling wie ihm selbst verursacht worden sein. Doch dies verringerte seinen Enthusiasmus nicht im mindesten, genausowenig, wie es seine Entdeckung entwertete. Die Sache war außergewöhnlich, wie auch immer man sie betrachtete, aber immerhin veranlaßte der Gedanke Spence, sich zu zügeln und zu bedenken, wie wenig er über den Abdruck und seinen Ursprung wußte. Er hatte für einen Wissenschaftler bei weitem zu wild spekuliert. Viel mehr Fakten waren nötig, um seine Theorien zu erhärten oder auch nur anzufangen, irgendwelche Theorien zu entwickeln.

Ein Abdruck allein war nicht genug. Er brauchte mehr, um irgendwelche Schlüsse zu ziehen. Ein Abdruck allein war beinahe wertlos. Was er brauchte, waren Knochen, Artefakte – alles, was es an Bausteinen für die Archäologie gab.

Todmüde und mit abschweifenden Gedanken kreuzte er die Arme über der Brust und schlief neben dem Fußabdruck ein, dachte an rote Marsianer, die wie Pygmäen mit kalkigem roten Staub beschmiert fröhlich durch die Landschaft krabbelten, und sah sich selbst, wie er ihnen um zwei Kopflängen größer gegenüberstand und lächerliche Dinge sagte wie: „Bringt mich zu eurem Häuptling."

Der Schmerz in seinem Magen war wieder da, als er erwachte, und sein Hals brannte. Ein dicker, gummiartiger, übelschmeckender und ekelhafter Film hatte sich in seinem Mund gebildet. Seine Zunge fühlte sich groß und unbeweglich an. Er hatte Berichte über Menschen gelesen, die in der Wüste verdurstet waren und deren Zungen angeschwollen und schwarz geworden waren, so daß sie am Ende daran erstickten. Er fragte sich, ob das der Anfang war.

Grimmig entschlossen kam er auf die Füße und schwankte, als ihm schwarz vor Augen wurde. Der Hunger ließ sich nicht mehr ignorieren, und der Durst brannte mit einem ständig gegenwärtigen Feuer. Er wußte, daß ihm nur noch wenig Zeit blieb, bis er ohnmächtig zusammenbrechen würde. Nach einigen solchen Zusammenbrüchen würde er nicht wieder aufstehen.

Er dachte daran, in den Tunnel jenseits der Tür zurückzukehren, wo die Algen so üppig wuchsen. Ihm fiel ein, daß er sie vielleicht essen und sich so auf den Beinen halten könnte.

Der einzige Nachteil dieses Plans war, daß die Algen möglicherweise giftig waren. Ein Mundvoll konnte dazu führen, daß er in kaltem Schweiß seine Eingeweide hinauswürgte oder vor Agonie schreiend mit dem Kopf gegen die Felswand rannte, um die Schmerzen zu stoppen. Und das waren nur die milderen Szenarien, die vor seinem geistigen Auge aufstiegen – ihm fielen noch weniger angenehme Möglichkeiten ein, über die er nicht weiter nachdenken mochte.

Spence beschloß, zu dem Gang jenseits der Steintür (daß es eine Tür war, bezweifelte er jetzt nicht mehr) zurückzukehren und auf Gedeih und Verderb von den Algen zu essen, falls er bis zu seinem nächsten Schlaf noch kein Wasser gefunden hätte. Bis dahin würde er am Ende seiner Kräfte angelangt sein, und es würde keine Rolle mehr spielen, auf welche Art sein Leben schließlich endete. Wenn es soweit war, wollte er das Risiko eingehen, aber nicht vorher.

So schleppte er sich noch einmal weiter und stieg den Gang hinauf. Schon nach ein paar Metern endete der Tunnel, und er trat in eine unterirdische Höhle von gewaltigen Ausmaßen hinaus. Mit gesenktem Kopf und vorgeneigten Schultern begann er zu gehen und ließ die Arme lose an den Seiten schwingen.

Bald entdeckte er zu seiner Erleichterung, daß sein nagender Hunger nachließ. Er fühlte sich sauber, leicht, gereinigt von einer Schwere, die auf seinem Körper und seinem Geist gelastet hatte, und elektrisierend lebendig.

Spence wußte, daß dies die Empfindung war, die man mit Fasten in Verbindung brachte. In der Medizin war das ein altbekannter Effekt. Dennoch spürte er die intensive emotionale Wirkung der Erscheinung. Es war ein Gefühl der Spiritualität; ein besseres Wort dafür fiel ihm nicht ein.

Unterwegs – er hatte sich entschieden, vom Tunnel aus direkt geradeaus zu gehen – kam er in Abständen an dicken Steinsäulen vorbei, die sich aus dem Boden erhoben wie Baumstämme. Er wunderte sich darüber, aber es schien sich um natürliche Formationen zu handeln, wie man sie in jeder Höhle finden konnte. Es gab keinen Grund, etwas anderes zu vermuten, als daß es sich um eine exotische, der marsianischen Lithosphäre entsprechende Formen von Stalagmiten handelte.

Und doch war die Saat des Verdachtes bereits in seinem Bewußtsein aufgekeimt. Was wäre, wenn es nun wie der Fußabdruck *keine* natürlichen Erscheinungen waren?

Die Implikationen waren zu außergewöhnlich, um ihnen mehr als einen flüchtigen Gedanken zu widmen. Doch in ihm wurde die Vorstellung stärker, ein Eindringling zu sein. Wie er darauf gekommen war, konnte er nicht sagen, aber die Bezeichnung schien zu passen.

Er fühlte sich wie jemand, der in ein privates Grundstück eindringt. Wie ein Grabräuber, der das Grab eines Pharaos schändet. Jeden Moment, so stellte er sich vor, würde eine ganze Phalanx speerschwingender Soldaten hinter einer dieser merkwürdigen Säulen auftauchen. Vor seinem inneren Auge tanzten Bilder federgeschmückter Pferde und Pferdewagen, die ihn über den Dorfplatz zerrten, während die schreiende fremde Bevölkerung rief: „Dieb! Grabräuber! Schänder!"

Diese Tagträume hingen mit seinen Mangelerscheinungen zusammen, das wußte er. Er begann, seinen Durst wieder zu spüren – die winzige Menge Wasser, die er vom Boden des Ganges aufgeschöpft hatte, reichte nicht aus, um ihn lange auf den Beinen zu halten. Er mußte dringend ausgiebig trinken.

Er hoffte, daß er wieder auf die Flut stoßen würde, die ihn durch den Tunnel gespült hatte. Es gab Wasser auf dem Mars; vielleicht nicht viel, aber es existierte. Er war darin geschwommen; es wiederzufinden, wurde nun für ihn zur dringlichsten Sache.

Während er auf dem dunkelroten Höhlenboden entlangging und darauf lauschte, wie seine eigenen Schritte in der Dunkelheit verhallten, schwang sich die Decke der Höhle allmählich hinab, und mit ihr auch die rostfarbenen Gewächse, die an ihrer Oberfläche rankten. Ähnlich wie die Algen in den Tunnels gaben diese Gewächse, wie er jetzt bemerkte, einen blassen Lichtschimmer von sich.

Er wanderte weiter durch ein schwaches, weiches, rotgoldenes Licht, das auf ihn fiel wie Sonnenlicht durch einen flammenden Baldachin aus Herbstlaub. Doch hier waren die Bäume aus Stein, und keine Blätter raschelten unter seinen Füßen.

Er fiel in einen leichten Gehrhythmus und versuchte, immer genau geradeaus zu gehen. Der Schwung seiner eigenen Schritte trieb ihn weiter.

Nach einigen Stunden des Wanderns schlief er wieder, und danach noch einmal – er war immer noch nicht bereit, zu dem Tunnel und den Algen zurückzukehren. Jedesmal schlief er kürzer und erwachte weniger ausgeruht als zuvor. Eine Auswirkung seines Fastens, nahm er an. Sein Körper fing an, sich selbst aufzuzehren. Er fühlte sich schwindelig, luftig, geistig, rein.

Auf seiner Reise durch die marsianische Unterwelt wandte sich Spences Blick nach innen, und er betrachtete sein Leben mit jener distanzierten Sachlichkeit, die er normalerweise für seine Arbeit reservierte, mit derselben genauen Gründlichkeit und derselben ungezügelten Neugier. Nur war er selbst diesmal der Gegenstand.

Obwohl die meisten Leute ihn als einen schnell aufsteigenden Stern am Himmel betrachteten, wußte er selbst, daß er weit hinter seinen Zielen zurückgeblieben war. Er kannte andere, die mehr erreicht, sich höhere Anerkennung erworben, mehr von den glänzenden Auszeichnungen eingeheimst hatten, nach denen er trachtete. Der Neid, den er auf den Erfolg dieser anderen empfand, hatte sich zu einem brennenden, fast rücksichtslosen Ehrgeiz verhärtet, ihre Leistungen zu übertreffen – ein Ehrgeiz, auf den Spence immer stolz gewesen war, da er ihn für eine Tugend und ein Mittel zur persönlichen Erfüllung hielt.

Wenn er nun seine Situation und die Flachheit seines inneren Wesens betrachtete, erkannte er jenen Ehrgeiz als das, was er war – eine Flamme, die fast all seine besseren Eigenschaften verzehrt hatte, um sich selbst zu nähren. Warmherzigkeit, Großzügigkeit, Freude, selbst Liebe – all das war dem Feuer anheimgefallen und fast völlig verbrannt. Und was konnte er nun für all seine Mühe vorweisen?

Nichts von bleibendem Wert. Nichts, was nach ihm fortleben würde. Alles war nach innen gerichtet gewesen, um die Flamme zu nähren. Daß ihm überhaupt noch menschliche Qualitäten blieben, die etwas von dem Mangel wettmachten, erschien ihm fast wie ein Wunder.

In seinem zerbrechlichen, verwundbaren Zustand empfand er den Verlust all jener Jahre der entschlossenen Selbstverleugnung – des endlosen Studierens, Arbeitens und Strebens. Er war entsetzt über die Verschwendung.

Er war überzeugt gewesen, daß man im Leben nur durch Leistung Erfolg haben konnte. Als Wissenschaftler traute er nur Dingen, die er sehen und untersuchen konnte. „Was man nicht messen kann", hatte ein Professor einmal zu ihm gesagt, „darüber lohnt es sich nicht nachzudenken."

Damals hatte er darüber gelacht, aber jetzt erkannte er klar, daß der Witz auf seine Kosten ging. Er hatte diese leere Philosophie blind übernommen, wie es so viele seiner jungen Kollegen taten, wenn sie ihr auch andere Namen gaben und sie in altruistische Schlagwörter kleideten. Natürlich hatte er sich gesagt, daß seine Ziele als Wissenschaftler hilfreich für die Menschheit und daher anerkennenswert seien. Aber ein echtes Anliegen für seine Mitmenschen war nie dabei im Spiel gewesen. Seine Ziele waren nur Meilensteine auf seinem persönlichen Weg zum Erfolg.

Die Frage, auf die er immer wieder zurückkam und die ihn im

Moment am meisten beschäftigte, war eine Frage der letzten Ziele. Was hatte er letzten Endes aus seinem Leben gemacht? Hatte er seine Jahre klug verwendet?

Nein, mußte er voll Trauer antworten. Angesichts der nackten Tatsachen war Spence zu der Schlußfolgerung gezwungen, daß sein Leben im Grunde nichts anderes als eine einzige, ausschweifende Selbstbeweihräucherung gewesen war. Und es hatte zu nichts geführt als dazu, aus ihm einen sturen, selbstsüchtigen Karrieristen zu machen.

Kurz, von vorübergehenden Unterbrechungen abgesehen, war es ein Leben gewesen, das zu leben sich nicht gelohnt hatte. Kühl und logisch wie ein Computer nahm Spence die Schlußfolgerung zur Kenntnis und wunderte sich, warum er sich soviel Mühe gab, ein so erbärmliches Leben zu retten.

Über ihn kam ein Gefühl der Scham, der Schuld, das so dick war, daß es ihn wie ein Kleidungsstück einhüllte. Noch nie in seinem Leben hatte er sich für irgend etwas schuldig gefühlt. Daß er es ausgerechnet jetzt tat, wo er nichts mehr ändern konnte, war der Gipfel der Ironie.

Undeutlich erinnerte er sich an eine Art Gebet, das aus der Frustration des Augenblicks heraus gesprochen hatte, als er vor nicht langer Zeit über die Wüste der Marsoberfläche gewandert war. Dieses Gebet kehrte nun zu ihm zurück und verspottete ihn, wie auch sein eigener Mangel an Glauben an irgend etwas jenseits des menschlichen Erfindungsreichtums seiner spottete.

Schau, wie der Wurm sich windet! schien sein geisterhafter Ankläger zu sagen. Kaum wird das Geschöpf mit seiner eigenen Sterblichkeit konfrontiert, klammert es sich auch schon an jeden Strohhalm. Wo ist nun deine Würde, du Narr? Wo ist deine Selbstachtung? Hast du nicht den Mut, dein Leben so zu beenden, wie du es gelebt hast? Was gibt dir das Recht, jetzt nach dem zu rufen, den du nie angebetet hast, an den du nie geglaubt, den du nie anerkannt hast? Du hast nach deinen Überzeugungen gelebt – nun stirb auch nach ihnen!

Spence spürte eine Kälte in seiner Brust, als hätte sich eine eisige Hand um sein Herz geschlossen. So sehr er sich auch wünschte, daß es anders wäre, mußte er doch zugeben, daß der Ankläger recht hatte. Zum ersten Mal in seinem Leben sah er sich selbst so, wie er war. Der Anblick machte ihn krank. Er wünschte sich verzweifelt, es könnte irgendwie alles Geschehene rückgängig gemacht werden und er könnte eine neue Chance bekommen.

Doch die Hoffnung starb ungeboren in seiner Brust.

Es gab keine zweiten Chancen, dachte er traurig. Und für seine Lage gab es kein Rückgängigmachen, keine Hilfe, keine Hoffnung.

Auf diese Weise, versunken in mitleidloser Innenschau, kam Spence in die Stadt.

Fünftes Kapitel

Daran, daß es eine Stadt war, hatte er keinen Zweifel. Er hatte nicht bemerkt, daß die Decke der Höhle sich während der letzten vier oder fünf Kilometer allmählich emporgeschwungen hatte. Als er den Rand der fremdartigen Siedlung erreichte, konnte er die Decke nicht mehr sehen. Er war vorwärtsgetrottet, ohne auf seine Umgebung zu achten, als er vor sich etwas schimmern sah. Spence hob die Augen und stellte fest, daß er vor einer merkwürdigen Sammlung von Gebäuden stand.

Hätte er sie beschreiben müssen, so hätte Spence gesagt, daß die Stadt aussah wie ein Termitenhügel. Er erinnerte sich an Bilder aus dem Inneren eines solchen Hügels, die er in einem entomologischen Lehrbuch gesehen hatte, und die eigenartigen, länglichen und fließenden Formen, die er vor sich sah, erinnerten ihn daran. Bei näherem Hinsehen jedoch sahen die graziös verschlungenen Zellen anders aus als alles, was er bisher gesehen hatte. Und sie gaben nicht den kleinsten Hinweis darauf, wie ihre Bewohner ausgesehen haben mochten.

Diese Entdeckung versetzte ihn nicht in das berauschte Entzükken eines Abenteurers, der glaubt, endlich das Eldorado entdeckt zu haben, oder eines Paläontologen, der auf einen bisher unbekannten Saurier stößt. Er empfand nicht einmal das gleiche erhebende Gefühl, das er verspürt hatte, als er den Fußabdruck gefunden hatte.

Er stand einfach bewegungslos da und schüttelte ungläubig und staunend den Kopf. Es war einfach zuviel, um es auf einmal zu verarbeiten. Er wußte nicht, wie er reagieren sollte.

Als er wieder zu sich kam, setzte er sich in Bewegung und ging die gewundenen Wege zwischen den bienenstockähnlichen Behausungen entlang, unter geschwungenen Bögen hindurch und über halb unterirdische Kuppeln. Bald verlor er sich in dem feinen Gewirr verschlungener Formen wie ein Kind in einem verzauberten Wald.

Sein Weg war beleuchtet von den schimmernden Gewächsen, die an den Wänden der Gebäude hafteten. Ihm war, als bewegte er sich durch eine Elfenwelt voller Magie und flüsternder Stimmen.

Je mehr er von der Stadt sah – die aus einem lehmziegelartigen Material errichtet war wie die alten indianischen Pueblos, aber härter und haltbarer –, je weiter er ging, desto schöner erschien sie ihm. Und desto farbiger. Die Gebäude wiesen eine Reihe von feinen Schattierungen auf: verschiedene sanfte Orange-, Rot-, Violett- und Brauntöne; leichte erdige – oder besser marsige – Schattierungen von Ocker und Dunkelbraun, Bronze und Rost und Kupfer, die in ihrem eigenen, schwachen Licht schimmerten.

Es gab Öffnungen, die er als Fenster und Türen erkannte. Sie waren von unterschiedlicher Form, je nach der Krümmung der Wand oder des Durchgangs, zu dem sie gehörten. Aus diesem Grund gewann Spence keinen klaren Eindruck davon, wie die Bewohner selbst ausgesehen haben mochten.

Er steckte den Kopf in das dunkle Innere mehrerer Behausungen, sah aber nicht das Geringste, das ihm weitergeholfen hätte. Die Räume waren die inneren Versionen der äußeren Struktur, graziös modelliert und nach allem, was er sehen konnte, ausgekehrt und verlassen.

Auf seiner ehrfürchtigen Wanderung durch die verschlungenen Formen traf er schließlich auf einen breiten, mäandrierenden Weg zwischen zwei Reihen hoher Gebäude, den er als eine Art Hauptstraße erkannte.

Die Domizile zu beiden Seiten dieser Straße erhoben sich zu einer beträchtlichen Höhe über die glatte, ebene Oberfläche, auf der er ging. Einige davon waren durch sinusförmige, schlangenartig gewundene Bögen oder Brücken mit Gebäuden auf der anderen Seite verbunden.

Ihm kam der Gedanke, daß diese Straße ihn in das Zentrum der marsianischen Stadt führen würde.

Er irrte sich nicht.

Kaum eine Stunde, nachdem er die Stadt entdeckt hatte, stand er blinzelnd im Mittelpunkt eines weiten Platzes, der rundum von der merkwürdigen Architektur umgeben war. Die schiere, fremdartige Schönheit dieses Ortes überwältigte ihn. Wie auch immer die Marsianer ausgesehen hatten, sie mußten eine kultivierte, friedliebende Zivilisation gehabt haben. Das war der Eindruck, den ihm die Architektur vermittelte. Keinen Augenblick dachte er daran, es könnten noch Marsianer am Leben sein. Alles, was er sah, wies auf eine Zivilisation hin, die schon vor langer Zeit zu existieren aufgehört hatte.

Um sich auszuruhen, setzte er sich auf eine glatte, pilzförmige Erhebung; eine von vielen, die ungleichmäßig auf dem zentralen Platz verstreut waren. Er sah nur noch verschwommen und flakkernd; er wußte, daß er jetzt ernsthaft dehydriert war. Schwindel erfaßte ihn, und er fühlte sich plötzlich schwächer, als ob er dabei sei, sich aufzulösen. In seiner Vorstellung sah er einen Erkundungstrupp der Zukunft, der den Platz betreten, seine Knochen finden und ihn für den letzten Marsianer halten würde.

Als Spence dort saß und versuchte, die letzten sich auflösenden Fäden seiner Kraft zusammenzuhalten, fiel sein Blick zufällig auf einen der Bienenstöcke auf der anderen Seite des Platzes, der etwas abseits von den anderen stand. Aus irgendeinem Grund schien dieses Gebäude eine Bedeutung zu haben – er fühlte sich von ihm angezogen, obwohl es sich äußerlich nicht von den anderen unterschied. Es war etwa kuppelförmig und hatte Ausbeulungen an den Seiten, die sich zu einzelnen Abteilen oder Kammern formierten.

Spence nickte ein, während er das Gebäude aus der Ferne inspizierte. Seine Augen fielen zu, und er glitt von dem pilzförmigen Hocker herab, rollte auf die Seite und schlief ein.

Sofort war er wach. Er hätte schwören können, daß sein Kopf kaum den Boden berührt hatte, als er schon wieder die Augen aufschlug. Aber das Brennen in seinem Hals und das Pochen in seinem Kopf sagten ihm etwas anderes. Er hatte vielleicht für einige Zeit geschlafen, aber der Schmerz war es nicht, was ihn geweckt hatte.

Jemand rief seinen Namen. Und es klang, als wäre es aus dem Bau auf der anderen Seite des Platzes gekommen.

Das Wort war so schnell ausgesprochen worden, daß er nicht sicher war, ob er es sich nicht nur eingebildet hatte. Doch anders als eingebildete Stimmen hing diese wie etwas Gegenwärtiges in der Luft. Langsam nahm Spence seinen Helm ab und setzte ihn auf den Boden.

Die Luft in diesem Teil der Höhle war zwar trocken und abgestanden, schien aber sauerstoffreicher zu sein, denn er stellte fest, daß er nicht mehr so keuchen mußte wie zuvor. Die Totenstille des Platzes erschreckte ihn. Er hörte nicht das Geringste, nicht einmal einen Anflug von Widerhall. In seinem Helm hatte er zumindest den gleichmäßigen Rhythmus seines eigenen Atems gehört.

Plötzlich wurde ihm klar, daß er eingeschlafen war, weil der Sauerstoff in seinem Helm zurückgegangen war – die Pillen waren verbraucht. Hätte ihn die Stimme nicht noch einmal aufgestört, so wäre er nie wieder erwacht. Er wäre im Schlaf erstickt.

Mit einer Mischung aus Erleichterung und Sehnsucht stand er da und schaute auf seinen Helm hinab. Er war erleichtert, daß er diesem schleichenden Tod entkommen war, nachdem er so viele größere Gefahren gemeistert hatte. Andererseits wäre es ein friedlicher, schmerzloser Tod gewesen – einzuschlafen und nie wieder erwachen und die Schmerzen in seinem Magen und seinem Kopf und das stechende Feuer seines Durstes fühlen zu müssen.

Während er darüber nachdachte, ob er seinen Helm wieder aufsetzen und auf diese Weise das Spiel beenden sollte oder nicht, hörte er erneut seinen Namen. Er hörte den Klang in seinen Ohren und registrierte es in seinem Gehirn, aber er kam von woanders her, wenn er auch nicht wußte, woher oder wie. Sterbende hören oft Stimmen, erinnerte er sich. Es gab zahllose Berichte darüber.

Doch irgend etwas zog Spence zu der bienenstockförmigen Behausung auf der anderen Seite des Platzes hin. Zögernd trat er einen Schritt vor, unsicher, ob er seiner Halluzination so leicht nachgeben sollte. Doch dann zuckte er die Achseln. Er hatte schließlich nichts zu verlieren, wenn er auch wußte, daß er nichts finden würde, das für ihn von Interesse oder gar von Wert wäre. All die anderen Gebäude, in die er hineingeschaut hatte, waren durchweg völlig leer gewesen.

Doch das unerklärliche Ziehen leitete seine Schritte, und da er keine Kraft hatte, dagegen anzukämpfen, ließ er sich ziehen. Augenblicke später stand er vor der Kuppel und starrte auf ihre dunkle Eingangsöffnung.

Spence schwankte unsicher auf den Beinen, als er hineinschlurfte und gegen etwas stieß, das gleich hinter dem Eingang stand. Es war hart und unnachgiebig, und er sank kraftlos zusammen.

Dunkelheit herrschte in dem kühlen Inneren, vielleicht schon seit tausend Jahrhunderten. Er ließ sich von der Dunkelheit bedekken und überließ sich ihr, wurde ein Teil von ihr. Am liebsten wäre er einfach keuchend liegengeblieben und hätte sich nie wieder gerührt. Aber seine Neugier war stärker.

Wogegen war er gestoßen, als er hereingekommen war? Der Gegenstand war flach und hart, und er spürte immer noch die Kälte an seiner Seite, wo er ihn berührt hatte. Was konnte es sein?

Und wenn es seine letzte Tat war, er mußte wissen, was er gefunden hatte. Er kam auf die Knie hoch und kroch vorwärts über den Boden, auf den unsichtbaren Gegenstand zu. Seine Wange stieß gegen eine harte, flache Kante, und er preßte die Handflächen gegen eine glatte Oberfläche und stemmte sich hoch.

Und jetzt? fragte er sich. *Ich habe hier an diesem finsteren Ort etwas gefunden – und jetzt?*

Er dachte daran, den Gegenstand zu bewegen. Vielleicht konnte er ihn hinaus in die relative Helligkeit der Höhle schaffen. Aber so sehr er sich auch bemühte, in seinem geschwächten Zustand konnte er das Ding keinen Millimeter weit von der Stelle bringen. Er fand nicht einmal einen Platz, wo er es richtig anfassen konnte.

Er ließ die Hände über die Oberfläche des Gegenstandes gleiten, um eine Vorstellung von seiner Größe und Form zu gewinnen. Er fühlte sich wie ein Blinder, der versucht, das Wesen eines Gegenstandes zu erraten, den er nie gesehen hat. Das Ding war gleichmäßig glatt und ähnelte einer Kiste. Die Oberfläche bestand aus ebenen Flächen, die in stumpfen Winkeln aneinander stießen wie die Platten einer Rüstung oder die Facetten eines Edelsteins.

Noch einmal fuhr Spence mit den Händen über die Decke des rechteckigen Objektes und ertastete einen hohen zylindrischen Teil, der daraus aufragte. Er folgte dem Zylinder aufwärts und stellte fest, daß er von einer großen Kugel gekrönt war. Zwei weitere Zylinder mit Kugeln fand er an jedem Ende der rechteckigen Fläche.

Nun war seine Neugier ganz und gar geweckt. Er stand abrupt auf – zu schnell für seinen Zustand – und Schwindel erfaßte ihn wie eine dunkle Wolke. Er taumelte rückwärts und fiel gegen ein kleineres Objekt direkt hinter ihm. Er stieß mit den Waden dagegen und fiel hintenüber. Ein sprödes Krachen drang an seine Ohren.

Er lauschte in die Dunkelheit. Denn da war noch etwas anderes in dem Krachen, das er gehört hatte. Ein Geräusch, auf das er unbewußt gelauscht hatte, seit er den Tunnel betreten hatte. Er erkannte es jetzt, aber in dieser Stille wirkte es fehl am Platze und fast unheimlich.

Irgendwo in der Dunkelheit, ganz nahe, hörte er das wunderbare Plätschern von Wasser, das auf den Boden tropfte.

Sechstes Kapitel

„Gib mir nur noch einen Tag. Nur einen einzigen. Was macht es schon aus? Du kannst deinen Bericht immer noch morgen früh abschicken. Mehr will ich nicht."

Packer, der auf einem Kontursessel an der Funkkonsole kauerte, lehnte sich zurück und sah seinen Freund an. Ihre Blicke trafen sich und blieben aneinander haften. „Also schön", seufzte Packer. „Wahrscheinlich spielt es keine Rolle. Du hast es sowieso schon geschafft, es um eine Woche hinauszuschieben. Aber du mußt mir sagen, warum – ich verstehe deine Besessenheit nicht. Du mußt doch wissen, daß es keine Chance mehr gibt. Es hat keinen Sinn, Adjani."

Der schlanke, dunkelhäutige Mann nickte nachdenklich und sprach dann mit gesenkter Stimme, als fürchtete er, jemand könnte es hören. „Ich hatte letzte Nacht einen Traum", flüsterte er. „Ich habe ihn gesehen – Spence. Er war am Leben und befand sich in einer Art Höhle. Er war verletzt, aber er war am Leben."

„Und du glaubst an diesen Traum?"

Adjani nickte langsam.

„Warum? Sag es mir."

„Manchmal spricht Gott in Träumen und Visionen zu seinen Leuten. Ich glaube, es ist ein Zeichen, daß ich weitersuchen soll."

Packer runzelte die Stirn. Träge befingerte er die Schalter auf der Konsole vor ihm. „Ein Zeichen? Bist du da nicht ein wenig melodramatisch?"

„Ich weiß nicht, was du meinst –"

„Eigentlich gar nichts. Hör nicht auf mich." Packer wandte sich ab. „Also, du machst weiter und tust, was immer du tun zu müssen glaubst. Aber ich muß zumindest melden, daß er vermißt wird. Und ich möchte, daß du dich für einige der Schichten bereithältst, okay? Die übrige Zeit ist deine Sache. Du kannst sogar hierbleiben, während wir die Sonden positionieren. Abgemacht?"

„Abgemacht." Adjani blieb an die Konsole gelehnt stehen und lächelte den hünenhaften Physiker an.

„Was noch? Brauchst du meine Autoschlüssel?"

„Ich dachte nur gerade, daß du auch gerne glauben würdest. Du würdest auch gerne denken, daß er noch lebt, stimmt's?"

„Klar – wer würde das nicht? Auf diese Art zu sterben –"

„Das habe ich nicht gemeint, und das weißt du auch. Du würdest gerne an den Traum glauben. Gib es zu."

„Also schön. Ich gebe es zu. Ja, ich würde gerne glauben, daß da draußen etwas ist, das über uns wacht. Ich wünschte, ich könnte es glauben."

„Nun, vom Glauben*wollen* zum Glauben ist es nur ein Schritt, nicht wahr?"

Er drehte sich um und verschwand zwischen den aufgetürmten Reihen telemetrischer Anlagen, die die Kommunikationskabine füllten.

„Dieser unheimliche Inder", murmelte Packer, als er aufstand, den Stuhl zurückschob und sich davonmachte, um zu sehen, welche Fortschritte seine Jungs mit der Zusammensetzung der Sonden für die nächste Phase des Terraformungs-Projektes machten.

Hockings dünne Finger fuhren nervös über die Konsole seines Stuhls. Ein Jaulen wie das eines getretenen Hundes schien in der Luft zu vibrieren und schnell über den hörbaren Bereich hinauszugehen. Ein Lichtkreis erschien auf dem Boden vor ihm, und der eiförmige Stuhl glitt hinein und schwebte dort.

Im nächsten Augenblick erfüllte sich die Luft rund um den Stuhl mit einem klingelnden Geräusch wie von tanzenden Nadeln oder zerbrechenden Glasscherben. Dann erschien auf halbem Wege zwischen Decke und Boden ein schwaches Leuchten und erweiterte sich zu einem strahlend blauen Halo. Das Innere des Halos funkelte, als sich darin Formen aus purem Licht verdichteten und verschoben.

Hocking wartete, während allmählich die vertrauten Züge seines gefürchteten Mentors hervortraten.

Mit geneigtem Kopf saß Ortu da, die Falten seiner gelben Haut schlaff herabhängend, die Augen geschlossen, bewegungslos. Er wirkte völlig leblos, aber Hocking wußte es besser.

Langsam hob sich der haarlose Schädel, und die Augenlider öffneten sich. Zwei gelbe Augen starrten mit kalter, reptilienhafter Bosheit hervor. Die Winkel des dünnen, lippenlosen Mundes waren leicht herabgezogen. Für nichts, das Ortu je tat, wandte er je auch nur ein Jota mehr Mühe auf, sei es in Gedanken oder Bewegungen, als unbedingt notwendig. Er tat nur das, was nötig war, um seine Ziele zu erreichen, keinen Deut mehr.

„Der gebrochene Mann ruft seinen Meister. Warum?" Die Worte erklangen wie aus Eis geschlagen.

„Du batest mich um einen Bericht nach dem neuesten Versuch."

„Ja?"

„Wir haben Reston lokalisiert . . . auf dem Mars." Beim letzten Wort spürte Hocking ein aufflackerndes Interesse in den statischen Zügen seines Meisters – nicht mehr als ein Funke in den trüben, gelben Augen. „Ich versuchte, wie angewiesen eine Geistesverbindung herzustellen. Es gelang nicht – das heißt, ich war nicht in der Lage, den Kontakt wiederaufzunehmen. Natürlich könnte es sein, daß er tot ist."

„Du hast die Prozedur wieder verdorben!" schnappte Ortu. „Ich habe dich gewarnt!"

Hocking starrte zurück. „Ich bin genau nach deinen Anweisungen verfahren. Es war nicht mein Fehler. Reston verfügt über erstaunliche Widerstandskräfte, aber bei ihm ist auch irgendeine Art von störendem Einfluß im Spiel. *Niemand* hat bisher drei Projektionen überlebt."

Ortu zögerte – etwas, das Hocking noch nie erlebt hatte. Doch als er wieder sprach, klang seine Stimme so flach und beherrscht wie zuvor. „Vielleicht ist etwas an dem, was du sagst. Ein störender Einfluß. Aber wir müssen uns Gewißheit verschaffen, ob er tot oder am Leben ist. Finde es heraus und erstatte mir Bericht."

„Ich werde tun, was du sagst."

Der funkelnde Halo verdunkelte sich und entschwand dem Blick. Vor Hockings Augen löste sich das uralte Gesicht wieder in Flecken diffusen Lichtes auf und verschwand, als der Kranz dahinschmolz. Der Pneumostuhl drehte sich und glitt davon.

Hocking lächelte finster und murmelte: „Ich glaube, es ist an der Zeit, herauszufinden, wieviel Miss Zanderson weiß."

Spence lag flach auf dem Boden der Behausung inmitten der Bruchstücke des Gegenstandes, über den er gestürzt war. Eine harte Masse drückte gegen sein linkes Bein – der Überrest des Stolpersteins. Von dort hörte er das tropfende Geräusch.

Er streckte eine zitternde Hand in die Dunkelheit aus und spürte die zersplitterte Kante eines Gegenstandes nahe bei seinem Ellbogen. Vorsichtig tastete er mit der Hand darüber, ängstlich darauf bedacht, seinen Handschuh nicht zu beschädigen, falls sich die Flüssigkeit als ätzend herausstellen sollte. Dann beugte er den Kopf über die Öffnung, die er betastet hatte, und schnüffelte an dem Inhalt des offenbar krugförmigen und recht großen Behälters. Da er nichts riechen konnte, griff er mit der Hand hinein.

Ja, der Behälter enthielt eine Flüssigkeit. Er zog die Hand heraus, hielt sie sich dicht vors Gesicht und roch erneut daran, und dann berührte er vorsichtig, der Gefahr eingedenk, mit einem Finger seine Zunge.

Es war Wasser.

Beinahe wäre Spence aus seinem Oberflächenanzug herausgesprungen. Zitternd vor Erregung zog er seine Handschuhe aus, schleuderte sie beiseite und kauerte sich über das Gefäß. Mit einer Hand reichte er hinein und hob einen winzigen Schluck an seine Lippen.

Das Wasser prickelte auf seiner Zunge wie Elektrizität. Er ließ es in sein ausgedörrtes Gewebe sickern und schöpfte dann mit der Hand den nächsten Schluck. Auf diese Weise stillte er schließlich seinen Durst; es dauerte einige Zeit, denn er achtete darauf, nicht den kleinsten Tropfen zu verschütten. Er wußte nicht, wie lange das Wasser reichen würde, und wollte sich so lange wie möglich damit am Leben erhalten.

Als er fertig war, setzte er sich zurück, hielt das Gefäß mit einer Hand fest, damit es nicht umfallen und der Rest des Wassers verloren gehen konnte, und tastete mit der anderen auf dem Boden nach seinen Handschuhen. Dabei fuhr seine Hand über eine leicht erhabene Plattform im Boden. Drei ovale Gegenstände waren auf der Oberfläche angebracht; sie fühlten sich glatt wie Glas an, und Spence tat, was jedes auf der Erde geborene Kind getan hätte: Er legte die Finger auf das Oval in der Mitte und drückte dagegen.

Plötzlich erstrahlte das Innere der Kuppel in weißem Licht, und die Luft sang mit einem extrem hohen Summen an der Grenze der Hörbarkeit. Er schlug die Hand über die Augen und fiel vornüber.

Er wartete. Nichts geschah.

Vorsichtig hob er den Kopf und sah vor sich auf einem niedrigen Sockel einen länglichen, sargähnlichen Gegenstand, auf dem sich drei schmale Zylinder mit Kugeln am oberen Ende befanden. Die Kugeln waren durchsichtig und mit einer Flüssigkeit gefüllt. Auf dem Boden neben ihm lag seine eigene zerbrochene Kugel neben dem niedrigen Podest, auf dem die Ovale angebracht waren, von denen er eines gedrückt und offenbar dadurch die Beleuchtung des Raumes eingeschaltet hatte. Es war dieses niedrige Podest, offenbar eine Art Konsole, worüber er gestolpert war und dabei die Kugel abgeschlagen hatte, die vielleicht daran befestigt gewesen war.

Das Licht, das so hell aufgestrahlt hatte, kam von einer Quelle unter dem Sockel des länglichen Gegenstandes, der mehr als alles andere wie ein durchscheinender Sarkophag aussah. Er glänzte dunkel, und seine Facetten schimmerten wie die Schuppen eines Reptils grau, wo das Licht sie durchdrang und umspielte.

Er stand auf, ging hinüber und rieb an einer der Flächen, wie er es mit einer beschlagenen Fensterscheibe getan hätte, um in einen verbotenen Raum zu spähen. Falls etwas darin enthalten war, war es nicht deutlich zu erkennen.

Spence wandte sich wieder der kleinen Konsole zu. Durch das Drücken des mittleren Ovals hatte er etwas bewirkt. Nun wählte er den ovalen Stein rechts davon und drückte vorsichtig dagegen.

Wieder ertönte das hohe Summen, und als er den Blick auf den Sarkophag richtete, sah er, wie die Flüssigkeit aus einer der drei Kugeln langsam durch den Zylinder in die trübe Tiefe des mysteriösen Kastens zu rinnen begann. Als die erste Kugel leer war, setzte sich der Vorgang mit der zweiten und dann mit der dritten fort.

Spence ging zu dem länglichen Kasten hinüber und drückte sein Gesicht gegen die trübe durchscheinenden Flächen. Undeutlich sah er eine Masse aus einem fein verästelten Material. Es sah faserig, verschrumpelt und eingetrocknet aus und hatte entfernt menschenähnliche Umrisse wie eine Mumie. Aber es war keine Mumie. Das Ding lag in einer etwa sechs Zentimeter hoch stehenden Flüssigkeit, auf der, soweit Spence sehen konnte, eine dicke Staubschicht schwamm.

Er hielt das Gerät für irgendeine Art von Maschine für die Aufzucht von Nährpflanzen. Das war das erste, was ihm in den Sinn kam, denn durch das Licht, das Wasser und die schwimmenden Nährstoffe erinnerte ihn die Apparatur an eine Art Miniatur-Gewächshaus, wenn auch von einer Konstruktion, wie sie sicherlich kein Mensch auf der Erde je gesehen hatte.

Er wartete, bis die letzte Flüssigkeit aus der dritten Kugel in die Gewächshauskammer geronnen war, und ging dann zurück, um gegen das dritte Oval zu drücken.

Das Summen, das den Raum erfüllte, erklang nun tiefer, und er hatte beinahe sofort das Gefühl, daß es im Inneren der Behausung wärmer wurde.

Er ging zu dem Wachstumstank und legte seine Hände auf die Oberfläche. Sie fühlte sich wärmer an, aber er war sich nicht sicher. Er wartete eine Weile, aber nichts weiter passierte.

Er beschloß, die Gebäude eines nach dem anderen zu durchsuchen, um zu sehen, ob er vielleicht noch mehr von den merkwürdigen Gewächshäusern fand. Doch er wurde enttäuscht. Da er keine weiteren Geräte oder sonst etwas Interessantes aufspüren konnte, kehrte er etwas niedergeschlagen in die erste Behausung zurück.

Während seiner Suche hatte Spence über die Stimme gerätselt, die ihn gerufen und so von der Schwelle des Todes zurückgehalten hatte. Zweimal hatte er sie gehört – das erste Mal hatte sie ihn gerade rechtzeitig aus einem tödlichen Schlaf geweckt. Beim zweiten Mal hatte sie ihn zu dem Gebäude geführt, das allein unter all den anderen die Wachstumsmaschine und das Wasser enthielt. Auch das war für ihn die Rettung gewesen.

Spence hatte einmal eine Weltkarte gesehen, die ein Seefahrer des achten Jahrhunderts gezeichnet hatte. Die Karte zeigte eine flache Welt, in der bekannte Gefahren eindeutig gekennzeichnet waren. Doch an die Ränder der Welt, wo die Grenzen zwischen dem Bekannten und dem Unbekannten gezogen waren, hatte der Zeichner die Worte geschrieben: *Hier sind Drachen.*

Jeden, der in Spences Hörweite von übernatürlichen Dingen sprach, steckte er pauschal in dieselbe Schublade wie jenen unwissenden und abergläubischen byzantinischen Seefahrer. Vor der Religion hatte Spence etwas mehr Respekt, aber nur eine Nuance. In ihren milderen Erscheinungsformen betrachtete er sie als eine Art harmlos-naiver Rechtschaffenheit, eine Zuflucht für einfachere Gemüter, die von der Welt, wie sie sie sahen, und von ihrer eigenen Unfähigkeit, sie zu ändern, verwirrt und verängstigt waren. Sie war ein psychologisches Überbleibsel aus einer lange vergangenen Zeit, als die Menschen, die sich nach Ordnung sehnten, aber nicht wußten, wie sie sie schaffen sollten, ein höchstes Wesen heraufbeschworen hatten, das nicht dem Auf und Ab der täglichen Veränderung unterworfen war, das nicht ein Teil des Gewirrs der Welt war, weil es außerhalb von ihr stand. Und wenn dieser Gott vielleicht auch nicht dazu beitrug, das Chaos in der Welt zu beheben, so vergrößerte er es zumindest auch nicht und wurde somit als seinen Geschöpfen gegenüber wohlwollend eingeschätzt.

Er gestand zu, daß der Glaube an diese Gottwesen eine Art geringfügige Tugend war, etwa in dem Sinn, wie Freundlichkeit zu Tieren oder kleinen Kindern eine Tugend war. Im allgemeinen machte er sich nicht darüber lustig – derartige Tugenden hatten ihre Daseinsberechtigung in der Welt –, aber er fand nichts daran, das ihm für sich selbst erstrebenswert erschienen wäre.

Und doch hatte er – wenn man es so nennen konnte – in seinem eigenen Augenblick des Zweifels und des Leides zu eben diesem höchsten Wesen gebetet. Dies war, sagte er sich, die Tat eines Ertrinkenden gewesen, der vielleicht nicht an Schwimmwesten glaubte, aber dennoch bereit war, es als letztes Mittel mit einer solchen zu versuchen, bevor sich das Wasser für immer über seinem Kopf schloß.

Er hatte es aus Schwäche getan, und das war verständlich.

Aber die *Stimme* – das war etwas anderes. Er hatte sie *gehört*. Er konnte es nicht wegdiskutieren; ihre Gegenwart schwang immer noch in seinem Geist.

Spence ließ sich in dem Raum mit der Wachstumsmaschine nieder, um zu grübeln und auf neue Entwicklungen zu warten. Er würde schlafen und warten; wenn nichts weiter geschah, würde er sein Wasser nehmen und seinen Weg zurück durch die Tunnels machen oder versuchen, einen anderen Weg an die Oberfläche zu finden. Letzteres erschien ihm vielversprechender, da er bezweifelte, daß er es schaffen würde, durch jene Tunnels wieder nach oben zu klimmen; die Wände waren zu glatt und schlüpfrig und steil.

Siebentes Kapitel

Der Tunnel, sanft erleuchtet von einem leichten blau-grünen Schimmer, wand sich nach oben und aus dem Inneren des Planeten hinaus. Spence hatte sich durch schiere Willenskraft bis an den Zugang zu dem unterirdischen Schacht geschleppt, indem er sich mit Fingern und Zehen an die schlüpfrige Oberfläche klammerte. Vor ihm standen zwei kühl glänzende Türen.

Als er sich den Türen näherte, wurde ihm klar, daß eine der Türen hinaus auf die Oberfläche des roten Planeten führte und die andere zur Antwort auf seine Träume. Mit dieser Erkenntnis kam ein Moment schwindelerregender Unentschlossenheit. Sein Herzschlag begann zu rasen. Schweiß perlte ihm von Gesicht und Nakken.

Welche sollte er öffnen? Nach welcher Freiheit verlangte er stärker?

Er raffte sich auf, legte seine Hand auf den Knopf der Tür, die ihm am nächsten war, und betrat einen leeren Raum. Sofort sank ihm das Herz – er war hereingelegt worden. Hier war nichts, was ihm helfen konnte.

Doch als er in das düstere Innere des Raumes blinzelte, sammelte sich ein Nebel, der aus dem Boden vor ihm emporquoll und sich in einer dichten Wolke erhob.

Die Dämpfe brodelten, und er sah darin rote Funken, die sie wie Blitze durchzuckten, und eine undeutliche Form, die sich herausbildete, als ob sie sich aus den Dämpfen verdichtete. Er beobachtete, wie die Form allmählich eine entfernt menschenähnliche Gestalt annahm.

Die Wolke verzog sich und gab den Blick auf ein Geschöpf frei, das bemerkenswert menschenähnlich war, aber aus einem völlig anderen Stoff gemacht zu sein schien.

Bewegungslos ragte das Wesen über ihm auf. Seine glatte, haarlose Haut glänzte golden, und Feuchtigkeit perlte davon ab. Er erschauderte, als der Fremde seinen ersten Atemzug tat.

Er wollte sich abwenden, wegrennen und sich vor der Gegenwart des Fremden verbergen, aber er konnte sich nicht bewegen; eine unbezwingbare Kraft hielt ihn fest. Er vergrub sein Gesicht in den Händen und spähte durch zitternde Finger in die ernsten, hageren Züge. Die Augenlider bebten und hoben sich langsam, und zwei große, gelbe Augen wie die einer Katze starrten auf ihn herab. Er wich vor ihrem Blick zurück.

Doch das Monster sah ihn und durchschaute ihn, durchdrang ihn bis in die innersten Winkel seines Herzens. Es hob einen schlaksigen Arm und öffnete den Mund, um zu sprechen.

Er fiel auf die Knie, als wollte er das Geschöpf um Gnade bitten, aber es trat für ein so großes Wesen mit erstaunlicher Schnelligkeit vor. Es hob ihn auf seine starken Arme und trug ihn in die verdunkelte Ecke des Raums, die sich plötzlich in einen breiten, hell erleuchteten Korridor mit geschwungener Decke verwandelte, gekreuzt von andern Gängen, die in regelmäßigen Abständen davon abzweigten.

Das goldene Wesen trug Spence mühelos mit langen, sicheren Schritten und kam schließlich in einen großen, kuppelförmigen

Raum, der mit exotisch aussehenden Maschinen und merkwürdigen Instrumenten gefüllt war. Er setzte Spence in eine Art schüsselförmigen Sessel und setzte einen aus einer dünnen, durchsichtigen Schale bestehenden Helm auf seinen Kopf. Das Geschöpf beugte sich über eine niedrige Reihe übereinander montierter Kugeln, und Spence fühlte, wie ihn eine warme Empfindung durchdrang.

Das Geschöpf schaute ihn an und fragte: „Wer bist du? Warum bist du gekommen?“

Der Schmerz war wie ein Laserstrahl, der durch sein Gehirn schnitt und es mit einem einzigen mühelosen Schlag in zwei Hälften teilte. Noch vor einem Augenblick hatte Spence auf einer der größeren Kuppeln gestanden und nach einem Ausgang aus der Höhle Ausschau gehalten. Im nächsten Moment lag er auf der Seite, und der Schmerz explodierte wie Granaten in seinem Kopf.

Er war durch die dünne Schale des Gebäudes gefallen, als der Teil, auf dem er stand, mit einem spröden Krachen unter seinem Gewicht zusammenbrach. Er war auf der Seite gelandet, und als er versuchte, sich zu bewegen, explodierte der Schmerz in blendenden Farben.

Lange Zeit lag er keuchend da, bis der Schmerz genug nachgelassen hatte, daß er sich herumwälzen und die Hände auf den Boden legen konnte, um sich hochzustemmen. Doch die Anstrengung war zuviel für ihn. Er würgte krampfhaft, wurde von einem Hustenanfall geschüttelt und schmeckte Blut im Mund, als er vorbei war. Unter sich auf dem Boden sah er Blutflecken in der dicken Staubschicht. Mit einem Stich des Entsetzens erkannte er, daß er eine oder mehrere Rippen gebrochen hatte und daß mindestens eine seiner Rippen die Lunge punktiert hatte. Er fiel zurück, und ein langgezogener, jammernder Klagelaut brach aus ihm hervor; Tränen rollten seine Wangen herab, als er in dem Schutt, der ihn umgab, hin- und herschaukelte und in Verzweiflung und Schmerz aufheulte.

Einige Zeit später schleppte er sich, bei jedem Schritt vor Schmerz wimmernd, zurück zu der ersten Kuppel und legte sich in der Nähe der Wasserkugel nieder. Die Stunden verschwammen und jagten dahin. Das Feuer in seinem Kopf brannte immer heißer. Spence wankte am Rand der Bewußtlosigkeit und kippte oft über die Linie. Er lag im Fieber und hustete, und seine Lunge füllte sich mit Flüssigkeit, die ihn zu ersticken drohte. Jede Bewegung sandte ein Crescendo des Schmerzes durch seinen Körper. Seine Brust fühlte sich an, als würde sie mit einer weißglühenden Zange zusammengepreßt.

Spence lag in einer Traumwelt, halb wach, halb ohnmächtig. In Abständen kämpfte er sich hoch, um einen Schluck Wasser aus der Kugel zu nehmen, und fiel jedesmal von der Anstrengung überwältigt wieder zurück.

Die Zeit verging; wieviel Zeit, konnte er nicht ermessen. Die ohnehin schon durcheinander geratenen Stunden verschwammen ineinander, und er konnte nicht einmal seine wachen Momente von den Träumen unterscheiden – alles floß zusammen und mischte sich wie Wachsperlen auf einer heißen Herdplatte.

Während einer seiner seltenen wachen Augenblicke hörte er das pulsierende Summen der Maschine neben ihm; es kam ihm sogar vor, als hätte er es schon eine Weile lang gehört. Er drehte den Kopf und verlagerte seinen Körper leicht, um einen besseren Blick darauf zu haben.

Die grauen, durchscheinenden Flächen des sargähnlichen Kasten hatten sich getrübt, als ob im Inneren Dampfwolken wirbelten. Winzige rote Blitze zuckten innerhalb des Kastens von Punkt zu Punkt.

Aufgerüttelt von diesem Anblick schob er sich näher heran und richtete sich langsam und mühselig hoch genug auf, um sein Gesicht gegen eine der unteren Flächen zu pressen und hineinzuschauen.

Er sah eine brodelnde, geleeartige Masse, die im Licht der winzigen Blitze glänzte. Der Stoff hatte das trockene, faserige Material mit einer zitternden Schicht bedeckt, von der ein schwerer Dampf aufstieg. Er bemerkte, wie sich die undeutlichen Umrisse einer Form herausbildeten – einer Form, die ihm vage vertraut erschien.

Spence schwankte zwischen Bewußtsein und Bewußtlosigkeit hin und her, erwachte, schlief, fiel in Ohnmacht. Geschwächt vom

Hunger und von dem Schmerz, der an ihm riß wie eine hungrige Bestie, konnte er nicht sicher sein, was er wirklich sah oder wann er es sah – alles hüllte sich in die luftige, unwirkliche Atmosphäre seiner Träume.

Die Realität löste sich um ihn her auf.

Er stöhnte, heulte und sang derbe Lieder; er lachte wie ein Geistesgestörter und weinte wie ein verirrtes Kind. Er hörte merkwürdige Geräusche: seufzende und gurgelnde, stöhnende und rasselnde Geräusche und langgezogene Pfeiftöne. Er war sich nicht sicher, daß sie nicht alle von ihm selbst stammten, aber es schien ihm, als kämen sie aus dem Wachstumskasten.

Irgendwann veränderte sich das Licht vom Sockel des Sarkophags von weiß zu rosa und badete den Raum und Spence in eine rötliche Illusion der Vitalität. Bald darauf trennte sich der obere Teil der Maschine vom unteren. Mit einem Zischen entwichen die Dämpfe, und der Raum füllte sich mit einem beißenden Geruch wie von verbranntem Gummi.

Nach Atem ringend und würgend lag er auf dem Boden und rollte den Kopf hin und her. Doch als die Dämpfe sich aus dem Inneren des Kastens verzogen hatten, richtete er sich mühsam auf und schaute über den Rand hinein.

Drinnen lag ein Körper ausgestreckt wie tot – humanoid, mit Gliedern und Rumpf wie bei einem Menschen, aber auffallend verlängert. Seine Züge, ebenso wie die Einzelheiten seines Körpers, waren noch ungeformt, als wäre die Gestalt aus Ton gemacht und erst teilweise fertig. Es gab nicht das geringste Lebenszeichen – das Ding hätte eine Statue sein können, deren Schöpfer fortgerufen wurde, bevor er sein Werk vollenden konnte.

Noch zweimal schaute Spence in klaren Momenten in die Maschine. Jedesmal schien es ihm, als hätte sich das Ding weiterentwickelt, doch inwiefern es sich genau verändert hatte, war schwer zu bestimmen.

Mit jeder Stunde wurde er schwächer und instabiler. Der Schmerz in seiner Brust war ein ständiges, durchdringendes Pochen. Er lag zusammengerollt um seine Wasserkugel und hatte nicht mehr die Kraft, den Kopf zu heben. Unter den Qualen eines zerbrochenen Körpers und eines aufgewühlten Geistes schlief er lange und unruhig. Merkwürdige und phantastische Träume suchten ihn heim, in denen er Dinge sah, die ihn erschreckten.

In einer dieser beängstigenden Visionen rannte er eine stinkende, mit Unrat übersäte Straße entlang und wurde von kreischenden schwarzen Dämonen mit blitzenden Zähnen und glühenden Augen verfolgt. Nirgendwo konnte er sich vor ihnen verstecken oder in Sicherheit bringen. Sie folgten ihm in einer Meute wie Wölfe und brüllten in bösartiger Wut.

Vielleicht war es ein anderer Traum, in dem er sah, wie sich die Gestalt eines goldhäutigen Wesens aus dem grauen Sarg erhob. Feuchtigkeit glänzte auf der glatten, haarlosen Haut, und er hörte, wie das Wesen schnell und plötzlich Luft in seine Lungen sog. Er sah, wie sich die Augenlider langsam hoben und zwei große, beinahe leuchtende gelbe Augen offenbarten, die ihn mit einem kalten, reptilienhaften Blick musterten.

Dann bemerkte er, wie die glatten Wände des beleuchteten Korridors an ihm vorbeiglitten, und er dachte, er wäre wieder in Gotham und in einer der Rohrbahnen unterwegs. Er wandte den Kopf und sah eine längliche, dreifingrige Hand, die seine Schulter gepackt hielt, und er blickte auf in die riesigen, gelben Augen.

Als er das nächste Mal das Bewußtsein wiedererlangte, befand er sich in einem Raum voller eigentümlich aussehender Geräte, und er war umgeben von einer filmartigen Substanz, die über ihm hing wie ein schlaffes Zelt aus Spinnweben. Das Zelt glitzerte und pulsierte vor Energie. Er blickte an sich hinab und sah eine rote, gezackte Wunde an seiner Seite, die von eitrigem, grünschwarzem Gewebe umgeben war, geschwollen und entstellt. Die Wunde wurde von zwei langen, weißen Nadeln zusammengehalten, die ihm ein prickelndes Gefühl in den Knochen verursachten.

Dann träumte er, er stünde unter einem weiten, blauen Himmel auf einem hohen Berg und spürte, wie die kühle Luft gegen seine Kleider peitschte. Über sich auf einem Gipfel sah er ein altes Schloß stehen, und schwarze Vögel kreisten langsam durch die Luft und gaben mißbilligende Laute von sich. Eine Stimme in seinem Kopf bildete Worte und verursachte funkelnde Bilder, aber die Worte hatten keine Bedeutung, und die Bilder waren all seiner Erfahrung völlig fremd.

Und dann war nur noch Dunkelheit – herrliche Dunkelheit und Befreiung.

Achtes Kapitel

Die Nachricht war an sich schon recht verwirrend gewesen, aber der junge Mann, der nun vor Ari stand, war nicht weniger rätselhaft. Ari studierte mißtrauisch sein lächelndes Gesicht und antwortete langsam: „Ich bin nicht sicher, daß ich weiß, wovon Sie reden. Ich habe Dr. Reston seit mehreren Wochen nicht gesehen."

Kurt nickte beruhigend. „Ich verstehe. Dr. Reston wollte seinen Aufenthaltsort gerne geheimhalten, aber er hat sich mit uns in Verbindung gesetzt und mich darum gebeten, Sie zu benachrichtigen."

„Sie sagen, Sie haben eine Nachricht von ihm erhalten?" fragte Ari mit fester Stimme, ohne die plötzlich in ihr aufkeimende Hoffnung erkennen zu lassen.

„Ja, ich wollte gerade davon sprechen. Er sagte, es gehe ihm gut und er vermisse Sie sehr. Er freut sich auf seine Rückkehr und auf das Wiedersehen mit Ihnen."

„Ist das alles? Hat er nichts über seine Arbeit gesagt?"

„Oh doch. Er sagte, seine Arbeit gehe sehr gut voran und er sei sehr froh, die Reise gemacht zu haben – das heißt, abgesehen davon, daß er Sie vermißt. Mir scheint, daß er Sie sehr gern hat."

Ari ignorierte den Kommentar, aber der junge Mann lächelte so aufrichtig, daß sie sich wie ein Lump vorkam, ihn zu verdächtigen. Offensichtlich sagte er die Wahrheit.

„Ich glaube schon“, gab sie zu.

„Und Sie mögen ihn auch – das merke ich. Wußten Sie, daß er zum Mars wollte?“

„Gewiß, ich –“ Ari hielt inne und warf einen schnellen Blick in das Gesicht des Kadetten. Er wirkte ehrlich interessiert. „Zumindest habe ich es geahnt. Er ist niemandem gegenüber besonders offen, wissen Sie.“

„*Das* können Sie laut sagen. Ich dachte mir nur, Ihnen könnte er es gesagt haben – wegen diesem Geburtstagsgeschenk und so. Wir wußten nicht einmal, daß er weg war. Fanden Sie es nicht merkwürdig, daß er sich so davonschlich?“

„War es denn so ein großes Geheimnis?“ fragte Ari. „Ich dachte, er hätte es zumindest all denen gesagt, die davon erfahren mußten.“

„Das muß er wohl vergessen haben“, lachte Kurt. „Nun, ich werde mich jetzt besser auf den Weg machen.“ Die Tür glitt auf, und der junge Mann wandte sich zum Gehen. „Übrigens, kann ich ihm irgend etwas von Ihnen ausrichten – falls er wieder Kontakt mit uns aufnimmt?“

Ari lächelte und schüttelte den Kopf. „Nein, nichts, das nicht warten könnte. Sagen Sie ihm nur, daß er vorsichtig sein soll und daß ich es kaum abwarten kann, ihn wiederzusehen.“

„Das werde ich tun. Auf Wiedersehen, Miss Zanderson. Machen Sie’s rund.“

Der ganze Besuch war recht harmlos verlaufen, aber sie wurde das Gefühl nicht los, daß noch etwas anderes, Unausgesprochenes dahintersteckte. Warum war er nach so langer Zeit gekommen? Warum ausgerechnet jetzt? Außerdem hatte irgend etwas von dem, was er gesagt hatte, ihren Verdacht erregt. Was war es?

Sie hoffte, daß sie Spences Geheimnis nicht preisgegeben hatte. Vielleicht war sie aber auch einfach übervorsichtig. Vielleicht hatte Spence sein Problem gelöst, wie er es gehofft hatte, und wollte sie das wissen lassen. Also schickte er seinen Kadetten mit einer Nachricht. Es war einigermaßen plausibel.

Warum konnte sie es dann nicht akzeptieren? Gewiß steckte mehr dahinter als nur schlichte weibliche Eitelkeit. Ari hatte den

Eindruck gehabt, sie selbst würde die erste sein, mit der Spence sich in Verbindung setzte, falls er sein Schweigen brechen wollte. Sie fühlte sich verraten, sagte sich aber, daß das albern sei. Außerdem sollte sie sich eigentlich darüber freuen, daß es ihm gut ging.

Aber *ging* es ihm gut? Warum zweifelte sie daran? Der Gedanke nagte für den Rest des Tages an ihr. Dann beschloß sie, einfach nicht mehr daran zu denken, da sie nun einmal keinen Grund hatte, an der Ehrlichkeit des jungen Mannes und seiner Botschaft zu zweifeln.

Benommen und halb wach sah sich Spence in seiner Umgebung um. Er fühlte sich, als wäre er erst unter Drogen gesetzt und dann bewußtlos geschlagen und als zerschmetterter Haufen zurückgelassen worden. Woher die Schläge gekommen waren, wußte er nicht mehr. Bestimmt war es etwas Großes und Mechanisches gewesen; vielleicht hatte er sich mit einem Reinigungsroboter angelegt.

Merkwürdigerweise spürte er keine Schmerzen; im Grunde spürte er gar nichts. Ihm war, als wäre er von seinem Körper getrennt und schwebte irgendwo ganz in seiner Nähe herum, jedoch weit genug davon entfernt, um sein Elend nicht teilen zu müssen. Ein dünner Gazeschleier trennte ihn von seinen Sinnen, als ob er einen kranken Freund besuchte, für den er nur geringfügig mehr als das übliche Maß an Mitgefühl empfand. Die Empfindungen, die er verspürte, schienen eigentlich einem anderen zu gehören. Er trennte sich nur zu gerne davon; sie waren nicht allzu angenehm.

Ein Geräusch wie das Klingeln von Kristallen drang an seine Ohren, und er fühlte sich in eine schneeweiße Wolke eingehüllt, die alle Bilder, Geräusche und Gedanken ausschloß. Er wußte, daß er bei Bewußtsein war, aber darüber hinaus dachte er überhaupt nicht – ein Zustand wie Schlaf, nur strahlend hell statt dunkel.

Eine Ewigkeit lang schwebte er in diesem federleichten Zustand der Unbewußtheit.

Dann hörte er wie aus weiter Ferne wieder das Klingeln, und die strahlend weiße Wolke, die ihn so lange eingehüllt hatte, begann sich aufzulösen. Er war wieder in dem merkwürdigen Raum unter dem filmartigen Energiezelt. Spence blickte hinunter auf seine Seite und sah, daß die Nadeln verschwunden waren und von seiner Verletzung, an die er sich vage erinnerte, nichts mehr übrig war als eine rosa Narbe über seinen Rippen.

Er schaute sich in dem ovalen Raum nach seinem Oberflächenanzug um, aber er konnte ihn nirgends entdecken. Erst in diesem Augenblick ging ihm die volle Bedeutung dessen auf, was mit ihm geschehen war. Er war an diesen Ort getragen, behandelt und gesund gepflegt worden. Die Träume seines Deliriums waren gar keine Träume gewesen. Das Geschöpf aus der Wachstumsmaschine hatte für ihn gesorgt.

Er hob das an ihm haftende Gewebe und wollte sich gerade aus dem Nest, in dem er lag, erheben, als er aufsah und einen reichlich über zwei Meter großen Humanoiden erblickte, der ihn von einem Durchgang aus beobachtete. Das Wesen hatte seine langen, dreigliedrigen Arme vor der Brust verschränkt und betrachtete ihn unverwandt mit aufmerksamem Interesse.

Spence erkannte den Fremden an seiner goldenen, feinkörnig strukturierten Haut, den riesigen gelben Augen und dem langgestreckten Körper als das Wesen aus seinen Träumen. Er verspürte keine Angst vor dem Geschöpf, lediglich ein grenzenloses Erstaunen, daß dieses Zusammentreffen tatsächlich stattfand.

Das Geschöpf, das lose sitzende, sandfarbene Kleidungsstücke trug, die im Licht glitzerten, kam mit anmutigen Schritten auf ihn zu. Hoch aufgerichtet stand es über ihm, und seine Augen brannten, als wollte es ihn mit seinem hungrigen Blick verschlingen. Spence wurde bewußt, daß er in das Gesicht eines Marsianers sah.

Er fühlte sich ein wenig wie eine Figur aus einem billigen alten Science-Fiction-Film, als er seine Hand zum Gruß erhob.

Der Marsianer öffnete seinen breiten, dünnlippigen Mund und gab ein kräftiges und flüssiges Tschirpen von sich. Die klingelnden und widerhallenden Töne erinnerten ihn an einen ganzen Baum voller Nachtigallen, die alle gleichzeitig zu singen anfingen.

Der Marsianer starrte ihn an, als erwarte er eine Reaktion. Doch bevor ihm eine passende Antwort einfiel, nahm der Marsianer irgendeine Veränderung an seinen Stimmorganen vor und sagte in einer Stimme, die wie brodelndes Wasser trillerte: „Wer bist du? Warum bist du gekommen?"

Spence wischte sich ungläubig mit der Hand über die Augen. Als er wieder hinsah, ragte das Wesen immer noch über ihm auf. Seine hageren Züge funkelten fast vor wilder Intensität. Spence kam zu dem Schluß, daß das harte, reptilienhafte Aussehen des Marsianers daher rührte, daß er keine Haare hatte und daß das Gesicht mit seiner dünnen, fast nicht vorhandenen Nase von den riesigen, glühenden Augen beherrscht war. Außerdem entdeckte er eine schmale Doppelreihe von Kiemenschlitzen an beiden Seiten der nackten Brust des Marsianers.

Sie starrten sich mehrere Minuten lang an, bevor Spence klar wurde, daß er noch nicht geantwortet hatte, und es fertigbrachte, zu krächzen: „Ich bin Spencer Reston. Ich komme von der Erde." Er hatte beinahe vergessen, wie man spricht.

Mit einem trockenen Rascheln seiner Kleidung drehte sich der Marsianer um und nahm etwas von einem kleinen Tisch in der Nähe. Er wandte sich zurück und hielt Spence den flachen, ovalen Gegenstand hin. Spence nahm ihn und sah, daß es sich um eine dreidimensionale Fotografie von erstaunlicher Tiefe und Schärfe handelte. Sie zeigte eine Ansammlung von Sternen, wie man sie von der Oberfläche aus sah; am Horizont waren niedrige, braune Hügel zu erkennen. Es hätte irgendeine Gruppe von Sternen in der Milchstraße sein können, aber Spence erriet, daß es sich um eine vom Mars aus gesehene Konstellation handelte. Dennoch konnte er sie nicht deuten. Er zuckte die Achseln und gab die Abbildung zurück.

Der Fremde nahm sie nicht, sondern schob sie ihm erneut zu, und als Spence daraufschaute, hatte das Bild zu einer anderen Szenerie gewechselt; diesmal erkannte er sie sofort. In einer bemerkenswert lebensechten Holographie – so lebensecht, daß er beinahe glaubte, ein Fenster zum Universum in der Hand zu halten – sah er das Sonnensystem vor sich.

Er nickte enthusiastisch und deutete auf den dritten Planeten von der Sonne aus. „Erde", erklärte er, wie er es vielleicht bei einem etwas schwerfälligen Kind getan hätte. Sofort wechselte das Bild erneut, und er blickte auf den großen, blauen Globus der Erde mit ihren weißen Wolkenwirbeln.

Der Fremde gab ein tiefes, am Ende aufsteigendes Pfeifen von sich; dann sagte er nach einer kurzen Pause: „Erde."

Spence erkannte, daß er gerade seine erste Lektion in Marsianisch bekommen hatte. Verblüfft starrte er den Fremden an.

„Wer bist du? Woher kennst du meine Sprache?" fragte er langsam.

„Ich bin Kyr. Ich habe mir deine Sprache während deiner Genesung . . . angeeignet." Das Wort holperte eigenartig heraus. „Ich hoffe, das beunruhigt dich nicht. Es ist einfacher so."

Das Geschöpf war so fremdartig, wie Spence es sich nur vorstellen konnte – weniger im Aussehen als im Charakter und Verhalten –, doch es stand da und unterhielt sich mit ihm wie ein Erdenmensch. Es war nicht zu begreifen.

„Du hast mich gerettet. Warum?"

„Leben ist kostbar und muß bewahrt werden. Du hattest beinahe aufgehört zu sein."

„Danke. Ich bin dir dankbar." Er hoffte, daß der Fremde ihn gut genug verstand, denn er meinte es aufrichtig. „Gibt es noch mehr von deiner Art?"

„Nein, seit vielen Erdenjahren nicht mehr. Ich bin der einzige. Ich bin der letzte."

„Warum? Wo sind sie? Wohin sind sie gegangen?" Zahllose Fragen schossen wie eine Fontäne in seinen Kopf; er konnte sie nicht alle auf einmal stellen.

Der Fremde reichte ihm den Bildgenerator, und Spence sah eine helle Ansammlung von Sternen, die sich über die Mitte des Feldes zog. Es konnte sich um den äußeren Ausläufer der spiralförmigen Milchstraße handeln.

„Zu anderen Sternen?"

„Ja." Der Marsianer nickte.

„Warum?"

„Ovs konnte sein Volk nicht länger am Leben erhalten. Unsere Atmosphäre verflüchtigte sich, und das Wasser vertrocknete. Um zu überleben, bauten wir die unterirdischen Städte, und als wir später fähig waren, zu den nahegelegenen Sternen zu reisen, zogen wir fort, um nach anderen Welten zu suchen."

„Ausgewandert zu den Sternen . . . aber warum? Was hat die Veränderung in eurer Atmosphäre bewirkt?"

Kyr deutete auf das Bildgerät, und Spence sah wieder das Sonnensystem, aber bei näherem Hinsehen stellte er fest, daß es zehn Planeten waren statt der neun, die er kannte, die hier die Sonne umkreisten.

„Unser Nachbarplanet Res wurde von einer großen Masse getroffen, die die Erde und Ovs nur knapp verfehlte, und dies führte zu Störungen der Atmosphäre und der Rotation der Planeten. Schutt regnete hernieder, und Staubwolken von der Explosion bedeckte beide Planeten für viele Erdenjahre. Ovs erlitt den schwereren Schaden."

„Wo befand sich Res?"

„Hier." Ein langer, vielgliedriger Finger deutete auf den fünften Planeten von der Sonne aus.

„Der Asteroidengürtel!" rief Spence aufgeregt. „Wir haben schon lange vermutet, daß sich dort einmal ein Planet befand."

„Wir wurden von vielen der Bruchstücke getroffen; ebenso auch die Erde. Euer Planet ist in der Vergangenheit oft getroffen worden, aber glücklicherweise war er zu jenen Zeiten nicht stark bevölkert. Er hat sich jedesmal wieder erholt.

Bei uns dagegen war es . . . " – er suchte vergeblich nach einem passenden menschlichen Wort – „katastrophal. Sehr viel Leben wurde zerstört – Pflanzen und Tiere. Ganze Städte starben. Ovs konnte sich nicht erholen."

Spences Gedanken überschlugen sich. Diese Information beantwortete so viele Fragen über die großen Umwälzungen und Kataklysmen in der Vergangenheit der Erde. Was würde ihm der Marsianer noch erzählen können? Und wie stand es mit dem Leben auf dem Mars – mit der Philosophie, der Kunst und der Literatur? Gab es diese Dinge hier? Kannten die Marsianer ihren Ursprung? Wie waren die Raumschiffe beschaffen, in denen sie reisten? Welche Geheimnisse kannten sie bereits, als die Menschen noch als Nomaden die Erde durchstreiften?

Es gab soviel zu lernen, daß Spence sprachlos verstummte. Die Möglichkeiten waren ehrfurchtgebietend, und er fühlte sich mit der Aufgabe hoffnungslos überfordert.

„Du mußt jetzt schlafen", sagte Kyr. „Wir werden später weiterreden. Ich möchte wissen, wie du hierhergekommen bist und woher du wußtest, wie du mich wiederbeleben kannst."

Ohne zu protestieren, wenn auch sein Gehirn vor Erregung vibrierte, legte sich Spence in sein ovales Nest zurück, und der Fremde legte erneut das Energienetz über ihn. Sofort schlief er tief und entspannt ein.

Neuntes Kapitel

„Was ist dies für ein Ort?" Spence stand auf einer Art Hochstraße und überblickte die ausgedehnte Untergrundmetropole, die sich in graziler Asymmetrie dahinwellte. Bienenkorbartige Gebäude, Aushöhlungen, Bögen, Türme und Spitzen erstreckten sich unter einer gewaltigen, glänzend goldenen Kuppel, soweit das Auge reichte.

„Tso. Es ist die größte der unterirdischen Städte, die in der Dritten Epoche erbaut wurden. Auf Ovs hat es vier Epochen gegeben: *Vjarta*, *Kryn*, *Ovsen* und *Soa*. In deiner Sprache die Wasserepoche, die Staubepoche, die Steinepoche und die Sternenepoche."

Die unterirdische Stadt beeindruckte Spence durch ihre eigentümliche Schönheit, obwohl er sich, wenn er sie jetzt sah, an nichts so sehr erinnert fühlte wie an Knochen, als ob er den sagenhaften Elefantenfriedhof vor Augen hätte.

In den letzten paar Tagen – Spence nannte es Tage – hatte ihn Kyr durch die antike Stadt geführt und ihn über die Kultur der verschollenen Rasse unterrichtet. Jede neue Information schlug in seinem Geist ein wie eine Granate. Jedes neue Faktum war eine Offenbarung. Spence hatte eine Menge gelernt; genug um zu wissen, daß es ein ganzes Leben dauern würde, den Rest zu lernen – ah, aber was für ein Leben!

Er wandte sich seinem hochgewachsenen Freund zu. Das war eines der ersten Dinge, die er gelernt hatte; die friedliebenden, freundlichen Wesen waren Freunde der Menschen, nicht ihre Feinde. Brüder unter der Sonne.

Er sah die Gestalt neben sich an und empfand ein Bedauern um seinetwillen. „Warum bist du zurückgeblieben? Warum bist du nicht mit deinem Volk fortgegangen?"

Kyr fixierte ihn mit einem undeutbaren Ausdruck. „Ich bin ein Wächter. Es ist meine Lebensaufgabe, die Erinnerung an unsere Rasse im Sonnensystem zu erhalten, so daß jeder, der hierherkommt – so wie du hierhergekommen bist –, von uns weiß und sich an uns erinnert.

Ich wurde mit anderen ausgewählt, um die Geheimnisse unserer Vergangenheit zu bewahren, damit niemand nach uns kommt und unsere Entdeckungen auf unkluge Weise verwendet. Siehst du, es gab vieles, das wir nicht mitnehmen konnten, und es zu zerstören, wäre undenkbar gewesen. Die Wächter wurden ausersehen, alles, was war, zu hüten. Nun bin nur ich übriggeblieben." Trauer begleitete dieses letzte Eingeständnis; Spence spürte es und lenkte das Gespräch in eine andere Bahn.

„Wann ist dein Volk fortgezogen? Wie lange ist es her?"

Kyr dachte einen Moment darüber nach. „Mehrere Lebensspannen", antwortete er schließlich. „Drei- oder viertausend von euren Jahren, vielleicht länger. Ich kann es nicht genau sagen, bevor ich nicht das . . . das *krassil* aufgesucht habe. Das muß ich bald tun. Ich muß feststellen, ob jemand dort eingedrungen ist."

„Dann laß uns gehen. Ich würde es gern sehen." Spence, der sich dank Kyrs heilender Fürsorge bemerkenswert fit fühlte, war begierig, soviel von den marsianischen Wundern zu sehen, wie er konnte.

Das *krassil* erwies sich als eine Mischung aus Museum und Zeitkapsel. Es war ein riesiges, kegelförmiges Gebäude im Zentrum einer Ansammlung kleinerer Kuppelbauten, und es war vor langen Zeitaltern für diesen Tag versiegelt worden.

Kyr umrundete den gewaltigen Bau mehrere Male, während sich Spence auf einen der pilzförmigen Hocker setzte, die überall in Tso zu finden waren. Nach seiner Inspektion trat Kyr zurück, legte den Kopf in den Nacken und gab einen langen, klagenden Ton von sich, der wie ein Messer durch die Luft schnitt.

Spence hielt sich die Ohren zu und beobachtete, was geschehen würde.

Kyr wartete einige Augenblicke und wiederholte dann die Prozedur, diesmal mit einem etwas tieferen Ton.

Die Vibration in der Stimme des Marsianers ließ den Boden unter ihren Füßen erzittern. Spence begann zu erahnen, über welche Fähigkeiten diese Wesen verfügten. Er sah zu, wie sich ein langer Riß in der glatten, schalenartigen Oberfläche des Gebäudes zeigte. Kyr ging auf den Riß zu und begann, Stücke des Materials abzureißen, hinter dem eine Tür zum Vorschein kam.

Er stellte sich vor die Tür und tschirpte ihr in seiner pfeifenden Sprache ein paar Worte zu. Die Tür glitt wie von Geisterhand bewegt zur Seite.

Ein Schloß, das auf Stimmsignale reagierte, dachte Spence. Dergleichen wurde auf Gotham gerade erprobt. Die Technologie der Marsianer war demnach der irdischen nicht so weit überlegen, wie er zuerst gedacht hatte.

Spence blieb nur ein paar Sekunden lang bei dieser Vorstellung, bis er sich erinnerte, daß er ja nur den Stand ihrer Wissenschaft sah, wie er vor viertausend Jahren war. An dem Tag, als die Bevölkerung den Mars verließ, war die Technologie hier eingefroren worden.

Er schalt sich für die Eitelkeit seiner falschen Beobachtung und dafür, daß er überhaupt versuchte, zwei so unterschiedliche Zivilisationen miteinander zu vergleichen. Dann tauchte Kyr wieder aus dem *krassil* auf und winkte ihm, hereinzukommen.

Spence trat durch den schmalen Durchgang ein und betrat das Innere des *krassil*, das bis zur Decke mit einzigartigen Gegenständen vollgestopft war, die alle aussahen, als wären sie nur Augenblicke zuvor hier abgelegt worden und als könnten jeden Moment ihre Besitzer zurückkehren, um sie sich wieder zu holen.

Es waren Dinge darunter, die unmöglich zu beschreiben waren – viele von ihnen sahen aus, als wären sie die gewachsenen Produkte irgendeiner verrückten Gartenbaumethode und keine hergestellten Gegenstände. Die meisten der marsianischen Artefakte, die er sah, hatten etwas Natürliches, Organisches an sich.

Dies hatte Spence veranlaßt, ein paar wilde Theorien über die Ursprünge der marsianischen Zivilisation aufzustellen. Die Menschen der Erde gehörten zur Klasse der Säugetiere, aber daraus folgte nicht unbedingt, daß das immer so sein mußte. Die Marsianer könnten genausogut zum botanischen Zweig des marsianischen Lebensbaums oder zu den Reptilien – er war sich nicht sicher, wem sie ähnlicher waren. Vielleicht stammten sie auch aus einer fremdartigen Synthese aus beidem.

Während Kyr sich offenbar mit einer Art Inventur beschäftigte, wanderte Spence durch die merkwürdige Ansammlung von Gegenständen. Manche davon waren ebenso bizarr wie faszinierend, und er mußte seine Phantasie auf das äußerste strapazieren, um sich vorzustellen, wozu sie dienen mochten. Seine wißbegierigen Augen saugten alles auf, was sie sahen, wie die eines Menschen, der gerade eben nach langer Blindheit sein Augenlicht zurückerhalten hat.

Nach einiger Zeit gelangte er in einen anderen Teil des *krassil*, wo ein bogenförmiger Durchgang in einen kleinen Alkoven führte. Drinnen stand auf einem groben Steinsockel ein großes, schön geformtes Objekt, das sofort seine Aufmerksamkeit erregte. Es sah aus wie ein zerbrechliches, verästeltes, halb durchsichtiges Paar Flügel. Er betrat den Alkoven, und die Skulptur – wenn es eine war – erstrahlte sofort in einem rosigen Licht und begann sich langsam zu bewegen.

Spence sah zu, wie allmählich auch andere Farben die durchscheinende Oberfläche der Skulptur zu umspielen begannen. Diese Töne verschmolzen miteinander zu komplexen Mustern, während sie über die elegante Form der Skulptur wirbelten, bis die Form selbst und die Farbe eins geworden waren. Die Farben verliefen und mischten sich, bildeten neue, subtile Schattierungen, die einmal kühn aufflackerten und ein anderes Mal gedämpft leuchteten.

Er saß wie festgenagelt und badete in der unfaßbaren Schönheit des Kunstwerks. Er konnte die Augen nicht davon lösen. Das Objekt hielt ihn mit einer hypnotischen Macht fest, während es sich drehte und in endlos verschlungene Muster aus Licht und Farben auflöste, eines zierlicher und lieblicher als das andere. Emotionen stiegen in ihm auf, eine Sehnsucht, die so stark war, daß sie dem Schmerz des Hungers glich – einem Schmerz, der an Seligkeit grenzte.

Es war ein Gefühl, das er als zur Wahrnehmung der Schönheit gehörig erkannte, aber er hatte es bisher, wenn überhaupt, nur selten empfunden. Vermutlich waren andere auf diese Weise bewegt, wenn sie ein klassisches Kunstwerk betrachteten oder einer geliebten Symphonie lauschten. Er hatte solche Erlebnisse selten gehabt; das Gefühl war ihm fremd und darum vielleicht um so überwältigender und verwirrender.

Er konnte nicht wegschauen. Die Lichtskulptur spann ihn in sich ein und fesselte ihn mit Fäden des Staunens.

Dies, dachte Spence, war es, was die Dichter empfanden; die Liebe, die ihre Opfer in Flammen der Ekstase verbrennt. So verzehrt zu werden – es war nicht zu ertragen, und doch sehnte er sich danach, noch mehr zu ertragen.

Nie hätte er zugegeben, daß der Anblick eines geschaffenen Gegenstandes eine solche Wirkung auf ihn ausüben könnte. Doch diese Widerspenstigkeit schmolz dahin in der Gewißheit, daß er ein Werk von höchster Schönheit erlebte.

Tränen traten in seine Augen, und sein Herz schwoll fast zum Bersten, als die vertrockneten Flußbetten seiner Seele vor Freude überzufließen begannen. Die Leidenschaften, die er in sich freigesetzt fühlte, waren nicht zu bändigen. Er wollte aufspringen, tanzen, weinen und rufen und bis zur Erschöpfung singen. Schauder der Freude durchliefen ihn; er hörte eine eigentümliche Musik in den Ohren und erkannte, daß es seine eigene Stimme war, die seiner Freude durch spontanes Singen Luft machte.

Als ob die Skulptur seinen Freudenausbruch gespürt hätte, begann sie sich zur Antwort schneller zu bewegen. Die brillanten Schattierungen drehten und veränderten sich, verwoben sich ineinander und trennten sich wieder in unvorhersehbaren Verästelungen.

Die Skulptur schien zu leben, größer und heller zu werden. Sie sandte Lichtblitze aus und füllte seine tränenfeuchten Augen mit Formen, die zu schön zum Ansehen waren.

Endlich konnte er nicht mehr aufnehmen. Er schloß die Augen, doch immer noch spürte er, wie ihn die wechselnden Farben umspielten. Dicht neben ihm sagte eine Stimme: „Dies ist *Soa Lokiri.*"

Spence drehte sich um und sah Kyr neben sich stehen. Er hatte die Gegenwart des Marsianers nicht bemerkt.

„Es ist schön." Er wandte seinen Blick wieder dem leuchtenden Schauspiel zu. Nach einiger Zeit fragte er: „Was ist *Soa Lokiri*?"

„Es bedeutet ‚Sternenmacher'. Es ist ein Kunstwerk zur Ehre von Dal Elna, geschaffen von der Hand eines unserer geehrtesten Künstler, Bharat."

„Sternenmacher." Spence wiederholte den Namen und nickte. „Ein passender Titel. Aber wer ist Dal Elna?"

Kyr legte den Kopf auf die Seite und schaute Spence eindringlich an. „Dal Elna, das All-Wesen."

„All-Wesen. Meinst du Gott?"

Kyr wiegte den Kopf hin und her. „Dieses Wort sagt mir nichts."

Ein Stich des Schuldbewußtseins durchfuhr Spence. Möglicherweise wußte Kyr deshalb nichts mit dem Wort anzufangen, weil es keine besondere Bedeutung für ihn besaß. Welche Mittel Kyr auch immer angewandt haben mochte, um sich Spences Sprache, wie er sagte, *anzueignen*, er hatte nur Spences Wortschatz und die Bedeutungen empfangen, die Spence selbst mit den verschiedenen Wörtern verband, die er beherrschte. *Gott* war für Spence ein leeres Wort. Es sagte nichts.

„Ich glaube, mit dem Wort *Gott* bezeichnen die Menschen das All-Wesen."

Kyr schaute ihn nur an.

„Ich bin noch nie von etwas so bewegt gewesen. Bharat ist ein außergewöhnlicher Künstler. Gibt es hier noch mehr von seinen Werken?"

„Nein. Dies war nach Meinung vieler sein größtes Werk. Nur es allein überlebte die Verbrennung."

„Das ist tragisch. Ich hätte gern noch mehr gesehen." Er schaute wieder auf die Skulptur. Er bildete sich jetzt ein, die heißen Punkte von Sternen zu erkennen, die sich in Galaxien bildeten; Welten, die ins Dasein brachen, und vieles mehr. Es war ein Muster dahinter – ein größeres Muster, als sich auf einmal erfassen ließ. „Ich denke immer, ich sei kurz davor, es zu begreifen, und doch . . . so weit davon entfernt", sagte Spence.

„Darin liegt die Größe des Werkes. Bharat hat Dal Elnas Mysterium widergespiegelt und einen visuellen Ausdruck für die größte einzelne Wahrheit unserer Philosophen geschaffen: *Rhi sill dal kedu kree.* Das bedeutet: In den Vielen ist Einer."

Spence wiederholte die Worte mit einem langsamen Kopfschütteln. „Das mußt du mir erklären. Ich verstehe es nicht."

„Vor Hunderten von Generationen verdichteten unsere Philosophen ihre Theorien zu diesem einen Axiom. Es läßt sich nicht einfacher ausdrücken. Aber ich werde darüber nachdenken und einen Weg finden, es dir zu erklären."

Sie verließen den Alkoven und die kinetische Skulptur schweigend. Spence ging auf Zehenspitzen wie ein Priester, der das Allerheiligste verläßt. Er verspürte eine brennende Sehnsucht, beinahe ein Gefühl der Einsamkeit, als hätte er gerade die Gegenwart der Gottheit selbst verlassen. Er fühlte sich abgeschnitten.

Ein letztes Mal wandte er sich zu der Skulptur um, aber der Alkoven war dunkel, und das schlanke Objekt stand still. Er fragte sich, ob er sich die Muster und Farben nur eingebildet hatte. Der Schmerz in seinem Herzen sagte ihm, daß er einem Meisterstück begegnet war und daß er sich als Zuschauer bei einem Wunder auch selbst innerlich verändert hatte.

Zehntes Kapitel

Caroline Zanderson bat um Füllfederhalter und Papier – zum ersten Mal in den elf Jahren, die sie im Holyoke-Sanatorium verbracht hatte. Die Bitte verursachte ein plötzliches Durcheinander unter den Bediensteten des Sanatoriums, die in dem Bemühen, sie zu erfüllen, regelrecht übereinander stolperten. Mrs. Zanderson, die Gattin des Direktors des GM-Forschungszentrums, war ein höchst verwirrender Fall.

Von allen Patienten schien sie der normalste und zugleich der am schwersten gestörte zu sein, je nachdem, wann man ihr begegnete. Oft war sie bemerkenswert klar und ruhig, nannte jeden beim Namen und strahlte einen echten, anregenden Charme aus. Doch zwischen solchen guten Tagen lagen Perioden äußerster Bedrängnis und Depression. Ihren höchsten Höhen standen die tiefsten Tiefen gegenüber.

Wenn ihr Wahnsinn über sie kam, wurde aus der charmanten, intelligenten Unterhalterin eine kauernde Greisin. Ihre Persönlichkeit löste sich auf; sie wußte weder, wer sie war, noch wo sie war. Sie fixierte sich völlig auf die merkwürdige Macht, von der sie glaubte, daß sie sie quälte, von ihr Besitz ergriff und ihr den Verstand raubte.

Darum überschlug sich das Personal in seiner Hast, ihren Wunsch zu erfüllen, als sie nach Stift und Papier rief. Die Bitte signalisierte vielleicht den Beginn einer ihrer guten Perioden, und davon hatte es im letzten Jahr nur wenige gegeben.

„Sind Sie das, Belinda?“ Mrs. Zanderson hörte eine leichte Bewegung an der Tür und blickte um die Lehne ihres verblichenen roten Sessels zurück.

An der Tür sprach eine weißgekleidete Krankenschwester mit einer anderen Patientin, einer Frau in einem hellblauen, geblümten Kleid, die einen abgeschabten Kleiderkoffer umklammert hielt und eifrig davonstreben wollte.

„Das Schiff ist heute nicht gekommen, Mrs. Mawser“, intonierte die Schwester sanft.

Die Frau wandte der Schwester ein plötzlich erschrockenes Gesicht zu und sah sie mit wilden, ängstlichen Augen an. „Ich habe es doch nicht verpaßt? Oh! Ohhh . . . “

„Nein, nein“, besänftigte sie die Schwester und legte ihr eine Hand auf den Rücken. „Sie haben es nicht verpaßt. Wir werden schon dafür sorgen, daß Sie das Schiff nicht verpassen, wenn es kommt. Nun gehen Sie zurück in Ihr Zimmer und packen aus. Es ist fast Zeit für das Mittagessen.“

Murmelnd schlurfte die Frau mit dem Koffer davon. Die Schwester sah ihr nach und trat dann mit leisen Schritten ein.

„Caroline, ich habe Ihnen Ihr Papier und Ihren Stift mitgebracht – und auch einen Umschlag.“

„Einen Umschlag?“ Die blauen Augen waren wie Bleiseen in ihrem Gesicht.

„Sie werden einen Umschlag brauchen, wenn Sie einen Brief schreiben wollen. Erinnern Sie sich?“

„Oh, ja. Ich werde einen Umschlag brauchen. Kann ich jetzt das Papier und den Stift bekommen, bitte?“ Sie nahm beides entgegen und ging damit zu dem winzigen, antiken Schreibtischchen, das neben der Schiebetür stand. Ohne ein weiteres Wort an die Krankenschwester machte sie sich an die Arbeit. Nach mehreren angestrengten Versuchen hatte sie folgendes geschrieben:

> Meine liebste Ari,
>
> erschrick nicht, daß Du einen Brief von Deiner Mutter bekommst. Ich habe Dir schon lange schreiben und für all die wunderbaren Briefe und Geschenke danken wollen, die Du geschickt hast, aber ich war sehr lange nicht dazu in der Lage. Ich denke natürlich oft an Dich – das heißt, wenn ich ich selbst bin.
>
> Ich schreibe Dir heute, um Dir etwas sehr Wichtiges mitzuteilen. Bitte hör auf mich und tu, worum ich Dich bitte. Du bist in großer Gefahr, Liebes. In der größten Gefahr, die es gibt! Der Traumdieb hat seinen Blick auf Dich gerichtet, und er will Dich haben. Schon in diesem Moment streckt er seine Hände nach Dir aus. Sei vorsichtig. Bitte, sei vorsichtig!

Du mußt Maßnahmen ergreifen, um Dich zu schützen. Komm zu mir, und ich werde Dir sagen, was zu tun ist. Ich wage nicht, in einem Brief davon zu sprechen – seine Augen sind überall. Aber komm bald, mein Liebling. Bitte, bevor es zu spät ist.

In Liebe,

Mutter

Als sie den Brief beendet hatte, las sie ihn mehrere Male durch, faltete ihn dann sorgfältig zusammen, steckte ihn in den Umschlag und adressierte ihn. Dann rief sie wieder nach der Schwester.

„Gut, Belinda, Sie sind hier. Nehmen Sie diesen Brief und sorgen Sie dafür, daß er richtig abgeschickt wird. Bitte geben Sie ihn selbst auf. Es ist wichtig."

„Selbstverständlich, Caroline. Gern. Oh, wie ich sehe, ist er für Ihre Tochter. Ich bin sicher, Ari wird sich freuen, von Ihnen zu hören. Es ist schon lange her, daß sie hier war. Möchten Sie jetzt mit hinunter kommen und essen? Es gibt einen schönen Geflügelsalat. Er soll sehr gut sein."

„Ich glaube, ich werde hier in meinem Zimmer einen Tee trinken", sagte Caroline und ließ sich zurück in ihren gepolsterten Sessel vor der Terrassentür sinken. „Im Moment bin ich ein wenig müde. Vielleicht komme ich später hinunter."

Der Brief hatte sie ausgelaugt, als ob sie eine bereits spärliche Reserve völlig aufgebraucht hätte, um die Konzentration aufzubringen, die nötig war, um ihn zu vollenden. Sie schloß die Augen und lehnte ihren Kopf auf das weiße Spitzendeckchen ihres Sessels. Ihre Muskeln erschlafften, und sie schlief sofort ein.

„So ist es richtig", sagte die Schwester. Sie durchquerte den Raum und schloß die Schiebetür. „Sie machen ein kleines Nickerchen, und ich schaue später nach Ihnen." Sie schlich aus dem Zimmer und legte den Brief auf einen großen Sekretär neben der Tür.

Spence schlürfte die Brühe, eine warme, braune Flüssigkeit, die nach Zimt schmeckte. Er hatte nichts gegen die dünne Suppe – zweifellos war sie sehr nahrhaft –, aber sie sättigte ihn nicht so, wie er es gerne gehabt hätte. Er hatte ständig Hunger. Kyr hatte ihm erklärt, daß es eine Weile dauern würde, bis Nahrung gewachsen und produziert war, aber dann würden sie etwas Handfesteres zu essen haben.

Das hatte zu der Frage seiner Rückkehr geführt.

„Ich sollte bald zur Oberfläche zurückkehren", bemerkte Spence in einem Ton, der, wie er hoffte, beiläufig klang.

Kyr schaute ihn nur eindringlich an, und so begann Spence einen vollständigen Bericht darüber, wie er hierhergekommen war, einschließlich der Tatsache, daß er Freunde hatte, die in der Anlage auf ihn warteten und sich um ihn sorgten. Er wußte nicht, wie lange er schon unter der Oberfläche war, aber er vermutete, daß es nicht mehr lange dauern würde, bis die Arbeitsgruppe mit den Vorbereitungen für die Rückkehr ins Raumschiff beginnen würde, um die Reise zurück nach Gotham anzutreten.

„Ich verstehe. Aber es gibt vieles, was ich dir gern noch zeigen würde."

„Ich werde zurückkommen, sobald ich kann. Ich werde jahrelang hierbleiben, wenn du willst. Glaub mir, ich möchte alles lernen, was du mir beibringen kannst. Und es gibt andere – Hunderte andere – wie mich, die auch kommen werden."

Das nahm Kyr nicht so auf, wie es von Spence beabsichtigt war. Er schien ungeduldig zu werden und lehnte sich, nachdem er eine Weile den Kopf geschüttelt hatte, stoisch zurück und legte seine schmalen Hände in den Schoß.

Nachdem er seine Brühe ausgeschlürft hatte, fragte Spence: „Habe ich etwas Falsches gesagt? Sag mir, falls ich dich nicht richtig verstanden habe."

Daraufhin ergriff der Marsianer seine Schüssel mit Brühe, leerte sie, stand auf und zog Spence mit einer erstaunlichen Leichtigkeit auf die Füße.

„Ich muß Geduld haben. Du weißt nicht, was du sagst, weil du es noch nicht verstehst. Komm; ich werde dir etwas zeigen."

Mit raumgreifenden Schritten setzte sich Kyr auf seinen langen Beinen in Bewegung. Spence mußte hinter ihm herlaufen, um nicht abgehängt zu werden. Als sie das *krassil* erreichten, keuchte und schnaufte Spence und war schwindelig von der Anstrengung in der sauerstoffarmen Atmosphäre.

Kyr betrat das *krassil*, und Spence folgte ihm, eine Hand an die Seite gepreßt und nach vorn gebeugt, als hätte er Magenschmerzen. „Setz dich hierher", wies ihn Kyr an, und Spence sah einen Halbkreis aus Vertiefungen in Form einer niedrigen Bank vor einer glatten Fläche in der geschwungenen Wand des Gebäudes. Er setzte sich in eine der Vertiefungen und wartete.

Beinahe sofort verdunkelte sich das Innere des Gebäudes, und ein unirdisch liebliches Geräusch wie von Violinen mit Vogelstimmen oder wie der Gesang der Wale erfüllte den Raum, in gleichmäßigem Rhythmus auf- und abschwellend wie Atem. Es war marsianische Musik, verstand Spence, und wie die Architektur und alles andere in der marsianischen Kultur war sie freifließend und organisch.

Einen Augenblick später löste sich der Teil der Wand direkt vor ihm auf, wurde durchsichtig, und er blickte wie durch ein riesiges Fenster hinaus in eine üppige, tropische Landschaft. Eine sanfte Brise bewegte die Blätter extrem hoher, länglicher Büsche, während ein Schwarm storchenähnlicher, karmesinroter Vögel oben am strahlend blauen Himmel vorüberzogen. Niedrige Berge glitzerten in der Ferne und reckten dem Himmel ihre abgerundeten Gipfel entgegen.

Alles, was er sah, war von einer goldenen Aura umgeben; das Licht selbst schimmerte in einem goldenen Ton und veredelte alles, was es berührte. Dann sah er eine Herde langbeiniger, grasender Tiere mit giraffenähnlichen Hälsen und kleinen runden Köpfen, die wie von einem einzigen Willen gesteuert über eine unüberschaubare freie Ebene glitt. Hinter ihnen waren Marsianer mit langen Stecken in den Händen, hochgewachsen und behende und bronzefarben in der Sonne, die mit der Herde rannten.

Die verblüffend lebensechten Bilder auf der Projektionswand zogen Spence sofort in das Drama dieser Szene hinein. Ihm wurde klar, daß er auf eine Reise zurück durch die Zeitalter eines fremden Planeten und seines verschwundenen Lebens gegangen war. Die Holo-Projektionswand entspann ihren Strom magischer Bilder in einem mitreißenden Schauspiel von Farben und Schönheit, wie er es sich nie hätte vorstellen können.

Er sah die Entstehung der ersten Städte und das Panorama einer Zivilisation, die in einer Welt des Friedens und der Harmonie ungehindert blühen konnte. Die Städte wuchsen, und Wasserfahrzeuge umrundeten den Globus auf den großen Wasserwegen, den Marskanälen, und stellten Handelsverbindungen zwischen den leuchtend weißen Städten her. Später füllten Luftschiffe den Himmel, und große, farbenfrohe Geräte, die wie riesige Drachen oder geflügelte Ballons aussahen, durchpflügten die Lüfte.

Als nächstes kam eine Parade der phantastischsten Kreaturen, die er je gesehen hatte. Wenn sie auch alle auf merkwürdige Art vertraut wirkten, da sie zumindest rudimentäre Ähnlichkeit mit der Tierwelt auf der Erde hatten, waren sie doch gleichzeitig einzigartig und völlig anders. Vögel und Fische und Säugetiere in endloser Vielfalt erschienen in ihrer natürlichen Umgebung, während die Musik anschwoll und sang und die Prozession voranschritt.

Spence sah auch die Marsianer selbst in ihren Städten und Häusern, wie sie sich in verschiedenen unerklärlichen Beschäftigungen ergingen, die er als Arbeit, Spiel und Lernen deutete. Dies waren keine separaten und isolierten Tätigkeiten, sondern sie wurden offenbar gleichzeitig versehen, wobei Kinder und Erwachsene ständig zusammen waren.

Er spürte einen Stich der Sehnsucht und ein tiefes Bedauern, daß er *diesen* Mars nicht gekannt hatte, obwohl er wußte, daß er ihn genauso sah, wie er vor Millionen Jahren gewesen war.

Dann verdunkelte sich der Himmel, und der Boden erzitterte unter gewaltigen Explosionen. Feuer verheerte den Planeten, als riesige, glühende Meteore auf ihn herabregneten. Allmählich wurde die Vegetation braun, welkte und verwehte im Wind. Die zerstörten Städte zerfielen zu Staub, und die einst üppige Landschaft verwandelte sich in eine Wüste. Die großen Wasserringe schrumpften und trockneten aus und ließen dabei gewaltige Canyons und flache Seenplatten aus brüchigem, hartgebackenem Schlamm zurück. Die Vögel und Tiere verschwanden.

Die Szene wechselte, und er sah die Aushebung der Tunnels und der riesigen unterirdischen Kammern, die die neuen Städte beherbergen sollten. Es war eine Konstruktionsaufgabe in einer Größenordnung, die er sich nicht vorstellen konnte. Er beobachtete die Wiedergeburt des Lebens unter der Oberfläche des Planeten und sah diese Städte auf ihre eigene Art blühen.

Doch die aufwühlende Schönheit des Planeten, wie er vorher gewesen war, konnte er nicht vergessen. Sie spukte in seiner Seele wie etwas Gegenwärtiges, Spürbares.

Endlich sah er die glänzenden Sternenschiffe wie silberne Kugeln von den toten Ebenen des roten Planeten aufsteigen. Zu Tausenden schwebten sie wie Blasen empor, hingen für einen Moment wie zum Abschied in der Luft und schossen dann hinauf in den schwarzen Himmel.

Und dann waren sie fort. Die Musik, ein leises, trauriges Seufzen, verklang, und Spence blickte wieder auf die leere Wand.

Lange Zeit saß er regungslos da und sprach kein Wort. Er badete in der Erinnerung an all das, was er gesehen hatte, und ließ sich davon forttragen. Wie lange hatte er hier gesessen, fragte er sich. Ein paar Stunden? Es schien wie ein ganzes Leben.

Spence hörte ein leises, schnüffelndes Geräusch in seiner Nähe und drehte sich zu Kyr um, der hinter ihm mit emporgewandtem Gesicht auf dem Boden kniete, die Augen geschlossen und feuchte Tränenspuren auf den Wangen.

Auch Spence war zum Weinen zumute; er empfand Trauer über den Verlust dessen, was einmal gewesen war, obwohl er es nie gekannt hatte.

„Ich weine um die Toten“, sagte Kyr endlich. „Und um jene, die unsere Welt nie in den Tagen ihrer Schönheit sahen.“

„Hast du sie denn gesehen? In der guten Zeit, meine ich?“

Der Marsianer schüttelte den Kopf. „Nein. Der Vater meines Vaters mag die Zeit des Feuers erlebt haben, aber wahrscheinlich war es eher sein Vater vor ihm. Viele große Dynastien wurden ausgelöscht. Der Feuerregen dauerte viele Erdenjahre an.“

„Kyr, wie *alt* bist du?“

Der Marsianer dachte nach und sagte: „Deine Frage ist nicht leicht zu beantworten, da wir unser Leben anders bemessen als ihr. Aber ich glaube, ihr würdet sagen, etwa zweitausend Erdenjahre."

„Einschließlich des Schlafes?"

„Nein. Nur die Zeit, in der ich lebendig war. Siehst du, ein Marsianer kann zehntausend von euren Jahren leben, oder vielleicht länger."

„Ihr werdet nicht alt und sterbt?"

„Ich weiß nicht genau, was du damit meinst. Wir werden älter, wir wachsen, ja. Wir entwickeln alle unser Leben, nicht im körperlichen Sinne – das dauert nur kurze Zeit. Ein paar von euren Erdenjahren. Aber geistig und geistlich wachsen wir immer weiter. Unser *vi* wächst mit uns."

„*Vi*? Davon habe ich dich noch nicht sprechen hören."

„*Vi* ist unser ..." Er hielt inne und durchsuchte Spences Wortschatz nach dem richtigen Wort. „Unser wahres Selbst. Unsere Seele."

„Niemand auf Ovs muß *jemals* sterben?" Spences Stimme erhob sich ungläubig. Selbst wenn man annahm, daß die niedrigere Schwerkraft auf dem Mars vielleicht die Lebensspanne seiner Bewohner ebenso drastisch verlängerte wie ihren Körperwuchs, konnte Spence nicht glauben, daß sie das Sterben nicht kannten.

„Sterben? Nein. Wir können getötet werden – durch Krankheiten oder Unfälle – der Brand tötete ganze Städte. Oder wir hören einfach auf zu sein. Jene, die große Weisheit angesammelt haben, können beschließen, daß es an der Zeit ist, ihr *vi* aufzunehmen und zu Dal Elna zu gehen. Das ist eine Entscheidung, die jeder irgendwann treffen muß."

„Und was geschieht dann?"

„Ich weiß es nicht. Ich habe die Veränderung noch nicht erlebt. Doch ein solcher Weiser mag wohl seine Freunde zusammenrufen, um seine Entscheidung zu feiern, und dann gibt er alles, was er in seinem Leben gelernt hat, an die weiter, die er liebt. Nach einer kleinen Weile wird ihn niemand mehr sehen. Er wird eins mit dem Staub und geht zu Dal Elna, dem All-Wesen."

Spence starrte den Fremden ungläubig an. „Warum bist du dann nicht zu Dal Elna gegangen, als du zu sein aufhörtest?"

„Wann habe ich je zu sein aufgehört?"

„Als du in der Wachstumsmaschine warst."

„In dem *emra*?"

„Ja, in diesem Kasten, in dem ich dich gefunden habe."

Der Marsianer lachte. „Ich hatte nicht aufgehört zu sein. Ich habe . . ." Es kam kein Wort.

„Geschlafen?"

„Nein, es ist nicht dasselbe."

„Geruht?"

Das Geschöpf wiegte den Kopf hin und her und dachte über die Bedeutung des Wortes nach. „Ja, geruht."

„Aber ich habe hineingeschaut und nichts als Staub und trokkene Fasern gesehen."

„Das Material meines Körpers kann viele Male wiedergeboren werden."

Eine solche Möglichkeit überstieg Spences Begriffe, doch dann fiel ihm ein, daß es auf der Erde Pflanzen gab, Wüstenpflanzen, die über die gleiche Fähigkeit verfügten. Auch verschiedene niedrigere Lebensformen trugen den Samen des Lebens mit sich, obwohl sie zwischen ihren Lebenszyklen über Jahre hinweg papiertrocken und leblos sein konnten.

„Was geschieht mit dir, während du ruhst?"

„Ich verstehe deine Frage nicht. Ich existiere, aber nicht auf die gleiche Weise wie zuvor. Ich habe kein Bewußtsein."

„Aber was verhindert, daß du stirbst? Und warum weißt du, wer du bist, wenn du erwachst? Wenn du neu erschaffen wirst, wie erinnerst du dich dann an dein vergangenes Leben?"

Kyr breitete die Hände weit aus in einer Geste großer Demut. „Die Fragen, die du stellst, sind Fragen für Dal Elna selbst. Sind alle Erdenmenschen so neugierig wie du?"

Spence gab zu, daß es viele Dinge gab, die zu akzeptieren ihm schwerfiel, und dazu gehörte die Rolle des All-Wesens bei der Schöpfung.

„Diesen Eindruck hatte ich bereits. Aber ich werde einen Weg finden, es dir begreiflich zu machen."

„Du hast mir schon viel gezeigt." Er wies auf die leere Projektionswand, auf der sich nur Augenblicke zuvor der Glanz einer herrlichen Vergangenheit vor seinen Augen entfaltet hatte. „Ich verstehe jetzt, warum Tso ein Geheimnis bleiben muß. Die plötzliche Explosion des Interesses würde es zerstören."

„Eines Tages, wenn deine Welt den Frieden wiedererlangt hat, den sie vor langer Zeit verlor, wird Tso offenbart werden. Bis dahin ist es besser, wenn solche Geheimnisse verborgen bleiben."

„Und mir vertraust du dieses Geheimnis an?" Spence überkam ein flüchtiger Zweifel, ob vielleicht der Marsianer gar nicht die Absicht hatte, ihn zurückkehren zu lassen, um seine Geschichte zu erzählen.

„Ja." Kyr streckte ihm seine schmale Hand entgegen. Spence ergriff sie. „Ich muß dir vertrauen, denn wie könnte es anders sein? Ich kann dich nicht hindern. Dal Elna selbst wird zurückhalten oder geben, wie es seinem Ratschluß entspricht."

„Kyr, wieviel weißt du über die Erde und ihr Volk? Bist du jemals dort gewesen?"

„Nein, aber andere waren dort. In den Tagen, bevor wir die Sternenschiffe bauten, wurde euer Planet besucht. Viele Male. Doch als wir entdeckten, daß er von vernunftbegabten Wesen bewohnt war, die uns nicht unähnlich waren, wußten wir, daß wir dort nicht nach einer Heimat suchen durften. Seither kehrte niemand dorthin zurück; es war verboten."

„Verboten? Warum? Ein freundlicher Kontakt zu höheren Intelligenzen wäre doch für die primitiven irdischen Gesellschaften sehr nützlich gewesen."

„Auch bei uns vertraten einige diese Ansicht. Doch am Ende setzte sich der Leiter der Expeditionen zur Erde durch, der sehr überzeugend gegen eine Rückkehr argumentierte. Sein Name war Ortu, und er war eine der großen führenden Persönlichkeiten seiner Zeit. Seiner Ansicht nach sollten wir die primitiven Erdenmenschen sich in ihrem natürlichen Tempo entwickeln lassen. Dal Elna wolle nicht, sagte er, daß wir uns in seine anderen Schöpfungen einmischen.

„Also kehrte niemand je wieder zurück?"

„Niemand. Selbst die Beobachtungsschiffe wurden zurückgezogen. Ortu sagte, das sei notwendig, wenn wir hier auf Ovs unsere Zurückhaltung wahren wollten. Andernfalls wäre die Versuchung zu groß gewesen, in Zeiten der Not einzugreifen und die Erdenmenschen zu retten. Sie mußten auf ihre eigene Art überleben, wenn sie stark werden sollten."

„Und dann begann die Auswanderung?"

„Genau. Nachdem Res zerstört war, wußten wir, daß es keine weiteren bewohnbaren Planeten in diesem Sonnensystem gab. Die Sterne waren unsere einzige Hoffnung. Wieder war es Ortu, der die Entwicklung der Sternenschiffe leitete und auch die erste Auswanderungsflotte anführte, die Ovs verließ."

Spence nickte langsam. „Und nun muß auch ich daran denken, Ovs zu verlassen."

Kyr wandte sich um und führte sie aus dem *krassil* hinaus. „Ich muß dir noch etwas zeigen, bevor wir von deinem Abschied reden. Komm, es gibt noch viel mehr zu sehen."

Spence folgte seinem schlaksigen Gastgeber durch die stillen, leeren Straßen von Tso und versuchte sich vorzustellen, wie es gewesen war, als die hochgewachsenen, anmutigen Marsianer dort gelebt hatten und die engen Straßen vom Tschirpen ihrer Stimmen und den fließenden Klängen ihrer unirdisch schönen Musik widerhallte. Sofort überkam ihn ein schwer lastendes Gefühl des Verlustes und der Einsamkeit, als ob jemand, den er sehr liebte, gestorben wäre.

Elftes Kapitel

Die letzten drei Tage waren für Spence in wirbelnder Aktivität vergangen. Er fühlte sich wie ein Schwamm, der das Zehnfache seines Gewichtes aufgesogen hatte, so viel hatte er von der alten marsianischen Kultur gesehen und erlebt. Nun studierten Kyr und er ein großes Modell des roten Planeten, auf dessen Oberfläche die Lage der unterirdischen Städte markiert war.

Er runzelte die Stirn, als er das Terrain betrachtete. „Ich sehe nichts, das ich wiedererkenne." Natürlich war das Modell hergestellt worden, bevor die Marsianer den Planeten verlassen hatten; es war mehrere tausend Jahre alt. „Die Beschaffenheit der Oberfläche hat sich sehr verändert."

Sie umrundeten das Modell.

„Einen Moment", sagte Spence. „Wo ist dieser große Vulkan?"

Kyr dachte einen Augenblick darüber nach, was dieses Wort bedeutete, und zeigte dann mit einem langen Finger auf ein Gebiet zwischen zwei trockenen Kanalbetten.

„Zur Zeit des Brandes brachen in diesem Gebiet mehrere kleine Vulkane aus. Es ist nicht weit von Tso."

„Könnten sie seither aktiv gewesen sein? Ich meine, richtig aktiv?"

„Das ist möglich, ja."

„Dann ist das, glaube ich, der Olympus Mons, wie wir ihn nennen. Das ist der Berg, auf den ich zuging, nachdem ich mich verirrt hatte." Er studierte das Modell sorgfältig und bemerkte den gewaltigen Canyon unmittelbar im Westen des Valles Marineris, ein so riesiges Loch, daß darin die ganzen Rocky Mountains hätten verschwinden können und immer noch Platz für den Grand Canyon gewesen wäre. Nach dem Modell lagen die Außenbezirke von Tso in der Nähe eines der Seitengräben, die in dieses Canyon-System mündeten.

„Ich glaube, hier war es, wo ich auf die Tunnels stieß. Etwa hier. Da ich nicht in den Canyon abgestürzt bin, muß die Anlage irgendwo hier liegen." Er deutete auf die glatte Ebene im Osten.

„Kali", sagte Kyr.

„Was ist das?"

„Es ist eine kleinere unterirdische Siedlung, in der die Arbeiter untergebracht waren, die die Sternenschiffe bauten. Sie ist hier nicht gezeigt. Auf der Ebene wurden die Sternenschiffe gebaut, und von dort verließen sie Ovs für immer."

Spence erinnerte sich an das Bild Hunderter von Schiffen, die wie silberne Ballons in den rosa Himmel des Mars aufstiegen, um dann wie zerbrechliche Blasen in die Leere des Alls zu verschwinden. „Dann ist dies gleichzeitig der Ort, wo die letzten Marsianer den Planeten verließen und die ersten Erdenmenschen ihn betraten. Denn wenn ich mich nicht irre, befindet sich dort die Anlage."

„Kali ist über Tunnels mit Tso verbunden, wie die anderen Städte auch. Ich werde dich dorthinbringen."

Spence verspürte einen immer stärker werdenden Widerwillen dagegen, Tso und seinen einsamen Bewohner zu verlassen. Nichts wünschte er sich mehr, als zu bleiben und alle Geheimnisse der verschollenen Rasse kennenzulernen.

„Ich wünschte, ich müßte nicht fort", sagte er. „Ich würde alles hergeben, was ich besitze, um mit dir hierzubleiben."

„Dann mußt du eines Tages zurückkommen, wenn du bleiben kannst."

„Ich werde wiederkommen. Das verspreche ich dir. Hier sind Schätze, die mehr wert sind, als es sich irgend jemand auf der Erde vorstellen kann." Er meinte die Bemerkung als Kompliment, aber auf Kyr schien sie die entgegengesetzte Wirkung zu haben. Der Marsianer begann seinen Kopf hin und her zu wiegen.

„Habe ich etwas Falsches gesagt?"

„Deine Worte erinnern mich daran, daß ich allein sein werde ..." Er wandte sich ab, bevor er den Gedanken zu Ende geführt hatte.

„Was wirst du tun, wenn ich weg bin? Wirst du wieder schlafen?"

„Nein, ich werde nicht wieder schlafen. Der Kontakt zwischen unseren Planeten ist aufgenommen. Nun muß ich mit meiner Wache beginnen."

Spence wurde bewußt, welches Opfer Kyr gebracht hatte, indem er zurückblieb. „Ich werde wiederkommen, Kyr", schwor er. „Irgendwie werde ich es tun."

Kyr schaute ihn fest an und sagte: „Kein Geschöpf kennt sein Geschick. Selbst Flüsse ändern mit der Zeit ihren Lauf. Ich werde dich nicht an dein Versprechen binden. Es ist nicht deine Sache, das zu bestimmen."

Der Marsianer drehte sich um und legte seine Hand auf eine glatte Kugel, und sie öffnete sich. Zwei kleine Scheiben kamen zum Vorschein. Eine davon gab Kyr Spence, der sie entgegennahm und in den Händen drehte.

Es war eine ziemlich flache, runde Scheibe, die an eine Muschel erinnerte, nur daß die Rillen und die welligen Kanten fehlten. Sie fühlte sich warm an.

„Fühlst du die Kraft darin?"

„Ich spüre, daß Wärme davon ausgeht. Was ist das?"

„Dies ist ein . . . " – er suchte nach dem Wort – „ein *bneri* – ein Signalgerät. Ich bin ein Wächter. Nun, da du mich geweckt hast, muß ich auch über dich wachen. Wenn du mich je brauchen solltest, mußt du nur das *bneri* in der Hand halten und an mich denken, und ich werde wissen, daß du mich brauchst. Ich werde dann kommen und dir helfen."

Das war für Spence rätselhafter als alles andere, was er auf dem Mars gesehen hatte, seit er gekommen war.

„Wie ist das möglich?"

„Ich könnte dir die . . . die wissenschaftlichen Grundlagen des Gerätes erklären, aber das würde viel Zeit erfordern. Was das andere angeht – zur Erde zu reisen, ist kein Problem. Die Raumfahrzeuge der alten Forscher sind hier aufbewahrt; ich kann reisen, wohin ich will."

„Aber warum willst du mich beschützen?" Er konnte es immer noch nicht glauben.

„Weil du das Geheimnis des Ovs und seiner Städte kennst. Und weil du mein Freund bist und der erste, der den Kontakt zwischen unseren Zivilisationen herstellte. Es wird eine Zeit kommen, in der dieses Ereignis für unsere beiden Welten eine große Bedeutung haben wird."

Spence wußte nicht, was er sagen sollte. „Danke, Kyr. Ich werde dies mitnehmen und benutzen, wenn ich dich je brauchen sollte."

„Und nun werden wir noch einmal zusammen essen, bevor du gehst. Ich werde eine richtige Mahlzeit für dich zubereiten. Ja", antwortete er auf Spences überraschten Blick, „das erste *rhi* ist reif zur Ernte. Wir werden zusammen unsere erste richtige ovsianische Mahlzeit einnehmen."

Die glänzenden Kuppeln der Anlage schimmerten in dem harten, hellen Licht der Sonne. Oben kroch ein rosiger Ton über den Himmel. Der blaßrote Staub lag pulverig und still. Nicht der kleinste Windhauch rührte auch nur ein Körnchen auf. Nichts rührte sich in der Anlage, und für einen Augenblick fürchtete er, die Arbeits- und Forschungsgruppe sei bereits nach Gotham zurückgekehrt.

Die Luft an der Oberfläche besaß weniger Sauerstoff als Tso. Spence spürte, wie ihm allmählich schwindelig wurde, und beschloß, sich zu setzen und auszuruhen, bevor er den letzten Kilometer bis zur Basis zurücklegte.

Vor etwas weniger als drei Kilometern hatte Kyr ihn verlassen. Spence hatte nicht gewollt, daß er der Anlage zu nahe käme, damit sie nicht gesehen würden und das Geheimnis ans Licht käme. So hatte er nach einem traurigen Abschied seinen Weg allein fortgesetzt.

Sofort wünschte er sich, seinen Helm bei sich zu haben. Er hatte einen zu schnellen Schritt vorgelegt und wäre beinahe ohnmächtig geworden. Nach einer kurzen Pause paßte er sein Tempo an und näherte sich wie in einer Zeitlupe, die seine Nerven strapazierte, der Ansammlung von Gebäuden. Nun war er fast da. Und er fragte sich, warum er nirgendwo im Umkreis der Anlage irgendwelche Anzeichen von Aktivität sah.

Er erhob sich und setzte sich wieder in Bewegung, müde von der kurzen Wanderung und sehr gespannt.

Als er näher kam, bemerkte er eine rote Staubfahne, die auf der anderen Seite der Basis hoch in die Luft aufstieg. Sie sah aus wie eine Staubfontäne oder wie roter Rauch, der im Wind verwehte, nur daß es keinen Wind gab.

Augenblicke später hatte sich die Staubfahne der Ansammlung von Kuppeln genähert und verharrte dort. Spence erriet, daß irgendein Fahrzeug die Anlage erreicht hatte. Bald sah er eine winzige Gestalt, die sich zwischen den Gebäuden bewegte. Sie verschwand im Innern.

Es ist jemand zu Hause, dachte Spence. Also war er doch nicht allein. Er spähte zurück, als ob er erwartete, Kyr zu sehen, wie er ihn beobachtete und ihn drängte, weiterzugehen und zu seinen Leuten zurückzukehren. Doch er sah nichts als die blaßrote, mit Felsen übersäte Wüstenpfanne.

Nach einer weiteren Stunde trat er in den Schatten des ersten langen Gewächshauses. Er war zurück.

Adjani hatte die Suche für diesen Tag abgeschlossen und kehrte niedergeschlagen und enttäuscht in die Anlage zurück. Die großen Hoffnungen, mit denen er den Tag begonnen hatte, hatten sich wie Tau in der Hitze der Sonne verflüchtigt. Er hatte geduscht – eine der wenigen echten Annehmlichkeiten auf dem Mars – und sich nach einem schnellen Blick über das Logbuch des Tages zum Essen niedergesetzt. Der Flachbildschirm hatte keine Nachrichten von Packer und seinem Trupp angezeigt, seit er heute morgen die Basis verlassen hatte. Er kaute eine Handvoll der winzigen, pillenähnlichen Nutri-Kekse, von denen sich alle hier ernährten, und spülte sie mit kaltem, frischen Wasser hinunter.

Schon dachte er an die morgige Suchexpedition, die letzte, die er würde unternehmen können, bevor sie den Mars verließen. In zehn oder zwölf Stunden würde Packer mit dem Rest der Mannschaft zurückkehren, und dann würden sie die Anlage sichern und sich zur Abreise bereitmachen. Einmal noch wollte er die Talspalte im Westen durchsuchen. Wenn er nichts fand, wie er nun befürchtete, würde er zugeben müssen, daß Packer recht hatte und daß nichts je gefunden werden würde.

Das waren seine Gedanken, als er das Zischen der äußeren Luftschleuse hörte. In der Erwartung, Packer und ein Dutzend seiner Kadetten in der Schleuse stehen zu sehen, wandte er sich um. Stattdessen erblickte er eine einzelne Gestalt ohne Helm, die am anderen Ende der verglasten Kammer im Schatten stand.

Adjani sprang auf, während ein Prickeln all seine Sinne durchfuhr wie eine Katze auf der Jagd. Ein Sturm der Erregung brach in ihm los, als er die Gestalt erkannte, noch bevor er ihr einen Namen geben konnte.

„Spence!“ sagte er atemlos, als sich die Schleuse öffnete und sein Freund mit unsicheren Schritten den Raum betrat.

„Adjani. Du warst es . . . “ Spence wurde von Emotionen überwältigt. Er fiel seinem Freund um den Hals, und heiße Tränen der Erleichterung tropften auf dessen grünen Overall.

Auch Adjani weinte und lachte und schrie vor Freude.

„Spence, du lebst! Du lebst! Ich habe es gewußt – im tiefsten Herzen habe ich es gewußt! Gott sei Dank! Du bist zurückgekommen!“ Der zierliche Inder umtanzte ihn buchstäblich im Kreis.

Spence warf seine Handschuhe ab und wischte sich mit den Handballen über die Augen. Er sah jungenhaft verlegen aus. „Du hast mich vermißt, was?“

Adjani warf den Kopf zurück und lachte, als sei das der komischste Gedanke, den er je gehört hatte. „Dich vermißt? Nein, nicht im mindesten. Ich kann es nicht glauben. Du *lebst.*“ Er lachte wieder.

„Wo sind die anderen? Ich habe ein etwas lebhafteres Willkommen als das hier erwartet.“

„Sie sind alle zum Nordpol gezogen – das heißt, inzwischen müßten sie auf dem Rückweg hierher sein. Wir starten morgen. Ich dachte, wir müßten dich für immer hier zurücklassen.“ Adjani fixierte ihn mit einem festen Blick.

„Ich weiß, daß ich einiges zu erklären habe. Im Grunde ist es am besten, daß wir erst einmal unter vier Augen reden können. Du kannst mir helfen, zu entscheiden, was ich den anderen sagen sollte. Das hat mich beschäftigt, seit ich herausgefunden habe, daß ich zurückkehren werde.“

„Herausgefunden?“ fragte Adjani überrascht. „Hast du daran gezweifelt?“

„Jede Menge!“ sagte Spence. „Ich hätte nie gedacht, daß ich diesen Ort – oder irgendeinen anderen Ort – je wieder sehe. Ich mag gar nicht daran denken, wie oft ich praktisch ein toter Mann war.“

„Also komm, erzähl mir alles. Hast du Hunger? Ich mache dir etwas. Setz dich. Ruh dich aus – du siehst aus, als hättest du abgenommen. Du siehst erschöpft aus. Aber du siehst besser aus, als ich dich je gesehen habe.“ Er hielt inne, blickte auf Spence herab und grinste von einem Ohr zum anderen.

„Willkommen daheim, mein Freund. Willkommen im Land der Lebenden.“

Zwölftes Kapitel

„Ich glaube es nicht. Ich glaube es nicht.“ Packer rezitierte seine Litanei zum hundertsten Mal. Er saß auf dem Stuhl, auf den er gesunken war, als er die Basis betreten hatte, und starrte Spence an, als ob er einen Geist sähe. Sein Mund stand offen, und seine Augen standen leicht vor, so daß er aussah wie ein naher Verwandter des Kabeljaus. „Ich glaube es einfach nicht.“

„Du hast doch wohl nicht geglaubt, daß du mich nicht wiedersehen würdest, Packer? Ich habe schließlich für eine Rundreise bezahlt.“

„Ich kann es nicht glauben.“

Spence lächelte Adjani verschwörerisch zu. „Das ist unser Packer, immer der geistreichste Gesprächspartner.“

In diesem Moment sprang Packer auf und versetzte Spences Rücken mit der flachen Hand einen derartigen Schlag, daß er sich wünschte, er wäre außer Reichweite des schwergewichtigen Riesen geblieben. „Reston, du alter Fuchs. Wie hast du das gemacht? Sag es mir. Wie zum Kuckuck hast du das gemacht? Schaut ihn euch an! Nicht die kleinste Frostbeule hat er abgekriegt! Wie hast du das gemacht?“

Daraufhin gab Spence Packer eine Version seiner Geschichte, die er und Adjani sich gemeinsam sorgfältig zurechtgelegt hatten. Er sagte, er sei in einen Warmluftschacht gestolpert, der ihn vor dem Erfrieren bewahrt habe und ihm auch die Möglichkeit gab, mit Hilfe seines Helms eine geringe Menge Wasserdampf zu destillieren – genug, um sich vor dem Verdursten zu retten.

Er berichtete, wie er jeden Tag losgezogen sei, um den Weg zurück zu finden, aber seine Spur sei vom Sturm verweht worden. Er habe immer nur so weit gehen können, daß er noch am gleichen Tag wieder zurückkehren konnte, damit er bei Einbruch der Nacht wieder in seinem warmen Luftstrom saß. Jeden Tag habe er einen anderen Weg eingeschlagen, und am letzten Tag habe er das Glück gehabt, daß Adjani ihn entdeckte und auflas.

„Adjani, warum hast du uns nicht über Funk Bescheid gegeben, als du ihn gefunden hattest?"

„Ich war schon drauf und dran, das zu tun, aber ihr wart schon auf dem Rückweg. Da haben wir beschlossen, eine Überraschung daraus zu machen."

„Eine Überraschung! Das kann man wohl sagen. Spence, ich bin mächtig froh, dich zu sehen. Ich dachte schon in der ersten Nacht, du hättest deine Fahrkarte gekauft. Ich war sicher. Und dann der Sturm und das alles. Ich *glaube* es einfach nicht."

„Ich hätte auch nie gedacht, daß ich diesen Ort noch einmal wiedersehe. Ich hatte fast die Hoffnung aufgegeben, euch zu finden."

Packer wurde ernst; seine immer noch funkelnden Augen richteten sich scharf auf Spence. „Aber warum hast du das getan, Spence? Warum bist du in diesen Sandsturm hinausgerannt? Ich kann es mir nicht erklären."

Spence senkte seine Stimme; es waren andere in der Nähe, die er nicht in seine Privatangelegenheiten hineinziehen wollte. „Ich glaube, du hast ein Recht darauf, daß ich dir darüber reinen Wein einschenke, Packer. Ich würde damit nur lieber warten, bis wir uns hinsetzen und in Ruhe reden können."

„Ich verstehe. Fühl dich nicht unter Druck – ich bin nur neugierig."

„Adjani hat mir gesagt, daß ich gerade rechtzeitig komme, um beim Packen zu helfen."

„Wahrhaftig. Du hast es gerade noch rechtzeitig geschafft. Wir starten, sobald wir diese Anlage versiegelt haben. Es wird nur ein paar Stunden dauern. Du bist doch reisefähig? Du siehst aus, als hättest du zehn Kilo abgenommen –"

„Ich bin fit genug. Wenn wir erst an Bord sind, kann ich mich noch genug ausruhen."

„Da fällt mir etwas ein! Ich muß nach Gotham funken und mitteilen, daß wir dich gefunden haben. Ich fürchte, ich hatte dich aufgegeben, Spencer. Ich habe das ComCen benachrichtigt, daß du vermißt und vermutlich tot seist. Das ist ein Fehler, den ich mit Freuden unverzüglich korrigieren werde."

„Nein! Ich meine, könnten wir damit nicht noch ein paar Tage warten?"

Packers Augen verengten sich. „Du bist in irgendwelchen Schwierigkeiten, stimmt's? Ich bin vielleicht schwerfällig, aber nicht *so* schwerfällig. Willst du mir davon erzählen?"

Adjani mischte sich ein. „Auch das sollten wir besser im stillen unter Freunden besprechen. Einverstanden?"

Packer zuckte die Achseln. „Ich werde den Bericht zurückhalten, aber ihr beide werdet mir einiges erklären müssen, sobald wir unterwegs sind." Er lächelte, und seine Züge entspannten sich zu seiner üblichen gutmütigen Grimasse. „Mir ist egal, ob du die Kronjuwelen geklaut hast; ich bin nur froh, daß du wieder da bist."

Damit wandte sich Olmstead Packer an die Umstehenden und rief: „Also, Jungs, kommt in Schweiß! In drei Stunden will ich alles gepackt, verstaut und fertig zum Verladen haben. Kalnikov ist schon dabei, das Raumschiff in Position zu bringen. Ich persönlich habe keine Lust, noch eine Nacht in diesem Hühnerstall zu verbringen. Auf geht's!"

Die Kadetten ließen einen Jubelschrei los, und allenthalben brach fieberhafte Aktivität aus. Adjani ließ sich an einem Computerterminal nieder und reaktivierte das Wartungsprogramm, das die Anlage in Gang hielt, solange sie nicht von Menschen beaufsichtigt wurde. Spence kehrte zu seiner Kabine im Gruppenleiter-Quartier zurück und nahm seinen noch unausgepackten Container von dem Bett, in dem er nie geschlafen hatte.

Es schien Jahre her zu sein, daß er halb wahnsinnig in den grausamen Simoom hinausgewandert war. Und alles, was seither geschehen war, erschien ihm wie ein Traum. Doch als er nun dastand und seine Habseligkeiten betrachtete, wurde ihm erneut scharf bewußt, daß er immer noch durch die mysteriösen Blackouts verwundbar und einer Lösung für das Rätsel ihrer Ursache nicht näher gekommen war – in dieser Hinsicht war seine Reise vergeblich gewesen. Seine geistige Gesundheit hing an einem allzu feinen Faden. Er wußte nicht, wie lange er noch durchhalten würde, bevor dieser dünne Faden riß!

Ari fuhr im Bett hoch. Der dumpfe Schmerz, der sie nach Wochen sturen Durchhaltens schließlich ins Bett getrieben hatte, war endlich verschwunden. Die nagende Leere war weg, und sie fühlte sich fast wieder wie sie selbst.

Die schreckliche Nachricht über Spence war ein niederschmetternder Schlag gewesen. Tagelang hatte sie nichts tun können, als in ihrem Zimmer zu sitzen, während die grausamen Worte „vermutlich tot" an ihrem Herzen zerrten. Sie hatte geweint, bis keine Tränen mehr kamen, und war dann in einen Zustand stumpfer Gleichgültigkeit gegenüber dem Leben gefallen. Ihr Vater, der mit seinem Latein am Ende war, zog Ärzte hinzu, die ihr Beruhigungsmittel verschrieben, aber sie wollte sie nicht einnehmen.

Doch an diesem Morgen hatte sie sich gesagt, daß ihre Trauerwache vorüber war, daß sie sich dem Tag entschlossen stellen würde und ihr Leben wieder in die Hand nähme. Die Wirkung war wie ein kühler Wind, der sich in der Nacht erhob, um eine lange Periode schwülheißen Wetters fortzublasen. Dieser Wetterwechsel in ihr brachte eine neue Hoffnung mit sich, daß ihr Leben irgendwie, auf irgendeine Weise weitergehen, ja sogar blühen würde.

Es war diese Veränderung mit ihrer Frische und erschreckenden Plötzlichkeit, die sie aus ihrem bleiernen Schlaf hochfahren ließ. Und sie hatte das Gefühl, als wachte sie zu einer unerledigten Aufgabe auf – irgend etwas schien in ihrem Hinterkopf gerade aus ihrer Erinnerung herauszutanzen. Wie ein Schmetterling flatterte es nahe heran, aber wenn sie es zu ergreifen, festzuhalten und sich zu erinnern versuchte, schoß es wieder davon.

Ari wurde umgetrieben von dem Gefühl, daß sie etwas sehr

Wichtiges wußte, aber sie konnte sich nicht erinnern, was es war. Das Gefühl ließ sie den ganzen Tag über nicht los.

Sie stand auf und widmete sich ihrer Morgenroutine mit einer Leichtigkeit und Heiterkeit, die jeden entzückt hätte, der sie hätte sehen können. Sie erfüllte ihre kleine Kabine mit einem sonnigen Strahlen, das an die Wände sprühte und die Schatten verjagte – als hätte sich ein Fenster auf einen jungen Frühlingsmorgen voller goldenen Sonnenlichtes und leuchtender Verheißung geöffnet.

Sie fragte sich, was hinter dieser Veränderung stecken mochte. Eine Antwort auf Gebet? Dankbar nahm sie es als solche an und ging erleichtert, erfrischt und belebt in ihren Tag.

„Tochter, du siehst absolut neu geboren aus!" rief ihr Vater, als sie sich zu ihm an den Frühstückstisch setzte. Der Direktor frühstückte stets in seinem eigenen Eßzimmer und überflog dabei die Neuigkeiten aus aller Welt, die das ComCen aus verschiedenen über Satellit empfangenen Nachrichtendiensten zusammenstellte und für ihn in einer besonderen Laserdisc-Ausgabe der *Gotham Times* aufbereitete.

„Mir geht es heute *viel* besser, Daddy."

„Du siehst wunderbar aus, Liebes. Einfach wunderbar. Oh, ich kann dir gar nicht sagen, wie ich mich freue, dich so zu sehen. Ich dachte schon, daß ... aber lassen wir das. Frühstück?"

„Und ob! Ich bin am Verhungern!"

„Das kann ich mir vorstellen. Du hast seit zwei Wochen keinen Bissen gegessen!"

„Nicht, daß es mir geschadet hätte." Sie lachte, und ihr Vater sah das Licht wieder in ihren tiefblauen Augen funkeln.

„Unsinn, Liebes. Du bist ohnehin schon so ein zierliches Persönchen." Er ergriff ihre Hand und küßte sie formvollendet. „Ich bin froh, daß du wieder du selbst bist, Ari. Ich hatte große Angst, ich würde dich verlieren."

Sie lächelte und drückte seine Hand. „Ich werde dich nie verlassen, Daddy. Nicht auf diese Art."

Beide wußten, was hinter dieser verschleierten Anspielung steckte: Mrs. Zanderson; seine Frau, ihre Mutter. Das Thema war für beide zu schmerzlich, als daß sie offen darüber hätten reden können; deshalb hatten sie einen Code entwickelt, mit dessen Hilfe sie davon sprechen konnten, ohne alte, unerwünschte Erinnerungen aufzurühren.

„So! Nun setz dich. Ich werde dir Frühstück bringen lassen. Was soll es sein?"

„Ich nehme, was du nimmst, bitte. Und je eher, je lieber."

„Orangensaft?"

„Literweise." Sie ließ sich auf dem Stuhl neben ihrem Vater nieder. „Und ein paar von diesen knusprigen Croissants – wenn es noch welche gibt."

Direktor Zanderson klingelte mit der silbernen Glocke, die neben ihm auf dem Tisch stand, und sofort erschien ein Küchenbediensteter im rosa Overall, der sich zackig und formell wie ein Soldat bewegte. Der Direktor war die einzige Person auf GM, die über eigenes Dienstpersonal und eine eigene Küche verfügte; alle anderen aßen in der Kantine. Er gab dem Mann ihre Bestellung für das Frühstück und schickte ihn weg.

„Ach, und Henry, für mich bitte keine Croissants. Ich treffe mich heute morgen mit den Leitern der Abteilung Agrarwirtschaft." Er wandte sich wieder seiner Tochter zu. „Sie sagen, sie hätten eine neue Proteinkartoffel oder so etwas Ähnliches erfunden, und sie wollen, daß ich ein Urteil darüber abgebe. Ich werde vermutlich mein Körpergewicht in Kartoffelsteaks verzehren müssen. Hast du Lust, mich zu begleiten, Liebling?"

„Ich hatte vor, schwimmen zu gehen. Ich bin seit Ewigkeiten nicht einmal in der Nähe des Beckens gewesen. Außerdem täte mir etwas Sonne bestimmt auch gut."

„Völlig richtig. Genau das Richtige, damit die Rosen wieder in deine süßen Wangen hineinkommen."

„Aber viel Spaß mit deiner neuen Kartoffel. Klingt vielversprechend."

„Oh, ich bin sicher, sie ist phantastisch. Es ist nur, daß offenbar jede zweite Woche oder so etwas erfunden wird, das größer und besser ist als letzte Woche. Größere Karotten, bessere Kaninchen – weiß der Himmel was noch. Ich fürchte, es fällt mir immer schwerer, soviel Enthusiasmus zu zeigen wie früher. Und der *Geruch* da unten würde dich umhauen."

Sie lächelte fröhlich. „Das ist der Preis des Fortschritts, Daddy. Gib einfach die Hoffnung nicht auf, daß sie vielleicht eines Tages ein Nutristeak erfinden werden, das wirklich nach Rindfleisch schmeckt."

„Na, das wäre etwas, worüber ich krähen würde. Übrigens" – er hielt inne und wurde ernst. „Ich wollte es dir schon früher sagen, aber –"

„Was ist los, Daddy?" Ihr Lächeln verschwand.

„Die *Gyrfalcon* wird irgendwann heute oder morgen erwartet. Ich glaube, Wermeyer hat es mir gestern gesagt. Ich dachte, du solltest es wissen, damit du nicht überrascht bist, wenn du es irgendwo anders hörst." Er klopfte ihr auf die Schulter und schaute sie väterlich-freundlich an. „Hoffentlich habe ich dir nicht den Tag verdorben."

„Ich lasse mir von nichts den Tag verderben. Ja, die Wunde ist noch empfindlich, aber danke, daß du es mir gesagt hast. Mach dir keine Sorgen. Ich komme schon damit zurecht."

Der Bedienstete brachte zwei große Tabletts herein und setzte sie den beiden vor. Ari machte sich getreu ihren Worten eifrig über ein Käseomelett her, während ihr Vater zu seinem Studium der Morgennachrichten zurückkehrte.

Nachdem sie ihren Vater verabschiedet hatte, ging sie in ihr Zimmer, schlüpfte in ihren Badeanzug und machte sich auf den Weg hinunter zur Gartenebene, um in der grünen Einsamkeit spazierenzugehen, bevor sie zum Schwimmbecken ging.

Die stillen Gehwege, die sich zwischen den üppigen Gewächsen hindurchschlängelten, und der klare, ungehinderte Blick über den Garten, der sich vor ihr in die Ferne erstreckte, bis er sich hinter der Krümmung der Station verlor, hoben ihre Laune wieder auf den früheren Stand; bald schwebte sie wieder.

Irgend etwas wird geschehen, sagte sie sich. *Irgend etwas Gutes, ich weiß es.*

Dreizehntes Kapitel

„Es war mir zuwider, ihn so anzulügen. Mir gefällt das überhaupt nicht", stöhnte Spence. Adjani und er saßen sich in der sonst menschenleeren Messe über halbvollen Tassen mit kaltgewordenem Kaffee gegenüber. Kalnikov gab zum letzten Mal Schub für die Heimkehr.

„Es gab keine andere Möglichkeit. Du weißt das. Wir haben es wieder und wieder durchgekaut. Warum kommst du immer wieder damit?"

„Es tut mir leid, Adjani." Spence schaute in das sonst frische, unbekümmerte Gesicht seines Freundes. Nun jedoch sah er dunkle Ringe der Erschöpfung unter den schwarzen Augen und sorgenvolle Linien, die die Mundwinkel ständig herunterzogen. „Und es tut mir leid, daß ich dich in diese Sache hereingezogen habe. Ich hatte kein Recht –"

„Ich habe dir das Recht gegeben, als ich dich bat, mein Freund zu sein. Das darfst du nie in Zweifel ziehen, Spence. Nie. Verstehst du?" Adjani senkte die Stimme – es schien ihnen, als hätten sie sich während der ganzen Reise nur mit gesenkter Stimme unterhalten. „Ich weiß, was du denkst, aber du hättest ein solches Geheimnis nicht für lange Zeit für dich allein behalten können. Es ist zu groß, als daß ein Mann allein es tragen könnte."

„Glaubst du, Packer ist zufrieden mit der Erklärung, die ich ihm gegeben habe? Er schien skeptisch zu sein."

„Überlaß Packer mir. Ich kenne ihn schon lange. Ich werde noch einmal mit ihm reden, aber sag du nichts mehr. Bleib bei deiner Geschichte – zumindest, bis wir uns darüber klar sind, was als nächstes zu tun ist. Versprichst du mir das?"

Spence seufzte und nickte langsam. „Ich verspreche es. Ich werde nichts Voreiliges oder Dummes tun – zumindest nicht, ohne dich vorher zu fragen. Aber ich hätte nicht erwartet, daß es so schwer ist. Wirklich, ich -"

„Dachtest du, du kämest von einem Sonntagsausflug zurück?

Dein Leben hat sich verändert. Du wirst nie wieder derselbe sein, Spence. Du hast Dinge gesehen, die kein Mensch je gesehen hat, und du weißt jetzt Dinge, die . . . nun, die die Welt verändern können. Und du darfst niemandem davon erzählen.“

Spence starrte ausdruckslos vor sich hin ins Nichts und erinnerte sich an die endlosen Konferenzen, die Adjani und er während der fünfwöchigen Reise zurück nach Gotham abgehalten hatten. Nun, nur noch wenige Stunden vor dem Andocken, gingen sie alles noch einmal durch.

Er hatte Packer eine Geschichte von einem Streit aufgetischt, den er mit Adjani gehabt hätte. Anschließend habe er nur für fünf Minuten zum Abkühlen aus der Anlage herausgewollt. Er habe nicht gewußt, daß Adjani verletzt sei, und auch nicht die Absicht gehabt, ihn zu verletzen. Dann zog der Sturm auf, und er verlor die Orientierung und fand den Rückweg nicht mehr. Spence hatte zugegeben, er hätte in letzter Zeit an gewalttätigen Anfällen von Wut und Frustration gelitten – wahrscheinlich aufgrund von Überarbeitung –, und irgend etwas habe ihn wohl die Beherrschung verlieren lassen. Adjani habe das Pech gehabt, zur falschen Zeit am falschen Ort zu sein.

Packer akzeptierte diese Version der Ereignisse ziemlich auf die gleiche Art, wie er auch Spences Geschichte von seinem wundersamen Überleben auf der Oberfläche eines extrem feindseligen Planeten akzeptiert hatte – er nickte immer wieder und ließ die Luft aus den aufgeblasenen Backen und fuhr sich mit der Hand durch das drahtige Gewirr seiner kupferfarbenen Haare und sagte endlich: „Ich verstehe. Sehr interessant.“ Und damit hatte es sich.

Zu keinem der Vorfälle hatte Packer irgendwelche weiteren Fragen gestellt, und das war der Grund, warum Spence das Gefühl hatte, daß er ihm nicht glaubte – Packer hatte die schäbige Lüge durchschaut und war zu verletzt, um die Sache weiter zu verfolgen. Er wollte reinen Tisch machen und alles so schildern, wie es wirklich geschehen war. Doch Adjani hatte ihm von Anfang an davon abgeraten und seine Meinung nicht geändert: abwarten und sehen, was passiert.

„Du hast natürlich recht“, sagte Spence schließlich. „Es ist nur, daß ich . . . “

„Ich weiß, ich weiß. Du fühlst dich im Moment sehr allein. Aber mach dir keine Sorgen. Ich bin bei dir. Zusammen werden wir der Sache auf den Grund gehen.“

Spence fragte sich, ob Adjani wußte oder erriet, daß hinter seiner Geschichte noch mehr steckte als Tunnels und eine verlassene Stadt. Er hatte ihm nichts von Kyr gesagt – teilweise aus Verpflichtung gegenüber dem Marsianer und teilweise aus der Befürchtung, daß Adjani ihm nicht glauben würde. Auch das nagte an ihm. Er fragte sich, ob er Adjani jetzt von Kyr erzählen oder auf eine geeignetere Zeit warten sollte. Widerwillig entschied er sich zu warten.

Er starrte trübsinnig auf den braunen Satz am Boden seiner Tasse, als wollte er in die Zukunft spähen und wäre nicht angetan von dem, was er sah.

„Du glaubst, daß ich immer noch in Gefahr bin, nicht wahr?“

„Ja, das glaube ich. Ich sehe keinen Grund, etwas anderes zu denken.“ Adjani beugte sich über den schmalen Tisch. „Sobald wir zurück sind, werde ich Daten über den Naga-Aberglauben Nordindiens anfordern und MIRA für eine Auswertung damit füttern. Vielleicht sehen wir dabei etwas, das uns weiterhilft.“

„Also schön. Und was tue ich in der Zwischenzeit? Weitermachen, als wäre nichts geschehen?“

„Exakt. Es ist ja auch nichts geschehen.“

„Weißt du, die ganze Zeit über, als ich in Tso war, habe ich nicht geträumt – abgesehen von normalen Träumen, meine ich. Und ich habe auch keine Blackouts gehabt. Was denkst du darüber?“

„Ich weiß nicht. Aber es ist eine weitere Tatsache, die wir in unserer Theorie berücksichtigen müssen.“

Spence hob langsam die Augen. „Ich habe Angst, Adjani. Echte Angst. Ich will nicht zurück nach Gotham. Mir ist, als warte er dort auf mich – dieser Traumdieb, von dem du gesprochen hast – und als wäre ich verloren, sobald ich Gotham wieder betrete. Wir sind machtlos gegen ihn.“

„Weit gefehlt. Wir werden ihn bekämpfen, Spence. Und wir werden gewinnen.“

„Wie kämpft man gegen einen Traum?"

„Das weiß nur Gott", sagte Adjani fest, „und er wird uns helfen."

Das Signal für die Rückkehr zur Schwerelosigkeit ertönte, und Spence und Adjani standen auf und stellten ihre Tassen in den abgedeckten Behälter zurück. Während der restlichen Stunden des Fluges blieb Spence zurückgezogen – er lachte nur ein einziges Mal, als einige der Kadetten ihre restlichen Wasserrationen zusammentaten und in einer der leeren Frachtkammern einen schwebenden Swimmingpool schufen. Dann tauchten sie abwechselnd durch die hängende Wasserkugel.

Einer der besten Tricks war es, mit dem ganzen Körper in die schwebende Kugel einzutauchen, die Arme und Beine vorsichtig einzuziehen und dann darin herumzuschwimmen wie ein Fisch im Glas. Der Effekt war urkomisch und erntete stürmisches Gelächter, wann immer jemand diesen Trick fertigbrachte. Wie fast alle anderen an Bord zog sich Spence bis auf die Unterhosen aus, beteiligte sich an dem Spaß und vergaß für eine Weile seine dunklen Geheimnisse.

Während der restlichen Zeit saß er alleine herum oder lag in seinem Sicherheitsnetz und grübelte über sein Problem nach; es schien immer stärker zu werden, je näher sie der Station kamen. Solange er auf dem Mars gewesen war, war es ihm gelungen, nicht mehr daran zu denken – andere Dinge wie die schiere Notwendigkeit des Überlebens halfen ihm, es zu vergessen. Doch nun stieg alles wieder in ihm auf, und das Gefühl der Hoffnungslosigkeit und Angst wurde immer größer, während das Raumschiff seinem Ziel entgegenjagte.

Gewiß konnte nicht einmal Gott – falls er existierte, was Spence noch nicht einzuräumen bereit war, wenn auch Kyr und Adjani an ihn glauben mochten – ihm jetzt helfen. Und wenn er existierte, hätte er bestimmt gar nicht erst zugelassen, daß er in eine so hoffnungslose Situation geriet. So dachte er darüber. Beweisführung abgeschlossen.

Spence erwartete halb, daß die Andockbucht voller Ehefrauen

und Freundinnen und schreiender Kinder sein würde, die alle darauf warteten, daß ihre Ehemänner und Liebhaber von ihrer Reise zurückkehrten. Zu seiner Überraschung entdeckte er, daß abgesehen von ein paar Freundinnen von Kadetten und der Wartungsmannschaft der Bereich menschenleer war. Keine jubelnde Menge, kein freudiges Willkommen.

Die völlige Routinemäßigkeit ihres Ausstiegs enttäuschte ihn, aber er wußte, daß es am besten war, wenn er bei seiner Rückkehr von so wenigen Menschen wie möglich gesehen wurde. Aus diesem Grund hatte er sich auch die Uniform eines Kadetten ausgeliehen. Er erinnerte sich auch daran, daß ihn schon deshalb niemand abholen würde, weil er ja als vermißt galt. Dennoch ertappte er sich dabei, daß er, während er sich durch die Menge der durcheinanderlaufenden Kadetten schob, besonders nach einem Menschen Ausschau hielt, den er zu sehen hoffte.

Er hoffte, daß Ari da sein würde, obwohl er sich einen Narren dafür schalt, daß er überhaupt daran dachte. Außerdem fiel ihm mit heißem Schrecken ein, daß sie ihn höchstwahrscheinlich für tot hielt.

Was habe ich ihr angetan? Was habe ich ihr zugemutet?

Er beschloß, sie sofort aufzusuchen, und setzte sich in Bewegung, um sie zu finden, doch er bremste sich, bevor er zehn Schritte weit gegangen war. Er durfte nicht das Risiko eingehen, zu bald gesehen zu werden. Er würde sich gedulden und ein Treffen an einem sicheren Ort arrangieren müssen.

Er fühlte sich wie ein Spion, und nicht wie ein besonders glanzvoller, als er sich unauffällig davonschlich und seinen Travel-Container hinter sich herzog. Er bereute es, daß er keinen Weg gefunden hatte, seine Mitreisenden zum Stillschweigen über sein Wiederauftauchen zu bewegen. Hätte er das bewerkstelligen können, so wäre es eine wertvolle Trumpfkarte in seiner Hand gewesen. Bei näherem Nachdenken hätte es jedoch gleichzeitig das Interesse an seinem Fall verstärkt und ihn ins Rampenlicht gerückt. Das Beste war, den Kopf einzuziehen und außer Sicht zu bleiben.

Endlich erreichte er sein Quartier; nachdem er verschiedene Mittel ausprobiert hatte, um festzustellen, ob jemand dort auf ihn wartete, hatte er einfach sein Ohr gegen die Gleittür gepreßt und lange Zeit gelauscht, bevor er auf den Öffner drückte. Die Tür glitt sofort auf – während seiner Abwesenheit hatte niemand einen Zugangscode eingegeben.

Er trat ein.

Die Räume kamen ihm ungewöhnlich dunkel und still vor. Niemand wartete auf ihn; die Kontrollkabine war leer. Offenbar war mehrere Wochen lang niemand hier gewesen.

Er hatte Adjanis Einwände ignoriert, der ihm geraten hatte, einen weiten Bogen um sein Labor zu machen; er wollte es sehen, wollte feststellen, ob es noch in dem Zustand war, in dem er es verlassen hatte. Das Gefühl, zurückgekehrt zu sein, würde er erst dann haben, wenn er seine eigenen Räume gesehen hatte. Später würde er zu Adjani gehen.

Leise durchquerte er das Labor und betrat sein persönliches Quartier, um sich umzuschauen. Alles erschien genauso, wie er es verlassen hatte – das heißt, soweit er sich daran erinnern konnte. Dennoch sah der Raum fremd und neu aus. Alles war genauso und doch verändert und unvertraut. Spence hatte das Gefühl, durch eine Art Zeitteleskop zu schauen, als er eintrat, als wäre er erst vor ein paar Minuten hinausgegangen und nun zurückgekehrt, um den Raum unmerklich verändert vorzufinden. Alles, was geschehen war, seit er zuletzt in diesem Raum gestanden hatte, schien nun zu einem unheimlichen, phantastischen Traum zu gehören. Er erwachte aus dem Traum und fand sich in seinem eigenen Raum wieder, aber er erkannte ihn nicht mehr.

Aber es war kein Traum gewesen. Wenn er an der Wirklichkeit seiner Erlebnisse zweifelte, brauchte er nur in die innere Brusttasche seines Overalls zu greifen und den glatten, muschelähnlichen Gegenstand zu berühren, den Kyr ihm gegeben hatte. Nein, es war kein Traum.

Er schob seinen Travel-Container unters Bett, ohne sich die Mühe zu machen, ihn auszupacken, und setzte sich auf seinen Stuhl, um sich zu überlegen, wie er am besten Ari erreichen könnte. Schließlich beschloß er, ihr eine Nachricht zu schicken, daß sie sich im Garten in der Nähe der Fontäne mit ihm treffen sollte.

Spence tippte die Nachricht in die ComCen-Konsole und gab als Absender Mary D. an – eine von Aris Freundinnen. Er hoffte, daß das ausreichte, damit sie ohne Rückfragen kam.

Dann legte er sich aufs Bett und schlief ein.

Er erwachte in besserer Stimmung, streifte seine Kleider ab und hielt sich gerade noch davon ab, sie in den Wäscheschacht zu stekken. Statt dessen steckte er sie unter sein Bett, sprang kurz in die Sanitärzelle und zog sich einen frischen blaugoldenen Overall an. Dann schlich er sich aus seinem Quartier hinaus auf den Hauptverbindungsweg und eilte hinab, um Ari im Garten zu treffen.

Als er die Gartenebene erreichte, klopfte sein Herz in einem beängstigenden Tempo. Er schaute sich wie schuldbewußt um und brachte sich dann in einer überschatteten Nische außer Sicht, um auf sie zu warten.

Er hörte Schritte und Stimmen auf dem Gehweg und spähte aus seinem Versteck hervor. Zwei Sekretärinnen schlenderten fröhlich vorbei, völlig in ihr Gespräch vertieft. Er schluckte hart und bemerkte einen Klumpen in seinem Hals; so sehr hatte ihm kein Treffen mit jemandem mehr zu schaffen gemacht, seit er in der fünften Klasse Beatrice Mercer zum „Jahresball der Jungen Astronauten" eingeladen hatte. Das absurde Gefühl, daß jeden Moment seine einstige Tanzpartnerin auftauchen könnte, wurde unerträglich. Er zog sich weiter in die Schatten zurück.

Er wartete; durch die Feuchtigkeit bildeten sich Schweißperlen auf seiner Stirn, und seine Hände wurden feucht. *Ich platze gleich. Ich benehme mich wie ein Vierzehnjähriger bei seiner ersten Verabredung.* Er zwang sich zu tiefen, beruhigenden Atemzügen, nur um sich dann schwindelig und leicht hyperventiliert zu fühlen.

Als er schon glaubte, das Warten nicht länger ertragen zu können, hörte er Aris forsche, unverwechselbare Schritte auf dem Gehweg. Sie war gekommen. Er roch den frischen Duft von Zitronen einen Sekundenbruchteil, bevor er sie sah, und trat aus seiner Deckung hervor.

Es sprach für Aris Nervenstärke, daß sie nicht auf der Stelle ohnmächtig zusammenbrach. Ihre Hände flogen wie verängstigte Vögel zu ihrem Mund hoch; ihre Augen wurden rund und weit; ihr hübscher Unterkiefer klappte herunter und ein kleiner, unterdrückter Schrei kam über ihre Lippen.

„Iiii!"

„Hallo, Ari." Er hatte versucht, sich ein paar passendere Worte für dieses Zusammentreffen zu überlegen, aber mehr brachte er nicht heraus.

„*Du* . . . wie? Oh!"

Im nächsten Moment lag sie in seinen Armen, berührte mit ihren zitternden Händen sein Gesicht und kniff ihn ins Fleisch, als wollte sie sich überzeugen, daß er fest und lebendig war. Er klammerte sich an sie und erfüllte seine Seele mit ihrer lebendigen, atmenden Gegenwart.

„Spence, oh, Spence . . .", sagte sie immer wieder.

Er spürte einen nassen Fleck auf seinem Hals, und als er sich von ihr löste, um sie auf Armeslänge anzusehen, sah er die Tränen an ihren Wangen hinunterrollen.

„Vergib mir", murmelte er und zog sie wieder an sich. „Es gab keine andere Möglichkeit. Ich mußte –"

„Pst, sprich nicht. Sag gar nichts. Oh, Liebling. Sie sagten, du wärst – oh, du bist es nicht! Du bist *hier*!"

„Ich bin hier."

„Ich hätte nie geglaubt, dich wiederzusehen." Sie machte sich von ihm frei, und auf ihrem Gesicht erschienen in schnellem, verwirrendem Wechsel Schmerz, Zorn und Freude. „Ich hätte nie gehofft, nie geträumt . . . ich habe um dich geweint. Wie ich um dich geweint habe. So lange kein Wort. Nichts."

Sie sah aus, als würde sie jeden Augenblick im Zorn über seine Gedankenlosigkeit davonrauschen. Er suchte fieberhaft nach Worten, um ihr zu sagen, wie er selbst darunter gelitten hatte, ihr weh zu tun, aber es gab keine Worte dafür. Er ließ den Kopf hängen.

Im nächsten Augenblick fühlte er ihre kühle Hand auf seiner Wange, und er hob seine Augen zu ihren auf. „Ich hätte auch nicht gedacht, daß ich dich je wiedersehe", sagte er. „Es – es tut mir leid. Ich liebe dich."

Ari preßte sich in einer engen Umarmung an ihn. „Ich liebe dich auch, Spencer. Laß mich nie wieder allein."

„Wir müssen irgendwohin, wo wir ungestört reden können. Bisher weiß sonst niemand auf Gotham, daß ich wieder da bin. Dabei würde ich es gern eine Weile belassen, wenn ich kann."

„Komm, ich kenne ein verschwiegenes Plätzchen hier im Garten, wo wir allein sein können. Ich habe es entdeckt, als ich zum ersten Mal hier war. Niemand sonst scheint davon zu wissen."

Sie hielt seine Hand fest umklammert und führte ihn zu einem Platz, wo einer der kleinen, künstlichen Bäche aus einer mit Farnen bedeckten Böschung hervorsprudelte. Sie teilte die Farne und sprang leichtfüßig über das Wasser. Spence folgte ihr und fand sich in einem kühlen, grünen Schatten wieder, in dem der süße Duft von Gardenien hing. Er schaute sich um und sah Büsche mit den duftenden Blüten, die gegen ihre wächsernen, dunkelgrünen Blätter leuchtend hervorstachen.

Ari zog ihn herab auf ein weiches Bett aus langem Gras. Einen Moment lang hörte er nichts anders als das Plätschern des nahen Baches und seinen eigenen Pulsschlag in den Ohren. Dann küßte er sie, und nichts mehr in der Welt existierte außer diesem Augenblick und dem Kuß.

Als sie sich voneinander lösten, schaute Ari ihn an und saugte seine Gegenwart mit ihren dunkelblauen Augen auf, die nun vor glücklicher Erregung funkelten.

„Also los", sagte sie, zog ihre Knie unters Kinn und wiegte sie in ihren Armen. „Erzähl mir alles. Ich will alles hören."

„Es scheint kaum noch eine Rolle zu spielen."

„Das ist mir egal. Ich will es hören. Ich muß es hören, Spence."

„Also gut. Ich werde nicht das Geringste auslassen", sagte er, und dann erinnerte er sich daran, daß er ihr den wichtigsten Teil seiner Geschichte, seinen Aufenthalt in Tso mit dem Marsianer Kyr, nicht erzählen konnte. Sofort sank ihm das Herz.

Ari mußte es ihm angesehen haben. „Was ist los, Liebling?"

„Es gibt etwas, was ich dir im Moment nicht sagen kann."

Sie machte es ihm nicht leichter. „Ach?" sagte sie und sah verletzt und enttäuscht aus.

„Zumindest noch nicht."

„Ich verstehe." Sie verstand es überhaupt nicht.

„Ich verspreche dir, daß du es bald erfahren wirst. Ich will nicht, daß es je zwischen uns Geheimnisse gibt. Im Augenblick jedoch muß es so sein."

„Natürlich." Aris Gesicht hellte sich auf. „Du weißt es am besten, Spence. Erzähl mir also alles, was du kannst. Ich werde nicht nach Einzelheiten bohren. Aber du bist so lange weggewesen; ich möchte am liebsten alles wissen, was du in jeder Minute getan hast, seit ich dich zuletzt gesehen habe."

Spence holte tief Luft und begann ihr alles zu schildern, was geschehen war, seit er Gotham verlassen hatte; angefangen von der Reise und der Landung auf dem Mars, und dann weiter mit jener ersten Nacht und dem Blackout, der ihn dazu gebracht hatte, inmitten des aufziehenden Sturmes auf der Oberfläche herumzuirren. Er erzählte ihr von seiner Erschöpfung; davon, wie er beinahe erfroren wäre, von seinem Sturz in die Schlucht und seiner Entdekkung der Spalte und des Tunnels. Dann hielt er inne, unsicher, was er als nächstes sagen sollte.

„Da ist etwas in diesem Tunnel, wovon ich nichts wissen soll."

Er nickte. „Das stimmt. Ich sollte im Moment nicht mehr sagen."

Ari schaute hinauf in den Baldachin aus Blättern über ihnen; ein Sonnenstrahl, der durch die Zweige drang, fing sich in ihrem Haar und entzündete ein goldenes Feuer darin. „Na gut", sagte sie leise. „Ich sterbe zwar vor Neugier, aber ich werde dich nicht drängen. Es spielt keine Rolle. Alles, was zählt, ist, daß du hier bei mir und in Sicherheit bist."

Im Schutz der verborgenen Laube umarmten sich die beiden Liebenden, redeten in leisen, vertrauten Tönen und versprachen sich einander eines ums andere Mal, bis die sich schließenden Solarschirme den Garten in die Nachbildung einer Abenddämmerung hüllten.

„Wir sollten lieber gehen", sagte Spence und zog Ari auf die Füße. Er umarmte und küßte sie noch einmal. „Das muß reichen, bis wir uns wiedersehen."

„Wann sehen wir uns denn wieder?"

„Morgen, hoffe ich. Hier. Wir treffen uns hier um die gleiche

Zeit wie heute. Falls ich dich vorher erreichen muß, wird Mary D. eine Nachricht hinterlassen."

„Du gehst nicht ins Labor zurück?"

„Nein, ich werde bei Adjani bleiben. Ihr beide seid die einzigen, denen ich im Moment vertrauen kann."

„Klingt sehr gefährlich, wie du das sagst."

„Na ja, ich halte es für das Beste, davon auszugehen, daß es gefährlich ist, bis wir der ganzen Sache auf den Grund gegangen sind. Wenn ich noch eine Weile unsichtbar bleibe, verschafft uns das vielleicht genau den Vorsprung, den wir brauchen."

„Ich werde tun, was immer du willst. Das weißt du."

„Ich weiß." Er zog sie an sich und küßte sie leicht. „Mach's gut. Bis morgen."

„Morgen." Sie wandte sich langsam ab und teilte die Farne, die den Eingang zu dem schattigen Alkoven verbargen. „Schlaf gut, Liebling. Laß dich nicht vom Traumdieb erwischen."

Im ersten Moment lösten die Worte keine Reaktion aus. Dann begannen sie sich in sein Gehirn einzubrennen wie ein Laserstrahl in weiche Butter. Ein eisiges Prickeln kroch über seine Kopfhaut. „Was hast du gesagt?" Seine Stimme war zu einem heiseren Flüstern geworden.

Vierzehntes Kapitel

Ari blieb wie angewurzelt stehen. „Was ist los, Spencer? Stimmt etwas nicht?"

„Was hast du gerade eben gesagt? Sag es noch einmal."

„Ich sagte: ‚Laß dich nicht vom Traumdieb erwischen.'"

„Wo hast du das gehört?" Er trat auf sie zu und zog sie zurück in die tiefer werdenden Schatten.

„Ich weiß nicht . . . wir haben das immer gesagt. Es ist –“ Ihre Augen wichen ihm aus.

„Es ist was? Sag es mir!“ Mit festem Griff umklammerte er ihren Arm.

„Spence, was ist denn los? Du machst mir Angst!“

„Es ist was?“ beharrte Spence. Er senkte seine Stimme, zwang sich zu einem ruhigeren Ton und ließ ihren Arm los. „Sag es mir. Es ist wichtig.“

„Es ist nur so eine Redensart, die meine Mutter immer hatte. Das ist alles. Ich muß es von ihr gehört haben. Warum? Was bedeutet es?“ Sie sah ihn beunruhigt und mit besorgten Falten auf der Stirn an.

„Ich – ich bin nicht sicher“, sagte er schließlich, während er ihrem Blick auswich. „Es schien einfach irgendwie wichtig zu sein . . . ich weiß nicht.“ Sein Ton wurde sanfter, und er lächelte beruhigend. „Tut mir leid, wenn ich dir einen Schrecken eingejagt habe. Ich war nur überrascht, das ist alles.“

Ari nickte unsicher; die Wolke hing immer noch über ihren Zügen. „Na gut. Wenn du sicher bist, Spence –“

„Denk nicht mehr darüber nach. Ich bin schon in Ordnung. Laß mich nur darüber nachdenken. Ich erzähle es dir morgen, wenn ich zu irgendwelchen Schlüssen gekommen bin.“

„Gute Nacht, Spence.“ Sie winkte ihm zu und verschwand. Spence hörte, wie sich ihre Schritte auf dem Gehweg draußen entfernten; dann trat er aus ihrem Versteck hervor und verließ den Garten auf einem anderen Weg.

Adjani saß mit gekreuzten Beinen auf seinem zerwühlten Bett. Er war barfuß und wirkte in seinem fließenden, weißen Kaftan und mit seinen zusammengelegten Händen, deren Fingerspitzen sich leicht berührten, mehr denn je wie ein weiser, allwissender Guru. Schweigend hatte er sich Spences Schilderung des Vorfalls angehört. Nun wartete Spence auf sein Urteil.

„Da haben wir es“, sagte er endlich. „Eine weitere Tatsache, die mit dem Ganzen in Verbindung zu bringen ist. Wie werden wir die Verbindung herstellen? Das ist die vorrangige Frage.“

„Ich persönlich kann keine Verbindung erkennen", meinte Spence. „Vielleicht ist es nur ein Zufall."

„Bitte, so etwas wie Zufall gibt es nicht. Weder in der Wissenschaft noch in den Plänen Gottes. Die Verbindung muß hergestellt werden, und vielleicht wird sie sich als nützlich für uns erweisen."

„Aris Mutter – die Frau lebt nicht einmal mehr. Wie könnte sie uns helfen?"

„Es könnte sein, daß Ari selbst mehr weiß, als sie denkt. Das sollten wir herausfinden."

„Ich sehe immer noch nicht, was ich mit irgendeinem unheimlichen Aberglauben irgendwo in den Bergen Indiens oder mit einer Frau zu tun haben könnte, der ich nie begegnet bin – die schon wer weiß wie lange tot ist."

„Es passieren noch weit merkwürdigere Dinge. Du dachtest selbst, daß eine Verbindung bestehen könnte, sonst hättest du nicht so heftig reagiert. Unbewußt hast du dich sofort darauf gestürzt."

„Was hätte ich dagegen tun können? Ich meine, erst redest du davon, dann Ari – es hat mich im ersten Moment eiskalt durchfahren. Ich dachte, es könnte ein Hinweis sein, aber jetzt bin ich mir nicht mehr so sicher."

„Und ich glaube, du hast nur Angst vor dem, was du herausfinden könntest."

„Angst?" Spence konnte eine höhnische Grimasse nicht zurückhalten. „Wie kommst du denn darauf? Wenn ich Angst davor hätte, dann hätte ich dir gar nicht erst davon erzählt."

„Ich glaube, daß du dich vielleicht davor fürchtest, in der Vergangenheit deiner Geliebten herumzustöbern", sagte Adjani vorsichtig.

War es denn so offensichtlich, daß Ari und er sich liebten? „Ich erinnere mich nicht, das dir gegenüber erwähnt zu haben."

Adjani lachte, und die Spannung, die sich in dem Raum aufgebaut hatte, wurde von seinem Lachen davongespült. „Du brauchtest kein Wort zu sagen. Es steht dir überall im Gesicht geschrieben, mein Freund. Jeder, der Augen hat, kann es sehen – ich kenne nur zufällig ihren Namen, das ist alles."

„Du bist gerissen, Adjani. Das muß ich dir lassen. Du würdest einen großartigen Spion abgeben."

„Was ist ein Wissenschaftler, wenn nicht ein Spion? Wir alle sind Detektive, die nach Hinweisen auf die Rätsel des Universums schnüffeln."

„Und was werden wir mit *meinem* Rätsel anfangen?"

„Ganz einfach. Wir werden Ari fragen. Vielleicht kann sie uns mehr darüber sagen."

„Weißt du, jetzt, wo du es erwähnst, kommt es mir ein bißchen merkwürdig vor. Ari spricht nie über ihre Mutter. Ich habe den Eindruck, daß das immer noch ein schmerzliches Thema ist – ihr Tod, meine ich. Ich möchte sie auf keinen Fall verletzen."

„Dann müssen wir sehr diskret und behutsam sein, wenn wir sie fragen. Das dürfte doch nicht zu schwierig sein, oder?"

„Wohl kaum. Aber irgend etwas an dieser Sache gefällt mir trotzdem nicht. Es macht mich nervös."

„Ein Warnsignal vielleicht?"

„Ein Warnsignal?"

„Möglicherweise nähern wir uns dem Kern der Sache."

Der eiförmige Stuhl drehte sich in der Luft, während Hocking zur Decke hinaufstarrte, als ob er nach Rissen oder Schmutzflecken suchte. Tickler und sein Assistent hockten auf ihren eigenen, weniger mobilen Stühlen und starrten, ihren Führer nachahmend, ebenfalls nach oben. Aber ihnen ging weniger durch den Kopf.

„Das Raumschiff ist zurück, und Reston ist nicht aufgetaucht." Hocking ging die bekannten Fakten des Falles noch einmal durch. Er warf Tickler einen schnellen, mißbilligenden Blick zu. „Es wäre vermutlich eine gute Idee gewesen, das Andocken und das Aussteigen der Passagiere zu beobachten. Aber der Gedanke, vermute ich, ist Ihnen niemals gekommen."

Tickler schmollte. „Es gab keinen Grund dazu. Seit der Nachricht hat man von ihm nichts gesehen oder gehört. Und wenn doch, dann müßte er früher oder später ja auftauchen. Er ist weg."

Hockings Augen verengten sich. „Er verschwand – brach den Kontakt ab – in der ersten Nacht nach ihrer Landung. Doch der

Bericht von seinem Verschwinden kam erst eine Woche später. Kommt Ihnen das nicht eigenartig vor?“

„Ich weiß nicht. Ich habe nicht darüber nachgedacht.“

„Sie denken nicht, Punkt!“ explodierte Hocking. „*Ich* muß das ganze Denken für uns erledigen.“

Tickler schaute weg. „Ich habe allmählich genug davon – von diesem ewigen Genörgel. Sagen Sie uns einfach, was wir tun sollen. Ich kann nicht mehr die Verantwortung für Dr. Restons Aufenthaltsort tragen. Er ist weg. Höchstwahrscheinlich ist er über einen Felsen gefallen und hat sich das Genick gebrochen.“

„Möglich – aber ich glaube es nicht. Ich denke, daß Reston höchst lebendig ist, und irgend etwas sagt mir, daß er nach Gotham zurückgekehrt ist. Wir sollten uns am besten noch einmal mit dieser jungen Göre Miss Zanderson befassen. Wenn er am Leben ist, wird er versucht haben, in Kontakt mit ihr zu treten; sie weiß vielleicht, wo er sich aufhält.“

„Kurt kann hingehen und mit ihr reden“, brummte Tickler, „aber es ist reine Zeitverschwendung. Ich sage, wir sollten jetzt gleich anfangen, nach einer neuen Versuchsperson zu suchen.“

Hocking wirbelte zu ihm herum. „Seit wann haben Sie hier das Kommando? Sie werden tun, was *ich* sage! Oder muß ich Sie daran erinnern, wer hier die Zügel der Macht in Händen hält, hmmm? Das sollte doch wohl unnötig sein.

Wir werden uns nach einer neuen Versuchsperson umschauen, wenn ich mich überzeugt habe, daß er tatsächlich hinüber ist. Aber ich muß Sie hoffentlich nicht daran erinnern, daß Reston gewisse höchst wünschenswerte Qualitäten besitzt – er ist einzigartig –, wahrscheinlich kommt nicht einmal auf eine Million Menschen einer wie er. Wir haben lange und gründlich suchen müssen, um ihn zu finden, meine Herren. Und sein Beitrag hat unsere Arbeit bisher enorm vorangetrieben. Ich habe nicht die Absicht, jetzt aufzugeben, solange ich nicht als sichere, absolut unbestreitbare Tatsache weiß, daß er tot ist.“

Tickler murmelte etwas vor sich hin und wich Hockings Blick aus. Er verspürte keinen Wunsch, den schrecklichen Stachel der Macht zu fühlen zu bekommen, von dem Hocking gesprochen hatte. Einmal hatte ihm gereicht; es hätte den meisten Leuten gereicht.

„Noch irgendwelche Bemerkungen, meine Herren? Nein? Dann berichten Sie mir wieder, sobald Sie Ariadne befragt haben. Ich möchte, daß Sie auch mit einigen der Kadetten reden, die an der Reise teilgenommen haben. Sie könnten unseren Verdacht bestätigen. Sie können jetzt gehen." Der Stuhl drehte sich von ihnen weg, und die beiden belagerten Helfershelfer krochen davon.

Hocking hörte das Seufzen der sich schließenden Gleittür und glitt dann selbst zu der Konsole hinüber. „Vielleicht wäre ein weiterer Besuch bei Miss Zandersons Vater angebracht", sagte er sich. „Ja. Es wird Zeit, daß wir uns ein wenig unterhalten."

Fünfzehntes Kapitel

„Adjani! Wach auf!" Spence rüttelte am Arm seines schlafenden Freundes. Ein leises Murmeln kam über die Lippen des Inders, als er sich herumwälzte. „Adjani", beharrte Spence. Er ging zur Konsole hinüber und schaltete das Licht an.

„Was ist denn los?" Adjani setzte sich auf, rieb sich die Augen und wurde dann richtig wach. „Bist du in Ordnung?"

„Du bist mir ja ein schöner Wachhund. Ja, ich bin in Ordnung. Mir ist etwas eingefallen."

„Mitten im Schlaf?"

„Ich schlafe nicht mehr viel. Was macht das für einen Unterschied? Mir ist etwas eingefallen, und es ist vielleicht wichtig. Als ich neu hier war, habe ich jemanden getroffen, einen sehr ungewöhnlichen Burschen – er hatte einen Pneumostuhl –"

„Sind nicht billig, die Dinger."

„Er war vom Hals abwärts gelähmt, glaube ich. Sein Name – ich kann mich an seinen Namen nicht erinnern. Aber er fragte mich nach meinen Träumen."

„Wirklich?"

„Na ja, er fragte mich nicht direkt. Aber er schien anzudeuten, daß er von ihnen wußte. Er ließ es durchblicken; zumindest war das mein Eindruck."

„Wie bist du jetzt darauf gekommen?"

„Keine Ahnung. Ich habe wachgelegen und darüber nachgedacht, daß du gesagt hast, es gebe keine Zufälle, und da schoß mir das einfach in den Kopf. Es war ein Zufall, den es nicht geben dürfte. Ich weiß nicht. *Du* bist hier der Verbindungsmann. Sag du es mir."

„Ein Querschnittsgelähmter in einem Pneumostuhl dürfte jedenfalls leicht aufzuspüren sein. Wir werden morgen versuchen, ihn zu finden." Er gähnte und legte sich wieder hin.

„Warum nicht jetzt gleich?"

„Weil ich jetzt schlafe. Außerdem, falls du es nicht bemerkt haben solltest, ist gerade die dritte Schicht, und alles ist geschlossen. Geh wieder ins Bett und versuch dich etwas auszuruhen. Morgen ist vielleicht ein langer Tag."

„Tut mir leid, wenn ich deinen Schönheitsschlaf unterbrochen habe, Mahatma."

„Es ist nur das Summen einer Fliege, mein Sohn. Es ist nichts. Schlaf jetzt."

Direktor Zanderson durchquerte das Vorzimmer seines Büros und warf der Sekretärin ein warmes Lächeln zu. Er betrat das Büro, eilte an Mr. Wermeyers unbesetztem Schreibtisch vorbei und schaute im Vorbeigehen auf die ihm zugewandte Ecke, ob irgendwelche Nachrichten für ihn vorlagen. Ein kleines rotes Licht blinkte auf der ComCen-Konsole, die in den Schreibtisch eingelassen war. Er blieb stehen und gab seinen Code ein. Sofort erschien die Nachricht auf dem Flachbildschirm.

Es war eine Notiz von Wermeyer: Brodine rief an, um Ihnen für Ihre Unterstützung des Agrartechnik-Projektes zu danken. Ich zitiere: „Es bedeutet mir und meinen Jungs so viel, zu wissen, daß der

Boss hinter uns steht." Ende des Zitats. Sie werden Ihnen die ersten Kartoffeln zuschicken. Antwort?

Der Direktor drückte eine Taste und gab das Wort „Kartoffelpfannkuchen" ein. Dann löschte er die Anzeige und ging weiter in sein Büro.

Erst, als er seinen hohen, eleganten Schreibtisch mit der samtig schimmernden Walnußholzplatte erreichte, bemerkte er, daß er nicht allein war. Er drehte sich um und sprang einen Schritt zurück.

„Tut mir *so* leid, wenn ich Sie erschreckt habe, Direktor Zanderson."

„Was machen Sie denn hier?"

„Ist das eine Art, einen Freund zu begrüßen?" Hocking setzte sein grauenhaftes Lächeln auf. „Ich hoffe, es stört Sie nicht. Ich mußte Sie sprechen, und da niemand da war, habe ich mich selbst hereingelassen."

Der Direktor machte sich innerlich eine Notiz, sofort den Zugangscode ändern zu lassen. „Was wollen Sie? Ich dachte, Sie hätten gesagt, daß Sie nie wieder hierherkommen würden. Sie sagten, Sie hätten, was Sie wollten, und würden mich nicht mehr belästigen."

„Es ist etwas dazwischengekommen, Direktor. Ich brauche ein paar Informationen. Das ist alles. Nur ein paar Informationen."

„Was bringt Sie auf den Gedanken, Sie könnten sich einfach jederzeit hier hereinschleichen und mich herumkommandieren? Ich kann Sie hier herauswerfen lassen."

„Na, na." Hocking schnalzte mit der Zunge und tadelte ihn: „Sie haben sich vor langer Zeit mit unserem kleinen Arrangement einverstanden erklärt, oder nicht? Es wäre ein äußerst schlechter Stil, sich jetzt plötzlich pikiert und aufmüpfig zu geben. Wir haben unseren Teil des Handels erfüllt. Dasselbe erwarten wir auch von Ihnen."

„Was wollen Sie?" Zanderson starrte seinen unwillkommenen Gast finster an.

„Ich will nur eine kleine Gefälligkeit."

„Ha! Die werden Sie von mir nicht bekommen."

„Ich dachte, ich hätte mich klar ausgedrückt, als wir uns das letzte Mal unterhielten“, intonierte Hocking drohend. „Sie sind ein mächtiger Mann, Direktor. Und haben mächtige Feinde. Was die mit den Informationen anstellen würden, die ich ihnen geben könnte . . . nun, wer weiß, was sie damit tun würden? Natürlich gibt es eine einfache Möglichkeit, das herauszufinden, nicht wahr? Aber Sie wollen doch nicht, daß ich Gebrauch davon mache, oder doch?“

Zanderson schloß die Augen und wandte sich ab.

„Dachte ich mir“, säuselte Hocking.

„Es war ein großer Fehler, Sie hierherkommen zu lassen. Ein großer Fehler.“

„Ich würde mir darum keine Sorgen machen. Sie hatten im Grunde keine Wahl.“ Hocking feixte hochmütig. Der Stuhl stieg etwas höher in die Luft.

„Also, was wollen Sie?“

„Ich wüßte gern den Aufenthaltsort eines gewissen Dr. Spencer Reston.“

Zanderson schluckte und starrte seinen Gast verständnislos an. „Reston? Warum denn der?“

„Sagen wir einfach, es sei in letzter Zeit öfters von ihm die Rede gewesen. Ich wüßte gern, wo er ist.“

„Er wird vermißt“, sagte der Direktor vorsichtig. „Ich fürchte, das ist alles, was ich im Moment sagen kann.“

„Erwarten Sie, später mehr sagen zu können?“

„Nein. Ich meine, ich weiß es nicht. Wir haben noch nicht einmal seine Familie benachrichtigt.“

„Und warum nicht? Halten Sie es für wahrscheinlich, daß er bald wieder auftauchen wird?“

„Nein, das tue ich nicht.“ Der Direktor schüttelte traurig den Kopf. „Dr. Reston ist tot.“

„Warum haben Sie dann nicht seine Familie benachrichtigt? Und warum ist es nicht bekanntgegeben worden?“

Direktor Zanderson legte seine Fingerspitzen an die Schläfen und ließ sich in seinen Sessel sinken. „Sie verstehen nicht“, sagte er müde. „Bei einem Fall von Selbstmord sind wir nicht gerade scharf darauf, die Nachricht an die große Glocke zu hängen. Das wäre nicht gut für das Zentrum."

„Und Sie vermuten, daß hier ein Selbstmord vorliegt?"

„Ich fürchte ja."

Hocking beobachtete seinen Mann eingehend und kam zu dem Schluß, daß er die Wahrheit sagte. Er schlug einen heiteren, beruhigenden Ton an. „Sehen Sie, wie leicht das war? Gar nichts Unangenehmes dabei. Ich werde jetzt gehen." Der Stuhl schwebte durch den Raum auf die Tür zu.

„Ich will Sie nicht wieder sehen", sagte Zanderson zu der sich entfernenden Gestalt. „Haben Sie mich verstanden? Bleiben Sie mir vom Hals."

Hocking antwortete nicht, und der Stuhl glitt ohne Verzögerung weiter. Als sich die Gleittür hinter ihm schloß, glaubte der Direktor, von der anderen Seite ein grimmiges, geisterhaftes Lachen zu hören. Noch lange Zeit, nachdem das Lachen verklungen war, saß er bewegungslos in seinem Sessel.

Die beiden Männer huschten durch die Verbindungswege Gothams und versuchten dabei, so unsichtbar wie möglich zu bleiben. Sie mischten sich unter die Menge der Techniker und Bauarbeiter, und der dunklere von beiden schaute sich wachsam in alle Richtungen um, während der hellere sein Gesicht verbarg und den Blick auf seine Füße richtete.

Als sie sicher waren, daß ihnen niemand folgte, schlichen sie sich unbemerkt in eine menschenleere Achse und eilten weiter. In der Nähe ihres Zielortes blieben sie stehen und warteten. Ein leises Geräusch und Stimmen ertönten, als sich eine Gleittür öffnete, und sie tauchten in einer Wartungsnische in der Nähe unter und warteten, bis die Schritte auf dem Korridor verhallt waren, bevor sie wieder zum Vorschein kamen und den Summer auf dem Türöffner betätigten.

Ari, die gerade erst einen Besucher losgeworden war, zögerte, bevor sie zur Tür ging. Sie hatte vor, sich bald aufzumachen, um Spence zu treffen, und hielt es für das Beste, den Summer einfach zu ignorieren und zu hoffen, daß der Besucher, wer immer es war, weggehen würde. Doch es summte noch einmal, diesmal beharrlicher, wie sie fand, und so ging sie zur Konsole und tippte leicht auf den Öffnungsschalter.

Die Tür glitt auf, und sie sah einen zierlichen, dunkelhäutigen Mann, in dessen Schatten sich ein anderer verbarg.

„Ja?"

„Entschuldigen Sie, Miss Zanderson, ich –"

„Oh, Sie sind es, Dr. Rajwandhi." Sie machte eine Pause. „Ich, äh – wollte gerade gehen . . . "

„Bitte, ich verstehe. Ist Ihr Vater hier?"

„Nein. Er wird im Büro sein, vermute ich. Oder irgendwo bei einer Besprechung. Wenn Sie ihn sprechen müssen, schlage ich vor –"

Er schnitt ihr das Wort ab. „Danke. Ist sonst jemand hier?" Er bemerkte ihren argwöhnischen Blick und fügte hinzu: „Bitte, der Zweck meiner Fragen wird Ihnen sofort klarwerden."

Sie spähte an Adjani vorbei auf den Mann, der hinter ihm lauerte. Ein Anflug von Sorge trat in ihre Augen. „Sonst ist niemand hier. Ich bin allein."

Daraufhin trat der Mann hinter Adjani ins Licht, und beide Männer drängten sich durch die Tür.

„Spence!" rief Ari überrascht.

„Entschuldige das Versteckspiel. Ich mußte dich sofort sehen."

Sie bemerkte ein merkwürdiges Feuer, das in seinen dunklen Augen schwelte, und hielt inne; sie war gerade im Begriff gewesen, ihn mit einem Kuß zu begrüßen. Statt dessen erstarrte sie mitten in der Bewegung. „Was ist los? Stimmt etwas nicht?"

Spence ergriff eine ihrer ausgestreckten Hände und zog sie in das Lesezimmer. „Nein", sagte er, „es ist alles in Ordnung. Ich habe mich an ein paar Einzelheiten erinnert, die uns vielleicht weiterhelfen. Ich konnte nicht mehr warten. Tut mir leid, wenn wir dich erschreckt haben."

Sie ließen sich auf der Couch unter dem grünen, abstrakten Gemälde nieder, und Adjani zog den niedrigen Tisch heran und setzte sich ihnen gegenüber.

Nun, da er hier war, wußte Spence nicht, wo er anfangen sollte. Adjani half ihm. „Unser Freund hier hat die ganze Nacht wachgelegen und mich mit unmöglichen Fragen gelöchert. Damit wir heute nacht ruhig schlafen können, habe ich vorgeschlagen, daß wir Sie aufsuchen."

Ari lächelte. „Für einen Schlafforscher scheint er nicht viel vom Schlafen zu halten, oder?"

„Und er sorgt dafür, daß auch niemand anderes dazu kommt, das versichere ich Ihnen."

„Er hat recht, ich konnte letzte Nacht nicht schlafen. Ich mußte immer an das denken, was du gestern sagtest – über den Traumdieb. Ich habe Adjani davon erzählt. Wir glauben, daß es eine Bedeutung haben könnte."

Ari wurde plötzlich blaß. Spence bemerkte, wie sie sich ein wenig in sich selbst zurückzog. Ihr Ton bekam etwas Wachsames. „Gewiß. Ich werde euch alles sagen, was ihr wissen wollt."

„Wer war gerade bei Ihnen?" fragte Adjani. Der Themenwechsel kam so plötzlich, daß sowohl Spence als auch Ari ihn überrascht ansahen.

„Was?" fragten sie gleichzeitig.

„Als wir gerade eben hier eintrafen, ging jemand gerade weg. Ihr Vater vielleicht?"

Spence runzelte die Stirn. „Das hat nichts mit uns zu tun, Adjani. Und überhaupt geht es uns nichts an."

„Aber du irrst dich, mein Freund. Es hat vielleicht sehr viel mit uns zu tun."

Ari hob die Hände. „Schon gut. Ich wollte sowieso davon erzählen, weil es ein wenig komisch war.

Spence, es war dieser Laborassistent, der für dich gearbeitet hat."

„Kurt Millen?" Er nannte den Namen wie ein Wort aus einer fremden Sprache, von dem er nicht wußte, wie man es richtig aussprach. „Was wollte er?"

„Wenn du mich so fragst, ich weiß es nicht. Er hat es nicht genau gesagt. Das war das Komische daran." Sie hielt inne; ein Ausdruck tiefer Konzentration legte sich auf ihr Gesicht. Als sie wieder aufblickte, glitzerten ihre Augen, und sie sprach mit unterdrückter Erregung.

„Oh, Spence! Mir ist etwas eingefallen – es hat mich wochenlang verfolgt, und ich kam einfach nicht darauf, was es war. Ich glaube, es ist wichtig."

„Was ist es? Was weißt du?"

„Ich glaube, ich weiß, wer hinter dir her ist!"

Sechzehntes Kapitel

Der Rauch brennenden Räucherwerks erfüllte die Luft mit einem trüben, schmutzigen, bräunlichen Grau. Die durchdringenden Düfte von Sandelholz und Patschuli mischten sich zu einem einzigen, schweren, betäubenden Geruch. Doch der Bewohner der geschlossenen Kammer schien sich an der erstickenden Atmosphäre nicht zu stören.

Er saß mit gekreuzten Beinen und im Schoß gefalteten Händen, den Kopf aufrecht erhoben, die Augen geschlossen, den Blick nach innen gerichtet. Er wirkte wie das Urbild eines meditierenden Gurus mit seinem Paridhana, vom Alter vergilbt, den abgemagerten Leib in Baumwolltücher gehüllt. Seine eingesunkene Brust und seine knochigen Schultern hoben und senkten sich nur gelegentlich, als wäre das Atmen für ihn nicht so wichtig, daß es regelmäßige Aufmerksamkeit erfordert hätte.

Der haarlose Kopf auf dem langen, schlanken Hals schwebte auf den Wolken des Räucherwerks, die den Raum erfüllten. Eine winzige Messingglocke stand auf der Grasmatte vor der greisenhaften Gestalt. Mit einer langsamen, schlangenhaften Bewegung streckte der Guru eine Hand vor, ergriff die Glocke und läutete. Die Hand hatte nur drei lange Finger.

Im nächsten Augenblick kam ein weißhaariger Diener angerannt, wobei seine dünnen Sandalen gegen seine nackten Füße klatschten, als wollten sie applaudieren. Mit einer tiefen Verbeugung betrat der in Hemd und Hose aus Baumwolle gekleidete Mann den Raum.

„Ja, mein Meister. Hier bin ich."

Ortu öffnete träge die Augen und richtete seinen schrecklichen, gelben Blick auf die Kreatur, die vor ihm kroch.

„Ich werde jetzt essen. Wenn ich fertig bin, werde ich meine Jünger empfangen."

„Ja, Ortu." Der Diener eilte davon, und kurz darauf ertönte eine blecherne Glocke aus einem weiter entfernten Teil des Schlosses des Gurus.

Binnen kurzem kehrte der weißhaarige Diener mit einem Tablett voller Schüsseln zurück: Reis und zarte, grüne Sprossen und eine dicke, scharf gewürzte Brühe. Er stellte die Schüsseln vor seinem Meister auf den Boden und zog sich schweigend zurück. Jahre demütigen Dienstes hatten ihn gelehrt, daß man nicht unaufgefordert in Ortus Gegenwart verharrte.

Dann eilte Pundi, der Diener, davon, um Ortus Jünger zu holen. Jeder Meister hatte Jünger, das wußte Pundi. Weise Männer zogen immer wißbegierige Schüler an, die die Pfade der Weisheit von jemandem lernen wollten, der auf den höheren Pfaden wandelte. Er selbst war, obwohl er jetzt ein Diener war, in seiner Jugend der Jünger eines großen Sehers gewesen.

Doch Ortus Jünger waren anders als alle, von denen Pundi je gehört hatte. Sie waren nicht menschlich; sie waren nicht einmal lebendig. Ortus Jünger waren sechs hohle Juwelen, große schwarze Steine, in deren geschickt ausgehöhltem Inneren sich nichts als Staub befand. Diese Steine wurden in sechs Teakholztruhen aufbewahrt, die eigens dazu gezimmert worden waren, sie aufzunehmen. Das Holz war schon sehr alt und mit einem Muster beschnitzt, das Worte enthielt, die Pundi nicht entziffern konnte.

Es war schon Jahre her, seit Ortu nach seinen Jüngern gerufen hatte. Das letzte Mal, erinnerte sich Pundi, hatte es hinterher Berichte über Dämonen gegeben, die in den Bergen umgingen. Heilige Kühe waren tot aufgefunden worden, und Kälber waren tot zur Welt gekommen; Muttermilch war sauer geworden, Schlangen hatten sich auf den Dorfplätzen gepaart, und die Schreine der Gramadevata wurden umgestürzt.

Ihm schauderte bei dem Gedanken, was wohl diesmal geschehen würde, wenn Ortu mit seinen Jüngern zusammentraf. Doch er zögerte keinen Moment, den Wunsch seines Meisters zu erfüllen. Man zögerte nicht vor einem so gestrengen und mächtigen Meister.

Er schlich zu dem besonderen Raum, in dem die Steine aufbewahrt wurden, und zog den Schlüssel von dem Lederriemen um seinen Hals. Die Schatzkammer enthielt viele ungewöhnliche Gegenstände, die gleichzeitig unermeßlich alt und doch irgendwie neu wirkten – als ob die Zeit für ihren Gebrauch noch nicht gekommen sei. Doch er nahm sich nie die Zeit, diese Dinge zu bestaunen; es reichte ihm, daß er sie nur sehen durfte, wenn er gelegentlich eintrat, um Ortu das eine oder andere davon zu bringen.

Sein Blick fiel auf die große Holztruhe, in der die sechs kleineren Teakholzkästen lagen. Er hob sie an ihren Messinggriffen hoch und trug sie zu seinem Meister.

Ortus Augen öffneten sich, als der letzte der Kästen vor ihn hingelegt war. Mit einer winzigen Handbewegung schickte er Pundi fort.

Er betrachtete jedes der schwarz glänzenden Juwelen, als er die Kästen nacheinander öffnete. Ein Geräusch wie das Zischen einer Schlange erhob sich. Er breitete seine Hände über die sechs schwarzen Steine aus und begann, den Kopf vor- und zurückwiegend, in einer eigentümlichen, tschirpenden Sprache zu reden.

Seine Lider schlossen sich langsam über den großen gelben Augen, und sein greisenhaftes Haupt mit der zu altem Pergament vertrockneten Haut sank auf seine Brust. Die merkwürdigen, dreifingrigen Hände verharrten ausgestreckt über den Juwelen in ihren Kästen.

Der schwadende braune Dunst des Räucherwerks verflog, als wäre eine kühle Brise in die Kammer eingedrungen. Ein tiefes Stöhnen oder Summen erhob sich in die Luft; der langgezogene

Ton kam aus der Tiefe von Ortus Brust. Der dünne Reif um seinen Kopf – der *kastak* – begann mit einem hellen, pulsierenden Licht zu leuchten.

Eines nach dem anderen, so allmählich, daß es anfangs kaum zu bemerken war – kaum stärker, als wenn ein verirrter Lichtstrahl hier und da eine Facette getroffen hätte –, begannen die sechs schwarzen Juwelen zu glühen.

„Was?"

„Ich glaube, ich weiß, wer hinter dir her ist – das heißt, zumindest habe ich eine ziemlich deutliche Ahnung."

Spences Gesichtsausdruck wechselte von Verständnislosigkeit zu Skepsis. „Woher?"

„Ich bin gerade darauf gekommen. Deine Frage hat es irgendwie ausgelöst."

„Laß hören!" sagte Spence aufgeregt. Adjani beugte sich vor.

„Sie haben mich gefragt, wer hiergewesen ist –"

„Kurt, richtig."

„Aber das war nicht das erste Mal, daß er hier war. Er hat mich schon einmal aufgesucht, kurz nachdem du mit dem Raumschiff abgereist warst – nein, ich erinnere mich jetzt genau, es war mehrere Wochen später."

„Was wollte er?"

„Dazu komme ich gleich", sagte sie ein wenig ungeduldig. „Laß mir Zeit, mich genau zu erinnern." Sie schloß die Augen und runzelte die Stirn. „Ja, so war es."

„Erzähl", sagte Spence ruhiger.

„Dein Mr. Millen kam zu mir und sagte, sie hätten gerade eine Mitteilung von dir erhalten, und du hättest ihm eine Nachricht gegeben, die er an mich weitergeben sollte."

„Was war das für eine Nachricht?"

„Eigentlich gar keine. Er sagte, du hättest ihm aufgetragen, mir zu sagen, daß du mich vermißt und wir uns bald wiedersehen würden – irgend etwas in der Art."

„Klingt reichlich harmlos", sagte Spence, „nur daß ich nie eine Nachricht geschickt habe."

„Mir kam es auch ein bißchen komisch vor, aber er schien so ein netter Kerl zu sein, und eigentlich war nichts Ungewöhnliches an dem, was er sagte. Trotzdem war mir das ganze irgendwie ein wenig unangenehm."

„Inwiefern unangenehm?"

„Nun ja, als du fortgingst, war ich der Meinung, daß, falls du irgendwelche Botschaften schicken würdest, ich die Empfängerin sein würde."

„Vollkommen richtig."

„Warum?" fragte Adjani.

Spence antwortete: „Bevor ich mich an Bord schlich, hatten wir ausgemacht, daß ich sie und niemanden anderes kontaktieren würde, falls irgend etwas passieren sollte."

„Eigentlich sollte es überhaupt keine Mitteilungen geben, es sei denn, irgend etwas Wichtiges passierte", fuhr Ari fort. „Aber Kurt wirkte bei all dem so nonchalant – er wußte alles über die Reise und das alles, und er wußte, daß . . . daß du und ich uns öfter trafen."

„Das wußte er?"

„Er schien soviel zu wissen, daß ich mir dachte, du müßtest es ihm gesagt haben. Ich dachte, du hättest vielleicht wirklich eine Botschaft geschickt und ihnen alles erklärt. Warum nicht? Es ergab schließlich durchaus einen Sinn. Er sagte, du hättest ihm erzählt, daß deine Arbeit gut voranginge und alles in Ordnung sei. Ich dachte mir, daß es dir vielleicht . . . vielleicht besser ginge, weißt du. Also akzeptierte ich einfach, was er sagte."

„Hast du ihm irgend etwas erzählt?"

Ari warf Spence einen beleidigten Blick zu. „So dumm werde ich ja wohl nicht sein! Außerdem war er sowieso nicht auf Informationen aus. Er fragte mich, ob ich gewußt hätte, daß du mit zum Mars fliegen würdest. Ich antwortete, ich hätte es wahrscheinlich gewußt, aber du seist zu niemandem sehr offen. Und das stimmt, Spence, das bist du auch nicht."

„Und das war alles? Abgesehen von der Tatsache, daß ich nie eine solche Nachricht geschickt habe, könnte man meinen, es sei alles vollkommen harmlos. Du hast recht."

„Nein – das ist nicht alles. Jetzt kommt die Sache, die mir gerade eingefallen ist.“ Ari spannte sich. Die beiden anderen warteten darauf, zu hören, was sie sagen würde. „Spence, sie wußten von dem Geburtstagsgeschenk.“

„Dem kleinen Briefbeschwerer, den ich meinem Vater geschickt habe?“

„Richtig. Ich habe es noch nicht erwähnt, aber sie erwischten mich, als ich ihn aus deinem Quartier holte. Erinnerst du dich? Du hattest mich gebeten, ihn für dich abzuschicken.“

„Ich erinnere mich. Was geschah dann?“

„Eigentlich nichts. Sie kamen herein, als ich gerade gehen wollte. Ich sagte ihnen, ich hätte dich gesucht.“

„Gut. Und dann?“

„Dann bin ich gegangen. Aber sie haben den Briefbeschwerer gesehen.“

„Und?“

„Und das war es. Sie haben einen Briefbeschwerer gesehen. Aber als Kurt zu mir kam, sprach er von einem *Geburtstagsgeschenk*. Spence, davon hatte ich ihnen nie etwas erzählt. Ich habe es als das bezeichnet, was es war, einen Briefbeschwerer. Ich schwöre es.“

Spence bekam runde Augen, als er begriff. „Du hast recht! Meine Güte, du hast recht! Aber wie konnten sie davon wissen?“

„Sie müssen irgendwie verfolgt haben, wohin es geschickt wurde“, warf Adjani ein. „Sind Sie ganz sicher, daß es keine andere Möglichkeit gab, wie sie auf harmlose Weise an diese Information gekommen sein könnten?“

„Ich bin ganz sicher, daß *ich* es ihnen nicht erzählt habe!“ sagte sie ein wenig beleidigt.

„Na, das ist ja wirklich interessant“, sagte Spence finster.

„Sehr interessant“, murmelte Adjani.

Einen Augenblick lang saßen alle drei da und ließen die Fakten an ihrem geistigen Auge vorbeilaufen. Niemand sprach. Schließlich wurde das Schweigen unerträglich. Ari sagte: „Was geschieht jetzt?“

Spence schüttelte langsam den Kopf. „Ich wünschte, ich hätte eine Ahnung.“

Siebzehntes Kapitel

„Ich kapiere es einfach nicht", murmelte Spence. „Oh, ich zweifle nicht an deiner Geschichte. Sie ergibt nur keinen Sinn. Warum sollten Tickler und Millen hinter mir her sein?" Der anfängliche Schock war verflogen, und die drei waren wieder ins Gespräch vertieft und versuchten, das immer verworrener werdende Rätsel zu entflechten.

„Du mußt zugeben, daß ihr Benehmen reichlich verdächtig erscheint", sagte Ari.

„Kein Zweifel." Spence kratzte sich geistesabwesend am Kinn. „Aber es ist ihnen irgendwie nicht zuzutrauen – ich meine, Tickler ist kein Mann, der einen Sabotageakt planen würde. Er ist nichts als ein diensteifriger alter Nörgler – ein Arbeitstier."

„Was ist mit dem Gelähmten?" fragte Adjani.

„*Dem* würde ich alles zutrauen", sagte Spence. „Er hat mir eine Gänsehaut verschafft."

„Welcher Gelähmte?"

„Ich erzähle es dir gleich", wandte sich Spence zu Ari. „Aber zuerst möchte ich gerne wissen, warum Kurt dich gerade eben wieder besucht hat."

Ari hob die Schultern. „Wie beim ersten Mal schien er keinen besonderen Grund zu haben. Zumindest ließ er es so aussehen, als ob es nicht im geringsten wichtig wäre. Er sagte nur, er hätte gehört, daß du auf der Marsexpedition verschollen wärst; er sei vorbeigekommen, um mir zu sagen, wie leid es ihm tue. Das war alles. Und um zu hören, ob ich mehr darüber wüßte."

„Klingt ziemlich harmlos."

„Darauf haben sie es natürlich angelegt", meinte Adjani. „Was haben Sie ihm gesagt?"

„Ich sagte ihm, es täte mir sehr leid, und ich wüßte selbst auch nicht mehr darüber. Das ganze sei so plötzlich gekommen, und die offiziellen Berichte seien noch nicht eingegangen." Sie blickte die beiden Männer besorgt an. „Habe ich das richtig gemacht?"

„Du hast es sehr gut gemacht. Kaum anzunehmen, daß sie daraus etwas entnommen haben." Spence ergriff ihre Hand.

„Sei da nicht zu sicher." Adjani erhob warnend einen Finger. „Vielleicht waren sie gar nicht auf sachliche Informationen aus, sondern auf eine emotionale Reaktion, die ihnen bestätigen würde, was sie bereits wußten oder vermuteten."

„Meine Güte, Adjani! Du scheinst ein beträchtliches Talent für dieses Spionagezeug zu haben."

Der Inder lächelte breit. „Das gehört zur orientalischen Wesensart, Sahib. Doch von nun an werden wir uns alle diese Art zu denken aneignen müssen. Wir müssen jedermann verdächtigen und dürfen niemandem vertrauen. Traut nie dem äußeren Schein, solange ihr nicht unter die Oberfläche gebohrt habt. Wir müssen sehr schlaue Hunde sein, wenn wir diese Füchse fangen wollen."

Sie verlagerten sich darauf, verschiedene Theorien aufzustellen, warum jemand daran interessiert sein könnte, in Spences Arbeit herumzupfuschen oder Spence selbst zu schaden. Doch das führte zu nichts, da sie darüber nur spekulieren konnten. Spence erzählte Ari von seiner zufälligen Begegnung mit einem Gelähmten in einem Pneumostuhl während einer Vorlesung. Er schloß, indem er sagte: „Ich würde gern die Unterlagen der Angestellten und Besucher nach jemandem durchsuchen, auf den diese Beschreibung paßt."

„Nichts leichter als das, Spence. Ich kann dir aus dem Kopf sagen, daß es so jemanden auf GM nicht gibt. Ich habe gerade die Daten für den Heimaturlaub im nächsten Jahr in sämtliche Personalakten eingetragen. Jeder mit einer besonderen Behinderung wie dieser wäre in die vorrangige Gruppe eingestuft worden – das ist die Gruppe der besonders Belasteten, die jedes Quartal einen Anspruch haben. Sie können jederzeit einen Heimaturlaub nehmen und müssen nicht warten, bis sie turnusgemäß an der Reihe sind. Es gibt ein paar teilweise Behinderte – aber niemanden mit einem so schweren Handikap."

„Nach dem, was ich von ihm gesehen habe, war er nicht im mindesten gehandikapt."

„Wie steht es mit Besuchern?" fragte Adjani.

„Möglich, aber ich glaube nicht. Ein solcher Besucher müßte gesondert überprüft werden. Wissen Sie, manchmal stören ihre Hilfsgeräte gewisse Funkfrequenzen und dergleichen. Ihr beide müßtet darüber mehr wissen als ich, aber ich weiß immerhin, daß sie eine Vorausgenehmigung vom Büro des Direktors brauchen. So jemand ist nicht hier heraufgekommen, seit ich hier bin. Normalerweise bearbeite ich Daddys Korrespondenz selbst – zumindest Dinge dieser Art."

„Nun, könntest du es noch einmal überprüfen, nur um sicherzugehen? Wir müssen absolute Gewißheit haben."

„Klar, kein Problem." Ari lächelte rätselhaft.

„Was ist?"

„Tut mir leid. Ich mußte nur gerade denken, daß die ganze Geschichte wirklich mysteriös ist, nicht? Ein richtiges Abenteuer."

„Für mich nicht." Ihr glatter Tonfall verletzte Spence.

„Oh, ich habe es nicht so gemeint, Spence. Das weißt du doch. Es ist nur, daß ich noch nie mit etwas so Aufregendem zu tun hatte."

„Hoffentlich erweist sich diese Aufregung nicht als tödlich", sagte Adjani.

Aris Augen weiteten sich. „Halten Sie das für möglich? Ist die Sache *so* ernst?"

Spence nickte ernsthaft. „Bis wir der Sache auf den Grund gegangen sind, sind wir alle in Gefahr. Wir haben immer noch nicht die leiseste Ahnung, worum es hier überhaupt geht."

„Du hast recht. Es tut mir leid."

Adjani wandte sich an Ari und fragte sie abrupt: „Ari, war Ihre Mutter je in Sikkim?"

„M-meine Mutter?" stotterte sie.

Spence wollte schon gegen diesen ungeschickten und groben Umgang mit einem offensichtlich heiklen Thema protestieren, aber Adjani hielt ihn mit einer Handbewegung davon ab. „Sikkim liegt in Indien. Eine kleine Provinz im Norden, hoch in den Ausläufern des Himalaya."

Ari neigte den Kopf, als wollte sie ihre gepflegten, langen Fingernägel studieren. „Ich weiß, wo es liegt."

„Tatsächlich? Das wissen nicht viele Leute."

„Ja, meine Mutter ist dort gewesen. Man könnte sagen, daß sie dort aufwuchs."

„Erzählen Sie uns bitte davon."

„Ist das –" fing Spence an. Adjani brachte ihn mit einem scharfen Blick zum Schweigen.

„Woher wußten Sie das?"

„Sie haben Spence gegenüber den Traumdieb erwähnt. Wie er mir sagte, haben Sie diesen Namen von Ihrer Mutter gehört. Und da es sich dabei um eine recht obskure lokale Legende handelt, nahm ich an, daß sie irgendwann dort gewesen sein muß oder zumindest jemanden kannte, der dort war."

„Mein Großvater war Professor für Hermeneutik am Seminar von Rangpo. Sie lebten zwölf Jahre dort und zogen weg, als er zum Dekan des West Coast Seminary berufen wurde. Sie war sechzehn, als sie in die Staaten zurückkehrten."

„Wissen Sie noch mehr darüber?"

„Eigentlich nicht. Sie hat nie viel darüber geredet – es war nur eine Redensart von ihr." Aris Stimme war fast zu einem Flüstern herabgesunken, und ihr Tonfall klang angestrengt.

Spence wunderte sich über die Veränderung, die in ihr vorgegangen war; sie war so plötzlich eingetreten. Noch vor einem Augenblick war sie so fröhlich und bezaubernd wie eh und je gewesen. Nun wirkte sie unter Adjanis Fragen blaß und zitternd.

Adjani beobachtete mit wachsamen Blicken jede ihrer Bewegungen und fragte sanft: „Wann ist Ihre Mutter verstorben, Ari?"

Lange Zeit schwieg das Mädchen. Schließlich hob sie langsam den Kopf und blickte die beiden Männer unsicher an, als versuchte sie, sich darüber klarzuwerden, wie sie die einfache Frage beantworten sollte. Spence sah etwas in ihren blauen Augen, das ihm verriet, daß sie irgendwo in ihrem Innern eine erbitterte Schlacht ausfocht.

„Sie –" fing Ari an und hielt dann inne. Ihr Kopf sank wieder herab. Welche Seite auch immer die Schlacht gewonnen hatte, es schien Spence, daß Ari verloren hatte. „Meine Mutter ist nicht tot."

„Was?“ Spence konnte nicht anders; das Eingeständnis überraschte ihn zu sehr. „Du hast mir doch gesagt, sie wäre es.“

„Ich sagte, sie sei nicht mehr bei uns – und das ist sie auch nicht. Ich wollte, daß du denkst, sie sei tot, das gebe ich zu. Ich sage das immer so.“

„Aber warum? Ich verstehe es nicht.“

Sie barg das Gesicht in den Händen. „Es ist mir so peinlich.“

Spence verstand überhaupt nichts mehr. Diesem strahlenden, engelhaften Wesen hätte er nie eine solche Doppelbödigkeit zugetraut.

„Vor ungefähr acht Jahren wurde meine Mutter krank – sie fing an, den Verstand zu verlieren. Sie bekam Anfälle von Wahnsinn. Eben noch war sie vollkommen ruhig und normal, und im nächsten Augenblick fing sie an, zu schreien und zu weinen und sich schrecklich aufzuführen. Es war beängstigend.“

Ari, die Spences Blick auswich, nahm einen tiefen, zitternden Atemzug und fuhr fort.

„Man konnte nichts für sie tun. Daddy brachte sie zu den besten Ärzten des Landes. Keiner konnte ihr helfen. Oh, es war furchtbar. Wir wußten nie, wann der nächste Anfall kommen würde, und je länger es dauerte, desto schlimmer wurden sie. Manchmal lief sie weg, und es dauerte Tage, bis wir sie wiederfanden. Dann wußte sie nicht, wo sie gewesen war und was sie getan hatte.

Allmählich wurden ihre guten Phasen immer kürzer, und wir konnten sie nicht mehr überwachen. Daddy stand zur Beförderung zum Direktor an und wollte den Job gerne annehmen – es war sein Lebensziel. Für Mutter konnten wir nichts tun, als sie in ein Sanatorium zu bringen. Seither ist sie dort.“

„Aber warum sollten alle denken, sie sei tot?“

„Ich weiß nicht. Am Anfang schien es einfach leichter, den Leuten das zu sagen . . . dann stellen sie keine Fragen. Eigentlich war es Daddys Idee. Ich glaube, er konnte den Gedanken nicht ertragen, daß sie nie wieder gesund werden würde. Es war ihm lieber, die Unsicherheit in der einen oder anderen Richtung zu beenden.

Nachdem wir dann einmal damit angefangen hatten, konnten wir den Leuten nicht gut erzählen, daß sie noch am Leben war.

Also blieben wir dabei. Ich glaube, Daddy hatte auch Angst davor, daß es eine Untersuchung geben und alles herauskommen könnte, wenn irgend jemand vom Komitee davon erführe."

„Würde ihn das seinen Posten als Direktor kosten?"

„Das weiß ich nicht. Vielleicht – wenn irgend jemand ihm an den Kragen wollte und es zu einem Skandal käme oder so etwas."

Adjani hatte jedes Wort, das Ari sagte, mit verengten Augen angehört, ohne einen Muskel zu bewegen. „Wann erzählte sie Ihnen vom Traumdieb?"

„Oh, ich weiß nicht. Sie erzählte mir immer davon, wenn sie wollte, daß ich brav bin. Sie sagte, wenn ich mich nicht benehme, kommt der Traumdieb und holt mich. Er war so etwas wie der Schwarze Mann. Später, als ich ein bißchen älter war, sagte sie, wenn sie mich ins Bett brachte, immer: ‚Laß dich nicht vom Traumdieb erwischen', genau so. Es war nur eine Redensart. Ich weiß nicht, wo es herkam.

Einmal habe ich sie danach gefragt. Sie sagte, sie hätte es gehört, als sie als kleines Mädchen in Indien lebte. Es hing mit irgendeinem Aberglauben zusammen, aber sie wußte oder erinnerte sich nicht, was es war."

„Das war alles, was sie Ihnen sagte?" fragte Adjani. Er beobachtete sie über seine verschränkten Finger hinweg.

„Das ist alles. Sie sprach nie viel über Indien und ihre Kindheit. Mir schien, daß es ihr dort nicht sehr gefiel. Sie war als kleines Mädchen oft krank – einmal, als sie zwölf war, wäre sie fast gestorben. Sie lag einen Monat lang im Koma."

„Wie kam es dazu?"

„Ein Fieber vielleicht. Sie hat es nie erzählt." Ari, die sich jetzt wohler fühlte, nachdem das Geheimnis heraus war, schaute ihre beiden Inquisitoren an und fragte: „Meint ihr, daß das von Bedeutung ist?"

„Vielleicht", sagte Spence. Adjani nickte. „Sieh mal, als du gestern im Garten diese Worte zu mir sagtest, klingelte ein Alarm in meinem Kopf. Ich hatte noch nie von diesem Traumdieb gehört, und auf einmal erwähnten ihn unabhängig voneinander meine beiden besten Freunde. Es schien ein zu unwahrscheinlicher Zufall zu sein."

Ari warf Adjani einen fragenden Blick zu. Er nickte. „Ja, ich weiß über den Traumdieb Bescheid. Doch was ich weiß, geht über Aberglauben und Kindermärchen von Schwarzen Männern hinaus." Er erzählte Ari die Geschichte, die er bei seinem Besuch in seiner Heimat gehört hatte, und berichtete von dem, was er dort gesehen hatte.

Als er fertig war, schüttelte Ari den Kopf. „Kein Wunder, daß du beinahe aus dem Anzug gesprungen wärst. Ich mache dir keinen Vorwurf. Mir wäre es genauso gegangen."

„Du konntest nicht wissen, was du sagtest", sagte Spence. „Aber es ergibt immer noch keinen Sinn. Anstatt eine Antwort zu finden, scheinen wir immer nur auf neue Fragen und neue lose Enden zu stoßen."

Adjani zuckte die Achseln. „Das ist nur zu erwarten. Schwierige Probleme lassen sich nicht durch einfache Antworten lösen. Höchstwahrscheinlich werden wir sehr hart arbeiten müssen, um diesem Rätsel auf den Grund zu gehen."

„Wo sollen wir anfangen? Mir scheint, wir sind im Moment in keiner ganz ungefährlichen Lage."

„Stimmt, in dein Labor kannst du im Moment nicht zurück – nicht, solange diese beiden Burschen hier herumschnüffeln."

„Vielleicht wäre es das Beste, der Spur zu folgen, die Ari uns geliefert hat", sagte Adjani, „und zu sehen, wohin sie uns führt."

„Wohin *führt* sie uns denn? Der einzige Mensch, der vielleicht etwas über diese Sache wissen könnte, wäre Aris Mutter. Du meinst doch nicht, daß wir –"

Adjani nickte. „Exakt. Ich glaube, wir müssen Mrs. Zanderson einen Besuch abstatten."

Achtzehntes Kapitel

Olmstead Packer saß schwer in seinem Sessel und las die neuesten Ergebnisse einer Testreihe, die während seiner Abwesenheit durchgeführt worden war. Er brummte und murmelte in seinen buschigen roten Bart, während er das Material mit Mißfallen studierte. Allem Anschein nach hatte nichts geklappt, während er weg war; es mußte alles noch einmal gemacht werden.

Er stand auf und schenkte sich noch eine Tasse Kaffee aus einer Kanne ein, die auf einem vor Magnetkarten, Computerausdrucken und Stapeln kodierter Disketten überfließenden Bücherregal stand. Ein Klingeln ertönte von einem keilförmigen Gerät auf seinem Schreibtisch, und eine klare Stimme verkündete: „Dr. Packer, hier ist ein Herr, der Sie sprechen möchte. Er kommt von einer Detektei."

„Tatsächlich?" Das klang interessant. „Schicken Sie ihn herein. Ich habe nichts zu verbergen."

Noch bevor er die Kanne absetzen und sich umdrehen konnte, glitt die Tür des Vorzimmers auf, und ein großes, eiförmiges Objekt schwebte in den Raum. Es war ein Pneumostuhl, und darin saß ein Skelett von einem Mann, das Packer mit einen Totenschädelgrinsen bedachte, daß ihn ein eisiger Schauer durchfuhr.

„Professor Packer?" sagte das Skelett, als der Stuhl wenige Zentimeter von seiner Schreibtischkante entfernt zum Stillstand kam.

„Ja. Ich würde Sie bitten, sich zu setzen; aber wie ich sehe, haben Sie das bereits getan."

Das Skelett lachte. „Sehr gut. Den muß ich mir merken."

„Was kann ich für Sie tun?" Packer ließ sich wieder in seinen Sessel fallen und faltete die Hände auf dem Schreibtisch.

„Ich komme von der Vereinigten Bundes-Versicherungsgruppe, Abteilung Nachforschungen."

Packer hob die Augenbrauen. „Ach? Muß etwas nachgeforscht werden?"

„Das würde ich gerne herausfinden.“ Der Mann im Stuhl neigte den Kopf zur Seite und musterte den Physiker hinter seinem Schreibtisch. „Ich glaube, Sie kennen Dr. Spencer Reston, nicht wahr?“

„Nun, ja. Ja, ich kenne ihn. Das heißt, ich kannte ihn vor seinem Unfall.“

„Unfall?“ Die Augen des Skeletts verengten sich. „Könnten Sie mir mehr darüber sagen, bitte?“

Packer zögerte und fummelte mit seinen großen Händen auf dem Schreibtisch herum. Der Versicherungsdetektiv bemerkte das Unbehagen des Mannes und sagte: „Oh, ich versichere Ihnen, daß es sich hier nicht um eine formelle Untersuchung handelt. Ich habe lediglich gerade unsere vierteljährliche Buchprüfung vorgenommen – Sie werden verstehen, bei einem so großen Konto, nun –“ Er ließ die Augen kreisen, um die gesamte Raumstation anzudeuten. „Und jemand erwähnte den Verlust eines unserer Versicherten – das heißt, eines Ihrer Mitarbeiter. Ich dachte mir nur, daß ich, wenn ich schon einmal hier bin, am besten gleich eine vorläufige Untersuchung durchführe, um später Zeit zu sparen. Zweifellos wird zu gegebener Zeit ein Anspruch erhoben werden, und unsere Gesellschaft wird eine formelle Untersuchung anberaumen. Aber . . . ich bin sicher, Sie verstehen.“

Packer nickte unsicher. Er war sich nicht sicher, ob er diesem Detektiv überhaupt irgend etwas sagen sollte, dachte sich aber, daß eine Ablehnung unnötigen Verdacht erregen würde, wo bisher keiner war. Außerdem machte ihn irgend etwas an dem Detektiv nervös und ein wenig mißtrauisch. Aus Loyalität gegenüber Adjani beschloß er, bei der Geschichte zu bleiben, auf die er und Adjani sich geeinigt hatten.

Packer räusperte sich. „Nun ja, er war eigentlich nicht mein Mitarbeiter.“

„Ach? Aber er war doch mit auf der Forschungsreise, richtig?“

„Richtig. Aber er gehörte zu einer anderen Abteilung – Bio-Psych, glaube ich.“

„Aber Sie waren der Teamleiter, nicht wahr?“

„Ja, natürlich. Aber das ist nichts Ungewöhnliches. Es werden oft Angehörige anderer Abteilungen eingeladen, mitzufliegen. So viele, wie es der Platz im Raumschiff erlaubt."

„Verstehe. Wissen Sie, was mit Dr. Reston geschehen ist?"

Die Frage kam so plötzlich, daß Packer keine Antwort parat hatte. Er bluffte. „Ich nehme es an."

„Sie wissen es nicht sicher?"

„Nicht wirklich, nein." Packer log und spürte, wie sich sein Magen vor Spannung verkrampfte.

„Und was nehmen Sie an, daß mit ihm passiert sei?"

„Ich nehme an, er ist erfroren."

„Wäre das nicht höchst unwahrscheinlich, Professor?"

Packer begann sich zu fühlen wie ein Krimineller im Kreuzverhör. Vielleicht war es doch keine gute Idee gewesen, sich mit diesem Detektiv überhaupt zu unterhalten. Er holte tief Luft. „Nicht im mindesten. Sogar ganz im Gegenteil – es wäre sehr wahrscheinlich. Fast sicher. Für jemanden, der außerhalb der Schutzräume von der marsianischen Nacht überrascht wird, geradezu unvermeidlich."

„Ich verstehe. Das ist es also, was mit Dr. Reston geschehen ist? Er wurde außerhalb der Schutzräume von der Nacht überrascht?"

„Ja."

„Und das ist es, was ich so unwahrscheinlich finde, Professor Packer. Ich frage mich immer wieder, warum ein intelligenter Mann wie Dr. Reston es zulassen würde, daß ihm so etwas zustößt? Es reimt sich einfach nicht zusammen."

Packer blickte auf seinen Schreibtisch, als hätte er eine Handvoll Karten in den Händen und versuchte zu entscheiden, wie er sie ausspielen sollte. Er seufzte. „Ich werde Ihnen etwas sagen, Mr. – äh . . . "

„Hocking."

„Mr. Hocking. Was ich jetzt sage, ist inoffiziell, verstehen Sie. Ich bin nicht qualifiziert, so etwas wie eine Analyse über Dr. Restons Zustand abzugeben."

„Ich verstehe. Fahren Sie fort."

„Dr. Reston war ein schwer gestörter Mann. Meiner Meinung nach wußte er nicht, was er tat, als er an jenem Abend hinausging."

„Hätte er nicht seinen Weg zurück finden können? Er kann doch nicht sehr weit gegangen sein."

„Nein, das sollte man nicht annehmen; andererseits, mit diesem Sturm und so . . . wer kann wirklich sagen, was geschehen ist?"

„Sie haben ihn nie wiedergesehen?"

„Nein. Keine Spur von ihm. Wir suchten achtzehn Stunden lang, bevor der Sturm uns zur Einstellung der Rettungsaktionen zwang. Erst nach drei Tagen ließ der Wind soweit nach, daß man sich wieder ins Freie wagen konnte. Und bis dahin . . . " Er zuckte die Achseln. „Es hatte keinen Sinn mehr."

„Verstehe."

„Das steht übrigens alles in meinem offiziellen Bericht", sagte Packer abweisend. „Wenn Sie noch mehr über den Vorfall wissen wollen, schlage ich vor, daß Sie sich dort informieren." Er hatte den Eindruck, er habe genug gesagt und es sei an der Zeit, daß sein Besucher ging.

„Nun, ich denke, das wäre für den Augenblick alles. Vielen Dank für Ihre Hilfe, Professor Packer. Ich weiß sie zu schätzen. Darf ich Sie wieder aufsuchen, falls sich noch irgendwelche weiteren Fragen ergeben sollten?"

„Selbstverständlich." Sein Ton war ausdruckslos und wenig einladend.

„Ich werde darauf zurückkommen. Aber ich glaube nicht, daß eine ausgedehnte Überprüfung notwendig sein wird. Höchstwahrscheinlich werden Sie mich nie wiedersehen." Hockings Stuhl glitt vom Schreibtisch zurück und surrte auf die Tür zu. „Oh, da ist noch eine Sache." Er fixierte Packer mit einem verschlagenen Blick.

„Und das wäre?"

„Glauben Sie, daß es Selbstmord war?"

„Wer hat Ihnen das gesagt?"

„Direktor Zanderson ließ das Wort fallen, glaube ich."

„Nun, ich kann das nicht beurteilen. Ich möchte mich nicht dazu äußern."

„Nur eine Frage." Der Pneumostuhl machte eine halbe Drehung in der Luft. „Ich nehme an, es besteht keine Chance, daß Dr. Reston noch am Leben sein könnte?"

„Nicht die geringste." Packer erhob sich und umrundete seinen Schreibtisch. „Guten Tag, Mr. Hocking." Das Gespräch war beendet; Packer wünschte, er hätte ihm schon erheblich früher ein Ende gemacht. Er hatte den dunklen Verdacht, daß Hocking seine fadenscheinigen Antworten glatt durchschaute.

Ari spürte den ganzen Tag über unsichtbare Augen auf sich ruhen. Hinter jeder Ecke schienen Spione zu lauern. Obwohl sie niemanden und nichts Ungewöhnliches sah, während sie über die verschlungenen Gartenwege ging, achtete sie doppelt sorgfältig darauf, daß ihr niemand folgte.

Sie blieb stehen, spähte in beiden Richtungen den Weg entlang, sprang über den kleinen Bach und betrat die grüne Abgeschiedenheit der Farnlaube.

„Oh, du bist schon da", sagte sie. Spence begrüßte sie; an dem Ausdruck in seinem Gesicht merkte sie, daß er begierig war, zu erfahren, was sie bei ihrer Detektivarbeit herausgefunden hatte.

„Wo ist Adjani?"

„Er konnte nicht kommen. Er mußte arbeiten. Aber kümmere dich nicht darum. Was hast du herausgefunden?"

„Ich habe eine gute und eine schlechte Nachricht. Die gute Nachricht ist, daß wir alle mit der nächsten Fähre den Sprung nach unten machen können. Beim nächsten Flug kommen ein Dutzend zusätzliche Bauarbeiter mit. Deswegen haben sie in der Kabine eine weitere Reihe Sitze installiert. Und es gibt bisher nur fünfundzwanzig Buchungen für den Flug nach unten, so daß diese Plätze frei sein werden. Ich habe schon drei Reisegutscheine besorgt. Wir sind alle gebucht."

„Wann kommt die Fähre?"

„Sie wird am Donnerstag hier sein – in zwei Tagen. Am nächsten Morgen fliegt sie wieder ab."

„Na gut. Das muß reichen", sagte Spence. Ari sah ihm an, daß er tief in Gedanken war und fieberhaft rechnete.

„Muß reichen! Es ist absolut phantastisch! Hast du eine Vorstellung, wie schwierig es zu jedem anderen Zeitpunkt gewesen wäre, an Bord einer Fähre zu gelangen? Man müßte Monate auf einen zusätzlichen Platz warten. Die Flugpläne sind eng, mein Lieber. Unglaublich eng."

„Tut mir leid." Spence lächelte und schaute sie an, als ob er sie erst in diesem Moment wahrnähme. „Ich bin wohl ein wenig durcheinander."

„So nennst du das? Durcheinander? Ich nenne es despotisch." Ihre Lippen schoben sich zu einem hübschen Schmollmund vor.

„Ich habe doch schon gesagt, daß es mir leid tut."

„Oh, du verstehst keinen Spaß. Ich wollte dich doch nur aufziehen."

Spence warf ihr einen scharfen Blick zu. Sie fuhr rasch fort. „Die andere Neuigkeit ist nicht so berauschend. Ich habe alle Akten auf den Kopf gestellt, aber es gibt keinen Hinweis darauf, daß jemand, auf den deine Beschreibung paßt, in den letzten sechs Monaten auf GM gewesen ist."

„Er war aber hier. Ich habe ihn gesehen." Spence kämpfte gegen das Gefühl an, daß er die mysteriöse Gestalt nur geträumt hatte.

„Niemand zweifelt daran, Liebster. Aber es gibt einfach nichts in den Akten, das auf diese Person hinweist. Offensichtlich war er ohne Genehmigung hier."

„Genehmigung? Wer hätte es ihm genehmigen müssen?"

„Die GM-Bodenstation. Weißt du, er hätte eine besondere Genehmigung für seinen Pneumostuhl haben müssen, wegen irgendwelcher magnetischer Felder oder so."

„Und ohne diese Genehmigung hätte er nicht an Bord kommen können?"

„Ich wüßte nicht, wie. Die einzige andere Möglichkeit wäre, daß Daddy die Genehmigung erteilt hätte."

„Das könnte er?"

„Sicher, wenn er wollte. Aber er hat es nicht getan."

„Irgendwie ist er aber an Bord gekommen."

„Nun, wenn das so ist, muß ihn noch irgend jemand anderes gesehen haben. Er war schließlich in einem ganzen Hörsaal voller Kadetten, nicht wahr? Was für ein Kurs war es?

„Ich weiß nicht", stöhnte Spence. „Ich kann mich nicht erinnern. Ich war nicht wegen der Vorlesung dort. Und überhaupt geht es nicht darum, seine Existenz nachzuweisen. *Ich* habe ihn ja gesehen – was würde es also nützen, wenn ihn jeder andere in der Station auch gesehen hätte? Ich will herausfinden, wer er ist."

„Bist du sicher, daß das wichtig ist? Ich meine, es würde sich dadurch nichts ändern, oder?"

„Ich weiß schon lange nicht mehr, was wichtig ist und was nicht. Die ganze Sache wird immer verwirrender. Aber ich habe hier drinnen" – er klopfte sich auf die Brust – „das Gefühl, daß es wichtig ist. Frag mich nicht, warum; ich spüre es einfach."

Ari trat näher und legte eine kühle Hand auf seine Wange. „Es ist schon in Ordnung, Spencer", besänftigte sie ihn. „Du brauchst dich nicht darüber zu erhitzen. Wir sind bei dir. Wir werden der Sache auf den Grund gehen, du wirst sehen."

Spence beruhigte sich unter der Berührung des Mädchens. Er sah tief in die ruhigen, blauen Augen und verschränkte seine Hände hinter ihrem Hals.

„Du bist ein Engel."

„Spence, können wir Daddy nicht über die ganze Sache informieren?" Sie sah ihn beschwörend an, und er begriff, wie schwer es ihr fiel, Geheimnisse vor ihrem Vater zu haben.

„Bald. Sehr bald werden wir ihm alles erzählen. Ich verspreche es dir. Aber im Augenblick ist es mir noch lieber, wenn so wenige Leute wie möglich darüber Bescheid wissen. Auf diese Weise ist die Gefahr geringer, daß etwas durchsickert."

„Also gut. Es ist mir zuwider, ihn so zu täuschen. Ich fühle mich so schuldig."

„Du täuschst ihn nicht. Und überhaupt, wir werden es ihm bald genug sagen."

Sie küßten sich und hielten sich einen Augenblick lang umschlungen. Ari löste sich als erste. „Ich muß zurück ins Büro. Ich vertrete heute Mr. Wermeyer. Er macht eine Führung für irgendwelche Kunststoffhersteller. Sie haben einen Kongreßabgeordneten oder Lobbyisten oder irgend so einen Obermufti dabei. Falls du einen von ihnen siehst, geh ihnen aus dem Weg; sie werden dir sonst ein Loch in den Bauch reden."

„Ich dachte, das wäre der Job deines Daddys – Obermuftis zu unterhalten."

„Ist es auch normalerweise, aber heute ist er aus irgendeinem Grund in Klausur gegangen. Ich habe ihn noch nicht einmal gesehen." Sie lächelte ihn an. „Sehe ich dich heute abend?"

„Ja. Heute abend."

Sie pustete ihm einen Kuß zu und verschwand zwischen den Farnen. Spence sah, wie ihre schlanke Gestalt im Grün und Gold der Vegetation und des Sonnenlichtes jenseits der schattigen Laube verschwamm. Er setzte sich und ging die neuen Informationen noch einmal durch. Er wollte nichts vergessen, um Adjani einen vollständigen Bericht geben zu können.

Hocking zuckte vor Erregung, und seine Augen leuchteten triumphierend. „Meine Herren", dröhnte seine Stimme aus den Lautsprechern zu beiden Seiten seines Kopfes. Seine beiden Häscher schauten einander an, unsicher, wie sie die Laune ihres unberechenbaren Meisters einschätzen sollten. „Ich habe großartige Neuigkeiten. Unsere Nachforschungen haben Früchte getragen."

Worin immer diese Neuigkeiten bestehen mochten, sie hatten ihren Chef in eine äußerst wohlwollende Stimmung versetzt. Sie grinsten sich verschlagen an und warteten darauf, daß Hocking ihnen sagte, was er entdeckt hatte.

„Dr. Reston" – Hocking sprach den Namen in einem langgezogenen, betonten Zischen aus –, „unser widerspenstiges Genie, ist gefunden. Er befindet sich in diesem Augenblick hier auf GM, und er ist höchst lebendig!"

Neunzehntes Kapitel

„Bleib da drin und rühr dich nicht von der Stelle", flüsterte Adjani. „Ich schaue nach, wer es ist, und wimmele ihn ab."

Adjani hatte den Zugangscode an der Tür zu seinem Quartier geändert, und soeben hatte jemand versucht, den alten Code einzugeben, und dadurch das Signal ausgelöst. Spence fügte sich, trat in die Sanitärkabine und schloß die Tür bis auf einen Spalt, so daß er hören konnte, wer es war.

Einen Augenblick später hörte er Adjani rufen. „Alles klar. Du kannst herauskommen."

Er öffnete die Tür und schlich sich hinaus wie ein ertappter Dieb. Das erste, was er sah, war Packers feuerroter, aufgeregt nikkender Kopf.

„Mir gefällt das nicht", sagte der hünenhafte Wissenschaftler gerade. „Die Sache gleitet uns aus den Händen."

„Wir brauchen nur noch etwas mehr Zeit", erklärte Adjani.

Packer wandte sich an Spence. „Ich hatte heute einen Besucher. Einen neugierigen Burschen von der Versicherungsgesellschaft. Du standest ganz oben auf seiner Liste."

„Ach?"

„Er hat hier herumgeschnüffelt und von deinem Verschwinden erfahren; dachte sich, er könnte es gleich überprüfen, wenn er schon mal hier ist."

„Was hast du ihm gesagt?"

„Ich sagte ihm, du seist ins Kloster gegangen – was glaubst du denn, was ich ihm gesagt habe?" Packer stieß wütend seinen Unterkiefer nach vorn; sein Gesicht war rot vor Zorn.

„Beruhige dich. Ich weiß, du hast dich in dieser Sache so weit vorgewagt, wie es nur geht. Aber mach uns jetzt bitte nicht schlapp. Wir brauchen nur noch ein paar Tage."

„Wir machen hervorragende Fortschritte", warf Adjani ein.

Der finstere Ausdruck auf dem Gesicht des Riesen schwand und wich einem leichten, schelmischen Grinsen. „Wißt ihr, ich glaube, ich habe dem Burschen ganz schön Feuer unter dem Hintern gemacht. Es war eigentlich nicht nötig, aber der Typ führte sich auf, als hätte *ich* seinen kostbaren Dr. Reston um die Ecke gebracht. Er versuchte mich regelrecht ins Kreuzverhör zu nehmen, aber das habe ich ihm schnell ausgetrieben."

Adjani und Spence wechselten einen Blick.

„Außerdem", fuhr Packer fort, „war mir der Bursche ganz schön unheimlich. Diese vertrocknete Mumie in ihrem Pneumostuhl. Er sah aus wie ein Skelett!"

Packer starrte seine Zuhörer an. „He, was ist los mit euch? – Hab' ich was Falsches gesagt?"

Zwei große, geschwungene Halbkugeln, blau schimmernd im Licht eines silbrigen Mondes, erhoben sich wie leuchtende Berge – glatt, bleich und von einer im Zickzack verlaufenden Mauer umgeben wie von einer undurchdringlichen, schwarzen Barriere. Spence blickte auf und sah einen Turm, einen dünnen, himmelwärts gerichteten Finger, zwischen den beiden Kuppeln schwach im Mondlicht schimmern.

Er saß auf einem Felsvorsprung, der durch eine tiefe Schlucht von dem Palast getrennt war. Zwischen ihm und dem Palast schwang eine uralte Brücke aus gedrehten Seilen und Holz im Wind, der aus der Schlucht herauffuhr. Er hörte den Wind durch die Seile pfeifen und die zerfaserten Enden in der Brise flattern wie das Haar einer alten Frau. Die zerbrechliche Konstruktion ächzte bei ihrem Tanz, und das Geräusch war wie ein geisterhaftes Gelächter, das in der tintenschwarzen Tiefe verhallte. In Spences Ohren wurde es zur Stimme seines Feindes, die ihn verhöhnte und herausforderte, den Abgrund auf jener Brücke zu überqueren und ihm in dem Palast gegenüberzutreten.

Mit um die Knie geschlungenen Armen hockte er da und zitterte in der kühlen Nachtluft, doch dann stand er auf und ging zu der schwankenden Brücke hinüber, ergriff die zerfaserten Seile und setzte vorsichtig einen Fuß auf die Bretter. Beim ersten Schritt begann die Brücke wild zu schwingen. Spence fuhr zurück.

Einen Augenblick später faßte er wieder Mut und trat behutsam hinaus auf die Brücke. Gelächter schien aus der Schlucht zu ihm aufzusteigen, als er das Rauschen eines schäumenden Wasserfalls hörte wie eine zornige Bestie, die in ihrer Höhle wütet. Er ignorierte die Geräusche, richtete seine Augen auf die andere Seite und ging Schritt für Schritt vorsichtig weiter.

Er erreichte die Mitte der Brücke und spürte, wie ihm der scharfe Wind entgegenschlug und durch seine Kleidung fuhr. Dann wurde alles still; die Geräusche der Nacht verklangen, und eine milde Wärme erfüllte die Luft.

Ein neues Geräusch drang an seine Ohren – das Schluchzen einer jungen Frau. Er blickte auf und sah Ari auf der anderen Seite der Kluft stehen. Ihre Tränen fielen wie flüssige Juwelen und funkelten auf ihren Wangen. Sie weinte und streckte ihm ihre Arme entgegen. Ihr langes, blondes Haar schimmerte weiß im Mondlicht und wehte im Wind wie Mondstaub.

„Ari!" rief Spence und hörte, wie der Name in der Tiefe unter ihm eines ums andere Mal widerhallte.

Er hob seinen Fuß, setzte ihn wieder nieder und spürte, daß er einen Schritt ins Leere gemacht hatte. Sein Fuß fühlte kein Holz unter sich, und er fiel kopfüber in die Schlucht hinab. In Entsetzen und Zorn schrie er auf und sah, wie sich die Gestalt seiner Geliebten in die eines verwitterten alten Mannes verwandelte, der über die Klippe hinabstarrte und ihn anlachte. Die Felsen widerhallten von seinem Lachen, und Spence schloß die Augen und schrie, um den unheimlichen Klang zu übertönen.

Dann hockte er auf Knien in einer engen, schmutzigen, stinkenden Straße zwischen verfallenden Fassaden. Der Mond schien von oben zwischen den Gebäuden hindurch, und er konnte weit hinab durch die Straßenschlucht sehen, bis zu ihrem Ende an einem breiten, grauen Fluß.

Er setzte sich in Richtung auf den Fluß in Bewegung und spürte, wie ihm ein Stich des Entsetzens durchs Herz fuhr. Er schaute sich um und sah nichts, obwohl er gedämpfte Schritte hörte.

Er fing an zu rennen.

Die Schritte rannten mit ihm, und er sah, wie an beiden Seiten dunkle Schemen an ihm vorbeijagten, um sich in den Schatten zu verlieren. Er spähte nach hinten. Eine brodelnde schwarze Masse kroch hinter ihm her und kam ihm immer näher.

Schließlich erreichte er einen Hof, der auf allen Seiten von einer hohen Mauer umgeben war. Er stand im Zentrum des Hofes auf zerbröckelnden Steinen, preßte eine Hand in seine Seite und spürte keuchend den stechenden Schmerz. Plötzlich hörte er sie, seine Verfolger, wie sie die schmale Straße hinter ihm entlangfegten. Er drehte sich um und sah Hunderte von schmalen, gelben Augen und weißen Zacken gefletschter Zähne. Ein gewaltiges, lechzendes Fauchen aus hundert Kehlen ertönte, als die Hunde ihn ansprangen, mit schnappenden Kiefern, gesträubten Nackenhaaren und an die eckigen Köpfe angelegten Ohren.

Die Hunde sprangen ihn alle gleichzeitig an, und er spürte, wie er unter ihnen begraben wurde. Der Steinfußboden fühlte sich kühl an seiner Wange an, und er hörte das Zerreißen seiner Kleider und seines Fleisches, als die Bestien über ihn herfielen. Er spürte ihre Zähne und den weiß glühenden Schmerz . . .

„Spencer, hör mir zu. Ich bin es, Adjani. Wenn du mich hören kannst, sag ‚ja'."

„Ja."

„Du träumst, Spence. Es ist nur ein Traum. Verstehst du mich?"

„Ein Traum."

„Kämpf nicht gegen den Traum an, laß ihn kommen. In einem Augenblick wirst du erwachen und dich an deinen Traum erinnern. Ich möchte, daß du dich daran erinnerst."

„Erinnern." Das Wort war sanft und fließend. Spence steckte tief in seinem Traum.

Adjani kniete dicht neben ihm und sprach ihm ins Ohr. Er sprach langsam und mit Autorität wie ein Hypnotiseur zu seiner Versuchsperson.

„Spence, ich möchte, daß du jetzt aufwachst. Ich werde bis drei zählen, und wenn ich diese Zahl erreiche, möchte ich, daß du aufwachst. Verstehst du?"

„Ja."

Adjani zählte, und Spence erwachte und sah seinen Freund der sich über ihn beugte.

„Adjani!" Furcht und Erleichterung mischten sich in seiner Stimme. „Ich habe geträumt!"

„Ja, ich weiß. Ich hörte dich im Schlaf schreien."

„Du hast mich aufgeweckt –"

Adjani nickte.

„Es war schrecklich. Grauenhaft. Oh!" Spence machte Anstalten aufzustehen, aber Adjani legte ihm die Hand auf die Brust und hielt ihn nieder.

„Erzähl mir davon. Schnell, bevor du es vergißt."

„Diesen Traum vergesse ich nie." Und er erzählte seinen Traum in lebhaften Einzelheiten.

„Wirklich sehr beängstigend", murmelte Adjani, als Spence geendet hatte.

„Sehr. Ich habe mich erinnert, Adjani. Ich habe mich an alles erinnert. Das war bisher noch nie so."

„Ich habe dir eine hypnotische Suggestion gegeben. Ich dachte, es könnte uns vielleicht helfen."

Plötzlich drang die Bedeutung dessen, was Adjani sagte, in Spences schlaftrunkenes Hirn. „Der Traumdieb!"

Adjani nickte langsam.

„Sie wissen, daß ich am Leben bin. Sie versuchen mich wieder zu erreichen."

„Gab es irgend etwas in deinem Traum, das uns einen Hinweis darauf geben könnte, wer sie sind oder was sie von dir wollen könnten?"

„Ich weiß nicht – es kommt mir alles ziemlich bizarr vor. Hunde und Schlösser und Brücken . . . das sagt mir alles gar nichts." Er schauderte unwillkürlich, als er sich an die aufblitzenden, reißenden Zähne erinnerte, die in sein Fleisch eingedrungen waren, und das grauenhafte Knacken seiner eigenen Knochen hörte. „Aber es war so real! Ich hatte schon früher lebhafte Träume, aber mit diesem hier waren sie nicht zu vergleichen. Es geschah alles wirklich!"

„Vielleicht hätte ich dich nicht so früh wecken sollen."

„Ich bin froh, daß du es getan hast! Sie hätten mich umgebracht!"

Adjani warf ihm einen scharfen Blick zu.

„Hör auf!“ protestierte Spence. „Du glaubst doch nicht, sie könnten tatsächlich – nein, das ist unmöglich! Man kann doch niemanden durch einen Traum umbringen. Oder?“

Zwanzigstes Kapitel

Die stumpfnasige Taser-Pistole lag wie selbstverständlich in Ticklers Hand. Er hielt sie ruhig und sicher; nicht einmal ein Anflug von Nervosität oder Zittern war ihm anzumerken. Spence kam der Gedanke, daß er schon zuvor unter ähnlichen Umständen mit der Waffe umgegangen sein mußte.

Spence hatte in Adjanis Quartier auf dessen Rückkehr gewartet. „Ich hole Ari. Ich bin in ein paar Minuten zurück, und dann gehen wir unsere Pläne für den Flug nach unten noch einmal durch“, hatte er gesagt und war gegangen.

Als er das Signal hörte, öffnete Spence die Tür und sah sich nicht Ari und Adjani, sondern Kurt und Tickler gegenüber, gekleidet in die rot-schwarzen Overalls der Sicherheitskräfte von GM.

„Sie!“

„Sie haben uns auf eine nette Verfolgungsjagd geführt, Reston.“ Tickler lächelte ein dünnes, schlangenhaftes Lächeln. „Aber jetzt werden Sie uns begleiten.“

„Ich werde nichts dergleichen tun“, sagte Spence. Daraufhin zog Tickler den Taser – ein gemeines kleines Gerät, mit dem man einen winzigen, elektrisch geladenen Pfeil abschoß, der sein Opfer auf der Stelle für zwei oder drei Minuten lähmte und bewußtlos machte.

Im allgemeinen konnte man einem Mann, der mit einem Taser bewaffnet war, nicht entkommen.

„Sie werden von jetzt an tun, was *ich* sage, Reston." Tickler ließ sich die Worte mit besonderem Genuß auf der Zunge zergehen. Offensichtlich genoß er seine Rolle als harter Bursche.

„Stecken Sie das Ding weg, Tickler. Sind Sie verrückt?"

„Nicht verrückt, Doktor. Besorgt. Wir haben uns große Sorgen um Sie gemacht. Als Sie nicht vom Mars zurückkehrten, dachten wir schon, wir hätten Sie verloren. Nun stellt sich heraus, daß wir uns geirrt haben. Glücklicherweise. Da Sie nun wieder hier sind, haben wir die Absicht, Sie eine Weile bei uns zu behalten."

„Was soll das Ganze überhaupt? Was haben Sie mit mir vor?" Spence hoffte, sie beschäftigen zu können, bis Adjani zurückkehrte. Das war seine einzige Hoffnung.

„Sie *sind* aber auch neugierig. Leider haben wir im Moment keine Zeit für Fragen. Es wartet jemand auf Sie."

„Wohin bringen Sie mich? Ich verlange eine Antwort!" rief Spence schrill.

„Es spielt nicht die geringste Rolle, was Sie verlangen. Dämpfen Sie Ihre Stimme, oder wir werden Sie hier heraus tragen müssen. Kommen Sie –" Er winkte ihm mit dem Taser. „Setzen Sie sich in Bewegung."

„Einen Moment noch. Ich brauche meine Schuhe." Spence wies auf seine nur mit Socken bekleideten Füße.

„Holen Sie ihm seine Schuhe", sagte Tickler. Kurt ging in den anderen Raum hinüber, in dem Spence sich aufgehalten hatte. Mit den Schuhen in der Hand kehrte der Assistent zurück. „Ziehen Sie sie an", befahl Tickler. „Wenn Sie sie auch eigentlich nicht brauchen werden, wenn wir erst einmal da sind, wo wir hinwollen."

Spence nahm sich seine Schuhe und setzte sich an Adjanis Schreibtisch. Absichtlich setzte er beide Schuhe auf die Computertastatur. Er nahm den ersten Schuh und zog ihn an. Als er nach dem zweiten Schuh griff, tippte er geschickt auf die ComCen-Taste; der Monitor an der gegenüberliegenden Wand erwachte zum Leben. Keiner der Eindringlinge bemerkte es; sie standen mit dem Rücken zum Bildschirm.

Spence stand auf und sagte: „Sie bringen mich also hinunter zur Andockbucht, was? Und wohin dann? Hoffentlich nicht zurück zum Mars." Während er sprach, drückte er unauffällig die Taste DIKTIEREN, in der Hoffnung, daß Adjani seine Maschine genauso programmiert hatte wie er selbst.

„So weit ist es nicht", antwortete Tickler. „Sie werden die Reise nicht im mindesten langweilig finden, das versichere ich Ihnen." Er wedelte mit der Nase der Pistole zur Tür hin. „Nun aber los. Und ich warne Sie, Reston – versuchen Sie keine Tricks, oder es wird sehr ungemütlich für Sie werden. Wir haben ein Fahrzeug vor der Tür stehen."

„Nur das Beste für den Verurteilten", sagte Spence. Er hoffte, daß die Maschine ihr Gespräch aufgezeichnet hatte.

„Sie nehmen das sehr gut auf", sagte Tickler. „Ich hoffe, Sie haben jeden Gedanken an ein Entkommen aufgegeben. Ich werde nicht zögern, diese Waffe gegen Sie zu gebrauchen. Es wäre nicht das erste Mal."

„Das glaube ich Ihnen gern."

Millen ging voraus in den Korridor und setzte sich in den Fahrersitz eines kleinen Elektromobils. Tickler und Spence setzten sich hinten einander gegenüber, und das offene Fahrzeug glitt mit rot blinkendem Warnlicht lautlos davon.

„Er ist weg", sagte Adjani, sobald er den Raum betreten hatte. „Es ist etwas passiert."

Ari erschrak. „Meinen Sie, er ist entführt worden?"

„Richtig. Aber vielleicht erwischen wir sie noch."

„Schauen Sie!" Ari zeigte auf den ComCen-Monitor an der Wand.

„Bravo! Er hat uns eine Nachricht hinterlassen." Adjani sprang zur Computerkonsole und gab die Anweisung für eine Audioabspielung ein.

Sie hörten folgendes:

„. . . ist es nicht. Sie werden die Reise nicht im mindesten langweilig finden, das versichere ich Ihnen. Nun aber los. Und ich warne Sie, Reston – versuchen Sie keine Tricks, oder es wird sehr ungemütlich für Sie werden. Wir haben ein Fahrzeug vor der Tür stehen."

Dann hörten sie Spences Stimme: „Nur das Beste für den Verurteilten."

Es gab ein Rascheln und entfernte Geräusche von Leuten, die sich durch den Raum bewegten. Dann war wieder die erste Stimme zu hören, diesmal entfernter und undeutlicher, als wäre der Betreffende dabei, den Raum zu verlassen: „Sie nehmen das sehr gut auf. Ich hoffe, Sie haben jeden Gedanken . . ." Der Rest wurde von der sich schließenden Tür verschluckt.

Ari schaute Adjani mit großen, entsetzten Augen an. Doch ihre Stimme war ruhig und fest. „Wollen die ihn umbringen?"

„Ich glaube nicht. Jedenfalls noch nicht. Das mit dem Verurteilten sollte uns andeuten, daß er von Bewaffneten in Schach gehalten wird, nehme ich an."

„Wo werden sie ihn hinbringen?"

„Sie haben vor, die Station zu verlassen, vermute ich – wahrscheinlich hinunter zur Erde."

Adjani beugte sich über die Computertastatur und schloß mit über den Tasten schwebenden Fingern die Augen. Dann lächelte er, und seine Hände begannen in schnellen, präzisen Bewegungen über die Tasten zu huschen.

„Kommen Sie!" rief er und sprang vom Schreibtisch auf. „Hoffen wir, daß sie das aufhält, bis wir kommen."

„Was werden wir tun?"

„Ich weiß es noch nicht. Kommen Sie!"

Kurt steuerte das Sicherheitsfahrzeug in eine Aufladenische direkt vor dem Eingang zur Andockbucht. Tickler ergriff die Gelegenheit, seinen Gefangenen noch einmal zu warnen. „Wir verlassen Gotham, Dr. Reston. Die Sicherheitskräfte sind bereits informiert, daß wir einen schwer gestörten Gefangenen transportieren."

„Sie denken aber auch an alles."

„Halten Sie den Mund!" schnappte Tickler. „Bewegen Sie sich! Und denken Sie daran, ich bin direkt hinter Ihnen."

Kurt nahm ein längliches Bündel vom Fahrersitz des Wagens und ging voraus in die Luftschleuse. Rote Lichter warnten sie, daß die äußeren Tore offen waren. Spence wurde nach vorne auf die lange Reihe von Druckanzügen geschoben, die in ihren Gestellen hingen. Unter Ticklers wachsamen Augen zwängte er sich in einen davon hinein und fragte sich, ob der Anzug einen Taser-Pfeil abhalten konnte. Wahrscheinlich nicht, dachte er, aber wenn sich die richtige Gelegenheit bot, würde er es darauf ankommen lassen.

Während Tickler in seinen Anzug kroch, hielt ihn Kurt mit dem Taser in Schach.

„Das wird auf Ihrer Leistungsbeurteilung nicht gut aussehen, wissen Sie", spöttelte Spence. Der junge Mann spuckte auf den Flur. „Mit den Leistungen ist es wohl sowieso nicht so weit her. Na ja, Sie können ja immer noch die Computer warten."

„Halten Sie den Mund!" grollte Kurt. „Sie haben uns ohnehin schon genug Schwierigkeiten gemacht. Ich muß mir nicht auch noch Ihre Witze anhören."

„Das gehört nun einmal dazu, wenn man ein Kidnapper ist. Berufsrisiko."

„Sie sollen den Mund halten! Sonst verpasse ich Ihnen einen!"

Spence sagte nichts mehr, da er glaubte, sein Glück für den Augenblick genug strapaziert zu haben. Tickler, der in seinem Anzug wie ein halb geschmolzener Schneemann aussah, gesellte sich wieder zu ihnen.

„Was ist los, Tickler? Hatten sie keinen in Ihrer Größe?"

„Setzen Sie Ihren Helm auf", befahl er und betätigte den Ventilschalter.

Spence fummelte noch an seinem Helm herum, als er bereits das Zischen der entweichenden Luft hörte. In seinen Ohren knackte es, und aus seiner Nase rann ein dünner, rosafarbener Faden schaumigen Blutes, bevor er seinen Helm sichern konnte. Tickler hatte das Ventil auf einmal geöffnet, anstatt die Luft langsam entweichen zu lassen. Ein schmutziger Trick.

„Fertig?" Tickler richtete wieder den Taser auf ihn und schob ihn vorwärts.

Sie verließen die Luftschleuse und betraten die riesige Halle der Andockbucht. Vor ihnen, jenseits einer weiten, leeren Fläche aus glänzendem Duraluminium, warteten zwei Raumschiffe. Eines davon, die *Gyrfalcon*, nahm sich riesig aus gegenüber der kleineren Sechs-Personen-Fähre, die der Direktor benutzte, um zu Komiteesitzungen und anderen besonderen Anlässen zur Erde zu pendeln. Zwischen ihnen und den am Ende der Rampen festgemachten Schiffen bewegten sich nur ein paar Robo-Paletten auf ihren programmierten Wegen; nirgends schien sich eine Gelegenheit zur Flucht zu bieten.

Sie haben an alles gedacht. Sie haben sich sogar eine Zeit ausgesucht, in der die Wartungsmannschaft weg ist und die äußeren Tore offen sind. Das bedeutete natürlich, daß jeder, der die Andockbucht betrat, zuvor einen Druckanzug anlegen mußte und somit beträchtlich aufgehalten wurde. Höchstwahrscheinlich würde jeder Versuch, Spence zu retten, zu spät kommen – und er war sich nicht einmal sicher, ob ein solcher Versuch überhaupt unternommen wurde.

Tickler schob ihn über die Fläche auf die kleine Fähre zu. Auf halbem Wege dorthin sah Spence jemanden aus der *Gyrfalcon* aussteigen und auf sie zukommen. Die breite, hünenhafte Gestalt kam ihm irgendwie vertraut vor.

Als sie nähergekommen war, hob die Gestalt grüßend den Arm und trat ihnen in den Weg. Durch das weite Visier erkannte Spence das lächelnde, gutmütige Gesicht.

„Ah, Dr. Reston!" ertönte die Stimme in seinem Kopfhörer. „Schön, Sie wiederzusehen!"

„Hallo, Captain Kalnikov. Ich freue mich auch, Sie wiederzusehen."

Kalnikov betrachtete mit gelassener und unbesorgter Miene die beiden Männer, die Spence begleiteten. Er lächelte und zeigte zwei gleichmäßige Reihen großer, weißer Zähne. „Haben Sie und Ihre Freunde ein bestimmtes Ziel?" fragte der Russe. Seine dröhnende Stimme klang blechern und verzerrt aus den überforderten Helmfunkgeräten.

„Ja, haben wir", antwortete Spence vage. „Einen kleinen Ausflug. Darf ich vorstellen?" Spence ergriff die Gelegenheit, Zeit zu schinden, die Kalnikov ihm bot.

„Das wird nicht notwendig sein", sagte Tickler scharf.

„Ach, Unsinn", wandte Spence ein. In Gedanken suchte er fieberhaft nach einer Möglichkeit, Kalnikov wissen zu lassen, daß er in Schwierigkeiten war. „Ich bin sicher, wir haben Zeit für einen kleinen Schwatz. Captain, dies sind meine beiden ehemaligen Assistenten – Dr. Tickler und Kadett Millen. Beides sehr gründliche Leute."

„Erfreut", sagte Tickler. Seine Augen wanderten zu der Fähre hinüber.

„Hätten Sie nicht Lust, sich ein wenig an Bord der *Gyrfalcon* umzuschauen, meine Herren?" fragte Kalnikov.

„Vielen Dank, im Augenblick nicht", sagte Tickler. „Vielleicht ein anderes Mal." Er machte Anstalten, seinen Weg fortzusetzen. Kalnikov hielt ihn auf, in dem er eine riesige Hand auf seine Schulter legte.

„Bitte denken Sie keinesfalls, daß es mir lästig wäre", sagte er. Er lächelte immer noch, aber seine Augen waren kalt geworden. „Es wäre mir eine Freude, Ihnen alles zu zeigen."

Tickler zögerte. Spence bemerkte es und stürzte sich darauf. „Wir wären entzückt! Warum nehmen Sie uns nicht an Bord?"

Als sie sich auf das große Raumschiff zubewegten, durchfuhr ihn die Erregung wie eine elektrische Ladung. Das Spiel hatte sich auf neutralen Boden verlagert, und nun hatte er die Chance, selbst ein paar Punkte zu machen.

Gerade hatte er seinen Fuß auf die Gangway gesetzt, als eine weitere vertraute Stimme in seinem Helm ertönte. „Spence! Warte auf uns!" Es war Adjani. Er drehte sich um und sah zwei unförmige Gestalten aus der Luftschleuse kommen und auf die *Gyrfalcon* zueilen. Ein schneller Blick auf Ticklers Gesicht zeigte ihm, daß seine Entführer anfingen, sich Sorgen zu machen.

Sie warteten, während Adjani und Ari herankamen. „Wir haben dich überall gesucht, Spence", sagte Adjani.

Ari schob sich mit einem merkwürdig trotzigen Ausdruck auf dem Gesicht zwischen den anderen hindurch und stellte sich neben ihn. „Du hast mir versprochen, heute mit mir zu Mittag zu essen. Erinnerst du dich?"

„Meine Güte, das habe ich glatt vergessen."

„Also schön!" bellte Tickler. Seine Stimme summte in ihren Helmen. „Schluß mit der Schauspielerei! Zurücktreten, alle!" Er zog die Taser-Pistole wieder hervor und wedelte damit vor ihnen herum.

Kalnikov trat vor und schob Spence und Ari hinter sich. „Das ist so eine kleine Pistole, die Sie da haben. Und sie hat nur einen Stachel. Wie wollen Sie damit uns alle aufhalten, frage ich mich?"

Tickler nickte Kurt zu, der das in ein Tuch gehüllte Bündel hob, das er bei sich trug. Das Tuch glitt zu Boden, und ein Betäubungsgewehr kam zum Vorschein.

„Beantwortet das Ihre Frage? Und nun treten Sie alle zurück. Reston, kommen Sie hier herüber."

„Tut mir leid", sagte Spence. „Danke für den Versuch, Leute." Er schickte sich an, an Kalnikov vorbeizugehen, doch als er neben den Russen trat, geschah etwas Merkwürdiges.

Kalnikov hob seinen Arm, und plötzlich schoß sein Handschuh von der Hand und flog in Ticklers Gesicht. Es gab ein gedämpftes Zischen, und Tickler stockte der Atem, als ihn im selben Moment ein Strahl weißen Schaumes traf.

Bevor irgend jemand sprechen oder sich rühren konnte, richtete sich der Schaumstrahl auf den Kadetten, und sein Helmvisier verschwand unter der weißen Masse. Spence sah noch, wie sich seine beiden Gegner um sich selbst drehten, und hörte, wie sie in ihre Mikrofone fluchten; dann trieb Kalnikov sie alle die Gangway zum Raumschiff hinauf.

Spence erreichte das Ende der Rampe als erster und drehte sich um, um Ari durch den Eingang zu ziehen. Adjani sprang hinterher und duckte sich drinnen sofort. Gleich hinter ihm kam Kalnikov und schrie: „Luke dicht!"

Gerade als der Russe die Luke erreichte, taumelte er plötzlich; seine Augen verdrehten sich nach oben, und seine Lider flatterten. Ein ersticktes Gurgeln kam aus seinem Hals; sein Kopf flog zurück, und er breitete die Arme weit aus, während ein Krampf durch seinen mächtigen Leib lief. Dann brach er auf der Rampe zusammen, und Spence sah den Taser-Pfeil, der in seinem immer noch zuckenden Körper steckte.

Er wartete nicht ab, um noch mehr zu sehen, sondern sprang durch die Luke und rannte ins Innere des Schiffs. Adjani winkte ihm, und er folgte ihm geduckt ins nächste Abteil.

„Ich konnte die Luke nicht mehr schließen", sagte Spence, als sie im angrenzenden Abteil zusammenkauerten. „Sie müssen jede Sekunde hier sein."

„Ich habe eine Idee", sagte Adjani. „Kommt mit."

Da er wußte, daß ihre Verfolger jedes ihrer Worte in ihren eigenen Helmen hören konnten, bedeutete ihnen Adjani durch Zeichen, weiter nach achtern zu gehen. Im nächsten Abteil schob er Spence und Ari in den Decklift und fuhr mit ihnen eine Ebene tiefer hinab.

Weiter hasteten die drei durch das Raumschiff nach achtern. Sie hörten Tickler und Millen laut in ihren Helmen keuchen und grunzen; es klang, als wären sie mit ihnen im gleichen Anzug.

„Stehenbleiben!" schrie Tickler. Spence drehte sich gerade rechtzeitig um, um zu sehen, wie der Wissenschaftler mit dem Betäubungsgewehr auf ihn zielte. Er warf sich zu Boden und rollte ins nächste Abteil. Adjani schlug auf den Zugangsschalter, und die Tür glitt zu. Spence schaute sich um – sie waren im Frachtraum des Schiffes. An den Seitenwänden befanden sich die Luken der leeren Landekapseln. Aufgeregt gestikulierte Adjani auf die erste Luke zu.

Ari sprang vornüber in die Kapsel, dicht gefolgt von Spence. Adjani sprang hinterher, und Spence legte den Schalter um, um die Luke zu versiegeln. Nun waren sie in ihrem eigenen Raumfahrzeug in Sicherheit. Adjani betätigte einen Schalter, um die Kabine unter Druck zu setzen, und wartete einige Momente, bis das Licht auf dem Schalter von rot zu grün wechselte. Dann ergriff er seinen Helm und drehte ihn zur Seite.

„Und jetzt?" fragte Spence. Von außen hörten sie Tickler und Kurt gegen die Luke trommeln.

„Anschnallen", sagte Adjani. „Beeilung!"

„Das meinst du nicht ernst! Mit dem Ding kommen wir nicht weit."

„Wo würdest du denn hinwollen?" fragte Adjani, während er sich auf die kleine Steuerkonsole zubewegte.

„Zur Erde, vermute ich. War das nicht der Plan?“

„Das hier ist eine Landekapsel, oder nicht? Na schön, dann werden wir damit landen. Jetzt schnallt euch an.“

Spence hatte noch nie gehört, daß die Landekapseln für eine solche Reise geeignet wären, aber zumindest konnten sie sich damit aus Ticklers Reichweite bringen und dann weitersehen. „Okay“, rief er, als er sich die Gurte umgelegt hatte. „Nur eine Frage noch: Bist du sicher, daß du diesen Eimer fliegen kannst?“

„Die Frage verdient keine Antwort. Alle fertig? Festhalten!“

Es gab ein Rumpeln, als die Kapsel aus dem Raumschiff geschleudert wurde. Der Beschleunigungsdruck preßte sie in ihre Sitze, als ob die Hand eines Riesen auf ihnen läge. „Ich gäbe ein Monatsgehalt dafür, jetzt Ticklers Gesicht zu sehen. Ich möchte nicht in seiner Haut stecken, wenn er seinem Boss Bericht erstattet.“

Ari hatte geschwiegen, seit sie in der Kapsel waren. Spence schaute sie an, und sie erwiderte seinen Blick mit einem kleinen, vorsichtigen Lächeln.

„Es tut mir leid, daß du in die ganze Sache hereingezogen worden bist. Du hättest verletzt werden können.“

„Ich bin schon vor langer Zeit in diese Sache hereingeraten – an dem Tag, als ich dich traf. Ich bin schon in Ordnung.“

„Sicher?“

„Mir geht es gut. Ich hatte bisher nur noch nicht allzuviel Nahkampftraining.“

„Mach dir keine Sorgen. Das haben wir jetzt hinter uns.“ Spence versuchte, zuversichtlich zu klingen, aber sein Ton wirkte nicht überzeugend. In Wahrheit hatte er das Gefühl, daß ihre Schwierigkeiten jetzt erst richtig anfingen.

Einundzwanzigstes Kapitel

Hockings hageres Gesicht hatte die Farbe einer reifen Tomate angenommen. Er schien jeden Augenblick platzen zu wollen. Doch als er sprach, war seine Stimme eisig. „Sie haben ihn entkommen lassen! Narren! Idioten! Sie haben ihn entwischen lassen. Ortu wird davon erfahren. Oh ja, das wird er. Und ich hoffe, er geht so mit Ihnen um, wie Sie es verdienen. Diesmal werde ich ihn nicht zurückhalten!"

„Bitte!" rief Tickler. Sein Maulwurfsgesicht war vor Furcht und Angst verzerrt. „Es war nicht unser Fehler. Dieser russische Pilot, Kalnikov – er wußte Bescheid!"

„Wie hätte er Bescheid wissen können? Es sei denn, Sie haben nicht aufgepaßt. Sie haben Reston eine Möglichkeit gegeben, die anderen zu warnen."

„Dazu hatte er keine Chance. Ich schwöre es! Bitte glauben Sie mir!"

„Sie haben alles ruiniert. Jetzt, wo er weiß, daß wir hinter ihm her sind, wird Reston noch viel schwerer dingfest zu machen sein. Mit Gewalt werden wir ihn nicht erwischen, soviel ist sicher." Hokking drehte sich von seinen zitternden Helfershelfern ab. Während er die Situation überdachte, schien er sich ein wenig zu entspannen. Als er weitersprach, tat er es größtenteils zu sich selbst. „Nein, wir müssen subtiler vorgehen. Es wäre besser, wenn er aus eigenem Entschluß käme. Ja, er muß aus eigenem Willen kommen – auf diese Weise wird er leichter zu führen und empfänglicher für den Stimulus sein."

Tickler nahm in Hockings veränderter Haltung einen Hoffnungsschimmer wahr. „Dieses Mädchen – wir könnten sie uns schnappen."

„Würde er ihr folgen?"

„Bis ans Ende der Welt."

„Er ist verliebt in sie", warf Millen ein.

Hockings Augen funkelten vor Interesse. Ein dünnes, skeletthaftes Lächeln spannte seine Lippen. „Vielleicht ist etwas an dem, was Sie da sagen", sagte er nachdenklich. „Vielleicht ist das genau die Gelegenheit, nach der wir gesucht haben."

Dann schnappte er: „Also gut! Es wird nicht leicht sein – wir wissen noch nicht einmal, wo sie hinwollen; also werden wir improvisieren müssen. Wir werden folgendes tun . . ."

Die sich anschließende Diskussion war kurz; sie endete damit, daß Tickler und Millen zur Tür stürzten und davonjagten, um ihre neuen Befehle auszuführen, froh, für den Augenblick ihre Haut gerettet zu haben.

Sobald sie verschwunden waren, glitt Hocking zu der ComCen-Konsole am anderen Ende des Raumes hinüber. Er gab einen Code ein und wartete. Sekunden später sagte eine Stimme: „Hier Wermeyer."

„Die Übernahme hat begonnen. Sie werden sofort Phase Eins einleiten."

„So bald schon? Aber –" Die Stimme war zu einem Flüstern herabgesunken.

„Sofort! Dies ist die Chance, auf die wir gewartet haben."

„Sie müssen bei der Landung festgehalten werden. Sie haben ein Raumfahrzeug gestohlen. Sie sind flüchtig. Sie sind der Direktor dieser Station; Sie können ihre Festnahme anordnen. Und das werden Sie auch tun."

Direktor Zanderson, dessen rundes Gesicht blaß vor Furcht und Sorge war, suchte nach Worten. „Ich – ich weiß nicht, ob das möglich ist."

„Oh, es ist möglich. Genau das wird nämlich passieren."

„Ich möchte nicht, daß Ari da hineingezogen wird. Sie hat nichts damit zu tun. Sie weiß nichts. Lassen Sie sie aus der Sache heraus."

„Wir haben kein Interesse an Ari. Sie wird sofort freigelassen werden."

Hocking merkte, daß er endlich zu dem verängstigten Mann durchdrang, und mäßigte seinen Ton zu einem überredenden Säuseln. „Natürlich wird man ihr jegliche Unannehmlichkeiten ersparen."

„Was ist mit den anderen? Reston und Rajwandhi? Was haben die Ihnen getan?"

„Sie haben uns einige sehr wertvolle Geheimnisse gestohlen – eine Art Technologie-Diebstahl, wenn Sie so wollen. Wir wollen sie stoppen, bevor sie verkaufen können, was sie wissen."

„Ich kann das immer noch nicht von ihnen glauben. Sind Sie sicher?"

„Absolut. Warum sollten sie sonst davonlaufen, wie sie es getan haben? Ich habe es bisher nicht erwähnt, weil ich sie nicht beunruhigen wollte, aber ich halte es für möglich, daß sie planen, Ari als Geisel zu benutzen, falls es zu Schwierigkeiten kommen sollte."

Diese letzte Bemerkung wurde vom Direktor mit einem schnellen, besorgten Blick quittiert. „Das würden sie nicht wagen!"

„Es sind verzweifelte Männer."

„Wenn man sich vorstellt, daß ich Reston vertraut habe; ich habe sogar um ihn getrauert – und jetzt höre ich, daß er die ganze Zeit am Leben war und sich hier versteckt hat."

„Ja", sagte Hocking. „Und jetzt senden Sie Ihre Anweisung."

Direktor Zanderson drückte auf einen Knopf, beugte sich über seinen Schreibtisch und sprach in das keilförmige Gerät. „Mr. Wermeyer, das ComCen soll eine Verbindung zur Bodenstation für mich frei machen."

Augenblicke später antwortete die Stimme seines Assistenten. „Erledigt. Die Verbindung ist frei. Kanal zwei."

Der Direktor drückte auf einen weiteren Knopf, worauf aus dem Lautsprecher eine Tonfolge erklang, und dann sagte eine Frauenstimme: „ComCen GM-Bodenstation, kann ich Ihnen helfen?"

„Hier spricht Direktor Zanderson. Geben Sie mir den Leiter der Sicherheitsabteilung. Es ist dringend."

„Danke", sagte die melodiöse Stimme. Es klang nicht anders, als hätte er Blumen bestellt.

Eine Sekunde später war er mit dem Chef der Sicherheitsabteilung der GM-Bodenstation verbunden. Er schilderte die Situation diplomatisch und befahl dem Mann, die beiden Verdächtigen festzunehmen. Seine Tochter sollte nicht angerührt werden. Sobald die beiden in Gewahrsam genommen seien, sei er zu benachrichtigen. Der Sicherheitsdienstleiter versprach ihm einen sauberen und professionellen Zugriff und seine volle Kooperation und bat dann um Einzelheiten über die Kapsel und ihre geschätzte Landezeit.

„Sie müßte heute nachmittag gegen fünf Uhr nach Ihrer Zeitrechnung unten sein. Das wäre vierzehnhundert GM-Zeit."

„Ich werde Sie persönlich benachrichtigen, sobald wir die beiden sicher in unserem Gewahrsam haben, Direktor. Machen Sie sich keinerlei Sorgen."

„Danke, Chief Tatum. Ich erwarte Ihren Anruf."

Hocking wurde von seinen Häschern erwartet, als er von seinem Gespräch mit Zanderson zurückkehrte.

„Ich bin ein absolutes Genie", krähte er, als er in die Kabine glitt. „Ich war großartig!"

„Hat er es geschluckt?" fragte Tickler und rieb sich die Hände.

„Er hat den Köder geschluckt wie ein großer Fisch, der er ja auch ist", feixte Hocking. Er lachte laut auf. „Sie hätten dabeisein müssen. Es war köstlich. Ich habe ihn überzeugt, daß die beiden seine kostbare Tochter entführt hätten. Er ist Wachs in unseren Händen, meine Herren. Wenn es soweit ist, wird er uns folgen wie ein Lamm."

Tickler gestattete sich ein Lächeln über das gute Gelingen. Er wandte sich zu Millen, der ihn ebenfalls anstrahlte.

Hocking fuhr fort: „Natürlich vergesse ich keinen Augenblick lang Ihr Versagen in dieser Angelegenheit. Aber ich werde es dieses Mal noch entschuldigen. Es scheint, daß dadurch eine Wendung der Dinge eingetreten ist, die noch günstiger ist, als wir es uns erhoffen konnten. Jetzt sind *sie* diejenigen, die die Boden-Sicherheitskräfte der GM auf den Fersen haben, nicht wir. Und Zanderson ist so verwirrt, daß er nicht weiß, was er glauben soll. Daß sie diese Landekapsel gestohlen haben, hat sie erledigt."

„Was geschieht als nächstes?" fragte Tickler. Allmählich färbte die gute Laune seines Meisters auf ihn ab.

„Wir machen uns bereit zum Abflug. Wir werden nicht viel Zeit haben – wir müssen zuschlagen, und zwar schnell. Der Boden-

Sicherheitsdienst ist benachrichtigt, aber wenn wir herausfinden können, wo sie zu landen beabsichtigen, können wir uns vielleicht eine Menge Ärger ersparen. Ich werde in Zandersons Büro zurückkehren, um zu warten – ich will ihn nicht aus den Augen lassen. Ich werde dort sein, falls irgendwelche Anrufe eingehen."

„Was ist mit Kalnikov?" fragte Kurt. „Wird er nicht reden?"

„Er kann reden, soviel er will; es wird keine Rolle spielen. Ich konnte Zanderson davon überzeugen, daß der Taser Reston gehörte und daß Kalnikov von der Verschwörung wußte. Er wurde versehentlich von seinen eigenen Leuten angeschossen und zurückgelassen. Was immer er sagt, wird von vornherein für eine Lüge gehalten werden. Außerdem hat ihn Williams in einer seiner Krankenstationen verstaut. So bald wird ihn keiner zu sehen bekommen."

„Dann ist es also soweit. Die Übernahme hat begonnen."

„Das sage ich Ihnen ja die ganze Zeit, meine Herren. Sehr bald wird die Station uns gehören."

Adjani steuerte die Landekapsel auf einem Präzisionskurs, der keinen Raum für Abweichungen ließ. Die Treibstofftanks des kleinen Fahrzeugs waren nicht auf längere Flüge ausgelegt, doch da sie nicht die Absicht hatten, zur Station zurückzukehren, rechnete sich Adjani mit Hilfe des an Bord befindlichen Navigationscomputers aus, daß es reichen würde, um sie sicher und einigermaßen schnell hinunterzubringen. Spence und Ari verließen sich darauf, daß er richtig rechnete.

„Man wird uns zweifellos schon erwarten", sagte Spence. „Wer weiß, worauf Hocking aus ist. Es ist vier Stunden her, seit wir gestartet sind. In der Zeit konnten sie alles Mögliche anstellen."

„Ich glaube, wir sollten meinen Vater anrufen", sagte Ari. „Wir könnten ihn wissen lassen, daß es uns gut geht, und ihn vor Hokking und den anderen warnen. Er könnte uns auch eine Landeerlaubnis auf der Basis verschaffen."

„Ich glaube nicht, daß es sicher wäre, auf der Basis zu landen. Wir werden uns einen anderen Landepunkt aussuchen müssen."

Adjani beugte sich über den Computermonitor und drückte schnell einige Tasten. „Wir können in einem Radius von fünfundzwanzig Kilometern um die Basis landen, wenn wir auf Nummer Sicher gehen wollen. Ansonsten nennt mir den Punkt, und ich werde mein Bestes tun, um das Ding herunterzubringen."

„Mit anderen Worten, du weißt nicht, wo wir landen werden, stimmt's? Es ist ein Schuß ins Blaue."

„Das würde ich keineswegs sagen. Wir sind hier sicherer als in der Fähre. Es ist nur, daß die Koordinaten für eine Landung auf dem amerikanischen Kontinent nicht im Computer gespeichert sind."

„Oh", sagte Spence. „Was können wir da machen?"

„Ich könnte uns in eine Umlaufbahn bringen – dann hätten wir während unserer ersten zwei Umkreisungen Zeit, uns einen Ort auszusuchen, bevor wir zu sinken beginnen."

„Die großen Städte kommen nicht in Frage, nehme ich an."

„Warum nicht? Diese Maschine ist so konstruiert, daß sie beinahe überall landen kann. Wir haben nur nicht genug Treibstoff, um allzu wählerisch zu sein. Und überhaupt, wir wollen nicht gerade in Pittsburgh im Berufsverkehr landen. Warum? Woran denkst du?"

„Ich dachte nur, wenn wir doch sowieso nach Boston wollen, warum versuchen wir es dann nicht mit Boston Metro? Laß uns auf einer der alten, außer Betrieb gesetzten Flugzeuglandebahnen heruntergehen. Der Flughafen wird heute fast nur noch für Raketenjets benutzt."

„Ich bin sicher, Daddy könnte uns eine Landeerlaubnis verschaffen", warf Ari ein. „Er könnte uns auch die Koordinaten durchgeben, wenn er schon dabei ist."

„Warum habe ich daran nicht gedacht?"

„Ihr beide seid nicht die einzigen mit Grips im Kopf, wißt ihr", sagte Ari und warf ihre Haare zurück.

„Genau."

Adjani fummelte an der ComCen-Anlage herum, und wenige Augenblicke später hatte er den Signalkanal für die Raumstation gefunden. Er schickte das Signal der Landekapsel und dann den

ID-Code ab. Eine Sekunde später erklang die klare, ruhige Stimme einer ComCem-Vermittlerin.

„Hallo, Daddy?“ flötete Ari, sobald das Gespräch zu seinem Büro durchgestellt war.

„Ari! Liebling! Geht es dir gut?“ Die Stimme des Direktors verriet seine väterliche Besorgnis.

„Mir geht es prima, Daddy. Wirklich. Du kennst inzwischen wahrscheinlich alle Einzelheiten –“

„Ich weiß, was passiert ist, Liebes. Glaub mir, ich habe Maßnahmen ergriffen, um die Situation zu bereinigen.“

Spence und Adjani tauschten fragende Blicke aus. Vielleicht waren Tickler und Millen erwischt worden.

Der Direktor fuhr fort: „Es muß schrecklich für dich gewesen sein, Liebes.“

„Mir geht es gut. Mach dir keine Sorgen um mich.“

„Wo bringen sie dich hin? Weißt du das?“

„Wir werden versuchen, in Boston Metro aufzusetzen. Kannst du uns eine Landeerlaubnis verschaffen? Wir brauchen auch die Koordinaten, Daddy. Wenn du diese beiden Dinge für uns tun kannst, wird nichts schiefgehen.“

„Ich werde alles tun, worum du bittest, Liebling. Alles.“ Es gab eine lange Pause. „Behandeln sie dich anständig?“

„Natürlich! Sei nicht albern. Wir werden Mutter aufsuchen. Daddy? Bist du noch da?“

Eine weitere lange Pause entstand, und dann sagte der Direktor mit erschütterter oder überraschter Stimme: „Ich bin hier. Warum, Ari?“

„Das ist wirklich zu kompliziert, um es jetzt zu erklären. Aber ich werde dich anrufen, wenn wir dort sind. Mach dir keine Sorgen, es wird schon alles gut gehen. Versprich mir nur, daß du deinen Blutdruck nicht ansteigen läßt.“

„Versprochen, Liebling. Und ich lasse euch die Landeerlaubnis und die Koordinaten so bald wie möglich übermitteln.“

„Danke.“ Sie warf Spence und Adjani einen Blick zu und sagte dann: „Ich glaube, das wäre im Moment alles. Ich rufe dich an, nachdem wir Mutter besucht haben, und dann erzähle ich dir alles.“

„Ich werde auf deinen Anruf warten, Liebes."

Ari verabschiedete sich von ihrem Vater und wandte sich an die anderen. „Er klang nicht allzu gut. Er macht sich schreckliche Sorgen, das spüre ich. Er hat nicht einmal nach einem von euch gefragt."

„Ich glaube, ich würde mir auch Sorgen machen, wenn meine Tochter quer durch die Galaxis jagen und sich Feuergefechte mit übel gesinnten Banditen liefern würde. Natürlich macht er sich Sorgen."

„Weißt du was?" sagte Adjani langsam. „Ich habe den Eindruck, er glaubt, wir hätten dich entführt."

„Wie kommst du denn darauf?" lachte Ari. „So etwas würde er nie denken. Wie könnte er?"

„Wie war das?" fragte Direktor Zanderson.

„Perfekt", antwortete Hocking. „Sie waren perfekt. Sehr überzeugend."

„Dann werde ich wohl am besten die Boden-Sicherheitskräfte benachrichtigen, damit sie in Boston Metro aufgelesen werden."

„Nicht so schnell! Ich habe einen besseren Plan, Direktor. Ich glaube, ich werde selbst hinuntergehen, um sie festzunehmen."

„Sie? Aber warum überlassen Sie das nicht –"

„Aber, aber, Direktor. Ich vermute doch, daß Sie die Sache so unauffällig wie möglich handhaben wollen? Da Ihre Tochter beteiligt ist, müssen Sie auch an die Folgen solchen Aufsehens denken."

„Ich traue Ihnen nicht, Hocking."

„Dann begleiten Sie mich doch, Direktor. Ja, das ist hervorragend! Wir werden zusammen fliegen."

Zweiundzwanzigstes Kapitel

Für jemanden, der wie Spence das künstliche Innenleben Gothams ertragen und seine Fußspuren in dem felsenübersäten roten Staub des Mars hinterlassen hatte, wirkte das strahlend weiße Gebäude mit seinen drei Stockwerke hohen weißen Säulen und der weißen Kiesauffahrt, die über einen glatt getrimmten grünen Rasen führte, unaussprechlich alt, beinahe mittelalterlich. Das nur einen Steinwurf vom Ozean entfernte Holyoke Haven hatte sich seit dreihundert Jahren nicht im geringsten verändert. Einst die Residenz eines wohlhabenden Segelschiffreeders, bot es nun den gestörten Seelen Zuflucht, die murmelnd durch seine Korridore und an seinen Hekken entlang wanderten.

Spence war überrascht, daß es keine Mauer gab. „Sie brauchen keine", erklärte Ari. „Für die Patienten wird hier sehr gut gesorgt. Jeder von ihnen hat buchstäblich jede Minute des Tages einen Pfleger in seiner Nähe. Dies ist ein sehr exklusives Sanatorium; gewalttätige oder gefährliche Patienten werden hier nicht aufgenommen."

Spence wäre noch überraschter gewesen, zu erfahren, daß jene stattlichen Mauern die Verwandten feiner alter Familien, großer Handelsmagnaten und bekannter Politiker beherbergten – wunderliche Angehörige, deren Gegenwart in der Öffentlichkeit sich als peinlich oder gar gefährlich erweisen würde.

Still wanderten sie durch kühle Flure, nachdem sie sich an einem kleinen, antiken Schreibtisch bei einer freundlichen älteren Dame, die eine große, purpurne Orchidee an ihrer rosa Uniform trug, angemeldet hatten. „Ihre Mutter wird sich so sehr freuen, Sie zu sehen, Ari. Und auch Ihre Freunde." Die alte Dame entließ sie mit einer leichten Handbewegung.

Spence fiel es etwas schwer, den krassen Gegensatz zwischen der herrschaftlichen Atmosphäre des Ortes und der erschütternden Gestörtheit seiner Insassen zu ertragen. Ihn ließ das Gefühl nicht los, daß er sehr nahe daran gewesen war – oder vielleicht auch immer noch sehr nahe daran war –, in einer solchen Einrichtung seinen ständigen Wohnsitz zu nehmen. Doch immerhin war es weit entfernt von den Schlangenlöchern, die es noch vor fünfzig oder hundert Jahren gegeben hatte. Mit einem morbiden Interesse ertappte er sich dabei, wie er das Sanatorium in der Haltung eines qualitätsbewußten Verbrauchers begutachtete, und fühlte sich ein wenig wie ein Interessent auf Haussuche.

Dann erreichten sie eine hölzerne Tür, und Ari klopfte sanft. Die Tür öffnete sich, und ein rundes, lächelndes Gesicht erschien. „Ari! Wie schön, Sie zu sehen!" Die Schwester spähte an ihr vorbei auf die beiden jungen Männer. „Sie wollen natürlich Ihre Mutter besuchen."

„Natürlich. Belinda, darf ich Ihnen meine beiden Freunde vorstellen?" Sie nannte Spences und Adjanis Namen und sagte: „Kann Mutter Besuch empfangen?"

„Sie hat heute nach Ihnen gefragt." Die Schwester öffnete die Tür weiter und winkte sie herein. Mit ungläubig aufgerissenen Augen sagte sie: „Und da sind Sie! Ich hätte es nicht für möglich gehalten. Sie sagte, Sie würden kommen – und da sind Sie!"

„Danke, Belinda. Sie können uns jetzt allein lassen. Ich werde Sie rufen, wenn wir gehen."

„Ich wollte gerade einen Spaziergang über den Rasen mit ihr machen. Vielleicht möchten Sie das statt dessen tun."

„Ja. Wir werden uns erst einmal unterhalten, und danach wäre ein Spaziergang genau das Richtige. Vielen Dank."

Die Pflegerin wollte offensichtlich in der Nähe bleiben, aber Ari steuerte sie geschickt aus dem Zimmer und schloß die Tür, damit sie allein wären.

„Mutter?" Ari näherte sich leise dem alten, roten Sessel. Die Frau, die darauf saß, hatte sich während der ganzen Zeit, in der sie an der Tür standen, nicht einmal nach ihnen umgedreht. Jetzt wandte sie sich ihnen zum ersten Mal zu.

Spence erkannte die Mutter seiner Geliebten sofort; sie waren sich so ähnlich, wie Mutter und Tochter es nur sein konnten, so ähnlich wie Schwestern. Die Frau wirkte gepflegt und jugendlich, wenn auch ihr Haar zu einem dunkleren Blond erloschen war und winzige Linien ihre Augen- und Mundwinkel umzeichneten. Ihre Augen waren ebenso blau wie Aris, aber sie waren anders: wachsam, flüchtig, irgendwie verschlagen. Das war es, was ihn schokkierte: Es waren die Augen eines wilden, gejagten Geschöpfes.

„Ari! Du bist gekommen! Oh, endlich bist du da. Hast du meinen Brief bekommen?"

Die Frau streckte ihre Arme aus, und Ari trat auf sie zu und umarmte ihre Mutter. Es sah aus wie eine ganz gewöhnliche Heimkehr. Spence wandte sich ab und schaute durch die weit geöffnete Schiebetür auf die friedliche Rasenfläche draußen.

„Ich habe keinen Brief bekommen, Mutter. Hast du mir denn geschrieben?"

„Ja, habe ich." Sie schüttelte wild den Kopf und blickte dann verwirrt auf. „Zumindest dachte ich, ich hätte es. Oder nicht?"

„Es spielt ja keine Rolle; ich bin ja jetzt hier. Was wolltest du mir sagen?"

„Dir sagen?"

„Was wolltest du mir in deinem Brief sagen?" Ari sprach in ruhigem, geduldigem Ton mit der Frau, als wäre sie ein Kind, ein schüchternes, verängstigtes Kind. Spence beschlich das Gefühl, daß ihre Reise umsonst gewesen war. Er konnte sich nicht vorstellen, daß sie hier zu irgendwelchen nützlichen Informationen kommen würden.

„Wie nett du aussiehst, Liebes. Wie hübsch du bist. Ich werde dir ein schönes neues Kleid nähen. Würde dir das gefallen?"

„Natürlich, das wäre großartig. Was wolltest du mir in dem Brief sagen?"

„Der Traumdieb, Ari."

Spence fuhr herum; vielleicht würden sie doch etwas herausbekommen.

„Was ist mit dem Traumdieb, Mutter?"

Adjani, der bisher im Hintergrund geblieben war, trat neben Spence zwischen die Frau und die Schiebetür.

„Wer sind diese Männer? Arbeiten sie für *ihn*?" Sie erschauderte, als sie das Wort aussprach. Offensichtlich meinte sie den Traumdieb.

„Nein, sie sind meine Freunde. Aber sie wollen mehr über den Traumdieb erfahren. Sie wollen über ihn Bescheid wissen, damit sie ihn zur Strecke bringen können. Das würde dir doch gefallen, Mutter, nicht wahr?“

„Niemand kann ihn zur Strecke bringen!“ rief die Frau. „Es ist zu spät! Zu spät! Er ist zu mächtig! Er war hier, weißt du. Er ist zu mir gekommen.“ Sie fiel plötzlich in einen verschlagenen, verschwörerischen Ton.

„Er war hier? Der Traumdieb?“

„Ja. Er kam zu mir, und er sagte, er würde wiederkommen.“

„Weswegen ist er zu dir gekommen?“

„Um mir ein Geschenk zu bringen. Ein hübsches kleines Geschenk.“

„Wo ist das Geschenk? Ich sehe es nicht.“ Ari schaute sich im Zimmer um.

„Er wird es mitbringen, wenn er wiederkommt. Das hat er gesagt. Ich muß warten und tun, was er sagt.“

„Wann war der Traumdieb hier, Mrs. Zanderson?“ fragte Spence.

„Ich kenne Sie nicht, junger Mann“, antwortete die Frau, als wäre Spence ein Fremder, der sie auf der Straße angesprochen hätte.

„Das ist Spencer Reston, Mutter. Mein Freund, erinnerst du dich? Und das ist Adjani. Er ist auch mein Freund. Sie sind gekommen, weil sie dir ein paar Fragen stellen möchten.“

Die Frau schaute sie genau an, als wollte sie sich ihre Gesichter einprägen, um sie später zu beschreiben. „Ich freue mich, Sie kennenzulernen, meine Herren.“ Sie reichte ihnen die Hand. Beide Männer ergriffen sie nacheinander.

„Wie schön, Sie zu treffen, Mrs. Zanderson“, sagte Adjani. In seinem Verhalten war nicht die geringste Spur von Herablassung. „Könnten Sie uns mehr über den Traumdieb sagen? Ich wüßte sehr gern Genaueres über ihn.“

Langsam kam sie wie aus einem Tagtraum zu sich. „Oh“, seufzte sie leise, „habe ich mich wieder ausgelassen?“

„Nein, Mutter“, antwortete Ari. Ihre Mutter ergriff ihre Hand und streichelte sie abwesend.

„Ich hoffe, ich habe dich nicht vor deinen Freunden in Verlegenheit gebracht.“ Sie lächelte bedauernd.

„Unsinn“, sagte Spence. „Wir möchten Ihnen gerne helfen, wenn wir können.“

„Ich wünschte, ich könnte das glauben; ich sehne mich sehr danach, daß mir jemand hilft.“

„Wie wäre es, wenn Sie uns einfach alles sagten, was Sie über den Traumdieb wissen.“ Adjani sprach normal, aber er schien eine Wärme und, wie Spence empfand, eine Liebe auszustrahlen, die der Frau halfen, sich zu öffnen und ihre Gedanken zu klären. So etwas hatte er noch nie gesehen; Adjanis Einfluß schien geradezu magisch zu sein.

„Es ist nun schon viele Jahre her.“ Die hellblauen Augen blickten in die Ferne, als die Erinnerung weit zurückliegender Jahre in ihr aufstieg. „Ich war noch ein kleines Mädchen. Mein Vater war ein Professor; er war immer sehr ernst und steif. Ich und meine Mutter waren auf uns gestellt. Ich spielte jeden Tag draußen mit den anderen Kindern. Wir wohnten oben in den Bergen, vielleicht fünfundsiebzig Meilen von der Stadt entfernt, in einem winzigen Dorf namens Rangpo.

Es war schön dort. Das Seminar war früher ein Kloster gewesen, glaube ich. Es hatte wunderschöne Innenhöfe und Gärten. Mein Vater lehrte dort, und wir hatten ein kleines Haus in der Nähe. Ich sehe noch die kleinen purpurnen Wildblumen vor mir, die am Wegesrand wuchsen. Passionsblumen nannten wir sie; ich weiß nicht, wie sie wirklich hießen. Und die Färberdisteln – rote und gelbe, überall auf dem Berghang. Es war wunderschön.

In der Nähe gab es einen alten Palast. Manchmal gingen wir hin, um ihn uns anzuschauen. Aber nur aus der Ferne. Man konnte nicht näher heran; es war zu gefährlich. Die Brücke war sehr alt und verfallen. Ich fragte mich immer, was für Schätze wohl darin verborgen waren. Bestimmt gab es dort Gold und Rubine – das sagten alle Kinder. Aber sie sagten auch, der Palast sei von den Dämonen des Traumdiebs bewohnt, und die bewachten den Schatz, und wer immer es wagte, sie zu berühren, würde auf der Stelle tot umfallen.

Einmal fragte ich meinen Vater nach den Dämonen. Er sagte, das sei nur ein alter Aberglaube, und wir seien hier, um solchen Dingen ein Ende zu machen. Aber keiner von uns ging je zu dem Schloß oder auch nur in seine Nähe. Wir hatten zuviel Angst."

Spence bemerkte, daß die Stimme der Frau jetzt weicher und höher klang. Sie durchlebte ihre Kindheit von neuem. Ari saß in versunkener Aufmerksamkeit neben ihr und hielt ihre Hand umklammert. Durchaus möglich, daß sie die Geschichte der Kindheit ihrer Mutter noch nie zuvor gehört hatte.

„Aber dann sind Sie doch hingegangen, nicht wahr, Mrs. Zanderson?" sagte Adjani. Die Frau nickte.

„Ja, aber ich habe nie jemandem davon erzählt. Ich hatte Angst." In ihren Augen waren die Tiefen jener alten Furcht zu erahnen.

„Was geschah dann?"

„Es war ein paar Tage nach meinem zwölften Geburtstag. Meine Mutter sagte mir, ich sei jetzt eine junge Dame und müsse anfangen, mir meine eigene Meinung über die Dinge zu bilden. Ich kam zu dem Schluß, daß ich in das Schloß gehen und den Schatz mit eigenen Augen sehen wollte. Vater hatte ja gesagt, es seien gar keine Dämonen da, also ging ich hin. Da ich ja nun erwachsen war, erzählte ich niemandem davon.

Der Weg zum Schloß war weit; als ich dort ankam, war es schon später Nachmittag. Die Täler lagen schon im Schatten der Berge. Ich überquerte die Brücke, und sie trug mein Gewicht. Ich ging hinauf zum Schloß und schaute durch die Löcher in den Toren. Es war nichts zu sehen. Die Innenhöfe waren leer und voller vertrockneter Blätter; die Steine waren ganz mit Moos bedeckt und verwittert. Es sah aus, als hätte noch nie jemand dort gelebt. Mich beschlich das Gefühl, daß es dort *doch* Dämonen gab – ich hatte eigentlich nie richtig aufgehört, an sie zu glauben, trotz allem, was mein Vater gesagt hatte.

Dann hörte ich etwas Merkwürdiges, wie Gesang, aber anders, als ich je jemanden hatte singen hören. Es kam aus einem der Gebäude innerhalb der Mauern. Es wurde lauter, und ich wartete, um zu sehen, ob jemand kommen würde. Ich versteckte mich hinter einem Gebüsch vor den Toren, aber niemand kam.

Ins Innere des Schlosses konnte ich nicht gelangen – die Tore waren verschlossen, und die Mauern waren zu hoch für mich. Überhaupt glaube ich nicht, daß ich wirklich hineinwollte. Ich wollte nur hineinschauen und sehen, was es zu sehen gab. Aber ich wartete, bis die Musik aufhörte, und als nichts weiter geschah, machte ich mich auf den Heimweg. Ich wollte nicht nach Anbruch der Dunkelheit allein draußen in den Bergen sein. Man sagte, das sei die Zeit, wenn der Traumdieb komme. Er war ein böser, mächtiger Gott. Mein Vater sagte, es gebe nur einen Gott, und der sei Liebe. Aber meine Freunde sagten, das gelte nur für die Christen.

Also machte ich mich auf. Ich rannte auf die Brücke zu. Aber die Schatten fielen schon lang über den Weg, und ich trat in ein Loch, fiel hin und verdrehte mir den Fuß dabei. Es war keine schlimme Verletzung, aber es tat ziemlich weh. Ich setzte mich auf den Weg und rieb mir das Fußgelenk. Ich wußte, daß ich mich auf dem Heimweg beeilen mußte, und hoffte, mein Fuß würde nicht allzu weh tun.

Als ich da saß, hörte ich etwas – diesmal keine Musik, sondern etwas anderes, ein eigenartiges Geräusch. Es kam vom Schloß und klang wie ein großer Vogel, der vor dem Fliegen die Flügel schlägt, nur daß es knisterte wie Feuer.

Ich schaute mich über die Schulter um, und dann sah ich ihn vor dem Tor stehen, den Traumdieb. Er war sehr dünn und groß und hatte lange Arme. Er wandte den Kopf, und dann sah er mich, und ich schaute in seine beiden großen, gelben Augen. Er rührte sich nicht und kam mir nicht näher, aber ich fühlte, wie er mich rief. Ich spürte es im Kopf. Ich weiß nicht, wie das zuging, aber ich hörte ihn, obwohl er kein Wort sagte."

Mrs. Zandersons Stimme war zu einem Flüstern herabgesunken. „Dann sah ich hinter ihm drei große, schwarze Dinger – zusammengekauert wie riesige Insekten, aber sie hatten Flügel über ihren Leibern gefaltet, und sie kamen aus dem Schloß hervor, um sich neben den Traumdieb zu stellen. Ich spürte, wie er zu ihnen sprach, aber ich konnte nicht verstehen, was er sagte; ich hatte einfach nur das Gefühl, daß er mit ihnen redete. Zwei von ihnen wandten sich ab und flogen davon, und das dritte kam auf mich zu. Da wußte ich, daß es mich holen wollte. Ich sprang auf und rannte davon.

Ich erreichte die Brücke und jagte darüber hinweg, ohne auch nur nachzudenken. Ich fand den Weg auf der anderen Seite und rannte, so schnell ich konnte. Als ich mich umblickte, sah ich den Dämon auf der anderen Seite stehen. Ich rannte weiter, und als ich noch einmal hinschaute, war er nicht mehr da. Ich dachte, er wäre weggegangen. Aber –" Plötzlich brach ihre Stimme ab.

„Was geschah dann, Mrs. Zanderson? Es ist schon gut, wir werden Sie nicht bestrafen", sagte Adjani. Er sprach wie zu einem Kind, das sich wegen irgendeiner eingebildeten Übertretung vor dem Zorn seiner Eltern fürchtet. „Sie können uns ruhig erzählen, was passiert ist."

Die Augen der Frau waren leer geworden. Sie war nicht mehr bei ihnen im Zimmer; sie erlebte die Vergangenheit von neuem. Plötzlich verzerrte sich ihr Gesicht zu einer Maske des Schreckens. Ihre Hände krümmten sich zu Klauen und umklammerten die Armlehnen ihres Sessels; ihr Körper versteifte sich. Als sie weitersprach, war ihre Stimme nur noch ein zitterndes Flüstern. Die anderen mußten sich nahe an sie heranbeugen, um die Worte zu verstehen; sie hielten den Atem an.

„Ein Schatten fiel auf mich, und ich blickte hinauf und sah eine gräßliche Fratze – direkt über mir. Der Dämon breitete seine Flügel über mich und griff nach mir. Ich spürte, wie seine Hände an mir rissen, als er mich vom Boden hob. Er umklammerte mich in seinen Armen – sie waren hart und spröde wie Insektenarme. Seine Flügel summten beim Fliegen – das war das Geräusch, das ich vom Schloß her gehört hatte. Er trug mich zurück zum Traumdieb und setzte mich auf den Boden. Ich hatte zuviel Angst, um zu schreien; ich wußte kaum, was geschah.

Der Traumdieb streckte die Hand aus und berührte mich am Kopf, und dann wurde alles schwarz. Ich erinnere mich an gar nichts mehr, nur daran, wie seine Hand auf mich zukam und seine Finger mich berührten.

Das nächste, was ich weiß, ist, daß ich auf einer Straße gleich außerhalb des Dorfes lag, nicht weit von unserem Haus. Ich weiß nicht, wie ich dorthinkam, aber die Sonne war fast untergegangen. Es war ein roter, glühender Sonnenuntergang, und der ganze Himmel brannte rot und orange wie Flammen.

Ich stand auf, rannte heim und erzählte niemandem ein Wort von dem, was geschehen war. Ich konnte mich selbst nicht mehr sehr gut daran erinnern, nicht gut genug, um davon zu erzählen. Nur in meinen Träumen kam manchmal alles wieder. Und manchmal hatte ich das Gefühl, daß der Traumdieb versuchte, mich zu rufen – ich spürte seine Stimme in mir. Keine Worte, nur ein Gefühl, und Gedanken, von denen ich wußte, daß es nicht meine eigenen waren. Aber ich ging nie dorthin zurück.

Ungefähr eine Woche später wurde ich krank und bekam Fieber. Ich spürte, wie ich mich im Laufe der Krankheit veränderte. Ich wurde zu einem anderen Mädchen, aber ich behielt es für mich und erzählte nie jemandem von den Veränderungen, die ich in mir spürte. Ich hörte auf, mit den anderen Kindern zu spielen. Ich blieb in meinem Zimmer und verschloß es, damit der Traumdieb mich nicht erwischen konnte. Ich hatte schlimme Träume und konnte manchmal mehrere Nächte hintereinander nicht schlafen.

Und dann fiel ich während eines meiner Fieberanfälle in ein Koma und schlief lange Zeit, obwohl es mir nicht sehr lange vorkam. Als ich die Augen wieder öffnete, hatte ich den Traumdieb und seine Dämonen völlig vergessen. Es war, als wäre all das nie geschehen – nur daß ich wußte, daß es geschehen war. Im tiefsten Innern wußte ich es, obwohl ich mich nicht erinnern oder daran denken konnte. Ich wußte nur, daß etwas da war – tief in meinem Geist, tiefer als jede andere Erinnerung.

Ich wurde nicht mehr krank. Nach einer Weile kehrten wir nach Amerika zurück, und ich versuchte, mein ganzes Leben in Indien zu vergessen. Ich versuchte es aus meinem Geist auszusperren . . ."

Als sie endete, herrschte Grabesstille im Zimmer. Niemand rührte sich oder atmete auch nur; niemand wollte den Bann brechen, der sich über sie gelegt hatte. Doch Spence hatte eine Frage, die er stellen mußte – etwas, das die Frau gesagt hatte, hatte in seinem Geist ein Bild heraufbeschworen.

„Mrs. Zanderson? Wie sah das Schloß aus? Können Sie es beschreiben?"

„Ja", antwortete sie, immer noch in jener wie aus weiter Ferne kommenden Stimme, als wäre sie in Trance. „Es war ein merkwürdiges Schloß, aber es hatte einen hübschen Namen: Kalitiri. Es war von einer hohen Steinmauer umgeben, die sich gewissermaßen vor- und zurückschlängelte; sie verlief nicht gerade. Das Hauptgebäude innerhalb der Mauern konnte ich nicht sehr gut erkennen, aber es befanden sich zwei große, kugelrunde Kuppeln und ein schmaler, sich nach oben verjüngender Turm darin. Es war sehr groß. Die Tore waren aus Holz, aber schon sehr alt. Das Holz war schwarz und zerfurcht wie von Feuer oder von einer Schlacht. An mehr erinnere ich mich nicht."

Spence nickte nur. „Danke. Das hat mir sehr geholfen."

In diesem Augenblick schien Mrs. Zanderson zu sich zu kommen; sie sank in ihrem Sessel zusammen, und ihr Kopf sank nach vorn. Ein langes Seufzen kam über ihre Lippen, und sie hob eine zitternde Hand und rieb sich das Gesicht. Sie schaute ihre drei Besucher an und lächelte schwach.

„Oh, seid ihr noch da? Ari?"

„Ja, wir sind noch da, Mutter. Du hast uns von deiner Kindheit in Indien erzählt."

„Ach? Ich erinnere mich gar nicht. Ich hoffe, ich habe kein dummes Zeug geredet. Du hast mich doch kein dummes Zeug reden lassen, nicht wahr?"

„Nein, nein. Ich hoffe nur, wir haben dich nicht zu sehr angestrengt." Aris Mutter sah aus, als würde sie jeden Augenblick einschlafen. Aus ihrem Gesicht war die Farbe gewichen, und die Lider fielen ihr schwer über die Augen.

Adjani stand auf und gab Spence ein Zeichen. „Ari, wir machen einen kleinen Spaziergang auf dem Rasen. Du kannst mit deiner Mutter allein sein und später zu uns stoßen, wenn du fertig bist."

Die beiden Männer verließen das Zimmer durch die Schiebetür und gingen hinaus auf die grüne Fläche. Als sie sich etwas von dem Gebäude entfernt hatten, berührte Spence Adjani am Arm.

„Hast du gehört? Hast du gehört, was sie sagte?“ Vor Erregung umklammerte er Adjanis Arm. „Ich habe es gesehen – das Schloß – in meinem Traum! Es existiert! Sie ist dort gewesen, sie weiß es. Es ist real!“

Adjani nickte.

„Und der Traumdieb, Adjani. Sie hat auch ihn gesehen!“

„Hast *du* ihn gesehen?“ Adjani schaute ihn aufmerksam an.

Spence zögerte. „Also, das ist eine eigenartige Sache –“ Der Schrei einer Frau schnitt ihm das Wort ab.

„Ari!“ rief Spence. „Los, komm!“

Die beiden rannten über den Rasen zurück und stürmten ins Zimmer. Es sah aus, als wäre nichts passiert. Mrs. Zanderson saß immer noch in ihrem Sessel, aber ihr Kopf lag auf der Seite, und sie atmete tief und gleichmäßig. Sie schlief fest.

Ari war nirgendwo zu sehen.

Spence nahm sich nicht die Zeit, sich umzuschauen. Er schoß durch das Zimmer und auf den Korridor hinaus. Er spähte rechts und links den langen Flur entlang, sah aber nur eine Frau, die mit einem Koffer an der gegenüberliegenden Wand entlangschlich. Er ging auf sie zu.

„Haben Sie jemanden aus diesem Zimmer laufen sehen?“ Er wies auf das Zimmer, das er gerade verlassen hatte.

Die Frau schaute ihn aus großen, ausdruckslosen Augen an, und er wußte, daß seine Frage vergeblich war. „Kommt das Schiff? Ich muß mich beeilen, um es zu erreichen. Ich darf mich nicht verspäten.“

Er rannte zum Eingang und fragte die Dame am Empfangsschalter, ob sie etwas gesehen habe. „Nein“, sagte sie ihm. „Nach Ihnen ist niemand mehr hereingekommen.“

„Und vor uns?“

„Den ganzen Tag über nicht.“

Er rannte zurück den Korridor entlang zu Mrs. Zandersons Zimmer. Unterwegs schaute er in die offenen Zimmertüren und sah, daß die Zimmer leer waren. Nur eine Tür war zu. Er griff nach dem Türknauf und stürmte hinein.

Eine alte Dame wandte sich um und betrachtete ihn mit mütterlichem Lächeln. In der Hand hielt sie eine Topfpflanze, deren glänzende Blätter sie streichelte. Sie war splitternackt.

Verlegen schloß er eilends die Tür und kehrte zu Adjani zurück, der auf ihn wartete.

„Ich kann sie nicht finden", schnaufte Spence. „Niemand hat sie gesehen."

„Du wirst sie auch nicht finden. Sie ist weg." Adjani streckte die Hand aus, und Spence sah, daß er einen kleinen, schwarzen Gegenstand hielt – eine winzige Steinskulptur. „Sie wollten, daß wir das hier finden. Es ist ein Hinweis darauf, wohin sie sie bringen."

„Was ist das?"

„Ich bin mir nicht sicher. Aber ich weiß, wer es uns sagen kann – mein Vater."

Spence starrte verständnislos auf die Skulptur und wieder auf Adjani.

Der Tag erschien dunkel und kalt, als ob die Sonne am Himmel erloschen wäre. Ein scharfer Stich der Angst durchfuhr ihn wie eine eisige Kälte.

„Wir müssen sie finden, Adjani. Bevor ihr etwas passiert. Wir müssen sie finden!"

Dreiundzwanzigstes Kapitel

Die Reise von Boston nach London steigerte Spences Nervosität und Reizbarkeit. Hitze, Müdigkeit und Sorge verbündeten sich, um ihn noch niedergeschlagener zu machen, als er ohnehin schon war. Als ob das noch nicht ausreichte, quälte ihn ein hartnäckiger Kopfschmerz. In seinem Kopf pochte es bei jeder Bewegung, und ein dumpfer Schmerz pulsierte in einem gleichmäßigen Rhythmus. Kurz, er fühlte sich elend.

Die letzten vierundzwanzig Stunden verschwammen zu einem undeutlichen Durcheinander. Adjani und er waren durch halb Boston gejagt, um ein Flugzeug nach London zu erreichen, wo sie Adjanis Eltern aufsuchten und mit ihnen zu Abend aßen. Adjanis Mutter hatte darauf bestanden, ihrem Sohn und seinem Freund ein Essen zuzubereiten, an das sie sich beide noch lange erinnern würden, obwohl beide betonten, nicht den geringsten Hunger zu haben.

Sie aßen Hühner-Pilau auf Safranreis, mit Okra und einem anderen Gemüse, das Spence nicht identifizieren konnte. Eine kühle Joghurt-Gurken-Sauce besänftigte das Feuer des Currys etwas. Den Höhepunkt des Mahles bildete in Papier gebackener Fisch mit Dill, Erdnüssen und Chutney. Dazu gab es stapelweise Chapatis, das traditionelle indische Fladenbrot, und unzählige Tassen gesüßten Tees mit Milch.

Spence genoß das Essen enorm und benötigte, nachdem er die ersten Bissen nur aus Höflichkeit genommen hatte, keine weiteren Ermunterungen, um seinen Teil zu verzehren. Nach dem Mahl führte Adjanis Vater die beiden in sein Arbeitszimmer. Die Rajwandhis bewohnten in kargem, beinahe asketischem Stil ein kleines Vier-Zimmer-Apartment in einem alten Gebäude nahe der Universität. Der Raum, in dem sich die Bibliothek des Professors befand und in den man sich bei Bedarf zurückziehen konnte, trug den Stempel eines sorgfältigen und genauen Gelehrten.

Die Wände waren vom Boden bis zur Decke mit Büchern bedeckt. In einer Ecke stand eine kleiner Schreibtisch mit einer gelb und grün gefärbten Baumwolldecke. Mitten darauf ruhte ein Stapel Papiere neben einem großen, aufgeschlagenen Wörterbuch. Ein einziges großes Fenster blickte auf eine dunstige Stadtlandschaft hinaus, in der gerade die Lichter der Straßen zu funkeln begannen wie Sterne an einem Firmament aus grauem Zement.

Professor Rajwandhi ließ sich in einem Lehnstuhl nieder und winkte Spence und Adjani, ihm gegenüber Platz zu nehmen. Er nahm eine Pfeife, stopfte sie mit Tabak, entzündete sie und genoß die ersten Züge schweigend.

„Mein englisches Laster", sagte er schließlich mit einem fröhlichen Schmunzeln.

Er kramte in seiner Tasche und förderte den eigentümlich geformten Stein zutage, den Adjani in Mrs. Zandersons Zimmer gefunden hatte.

„Ihr wollt also wissen, was das ist, hm? Ich werde es euch sagen. Es ist sehr interessant. Ich habe seit vielen Jahren keines dieser Stücke gesehen und noch nie eines außerhalb eines Museums."

Er stand auf, ging zu einem seiner Bücherregale hinüber und ließ seine Augen einen Moment lang über die Buchrücken wandern. Dann zog er ein Buch hervor und kehrte zu seinem Stuhl zurück. Er blätterte durch die Seiten des Buches, sog an seiner Pfeife und sagte: „Aha!" Dann drehte er das Buch herum und schob es ihnen hin. „Seht ihr? Hier." Er wies auf eine Abbildung auf einer der Seiten.

Spence betrachtete das Bild und sah eine Skulptur von exakt der gleichen Form wie die, die Adjani gefunden hatte. Es war ein glatter, schwarzer Stein und sah aus wie ein Mensch mit dem Leib eines Insekts. Das Exemplar in dem Buch hatte einen Schwanz wie eine Schlange und teilweise ausgebreitete Flügel. Seine Arme waren über den Kopf erhoben, und es hielt einen kreisrunden Gegenstand in den Händen.

„Was ist es?" fragte Spence.

„Es ist ein *arca*, eine Ikone, ein Talisman, könnte man sagen", antwortete der Professor. „In vielen Gegenden Indiens glaubt man, daß man Dämonen fernhalten kann, indem man einen solchen Talisman trägt, der einen größeren Dämon darstellt."

„Man versucht, Feuer mit Feuer zu bekämpfen", sagte Adjani.

„In gewissem Sinne ja. Dies ist ein Naga, ein Schlangengeist. Ein recht alter Dämon. Und dieses Stück selbst ist schon sehr alt. Schaut euch die feinen Details an. Man erkennt die Augen und Augenlider, das Maul und die Nüstern, obwohl es sehr klein ist. Selbst die Schuppen des Schwanzes sind alle einzeln ausgeformt. Ja, dieses Stück ist sehr alt. Spätere Arbeiten sind schlichter, stilisierter." Er drehte den Talisman in den Händen. „Wo habt ihr es her?"

„Es wurde im Zimmer einer Bekannten gefunden", sagte Adjani vage.

„Verstehe – ich soll es also nicht wissen." Rajwandhi zuckte die Achseln. „Also schön. Aber was immer ihr vorhabt, verliert das hier nicht. Es ist ein sehr wertvolles Stück."

„Erzählen Sie uns mehr von den Nagas", schlug Spence vor. Die Worte des Gelehrten hatten eine Saite in ihm angeschlagen.

Rajwandhi lehnte sich in seinem Stuhl zurück und verschränkte die Hände. „Ich würde Ihnen liebend gern alles, sagen, was ich weiß; das Problem ist nur, wo ich anfangen soll. Es ist eine sehr lange, verwirrende Geschichte. Aber ich werde versuchen, sie begreiflich zu machen."

Er begann sofort.

„Indien ist ein uraltes Land. Im Laufe der Zeit haben sich dort die eigentümlichen Kulturen vieler Völker miteinander vermischt wie Bäche, die in einen gemeinsamen Fluß münden, und das hervorgebracht, was Indien heute ist.

Doch bei einigen dieser Zuflüsse ist es noch möglich, sie ein kurzes Stück weit zurückzuverfolgen, wenn auch viele von ihnen uns für immer verlorengegangen sind. Dies gilt auch für die Nagas. Es ist nur wenig darüber bekannt, woher dieser Glaube stammt. Möglicherweise entstand er spontan unter den Bergstämmen Nordindiens.

Die Berge des Himalaya galten diesen alten Völkern als Heimstätten der Götter und Dämonen und anderer fremdartiger Wesen. Sie glaubten, auf den Berghöhen und zwischen den schneebedeckten Gipfeln lägen magische Städte, die dem Blick Sterblicher verborgen seien. In diesen Städten lebten die Götter und kümmerten sich um ihre eigenen Dinge. Größtenteils hielten sie sich von den Menschen fern.

Es gab drei Hauptgruppen. Die Nagas oder Schlangengeister lebten in einer unterirdischen Stadt namens Bhogavati und bewachten dort große Schätze. Normalerweise wurden sie als zumindest halb menschlich dargestellt. Sie scheinen besondere Macht als Beschützer gehabt zu haben – wahrscheinlich hängt das mit ihrer Funktion als Wächter zusammen.

Dann gab es die Vidyadharas oder himmlischen Zauberer. Diese schufen die magischen Städte des Himalaya und konnten fliegen und nach Belieben ihre Gestalt ändern. Von ihnen ist wenig bekannt; sie hatten wenig mit den Menschen zu tun.

Aber eine dritte Gruppe war für die Menschen etwas zugänglicher; das waren die Rsis oder Seher. Es waren legendäre weise Männer. Manche sagen, sie seien einst Sterbliche gewesen, die so weise wurden, daß sie in den Himmel entrückt wurden, um Götter zu werden. Andere Schilderungen stellen sie als führende Vidyadharas dar, denen die Menschen in Zeiten der Not ihre Bitten vortragen konnten oder die zu besonderen Zeiten erschienen, um die Menschen in besseren Wegen zu leben zu unterweisen.

Es hat viele Rsis gegeben – das Wort wird heute für jeden verwendet, dem man große magische oder übersinnliche Kräfte zuschreibt. Doch die ursprünglichen sieben Rsis gelten als die Urahnen aller Götter und Menschen. Sie werden namentlich genannte: Marici, Atri, Angiras, Pulastya, Pulaha, Kratu und Vasistha. Sie kamen vom Himmel und erbauten die magischen Städte, weil ihnen die Erde, die sie von fern beobachtet hatten, gefiel.

Der Führer der Weisen war ein Rsi namens Brasputi. Er ist eine merkwürdige Gestalt in den alten Legenden. Er wird fast nie in Skulpturen oder Bildern dargestellt, und wenn, dann nur auf eine eigenartig deformierte Weise – mit langen Armen und dreifingrigen Händen. Er war es, der die Götter ins Hochgebirge führte – sie kamen in der phantastischen *vimana*, das ist ihr Himmelswagen – und der die Philosophie ihrer Zivilisation begründete. Das heißt, er erließ die Gesetze der Herrschaft unter den Göttern. Er ist der einzige, der mit einem Zeichen am Himmel identifiziert wird – mit einem der Planeten. Wahrscheinlich Jupiter oder Mars. Und Brasputi ist es, der über die Dämonen der Berge herrscht, obwohl dies vielleicht erst viel später hinzugefügt wurde."

Spence saß wie gebannt, während Adjanis Vater redete. Die Namen hatten einen exotischen, überirdischen Klang in seinen Ohren. Er stellte sich eine Zeit in der fernen und undeutlichen Vergangenheit einer neugeborenen Welt vor, in der diese Wesen wandelten und mit den Menschen verkehrten, die sie als Götter anbeteten. Doch Rajwandhis Worte beschworen auch noch andere Erinnerungen aus seiner eigenen, noch nicht so weit zurückliegenden Vergangenheit herauf.

„Was ist los?“ fragte Adjani, der seinen Freund aufmerksam beobachtete. „Du siehst aus, als hättest du einen Geist gesehen.“

„Nicht einen Geist – einen Gott.“ Spence schüttelte den Gedanken ab. Im nächsten Moment sprang er auf, und seine Augen glühten vor Erregung. „Es paßt! Es paßt alles zusammen. Wie konnte ich das nur übersehen?“

„Was übersehen?“

„Adjani, ich muß dir etwas sagen. Hätte ich es dir schon früher gesagt, dann säßen wir jetzt vielleicht nicht in diesem Schlamassel. Ich habe dir noch nicht alles gesagt, was ich auf dem Mars erlebt habe.“

„Ach? Das war noch nicht alles?“

„Adjani, du hast noch nicht einmal die Hälfte gehört.“

Dritter Teil

KALITRI

Erstes Kapitel

Spence fühlte sich, als wäre er in das „Land vor unserer Zeit" eingedrungen. Abgesehen von den riesigen Glasflächen der modernen Städte an der Westküste und im südlichen Landesinneren war Indien ein Land, in dem Armut und Bevölkerungsdichte sich verbündet hatten, um die Räder des Fortschritts zum Stillstand zu bringen und sogar ein Stück zurückzudrehen.

Es war ein Land, das in die Vergangenheit zurückfiel – beinahe so schnell, wie der Rest der Welt nach vorne stürmte.

Spence fand den Gegensatz zwischen den verfallenden Städten und zerlumpten Menschen und der Raumstation, in der er noch vor kurzem gelebt hatte, schwer zu verkraften. Die schiere Fremdartigkeit erstaunte und betäubte ihn. Er ärgerte sich darüber, ärgerte sich über die schreienden Leute, die nach abgestandenem Schweiß, Urin und anderen menschlichen Absonderungen rochen. Er ärgerte sich über ihre Armut und gab ihnen selbst die Schuld für ihren Mangel, obwohl er verstandesmäßig zugab, daß niemand einem Patienten die Auswirkungen seiner Krankheit vorwerfen konnte. Dennoch war seine erste Reaktion eine schwelende Abneigung gegen ein Volk, das es zuließ, so tief zu sinken.

In dieser Reaktion unterschied er sich nicht von den Millionen vor ihm und den Millionen, die Indien immer noch seine eigene Not vorwarfen.

Der Flug nach Kalkutta im Raketenflugzeug hatte ihn nicht auf das Schauspiel vorbereitet, das ihn nach der Landung erwartete. Er hatte den Schub der Raketentriebwerke gespürt und den Beschleunigungsdruck des Starts ertragen. Das Flugzeug stieg binnen zehn Minuten auf seine maximale Höhe und begann dann seinen Gleitflug nach unten. Aus seinem kleinen runden Fenster sah er den blauschwarzen, wolkenlosen Himmel über sich und die scharf gezeichnete Sichel des türkisfarbenen Erdhorizonts. Er hatte die eine Handfläche auf das Fenster gelegt und die Reibungshitze durch die über die Außenhaut des Flugzeugs streichende Luft gespürt. Dann waren sie aus dem Himmel in den steilen Landeanflug übergegangen, und die Maschine war auf einem Flughafen wie jedem anderen ausgerollt.

Kaum trat er aus dem Einstiegstunnel heraus, traf ihn der Schock Indiens mit voller Wucht. Noch vor einem Moment hatte sich Spence in behaglich vertrauter Umgebung befunden, im nächsten stürzte er in die brodelnde Menschenmasse einer zurückgebliebenen Welt. Die Wirkung hätte nicht erschreckender sein können, wenn er aus einer Zeitmaschine in die Steinzeit getreten wäre.

„Was jetzt?“ fragte er Adjani verwirrt.

„Ist alles in Ordnung, mein Freund?“

„Nein, aber ich werde mich daran gewöhnen.“ Spence starrte trübe auf das Chaos um ihn her – kleinwüchsige Reisende, die wie Käfer überall in der heruntergekommenen Abflughalle durcheinanderliefen. Ein unbeschreiblicher Lärm erfüllte die Halle.

„Komm mit“, wies Adjani ihn an. Er begann sich durch das Durcheinander zu pflügen wie ein Mann, der durch eine Überschwemmung watet. „Ich bringe uns hier heraus.“

„In einem Stück, hoffe ich“, sagte Spence, doch seine Bemerkung ging im Gewirr der Stimmen unter.

Vor dem Flughafen winkte Adjani eine Rikscha heran und schob Spence in den Sitz. Er rief dem Fahrer etwas Unverständliches zu, und mit einem Ächzen, einem Schwanken und einem Glockenschlag setzten sie sich in Bewegung und schlängelten sich durch das Verkehrsgewühl rund um den Flughafen.

Wenn Spence von seinem ersten Blick auf Indien schockiert war, so machte ihn die Aussicht aus der durch die zerfurchten Straßen kriechenden Rikscha krank.

Wohin er auch blickte, sah er Menschen, einen Ozean von Menschen: schmutzig, arm, abgerissen, von Insekten zerstochen, nackt, starrend, greifend. Er wandte seine Augen von einer erbärmlichen Szene ab, nur um woanders eine noch jämmerlichere zu erblicken. Und dann die Tiere: weiße und braune Rinder, kaum mehr als wandelnde, mit Häuten überzogene Knochengerüste, zogen in den Straßen umher; Pferde, deren große Köpfe auf knochigen Hälsen schaukelten, zogen grob gezimmerte Wagen; unentwegt kläffende Hunde schossen zwischen den Rädern der dahinschwankenden Fahrzeuge umher; Krähen und andere Vögel – sogar Geier – beobachteten das stinkende Pflaster und schossen, sobald eine Krume niederfiel, hinab, um den Bissen mit dem Schnabel zu packen und sich damit davonzumachen, bevor ein Hund oder ein Bettler ihnen die Beute streitig machen konnte.

An den Ecken der großen Kreuzungen waren große Haufen von Abfall und Müll aufgeschichtet, in denen jeder nur vorstellbare Schmutz enthalten war, und mindestens vierzig Arten von Pestilenz, dachte Spence. Meist sah man auf diesen Dunghaufen ein Dutzend Leute defäkieren oder ihre Blasen entleeren und sich dabei mit Stöcken die Ratten vom Leib halten. Einmal sahen sie einen riesigen Wagen, hoch beladen mit Kadavern von Rindern und Pferden – den Toten, die man von der Straße aufgelesen hatte und nun zur Verwertungsanlage brachte.

Sie kamen an einem Eisenbahndepot vorbei, wo Nonnen eine Hilfsstation für Mütter mit Babys errichtet hatten. Spence sah die weißen Kopfschals der Schwestern inmitten eines Meeres schwarzer Köpfe, die ihre schwachen Bemühungen zu überwältigen drohten. Die Schreie hungernder Babys erfüllten die Luft.

Überall, am Straßenrand, auf Verkehrsinseln – auf jedem Quadratzentimeter Raum – waren jämmerliche Hütten errichtet; mit Rahmen aus Bambusstöcken, über denen Lumpen hingen. Steine, die man aus dem Pflaster oder aus einer nahegelegenen Mauer gerissen hatte, dienten als Feuerstelle. Andere Behausungen waren nicht mehr als ein armseliger Fetzen Tuch oder eine Decke, deren Ecken von Steinen niedergehalten wurden. Auf einem solchen Fetzen campierten manchmal ganze Familien neben Gossen, in denen pure Fäkalien flossen.

Plakatwände, auf denen gutaussehende, gut gekleidete Inder zu sehen waren, die sich an Getränken oder Zigaretten labten oder die neuesten Modekreationen trugen, dienten als Schutz für Massen nackter Obdachloser, die in Lumpen gehüllt unter ihren verheißungsvollen Slogans lagen. Streunende Banden von Waisenkindern rannten hinter den Bussen und Wagen und Rikschas her und bettelten um Münzen oder Nahrungsmittel oder überflüssige Gegenstände.

Der Gestank all der Kochstellen, der Verrottung, der Fäulnis und der Geschwüre hing über der Stadt wie eine erstickende Wolke, die in der heißen Sonne brodelte. Für Spence war es wie der Gestank des Todes.

„Die Stadt der entsetzlichen Nacht“, sagte Adjani. „Schau dich um, mein Freund. Du wirst es nie vergessen. Niemand, der hierherkommt, vergißt es je wieder.“

Und Spence schaute sich um. Er konnte nicht anders. Es schien ihm, als hätte er die Welt verlassen und wäre in die Hölle hinabgestiegen. „Es ist ein Alptraum“, sagte er.

Sie fuhren durch die trübe Luft des menschlichen Sumpfes von Kalkutta; vorbei an Slums und offenen Leichenplätzen, auf denen die Toten wie Baumstämme aufgeschichtet auf ihre Kremation warteten; vorbei an Kindern, die in den Gossen badeten; vorbei an Bettlern, die mitten auf belebten Straßen zusammengesunken saßen; vorbei an verfallenden Fassaden einst repräsentativer Gebäude, geschwärzt von den Feuerstellen der Flüchtlinge in den Straßen; vorbei an rostenden Karosserien alter Autos, die als Bordelle dienten; vorbei an schmutzigen, verseuchten, verfallenen Behausungen, denen keine Beschreibung gerecht werden kann.

Spence hatte das Gefühl, daß seine Seele an einem Krebs erkrankt war und nie wieder rein sein würde. Er schloß die Augen und lehnte sich auf seinem Sitz zurück, aber die Schreie des Elends um ihn her konnte er nicht ausschließen.

Schließlich kamen sie schwankend vor einem heruntergekommenen, schmutzigen Gebäude im Zentrum eines Geschäftsviertels zum Stehen. Spence betrachtete den verfallenen Bau, dessen gelbe Farbe in großen Fetzen abblätterte wie die Haut eines Leprösen.

„Wo sind wir?" fragte Spence. Die lange, ermüdende Fahrt hatte ihn übellaunig gemacht.

„Vor Dr. Gitas Haus, erinnerst du dich?" Adjani sprang aus dem Taxi und sprach mit dem Fahrer, dem er Münzen anbot und in einem schnellen Wortschwall in Hindi einige Fragen stellte. „Komm", rief er dann und winkte Spence, ihm zu folgen, während er auf das sich auflösende Gebäude zuging.

Spence ging hinterher, ohne auf seine Schritte zu achten, und trat mitten in einen Kuhfladen, der auf dem Bürgersteig lag. Er hörte ein Kichern und starrte wütend in die Richtung, aus der das Geräusch kam. Aber er sah nur noch eine schnelle Bewegung und hörte das Echo kleiner, davoneilender Füße.

Wütend reinigte er seinen Stiefel, so gut es ging, und schickte sich an, das Gebäude zu betreten. Gerade, als er in dem dunklen Treppenhaus verschwinden wollte, ertönte eine laute Stimme über ihm. Er blickte hinauf und sah ein dunkelbraunes Gesicht, das sich aus einem der oberen Fenster lehnte und fröhlich auf ihn herabstrahlte wie eine orientalische Sonne. Eine fleischige kleine Hand winkte ihm einen freundlichen Gruß zu.

„*Namastey*, Spencer Reston. Willkommen in Indien."

Trotz des wenig verheißungsvollen Äußeren und der baufälligen Treppe, auf der es vor Kakerlaken und Mäusen nur so wimmelte und auf der eine Familie von Hausierern ihren Wohnsitz genommen hatte, waren Dr. Sundar Gitas Räume sauber und frisch und glänzten geradezu von der strahlenden Gegenwart des kleinen Mannes, der sie bewohnte – zusammen mit seiner Frau und fünf Töchtern. Spence hatte eine schmutzige Baracke erwartet, wie er sie auf seiner Fahrt durch die heruntergekommene Stadt gesehen hatte. In seiner üblen Stimmung war er ein wenig enttäuscht, die Räume des guten Doktors hell und luftig zu finden; er murrte beinahe beim Anblick frisch geschnittener Blumen in einer zierlichen, handbemalten Vase, die das Wohnzimmer schmückten.

„Setzen Sie sich, meine Gäste. Bitte setzen Sie sich. Wir werden Tee trinken", sagte der runde Mann, als Spence einen quadratischen Raum betrat, der von einem breiten Bett beherrscht war.

„Jetzt könnt ihr herauskommen!" rief Sundar und erklärte seinen Gästen: „Sie haben den ganzen Tag darauf gewartet, Sie kennenzulernen. Sie haben noch nie Besucher aus Amerika gesehen."

Es erklang ein Zwitschern weiblicher Stimmen, ein Vorhang öffnete sich, und eine Parade dunkeläugiger Schönheiten betrat das Zimmer, von denen jede ein Tablett mit Speisen trug. Sie reihten sich wie die Orgelpfeifen vor ihren Gästen auf, und Gita stellte seine Familie vor.

„Das ist meine Frau Indira", sagte er, „und meine Töchter: Sudhana, Premila, Moti, Chanti und Baki." Jede von ihnen verbeugte sich demütig, als ihr Name genannt wurde, und trat mit ihrem Tablett vor. Bald hatte Spence einen Teller voller Sesamkuchen, Dattelplätzchen und Reisbällchen, der auf der Armlehne seines niedrigen Bambussessels balancierte, während er eine dampfend heiße Tasse Jasmintee von einer Hand in die andere wechselte.

Nachdem die Frauen ihren Dienst vollendet hatten, verschwanden sie ins Nebenzimmer, von wo Spence ihr zwitscherndes Flüstern hören konnte.

Dr. Sundar Gita war sehr dunkelhäutig, viel dunkler als Adjani. Er war klein – Spence reichte er nur bis zur Schulter – und beinahe so breit wie hoch. Sein volles, rundes Gesicht strahlte unausgesetzt vor Heiterkeit, als ob er von einem warmen, inneren Glühen erleuchtet sei. Seine behäbige Gestalt steckte in einem elfenbeinfarbenen Baumwollanzug, und auf seinem Kopf saß, wie um seine insgesamt rundliche Form zu unterstreichen, ein umfangreicher blauer Turban.

Während Spence ihn musterte, ertönte von der Straße her ein lauter Ruf. Dr. Gita setzte seine Tasse ab, trottete zum Fenster hinüber und lehnte sich hinaus. Ein schnelles Gespräch folgte, das damit endete, daß der Doktor hinabrief: „Heute keine Patienten. Komm morgen wieder!"

Mit einem entschuldigenden Lächeln kehrte er zu seinen Gästen zurück. „Ein Linguist muß von irgend etwas leben", erklärte er. „Ich bin nebenher auch der hiesige Dentist."

Spence schlürfte den Rest seines Tees und setzte die Tasse auf dem Fußboden ab. Er spürte ein leichte Kitzeln an seinem Handgelenk, und etwas Kühles, Glattes drückte sich gegen die Innenseite seiner Hand. Er sah hinab und erblickte eine riesige Schlange, die sich neben seinem Sessel zusammengerollt hatte. Das große, graubraun gescheckte Tier schob gerade seinen breiten, dreieckigen Kopf in seine Hand.

„Argh!" japste Spence und riß seine Hand zurück.

„Rikki! Du ungezogenes Mädchen! Komm da weg und hör auf, unsere Gäste zu belästigen." Gita warf der Schlange einen erbosten Blick zu, und das Reptil entrollte sich langsam und glitt leise hinter Spences Sessel davon, was bei ihm ein prickelndes, unbehagliches Gefühl hinterließ. Es wäre ihm beinahe lieber gewesen, das Tier neben sich zu haben. Dort hätte er es wenigstens im Auge behalten können. Nun wußte er nicht, wann es sich wieder an ihn heranschleichen würde.

„Ratten", sagte Dr. Gita. „Sie sind ein großes Problem in der Stadt. Aber Rikki ist eine bemerkenswerte Jägerin. Ich habe keine Last mit Ratten."

„Dr. Gita", begann Adjani, „wir sind Ihnen sehr dankbar, daß –"

„Bitte, unter so gelehrten Leuten wie Ihnen bin ich einfach Gita. Und das Vergnügen ist ganz auf meiner Seite. Als Ihre Nachricht mich gestern abend erreichte, war ich begeistert, von Ihrem Besuch zu erfahren, und natürlich werde ich Ihnen auf jede erdenkliche Weise behilflich sein. Ihr Vater ist seit vielen Jahren ein sehr lieber Freund von mir, Adjani. Ich erinnere mich gern an unsere gemeinsame Schulzeit.

Nun also." Er breitete seine kleinen Hände auf den runden Schenkeln aus. „Was führt Sie nach Kalkutta und in meine bescheidene Behausung?"

„Ich glaube, es ist am besten, wenn zuerst Spence seine Geschichte erzählt, und dann werde ich unser Anliegen erläutern."

Gita wandte seine neugierigen schwarzen Augen seinem Gast zu und nickte, während er sich mit einem Seufzen auf dem breiten Bett niederließ. Dieses Möbelstück nahm ein volles Drittel des ganzen Zimmers ein. Spence wurde klar, daß vermutlich die ganze Familie darin schlief.

„Was ich Ihnen zu erzählen habe, mag ein wenig – nun ja, unglaublich klingen, aber ich versichere Ihnen, daß es wahr ist. Jedes Wort. Und ich bitte darum, daß das, was ich sage, niemals außerhalb dieses Zimmers wiederholt wird", fing Spence nervös an. „Würden Sie mir das versprechen?"

Gita berührte seine Stirn und nickte in der orientalischen Geste der Unterordnung. Spence sah die Spannung in den schwarzen Augen, obwohl das Gesicht seines Zuhörers sonst jeden Ausdruck verloren hatte.

Spence holte tief Luft und begann seine Geschichte zu erzählen. Noch einmal erzählte er von seinen Träumen, von seiner Irrwanderung durch den tödlichen Sandsturm auf dem Mars und seiner Entdeckung der Tunnels, die ihn am Ende zu der Stadt Tso geführt hatten. Er berichtete von seinem Durst und seinem Hunger – wobei seinem Zuhörer sichtlich unbehaglich zumute wurde – und von seiner alptraumhaften Krankheit. Er schilderte, wie er den länglichen Kasten fand und seine Kontrollen manipulierte, welche merkwürdigen Geräusche und Anblicke davon ausgingen und wie er schließlich Kyr, dem Marsianer begegnete, und er beschrieb all die wunderbaren Dinge, die er gesehen und gehört hatte.

Als Spence endete, war eine Stunde wie im Nu vergangen. Gita saß da wie jemand in Trance, gebannt vom Zauber der Erzählung.

„Wahrhaft phantastisch", sagte Gita endlich in das Schweigen hinein, das den Raum eingehüllt hatte. „Ich habe noch nie dergleichen gehört." Er wandte sich an Adjani. „Sie sagten, ich würde überrascht sein, aber das beschreibt meine Empfindungen nicht einmal zur Hälfte. Ich bin so von Staunen überwältigt, daß mir die Worte fehlen."

Nach einem weiteren langen Schweigen, während dessen Gita dasaß und Spence nickend und tonlos murmelnd anstarrte, lehnte er sich vor und sagte: „Nun also. Das ist nur eine halbe Geschichte, so bemerkenswert sie auch ist. Sie sind nicht um die halbe Welt gereist, um mir das zu erzählen. Was ist es, das Sie von mir wünschen?"

Zweites Kapitel

Kaum waren Spence und Adjani hinaus auf den Rasen getreten, als es an der Tür klopfte. In der Annahme, es sei die Krankenschwester, ging Ari zur Tür, um ihr zu sagen, daß ihre Mutter ein wenig müde war und im Augenblick noch nicht zum Essen kommen würde.

Als sie die Tür öffnete, drehte sie sich ins Zimmer um und sagte: „Ruh dich ein wenig aus, Mutter. Ich bin gleich zurück."

Im nächsten Augenblick wurde sie durch den Eingang gerissen. Ein Arm legte sich um ihren Hals, und eine Hand bedeckte ihren Mund – so schnell, daß sie nicht einmal Zeit zu schreien hatte.

„Wehren Sie sich nicht! Keinen Laut!" flüsterte ihr eine Stimme heiser ins Ohr. „Wir werden den Flur entlang gehen. Wenn Sie zu entkommen versuchen, werde ich Ihnen weh tun müssen." Damit wurde sie davongezerrt.

Eine andere Gestalt schob sich an ihnen vorbei, und sie erkannte die zerknitterten Züge und runden Schultern Ticklers, des Assistenten von Spence.

Als sie das Ende des Korridors erreichten, blieben sie stehen und drehten sich um zu Tickler, der immer noch im Eingang zum Zimmer ihrer Mutter stand. Offenbar auf ein verabredetes Zeichen hin griff Tickler in seine Tasche und holte einen Gegenstand heraus, den er in das Zimmer warf. Dann schloß er die Tür und rannte den Flur entlang auf sie zu.

Ari wurde durch einen Seitenausgang geschoben, der mit einem roten Schild als Notausgang gekennzeichnet war. Als die Tür aufschwang, hörte sie eine Frau schreien – es konnte ihre Mutter gewesen sein; jedenfalls kam es von diesem Ende des Flurs.

Dann wurde sie auf den Rücksitz eines Dreiradwagens gedrängt, und das Fahrzeug schoß mit dem Mann, den sie jetzt als Kurt Millen erkannte, hinter dem Steuer davon. Sie schrie und schlug gegen die Fenster und kratzte Tickler im Gesicht, der auf dem engen Rücksitz neben ihr saß.

„Sie können schreien, soviel Sie wollen, es wird Ihnen nichts nützen", sagte Tickler. „Niemand kann Sie jetzt hören. Sparen Sie sich Ihre Kräfte lieber; wir haben eine lange Reise vor uns."

Aris Augen flammten auf wie blaues Feuer. Sie warf sich nach vorn über die Lehne und versuchte, dem Fahrer das Steuerrad zu entreißen. Der Wagen drehte nach einer Seite ab und schlingerte im weißen Kies der Auffahrt. Kurt fluchte und versetzte ihr einen Schlag mit dem Handrücken. „Halten Sie sie da hinten fest! Sie wird uns noch alle umbringen!"

Tickler zerrte sie auf den Sitz zurück und zog einen Taser hervor. Ari sah die Pistole und sackte zusammen. „Schon viel besser", sagte Tickler. „Ich versichere Ihnen, daß ich beim nächsten Ausbruch Gebrauch davon machen werde."

„Ich verlange zu erfahren, wohin Sie mich bringen!"

„Wir bringen Sie an einen Ort, wo Sie mit Ihrem Vater reden können, Miss Zanderson. Er macht sich Sorgen um Sie."

„Sorgen um mich! Warum? Was haben Sie ihm aufgetischt?"

„Nichts Ernstes, aber Sie wissen ja, wie Eltern manchmal sind. Ich würde mir keine Gedanken darum machen."

„Sie werden mich finden. Spence und Adjani werden dahinterkommen, was geschehen ist. Sie werden mich finden."

„Oh, das hoffen wir, Miss Zanderson. Das hoffen wir sehr."

Der Himmel sah grau und zornig aus, und es schien noch vor dem Abend Regen zu geben. Eine kühle, schattige Dämmerung kroch über die Landschaft, als der Wagen von der alten Schnellstraße abbog und eine lange, schmale Kiesauffahrt hinauffuhr, zwischen Ulmen hindurch, die im nachlassenden Licht schwarz aufragten.

Der zornige Himmel und die düsteren Zweige spiegelten Aris Stimmung wider. In ihr schwelte eine lautlose, schwarze Wut. *Irgend jemand* würde sie zu spüren bekommen, und zwar bald!

Der Wagen hatte das regionale Hauptquartier der GM links liegenlassen und auch sonst nirgendwo in der Stadt gehalten. Stattdessen hatte der Fahrer sie auf der Schnellstraße ins offene Land hinausgebracht, und nun, Stunden später, krochen sie diesen Weg zu einem alten Landhaus hinauf.

Das Haus tauchte bleich im gelben Scheinwerferlicht des Wagens auf, als Kurt um eine Kurve steuerte und in eine breite Auffahrt einbog. In der Nähe erhob sich eine verfallene Scheune, zwischen deren losen Brettern der sich verdunkelnde Himmel hindurchschimmerte wie durch die Rippen eines Skeletts. In einem einzigen Fenster des zweistöckigen Hauses schien ein Licht hinter einer schmutzigen und ramponierten Jalousie.

Insgesamt wirkte der Anblick ausgesprochen düster auf Ari. Aber nach der mehrstündigen Autofahrt war sie froh, aussteigen zu können, wie trostlos die Umgebung auch sein mochte. Sie achtete sorgfältig darauf, sich nichts von der Erleichterung anmerken zu lassen, die sie empfand, als sie die Füße auf den knirschenden Kies der Auffahrt setzte. Sie wollte weiterhin hart und wütend wirken. Diesen Plan ließ sie jedoch fahren, sobald sie das Haus betreten hatte.

„Daddy!" Im nächsten Moment lag sie in seinen Armen, und er drückte sie an sich, als wäre sie nach vierzig Tagen auf einem Rettungsboot auf hoher See gerettet worden.

„Oh Ari! Du bist wohlauf! Ich habe mir solche Sorgen um dich gemacht."

Sie löste sich aus seiner Umarmung und trat einen Schritt zurück. „Was dachtest du denn, daß mir passiert sei? Und was machen wir hier?"

Ihre Fragen blieben unbeantwortet, denn in diesem Moment schwebte ein großes, weißes, eiförmiges Objekt ins Zimmer. Es war ein Pneumostuhl, und darin saß ein scharfäugiges Skelett von einem Mann und grinste sie mit bösartig verzerrten, dünnen Lippen an.

„Die wandernde Maid ist also eingetroffen. Ich hoffe, Sie hatten eine angenehme Reise, Ariadne. Oder nicht?"

„Sie!" rief sie und stemmte trotzig die Hände in die Hüften. Schnell wandte sie sich zu ihrem Vater, der beschämt dreinblickte. „Daddy, wer ist dieser Mann?"

„Ari, bitte beruhige dich." Ihr Vater legte eine Hand auf ihre Schulter.

„Ich will wissen, was hier los ist!"

„Du bist jetzt in Sicherheit; das ist das einzige, was zählt, Liebes."
„In Sicherheit! Ich war in Sicherheit, bevor die beiden da mich gekidnappt haben!" Sie streckte Tickler und Millen einen anklagenden Finger entgegen.
„Da muß ein Irrtum vorliegen, Ari."
„Da liegt allerdings ein Irrtum vor. Daddy, antworte mir – was ist hier los?"
„Nun los doch", sagte Hocking. „Sagen Sie es ihr. Sie hat ein Recht, es zu erfahren."
Ihr Vater warf ihr einen zweifelnden Blick zu und sagte: „Mr. Hocking hat mir geholfen, dich zu befreien. Ich habe ihn gebeten –"
„Mich zu befreien? Mich brauchte niemand zu befreien. Um Himmels willen, Daddy, Spence und Adjani haben mich doch nicht festgehalten. Wir waren auf der Flucht vor *ihm*!" Sie funkelte erneut Tickler an. „Sie haben versucht, Spence zu entführen!"
Direktor Zanderson schien in sich zusammenzuschrumpfen. Er schaute Hocking an. „Ist das wahr? Antworten Sie mir!"
Hockings Lippen zuckten, und seine Augen verengten sich. Offensichtlich genoß er den Augenblick in vollen Zügen.
„Also?"
„Ihre Tochter hat vollkommen recht. Es ist Reston, hinter dem wir her sind. Sie haben lediglich das Pech, könnte man sagen, daß Sie eine einflußreiche Position innehaben."
Direktor Zandersons Kiefer klappte herunter. „Ich bin sprachlos!"
„Sie sind mehr als das, Sie alter Spaßvogel. Sie sind eine Geisel!"
„Das können Sie nicht machen! Mr. Wermeyer weiß, wo ich bin. Wenn ich nicht bald zurück bin, wird er –"
„Er wird gar nichts. Vielleicht wird er den Leuten sagen, daß Sie Urlaub machen oder daß Sie mit den Lohngeldern auf und davon sind – es spielt eigentlich keine Rolle. Sagen wir einfach, daß Mr. Wermeyer von nun an seine Anweisungen von mir entgegennimmt."
Direktor Zanderson wurde grau. Ari machte ein wütendes Gesicht und schoß aus ihren Augen blaue Laserblitze auf ihre Entführer ab.

„Ich fürchte, für weitere Erklärungen bleibt uns keine Zeit", fuhr Hocking fort. „Ich habe für uns alle einige Reisevorbereitungen getroffen. Bitte folgen Sie mir."

In diesem Moment wurde das alte Haus von der Vibration eines startenden Düsenantriebs erschüttert, und ein schwaches Wimmern schwoll zu einem schrillen Heulen an.

Hocking verschwand durch den Hintereingang. Tickler und Millen folgten ihm und schoben die Zandersons vor sich her nach draußen, wo ein kleiner Hoverjet über das Gras einer Lichtung zwischen hohen Bäumen rollte.

Das Flugzeug wendete und hielt. Eine Luke öffnete sich, und Stufen wurden herabgelassen. Die Gruppe ging an Bord, und die Luke versiegelte sich wieder. Das Wimmern der Triebwerke schwoll an, und das Flugzeug stieg senkrecht auf, bis es über die Baumwipfel hinaus war. Dann schoß es davon und verschwand in der Nacht.

Drittes Kapitel

„Supno Kaa Chor", sagte Adjani. Das Nachmittagslicht, das durch die gewebten Jalousien vor den Fenstern einfiel, warf ein diamantenbesetztes Schattenmuster an die Wände. Gita saß nickend auf dem Bett wie ein Buddha. Er beugte sich vor, und Spence sah die Schweißperlen auf seinem dunklen Gesicht glitzern.

„Ah, der Traumdieb", flüsterte der kleine Mann. „Es ist lange her, daß ich von ihm gehört habe."

„Wir glauben", sagte Adjani, sorgfältig seine Worte abwägend, „daß er wirklich existiert. Der Traumdieb ist real."

Gita brach weder in Gelächter aus, noch zeigte er irgendwelche sichtbaren Anzeichen von Ungläubigkeit – wie etwa die Arme hochreißen oder sich auf dem Boden wälzen, was etwa die Reaktion gewesen wäre, die Spence erwartete. Statt dessen ließ der Linguist-Dentist seine lebhaften Augen von Adjani zu Spence und wieder zurück schießen, als wollte er sagen, daß er sein Urteil zurückhielt, bis er die Fakten gehört hatte.

In diesem Augenblick erkannte Spence, daß sie zu dem richtigen Mann gekommen waren; und er schloß Gita von diesem Moment an ins Herz.

„Ich verstehe.“ Der Inder glättete die Falten auf seinen Hosen. „Ich vermute, daß Sie in der Lage sind, diese Behauptung zu stützen.“

„Das sind wir“, sagte Spence. „Kyr sagte mir, daß die marsianische Rasse ihren Planeten verließ, sobald ihre Technologie interstellare Raumschiffe möglich machte. Die Marsianer zogen aus, um neue Welten zu suchen, die sie kolonisieren konnten, da sie in unserem eigenen System keinen Planeten fanden, der Leben tragen konnte.“

„Und die Erde?“

„Danach habe ich ihn auch gefragt. Kyr sagte, daß man auf dem Mars seit Jahrtausenden wußte, daß die Erde Leben tragen kann. Einige von ihnen haben unseren Planeten in der Vergangenheit sogar besucht, fanden ihn jedoch bereits von vernunftbegabten Wesen bewohnt, die auf dem besten Wege waren, den Planeten zu beherrschen. Sie beschlossen, sich nicht in die menschliche Entwicklung einzumischen. Schon ihre Gegenwart hätte den Lauf unserer Geschichte drastisch verändert.“

„Bemerkenswert.“

„In der Tat. Wenn man bedenkt, daß sie jederzeit hätten kommen und die Herrschaft über die Erde übernehmen können, ohne daß irgend jemand sie daran hätte hindern können, zeigten sie, glaube ich, eine unglaubliche Zurückhaltung. Sie brauchten mehrere tausend Jahre, um die interstellare Raumfahrt zu ermöglichen; in der Zwischenzeit lebten sie in ihren unterirdischen Städten und sahen zu, wie Wind und Sand ihren Planeten zu einem trockenen, roten Pulver erodierten.

Was aber wäre, wenn *nicht* alle Marsianer wie geplant das Sonnensystem verlassen hätten?“ Spence unterstrich die Frage, indem er mit dem Zeigefinger nach vorn stieß. „Was wäre, wenn einige von ihnen zur Erde zurückkehrten und hier eine Kolonie errichteten? Welche Form würde eine solche Kolonie annehmen? Welche Auswirkungen würde ihre Gegenwart auf die lokale Bevölkerung haben?“

„Alles sehr gute Fragen, Spencer Reston.“ Gita beobachtete ihn aus verengten Augen mit zurückgelegtem Kopf. „Haben Sie auch Antworten darauf?“

„Keine Antworten – nur Vermutungen. Theorien.“ Spence stand auf und begann hin- und herzuwandern, während er redete.

„Die Luft im Himalaya ist sehr dünn – ähnlich, wie es die Atmosphäre des Mars gewesen sein muß, bevor die Marsianer fortzogen. Zudem sind diese Berge vermutlich der entlegenste Teil des ganzen Planeten, von den Polen und dem Meeresboden abgesehen. Eine dort siedelnde Kolonie würde kaum jemals von neugierigen Exemplaren des Homo sapiens belästigt werden.

Doch wenn die Bevölkerung der Erde zunähme, würden sie vielleicht bemerkt werden. Nehmen wir ebenso an, daß sie verschiedenen Stämmen menschlicher Wesen begegneten, mit denen sie irgendeine Form des Verkehrs entwickelten. Im Lauf der Zeit würden diese Begegnungen, wenn sie auch nur selten stattfänden, unter den primitiven menschlichen Wesen zu einem Gegenstand der Spekulation und des Erstaunens werden. Und da die Marsianer zurückgezogen an für normale Menschen unzugänglichen Orten lebten und über Fähigkeiten verfügten, die weit über den Fähigkeiten der Menschen standen, würde man sie als gottähnliche Wesen und ihre fortgeschrittene Technologie als Magie betrachten.“

„Wir haben das ja im letzten Jahrhundert erlebt“, fügte Adjani hinzu. „Die Eingeborenen Borneos betrachteten Flugzeuge als magisch und nannten die weißen Menschen, die sie flogen, Götter. Jede Technologie, die weit über die akzeptierten Erklärungsmöglichkeiten der Wissenschaft hinausgeht, gilt unaufgeklärten Geistern als Zauberei.“

„Völlig richtig“, antwortete Gita. „Die meisten meiner Patienten halten meinen Bohrer immer noch für eine Zauberschlange, deren Biß freilich nur zu real ist."

Spence blieb in der Mitte des Zimmers vor Gita stehen. „Genau. Man sollte erwarten, daß sich um diese Götter und ihre Zivilisation alle möglichen Geschichten und Legenden spinnen würden – die alle zumindest ein Körnchen Wahrheit enthielten."

„Ja, aber nach so vielen Jahren . . . Sie denken doch nicht, daß noch welche von ihnen übrig sein könnten? Oder doch? Sie wären entweder ausgestorben oder hätten sich mit menschlichen Rassen vermischt. Oder sie wären noch hier, und zwar in so großer Zahl, daß wir seit langem von ihnen wüßten."

„Das kann ich nicht beantworten", sagte Spence. „Ich weiß es nicht. Aber die Marsianer haben unglaublich lange Lebensspannen – Tausende von unseren Jahren. Angenommen, einer von ihnen ist noch am Leben und hält sich hier auf der Erde auf?

Ich habe einen von ihnen geweckt. Was wäre, wenn ein anderer nie geschlafen hätte?"

Lange Zeit saß Gita bewegungslos da. Nur das Heben und Senken seines runden Bauches verriet, daß er noch körperlich bei ihnen war. Dann plötzlich, wie jemand, der sich aus einem Bann löst, sagte er: „Supno Kaa Chor, was? Der große Dieb der Träume immer noch unter uns. Nun, warum nicht? Es ergibt einen Sinn." Er fixierte Spence mit seinen funkelnden schwarzen Augen. „Ich glaube Ihnen. Was halten Sie davon?"

Spence hätte den Mann am liebsten umarmt.

„Und außerdem werde ich Ihnen helfen, so gut ich kann – obwohl ich ahne, daß das alles andere als leicht sein wird."

„Gut!" rief Spence. „Das ist phantastisch!"

„Vielleicht nicht ganz so phantastisch", murmelte Gita. „Bevor wir das hinter uns haben, werden Sie vielleicht noch Grund haben, den Tag zu verfluchen, an dem Sie mich zum ersten Mal sahen."

Olmstead Packer saß mit gefalteten Händen im Vorzimmer des Direktors. Er war gerade mitten dabei, seine einstudierte Rede noch einmal durchzugehen, als eine große Bohnenstange von einem Mann aus dem Zimmer des Direktors trat.

„Es tut mir sehr leid, Dr. Packer, aber der Direktor hat mich gebeten, Ihnen sein Bedauern auszudrücken. Er mußte das Treffen mit Ihnen heute nachmittag streichen."

„Das verstehe ich nicht. Ich habe doch gestern noch mit ihm gesprochen."

„Ja, ich weiß. Er wurde plötzlich in einer wichtigen Angelegenheit abberufen. Möglicherweise wird er mehrere Tage fort sein. Kann ich in der Zwischenzeit irgend etwas für Sie tun?" Wermeyer blickte den hünenhaften Physiker diensteifrig an.

„Nein, ich kann warten." Olmstead wandte sich zum Gehen. „Ich wünschte nur, er hätte mich benachrichtigt. Das ist alles."

„Bitte entschuldigen Sie. Er vergißt solche Dinge manchmal." So, wie Wermeyer das sagte, klang es, als sei er es gewohnt, den Direktor zu decken. Mit einem Achselzucken verließ Packer das Büro.

Eigenartig, dachte er, während er sich durch Gothams Verbindungswege schlängelte. Erst waren Adjani und Spence verschwunden, und nun der Direktor. Ihn beschlich eine starke Ahnung, daß es eine Verbindung zwischen beiden Vorfällen gab, aber welche? Während er sich seinen Weg bahnte, wuchs in ihm der Entschluß, den Dingen, wie er sie sah, auf den Grund zu gehen.

„Und ich weiß auch schon, wo ich damit anfange", sagte Pakker zu sich selbst, während er mitten auf dem Verbindungsweg eine abrupte Kehrtwendung vollführte. „Kalnikov."

Er erreichte die Krankenstation und trommelte mit den Fingern auf dem makellosen weißen Tresen herum, bis die junge Frau aufblickte.

„Ja bitte, kann ich Ihnen helfen?"

„Ich möchte zu Captain Kalnikov, bitte. Wie ich höre, ist er noch hier."

„Ja, natürlich." Die weißgekleidete Schwester verschwand in einem anderen Raum hinter dem Schwesternzimmer. Kurz darauf kehrte sie mit einer Karteikarte zurück. „Es tut mir leid" – sie blickte von der Karte auf und lächelte Packer an –, „aber Ihr Freund kann zur Zeit keine Besucher empfangen."

„Wann denn? Kann ich später wiederkommen?“

„Tut mir leid, aber das kann ich Ihnen nicht sagen. Sie müßten Dr. Williams fragen. Die Anweisung stammt von ihm.“

„Was fehlt ihm denn? Können Sie mir das wenigstens sagen?“

„Es tut mir leid. Wir erörtern die Fälle unserer Patienten nicht mit Außenstehenden“, sagte sie. Packer verspürte einen frostigen Hauch in der Luft. „Sie werden schon den Doktor fragen müssen.“

„Holen Sie den Doktor“, sagte Packer ausdruckslos. Er fing an, sich über den Ton der Frau zu ärgern.

„Tut mir leid, er ist zur Zeit nicht auf Station.“ Sie schenkte ihm ein eisiges Lächeln. „Kann ich noch etwas für Sie tun?“

Packer verstärkte sein Trommeln auf dem Tresen. „Nein, Sie sind mir eine Riesenhilfe gewesen“, sagte er und wandte sich zum Gehen. Er ging zur Tür und blieb stehen. Seine Hand griff nach dem Zugangsschalter, doch plötzlich hielt er sich die Seite und stieß einen Schmerzenslaut hervor.

„Oh nein!“ stöhnte Packer. „Hilfe!“ Er sackte zu Boden.

„Was ist passiert?“ rief die Schwester und kam hinter dem Tresen hervorgelaufen. „Haben Sie einen Anfall?“

„Es ist mein Magen“, keuchte Packer. Er kniff die Augen zusammen und verzerrte sein Gesicht. „Auu! Helfen sie mir!“

„Wir müssen Sie vom Boden hochbekommen“, sagte die Schwester. „Können Sie aufstehen?“

„Ich glaube ja“, sagte Packer schwer atmend. „Auu!“ Er umklammerte seine Mitte und wälzte sich auf dem Boden.

„Kommen Sie. Versuchen Sie es. Wir werden Sie ins Bett bringen und Sie untersuchen. Sie kommen wieder in Ordnung.“ Sie legte eine Hand auf seine Stirn. „Sie haben kein Fieber; das ist ein gutes Zeichen. Sollen wir es noch einmal versuchen?“ Sie griff mit beiden Händen unter seine Schultern und hob ihn in eine sitzende Position.

Mit einiger Mühe brachte sie ihn wieder auf die Füße, wo er gefährlich schwankte und in Abständen stöhnte wie ein verwundeter Elch. Sie brachte ihn ins nächste Zimmer, in dem drei Betten standen, und Packer ließ sich in das erste fallen.

„Bewegen Sie sich nicht. Ich bin gleich zurück", wies ihn die Schwester an und rannte aus dem Zimmer.

Packer wartete, bis sich die Tür wieder geschlossen hatte, und sprang dann aus dem Bett.

„Kalnikov?" Seine Stimme war ein heiseres Flüstern. „Können Sie mich hören?"

Der Mann wälzte sich herum und öffnete langsam die Augen. Sein Blick war trübe und glasig. „Sie sind nicht Kalnikov", sagte er zu dem Mann.

Da er fürchtete, entdeckt zu werden, sprang Packer wieder in sein eigenes Bett und wartete auf die Rückkehr der Schwester. Sie erschien nach einem Augenblick und brachte eine weitere Schwester mit, die ein flaches, dreieckiges Objekt bei sich hatte, das sie auf seine Brust legte. „Hier, stecken Sie sich das unter die Zunge", wies ihn die zweite Schwester an, während sie eine kleine Sonde aus dem Instrument zog.

Packer tat, wie ihm geheißen, und seufzte hin und wieder, um die Wirkung zu erhöhen – so, als ob er nicht damit rechnete, noch lange in dieser Welt zu weilen, und als ob es ihm nicht allzuviel ausmachte, sie hinter sich zu lassen.

„Ganz normal, wie ich dachte."

Als nächstes spürte er einen Stich an der Innenseite seines Armes, gleich über dem Handgelenk. Die Schwester studierte die Maschine auf seiner Brust und fummelte an ein paar Knöpfen herum. „Keine Spur von Salmonellen. Wie fühlen Sie sich jetzt?"

„Ein wenig schwach", sagte er mit kaum hörbarer Stimme. „Aber der Schmerz hat aufgehört."

„Wahrscheinlich war es eine Blähung", antwortete die erste Schwester. „Ich werde den Doktor herbringen, wenn er zurückkommt."

„Danke, Sie sind beide sehr freundlich. Wenn ich mich nur einen Moment hier ausruhen dürfte – ich bin sicher, ich fühle mich gleich viel besser."

„Natürlich." Die Schwester packte ihr Instrument ein. „Ich schaue gleich noch einmal nach Ihnen." Sie nickte der ersten Schwester zu. „Sie wird ein paar Minuten bei Ihnen bleiben."

„Sie sind zu freundlich", sagte Packer liebenswürdig.

„Unsinn." Die Schwester schenkte ihm ein hübsches Lächeln. „Dafür sind wir ja da."

Packer ließ den Kopf sinken und schloß die Augen. Die Schwester saß auf dem Bettrand und schaute ihn an. *So geht das nicht*, dachte Packer. *Ich muß sie loswerden.*

Er rülpste laut und ließ seine Augenlider aufflattern. „Könnte ich ein Antiacidum bekommen?" fragte er. „Ich glaube, es war tatsächlich eine Blähung."

„Dachte ich mir. So etwas kann gemein weh tun."

„Ja. Ich habe jetzt etwas Sodbrennen."

„Ich besorge Ihnen etwas. Ich bin gleich zurück."

Kaum war die Schwester gegangen, sprang er aus dem Bett und eilte auf die Tür zum nächsten Zimmer zu. Die Krankenzimmer gruppierten sich um das zentrale Schwesternzimmer herum und waren durch Verbindungstüren zu erreichen, ohne daß man durch das Schwesternzimmer mußte. Das nächste Zimmer war leer, und in dem danach lagen drei junge Frauen, die ihr Gespräch unterbrachen und kicherten, als er auf Zehenspitzen hindurchging. Das dritte Zimmer, in das er schaute, sah auf den ersten Blick ebenfalls leer aus. Dann erblickte er eine einsame Gestalt im letzten Bett, die von Kopf bis Fuß in ein weißes Laken gehüllt war.

Packer, der schon das Schlimmste befürchtete, schlich zu dem Bett hinüber und zog das Laken zurück. Kalnikov lag flach auf dem Rücken, und sein Gesicht hatte die Farbe von Tapetenkleister.

„Kalnikov." Er rüttelte an der Schulter des Mannes. Keine Reaktion. Er streckte die Hand aus und legte sie dem Piloten seitlich an den Hals. Der Körper war warm, und ein regelmäßiger Pulsschlag war in der Halsschlagader zu spüren. Er schüttelte den Mann noch einmal.

„Kalnikov, können Sie mich hören?"

Ein leises Murmeln ertönte.

„Wachen Sie auf! Kalnikov, ich muß mit Ihnen reden. Wachen Sie auf. Bitte!" Packer blickte sich hastig um rüttelte dabei weiter an der Schulter des Russen, um ihn zu Bewußtsein zu bringen. Als er wieder hinschaute, standen Kalnikovs Augen halb offen und schauten ihm mit dem glasigen Ausdruck eines Mannes an, der unter schweren Beruhigungsmitteln stand.

„Hören Sie zu", flüsterte Packer. „Ich weiß, daß Sie mich hören können. Versuchen Sie nicht zu reden. Blinzeln Sie nur, wenn Sie mich verstehen. Okay?"

Die Augenlider des Piloten hoben und senkten sich langsam und schwerfällig wie der Vorhang in einem russischen Opernhaus.

„Okay, es geht los. Einmal blinzeln heißt ja, keinmal blinzeln heißt nein. Verstanden?"

Ein langsames Blinzeln kam zurück; Packer glaubte nicht, schon jemals ein langsameres gesehen zu haben. Er verlor keine Zeit, direkt zum Kern seiner Befragung zu kommen.

„Kalnikov, hören Sie mir jetzt genau zu. Es geht das Gerücht, daß Sie von Reston und Rajwandhi flachgelegt wurden – stimmt das?"

Kein Blinzeln.

„Haben Sie versucht, ihnen zu helfen?"

Ein Blinzeln.

„Hmmm. Wurden Sie bei dem Kampf verletzt?"

Kein Blinzeln.

„Was? Haben Sie meine Frage verstanden?"

Ein Blinzeln.

„Warum sind Sie denn dann hier? Um Sie ruhigzustellen?"

Ein Blinzeln.

Plötzlich ertönte eine Stimme hinter Packer. Es war eine Männerstimme, und sie klang wütend. „Was machen Sie denn da? Hören Sie auf!"

Packer drehte sich um und sah Dr. Williams auf sich zukommen. Hinter ihm standen zwei Sicherheitsbeamte mit Taser-Pistolen in den Händen. Die Beamten machten finstere Gesichter, und ihre Taser waren auf ihn gerichtet.

Viertes Kapitel

Beim ersten Morgenlicht brachen sie auf. Spence hatte kaum ein Auge zugemacht. Wenn es nicht an den hungrigen Hunden lag, die in Rudeln bellend durch die Nacht streunten, dann sicherlich an der plötzlichen grausigen Erwartung, Rikki, die rattenmordende Pythonschlange, würde ihn mit einem Nagetier verwechseln und erwürgen. Er war auf und abmarschbereit, kaum daß über der eisenblauen, dunstigen Skyline von Kalkutta die Dämmerung anbrach.

Gita war schon lange vorher aufgestanden, um Vorbereitungen zu treffen und sich um letzte Details zu kümmern. Aufgeregt schnaufend und unverständliche Worte murmelnd kehrte er zurück, wobei sein rundes, dunkles Gesicht vor Stolz und Heiterkeit strahlte.

„Ich habe unsere Passage arrangiert", verkündete er. Es klang, als planten sie eine gefährliche Ozeanüberquerung.

„Wie lange werden wir brauchen, um Darjeeling zu erreichen?" fragte Spence.

„Eine Woche. Vielleicht zwei, wenn es regnet." Auf Spences erstaunten Blick fügte er rasch hinzu: „Sie kennen unsere Straßen nicht. Bei Regen lösen sie sich auf und fließen davon. Sie werden zu Flüssen. Und es dauert eine ganze Weile, nach Darjeeling zu schwimmen, und zwar den ganzen Weg stromaufwärts."

Gita wirbelte durch seine Wohnung, stopfte Vorräte und persönliche Habseligkeiten in Säcke und bündelte sie zusammen. „Ein Bündel für jeden", erklärte er. „Auf diese Weise wird es nicht zu anstrengend werden, falls wir einen Teil des Weges zu Fuß zurücklegen müssen."

Gita sah aus wie ein Mann, der den größten Teil seines Lebens damit verbracht hatte, Anstrengungen zu vermeiden, und beim Ernten der Früchte wohlhabend geworden war.

„Ist es wirklich so schlimm?" fragte Spence.

„Die Reise nach Darjeeling wird wie eine Reise zurück in der Zeit sein", warnte ihn Gita.

Er hatte arrangiert, daß sie sich einer Gruppe von Händlern anschlossen, die ungefähr eine halbe Meile von seinem Haus entfernt campierten. Diese Leute fanden sich zu Gruppen zusammen, um unter dem Schutz bewaffneter Soldaten zu reisen, die sie anheuerten, um sie gegen die *goondas* und *dakoos* zu verteidigen – Banditen und Gesetzlose, die im Bergland lebten. Sie würden sich im Schneckentempo in verrosteten alten Benzinkutschen über die einst glatten Straßen bewegen, die nun so verfallen waren, daß sie sich kaum von Viehspuren unterschieden.

Im ersten Morgenlicht, das vom Rauch der zehn Millionen Kochstellen in der Stadt ölig braun gefärbt war, machten sich Spence und die anderen auf den Weg, um die paar Straßen weiter zu der Karawane zu gehen. Vorsichtig stiegen sie über die schlafenden Leiber der Obdachlosen von Kalkutta, die die Straßen säumten wie menschliche Pflastersteine. Räudige Hunde jagten kläffend an ihnen vorbei und schnüffelten hier und da in Haufen faulender Abfälle nach irgendwelchen Bissen. Eine Kuh mit einem Höcker stand über einer Leiche, auf deren steifem Arm zwei Krähen saßen und voll Vorfreude mit den Schnäbeln klapperten, und blickte sie voll tiefer Melancholie an. Kleine Kinder, die schon wach waren und weinten, klammerten sich an ihre noch schlafenden Mütter und wurden still, als die Männer an ihnen vorbeigingen.

Die Gebäude entlang der Straßen waren mit eisernen Gitterstäben an Fenstern und Türen gesichert, obwohl das weitgehend eine nutzlose Geste war, da nach Spences Einschätzung jeder, der entschlossen genug war, sie hätte herausreißen können, so brüchig sahen sie aus.

Ein paar Blocks von Gitas Haus entfernt bogen die drei um eine Ecke und sahen die Karawane vor sich. Ihr Konvoi bestand aus fünf klapperigen Lieferwagen, einem kleinen Bus, der mit Handelsware beladen war, und einem Jeep mit drei Soldaten, die altmodische M-16-Gewehre trugen, an der Spitze. Die Fahrzeuge waren bereits aufgereiht, und die verschiedenen Händler, die an dem Unternehmen teilnahmen, liefen hin und her, um ihre Güter zu verstauen und noch ein allerletztes Stück in den Bus zu zwängen. Die

Soldaten schlenderten gemächlich die Straße entlang und verzehrten ihr in Papier gewickeltes Frühstück mit den Händen. Ihre Gewehre trugen sie auf dem Rücken, und sie lachten herzlich miteinander.

Das sollen unsere Beschützer sein? dachte Spence.

Die ganze Truppe hätte komisch gewirkt, wäre da nicht die Furcht gewesen, die Spence in den Gesichtern der Händler sah. Für sie war es ein Wagnis auf Leben und Tod, und der Tod der allzu wahrscheinliche Ausgang dabei. Er konnte kaum glauben, daß solche Zustände immer noch in einer Welt existierten, die im Eilschritt den Sternen entgegenstürmte. Er selbst war auf dem Mars umhergewandert, und diese verängstigten Händler konnten sich dergleichen nicht einmal vorstellen. Seine Welt war von der ihren so weit entfernt wie – nun, wie die Welt Kyrs von der seinen.

Als sie der Länge nach an der Karawane vorbeimarschiert waren, rief ein großer, hagerer Inder, dessen faltig verzogenes Gesicht so aussah, als lutsche er ständig an einer Zitrone, Gita einen Gruß zu und kam ihnen entgegen.

„Dies ist Gurjara Marjumdar, der Führer der Händler, die diese Reise unternehmen." Der Mann verbeugte sich tief und legte seine Hände in der klassischen Grußgeste zusammen.

„Ihre Gegenwart unter uns ist eine Stärkung unseres Vorhabens." Er verzog sein Gesicht zu einem faltigen Lächeln. Später informierte Gita Spence, daß Gurjara allein durch das Geld, das sie ihm bezahlt hatten, um sich dem Konvoi anschließen zu dürfen, schon einen Profit gemacht hatte.

„Ich habe es so arrangiert, daß Sie in meinem Wagen mitfahren werden", sagte Gurjara mit einem gewissen Stolz. „Ich hoffe, Sie werden es sehr bequem haben."

Spence hielt sich mit Mühe davor zurück, anzumerken, daß sie es vielleicht noch bequemer hätten, wenn das Auto über eine Federung verfügte. Schon jetzt hatte das Vehikel kaum Bodenfreiheit; dabei war noch kein Passagier an Bord.

Nach einigen weiteren Minuten hektischen Packens und tränenreicher, herzzerreißender Abschiedsszenen zwischen den Händlern und ihren Familien holperte die Karawane unter dem Keuchen und Stottern der asthmatischen Motoren davon. Benommene Straßenschläfer stolperten aus dem Weg, als die merkwürdige Fahrzeugkolonne vorbeiratterte. Kinder und Hunde rannten neben ihnen her, als sie sich durch die Straßen schlängelten, hofften auf Geschenke und riefen den Fahrern zu, ihre Hupen zu betätigen – eine Bitte, der die Fahrer mit kindlicher Ausdauer nachkamen.

Spence nahm ihren Zug durch die verfallene Stadt mit betäubtem Staunen wahr. Sie war abstoßend und doch irgendwie faszinierend in ihrer faulen, flözenden Dekadenz. Es war eine völlig neue Erfahrung für ihn.

Hinter der Kolonne folgte eine kleine Armee abgerissener Wanderer zu Fuß oder auf Fahrrädern. Auch sie machten die Reise nach Darjeeling; obwohl ihnen das Geld für ein Auto oder ein anderes Transportmittel fehlte, waren sie dennoch begierig, von der Gegenwart der Soldaten zu profitieren.

Am Stadtrand von Kalkutta kamen sie an einen schmierigen, stinkenden Fluß, an dem sie hielten, obwohl Spence sich nicht erklären konnte, warum. Er und Adjani stiegen aus, um sich ein letztes Mal die Beine zu vertreten, bevor die Kolonne ins offene Land hinaussteuerte. Als sie zur Spitze des Konvois marschierten, erkannten sie den Grund für die Verzögerung. Eine Familie hatte während der Nacht auf der Brücke ihren Wohnsitz genommen – nicht nur eine Familie, sondern mehrere – und mußte sie nun räumen, damit die Fahrzeuge passieren konnten. Mit störrischer Langsamkeit packten die Leute unter dem Drängen der Soldaten ihre Habseligkeiten wieder ein, die Spence hauptsächlich aus kaputten Bambussesseln, Stoffetzen und zerschnittenen Ölfässern zu bestehen schienen.

„Warum haben sie sich ausgerechnet eine Brücke als Bleibe ausgesucht?“ fragte er, als er die ungewöhnliche Szene beobachtete.

„Schau dich um – wo sollen sie sonst hin? Außerdem sind sie hier nah am Wasser, um zu baden und zu trinken – das ist für die meisten der Grund, es zu versuchen. Manchmal schaffen sie es sogar, einen oder zwei Tage dort zu bleiben, wenn keiner sie verscheucht.“

Spence sah hinab auf das ockerfarbene Wasser und zog eine

Grimasse. „Trinken sie das Zeug etwa?“ Adjani sagte nichts, sondern deutete nur mit dem Finger am Ufer entlang.

Jeder Quadratmeter verfügbaren Raumes war von armseligen Reisighütten und Pappbaracken eingenommen, die bis ans Wasser reichten. Der Hugli diente den lärmenden Massen, die seine kahlen Ufer bevölkerten, sowohl als Abwasserkanal als auch als Wasserreservoir. Im trüben Licht des neuen Tages gingen, soweit er am Ufer entlang sehen konnte, Tausende von Flußbewohnern ihren täglichen Beschäftigungen nach; Männer, Frauen und Kinder standen nackt im flachen Wasser und übergossen sich mit dem übelriechenden Naß, um den Schmutz des vergangenen Tages abzuwaschen.

In der Nähe einer Gruppe von Badenden spielte ein ausgehungerter Hund mit einem weißen, gummiartigen Gegenstand herum, den Spence zunächst nicht identifizieren konnte. Dann erkannte er mit einem Würgen, daß es sich um eine menschliche Leiche handelte, vom Fluß gebleicht und ans Ufer gespült.

Mit einem leeren Gefühl in der Brust wandte sich Spence von der Szene ab. Nach kurzer Zeit wurde die Reise fortgesetzt. Er wich den anklagenden Blicken der vertriebenen Brückenbewohner aus, als der Wagen an ihnen vorbeifuhr.

Noch lange Zeit danach sagte er nichts.

Gegen Mittag hielten sie an, um zu essen, obwohl sie die Stadt erst ein paar Kilometer hinter sich gelassen hatten. Obstverkäufer erschienen mit Körben voller Früchte, um sie den Reisenden feilzubieten. Spence war nicht besonders hungrig, aber er kaufte zwei Bananen von einem alten Mann mit einem Beinstumpf – hauptsächlich aus Mitleid.

Adjani und Gita waren mit Gurjara gegangen, um über die Route zu beraten, die sie einschlagen würden. Spence setzte sich im Schatten des Wagens auf den Boden, schälte eine der Bananen und kaute sie nachdenklich.

Die Luft war außerhalb der Stadt klarer, und das Land war grün von tropischen Gewächsen. Wäre das brüchige Straßenpflaster unter ihnen nicht gewesen, hätte man denken können, sie wären auf einer Forschungsreise wie in alter Zeit, um unkartographiertes Gelände zu erkunden – Spence hatte ein starkes Empfinden des Neuen, Unbekannten.

Im Norden erhoben sich die Gebirgsausläufer in gleichmäßigen Stufen bis hinauf zu den hohen Bergen, von denen wenig mehr zu sehen war als schwach purpurne Silhouetten, die sich vor dem Himmel abhoben. Irgendwo da oben lag Darjeeling, das Juwel der Berge. Sechs, sieben Tage von ihnen entfernt, vielleicht auch mehr. Bis nach Rangpo war es noch weiter.

Spence seufzte. Wer konnte sagen, ob sie sich nicht auf einer Phantomjagd befanden? Vielleicht war Ari in Wirklichkeit eine Million Kilometer von dieser abergläubischen Berggegend entfernt. An sie zu denken, über ihren Verbleib zu rätseln und sich um sie zu sorgen machte ihm das Herz schwer. Er sagte sich und jedem anderen, der ihm zuhörte, immer wieder, daß er etwas hätte tun sollen, um ihr zu helfen. Adjani hatte ihn eines ums andere Mal darauf hingewiesen, daß die Entführung sehr sorgfältig vorbereitet gewesen war und daß Ari das Gebäude vermutlich schon verlassen hatte, bevor sie das Zimmer betraten.

„Und was ist mit dem Schrei? Das war sie, ich weiß es genau."

„Woher willst du das wissen? Wir haben beide nur das gehört, was wir hören sollten. Wir wurden gerufen, als unsere Gegenwart erwünscht war, und keinen Augenblick früher. Glaubst du wirklich, wir hätten es nicht gehört, wenn es einen Kampf gegeben hätte? Wir waren nur ein paar Schritte von der Tür entfernt und hätten ihr leicht zu Hilfe eilen können, wenn sie noch dagewesen wäre. Nein, diese Leute wußten genau, wo sie sie finden konnten. Sie haben sie beobachtet und auf ihre Chance zum Handeln gewartet."

„Aber warum? Was hat *sie* mit der ganzen Sache zu tun? Warum haben sie nicht mich entführt?"

Adjani schüttelte den Kopf. „Das weiß ich nicht. Aber wir tun das Richtige. Wir werden einfach Gott vertrauen müssen, daß er uns zeigt, was wir tun sollen, wenn es soweit ist."

„Wie kannst du da so sicher sein?"

„Ich wüßte nicht, daß wir eine andere Wahl hätten – oder? Es war beabsichtigt, daß wir ihnen folgen. Nun gut. Wir folgen ihnen."

Spence fühlte sich, als hätte er seine Geliebte verraten. Es frustrierte ihn, daß er auf der Straße sitzen und Bananen essen mußte, während sie darauf wartete, daß er sie befreite.

Er aß den Rest der Banane und warf die Schale weg.

Sofort entstand hektische Bewegung am Straßenrand, wo die Schale gelandet war. Zwei Kinder – ein ungefähr achtjähriges Mädchen in einem zerfetzten, verblichenen Sari, und ihr etwa fünfjähriger Bruder, der nur ein ärmelloses Männerhemd trug – hechteten nach der Bananenschale. Sie hatten Spence aus der Ferne beobachtet und waren gesprungen, als er die Schale von sich schleuderte.

Das Mädchen wischte den Schmutz von der Schale und zog einen kleinen Flicken ausgefransten Stoffes aus einer Falte ihres Saris hervor. Dann breitete sie das Tuch säuberlich aus, und sie und ihr Bruder ließen sich nieder.

Geduldig und behutsam begann sie, den faserigen, weichen Innenteil der Schale abzulösen. Als sie fertig war, warf sie die äußere Schale fort und teilte sich den Rest mit dem Jungen.

Sie aßen langsam und bewußt, als ob sie eine große Delikatesse kosteten, die man am besten in aller Ruhe genoß. Spence war von dem Anblick so bewegt, daß er zu den Kindern ging und ihnen die andere Banane entgegenhielt.

Das Mädchen bekam große, runde Augen, und der kleine Junge versteckte sich hinter der Schulter seiner Schwester. Spence lächelte und bot ihnen die Banane beharrlicher an; an ihren Blicken konnte er sehen, daß beide sie sehr gern haben wollten, aber zu scheu waren, um sie anzunehmen.

Also legte Spence die Banane auf dem schmutzigen Flicken nieder, kehrte zum Wagen zurück und setzte sich nieder. Sobald er ihnen den Rücken kehrte, ergriff das Mädchen die Banane, schälte sie und brach sie in zwei Teile. Als Spence den Wagen erreichte, waren beide damit beschäftigt, die Frucht bedächtig zu kauen.

Adjani und Gita kehrten zurück, und sie begannen, ihre Pläne für die nächste Zukunft zu erörtern. Dann hörten sie das Rufen der Soldaten und den Knall einer Fehlzündung von ihrem Jeep. Als sie zurück in den Wagen kletterten, spürte Spence, wie ihn jemand am Ellbogen zupfte.

Er wandte sich um und sah das kleine Mädchen und seinen Bruder. Mit Gesten wollte er ihnen deutlich machen, daß er keine Bananen mehr hatte, doch das Mädchen lächelte nur hübsch und überreichte ihm mit großer Feierlichkeit seine Bananenschale.

Spence grinste und gab ihnen die Schale zurück. Die beiden schauten sich an, als könnten sie ihr Glück nicht fassen, und stapften davon, um den Rest ihrer Beute zu verzehren.

Der glückliche Ausdruck auf den Gesichtern der Kinder erwärmte Spence für den Rest des Tages.

„Es ist nur eine Kleinigkeit", entgegnete er auf Adjanis wissenden Blick. „Es ist gar nichts."

„Es ist mehr, als du denkst, mein Freund."

Von da an machte er es sich zur strikten Gewohnheit, stets drei Bananen zu kaufen.

Fünftes Kapitel

„Sie stecken mächtig in Schwierigkeiten, Packer. Wollen Sie mir nicht erzählen, was das Ganze überhaupt soll?" Elliot Ramm, Leiter der Sicherheitsabteilung von Gotham, schlug seine langen Beine übereinander und lehnte sich an die Kante seines Schreibtisches. Ein bußfertiger Olmstead Packer saß ihm mit den Händen zwischen den Knien und langem, unglücklichen Gesicht gegenüber. In seiner Stimme schwang schwelender Ärger mit, als er sprach.

„Um Ihnen die Wahrheit zu sagen, Chief Ramm, ich weiß es selber nicht." Er wies mit dem Daumen auf die beiden Sicherheitsbeamten, die hinter ihm standen und ihn mit kühlem Interesse beobachteten. „Vielleicht sollten Sie Ihre Leute fragen. Ich habe mich lediglich mit einem Freund unterhalten, als sie hereinkamen und mich schnappten."

Der Chef der Sicherheitskräfte nickte seinen Männern zu und entließ sie. „Ich habe ja Ihren Bericht. Sie können zu Ihren Pflichten zurückkehren." Er wandte sich wieder an Packer. „Mir liegt ebenfalls eine Aussage von Dr. Williams vor. Er sagt, daß Sie sich unter Vortäuschung falscher Tatsachen Zugang zu seiner Krankenstation verschafften, nachdem Ihnen mitgeteilt worden war, daß Sie den Patienten Kalnikov nicht sehen könnten. Er behauptet, Sie hätten das Leben seines Patienten in Gefahr gebracht."

Packer grinste verlegen. „Ich vermute, ich habe die Sache wohl etwas zu sehr dramatisiert."

„Hmpf." Chief Ramm nahm einen weißen Aktenordner von seinem Schreibtisch. „Er hat Anzeige gegen Sie erstattet."

„Er hat *was?*" Packer wurde plötzlich rot im Gesicht. „Der ist ja verrückt! Das ist Wahnsinn. Lassen Sie mich mit ihm reden. Ich hatte nichts Böses im Sinn. Es lag nur an dieser Krankenschwester – sie kam mir einfach zu schnippisch und frech daher; da habe ich einfach beschlossen, die Sache in meine eigenen Hände zu nehmen."

Ein schwaches Lächeln ging über Ramms Lippen; er nickte und schob sich eine Locke seines schwarzen Haars aus der Stirn. „Also schön, ich glaube Ihnen. Ihr Wissenschaftler könnt einfach kein Nein akzeptieren."

„Dann kann ich also gehen?" fragte Packer hoffnungsvoll. Er wurde seit drei Stunden festgehalten und war es allmählich leid.

„Ich fürchte, so einfach geht das nicht. Ob ich Ihnen glaube oder nicht, macht eigentlich keinen großen Unterschied. Sehen Sie, Williams hat eine formelle Beschwerde eingereicht. Es ist Sache des Direktors, sie zu überprüfen und eine Entscheidung zu treffen."

„Direktor Zanderson ist weg. Keiner weiß, wann er wiederkommt."

„Tut mir leid. Sie werden hierbleiben müssen, bis er zurückkommt, oder –"

„Oder was? Wenn es eine andere Möglichkeit gibt, das in Ordnung zu bringen, bin ich ganz und gar dafür."

„Oder Dr. Williams müßte sich einverstanden erklären, seine Anzeige fallenzulassen."

„Dann lassen Sie uns unbedingt mit ihm reden. Ich bin sicher, daß er ein Einsehen haben wird."

Ramm hob eine Hand. „Nicht so schnell! Er war ziemlich am Kochen wegen dieser Sache. Ich würde ihn erst einmal ein wenig abkühlen lassen."

„Aber ich muß hier heraus. Ich bin ein vielbeschäftigter Mann; ich habe ein Experiment laufen."

„Es wird eben eine Weile ohne Sie laufen müssen. Daran hätten Sie denken müssen, bevor Sie in der Krankenstation Schwanensee tanzten."

„Also schön, ich vermute, ich habe es nicht besser verdient."

„Ich rede dann ein wenig später mit Williams und sehe, was ich tun kann."

„Das wäre mir sehr lieb, Chief Ramm." Packer erhob sich und schlurfte zum Eingang. „Wissen Sie, etwas an der ganzen Sache kommt mir komisch vor. Ich habe noch nie gehört, daß jemand unter Beruhigungsmittel gesetzt werden mußte, nachdem er von einem Taser-Pfeil erwischt wurde. Ich habe die Dinger immer für ziemlich ungefährlich gehalten, wenn Sie verstehen, was ich meine."

„Ich bin sicher, dafür gibt es eine Erklärung. Ich werde das überprüfen. In der Zwischenzeit können Sie im Vorzimmer warten, bis ich die Sache aufgeklärt habe. Ich werde Sie nicht in die Zelle stekken."

Packer nickte und ging. Chief Ramm kehrte zu dem Sessel hinter seinem Schreibtisch zurück, nahm sich den Bericht seiner Beamten und warf einen Blick darauf. Dann warf er ihn auf den Schreibtisch, verschränkte die Hände hinter dem Kopf und lehnte sich zurück. Tief in Gedanken runzelte er die Stirn. Dann schob er seinen Sessel zurück, stand auf, setzte sich seine rot-schwarze Mütze mit dem goldenen Emblem auf und machte sich auf die Suche nach dem Arzt.

Ari hatte ihren Vater noch nie so erschüttert gesehen. Er saß zusammengesunken auf dem Platz neben ihr, das Gesicht so weiß wie die bleiche Mondsichel, die in das kleine, ovale Fenster des Jets hineinleuchtete. Seine Augen waren geschlossen, obwohl sie wußte, daß er nicht schlief. Er versuchte, die Wirklichkeit dessen, was um ihn her geschah, auszusperren.

Das Flugzeug war nicht groß; ihre Entführer saßen um sie her und beobachteten sie unausgesetzt. Obwohl sie ihnen nicht verboten hatten, miteinander zu reden, wurde durch ihre Nähe die Kommunikation zwischen Vater und Tochter auf Flüstern und Nicken beschränkt.

Sie wußte, daß mehr hinter den Ereignissen steckte, als man ihr bisher gesagt hatte, mehr als ihre Entführung und der Ärger mit Spence, obwohl er sicherlich im Mittelpunkt der ganzen Eskapade stand. Ihr Vater schien mehr zu wissen, als er erkennen ließ; und die Wirkung, die die Sache auf ihn hatte, ließ sich nicht im Rahmen seines normalen Verhaltens erklären. Ari entdeckte eine neue Seite an ihrem Vater, und sie machte ihr Angst.

Sie schlief ein, während sie darüber rätselte, was er wohl wissen mochte und ihr nicht erzählen wollte oder konnte.

Das Flugzeug jagte weiter durch die Nacht und machte nur eine Zwischenlandung in Deutschland, um aufzutanken. Ari erwachte und spähte schläfrig durchs Fenster. Sie sah einen golden-grauen Morgenhimmel und eine Bodenmannschaft von Männern in blauen Overalls, die orangefarbene Maschinen unter den Tragflächen des Jets entlangrollten. Jenseits des Flugfeldes sah sie ein Gebäude mit einer deutschen Aufschrift auf dem Dach und schloß daraus, daß sie sich zumindest irgendwo in Mitteleuropa befanden.

Als sie das nächste Mal aufwachte, brannte aus dem blauen Himmel eine grellweiße Sonne auf eine Hügellandschaft aus grauen und weißen Wolken herab. Der Blick zur Erde war versperrt, und sie hatte keine Ahnung, wo sie waren oder in welcher Richtung sie flogen. Nicht, daß es eine Rolle gespielt hätte.

Kurz danach erhielten sie und ihr Vater ein einfaches Frühstück: Orangensaft und ein trockenes Brötchen. Da sonst niemand zu essen schien, dachte Ari, daß man ihnen damit immerhin eine kleine Höflichkeit erwies. Sie hatte fast einen ganzen Tag nichts gegessen und schlang das Brötchen in ein paar großen Bissen hinunter. Dann wandte sie sich an ihren Vater.

„Daddy, du ißt ja gar nichts."

„Ich habe keinen großen Hunger, Liebes. Du kannst mein Brötchen haben, wenn du magst."

„Nein; du ißt jetzt etwas und trinkst deinen Saft. Du mußt bei Kräften bleiben. Wer weiß, wann wir wieder etwas zu essen bekommen, und überhaupt wollen wir auf der Höhe sein, um keine Chance zur Flucht zu verpassen."

Ihr Vater sagte nichts, aber sein Ausdruck verriet ihr, daß er jeden Gedanken an Flucht für pure Torheit hielt.

Der Jet sank durch die Wolken nach unten und landete auf einem quadratischen Betonfeld in der Nähe einer kleinen Stadt am Wüstenrand. Ari sah braune, trostlose Hügel in der Ferne und die weißen, stuckverzierten Gebäude, die wie gebleichte Knochen in der Sonne lagen. Niedrige, buschige Palmen und trockene Sträucher säumten das Landefeld wie verlorene Reisende, die auf ein Flugzeug warten, das niemals kommt. Menschliche Passagiere oder gar ein Begrüßungskomitee waren auf Aris Seite des Flugzeugs nicht zu sehen.

Jemand öffnete die Luke, und die warme, trockene Luft der Wüste drang in das kühle Innere des Flugzeugs ein. Dann stiegen die Insassen einer nach dem anderen aus. Ari und ihr Vater blieben auf ihren Plätzen, bis Tickler zurückkehrte und ihnen befahl, ebenfalls auszusteigen. Sie verließen das Flugzeug und gingen ein paar Schritte über die Landefläche aus Beton.

„Bleiben Sie in Sichtweite!" rief Tickler. Von dieser Ermahnung abgesehen, schien niemand ihnen Beachtung zu schenken.

Hocking und seine Assistenten zogen sich auf die andere Seite des Landefeldes zurück, um sich mit einer Gruppe von fünf oder sechs Männern in schwarzen und weißen Kaftans zu besprechen, bei denen es sich zweifellos um Brennstoffschmuggler handelte. Ari glaubte, in einiger Entfernung zwischen den Büschen den Kopf eines Kamels zu sehen.

„Ich frage mich, wo wir sind?" flüsterte Ari ihrem Vater zu. „Und was geht da vor sich?"

„Spielt das eine Rolle?" Die Resignation in der Stimme ihres Vaters war so stark, daß Ari herumwirbelte, ihm gegenübertrat und seine beiden Arme packte.

„Daddy, sag es mir. Du verbirgst etwas vor mir, und ich habe ein Recht darauf, es zu wissen. Es geht auch um *meinen* Hals. Glaub nicht, daß du mich beschützt, indem du schweigst. Dafür ist es jetzt zu spät, und außerdem – bin ich inzwischen ein großes Mädchen."

Ihre Worte brachten ihn zur Besinnung. Er schaute sie an und blinzelte, als ob er sie zum ersten Mal wiedererkannte, seit ihre Prüfung begonnen hatte. „Natürlich, Liebes", sagte er sanft. Er schaute sich um und sah, daß sie nicht beobachtet wurden. „Ich werde dir alles sagen, was ich weiß und was ich errate . . . " Er hielt inne und schaute sie wieder an.

„Geht es um Spence? Sag es mir. Erspar mir keine Einzelheiten, wie weh es auch tun mag."

„Spence? Oh nein. Ich meine, ja – mit ihm fing es an. Anfangs ging es um ihn, aber jetzt nicht mehr. Er spielt eigentlich keine Rolle mehr."

„Spielt keine Rolle?"

„Sie erzählten mir, er hätte dich gekidnappt, er und Adjani hätten technische Geheimnisse gestohlen, um sie zu verkaufen, und was weiß ich noch alles. Ich dachte, ich würde dir helfen, Ari. Ich wäre nie auf den Gedanken gekommen . . . "

„Ich verstehe das nicht. Warum hast du ihnen geglaubt? Wußtest du denn nicht –"

„Nein", sagte ihr Vater kurz. „Ich . . . ich mußte ihnen glauben. Ich hatte keine Wahl."

„Daddy, wer sind diese Leute? Was wollen sie von uns?"

Er wandte sich mit einem traurigen und bitteren Blick zu ihr. „Es begann vor fast einem Jahr. *Er* kam zu mir" – er wies mit einer Kopfbewegung auf Hocking – „und sagte, es gebe Leute, die einiges dafür bezahlen würden, die Wahrheit über deine Mutter zu erfahren. Ich hatte Angst – ich konnte diese Information nicht publik werden lassen. Es hätte meine Karriere ruinieren können. Die Personalentscheidungen des Komitees standen in wenigen Wochen bevor. Es hatte unzufriedene Äußerungen von einigen der konservativeren Komiteemitglieder gegeben; die Verlängerung meines Vertrages war keineswegs gesichert."

„Was wollte er?"

„Das war das Merkwürdige. Er wollte nur nach Gotham kommen und Beobachtungen anstellen, sagte er. Wir trafen eine Vereinbarung: Ich würde ihn an Bord kommen lassen – ohne Fragen zu stellen –, und im Austausch dafür würde er über Caroline Stillschweigen bewahren. Danach habe ich ihn nicht wieder gesehen. Er blieb außer Sicht."

„Hast du dich nicht gefragt, was er im Schilde führte?"

„Ich wollte es gar nicht wissen! Nach den Wahlen vergaß ich ihn, verdrängte ihn aus meinem Geist."

„Er war die ganze Zeit über da. Spence hatte recht."

„Spence wußte von ihm?"

„Er hatte ihn einmal gesehen und bat mich, herauszufinden, wer er war. Natürlich konnte ich das nicht; es gab ja nirgendwo Unterlagen über ihn."

Direktor Zanderson fuhr sich mit einer Hand über die Augen. „Was bin ich für ein Narr gewesen! Jetzt ist alles dahin."

„Wie meinst du das? Wir sind noch nicht erledigt, bei weitem noch nicht."

„Was für einen Unterschied macht das schon?" Er kehrte zu seinem wehleidigen Tonfall zurück. Mit weit aufgerissenen Augen starrte er sie an. „Verstehst du nicht? Sie übernehmen die Kontrolle über das Forschungszentrum! Die ganze Raumstation wird ihnen gehören!"

„Unmöglich!"

„Durchaus nicht. Gotham ist jetzt vollkommen autark. Es ist sehr gut möglich. Es würde nicht einmal jemand erfahren."

„Aber bei GM würden sie es schließlich herausfinden und dem ein Ende machen."

„Bis dahin wäre es zu spät. Eine leichte Modifizierung der Schubaggregate würde genügen, um die Station an einen beliebigen anderen Ort im Sonnensystem zu verlagern – oder auch in der ganzen Galaxis!"

„Sie würden hinterherfliegen. Sie würden sie nicht einfach davonkommen lassen."

Zanderson schüttelte müde den Kopf. „Bedenke, das einzige Raumschiff, das so weit reisen kann, ist die *Gyrfalcon*, und die hat ihre Basis auf der Station. Es könnte Jahre dauern, bis ein zweites Raumschiff dieser Art startbereit wäre. Bis dahin könnte die Station irgendwo im Asteroidengürtel oder gar jenseits davon verborgen sein. Gotham wäre eine echte Raumkolonie; es könnte überall hin gelangen."

Der Gedanke, daß etwas so Riesiges sich in der offenen Leere des Raums verstecken könnte, erschien Ari lächerlich. Andererseits war das Universum ein ziemlich großer Ort.

„Was werden sie mit uns machen?"

„Ich weiß es nicht. Ich nehme an, daß wir ihnen von Nutzen sind, bis sie sich die Kontrolle über die Station gesichert haben. Danach . . . wer weiß?"

„Wir müssen etwas tun. Wir können nicht einfach die Hoffnung aufgeben."

„Es gibt keine Hoffnung."

„Daddy, wir können nicht einfach zulassen, daß all diese Leute da oben zu Sklaven dieses Verrückten werden. Irgend etwas müssen wir tun. Wir müssen es versuchen."

„Es ist zu spät. Es ist schon im vollen Gang."

„Es ist *nicht* zu spät", sagte Ari rauh. Sie ergriff den Arm ihres Vaters und schüttelte ihn kräftig. „Spence ist immer noch da draußen und auf freiem Fuß. Er weiß Bescheid. Er wird versuchen, uns zu finden und zu befreien."

„Es ist zu spät. Er weiß nicht einmal, wo er anfangen soll zu suchen – *wir* wissen ja nicht einmal, wohin sie uns bringen."

„Er wird uns finden." Sie warf ihrem Vater einen wissenden Blick zu. „Für Spence steht bei der Sache so viel auf dem Spiel wie für irgend jemand sonst, vielleicht sogar mehr. Und ich habe eine ziemlich deutliche Ahnung, wohin wir unterwegs sind und wo er zu suchen beginnen wird."

Sechstes Kapitel

Nicht die Schüsse weckten Spence, es waren die Kugeln selbst, die wie ein tödlicher Hagel durch die verrostete Karosserie des Lieferwagens schlugen, die ihn hellwach hochfahren ließen.

Der Mond war fast untergegangen – es war die dunkelste Zeit der Nacht, ein paar Stunden vor der Dämmerung – ideal für einen Hinterhalt. Die *goondas* hatten abgewartet, bis die Wächter eingeschlafen waren, bevor sie aus ihrem Versteck in den dschungelbewachsenen Hügeln herausgekrochen kamen. Der schnelle und professionelle Angriff kam für alle überraschend.

Händler rannten schreiend davon in die Nacht. Die Horde der barfüßigen Mitläufer verstreute sich in alle Richtungen, da sie nicht wußten, woher die Schüsse kamen. Die Soldaten feuerten schnelle Salven aus ihren M-16-Gewehren, und irgend jemand – vielleicht einer der Händler, wahrscheinlicher aber einer von den Banditen – ließ eine Maschinenpistole knattern.

Eine derartige Verwirrung brach über die Szene herein, daß Spence nicht mehr wußte, wer auf wen schoß, als er vom Rücksitz des Wagens auf die Straße sprang. Er stieß mit der zusammengekauerten Gestalt Adjanis zusammen.

„Uff!“ sagte er, als er zu Boden ging.

„Bleib unten!“ Adjani preßte seine Schulter flach auf den Boden.

„Wo ist Gita?“

„Weiß ich nicht. Als ich aufwachte, war er weg. Die Schüsse scheinen aus den Bäumen da drüben auf der anderen Straßenseite zu kommen.“

Spence schaute sich um und kam zu dem Schluß, daß Adjani wahrscheinlich recht hatte. Eine dünne, weiße Rauchfahne stieg über die Wipfel einiger hoher Bäume in ungefähr dreißig Metern Entfernung auf, und gleichzeitig erzeugte eine laufende Reihe von Kugeln kleine Staubwolken, als eine Salve an der Karawane entlangfegte. Ein paar Leiber lagen bewegungslos zwischen den Bäumen und der Kette der Fahrzeuge, doch ob diese tot oder verwundet waren oder sich nur flach auf den Boden preßten, um außer Sicht zu bleiben, wußte er nicht. Er befürchtete jedoch das Schlimmste.

Plötzlich verstummten die Schüsse. Von den Bäumen her drangen Schreie, und dann sahen sie, wie die drei Soldaten mit erhobenen Händen die Straße überquerten.

„Soviel zum Thema Schutzbegleitung", sagte Adjani.

„Was geschieht jetzt?"

„Sie werden sich nehmen, was sie wollen, und dann – wir täten gut daran, darum zu beten – werden sie ihrer Wege gehen." Es war Gitas Stimme. Spence und Adjani drehten sich um und sahen den turbanbesetzten Kopf unter dem Wagen hervorragen. Wie er seinen umfangreichen Leib dort hineingezwängt hatte, war ihnen ein Rätsel.

Rund um sie her stieg das Stöhnen der Verwundeten auf, und die Zweige auf der anderen Straßenseite begannen zu schwanken und zu zittern, als die Banditen ins Freie traten.

Es waren ein Dutzend oder mehr, und vermutlich verbargen sich noch weitere zwischen den Bäumen. Sie waren dunkel gekleidet, was sie fast unsichtbar machte, als sie sich über die ganze Länge der Karawane verteilten – wie dunkle Schatten in der noch dunkleren Nacht. Das schwache Mondlicht traf auf das nackte Metall ihrer alten Waffen, die mit einem kalten Leuchten schimmerten und alle noch Zweifelnden wissen ließen, daß ihre Besitzer bereit waren, ernst zu machen.

„Wir besitzen nichts von Wert", sagte Spence. „Was werden sie tun?"

„Uns töten", antwortete Gita. „Es wäre besser, wenn wir etwas hätten, das wir ihnen geben könnten."

„Unsere Vorräte", schlug Adjani vor.

„Die nehmen sie sich sowieso. Sie wollen mehr."

„Dann laßt uns nicht hierbleiben, um das zu erörtern; verschwinden wir lieber jetzt." Spence, der immer noch neben Adjani auf dem Bauch lag, begann rückwärts hinter den Wagen zu kriechen. Adjani machte sich flach und folgte Spence. Gita, der zwischen dem Boden des Fahrzeugs und der Straße eingeklemmt war, zischte wie eine Schlange. „Halt, halt! Wartet auf mich!" Einen Augenblick später hatte er sich aus seinem Versteck befreit und ließ sich nach seinen Freunden in den Straßengraben rollen.

Kaum waren sie drei Schritte weit auf die Deckung des Dschungels zugerannt, als ein Ruf und das Schimmern des Mondlichtes auf dem langen Lauf eines Gewehrs sie stoppten. Eine große, dunkle Gestalt trat ihnen in den Weg. Die Zähne und das Weiße in den Augen des Mannes leuchteten in der Dunkelheit, und er richtete das Gewehr auf sie und rief noch einmal, diesmal mit mehr Nachdruck.

Ohne auf eine Übersetzung zu warten, drehte sich Spence langsam um und ging mit hoch erhobenen Händen zurück zum Wagen. Dort sahen sie, daß alle Händler vor ihren Fahrzeugen standen, während die Banditen in Gruppen die Ladung löschten. Aus dem jammernden Geschnatter, das die Luft erfüllte, schloß Spence, daß sie die Räuber beschworen, ihnen nicht alles zu nehmen. Doch die *goondas* nahmen keine Notiz von dem Gejammer und verrichteten ihre Arbeit vollkommen ungerührt von dem erbärmlichen Betteln der Händler.

Dann standen zwei Banditen mit angelegten Gewehren vor ihnen. Einer von ihnen richtete eine schnelle Frage an Gita. Zitternd vor Furcht trat der kleine Mann vor.

„Er will wissen, was wir ihnen geben können", flüsterte Adjani aus dem Mundwinkel heraus.

Gita sprach schnell und mit von Furcht inspirierter Beredsamkeit. Seine Handflächen waren zu sehen, wie sie wild vor ihm herumgestikulierten.

„Was sagt er jetzt?"

„Gita sagt ihm, wir seien Doktoren auf dem Weg nach Darjeeling, um einem Freund zu helfen. Daß wir kein Geld oder sonstige Besitztümer bei uns haben. Er bittet darum, daß wir um unseres Freundes willen unseren Weg fortsetzen dürfen."

Der Bandit schaute Gita lange an, dann abwechselnd Spence und Adjani. Er stellte sich unmittelbar vor sie und spähte in ihre Gesichter. Spence roch die Ausdünstung des Puyati, eines starken, selbstgebrannten Schnapses aus fermentiertem Palmensaft, im

Atem des Räubers. Sein Gesicht schimmerte schmierig im schwindenden Mondlicht.

Plötzlich wirbelte der Bandit auf dem Absatz herum und stieß einen kurzen Satz hervor. Einen Augenblick später kam ein sehr großer Mann mit einem gewaltigen weißen Turban, einem fließenden, gestreiften Mantel und einem *goonda* an jeder Seite auf sie zu. Spence erriet, daß dies der Anführer der Straßenräuber war.

Die beiden Banditen konferierten kurz miteinander, und dann wandte sich der Anführer mit schwingendem Mantel ab und ging. Einen Augenblick lang dachte Spence, man würde sie laufen lassen. Doch der erste Bandit brüllte Gita einen Befehl zu, der den kleinen Mann beinahe rücklings umfallen ließ. Gita watschelte zum Wagen und kam mit den Säcken, die ihre Vorräte enthielten, wieder zum Vorschein. Mit angstvoll aufgerissenen Augen wandte er sich an Spence und Adjani.

„Wir sollen ihm folgen", sagte Gita und nickte dem davongehenden Banditen hinterher.

„Und wenn nicht?"

„Dann hofft er, daß wir ein gutes Leben geführt und reine Gedanken gedacht haben, denn dann werden wir heute nacht die Gelegenheit bekommen, uns im Nirwana mit dem Weltgeist zu vereinigen."

„Lieber nicht", sagte Spence. „Gehen wir."

Olmstead Packer beschäftigte sich damit, die Beine in regelmäßigen Abständen abwechselnd übereinanderzuschlagen und seine Hände zu falten und wieder zu entfalten. Das Warten langweilte ihn, und es machte ihm Sorgen, daß der Sicherheitschef Ramm so lange brauchte, um das Problem zwischen ihm und Dr. Williams auszubügeln. Ein Gefühl der Gefahr hatte den breit gebauten Physiker beschlichen, während er wartete; seine Zukunft trübte sich vor seinen Augen ein, und die Fußketten einer Vorstrafe schienen nach ihm zu greifen.

Dabei war sein Vergehen so geringfügig, so trivial, so unbedeutend, daß es zum Lachen war. Diese extreme Ambivalenz seiner Gefühle erzeugte in dem rotbärtigen Mann eine eigentümliche

Spannung, als ob in seinem Innern ein Tauziehen vor sich ginge, bei dem mal die eine Seite die Oberhand gewann und mal die andere. Und was es noch schlimmer machte, war, daß Packer nicht wußte, für welche Seite er brüllen sollte. Jeden Moment schien, je nach dem Ausschlag seines Stimmungsbarometers, eine der Seiten dem Sieg nahe zu sein.

So saß er da und versuchte, ruhig zu bleiben, während innerlich die Schlacht um die Herrschaft über seine emotionale Einstellung unvermindert weiterging.

Er schüttelte seinen zottigen roten Kopf. Wie hatte er sich je in eine solche Sache verwickeln können? Alles hatte so harmlos angefangen. Oder nicht? War es nicht so, daß von Anfang an etwas Merkwürdiges an der Sache gewesen war? Gleich von dem Moment an, als er Spence Reston zum ersten Mal gesehen hatte? Hing nicht die ganze Geschichte mit ihm zusammen?

Packer war sicher, daß hinter allem anderen Spence die Ursache seiner persönlichen und höchstwahrscheinlich auch all der anderen Probleme war. Zweifellos war Kalnikov durch Reston in seine augenblickliche Lage geraten – *das* war ein Rätsel, dem man einmal auf den Grund gehen sollte. Wohin das alles führen würde und worum es überhaupt ging, darüber konnte er nur Vermutungen anstellen. Physiker stellen nicht gerne Vermutungen an.

Plötzlich öffnete sich die Außentür, und er hörte im Nebenzimmer jemanden sprechen. Im nächsten Moment stand Chief Ramm vor ihm. Packer sprang auf wie ein eifriges Schoßhündchen und hätte beinahe gebellt, um hinausgeführt zu werden.

„Nun? Haben Sie mit ihm geredet? Kann ich jetzt gehen?"

Ramm setzte eine offizielle Miene auf. „Ich fürchte, es wird nicht so einfach sein. Ich werde Sie für ein paar Tage einsperren müssen – zumindest, bis der Direktor wiederkommt."

Packer fiel die Kinnlade herunter. „Das meinen Sie nicht ernst."

„Ich fürchte doch. Kommen Sie bitte mit." Der Befehl kam in kühlem Ton und ließ keinen Spielraum für Diskussionen.

Der Chef der Sicherheitskräfte führte den Übeltäter in einen achteckigen Raum, von dem aus sieben transparente Türen in die Zellen führten. Sie standen alle leer; Verbrechen waren kein großes Problem auf Gotham.

Ramm brachte seinen Gefangenen zu der Zelle direkt gegenüber dem Eingang. „Da hinein“, sagte er, während er den Zugangscode eintippte. Die Tür glitt auf, und Ramm trat zur Seite, um Packer hindurchzulassen. „Ich denke, Sie werden es hier bequem haben. Machen Sie sich keine Sorgen. Ich werde Ihre Frau benachrichtigen.“

„Machen Sie sich keine Mühe. Meine Frau ist zu Besuch bei ihrer Schwester auf der Erde. Sagen Sie nur meinem Assistenten, was passiert ist.“ Er schaute sich in der Zelle um: Es war ein kleiner, quadratischer Raum mit gepolsterten Wänden und einer niedrigen Konturliege auf einer Pritsche. Das war alles. Er drehte sich um und sah zu seiner Überraschung, daß Ramm mit ihm in die Zelle gekommen war.

Ramm deutete auf die Liege und sagte: „Setzen Sie sich. Ich möchte mit Ihnen reden.“

Packer tat es.

„Dies ist der einzige ungestörte Raum im Gewahrsam – alle anderen sind angezapft“, erklärte Ramm. Packer schwieg und wartete ab, was folgen würde.

„Hier geht irgendeine linke Tour vor sich. Ich habe vor, herauszufinden, was es damit auf sich hat. Erzählen Sie mir lieber die ganze Geschichte, Packer. Von Anfang an.“

Packer starrte ausdruckslos zurück. Das Stirnrunzeln des Sicherheitschefs hatte sich zu einem beeindruckend grimmigen Ausdruck gesteigert. Der hochgewachsene Polizist sah so aus, als ob er sein eigenes Körpergewicht in Wildkatzen verschlingen könnte; also beschloß Packer, keine Spielchen mit ihm zu spielen.

„Sie haben mit Williams geredet?“

„Ich habe mit ihm geredet. Genausogut hätte ich mit einer Muschel reden können. Er hat vor irgendetwas Angst und will sich nicht öffnen und es herauslassen. Ich dachte, ich sehe mal, ob Sie mir nicht eine Erleuchtung verschaffen können.“

„Ich werde es versuchen“, sagte Packer und begann, ihm zu erzählen, was er über das Verschwinden von Spence und Adjani wußte – was nicht viel war, da er nur die gleichen Gerüchte gehört hatte wie alle anderen auch.

„Ja", sagte Ramm. „Ein paar von meinen Leuten arbeiten an der Sache. Bisher ist nicht viel dabei herausgekommen."

„Das war der Grund, warum ich zu Kalnikov wollte. Reston und Rajwandhi sind meine Freunde; Adjani gehört zu meinem Stab. Ich konnte diese Gerüchte über sie nicht glauben und wollte herausfinden, was passiert ist. Kalnikov schien der einzige zu sein, der es vielleicht wissen konnte."

„Würde es Sie überraschen, zu hören, daß Kalnikov auf *meinen* Befehl hin keinen Besuch empfangen durfte?"

„Tatsächlich?"

„Tatsächlich. Er war ein Augenzeuge, und ich wollte nicht, daß irgend jemand mit ihm redet, bevor ich es konnte. Als Sie auftauchten, dachte ich, Sie hätten damit zu tun. Entweder wußten Sie eine Menge mehr, als Sie mir sagten, oder Sie waren unabsichtlich über etwas gestolpert. Was von beiden stimmte, wußte ich nicht, aber das gab mir die Gelegenheit, noch einmal zu Williams zu gehen und mit ihm zu reden."

„Und?"

„Erzählen Sie es mir. Ich werde aus der Sache nicht schlau. Ich weiß nur, daß ein Mann keine fünfzehn Stunden braucht, um sich von einem Taser-Schuß zu erholen. Normalerweise dauert es nur ein paar Minuten. Williams behauptet, der Taser-Pfeil hätte Kalnikov an der Wirbelsäule getroffen und das Rückenmark beschädigt. Er meint, Kalnikov sei möglicherweise gelähmt."

„Er ist nicht gelähmt – er steht unter Beruhigungsmitteln."

„Sind Sie sicher?"

„Absolut. Kalnikov hat es mir selbst gesagt. Das heißt, ich habe ihn dazu gebracht, es mir zu sagen – er kann ja nicht reden, deshalb haben wir einen Antwortcode benutzt. Ich fand heraus, daß Kalnikov Reston und Rajwandhi bei der Flucht behilflich war – mehr weiß ich nicht.

Er wurde nicht durch den Taser verletzt. In dem Punkt haben sie recht. Er glaubt, er werde mit Beruhigungsmitteln und Muskelrelaxantien vollgepumpt, um ihn zum Schweigen zu bringen. Das ist alles, was ich aus ihm herausholen konnte, bevor ich unterbrochen wurde."

„Hmm. Das wird ja immer merkwürdiger."

„Das ist alles, was ich weiß, ehrlich."

„Und Reston und dieser andere Bursche? Was ist mit denen? Vor wem waren sie auf der Flucht?"

„Ich weiß es nicht. Kalnikov könnte es vielleicht sagen. Er hat sie ja gesehen."

Chief Ramm stand auf. „Ich neige dazu, Ihnen zu glauben, Pakker. Ich werde das überprüfen. Ich würde Sie ja auf Ihr Ehrenwort hin laufenlassen, aber ich glaube, für eine Weile sind Sie hier besser aufgehoben."

Packer stöhnte. „Oh nein. Ich hatte gehofft, Sie würden das nicht sagen."

„Schauen Sie, das dient mehr zu Ihrem eigenen Schutz als zu irgend etwas anderem. Bis wir herausgefunden haben, was hier vor sich geht, möchte ich keinen Zeugen verlieren. Sie wissen soviel wie Kalnikov. Ich will nicht, daß Sie von der Bildfläche verschwinden."

„Mir würden sie doch nichts tun –", bluffte Packer.

„Seien Sie da nicht so sicher. Ich habe einen Mann, der unter Beruhigungsmitteln steht, und zwei andere, die in einer gestohlenen Landekapsel herumfliegen, und ich weiß nicht, warum. Ich bin mir gar nicht sicher, daß, wer immer auch hinter dieser Sache steckt, davor zurückschrecken würde, mißliebige Zeugen umzubringen, falls die Sache noch etwas verfahrener wird." Auf Packers ungläubigen Blick entgegnete er: „So etwas kommt vor. Beißen Sie also die Zähne zusammen, und ich werde Sie hier so schnell wie möglich herausholen. In der Zwischenzeit entspannen Sie sich. Ich habe Ihnen aus Ihrem Büro ein paar Statistiken bringen lassen, die Sie lesen können, und in etwa einer Stunde gibt es Abendessen. Geht auf meine Rechnung."

Chief Ramm lächelte wohlwollend und verließ die Zelle, in der Packer frustriert zurückblieb.

„Nur noch eine Sache, Chief", rief der Gefangene durch die Klappe in der Tür.

„Ja?"

„Kommen *Sie* mir nicht auch noch in Schwierigkeiten."

Der Chief lachte. „Keine Sorge. Ich bin so etwas gewöhnt."

„Mag sein, aber ich habe das Gefühl, daß diese Burschen hauptsächlich nachts arbeiten."

Siebentes Kapitel

Der Hoverjet sank erneut unter die durchbrochene Wolkendecke, und zum ersten Mal seit mehreren Stunden sah Ari den Boden. Eine üppig grüne Landschaft wie aus smaragdfarbenem Samt kräuselte sich in schmalen Falten. Die silbrig leuchtenden Fäden der Flüsse schlängelten sich durch tiefe Schluchten. Weiße Vögel schwebten in V-Formationen über das Grün des Landes hinweg. Von oben gesehen, mit der Mittagssonne, die auf ihren Flügeln glänzte, sahen sie aus wie Diamantenketten, die zwischen dem blauen Himmel und der grünen Erde schwebten.

Geradeaus und ein wenig zur Linken sah sie die Berge steil zu einem Hochland aufsteigen, das auf drei Seiten von dschungelbewachsenen Hängen und auf der vierten Seite von einem See begrenzt war. Noch weiter voraus erhoben sich bläulich in der dunstigen Ferne die weißen Gipfel der Berge, die am Horizont eine gezackte Linie bildeten, soweit sie sehen konnte.

Der Hoverjet vollführte einen langen Sinkflug und glitt über das Hochland mit seiner Ansammlung von Dörfern hinweg.

Ari hatte das Gefühl, die Gegend wiederzuerkennen, obwohl sie sie noch nie zuvor gesehen hatte.

„Daddy, wo sind wir?" flüsterte sie. Ihr Vater schlief nicht, obwohl seine Augen geschlossen waren und sein Kopf vornüber auf der Brust ruhte.

„Hmm?“ Er war in eine tiefe Depression gesunken und antwortete nur noch mit Brummen auf ihre Versuche, ein Gespräch anzufangen.

„Könnte das da unten Indien sein? Ich glaube, das muß es sein.“

Das brachte ihren Vater dazu, sich in seinem Sitz aufzurichten und die Augen aufzuschlagen.

„Indien, sagst du?“ Er lehnte sich über sie hinweg und spähte aus dem Fenster. „Schwer zu sagen. Es könnte überall sein.“

„Nein, das ist Darjeeling da unten, ich weiß es genau.“

„Könnte sein“, gab er zu und sah seine Tochter genau an. „Was macht dich so sicher?“

„Ich weiß es einfach, das ist alles. Mutter hat mir davon erzählt, wie sie dort aufwuchs.“ In diesem Augenblick kam ihr zu Bewußtsein, wer es war, der sie an ihrem Zielort erwartete. „Oh, Daddy“, sagte sie und umklammerte seine Hand. „Wenn wir tatsächlich in Indien sind, kann das nur eines bedeuten: Wir werden dem Traumdieb begegnen.“

Wenig später verlangsamte der Jet seine Vorwärtsbewegung und sank schließlich senkrecht zu einem Landeplatz unter ihnen hinab. Die Vegetation war so dicht, und die Bäume waren so nahe – sie glaubte, die Hand ausstrecken und die Blätter von ihren Zweigen abziehen zu können – daß sie den Boden direkt unterhalb des Flugzeuges nicht sehen konnte. Es sah aus, als landeten sie in einiger Entfernung östlich von Darjeeling mitten im Wald. Wie weit entfernt es war, konnte sie nicht sagen, aber die Landschaft, die sie durch die hohen Bäume erblickte, als der Jet niederging, sah aus, als seien sie rundum von Bergen umgeben.

Dann setzte das Flugzeug sanft auf, und das dröhnende Heulen der Triebwerke verstummte. Im nächsten Augenblick floß warme, feuchte Luft in die Kabine, als die Luke sich öffnete. Von draußen drangen Stimmen herein, die in dem schnellen Vogelgesang des Hindi sprachen; damit bestätigte sich ihr Verdacht, daß sie sich tatsächlich im Lande des Traumdiebs befanden.

Sie blinzelte, als sie die Kabine verließ. Das Sonnenlicht fiel heiß und hell vom Zenit herab. Die feuchte Luft schien vor ihren Augen wellig zu schimmern, und in den grünen Wänden des großblättrigen Waldes erschallten die Schreie aufgescheuchter Vögel und zorniger Affen.

Sie hob die Augen, um ihre Umgebung zu erfassen, und sah eine Szene wie aus den Seiten eines archäologischen Lehrbuches. Vor ihr erhoben sich Wände massiven, bröckelnden Gesteins, geschwärzt vom Alter und von der Verwitterung. Ein paar Meter weiter stand ein großes Tor in der Wand offen, und jenseits davon schwang sich ein schlanker Turm hinauf in den blauen, bewölkten Himmel. Offenbar waren sie in einer Art Innenhof gelandet, innerhalb der Mauern eines Schlosses.

Ari erinnerte sich, wie ihre Mutter den Palast des Traumdiebs beschrieben hatte, und wußte, daß sie jetzt davor stand. Voller Staunen schaute sie sich um. Was nur wie ein Traum erschien, war Wirklichkeit; die vergrabene Erinnerung eines unglücklichen kleinen Mädchens eine Tatsache. Es war immer Wahrheit gewesen – nicht die Einbildung eines gestörten und verängstigten Kindes.

Drei Männer in Militärjacken und Leinenhosen näherten sich. Ihre dunkle, fast schwarze Haut glänzte in der Sonne, und ihre schwarzen Mandelaugen beobachteten die Neuankömmlinge wachsam. Einer der Männer trug ein Pistolenhalfter an der Hüfte. Hocking und die anderen berieten sich für einen Moment mit den Männern, und dann kam Tickler herüber und sagte: „Diese Männer werden Sie in Ihr Quartier bringen."

Es klang, als ob sie ein Zimmer in einem Hotel bezögen. Die Männer führten die Gefangenen wortlos durch das Tor in einen weiteren Innenhof dahinter. Dieser Hof war kleiner; seine Mauern waren dicht mit Wein umrankt, der zwischen den Pflastersteinen hervorwuchs, sie spaltete und auseinanderdrückte und stellenweise in steilem Winkel aus dem Boden emporhob. Die Ranken hatten alles unter sich begraben – Baumstümpfe, Standbilder, Steinbänke, einen uralten, trockenen Springbrunnen – alles war unter einer dichten Decke aus glänzenden Blättern verborgen wie die Möbel eines Hauses, das den Sommer über leersteht. Ari beschlich das Gefühl, daß auch sie bald umrankt und zu einer Statue erstarren würde, wenn sie nur lange genug hier stehenblieb.

Die Männer führten sie über die verfallenen Pflastersteine zu einer niedrig überdachten Vorhalle und darunter hindurch über ein paar Stufen hinauf zu einem dunklen Eingang. Ari streckte die Hand nach ihrem Vater aus, als sie auf den Stufen stolperte. Einer der Wächter fing sie mit einem stählernen Griff auf und half ihr auf die Füße. Seine Hand blieb auf ihrer kühlen Haut liegen. Rasch riß sie ihren Arm los.

Der Raum, in den sie eintraten, war düster und kühl und still wie ein Grab. Das Licht fiel durch kleine, kleeblattförmige Fenster ein, die rund um die flach geschwungene Decke angeordnet waren. Eine dicke Staubschicht bedeckte den Kachelfußboden der Halle – unberührt bis auf die sich dahinschlängelnden Spuren von Insekten; ihre Fußabdrücke im Staub bezeugten die Tatsache, daß seit langer Zeit niemand mehr diesen Raum betreten hatte. Vielleicht waren sie die ersten Besucher seit tausend Jahren.

Sie wurden durch die Halle in einen dunklen Korridor geführt, der am Fuß einer langen Wendeltreppe endete. Weitere, hellere Gänge trafen hier mit dem Hauptkorridor zusammen, aber sie stiegen die Treppe hinauf, die sich immer weiter emporwand und dabei ihren Radius verringerte.

Als sie das Ende der Treppe erreicht hatten, standen sie auf einem kleinen Absatz mit einem kreisrunden Loch in dem Kuppeldach über ihnen. An einem Ende des Absatzes ragte eine große Holztür auf, die viel jünger aussah als der Rahmen, der sie umgab, und auf deren Oberfläche schwarze Eisenbänder ein großes X bildeten.

Der erste Blick in das Innere ihrer Zelle wirkte nicht allzu abstoßend auf Ari. Es war eine geräumige, runde Kammer mit hohen, spitzen Fenstern und einem breiten Balkon, dessen Zugang nur von einem Vorhang aus Holzperlenschnüren verdeckt war. Darin standen orientalische Liegen, Rattansessel und mehrere Betten, auf denen sich Kissen aus roter, blauer und gelber Seide türmten. Eine Waschgelegenheit war zur Abschirmung ihrer Benutzer hinter einem Seidenvorhang verborgen. Außerdem gab es einen Marmortisch, auf dessen polierter Oberfläche aus Elfenbein geschnitzte Schachfiguren säuberlich angeordnet waren. Daneben stand eine große Glasschüssel mit einer kristallenen Kelle, die frisches Wasser enthielt, und eine kleinere Schale mit Obst: kleinen wilden Trauben, Bananen, Orangen und mehreren großen, grünlich-gelben, fleischigen Früchten, die sie nicht kannte.

Es schien, als sei der Raum erst kürzlich gereinigt und eigens für ihre Ankunft mit allen Annehmlichkeiten ausgestattet worden, die man vielleicht in einem bezaubernden alten Hotel vorfinden würde. Doch als die große Holztür hinter ihnen ins Schloß fiel, wußten sie, daß sie Gefangene waren und keine Gäste.

„Also, da wären wir", sagte sie und versuchte optimistisch zu klingen.

Direktor Zanderson schüttelte seine starre Versunkenheit ab und schaute sich mit müden Augen in dem Raum um. „Ja, da wären wir. Ein vergoldeter Käfig für die gefangenen Vögel."

„Schau, dort ist ein Balkon", sagte Ari und lief sofort hinaus. „Daddy, komm hier heraus; man kann die Berge sehen."

„Der Himalaya", sagte er, als er neben sie trat. „Ja, wir sind nordöstlich von Darjeeling in den Ausläufern des Himalaya; irgendwo in Sikkim in der Nähe der alten bhutanischen Grenze."

„Ich wußte gar nicht, daß du dich so gut in Geographie auskennst." Ari wandte ihrem Vater ein frisches, enthusiastisches Gesicht zu. Die Sonne entzündete ein goldenes Feuer in ihrem Haar. Sie gab sich alle Mühe, ihren Vater aus sich herauszulocken und aufzuheitern, in der Hoffnung, daß er seine stumpfe Verzweiflung abwerfen würde. Ihn so tief in seiner Depression versunken zu sehen, schmerzte sie mehr als alles, was ihre Entführer ihr hätten antun können. „Erzähl mir mehr."

„Viel mehr weiß ich auch nicht. Ich war nur kurz hier – mit deiner Mutter, bevor du geboren wurdest."

„Das wußte ich ja gar nicht. Du hast immer gesagt –"

„Ich weiß, was ich immer gesagt habe." Er lächelte verschlagen. „Es gibt eine Menge Dinge, über die Eltern in Gegenwart ihrer Kinder nicht reden. Sie führen ein Doppelleben, Liebes."

„Wirklich? Ich hatte schon immer so einen Verdacht. Aber jetzt kommt die Wahrheit ans Licht. Du mußt mir davon erzählen."

Ihr Vater seufzte, als stöberte er in den vielfältigen Erinnerungen eines langen und beschwerlichen Lebens nach den Resten einer Erinnerung, die aus einer längst vergangenen Zeit noch übrig waren. „Es gibt nicht viel zu erzählen", sagte er endlich. „Die Reise war kein großer Erfolg."

„Das glaube ich nicht. Zwei junge, verliebte Leute in diesen verschwiegenen Bergen –"

Ein leichtes Lächeln trat auf seine Lippen, als die Erinnerung in ihm aufstieg. „Ja, das spielte mit. Aber es war auch teilweise sehr traurig. Deine Mutter hatte sich so sehr gewünscht, mir die Stadt zu zeigen, wo sie gelebt hatte, und das Seminar, in dem ihr Vater all die Jahre gelehrt hatte. Sie wollte mir zeigen, woher sie kam, sagte sie.

Doch als wir Darjeeling erreichten, passierte etwas mit ihr; sie wurde launisch und unglücklich. Wir blieben nur für ein paar Tage und schauten uns um, aber sie schaffte es nicht, mir alles zu zeigen, was sie mir hatte zeigen wollen. Es war, als könnte sie es nicht ertragen hierzusein. Sie wurde sehr depressiv – das war der erste Hinweis auf ihr Problem.

Nachdem wir abgereist waren, sprachen wir nie wieder über diese Reise, obwohl ich spürte, daß sie ihr oft auf der Seele lag. Sie schien die Reise als Fiasko zu betrachten, doch ich empfand es überhaupt nicht so. Natürlich dauerte es noch viele Jahre, bis ich den Verdacht schöpfte, es könne mehr dahinterstecken als ein durch unangenehme Erinnerungen ruinierter Urlaub."

Ari erinnerte sich an die Geschichte, die ihre Mutter erzählt hatte – es schien schon Jahre her zu sein, obwohl in Wirklichkeit erst ein Tag seither vergangen war – und daran, wie sie wie in Trance an ihrer Seite gesessen hatte und jedes Wort in sich aufgesaugt hatte. „Hat sie dir je vom Traumdieb erzählt?"

Ihr Vater schaute sie merkwürdig an. „Was weißt du darüber?"

Ari schilderte ihren Besuch im Sanatorium mit Spence und Adjani und berichtete, wie ihre Mutter sich während ihres Besuches zusammengerissen und in einem Aufleuchten geistiger Klarheit erzählt hatte, was ihr in der Bergwildnis widerfahren war. Ari wiederholte die Geschichte Wort für Wort so, wie ihre Mutter sie erzählt hatte, und ihr Vater saß da und hörte ihr mit einem Ausdruck versunkener Aufmerksamkeit auf dem Gesicht zu.

„Ja“, sagte er, als sie geendet hatte. „Ich habe es nie ganz in dieser Form gehört, aber ungefähr so habe ich es mir im Laufe der Jahre zusammengereimt – aus kleinen Bemerkungen, die sie machte. Nicht, daß sie je tatsächlich versucht hätte, es zu verschweigen; ich glaube nicht, daß sie sich dessen bewußt war. Sie hatte es völlig verdrängt. Aber manchmal rutschte etwas heraus; ihr Unterbewußtsein sandte ein Flehen um Verständnis hinaus.“

Er wandte sich um zu der fernen Silhouette der Berge, die ihre mächtigen Schultern dem Himmel entgegenreckten. Ein Ausdruck tiefster Trauer ging über seine Züge. Tränen sammelten sich in seinen Augenwinkeln und rannen auf seinen Wangen hinunter. Ari ergriff seine Hand und drückte sie fest. Mit der anderen Hand berührte sie sein Gesicht. Er nahm sie, küßte ihre Handfläche und hielt sie einen Moment lang an seine Lippen gepreßt. Als er wieder sprach, klang seine Stimme erstickt vor Kummer. „All die Jahre dachte ich, es wäre das Trugbild eines gestörten Geistes. Ich wäre nie auf den Gedanken gekommen, daß es real sein könnte.

Die besten Ärzte der Welt stimmten mit mir überein – all die Behandlungen, die Medikamente, die furchtbaren Nächte, in denen sie vor Entsetzen schrie . . . Aber es war real, Ari. Und es trieb sie zum Wahnsinn.“

Plötzlich schien die Luft kälter zu werden, und Ari schlug sich die Arme um den Leib und trat vom Balkon zurück ins Zimmer.

Ja, der Traumdieb war real. Und er hatte seine Aufmerksamkeit auf sie gerichtet und sie als Gefangene in dieses Verließ gebracht. Würde sie ihm widerstehen können? Sie stellte sich diese Frage und dachte dabei an die eine, die ihm entkommen war, doch nur so, daß die Erinnerung ihren Geist zerfressen hatte, bis nichts mehr übrig war als die äußere Hülle einer einst schönen Frau.

„Daddy, ich habe Angst“, sagte sie zitternd.

Er nahm seine Tochter in die Arme und hielt sie fest. „Ich weiß, Liebes. Ich weiß.“

„Was sollen wir tun?“

„Es gibt nicht viel, das wir tun können, Ari. Nur beten.“

„Ich habe nie aufgehört zu beten, Daddy. Aber bete du jetzt für uns – und auch für Spence. Ich glaube, er hat es vielleicht nötiger als wir.“

Achtes Kapitel

Spence hielt die Flamme in seinen Händen. Sie brannte leicht und flackerte gelblich in der sanften Nachtbrise. Er hielt sich die Kerze, die aus gewebtem Tuch und Pflanzenfasern bestand, die mit Wachs getränkt waren, dicht vors Gesicht und spürte, wie ihre Wärme ihn berührte.

Jenseits des kleinen Kreises seines Lichts konnte er nichts sehen. Die Nacht umgab ihn wie eine undurchdringliche Mauer. Über ihm leuchtete kein Stern, kein Mond warf sein Licht auf die Erde – alles war dunkel, und Spence war allein in der Dunkelheit.

Das einzige, was die furchtbare, erstickende Schwärze fernhielt, war die kleine, grob geformte Kerze in seiner Hand. Daß ein so kleines Licht die Dunkelheit vertreiben konnte, erschien ihm wie ein Wunder.

Er hatte noch nie zuvor darüber nachgedacht, hatte dieses Wunder noch nie beobachtet. Aber jetzt geschah es vor seinen Augen, und er staunte darüber. Selbst der winzigste Funke war stärker als alle Mächte der Nacht.

Merkwürdig, daß es so war, dachte er.

Plötzlich schlug ein schneller Windstoß gegen die Flamme, und obwohl Spence fast im gleichen Augenblick seine Hand darum legte, war es schon zu spät. Er sah die Flamme verlöschen, und die Finsternis, die sie ferngehalten hatte, sprang auf ihn zu und verschlang ihn.

Wie ein riesiges, amorphes Lebewesen saugte die Finsternis ihn in sich auf. Er spürte, wie sie darüber jubelte, ihn überwältigt zu haben – ein Schauer der Erregung schien sie zu durchlaufen, während sie ihren Griff um ihn verstärkte. Mit einem Grauen, wie er es noch nie zuvor gespürt hatte, erkannte er, daß sie ihn zu Nichts zermalmen wollte. Schon begann er die erstickende Schwärze zu spüren, die sich wie eine eiserne Faust um ihn ballte und sich anschickte, ihn zu zerquetschen.

Der Geist, der die Finsternis beherrschte und der selbst das Herz und die Seele der Finsternis war, griff nach ihm. Er zuckte vor dem Kontakt zurück wie vor der schleichenden Berührung der glatten Haut eines Reptils. Sein Blut gefror.

Er war von einem Geist des Chaos und der Verderbtheit berührt worden, und er fühlte sich in dessen Gegenwart schwach und unbedeutend. Dieser Geist wollte ihn töten, wenn auch aus keinem besseren Grund, als daß er alles töten wollte, was auch nur den kleinsten Schimmer Licht in sich trug.

Ein langer, schmerzerfüllter Schrei stieg aus seiner Kehle auf, voller Hilflosigkeit und trostloser Verzweiflung. In jenem Schrei waren alle bitteren Enttäuschungen, aller Haß und alle Ungerechtigkeit zu hören, die er je erlebt hatte – die Summe all seiner tiefsten Ängste und Niederlagen.

Und er hörte, wie sich der Schrei in der Finsternis löste, ein Teil davon wurde, sie verstärkte. Da wußte Spence, daß die Verzweiflung und der Haß und all die anderen schwarzen, namenlosen Ängste nicht zu ihm selbst gehörten – obwohl er sie festgehalten und in seinem Innersten genährt hatte; sondern sie gehörten zu der Finsternis, die ihn nun bedeckte, waren ein Teil von ihr, eins mit ihr. Lange hatten sie in ihm darum gekämpft, seinen Funken zu löschen, jenes kleine Licht, das ihm gehörte.

Nun waren sie zurückgekehrt, um die Finsternis zu verstärken, aus der sie entsprungen waren. Jetzt endlich würde sie ihn zermalmen.

Spence fühlte, wie seine Widerstandskraft nachließ und wie Wasser aus ihm herausfloß. Daß die Finsternis ihn überwinden würde, war der monströseste Wahnsinn, den er sich vorstellen konnte. Ausgeblasen zu werden wie seine arme Kerzenflamme erschien ihm als die endgültige, unerklärliche Ungerechtigkeit. Und warum? Weil er ein winziges, glimmendes Licht besaß, um das er weder gebeten noch sich bemüht hatte.

„Nein!" schrie er voller Trotz. „Nein, nein, nein!" Er hörte, wie sein Schreien in der Finsternis verhallte.

Dann hörte er einen Laut, der ihn durchbohrte wie ein Dolch aus Eis. Er schien ihn auszuhöhlen, auszuweiden, sein Herz zu zerfetzen. Der Laut war ein Lachen, das aus dem Innern des grausamen, höhnischen Herzen der Finsternis kam.

Er würde vernichtet werden, während das schamlose Gelächter immer noch in seinem Gehirn dröhnte; seine letzten Gedanken würden der sinnlosen Verschwendung seines Lebens gelten, die in jenem Lachen widerhallte.

„Gott!" schrie Spence. „Rette mich!"

Er spürte, wie ein Schauder die Finsternis durchlief, als hätte er sie durch einen Hieb verwundet. Und dann fiel ein einzelner Lichtstrahl, dünner als ein Haar, durch die Finsternis herab und stand vor ihm. Spence streckte die Hand aus, berührte das Licht mit einem Finger und spürte, wie es in ihm sang. Er war lebendig, dieser winzige Laserstrahl aus Licht, auf eine Weise, wie die Finsternis nie lebendig gewesen war. Er hatte eine Macht, die über alle Macht der Finsternis hinausging, und er erweckte in ihm eine antwortende Kraft, indem er seinen eigenen inneren Funken mit neuem Glanz aufstrahlen ließ.

Er hörte eine Stimme aus dem Licht zu ihm sprechen. „Warum suchst du das Leben in der Finsternis?" fragte sie.

Spence konnte nicht antworten. Er konnte nicht sprechen.

„Komm ins Licht", sagte die Stimme, „und du wirst finden, wonach du suchst."

Spence schaute zu dem strahlenden Lichtfaden empor und hörte weit über sich ein gewaltiges, reißendes Geräusch, als ob der Himmel selbst in zwei Stücke gerissen würde. Er hielt sich die Ohren zu, um sich vor dem ohrenbetäubenden Geräusch zu schützen.

Weit über sich sah er einen Riß in der Finsternis, und Licht begann hereinzudringen. Einen Augenblick lang erschien es ihm, als befände er sich in einem riesigen Ei, und Licht aus der größeren

Welt dort draußen strömte durch einen Riß in der Schale herein. Dann stand er in einem See aus Licht, das von oben auf ihn fiel. Er hob sein Gesicht zu dem Licht empor und ließ es in seine Augen fließen.

Mit einem schrecklichen Dröhnen löste sich die Finsternis auf und floh, und ein strahlend weißes Licht, heller als zehntausend Sonnen, hüllte ihn ein. Er spürte seine Macht und seine pulsierende, lebendige Energie, als es über jeden Quadratzentimeter seiner Haut tanzte und in jeder Pore prickelte.

Nun war es in ihm, durchdrang sein Fleisch und seine Knochen und brannte sich in die Fasern seiner Seele. Er konnte es fühlen wie Feuer – es verzehrte alle Unreinheiten, verschlang jeden verbliebenen Fetzen Finsternis, der noch an seinem inneren Wesen klebte, und reinigte sein ganzes Wesen bis in den letzten Winkel.

Da wußte Spence, daß er und das Licht eins waren; es hatte sein Werk in ihm vollbracht, und er hatte sich in einen lebendigen Lichtstrahl verwandelt. Er spürte, wie er sich ausdehnte und über alle Grenzen hinauswuchs, zu einem unendlichen Geschöpf wurde, das weder Anfang noch Ende hatte; und doch wußte er, daß das wahre, lebendige Licht so viel höher und heller war als er, wie er höher und heller war als die Finsternis, aus der es ihn gerettet hatte.

Er hatte die Quelle des Lebens berührt, und nun floß sie in ihm und durch ihn hindurch, und sie würde es immer tun. Sie war ewig, und nun war auch er ewig. Er wußte, daß er geboren worden war, um ein Teil von ihr zu sein und für immer in ihr zu leben.

Der Gedanke war ein Lied in seinem Innern; aber es enthielt keine Worte, nur eine Melodie, die endlos höher und immer höher schwebte.

Spence beugte sich über Adjanis schlafende Gestalt. Die Geräusche des Waldes waren leiser geworden; bis zum Tagesanbruch war es noch eine Stunde, obwohl er schon jetzt ein trübes Blau durch die Bäume schimmern sah. Grillen im hohen Gras und zwischen den Zweigen der Büsche zirpten melodisch und füllten die Nacht mit ihren friedlichen Lauten.

„Adjani, wach auf!" Er hörte das langsame, rhythmische Atmen seines Freundes. Es tat ihm leid, ihn zu wecken, aber seine Neuigkeiten konnten nicht warten. Sie mußten weitererzählt werden. „Adjani!"

„Was ist los?" Adjani setzte sich sofort auf – wachsam wie eine Katze. „Ist etwas passiert?" Er schaute sich rasch um, sah aber nichts Beunruhigendes. Ein Wachposten der Banditen beobachtete sie aus der Ferne; sein Gewehr ruhte auf seinen Knien. Offensichtlich waren sie immer noch in der gleichen mißlichen Lage wie zuvor; nichts hatte sich verändert.

„Adjani, ich habe ihn gesehen!" Spences Hände zitterten, und seine Stimme klang heiser.

„Wen hast du gesehen?" Adjani richtete sich vollends auf und spähte in Spences Gesicht. Ein eigentümliches Licht schien in den Augen seines Freundes zu schimmern.

„Den, der das alles hier geschaffen hat", sagte Spence und vollführte eine vage Handbewegung, die den ganzen Dschungel um sie her umfaßte, „dich und mich, das ganze Universum!"

„Was?"

„Das All-Wesen – Gott! Er hat zu mir gesprochen!" Spence legte eine bebende Hand auf Adjanis Schulter. Bevor er die Worte ausgesprochen hatte, hatte er dem, was er in seiner Vision gesehen hatte, noch nicht bewußt einen Namen gegeben. Die volle Bedeutung dessen, was er da sagte, wurde ihm erst jetzt bewußt und erschreckte ihn. Er verstummte erstaunt.

„Spence! Geht es dir gut?" Adjani rüttelte ihn am Ellbogen.

„Ich bin okay." Die Erkenntnis kehrte in seine Augen zurück. Er senkte den Kopf und grinste verlegen. „Es war nur ein Traum."

„Erzähl mir davon", sagte Adjani. „Ich habe gelernt, deine Träume zu respektieren."

Neuntes Kapitel

„Ich bin hier, Ortu.“ Hocking schaute die bewegungslos vor ihm sitzende Gestalt an. Es war einige Zeit her, seit er zuletzt im Palast gewesen war, und Hocking fand, daß sein Meister noch eingesunkener und ausgemergelter aussah als je zuvor.

„*Warum* bist du hier?“ Ortu hob nicht den Kopf; er sprach mit Hocking wie ihm Schlaf. Doch Hocking wußte, daß Ortu niemals schlief.

„Du sagtest, du wolltest Reston . . .“, fing Hocking an.

„Warum ist *er* dann nicht hier?“ Die Stimme klang kalt und hatte einen drohenden Unterton.

„Er wird kommen, Ortu. Er ist auf dem Weg hierher.“

„Woher weißt du das?“ Ortu hob langsam den Kopf. Seine fast leuchtenden Augen starrten Hocking mit einem angeekelten Ausdruck an.

„Es war nicht leicht, Ortu. Ich mußte . . . neue Maßnahmen ergreifen.“

„Schweig! Vergiß nicht, wen du vor dir hast! Du hast erneut nicht meine Befehle ausgeführt. Was hast du zu deiner Verteidigung vorzubringen?“

„Es war mein Fehler. Reston ist entkommen – er hat uns hereingelegt. Aber –“

„Wer sind die Leute, die du hierhergebracht hast? Warum sind sie hier?“

„Sie sind Geiseln, Ortu. Ich dachte, es sei am besten, wenn –“

„*Du* dachtest! Ich bin dein Meister! Du hast nach *meinem* Willen zu handeln! Oder hast du das vergessen?“

„Nein, Ortu. Ich habe es nicht vergessen. Aber das Mädchen – das Mädchen ist Restons Freundin. Darum wird er kommen. Mit dem *tanti* können wir ihn herbringen. Das ist es doch, was du möchtest, oder?“

Ortu schien darüber nachzudenken und sagte schließlich: „Fazluls Männer sind hier. Weise sie an, daß der Gouverneur Reston unterwegs abfangen und sofort hierherbringen soll. Ich werde nicht riskieren, ihn noch einmal zu verlieren." Ortus Kopf sank wieder herab; seine Augen schlossen sich.

„Wie du wünschst, Ortu."

„Und die anderen – deine Geiseln. Du wirst sie sofort eliminieren. Es war töricht, sie hierherzubringen. Wir haben keine Verwendung für sie."

„Ja, Ortu. Ich werde tun, wie du befiehlst."

Der Rauch des Räucherwerks stieg in grauen Schwaden auf und erfüllte die Kammer, in der Ortu wie eine Statue saß. Hocking, der in den Dämpfen beinahe erstickte, schaute sich in dem Raum um, den er so gut kannte. Wie stets, übte er auch jetzt eine furchterregende Faszination auf ihn aus. Dies war der Raum, in dem sein Meister lebte – Ortu hatte sich seit vierzig oder fünfzig Jahren nicht von der Stelle gerührt –, und von diesem Raum aus ließ er seinen Willen vollstrecken.

Hocking richtete seinen Blick wieder auf den ausgemergelten Körper vor ihm und spürte, wie eine heiße Wut in ihm aufstieg. Ortus Geduld war größer als alle menschliche Geduld; er hatte tausend Jahre gewartet, bis seine Pläne herangereift waren. Er würde auch noch einmal tausend Jahre warten, bis sie ihre Früchte trugen. *So lange kann ich nicht warten*, dachte Hocking bei sich. *Wir haben jetzt eine Chance; wir dürfen nicht länger warten!*

Hocking hatte seine eigenen Pläne für die neue Weltordnung, die Ortu entworfen hatte und die bald in Kraft treten würde. Es erschien lächerlich, daß ein einzelner Mann, der störrische Spencer Reston, allein ihren Fortschritt aufhalten sollte, und das so kurz vor der Verwirklichung ihrer Träume. Was war überhaupt so wichtig an Reston? Er war ein Nichts – ein Wurm, den man mit dem Fuß zertreten mußte.

Jemand mußte eliminiert werden, das war für Hocking offensichtlich. Aber das würden nicht Ari und ihr Vater sein; sie wurden gebraucht, bis die Station fest in seiner Hand war. Es war Reston, der eliminiert werden sollte.

Hocking zog sich leise zurück; sein Stuhl schwebte über die Wolken des Räucherwerks und verschwand. Die Sache war so einfach, daß er nicht wußte, warum er nicht früher darauf gekommen war. Vielleicht, weil er Angst gehabt hatte; aber jetzt nicht mehr.

Also gut, er würde Fazluls Männern ihre Anweisungen geben: Reston durfte Kalitiri niemals erreichen.

Ja, das Werk war fast vollendet. Die Dinge fügten sich wunderbar ineinander. Fast hätte er vor sich hingesummt, während er sich entfernte. Auf seine Züge hatte sich das grauenhafte Grinsen eines Totenschädels gelegt.

Packer schlief nicht, als der Eindringling den verdunkelten Zellenblock betrat. Er lag auf seiner Couch und starrte hinauf in die tintenschwarze Leere, als er hörte, wie die äußere Tür aufglitt. Als das Licht nicht anging, wußte er, daß etwas nicht stimmte.

So leise er konnte, glitt er von der Liege herunter auf den Boden der Zelle; er rollte sich zur gegenüberliegenden Wand und blieb dort liegen, um abzuwarten, was geschehen würde.

Er wartete so lange, daß er schon dachte, er hätte sich das Öffnen der Tür nur eingebildet. Schon wollte er wieder in sein Bett zurückkehren, als ein deutliches Klicken ertönte, gefolgt von einem leichten Rascheln von Kleidung.

Er erstarrte.

Alle seine Sinne waren hellwach und prickelten vor Erwartung. Die Haare in seinem Nacken stellten sich senkrecht, als er in die Dunkelheit spähte und vergeblich versuchte, auch nur die geringste Bewegung wahrzunehmen.

Er hielt den Atem an.

Ein weiteres Klicken ertönte, und ein bleistiftdünner Strahl blauen Lichtes schoß durch den Raum und traf die Couch. Der Blitz dauerte weniger als eine Nanosekunde, und es folgten kurz hintereinander noch zwei weitere. Packer roch das angesengte Gewebe und die Gelfüllung der Konturliege, wo der Laserstrahl eingeschlagen war.

Wer immer seine Couch so zugerichtet hatte, so fürchtete er, würde jetzt das Licht einschalten, um sein Werk zu begutachten. Einen langen, lähmenden Augenblick lang lag Packer mit dem Gesicht nach unten auf dem Boden und hoffte gegen alle Hoffnung, der Attentäter möge verschwinden.

Dann hörte er das leise Geräusch der sich öffnenden Außentür, und der Eindringling ging fort. Zitternd lag Packer bewegungslos da, wartete, daß jemand ihm zu Hilfe käme, und betete, der Mörder möge nicht zurückkehren.

Die Zeit schien zu stocken. Jede Minute schleppte sich mühsam dahin. Jede Sekunde dehnte sich zu einer Ewigkeit.

Er wartete.

Endlich kam Packer zu dem Schluß, daß die Gefahr vorbei war. Er stand vorsichtig auf, schlich zur Couch hinüber und suchte nach dem Lichtschalter am Kopfende. Das Licht flackerte auf, und er starrte hinab auf die scharfrandigen, verkohlten Löcher in der Liege. Grünes Gel aus den Stützkammern sickerte hinaus auf das orangefarbene Gewebe. Die Schüsse waren darauf berechnet gewesen, ihn zu durchlöchern, kein Zweifel: Drei schwarze Ringe befanden sich in der Couch – einer da, wo sein Kopf gelegen hatte, einer in Herznähe und einer im Bauchbereich – und jeder einzelne davon wäre tödlich gewesen.

Er stand immer noch über der Liege und spürte die stechenden Rauchschwaden in der Nase, als er hinter sich eine Stimme hörte. Er wirbelte herum, bereit, sich zu Boden zu werfen; doch dann erkannte er Ramm, der im Eingang stand und ihn beobachtete.

„Sie sehen ein wenig aufgelöst aus, mein Freund", sagte der Chief. „Alles okay?"

„Ach, Sie sind es. Ja, ich bin in Ordnung. Jemand hat versucht, mich umzubringen."

„Versucht *was*?" Er tippte den Zugangscode ein und trat durch die Tür. „Machen Sie Witze?"

„Ich finde das nicht sehr witzig", sagte Packer. Er deutete auf die beschädigte Couch.

Ramm stieß einen leisen Pfiff hervor und wandte sich verlegen an Packer. „Mann, Sie haben Glück, daß Sie am Leben sind. Hätten Sie geschlafen, so hätte man Sie glatt durchlöchert."

„Gott sei Dank habe ich nicht geschlafen." Er sah hinab auf die drei gelabsondernden Löcher im Eindruck seines Körpers, der sich immer noch auf der Couch abzeichnete. Ihn schauderte. „Ich will hier raus, Ramm. Das Spiel hat sich verändert. Diese Burschen, wer immer sie sein mögen, wollen mit harten Bandagen spielen. Beim nächsten Mal habe ich vielleicht nicht soviel Glück."

Ramm hob eine Hand und rieb sich das Kinn. „Ich weiß nicht recht ..."

„Was soll das heißen, Sie wissen nicht? Schauen Sie, ich sollte zu meinem Schutz hierbleiben, wissen Sie noch? Das haben Sie gesagt. Nun, der Schutz hat sich nicht als besonders wirksam erwiesen, oder? Ich will jetzt hier raus!"

„Wo wollen Sie hin? Zurück in Ihr Quartier? Ins Labor? Sie werden dort auf Sie warten."

Daran hatte Packer nicht gedacht. Er streckte Ramm die Hände entgegen und sagte: „Was ist hier überhaupt los? Die Sache wird immer verrückter."

„Und Sie wissen noch nicht einmal die Hälfte. Kommen Sie mit, wir unterhalten uns in meinem Büro weiter."

Packer folgte dem Sicherheitschef aus dem Zellenblock und in sein privates Büro. Ramm setzte sich auf die Schreibtischkante und verschränkte die Arme vor der Brust. Packer ließ sich in einen der Besuchersessel fallen und fuhr sich mit den Händen durch sein buschiges rotes Haar.

„Wollen Sie einen Kaffee? Etwas zu essen?"

„Danke, vielleicht später." Er wartete darauf, daß Ramm beginnen würde.

„Ich habe heute nachmittag ein paar Dinge herausgefunden, die mir äußerst merkwürdig vorkommen. Ich glaube, Kalnikov ist verschwunden – ich kann ihn nirgendwo aufspüren. Williams sagt, Kalnikov sei aufgrund seines Zustandes zur Erde verschifft worden, um dort behandelt zu werden. Ich kaufe ihm das nicht ab. In den letzten zwei Tagen ist nur eine Fähre nach unten gegangen, und nach den Unterlagen befand sich kein verletztes Personal an Bord."

„Wo ist er dann? Was ist mit ihm geschehen?"

„Ich weiß es nicht. Ich glaube, er ist immer noch irgendwo an Bord. Sie können ihn überall verstaut haben."

Packer hatte ein übles Gefühl in der Magengegend. Er fühlte sich wie in einem abrupt abwärts startenden Aufzug.

„Das Problem ist, daß es mich zweihundert Arbeitsstunden kosten würde, ihn zu finden, und selbst dann würde die Suche nur diejenigen alarmieren, die ihn festhalten, und sie würden ihn woanders hinschaffen."

„Was ist mit dem Burschen, der vor ein paar Minuten versucht hat, mich zu töten?"

„Wir sind gerade zwischen den Schichten. Meine zweite Schicht ist noch nicht angetreten. Ich fürchte, niemand hat etwas gesehen."

„Was für einen Laden führen Sie hier eigentlich?" Packer verlor allmählich die Geduld. Einen Tag und eine Nacht hatte er in der Zelle gesteckt, und als der Attentäter zuschlug, war niemand im Dienst.

Ramm wischte seinen Zorn mit einer Handbewegung vom Tisch. „Ich kann es Ihnen nicht verübeln, daß Sie am Kochen sind. Aber Sie müssen bedenken, daß wir hier keine Polizeimacht darstellen – ich meine, in gewissem Sinne sind wir das, aber wir befinden uns hier nicht in einem verbrechensstarken Gebiet. Es ist hier nicht wie in einer echten Stadt. Meistens sind wir damit beschäftigt, die Leute von den Baustellen fernzuhalten und nach Ladenschluß die Schlösser an den Restaurant-Speisekammern zu bewachen oder dergleichen.

Wir haben keinen Anschlag erwartet. Sie müssen bedenken, daß ein Ort wie Gotham nicht gerade darauf eingerichtet ist, mit einem bewaffneten Aufstand fertigzuwerden. Dafür gibt es keine Vorschriften. Niemand hat je Pläne für einen solchen Fall gemacht."

„Nun", brummte Packer, „vielleicht ist es an der Zeit, daß jemand anfängt, Pläne dafür zu machen – falls es nicht schon zu spät ist."

Zehntes Kapitel

Das Lager der Banditen sah nicht wie ein Lager aus; es hatte eher Ähnlichkeit mit einem Zigeunerlager. Aus Flicken zusammengenähte Zeltplanen, die über Äste gespannt waren oder von Stämmen gestützt wurden, die man im Dschungel geschlagen hatte, gaben dem Ort einen wilden, phantastischen Anstrich. Kleine, halbnackte Kinder scharten sich um die merkwürdig aussehenden Besucher, um sie zu betrachten. Alte Männer saßen um die erkalteten Feuerstellen der vergangenen Nacht und nickten und zeigten und schnalzten mit ihren zahnlosen Kiefern, als die Gruppe beutebeladen von ihrem Raubzug zurückkehrte. Frauen kamen angelaufen, um zu sehen, was ihre Männer für sie mitgebracht hatten. Über allem herrschte eine Atmosphäre launiger Heiterkeit vor.

Es fiel Spence schwer, sich vorzustellen, daß diese scheinbar friedlichen, glücklichen Leute davon lebten, ihre unglücklichen Opfer zu töten und auszurauben. Er hatte sich den Unterschlupf der Räuber als Schlangenloch vorgestellt, finster und widerwärtig und voller verzweifelter Männer, die durch ihre Lebensweise gemein und grob geworden waren.

Daß diese Räuber Familien hatten, die ihnen lachend entgegengelaufen kamen, erschien ihm wie ein lächerlicher Gegensatz.

„Was für ein Anblick", flüsterte Spence Adjani zu, während sie einen breiten Durchgang entlanggingen, der zwischen Zelten und Unterkünften aus leeren Frachtkisten hindurchführte. Kinder rannten kichernd neben ihnen her und zeigten auf sie, wie es aufgeregte Kinder überall in der Welt getan hätten.

„Laß dich nicht davon täuschen, Spencer." Adjani sprach leise und spähte aus verengten Augen nach dem Anführer der Banditen, der direkt vor ihnen herging. „Der heitere Straßenräuber ist der gefährlichste. Glaub mir, diese Männer werden nicht zögern, uns vor den Augen ihrer Frauen und Kinder auszuweiden, wenn es ihnen gefällt."

Spence war der Meinung, daß Adjani ihre Situation etwas melodramatisch sah. Doch Gita, der auf dem ganzen Marsch durch den Dschungel noch kein Wort gesagt hatte, verdrehte zitternd die Augen und sagte: „Adjani weiß, wovon er redet, Spencer Reston. Hören Sie auf ihn. Diese Männer sind Mörder, trotz all ihrer Heiterkeit."

„Aber sie werden uns doch jetzt nichts mehr antun. Wir besitzen ja nichts von Wert."

„Verstehst du denn nicht? Sie leben schon zu lange außerhalb des Gesetzes; sie fühlen sich sicher und fürchten nichts. Solche Männer schrecken auch vor den grauenhaftesten Taten nicht zurück."

Da Gita dazu bekräftigend nickte, sagte Spence nichts mehr darüber. Dennoch ertappte er sich dabei, wie er die Kinder anlächelte und sich in dem Lager umschaute, als wäre er ein Tourist auf einer Urlaubsreise.

Sie waren die ganze Nacht marschiert und hatten sich nur wenige Stunden ausgeruht, bevor sie wieder aufgebrochen waren. Inzwischen stand die Sonne hoch am Himmel und schien durch den grünblättrigen Baldachin über ihnen auf sie hinab. Die Gefangenen wurden im Triumphzug durch das Lager geführt und zum größten der Zelte gebracht, wo man ihnen befahl, sich unter eine große Markise aus Flicken zwischen zwei Wächtern hinzusetzen, während die Banditen sich daranmachten, die erbeutete Handelsware in der Mitte der Niederlassung aufzuhäufen und untereinander aufzuteilen.

Das Schreien der Männer und Frauen war noch in vollem Gange, als der Anführer sich aus dem Getümmel um die Beute löste und sich vor sie hinstellte. Die Wächter stocherten den Gefangenen mit ihren Gewehrmündungen in die Seite, um sie auf die Füße zu treiben.

Der Bandenführer, ein Riese von einem Mann, der unter seinem Kaftan einen mächtigen Leibesumfang verbarg, beäugte sie voller Interesse und sprach dann schnell zu Gita. Gita berührte seine Stirn und verbeugte sich tief. Der Anführer rauschte an ihnen vorbei und betrat sein Zelt.

„Sein Name ist Watti, und wir sollen ihm folgen", erklärte Gita.

„Nach Ihnen", sagte Spence, und die drei betraten die Behausung des Anführers.

Im Inneren war es zwar dunkel, aber zwischen den Flicken der Plane drang in unregelmäßigen Abständen Licht hindurch und warf ein in der Dschungelbrise fließendes Fleckenmuster auf den Boden.

Der Anführer der *goondas* führte sie in die gegenüberliegende Ecke und öffnete eine Klappe in der Zeltwand. Sonnenlicht strömte herein und fiel auf ein Lager aus Kissen, auf dem ein Junge so still lag, daß Spence im ersten Moment glaubte, er sei tot.

Hier war der Grund, warum sie hierhergebracht worden waren. Der Anführer der Straßenräuber wollte, daß sie seinen Sohn heilten – soviel verstanden sie auch ohne Worte. Der Ausdruck auf dem Gesicht des Räubers, mit dem er die schlaffe Gestalt des Jungen betrachtete, verriet das überdeutlich. Ebenso ließ sein kurzer Befehl an sie keinen Zweifel daran, was mit ihnen geschehen würde, falls sie es mit ihrer vereinten ärztlichen Kunst nicht schaffen würden, den Jungen gesund zu machen. Ein gemächlicher, qualvoll ausgedehnter Tod würde sie unverzüglich erwarten. Auch das verstand Spence ohne die Hilfe eines Übersetzers.

Gita sank auf die Knie, öffnete seine Leinensäcke und begann, sie zu durchwühlen. In den Säcken befanden sich weitere Säcke, aber er fand den einen, den er suchte, öffnete ihn und zog ein altmodisches Stethoskop hervor, das er sich um den Hals hängte, und sofort begann er nach bester Doktorenmanier, über dem Jungen zu schweben und ihn mit dem veralteten Instrument abzuhorchen.

Der Anführer Watti schien davon angetan zu sein und überließ sie ihrer Tätigkeit.

„Ich hoffe, wir haben zusammen genügend Medikamente, um dem Jungen zu helfen", bemerkte Spence, als sie allein waren.

„Es scheint, daß wir keine Wahl haben."

„Sein Atem geht flach und sehr leicht." Gita runzelte die Stirn. „Vielleicht ist ihm nicht mehr zu helfen."

Adjani kniete sich neben den Patienten und legte ihm eine Hand auf die Stirn. „Er glüht ja! Der Junge verbrennt vor Fieber."

„Was haben Sie noch in ihrem Sack, Gita? Irgendwelche Medikamente?"

„Nicht viel – Novocain, Aspirin und ein paar Antibiotika. Ich bin ein Dentist, wissen Sie."

„Die Antibiotika könnten von Nutzen sein", sagte Adjani. „Wenn wir nur herausbekommen könnten, was mit ihm nicht stimmt."

„Auf jeden Fall können wir versuchen, seine Temperatur zu senken", sagte Spence. „Her mit dem Aspirin."

Gita griff in seinen Sack, fischte darin herum und brachte eine kleine Plastikflasche zum Vorschein. „Hier. Sechzig Tabletten. Könnte reichen, was?"

„Geben wir ihm auch etwas von den Antibiotika und waschen wir ihn – vielleicht hilft das." Auf Spences verblüfften Blick entgegnete Adjani: „Ja, in diesem Teil der Welt sind Antibiotika immer noch sehr nützlich. Also, Gita, gehen Sie und sagen Sie Watti, wir brauchen eine Schüssel voll Wasser und saubere Tücher." Gita warf ihm einen flehenden Blick zu. „Ja, Sie. Soweit diese Leute wissen, sind Sie der einzige von uns, der Hindi spricht. Sie werden unser Sprecher sein."

Gita ging hinaus und kehrte nach wenigen Augenblicken zurück. Hilflos saßen sie da und schauten den Jungen an, während sie verzweifelt versuchten, sich ihre wenigen medizinischen Kenntnisse ins Gedächtnis zu rufen. Ihr Leben hing jetzt von solchen zufälligen Informationen ab.

Nach einiger Zeit erschien eine junge Frau in einem gelben und orangefarbenen Sari mit einer großen Schüssel Wasser und mehreren Tüchern. Sie sprach schüchtern mit Gita und zog sich dann ein paar Schritte zurück, um sie mit gefalteten Händen zu beobachten.

„Sie ist Wattis Frau; zumindest die Mutter des Jungen. Ich glaube, Watti hat mehr als eine Frau. Sie wird uns alles bringen, was wir brauchen."

Adjani befeuchtete eines der Tücher und machte sich daran, die fiebrigen Glieder des Jungen zu waschen. Unterdessen nahm Spence vier Aspirintabletten und zerdrückte sie, während Gita mehrere blauweiße Kapseln öffnete. „Wir brauchen etwas Trinkwasser. Aber es muß sauber sein", sagte Spence. Gita gab die Bitte an die Frau weiter, die verschwand, um das Gewünschte zu beschaffen.

Als sie zurückkehrte, nahm Spence eine kleine Tasse, goß einen Schluck von dem Wasser hinein und verrührte die pulverisierten Medikamente darin. Adjani verabreichte die Medizin, indem er den Kopf des Jungen anhob und ihm den Trank vorsichtig in den Hals rinnen ließ. Spence sah, wie sich die Rippen des Jungen unter der Haut abzeichneten, und fragte sich, wie lange es wohl her war, seit er etwas gegessen hatte.

„Wir müssen das Fieber herunter kriegen und ihm etwas zu essen einflößen, oder wir sind verloren. So wie er aussieht, hat er seit Wochen nichts gegessen."

„Sehr wahrscheinlich", sagte Adjani und fuhr fort, den bewußtlosen Jungen zu waschen.

Mit quälender Langsamkeit verstrich der Tag. Die drei Ärzte wider Willen wechselten sich darin ab, ihren Patienten lauwarm zu waschen und ihm in angemessenen Abständen Aspirin zu verabreichen. Zwischendurch dösten sie, hielten immer wieder nach Anzeichen für eine Besserung Ausschau und versicherten sich gegenseitig, daß sie das Richtige taten.

Gegen Abend schien es dem Jungen etwas besser zu gehen, obwohl es schwierig war, das genau zu beurteilen. Seine Temperatur schien etwas gesunken zu sein, und er stöhnte leicht, als Adjani wieder begann, ihn zu waschen.

„Sollen wir versuchen, ihm etwas zu essen einzuflößen?"

„Ich weiß nicht", sagte Adjani mit einem besorgten Blick. „Ich glaube, heute nacht werden wir es erfahren."

„Und das heißt?"

„Wenn er die Nacht übersteht, wird es ihm besser gehen. Wenn nicht . . . "

„Steht es so schlimm?" Spence wandte den Blick wieder der liegenden Gestalt zu. Der Junge war blaß und hatte eingesunkene Augen; es schien in der Tat, als schwebte der Tod schon über ihm.

Gita, der den Jungen gerade mit seinem Stethoskop abgehorcht hatte, stand auf. „Ich fürchte, Adjani hat recht. Sein Herzschlag ist nur noch ein Flattern. Wir könnten ihn verlieren."

„Wenn wir ihn verlieren, verlieren wir auch unsere Fahrkarte in die Freiheit." Spence kniete sich neben den Jungen, als wollte er ihn schütteln und ihm Vernunft beibringen.

„Komm", sagte Adjani. „Wir sollten ein paar Schritte gehen, falls die Wachen uns lassen. Ich könnte ein bißchen frische Luft gebrauchen."

Sie traten aus dem Zelt heraus und sahen sich den strengen Gesichtern der Wachen gegenüber. Adjani bedeutete ihnen, daß sie ein wenig umhergehen wollten, und einer der Wächter nickte und stieß den anderen an, die Gefangenen zu begleiten.

Die Leute des Banditendorfes beäugten sie neugierig. Für die Jüngeren waren Weiße offensichtlich etwas Neues, und ein dunkelhäutiger Mann, der wie ein Weißer gekleidet war, kam ihnen vielleicht ebenso einzigartig vor. Wo immer die beiden hinkamen, zogen sie lange, unverhohlene Blicke auf sich.

Eine Weile sprach keiner von beiden. Sie gingen nur nebeneinander zwischen den Flickenzelten umher und lauschten dem schrillen Gezwitscher der leuchtend rotgelben Vögel, die zwischen den Baumwipfeln hin- und herflatterten und von Zeit zu Zeit wie ein farbiger Blitz herabschossen.

Schließlich brach Spence das Schweigen und stellte die Frage, die beiden auf der Seele lastete. „Wie stehen unsere Chancen, Adjani?"

„Ich weiß nicht. Das hängt von dem Jungen ab."

„Was hat er – eine Art Paratyphus?"

„Das vermute ich. Um es genau zu wissen, brauchten wir eine Laboruntersuchung. Der Punkt ist, daß wir nicht viel für ihn tun können. Das Fieber hält schon mindestens drei Wochen an."

Spence wurde plötzlich wütend. „Warum haben sie nicht eher Hilfe geholt? Was geht in diesen Leuten vor?"

„Sie sind rückständig und unwissend. Das ist bei allen armen Leuten überall in der Welt das gleiche. Sie haben seit Jahrhunderten so gelebt. Der Tod eines einzigen kleinen Jungen wird daran kaum etwas ändern können."

„Auf Gotham könnten wir ihn schneller heilen und wieder auf die Füße bringen, als sein Vater eine Karawane plündern kann. Aber hier! Was können wir hier schon tun? Es ist nicht fair."

„Fair oder nicht, so ist es nun einmal – und so wird es immer sein."

Sie hatten den Rand des Dorfes erreicht, und der Dschungel stand vor ihnen wie eine grüne Mauer. Ihr Bewacher gab ein Grunzen von sich und bedeutete ihnen mit seinem Gewehr, umzukehren und sich auf den Rückweg zu machen.

Die schräg einfallenden Strahlen der Nachmittagssonne fielen bernsteinfarben durch die Bäume. Die Baumwipfel schimmerten golden inmitten des Grüns. Blauer Rauch von den Kochstellen begann in die Luft aufzusteigen, und der Duft kräftiger Gewürze begleitete sie auf dem Weg zurück durch den Banditenunterschlupf. Die Männer, von denen die meisten den ganzen Tag über geschlafen hatten, um sich von ihrer nächtlichen Arbeit zu erholen, kamen aus ihren Zelten hervor und versammelten sich in laut redenden Gruppen.

„Das Böse hat viele Gesichter, nicht wahr?“ sagte Adjani und schaute sich um. „Dieses hier wirkt nicht besonders beängstigend. Aber böse ist es dennoch.“

In diesem Moment erreichte sie ein Ruf vom anderen Ende des Lagers. Gita stand vor dem Zelt des Anführers, winkte ihnen zu und rief: „Kommt schnell! Er spricht! Kommt!“

Spence und Adjani rannten zum Zelt und fanden den Jungen, dessen Augen hart und schwarz von der pergamentenen Gesichtsfarbe abstachen, wie er den Kopf von einer Seite zur anderen rollte und in einem schwachen Delirium vor sich hinstöhnte.

„Ist er wach?“ fragte Spence. Die Augen des Jungen standen zwar offen, aber sein Blick war trüb und glasig.

„Er fällt in ein Koma.“

„Wir müssen etwas tun“, sagte Spence hektisch. Er fiel neben der dünnen Gestalt auf die Knie und legte seine Hand auf die eingefallene Brust. „Das Fieber ist wieder gestiegen.“ Mit drängender Erwartung schaute er Gita und dann Adjani an. „Wir müssen etwas tun“, wiederholte er.

„Und was sollen wir tun?“ fragte Adjani.

„Irgendetwas! Alles wäre besser, als ihn einfach so sterben zu lassen. Gita, holen Sie Ihre Pillen.“

„Was haben Sie vor?“

„Das einzige, was wir tun können – ihm eine Megadosis von den

Antibiotika verabreichen. Er stirbt sonst vor unseren Augen. Auf diese Weise haben wir vielleicht zumindest eine Chance."

Gita reichte ihm eine Sammlung von Plastikflaschen, die verschiedene Medikamente enthielten. Spence suchte sich die Antibiotika heraus und leerte den Inhalt einer Handvoll Kapseln in eine kleine Schüssel.

„Gita, suchen Sie die Mutter des Jungen", sagte Adjani. „Sie soll uns Wasser mit Honig oder Zucker bringen – irgend etwas Süßes zu trinken. Und zwar viel davon. Beeilen Sie sich!"

„Stirb noch nicht", flüstere Spence, während er arbeitete. „Halt durch, Junge. Halt durch."

Gita kam zurück und reichte Spence ein Gefäß mit einer Flüssigkeit. Spence roch daran und sagte: „Riecht wie Blumen; was ist es?"

„Jasminwasser. Sie trinken es wie Tee. Es ist stark gezuckert. Sehr süß."

„Gut, genau, was wir brauchen." Er goß etwas davon in die Schüssel mit den zerkleinerten Tabletten. „Ich bin kein Mediziner, sonst hätte ich schon vor Stunden daran gedacht. Die Glucose wird seinen Stoffwechsel auf Trab bringen. Er muß gegen dieses Fieber ankämpfen."

Die Mutter des Jungen trat ein und brachte einen Krug mit einer anderen Flüssigkeit, den sie Spence reichte. Er roch daran und hustete. „Puh! Was ist das?"

Gita schnüffelte an dem Krug, steckte unsicher eine Fingerspitze in die Flüssigkeit und leckte daran. „Mmm, es ist Puyati – der Nektar der Götter. Fermentierter Palmensaft. Man kann sich daran gewöhnen."

„Tatsächlich? Nun, ihm können wir das jedenfalls nicht geben."

„Warum nicht? Zweifellos trinkt er es ohnehin schon, und der Alkohol tut ihm vielleicht gut."

„Sie sind ja ein richtiger Quacksalber, Gita. Aber ich habe eine bessere Idee." Spence griff nach der Schüssel, die Adjani benutzte, um den Jungen zu waschen, und schüttete das Wasser aus. Dann füllte er sie wieder mit dem Palmenschnaps.

„Jetzt haben wir ein Alkoholbad. Das dürfte ihn schneller abkühlen."

Adjani nickte und tauchte das Tuch in die stinkende Brühe. Als er fertig war, wandte er sich zu Spence, nahm ihm die Tasse aus der Hand und schwenkte sie ein paarmal im Kreis. Er hob den Kopf des Jungen an und flößte ihm die Medizin ein. Dann drehte er sich zu den anderen um.

„So, das wäre getan. Nun müssen wir warten. Wir werden uns rund um die Uhr abwechseln, ihn zu beobachten und zu waschen."

Spence betrachtete die schwache, erbarmungswürdige Gestalt, die vom Fieber schrecklich ausgemergelt war. Ihr Leben hing an einem unsäglich dünnen Faden, so dünn wie der Atem, der die kleine Brust langsam und gleichmäßig und kaum merklich hob und senkte. *Wird irgendeiner von uns den nächsten Morgen erleben?* fragte sich Spence. In den nächsten Stunden würde es sich entscheiden.

Elftes Kapitel

„Was tun Sie hier?" Ari hatte unsichtbare Augen auf sich gespürt; sie wirbelte herum und erblickte Hocking, der sie mit einem ungesunden Grinsen auf seinem knochigen Gesicht ansah. Sie hatte ihn nicht hereinkommen hören. Ihr Vater schlief auf einer der Liegen am anderen Ende des Raumes, und sie dachte daran, ihn zu wecken, ließ es dann aber bleiben.

„Ich komme lediglich, um zu sehen, wie es meinen Schützlingen ergeht", sagte Hocking mit öliger Höflichkeit. „Haben Sie alles, was Sie brauchen?"

„Lassen Sie uns gehen. Sie können doch nichts damit gewinnen, daß Sie uns hier festhalten."

„Sie gehen zu lassen, wäre im Augenblick etwas ungeschickt,

fürchte ich. Es hat uns enorme Mühe gekostet, Sie herzubringen. Aber vielleicht können wir eine Vereinbarung treffen."

Ein leises Surren ertönte, und der Pneumostuhl glitt näher heran. Hocking senkte seine Stimme und streifte seine übertriebene Höflichkeit ab. „Ich möchte mit Ihnen reden. Wenn Sie sich kooperativ zeigen, kann ich Ihnen vielleicht helfen. Ich habe einen Plan."

„Einen Plan wozu?"

„Einen Plan, diese unselige Affäre ein für allemal aus der Welt zu schaffen", flüsterte Hocking verschlagen. Er blickte sich um, wie um sicherzugehen, daß ihn niemand belauschte.

„Woher weiß ich, daß Sie Ihren Teil der Vereinbarung einhalten werden?"

„Das können Sie nicht wissen. Aber es wäre töricht von Ihnen, eine mögliche Chance auszulassen, Ihre Freiheit zurückzugewinnen. Ich werde Ihnen etwas sagen, Miss Zanderson. Hier sind Mächte am Werk, vor denen jede Vorstellungskraft versagt – die Ihr Verständnis weit übersteigen. Sie sind nur ein winziges Mosaiksteinchen in einem Plan, der größer ist als alles, wovon Menschen zu träumen wagen. Daß ich Ihnen eine Chance biete, sich zu retten, sollte Ihnen genügen."

So sehr sie auch dem widerwärtigen Wesen vor ihr mißtraute, so sehr wollte sie dennoch glauben, daß es vielleicht einen Weg gab, ihn zu ihrer Freilassung zu bewegen.

„Ich weiß nicht, ob ich mich darauf einlassen soll."

„Hören Sie zu, Sie kleiner Dummkopf! Ortu will, daß Sie sterben. Sie sind ihm nur lästig. Aber wenn Sie mir helfen, werde ich Sie sicher hier herausbringen. Sie haben keine Wahl . . . Ich werde Ihnen diese Chance nicht noch einmal bieten." Hocking starrte sie wild an. „Nun?"

„Also schön. Was wollen Sie von mir?"

„Kommen Sie mit mir. Jetzt gleich. Und seien Sie leise. Ortu hat seine Augen überall."

Ari schlich hinter dem schwebenden Stuhl her durch dunkle Korridore und Wendeltreppen hinab, tiefer und tiefer in die Eingeweide des Palastes. Sie mußte sich anstrengen, mit dem vor ihr hergleitenden Ei Schritt zu halten.

Endlich erreichten Sie eine große, hölzerne Tür am Fuß eines Treppenhauses. Hocking hielt vor der Tür inne, und wie durch Zauberei schwang sie vor ihnen auf und schloß sich hinter ihnen wieder, nachdem sie sie durchquert hatten.

Der Raum war groß und dunkel, erfüllt vom dumpfen Geruch der Jahrhunderte und still wie ein Grab. Ein leises Summen und dann ein Klicken ertönte, und sofort wurde der Raum von weißem Licht durchflutet. Ari blinzelte und hob eine Hand, um ihre Augen abzuschirmen.

Nach einem Augenblick ließ sie ihren Arm sinken und sah, daß sie sich in einem Raum mit steinernen Wänden befanden, der sich an den tiefsten Wurzeln des Palastes befinden mußte. Das Licht kam von zwei riesigen Lampen an der Decke, doch sonst gab es nichts Besonderes in dem Raum – außer einer gewaltigen Apparatur, die vor ihren Augen kalt schimmerte.

Wie sie aussah, konnte sie nicht beschreiben. Sie wirkte insektenähnlich auf sie – als ob es sich um ein Werk der Natur und nicht der menschlichen Technik handelte –, aber sie schien aus einem festen Metall konstruiert zu sein. Das schwarz schimmernde Ding stand auf hohen Beinen über einer kleinen Plattform, auf der ein Liegestuhl stand. Den Stuhl erkannte sie als mehr oder weniger gängiges Modell, aber er wirkte merkwürdig fehl am Platze zwischen all den vorspringenden und verschlungenen Formen der glänzenden Maschine. Insgesamt machte das Ganze einen vage spinnenähnlichen Eindruck.

„Was ist das?" fragte sie. Ihre zitternde Stimme verriet ihre Angst.

„Dies ist nur eine einfache Kommunikationsvorrichtung – eine Art Funkgerät, könnte man sagen. Es verstärkt und projiziert Gehirnwellen. Es wird Sie nicht beißen, meine Liebe. Ich habe es selbst viele Male benutzt. Es ist ganz harmlos, das versichere ich Ihnen."

Ari war nicht beruhigt. Ihre Zusammenarbeit mit dem Feind gefiel ihr von Sekunde zu Sekunde weniger.

„Sie werden mich da hineinstecken, nicht wahr?"

„Ich werde Sie bitten, mir zu assistieren, ja. Dazu sind Sie schließlich hergekommen. Können wir anfangen?"

Hocking bedeutete ihr, in dem Stuhl Platz zu nehmen. Ari stieg unsicher auf die Plattform und ließ sich vorsichtig auf der äußersten Kante des Stuhles nieder.

„Sie können es sich ruhig bequem machen", sagte Hocking, während er sich daranmachte, die Maschine vorzubereiten. „Es wird eine Weile dauern."

„Was haben Sie vor?"

Hocking konnte eine Grimasse über ihre Schwäche nicht zurückhalten. Die Menschen, dachte er, waren alle gleich: In der Gegenwart von Dingen, die ihre dürftigen intellektuellen Fähigkeiten überforderten, wurden sie zu verängstigten Kindern. „Sie werden nicht das Geringste spüren. Es wird keinerlei Empfindungen geben. Sehen Sie? Wir fangen bereits an."

Hocking log. Es gab sofort eine Empfindung, und sie war unangenehm.

Ari fühlte sich plötzlich schwindelig, als ob der Raum sich gedreht hätte, und sie verlor das Gefühl in ihren Fingern, die ineinander verschränkt in ihrem Schoß lagen. Einen ausgedehnten Moment lang konnte sie ihre Augen nicht steuern.

Doch das Gefühl ließ nach, und sie spürte mehr, als daß sie es hörte, ein tiefes, vibrierendes Dröhnen, das durch die Plattform aufstieg und sich durch den Stuhl hindurch bis in ihre Knochen übertrug. Sie biß die Zähne fest aufeinander, damit sie nicht vibrierten.

Zwei lange, pinzettenähnliche Klauen senkten sich über ihren Kopf; Ari schloß die Augen, um nicht hinsehen zu müssen. Als sie sie wieder öffnete, sah sie, daß sie in eine schimmernde blaue Aura getaucht war. Sie bedeckte sie wie ein feines Gespinst.

Das Licht im Raum war verdunkelt, und Hocking war nirgendwo in Sicht. Sie saß bewegungslos da und starrte in das fließende Licht. Es schien ein Teil von ihr zu sein, und sie dachte, daß sie noch nie etwas so Schönes gesehen hatte. Es funkelte mit einem überirdischen Licht, durchzogen von silbernen Strahlen, die wie winzige Kometen zersprangen, während sie ihre Gestalt umspielten.

Sie entspannte sich und konzentrierte ihren Geist auf das tanzende Licht. Da überkam sie eine Gefühllosigkeit, die am Halsansatz anfing und sich aufwärts über die Kopfhaut ausbreitete. Das Gefühl war ungewöhnlich, aber nicht unangenehm. Sie ließ es über sich hinwegkriechen, bis es schien, als wäre ihr Kopf von ihrem Körper isoliert – sie spürte keine Verbindung mehr zwischen beiden. Doch das erschreckte sie in diesem Moment nicht. Sie akzeptierte es gelassen und vermerkte es irgendwo im Hintergrund ihres Geistes.

Aris Atmung verlangsamte sich, und sie fühlte sich, als ob sie schwebte. Es erinnerte sie an jene letzten wachen Momente unmittelbar vor dem Einschlafen – jenes wunderbare Niemandsland zwischen Wachen und Schlafen, wenn sich der Körper entspannte und der wache Verstand sich dem Unterbewußtsein überließ.

Im nächsten Augenblick begann Ari mit weit geöffneten Augen, als ob sie in einer sternenklaren Nacht zum Himmel aufschaute, zu träumen.

Sie hörte eine Stimme in der Nähe. Es war die Stimme ihres Vaters, und sie war ein kleines Mädchen und spielte mit ihrer Puppe auf der Veranda eines alten Hauses. Die Stimme sagte: „Ari, wo bist du?"

„Ich bin hier, Daddy", antwortete sie. Sie schaute sich um, aber ihr Vater war nicht da. Sie spielte weiter mit dem rosa Rüschenkleid der Puppe und hörte erneut den Ruf ihres Vaters.

Diesmal erhob sie sich von ihrem Spiel und blickte hinaus über einen grünen Rasen. Der Rasen war frisch gemäht und roch nach geschnittenem Gras. Ein leichter Sommerwind blies die abgeschnittenen Halme über den Gehweg. Ihr Vater stand auf dem Rasen, und sie sah ihn und winkte ihm zu.

„Komm mit, Ari. Folge mir", sagte er. Aber er schaute sie nicht an. Statt dessen schien er an ihr vorbeizuschauen. Das machte Ari Angst. Sie konnte sich nicht vorstellen, warum ihr Vater sie nicht ansehen wollte.

„Ich komme, Daddy", rief sie, während sie mit ihren kurzen Beinen die Verandastufen hinabkletterte.

Ihr Vater wandte sich ab und ging mit großen Schritten schnell über den Rasen auf einen dunklen Wald zu, der sich in der Nähe des Hauses befand.

„Daddy!" schrie das kleine Mädchen. „Warte auf mich!"

Die Gestalt ihres Vaters erreichte den Wald und blieb stehen. Er schaute zurück, bedeutete ihr, ihm zu folgen, und verschwand dann zwischen den Bäumen. Ari erreichte die Stelle einen Augenblick später und blieb zögernd und ängstlich draußen stehen.

„Daddy, komm heraus! Ich kann dich nicht sehen!" rief sie. Ihre winzige Stimme verklang zwischen den Bäumen.

Keine Antwort kam aus dem dunklen Wald. Die Nachmittagssonne dehnte den Schatten des alten Hauses über den Rasen aus, und Ari wich davor zurück. Sie trat mit einigen schnellen Schritten in den Wald und war sofort in tiefes Blau und schwarze Schatten getaucht.

„Hier entlang, Ari", hörte sie ihren Vater sagen. Die Stimme schien von direkt vor ihr zu kommen.

Sie rannte vorwärts, stolperte, rappelte sich wieder auf und rannte weiter. Sie erhaschte einen flüchtigen Blick auf den Rücken ihres Vaters, wie er durch das Dickicht der Zweige ging. „Warte auf mich!" rief sie. „Ich kann nicht so schnell!"

Doch die Gestalt ihres Vaters strebte weiter vorwärts und blickte sich nicht um.

Die kleine Ari fing an zu weinen. Die Tränen strömten in ihrem Gesicht herab, und sie setzte sich auf den Boden und jammerte laut.

„Warum weinst du, Ari?" fragte eine warme, sanfte Stimme. Das verängstigte kleine Mädchen hörte Freundlichkeit und Verständnis darin.

Sie drehte sich um und sah einen hochgewachsenen Mann im Licht der Nachmittagssonne stehen, golden und still. Er sah anders aus als alle anderen Menschen, die sie je gesehen hatte; Friede und Freundlichkeit schienen von ihm auszustrahlen. Seine großen gelben Augen blickten voller Wohlwollen auf sie herab.

„Mein Daddy hat mich allein gelassen", schniefte sie, während ihre Angst verflog. Hier war jemand, der ihr helfen würde. „Ich habe versucht, ihm zu folgen, aber ich habe mich verirrt. Ich habe Angst."

„Du brauchst keine Angst zu haben. Ich werde dir helfen. Ich bin dein Freund." Die Gestalt streckte eine Hand aus, und Ari ergriff sie, wobei sie mit kindlicher Neugier feststellte, daß daran nur drei außerordentlich lange Finger waren. „Komm mit mir."

Ari und das hochgewachsene Wesen kehrten um und gingen aus dem Wald heraus und zurück über den Rasen auf das Haus zu. Doch als sie sich dem alten Gebäude näherten, begann es sich zu verändern. Die Wände schienen zu schmelzen und sich neu zu formen, das Dach glitt davon, die Veranda wurde zu einem großen Innenhof – das Haus verwandelte sich in einen Palast aus glänzendem Gold.

„Ist das *dein* Haus?" fragte Ari. Sie betrachtete die Szene mit leuchtenden Augen.

„Ja", antwortete das Wesen. „Aber jetzt ist es auch dein Haus. Du wirst immer mit mir hier leben."

Sie kamen näher und betraten den Palast durch ein prunkvolles, silberbeschlagenes Tor. Eine Gruppe von Leuten erwartete sie, und als diese Leute Ari erblickten, brachen sie alle in Hochrufe und Willkommensbezeugungen aus.

Sie überquerten den Innenhof; von drinnen ertönte schöne Musik. Ari sah eine breite Fenstergalerie, die von innen mit glitzernden Lichtern erleuchtet war, und hörte Gelächter durch den Palast hallen. Eine breite Treppenflucht führte zu der Galerie empor, und sie rannte zum Fuß der Treppe.

„Ari!" rief jemand. Sie blickte auf und sah ihren Vater inmitten vieler anderer Leute auf dem Treppenabsatz stehen und auf sie warten.

„Daddy! Du bist wieder da! Versprichst du mir, daß du mich nie wieder allein läßt?"

„Schau mal, wer hier ist!" sagte ihr Vater. Er hob den Arm und trat zur Seite. Im gleichen Moment machten auch die um ihn versammelten Leute den Weg frei, und eine schöne, weißgekleidete Frau trat vor.

Die Frau kam die Treppe herunter und streckte Ari ihre Arme entgegen. Das kleine Mädchen schaute sie an und wußte zunächst nicht, wer die Frau war. Dann sah sie noch einmal hin und erkannte, daß es ihre Mutter war.

„Mama!" schrie Ari auf.

Im nächsten Moment schwang sie in den Armen ihrer Mutter und kuschelte sich an ihre Brust. „Ari, mein schönes, schönes Kind", murmelte die Frau. „Ich habe dich so sehr vermißt. Ich werde dich nie mehr allein lassen."

Von Glück überwältigt, preßte sie ihr Gesicht an den Hals ihrer Mutter und weinte vor Freude. Dabei hörte sie die Stimme des goldenen Wesens sagen: „Heute sind deine Träume Wirklichkeit geworden. Du brauchst sie nicht mehr. Gib sie mir, und du kannst für immer hier leben."

Als Ari erwachte, befand sie sich wieder in dem verschlossenen Raum bei ihrem Vater.

„Ari, ich habe mir schreckliche Sorgen um dich gemacht. Wo bist du gewesen? Du warst bewußtlos, als sie dich hereinbrachten. Geht es dir gut?"

Sie setzte sich auf und griff sich an ihren schmerzenden Kopf. „Ich bin in Ordnung – glaube ich. Au . . . mein Kopf tut weh. Ich habe geschlafen."

„Fast zwei Stunden. Wo haben sie dich hingebracht?"

Ari schaute ihren Vater an. Seine Worte verwirrten sie. „Hingebracht?" Sie erinnerte sich undeutlich, daß Hocking zu ihr gekommen und mit ihr irgendwo an einen dunklen und unangenehmen Ort gegangen war, aber mehr wußte sie nicht. „Ich glaube, sie haben mich nirgendwo hingebracht."

„Doch, haben sie. Du warst weg, als ich aufwachte. Du hättest mir sagen müssen, wo du hingehst. Ich habe mir Sorgen gemacht – du warst so lange weg."

„Wirklich?" Sie rieb sich am Kopf und schloß die Augen. Es ergab keinen Sinn. Eigentlich ergab nichts einen Sinn. Sie hatte ein undeutliches Bild im Kopf, in dem sie mit jemandem sprach, und dieses Bild war von einem warmen, angenehmen Gefühl begleitet. Aber mit wem sie geredet hatte, was sie gesagt hatte, oder irgendwelche sonstigen Einzelheiten, das wußte sie nicht mehr.

Es war, als wäre ein Stück ihres Verstandes, ihres Gedächtnisses, von ihr genommen und ausgelöscht worden. Sie konnte sich nicht erinnern.

Doch das warme, angenehme Gefühl blieb ihr, und sie lächelte, als es sie durchströmte wie ein sanfter Lufthauch. „Wo immer ich auch war, es war der beste Ort, an dem ich je gewesen bin", sagte sie. „Ich fühle mich, als wäre ich im Paradies gewesen."

Zwölftes Kapitel

Packer gefiel es nicht, vor Chief Ramm davonzulaufen – er fühlte sich dabei wie ein gemeiner Krimineller. Aber es gab keine Alternative. Er konnte den Gedanken einfach nicht ertragen, auch nur eine Minute länger in der Zelle zu bleiben und zu warten, daß man ihn holte, wie eine Ratte, die in einem Korb festsaß. Wer immer versucht hatte, ihn zu töten, würde es wieder versuchen. Dessen war er sich sicher, und auch, daß der nächste Versuch erfolgreich sein würde.

Beim letzten Mal waren die Attentäter vermutlich durch Ramms Rückkehr zum Zellenblock verscheucht worden; das nächste Mal würden sie gründlicher vorgehen. So hilfsbereit Ramm war, hatte er doch demonstriert, daß er seinem Gefangenen keinen Schutz bieten konnte. Und obwohl der Sicherheitschef immer noch der Meinung war, daß es für Packer am sichersten sei, in der schützenden Zelle eingeschlossen zu bleiben, sah Packer die Dinge anders. Er hatte es auf Ramms Art versucht; nun wollte er es auf seine eigene Art versuchen.

Auf eigene Faust würde er in der Lage sein, einigen Abstand von seinen Attentätern zu halten. Deshalb war er entkommen, indem er die Gelegenheit nutzte, als er für einige Augenblicke allein außerhalb der Zelle war, während ein paar Männer von der Instandhaltungsabteilung eine neue Couch in seiner Zelle installierten. Er hatte einfach einen neuen Zugangscode eingegeben – einen, der nur einen einzigen Tastendruck erforderte. Dann hatte er ein Stück festen Draht aus einem der Werkzeugkästen der Handwerker genommen und ihn im Ärmel seines Overalls verborgen.

Er wartete auf das Ende der ersten Schicht – genau die Zeit, zu der der erste Anschlag erfolgt war – und als er sicher war, daß sich niemand in der Nähe befand, zog er den Draht hervor und machte sich daran, damit die Zugangstastatur zu bearbeiten, indem er den gebogenen Draht durch die Lüftungsschlitze im oberen Teil der Kunststofftür manövrierte.

Eine halbe Stunde später hatte der bullige Physiker den Lohn seiner Mühe geerntet, als die Tür aufglitt. Wie eine Katze auf heißen Kohlen schlich er sich aus dem Zellenblock und durch die Sicherheitsstation. Doch niemand sah ihn oder hielt ihn auf.

Nun eilte er zu seinem eigenen Quartier im HiEn-Sektor, wobei er mehrmals die Ebene wechselte, für einen Teil des Weges die Rohrbahn benutzte und zwei Stationen vor seinem Ziel ausstieg, um Haken zu schlagen und festzustellen, ob ihm jemand folgte.

Er erreichte den HiEn-Sektor und ging direkt zu seinem Quartier. Obwohl er Maßnahmen gegen eine Verfolgung ergriff, kam es ihm nie in seinen vertrauensseligen Sinn, daß sein Arbeits- und Wohnbereich beobachtet werden könnte. Er trat mit dem aufwallenden Gefühl der Erleichterung ein, das alle gejagten Geschöpfe empfinden, wenn sie die Sicherheit ihres Baus erreichen. Doch seine Erleichterung erwies sich als kurzlebig.

Als seine Hand sich der Zugangskonsole näherte, um das Licht einzuschalten, sagte eine Stimme: „Tun Sie das nicht, mein Freund, wenn Sie noch ein bißchen leben wollen.“

Packer erstarrte in der Dunkelheit. Er zog seine Hand zurück und wirbelte herum zu dem unsichtbaren Sprecher. Er hörte ein leises Knarren und ein Klicken, und dann traf ihn ein Lichtstrahl direkt ins Gesicht.

Er blinzelte und hielt seine Hand vor die Augen. „Wer ist da?“

„Was wollen Sie hier?“ fragte sein Gegenüber.

Die Stimme war nicht zu verkennen. „Kalnikov?“

„Kalnikov – wer sonst?“

Packer sah, wie eine Hand aus der Dunkelheit auftauchte und

die Blende der Schreibtischlampe herunterklappte. Das Gesicht des hünenhaften Russen erschien grinsend im Lichtkegel. „Tut mir leid, Olmstead. Ich mußte sichergehen, daß Sie es sind."

„Was machen *Sie* denn hier?"

Der Pilot zuckte die Achseln. „Ich habe gehört, daß man Sie festhält, also habe ich mich an dem einzigen Ort verkrochen, wo sie mich wahrscheinlich nicht suchen würden – in den Räumen eines ihrer eigenen Gefangenen."

„Eines ihrer Gefangenen – was soll das heißen? Ich war in Schutzhaft. Freiwillig."

„Oh, ich verstehe. Dann haben die ja Ihre Mitarbeit zu einem sehr niedrigen Preis bekommen."

„Kalnikov, wovon reden Sie?"

„Na, Ramm und Konsorten. Wie viele noch da drinstecken, weiß ich noch nicht. Aber sie haben vor, Gotham zu übernehmen."

„Ramm?"

Kalnikov nickte leichthin. „Haben Sie das nicht erraten? Die haben Sie komplett hereingelegt."

„Offenbar." Packer schaltete das Licht an, durchquerte den Raum und ließ sich in einen Sessel fallen. Kalnikov setzte sich wieder hinter den Schreibtisch und legte seine langen Arme auf die Tischplatte. Ein schlaues Lächeln umspielte die Winkel seines breiten Mundes.

„Was finden Sie denn so witzig, Sie russischer Riesenbär? Wir stecken beide tief in der Tinte."

„Ich habe mich nur darüber amüsiert, wie überrascht Sie gerade eben ausgesehen haben. Ich bin froh, daß ich Sie hier empfangen habe und nicht jemand anderes."

„Sie haben mir einen schönen Schrecken eingejagt. Ich habe kein Begrüßungskomitee erwartet."

„Ihr Problem ist, daß es in Ihrem Land keine ausreichende Tradition der Bespitzelung gibt, um Sie von Natur aus mißtrauisch zu machen. Mißtrauen ist in Situationen wie dieser sehr nützlich. Es gestattet Ihnen, Ihre Lage mit einer gewissen Objektivität zu beurteilen."

„Also schön, Genosse Skeptiker, hat Ihr von Natur aus mißtrauisches Wesen irgendwelche Vorschläge, was wir jetzt tun sollten?"

„Es schlägt vor, daß wir das tun sollten, was die Freiheitskämpfer in meinem Land schon immer getan haben – in den Untergrund gehen."

„Brillant!" schnaubte Packer. „Auf so einem Schmalzkringel werden sie uns früher oder später finden – selbst wenn es ein so großer Schmalzkringel ist wie dieser. Hier *gibt* es keinen Untergrund."

„Mein lieber ungläubiger Freund, es gibt immer einen Untergrund. Sie werden erstaunt sein, was wir alles vorfinden werden. Kommen Sie" – der russische Riese stand auf –, „suchen Sie sich Ihre Sachen zusammen. Von diesem Moment an sind wir unsichtbar."

Spence hatte noch nie zuvor ein echtes Todesröcheln gehört. Doch als er es jetzt hörte, hatte er keinen Zweifel daran, worum es sich handelte: Dies waren die letzten, schrecklichen und abstoßenden, kämpfenden Atemzüge eines menschlichen Lebens.

Er hatte die dritte Wache im Halbschlaf neben dem Krankenbett des Jungen sitzend verbracht. Die Mutter des Jungen lag zusammengerollt am Fußende des Bettes und döste unruhig. Adjani und Gita schliefen fest in einer anderen Ecke des Zeltes; Gita schnarchte wie ein schlafender Büffel, der sich in seinem Lieblingsschlammloch eingegraben hatte.

Zuerst dachte Spence, das Röcheln, das dem Gurgeln eines beschädigten Wasserrohrs glich, käme von irgendwo außerhalb des Zeltes. Er schüttelte den Kopf, um wach zu werden, und schaute sich um. Das Geräusch erklang wieder, und er starrte voll Grauen auf den Körper des Jungen. Die blassen Lippen standen offen, die Augen waren eingesunken, der Kopf weit nach hinten geneigt, das junge Gesicht über die Maßen gealtert durch die Krankheit und das glühende Fieber; die Augenlider öffneten sich, und die nichts wahrnehmenden Augen glühten daraus hervor wie schwarze Kohlen. Das unheimliche Geräusch drang aus der jungen Kehle.

Er beobachtete mit stummem Entsetzen, wie der Tod und das

Leben mit bloßen Händen um den Leib des Jungen kämpften. Der Tod gewann die Oberhand.

Spence rief in die Dunkelheit nach Gita und Adjani, da er keinen Augenblick von der Seite des Jungen weichen wollte, aus Angst, daß dann das Unvermeidliche geschehen würde. Doch von seinen Freunden kam keine Reaktion; sie schliefen weiter.

Dann, plötzlich, brach das Keuchen ab, und die Luft entwich mit einem Zischen durch die Zähne des Jungen. Spence starrte hilflos auf ihn hinab. Das war es. Er war dahin. Die Mutter des Jungen, die nun vollkommen wach war und die Szene mit schreckgeweiteten Augen beobachtete, sprang vor, klammerte sich an die Beine ihres Kindes und vergrub ihr Gesicht darin. Einen Moment lang lag sie da, als wäre sie selbst tot; dann richtete sie sich auf, warf Spence einen Blick voller Trauer und Anklage zu und stürmte aus dem Zelt.

Spence blieb allein mit der Leiche zurück.

„Nein!" schrie er. „Du darfst nicht sterben!"

Er packte den kleinen, zerbrechlichen Körper mit beiden Händen und schüttelte ihn, wie ein zorniges Kind eine Stoffpuppe schütteln würde. Dann fing er sich, legte seinen Mund über Mund und Nase des Jungen und blies sanft. Er ließ den Körper sinken, legte seine Handballen über das Herz des Jungen und drückte schnell und kräftig nach unten. Dann blies er wieder in den offenen Mund und wiederholte die Prozedur.

„Gott, laß diesen Jungen nicht sterben!" betete Spence, während er mit den Handballen auf die kleine Brust einschlug. „Bitte, Gott, rette ihn. Bitte!"

Spence war sich seines Gebets nur teilweise bewußt, aber er sprach es immer und immer wieder, während er arbeitete, und verwandelte die Worte in eine drängende Litanei. Gleichzeitig schwitzend und zitternd, arbeitete er wie ein wildgewordener Roboter, wiederholte immer wieder sein Ritual und murmelte tonlos sein verzweifeltes Gebet, Gott möge das Leben des Jungen schonen.

Viele Minuten lang mühte er sich ab, ohne daß das Kind reagierte. Endlich brach er mit schmerzenden Muskeln und vom Schweiß brennenden Augen schwindelig über dem reglosen Körper zusammen und begann zu weinen.

„Gott, ist es in diesem stinkenden Land des Todes schon zuviel, dich zu bitten, ein einziges Leben zu retten? Wo bist du? Ist es dir denn egal?“ Er schluchzte, mehr vor Zorn und Frustration als vor Trauer. „Wo *bist* du?“

Es hatte keinen Zweck. Gott griff nicht mehr in seine Schöpfung ein – wenn er es überhaupt je getan hatte. Seine Augen und Ohren waren woanders, vielleicht bei der Geburt oder dem Tod einer Galaxis, aber sie kümmerten sich nicht um das Sterben eines bedeutungslosen *goonda*-Jungen.

Spence setzte sich auf und trocknete sich die Augen. Er starrte traurig auf den kleinen Körper hinab, der bleich und reglos im Licht der Lampe lag. Er stöhnte auf. „Ich hätte an dich glauben können, Gott. Beinahe hätte ich es getan.“ Er schüttelte den Kopf; ein tiefes Bedauern durchlief ihn, das ebenso seinem eigenen zerbrochenen Glauben galt, wie zaghaft und ungeformt er auch gewesen sein mochte, wie dem Tod des Kindes.

„Ich hätte beinahe geglaubt.“ Er legte seine Hand auf die Stirn des Jungen und fühlte die Glut des Fiebers weichen, als der Körper auskühlte.

Sie ergab keinen Sinn, diese hirnlose Verschwendung. Alles, was er in den letzten Tagen gesehen hatte, kam ihm wieder ins Gedächtnis. Er sah eine Horde von einbeinigen und buckligen Bettlern und hungernden Kindern vor sich, die ihm ihre ausgemergelten Gesichter entgegenschoben. Er sah wassergebleichte Leichen im fauligen Fluß dümpeln wie Tausende von Bojen. Er sah die brodelnde Finsternis sich über der Stadt ausbreiten und wußte, daß dies der uralte Feind der Menschheit war, der danach trachtete, die glücklosen Opfer zu vernichten, die unter seinem Schatten kauerten.

„Gott! Warum?“ Spence preßte sich die Handballen in die Augen. „Warum, warum, warum?“

Es kam keine Antwort.

Spence betrachtete die Leiche des Jungen, die so still und leicht auf dem Bett lag. Es schien fast, als könnte der leiseste Windhauch die kleine Schale fortblasen wie ein trockenes Blatt.

Wie als Antwort auf dieses geistige Bild spürte Spence eine

leichte Bewegung in der Luft und hörte das Rascheln des Windes in den Blättern außerhalb des Zeltes. Er hob den Kopf und lauschte auf die Geräusche der Nacht. Im Dschungel war alles totenstill. Spence glaubte, Schritte vor dem Zelt zu hören, und dann das Bellen eines Hundes im Lager.

Die Brise lebte wieder auf und wurde stärker. Er spürte ihre Kühle auf seiner feuchten Haut. Die Zeltwände wellten sich darin; die Lampe flackerte und wurde heller.

Und dann wurde alles still. Der Wind erstarb. Die Zeltbahnen hingen wieder schlaff herunter. Die Flamme beruhigte sich und wurde kleiner.

Für einen Augenblick schien die Welt auf einer scharfen Messerschneide zu balancieren. Ein Atemzug würde sie zur einen oder zur anderen Seite heruntertaumeln lassen. Spence hielt den Atem an, um die Balance nicht zu stören. Er starrte hinab auf den toten Jungen.

In jenem Moment wurden Ewigkeiten geboren, und die Zeit verflüchtigte sich. Spence spürte, wie ihre Barrieren sich auflösten und davonflossen. Er sah alles in kristallener Klarheit, mit scharfen Konturen und in allen mikroskopischen Einzelheiten.

Die bleiche, fast durchscheinende Haut des toten Jungen, die winzigen schwarzen Bögen seiner Augenwimpern, die Rundung seiner Nasenlöcher, die feinen Umrisse seiner dünnen, blutleeren Lippen, der seidene Schaft eines jeden schwarzen Haares an seinen Schläfen – all dies und mehr sah Spence voll sprachlosen Erstaunens. Jedes Objekt, auf das sein Blick fiel, war mit einer wilden, beinahe schmerzenden Schönheit bekleidet. Er war überwältigt. Er wollte wegschauen, die Augen schließen, damit der Anblick sie ihm nicht verbrannte, aber er wagte es nicht. Eine Macht, die stärker war als seine eigene, hielt ihn fest, und er wußte, daß er ihr nicht entkommen konnte.

In diesem Moment, als seine Augen das schreckliche Wunder des toten Körpers aufnahmen, bemerkte er ein winziges Flattern mitten in der Halsbeuge des Jungen. Er hörte ein Geräusch, das in seinem Gehirn wie Donner dröhnte, obwohl es in Wirklichkeit kaum hörbar sein konnte. Es war das lange, zitternde Flüstern von

Luft, die in die Nasenlöcher eingesogen wurde und die Lungen füllte. Es war der Klang des Lebens, das in den Körper des kleinen Jungen zurückkehrte.

Der Atemzug stockte – Spence wollte selbst nach Atem ringen –, und dann löste er sich. Die kleine Brust sank herab. Es schien ein ganzes Zeitalter zu dauern, bevor sie sich wieder hob.

Langsam setzte sich das Atmen fort, wurde sicherer, kräftiger und regelmäßiger. Spence konnte es nicht fassen, als er die Farbe in die Wangen des Jungen zurückkehren und die Schlagader in seinem Hals rhythmisch pulsieren sah.

Da wußte er, daß der Junge leben und nicht sterben würde. Das Wunder war geschehen.

Spence warf sich über den zerbrechlichen Körper und drückte ihn an sich. Er legte seine Hand auf die Stirn des Jungen und spürte, wie die Wärme des Lebens zurückkehrte. Aber das Fieber war vorbei.

Als Spence sich aufrichtete und wieder die Tränen aus seinen Augen schossen, beobachteten ihn zwei dunkle Augen mit Neugier. Sie blinzelten ihn an, und dann griff eine kleine Hand nach seiner Hand. Spence ergriff sie und hielt sie fest.

So saß er noch dort, die kleine Hand fest umklammert, und schaute in jene erstaunten jungen Augen, als Geräusche von außerhalb des Zeltes hereindrangen. Er hörte Stimmen, Rufe, zornige Schreie, und plötzlich war das Zelt voller Menschen.

An vorderster Stelle kam der Anführer der *goondas.* Spence schaute sich um, als die Leute hereinpolterten. Am Ausdruck auf Wattis Gesicht erkannte Spence, daß dieser Moment sein letzter hätte sein sollen – der Mann hielt einen langen Dolch stoßbereit in der Hand. Die Mutter des Jungen kauerte an seiner Seite und biß sich in den Handrücken. Die anderen blieben ein wenig zurück – es waren größtenteils Frauen, die bereits den Klagegesang für den toten Jungen anstimmten, und andere *goondas* mit ihren Gewehren im Anschlag.

Doch der Bandenführer warf einen Blick auf seinen Sohn, der mit einem schwachen Lächeln auf seinen Lippen dalag und die Hand seines Arztes hielt, und stieß einen Jubelschrei hervor. Der

Dolch fiel aus seiner Hand. Die Frau sprang zu ihrem Sohn und drückte seine dünne Gestalt an sich.

Spence stand langsam auf und blickte sich um. Adjani und Gita, die schlaftrunken blinzelnd auf das Durcheinander um sie her starrten, erhoben sich und traten neben Spence.

„Was ist passiert?“ fragte Gita und beäugte die bewaffneten *goondas* mißtrauisch. Die wiederum starrten ihre Gefangenen an und schüttelten ungläubig die Köpfe.

„Ihr würdet es mir doch nicht glauben“, sagte Spence. „Ich glaube es selbst kaum.“

„Haben wir etwas verpaßt?“ fragte Adjani.

Spence drehte sich um und betrachtete den Jungen, der nun ganz in die Umarmung seines Vaters gehüllt war.

„Nein; nicht viel.“

Dreizehntes Kapitel

Ari saß auf dem kleinen Balkon ihres Zimmers im Turm. Die Sonne benetzte ihr aufwärts gewandtes Gesicht mit ihrem warmen Licht, berührte ihr goldenes Haar und verwandelte es in gesponnene Sonnenstrahlen. Sie sah aus wie ein Engel in sterblichem Gewand, der von seiner himmlischen Heimat träumte.

Ihre Gedanken waren alles andere als engelhaft. In den Tagen, seit Hocking zum ersten Mal ihre Hilfe in Anspruch genommen hatte, war sie zunehmend in eine verträumte und melancholische Stimmung verfallen. Ihr Vater beobachtete, wie sie sich immer stärker in sich selbst zurückzog, bis sie kaum noch sprach und stundenlang ohne Unterbrechung tagträumend auf dem Balkon saß.

Wenn er es unternahm, sie in diesen Anfällen einsamer Innenschau aufzustören, lächelte sie nur wehmütig und sagte: „Oh, mach dir keine Sorgen um mich, Daddy. Ich habe nur nachgedacht . . ." Aber worüber sie nachgedacht hatte, wollte sie nie sagen. Der alte Zanderson kam allmählich zu der Ansicht, daß sie es selbst nicht wußte.

Außerdem glaubte er, und er hatte recht damit, daß alles mit den Besuchen zusammenhing, die Hocking ihr abstattete, und ihren gemeinsamen Ausflügen zu wer weiß wem, um dort wer weiß was zu tun. Sie redete nicht mit ihm über das, was da vor sich ging, und sie reagierte zunehmend ärgerlich auf seine beharrlichen Fragen nach diesen geheimen Sitzungen.

So schwieg er von seinen Sorgen. Er hielt seinen Mund, obwohl es ihn niederschmetterte, den Geist seiner Tochter vor seinen Augen verwelken zu sehen. Um das zunehmende Gefühl eines drohenden Schicksals abzuwehren, das sie beide zu umkreisen schien, hatte er begonnen, sie in Gespräche zu verwickeln, die ihr Denken beschäftigen und auf die Gegenwart lenken sollten.

Doch selbst seine lebhaften Monologe vermochten es nicht, die sonderbare Schwermut des Mädchens zu beheben. Manchmal stand sie mitten in einem Satz auf, ging hinaus auf den Balkon und setzte sich hin, um in den Garten hinaus zu starren oder, wie sie es jetzt tat, ihr Gesicht in einer Haltung der Ehrerbietung der Sonne entgegenzuwenden.

Seine lebenslangen schlimmsten Befürchtungen nahmen vor seinen Augen Gestalt an: Offenbar glitt seine Tochter allmählich in die gleiche merkwürdige Krankheit, die schon ihre Mutter befallen hatte. Und das war mehr, als er ertragen konnte.

„Ari", sagte er sanft, als er auf den Balkon hinaustrat und sich neben sie stellte. „Woran denkst du, Liebes?"

„Oh, hallo, Daddy. Ich habe dich gar nicht kommen hören."

„Ich wollte nur fragen, woran du denkst."

„Ach, eigentlich an gar nichts. Ich weiß nicht."

„Irgend etwas muß es doch sein. Du bist schon lange hier draußen."

Ein trauriges Lächeln spielte auf ihren Lippen. „Wirklich? Es tut mir leid. Ich habe dich wieder alleine dasitzen lassen, stimmt's? Ach, ja . . . "

„Ari, schau mich an." Sie drehte ihm ihre großen, trägen Augen zu. „Ich möchte nicht, daß du mit ihm gehst, wenn er kommt."

„Wer, Daddy?"

„Hocking. Er legt irgendeine Art Bann auf dich. Er stiehlt dir deinen Geist."

„Unsinn!" Sie lachte, und der Klang plätscherte wie ein leichter Regen in den Garten hinunter. „Warum sollte jemand das tun wollen? Außerdem ist es unmöglich."

„Ich bin mir nicht mehr so sicher, daß überhaupt irgend etwas unmöglich ist. Aber wenn er dich nicht mit einem Bann belegt hat, dann sag du mir, was er getan *hat.* Wo geht ihr immer hin? Was tut ihr?"

„Wir gehen eigentlich nirgendwo hin. In einen Raum, glaube ich. Wir tun gar nichts. Ehrlich, ich *muß* gehen . . . ich helfe."

Das Letzte fügte sie beinahe wie einen Nachsatz hinzu. Zanderson stürzte sich darauf wie eine hungrige Katze. „Du hilfst? Wem hilfst du?"

Ari wandte ihren Blick ab und starrte über die Mauer hinweg zu den dahinterliegenden grünen Hügeln. „Ich . . . helfe eben . . . " Mehr vermochte sie nicht zu sagen.

„Ari! Schau mich an! Siehst du denn nicht, was mit dir geschieht? Du kannst dich nicht einmal erinnern, warum du es tust. Du hilfst *nicht*, Ari. Du wirst benutzt. Er benutzt deinen Geist – und du wirst zu einem . . . einem Zombie!"

Der Ausbruch brachte ein flüchtiges Lächeln auf Aris Lippen. Sie hob ihre Hand und rieb sie sich abwesend über die Wange. „Manchmal fühle ich mich schon ein bißchen komisch. Eigenartig . . ." Sie wandte sich wieder ab. Ihr Vater brachte sie wieder zurück, indem er sie bei den Schultern nahm und zu sich drehte.

„Was ist eigenartig? Woran erinnerst du dich? Sag es mir!"

„Es ist so merkwürdig – ich fühle mich innerlich so müde, als ob mein Kopf mit Baumwolle ausgestopft wäre."

„Ari" – er nahm ihre beiden Hände und drückte sie –, „versprich mir, daß du nicht mehr mit ihm gehst. Du mußt jetzt aufhören, bevor nichts mehr zu retten ist. Versprichst du mir das?"

„Schon gut, Daddy. Wenn du möchtest."

„Nein, Liebling. Nicht um meinetwillen. Es geht um dich – tu es in deinem eigenen Interesse. Er macht dich kaputt. Laß es nicht zu. Wehre dich."

Sie schaute ihn mit einem so unbestimmten Ausdruck an, daß er sich fragte, ob sie ihn überhaupt gehört hatte. Er beschloß, auf andere Weise zu versuchen, sich ihr verständlich zu machen. „Erinnerst du dich, daß du sagtest, wir würden bald befreit werden? Ich glaube es jetzt auch. Ich glaube es wirklich."

„Befreit?"

„Du sagtest, daß Spence weiß, wo wir sind, und daß er kommen und uns befreien wird. Ich glaube, du hattest recht. Ich glaube, er kommt jetzt. Er wird bald hier sein."

„Wer kommt, Daddy?"

„Spence! Ich sage es dir doch. Spence kommt."

Ari schaute ihren Vater aus leeren, verständnislosen Augen an, als hätte er plötzlich angefangen, eine fremde, unbekannte Sprache zu sprechen. „Ich glaube, ich weiß nicht, von wem du sprichst."

„Spence! *Dein* Spence – Dr. Reston. Weißt du es denn nicht mehr?"

„Ich kenne ihn nicht", antwortete sie langsam, wandte sich ab, schloß ihre schönen blauen Augen, die jetzt die Farbe von seichten, gefrorenen Teichen hatten, und drehte ihr Gesicht wieder der Sonne zu. Ihr Vater wankte zurück in ihr Zimmer wie ein Mann, der durch einen Schlag halb betäubt ist; mit wirbelndem Kopf ließ er sich in die Kissen fallen. Dann hob er die geballten Fäuste an die Schläfen und fing an zu weinen.

Die Sonne erhob sich wie eine feuerrote Scheibe über einer grünen Hügellandschaft. Drei müde Wanderer beobachteten den Sonnenaufgang mit brennenden Augen. Sie waren die ganze Nacht hindurch durch dichtes Unterholz marschiert und fühlten sich erschöpft und hungrig, da sie seit zwei Tagen nichts Richtiges mehr gegessen hatten – seit sie unter dem Verdacht der Zauberei aus dem *goonda*-Lager verstoßen worden waren.

Das Schauspiel des blutigen Leuchtens, das die rote Sonne über die dicht bewaldeten, in steilen Wellen verlaufenden Hügel warf, beeindruckte die Gruppe wenig. Dagegen verbesserte der vergleichsweise alltägliche Anblick des mühsam gebahnten, mit Steinen und Geröll übersäten Weges ihre Laune durchaus.

„Da ist er!“ rief Gita. „Ich kann ihn sehen! Hinter diesen Bäumen dort. Da!“

Der dicke kleine Mann stürmte durch das lichter werdende Unterholz und hinaus auf die alte Straße. Er fiel auf die Knie und küßte den sonnenverbrannten Boden mit allen Anzeichen herzlicher Dankbarkeit, wie ein Seefahrer der alten Zeit, dem eine erfolgreiche Landung geglückt war. „Endlich, mein alter zahnloser Freund, begegnen wir uns wieder“, krähte Gita. Adjani und Spence, die über ihm standen, schauten ihm amüsiert zu. „Ich glaube nicht, daß mir schon einmal ein so wunderbarer oder willkommener Anblick zuteil geworden ist“, fuhr er fort und blickte voraus in die Ferne. „Ein Weg ist etwas Großartiges.“

„Jedenfalls besser, als sich durch den Dschungel zu schlagen, soviel steht fest“, meinte Spence. Auch er wandte seinen Blick nach Norden und sah die Mauer aus Bergen, die in der Entfernung purpurn und verschwommen aussahen und ihre Gesichter noch hinter dem Schleier der Nacht verbargen. „Was glaubt ihr, wie weit es ist?“

Adjani reckte den Hals und sagte: „Genau läßt es sich nicht sagen, aber ich würde meinen, bis Siliguri sind es immer noch hundert Kilometer Richtung Norden, und bis Darjeeling noch einmal halb so weit.“

„Ja, und von hier aus immer bergauf“, sagte Gita.

„Ob wir jemanden finden können, der uns mitnimmt?“

„Sehr zweifelhaft. Die einzigen Leute hier, die Fahrzeuge haben, sind Händler. Unsere Karawane ist ohne Zweifel umgekehrt. Außerdem ist das schon drei Tage her; selbst wenn sie beschlossen hätten weiterzufahren, wären sie mittlerweile längst da.“

Spence schaute mit zusammengekniffenen Augen in die Ferne. „Na, dann haben wir wohl keine Wahl. Wir laufen.“

Gita stieß einen kleinen, wimmernden Laut hervor und sagte: „Es scheint, als ob es dem Weg und mir bestimmt ist, sehr gute Freunde zu werden. Aber“, fügte er optimistischer hinzu, „ich wollte schon immer mal die Berge sehen.“

Sie wandten sich nach Norden und gingen die Straße entlang. Das Gehen fiel ihnen leicht. Spence bemerkte, daß die Luft leichter zu sein schien, weniger stickig und feucht. Er nahm das als Zeichen, daß sie begannen, ganz allmählich an Höhe zu gewinnen. Die Frische belebte ihn etwas, klärte seinen müden Geist und gab ihm Auftrieb.

Da nichts zu sehen war außer dem endlosen Weg vor seinen Füßen, ließ er seinen Gedanken freien Lauf.

Wie schon oft in den düsteren Stunden, wenn sie nachts marschiert waren, drängte sich die Aussicht auf den bevorstehenden Zusammenstoß mit dem Traumdieb in seine Gedanken. Was geschehen würde, wenn sie ihr Ziel erreichten, wußte er nicht, und er mochte auch nicht darüber spekulieren. Fürs erste reichte es ihm, daß noch eine gewisse Entfernung zwischen ihm und seinem Feind lag. In gewisser Weise fühlte er sich sicher – obwohl er das wohl kaum hätte begründen können, da der Traumdieb sich fähig gezeigt hatte, astronomische Entfernungen zu überwinden, um die zu beeinflussen, die er beeinflussen wollte. Keine Barriere schien ihn aufhalten zu können. Und wo er selbst nicht körperlich anwesend war, da waren es seine Handlanger.

Nach allem, was er wußte, konnte Spence selbst kaum begreifen, daß er seine Schritte dem geheimen Unterschlupf des Traumdiebes, der sicheren Vernichtung entgegenlenkte. Und doch tat er genau das. Letzten Endes wußte er, daß es das einzige war, was er tun konnte.

Spence fragte sich, ob vielleicht der Traumdieb selbst ihn seinem Schicksal entgegenzog. Oft schien das der Fall zu sein – er verspürte einen Impuls in sich, der nicht ganz aus seinem eigenen Herzen zu kommen schien. Konnte der Traumdieb seine Gedanken manipulieren?

Und wenn ja, wie konnte er wissen, *wann* seine Gedanken manipuliert wurden? Welche waren seine eigenen, und welche stammten von einem anderen?

Seit er Kalkutta verlassen hatte, waren ihm diese Dinge schon oft durch den Kopf gegangen. Er war tief in Gedanken, als er eine leichte Berührung am Ellbogen spürte.

„Du siehst verwirrt aus, Sahib." Adjani schloß zu ihm auf und schaute ihn prüfend an.

„Ich habe gerade daran gedacht, wie verrückt wir sind, wie die Lemminge auf unsere eigene Vernichtung zuzulaufen." Er drehte den Kopf, um Adjanis Reaktion auf diese Worte zu beobachten, und schaute dann wieder auf seine Füße. „Du und Gita – ihr müßt doch nicht mitkommen. Ihr könntet umkehren. Zumindest Gita sollte das tun; er muß schließlich an seine Familie denken."

„Ja, so kann man es sehen."

„Kann man es auch anders sehen?"

„Natürlich. Man kann alles anders sehen."

„Dann schieß los. Mir scheint, daß wir drei schlecht ausgerüstete, belanglose, dickköpfige Möchtegern-Helden sind, die zu dumm sind, sich aus Schwierigkeiten herauszuhalten, wenn sie die Möglichkeit dazu haben. Wir sind Narren, daß wir meinen, wir könnten es mit dem Traumdieb aufnehmen – wer immer oder was immer er ist. Es ist der reine Wahnsinn. Wie können wir auch nur davon träumen, daß wir irgend etwas bewirken könnten?"

„Du weißt, daß oft Aufstieg oder Fall eines Reiches, das Geschick einer ganzen Nation, von dem Willen eines einzigen menschlichen Wesens abhängen. Ein Mann, der sich auf eine Sache fest verschworen hat, kann sich einer ganzen Armee stellen.

Wie diese Sache hier ausgehen wird, weiß ich genausowenig wie du. Aber ich glaube, daß das Licht, das in dir und in mir ist – in uns allen –, stärker ist als alle Finsternis im Universum. Gott arbeitet in dir, Spence; er hat dir sein Zeichen aufgeprägt. Und wer kann gegen Gott bestehen?"

Spence fiel im Moment niemand ein.

„Ist das ein unbehagliches Gefühl für dich? Erwählt zu sein?"

„Natürlich. Und überhaupt, warum ausgerechnet ich?"

„Genau diese Frage kannst du nicht stellen."

„Ich weiß. Seine Wege sind nicht unsere Wege und so weiter."

„Genau."

Spences Beine bewegten sich gleichmäßig. „Aber ich schlucke das nicht. Was für einen Unterschied macht es, ob ich an ihn glaube oder nicht? Was könnte es am Ende für einen Unterschied machen? Du glaubst, und wohin hat dich das gebracht? Du stolperst einen gottverlassenen Weg entlang auf einem Todesmarsch, um Himmels willen. Und wozu?"

„Für einen Gläubigen ist kein Ort gottverlassen."

Der Inder fuhr fort. „Du kannst mich nicht hinters Licht führen, Reston. Dein Protest ist das letzte Keuchen eines sterbenden Agnostikers. Du rennst von Gott weg, so schnell du kannst – direkt in seine Arme.

Aber um deine Frage zu beantworten, ich glaube, es macht einen Riesenunterschied, was du glaubst. Der Glaube ist das Sinnesorgan des Vertrauens, wie die Augen das Sinnesorgan des Sehens sind. Durch das Sehen siehst du die Welt, durch das Vertrauen siehst du Gott. Der Glaube hat die Macht, die Wirklichkeit zu formen."

„Die eingebildete Wirklichkeit. Deine persönliche Wahrnehmung der Wirklichkeit."

„Nein, die Wirklichkeit selbst, so wie sie ist – kalte, harte, tatsächliche Wirklichkeit."

Spences Blick wurde finsterer. Er war nicht in der Stimmung, sich Vorlesungen von Professor Rajwandhi über die Philosophie der Wirklichkeit anzuhören, aber offenbar hatte er keine Wahl. Doch Adjanis nächster Ansatz überraschte ihn.

„Sieh dir den Berggipfel da drüben an."

„Welchen? Ich sehe mehrere."

„Der in der Mitte, mit der Schneekappe. Siehst du ihn?"

„Ja, ich sehe ihn", sagte Spence flach.

„Gehen wir mal wissenschaftlich an die Sache heran und nennen wir ihn den Beobachtungspunkt, den Brennpunkt. Nun, existiert der oder nicht?"

„Natürlich existiert er."

„Bist du sicher? Beweise es mir – oder besser, zeig mir den Brennpunkt. Kannst du ihn anfassen? Riechen? Schmecken? Nimmt er Raum ein oder hat er irgendwelche Dimensionen?"

Keine Antwort.

„Nein, natürlich nicht. Ein Brennpunkt ist überhaupt kein physisches Ding, und doch existiert er. Wir können beweisen, daß er existiert, anhand der Dinge, die wir mit ihm machen können. Wir können ihn benutzen, um Entfernungen und Höhen zu messen. Wir können Radiowellen auf ihn ausrichten, um alle möglichen Dinge damit anzustellen. Mit anderen Worten, der Brennpunkt existiert, weil er Effekte produziert, die wir wahrnehmen, aber auf andere Weise nicht erklären können.

Wenn du jetzt auf diesem Berggipfel stündest, direkt am Brennpunkt, dann könnte ich dich mit einem Teleskop betrachten. Aber du würdest nicht das Geringste davon merken. Du hättest keine Möglichkeit, den Beobachtungspunkt zu entdecken, und doch könnte ich mit seiner Hilfe eine Menge über dich erfahren."

„Ja, aber wo geht er hin, wenn ich nicht über ihn nachdenke oder an ihn glaube? Dann existiert er überhaupt nicht."

„Genau."

„Willst du damit sagen, daß es mit Gott genauso ist?"

„Nicht im mindesten. Ich versuche dir klarzumachen, daß deine Überzeugung die Wirklichkeit auf unerwartete Weise formen kann. Dein Glaube an den Beobachtungspunkt versetzt dich in die Lage, Dinge zu tun, die du nicht tun könntest, wenn du nicht an ihn glaubtest. Klar?"

Spence kratzte sich am Kopf. Sein finsterer Blick löste sich und wich einem verwirrten Gesichtsausdruck. Adjani fuhr in seinem Argument fort.

„Sieh es einmal so: Weil du an den Brennpunkt glaubst, reagierst du in einer bestimmten Weise auf ihn – für dich ist er real, und er formt die Welt, wie du sie siehst. Dein Glaube an ihn beeinflußt sogar dein Verhalten.

Wenn du durch ein Fernrohr schauen und einen Löwen auf dich zulaufen sehen würdest, was würdest du tun?"

„Auf einen Baum klettern." Allmählich fing Adjanis Gedankengang an, Spence zu fesseln.

„Natürlich. Du würdest alles mögliche tun, aber du würdest nicht sagen: ‚Der Brennpunkt existiert nicht, also existiert der Löwe auch nicht.'"

„Nur ein Trottel würde so reagieren."

„Tatsächlich? Nun, vielleicht überrascht es dich, zu erfahren, daß du genauso auf Gott reagiert hast."

„Ich sehe das anders."

„Dann erkläre es mir, wenn du kannst." Spence antwortete darauf nicht. Er blickte störrisch vor sich hin. „Soll ich es dir erklären?"

„Schieß los – es ist dein Spiel. Offenbar weißt du auf alles eine Antwort."

Adjani ignorierte den Seitenhieb und fuhr fort, als hätte er ihn gar nicht gehört. „Wie deutlich muß es denn für dich werden? Gott begegnet dir an jeder Ecke, Spence. Denk doch nach. Im Lager hast du für einen kleinen Jungen gebetet, der im Sterben lag, und er kehrte zurück ins Leben. Auf dem Mars war dir selbst der Tod sicher, und doch hast du überlebt – gegen alle Wahrscheinlichkeit hast du überlebt. Und mehr noch, ein Geschöpf aus einer fremden Zivilisation erwachte aus einem fünftausendjährigen Schlaf und erzählte dir höchstpersönlich von Gott. Und du behauptest, du siehst es nicht?" Adjani warf den Kopf zurück und lachte kurz auf. „Was muß er tun, um zu dir durchzudringen? Was muß passieren, damit du glaubst? Müssen erst diese Steine aufstehen und schreien?" Er wies mit der Hand auf den holprigen, steinigen Weg vor ihnen.

Obwohl Spence in diesen Diskussionen die Gegenposition einnahm, stimmte er eigentlich mehr mit Adjani überein, als er zugeben wollte. In der Nacht, als der Junge wiederbelebt wurde, war Spence zu den gleichen Schlußfolgerungen gelangt. Das Erlebnis hatte ihn stärker beeindruckt, als er einem anderen Menschen gegenüber ausdrücken konnte. Seit diesem Augenblick hatte er kaum noch an etwas anderes gedacht. Er durchlebte es ständig von neuem in seiner ganzen Fremdartigkeit und erschreckenden Klarheit.

Hier war eine Wirklichkeit, die alle Wirklichkeiten überstieg, die er bisher gekannt hatte. Es war, als hätte ihn für einen blendenden Augenblick die Quelle allen Lebens durchflossen. Und in diesem Moment hatte er sich selbst und die Welt gesehen, wie er sie noch nie zuvor gesehen hatte. Die Erinnerung daran löste ein Gefühl der Schwäche in ihm aus.

Vielleicht war das der Grund, warum er sich soviel Mühe gab, nicht zu glauben. Adjani hatte recht – wenn er glaubte, würde ihn das verändern. Er klammerte sich nur nach an die letzten Fetzen seiner zerrissenen naturalistischen Weltanschauung. Sie aufzugeben, fiel ihm schwer, und er wollte sich nicht leichtsinnig davon trennen. Wer er war, wie er sich selbst kannte, all das hatte viel mit jener kalten, klaren, computer-generierten Sicht des Universums zu tun.

Adjanis Frage klang ihm noch in den Ohren. Er wandte sich zur Seite, um zu antworten, ohne daß er wußte, was er sagen würde. Er konnte es nur in seinem Herzen fühlen. Er öffnete den Mund, um zu sprechen.

Plötzlich überkam Spence ein Gefühl des Schwindels wie ein heißer Windstoß, der zarte Grashalme verdorren läßt. Er stolperte ein paar Schritte vor sich hin, warf sein Bündel ab und griff sich an den Kopf. Mit weit aufgerissenen Augen drehte er sich um und starrte Adjani an.

„Ari . . . Ari!“ schrie er und stürzte bewußtlos zu Boden.

Vierzehntes Kapitel

Als Spence wieder zu sich kam, hielt Gita seinen Kopf zwischen seinen fleischigen Händen und beugte sich über ihn. Adjani hielt ihm eine Blechbüchse mit Wasser an den Mund. „Hier, trink das. Langsam. So ist es richtig.“

Spence setzte sich auf. In seinem Kopf pochte es wild, aber abgesehen davon war er in Ordnung. „Wie lange war ich weg?“ Er rieb sich den Kopf und ließ ihn um die Schultern rollen, als wollte er überprüfen, ob er noch richtig funktionierte.

„Nicht lange. Zwei Minuten vielleicht.“

„Es ist zu heiß, um am hellichten Tag zu Fuß unterwegs zu sein“, sagte Gita. Das hatte er immer wieder gesagt, seit sie an diesem Morgen dem Weg gefolgt waren, ohne eine Rast einzulegen. „Ich denke, wir sollten uns etwas ausruhen."

„Nein, wir gehen weiter", antwortete Spence entschieden. „Vielleicht finden wir irgendein anderes Transportmittel – sagtest du nicht, es sei nicht mehr weit bis Gaur?"

„Mit einem Sonnenstich ist nicht zu spaßen, Spencer Reston." Gitas dunkle Gesichtshaut hatte eine deutlich rötliche Tönung angenommen. Die Anstrengung ihrer Reise hinterließ ihre Spuren an ihm.

„Wir sollten auf jeden Fall eine Weile rasten. Gita hat recht. Es wird zu heiß, um mitten am Tag durch die Gegend zu laufen. Wir können bei Einbruch der Dämmerung weitergehen."

Spence kniff die Augen zusammen und schaute zum Himmel auf. Der weißglühende Ball der Sonne schien mit regelrechter Wut auf sie niederzubrennen. Vielleicht war es tatsächlich ein kleiner Sonnenstich gewesen, der ihn zu Fall gebracht hatte.

Vielleicht. Aber es steckte noch etwas anderes dahinter. Er erinnerte sich, wie er nach Ari gerufen hatte, als er zusammengebrochen war, und er hatte immer noch den vagen Eindruck, daß sie – oder jemand anderes – auf irgendeine Weise mit ihm in Kontakt zu kommen versuchte.

Er senkte seinen Blick und schaute Gita und Adjani an. Schwarze Punkte tanzten vor seinen Augen, und er schwankte unsicher.

„Sonnenstich", wiederholte Gita. „Das ist nicht gut."

„Laß uns lieber rasten, Spence. Wenigstens für zwei Stunden."

Spence nickte, und sie gingen ein paar Meter den Weg hinauf zu einem riesigen, verzweigten Banyanbaum, um sich dort im Schatten unter den verschlungenen Zweigen und hängenden Luftwurzeln niederzulassen.

Er trank noch etwas Wasser und saß für eine Weile mit auf die Hände gestütztem Kopf da. Die Landschaft weit im Norden flimmerte wie eine Projektion auf einer flatternden Leinwand durch die Wellen der Hitze, die vom Boden aufstiegen. Er hatte die Hitze zuvor nicht bemerkt, aber jetzt war er sich ihrer schmerzlich bewußt.

Gitas Kopf fand einen Stein, auf dem er sich mit dem Polster seines blauen Turbans niederlassen konnte, und bald erfüllte sein Schnarchen die Luft. Fliegen summten zwischen den verschlungenen Gliedern des Baumes umher, und Spence fühlte, wie die Anstrengung und Spannung von ihm abfiel.

Er lehnte sich gegen die kühle Rinde eines der unzähligen Stämme des Baumes und streckte die Beine aus. Sofort fühlte er sich entspannter. Er lauschte eine Weile auf das Schnarchen und die Fliegen und die gelegentlichen Rufe der Vögel und sank dann allmählich in Schlaf.

Die Sonne war orange und strebte schon dem Horizont entgegen, als Spence wieder erwachte. Gita schnarchte immer noch, und Adjanis gleichmäßiges Atmen erklang aus dem Schatten in der Nähe. Die Fliegen summten immer noch um ihre Köpfe herum, und die Vögel zwitscherten in den oberen Zweigen des Baumes.

Aber da war noch etwas anderes, und dieses andere war es, was ihn aus seinem Schlummer gerissen hatte.

Er lauschte in die Stille des Waldes hinein, die sie umgab, ohne einen Muskel zu regen. Fast wie eine Antwort auf seine Suche kam es wieder – ein gedämpftes Schnauben und ein leises Rascheln, als ob sich irgend etwas Großes durchs Unterholz bewegte. Das Geräusch schien sich zu entfernen, während er lauschte, wenn er sich auch nicht sicher war – zuerst hatte er es im Schlaf gehört.

Spence kam auf die Füße und trat auf den Weg hinaus. Er hielt inne, um noch einmal zu lauschen, und setzte sich dann in der Richtung, in der sie unterwegs gewesen waren, in Bewegung. Seine Sinne waren hellwach, und er fühlte sich auf unerklärliche Weise geführt, nach der Ursache des Geräusches zu suchen, für das er keine Erklärung hatte. Er schaute sich nach dem Baum um, unter dem Adjani und Gita immer noch schliefen, und machte sich dann an die Verfolgung.

Direkt vor ihm fiel der Weg in ein enges Tal ab. Als Spence die Anhöhe erreichte und ins Tal hinabzusteigen begann, glaubte er, vor sich am Wegesrand etwas in den Büschen verschwinden zu sehen. Nur noch eine verschwommene Bewegung war zu sehen, als er seine Augen auf die Stelle richtete, und dann ein Zittern der Zweige am Wegesrand, wo das Ding verschwunden war.

Obwohl er nicht wußte, was er da verfolgte, hatte er den starken Verdacht, daß es kein Mensch war. Er dachte nicht mehr an die Möglichkeit, einer anderen Bande von *goondas* zu begegnen, obwohl die Wahrscheinlichkeit genauso groß war wie zuvor.

Als er näherkam, ging Spence langsamer, bückte sich und bewegte sich so leise wie möglich. Die innere Stimme, die ihn geweckt hatte, sagte: „Geh weiter! Leise!" Er gehorchte.

Er drückte sich an die Seite der Straße, wo die Büsche dicht und beinahe undurchdringlich wuchsen. Er hörte das Rascheln von Blättern und das Geräusch brechender Zweige. Ein hohles Schnauben wie das Zischen einer Maschine, die Luft abläßt, erklang durch die Büsche, und dann verstummte das Geräusch.

Spence rührte keinen Muskel. Halb gebückt verharrte er, spähte in die dichte grüne Mauer des Dschungels und hatte dabei das unheimliche Gefühl, von jemandem oder etwas Unbekanntem in Augenschein genommen zu werden.

Das gedämpfte Aufsetzen eines Fußes ertönte. Langsam und zielbewußt bewegten sich die Schritte auf ihn zu.

Direkt vor ihm begannen die Blätter der Büsche sanft zu schwingen, und dann sah er etwas Langes und dünnes wie eine Schlange aus der Heckenwand hervorkommen.

Instinktiv sprang er zurück. Im gleichen Moment zog sich auch das Ding zurück.

Doch noch während er sprang, hatte er etwas gesehen, das ihm verriet, was er wissen wollte – eine kleine rosa Lippe und zwei Nüstern.

Er bückte sich, rupfte eine Handvoll langer Grashalme mit den Wurzeln aus und ging zurück auf den Weg.

Laut rief er: „Simba! Komm! Simba! Komm her!"

Er wartete, und nichts geschah, obwohl er spürte, daß das Ding auf ihn wartete. Wieder ließ er seinen merkwürdigen Ruf erschallen und hielt das Grasbüschel am ausgestreckten Arm vor sich.

Dann kam ein leises Schnauben, und die Büsche erzitterten und teilten sich, und zum Vorschein kam ein großer, grauer Elefant.

Das Tier kam langsam und vorsichtig auf Spence zu, streckte seinen Rüssel nach ihm aus und beschnüffelte ihn. Mit gemächlicher Grazie trat es näher und schüttelte seinen riesigen Kopf hin und her, als wollte es sich über ihn klar werden. Dann sah es das Gras in Spences Hand, und der Rüssel schwang hernieder und beschnüffelte die angebotene Gabe.

Spence öffnete die Handfläche, und der Elefant nahm das Geschenk mit einer geschickten Bewegung seiner Rüsselspitze auf und steckte es in sein Maul.

„Gute Simba", sagte Spence leise. „Ruhig, Mädchen. Niemand tut dir etwas." Er sprach weiter leise und beruhigend auf das Tier ein, während er es aus sicherem Abstand betrachtete.

Daß der Elefant in Not war, bemerkte er sofort, denn sobald er aus den Büschen hervorgekommen war, sah er die leere Sänfte auf seinem breiten Rücken. Offensichtlich war das Tier davongelaufen, nachdem es von seinem Mahout getrennt worden war.

Dann erkannte er den Grund – Blut rann an der Schulter des Tieres herab, und aus seinem Ohr war ein Fetzen herausgerissen. Auch das Ohr war blutverschmiert.

Goondas, dachte Spence. Sie hatten den Mahout und seine Passagiere angegriffen, und der Elefant war entkommen. Er wußte nicht, ob Elefanten in jenem Teil Indiens sehr häufig waren, aber in diesem Land konnte ihn kaum noch etwas überraschen. Es fiel ihm ebenso leicht, sich eine Elefantenkarawane vorzustellen wie einen Konvoi aus klappernden, antiken Lieferwagen.

Nachdem der Elefant das Friedensangebot von dem nicht-aggressiven Zweibeiner angenommen hatte, beschloß er, auch den Menschen selbst zu akzeptieren. Er trat näher heran; Spence blieb stocksteif stehen. Der Rüssel schwang auf ihn zu und begann ihn eingehend zu untersuchen, fummelte an den Taschen seines Overalls herum und beschnüffelte seinen Hals und seine Handgelenke.

Spence ließ diese Überprüfung mit Würde und Beherrschung über sich ergehen und staunte, daß ein so großes Tier sich so geschickt bewegen konnte. Er rief sanft nach ihm, hob seine Hand, um seinen Rüssel zu streicheln, und spürte die vibrierende Wärme des Geschöpfes. „Ruhig, Simba. Ich bin dein Freund. Ich werde für dich sorgen. Gutes Mädchen. Gute Simba."

Der Rüssel schlang sich um seine Hand und drückte seine rosa Lippe gegen seine Handfläche. Er streichelte den Rüssel und trat dann näher heran, um auf seine gewaltige Wange zu klopfen. „Möchtest du gerne mit mir kommen? Ja? Also schön. Folge mir. Komm mit."

Er trat von dem Tier weg und wandte ihm den Rücken zu. Langsam und gemessen schritt er davon und widerstand dem Impuls, stehenzubleiben und sich umzuschauen, ob ihm der Elefant auch folgte. Er wollte sich so verhalten, als ob er von dem Tier erwartete, daß es ihm gehorchte, wie es seinem richtigen Herrn gehorchen würde.

Spence wurde belohnt, als er etwas an seinem Arm ziehen spürte und die Rüsselspitze sich um sein Handgelenk schlängelte. Er klopfte auf den Rüssel und ging weiter.

Als sie den Banyanbaum erreichten, blieben sie stehen, und Spence rief: „Wacht auf, ihr beiden! Ich habe ein Transportmittel für uns gefunden."

Adjani war als erster auf den Beinen. „He!" rief er erstaunt. „Wo hast du den denn her?" Langsam trat er vor und blieb in geringer Entfernung vor dem Tier stehen, damit es sich an ihn gewöhnen konnte.

„Vorsicht, nicht, daß du ihre Gefühle verletzt. Dies ist Simba, und sie ist einverstanden, uns den restlichen Weg bis nach Darjeeling zu tragen."

Adjani legte das Gesicht in Falten und sah Spence schief an. „Willst du etwa behaupten, daß du dieses Tier kennst?"

„Nicht im mindesten", gab Spence zu. „Ich dachte nur, alle Elefanten heißen Simba. Ich habe sie ein Stück weiter auf dem Weg gefunden. Sie ist verletzt."

Gita, der die Stimmen hörte, erhob sich langsam und rieb sich die Augen. Er warf einen Blick auf das riesige Geschöpf und stieß einen schrillen Schrei aus. „Hilfe!" rief er und warf die Arme in die Luft. Doch als er sah, daß alles in Ordnung zu sein schien und der

Elefant das ihm angebotene Gras kaute und Adjani nicht angriff, stand er auf und trat zu seinen Freunden.

„Ein echter Elefant!" sagte er immer wieder stolz, während er ihn von allen Seiten in Augenschein nahm. „Ich wußte, daß es im Norden noch ein paar dieser großartigen Tiere gibt, aber ich hätte mir nie träumen lassen, daß ich einmal einen sehen würde."

„Sind sie denn so selten?" wunderte sich Spence.

„Oh ja, sogar sehr selten. Niemand außer den hohen Regierungsbeamten darf einen besitzen. Sie werden sehr wachsam gehütet und von den regionalen Gouverneuren als offizielle Fortbewegungsmittel benutzt – genau wie in den Zeiten der Maharadschas. Besser als ein Automobil."

„Nun, dieser hier wurde nicht gut genug behütet", sagte Spence. „Simba hat einen Schuß abbekommen. Hol deinen Arzneibeutel und laß uns sehen, was wir für sie tun können."

Daraufhin warf Gita wieder seine Arme empor. „Einen Schuß? Gütiger Himmel! Wer würde denn auf den Elefanten eines Gouverneurs schießen? Wer würde so etwas tun?"

„*Goondas*, vermute ich."

„Wenn das stimmt", sagte Adjani, „treffen wir vielleicht am Ort des Hinterhalts auf den Rest der Gruppe."

„Daran hatte ich nicht gedacht. Glaubst du, es sind noch *goondas* in der Nähe?"

„Nicht, wenn sie einen Regierungstransport überfallen haben. Bei so etwas schlagen sie zu und machen sich so schnell wie möglich aus dem Staub. Inzwischen müßten sie meilenweit weg sein. Die Vergeltung erfolgt in solchen Fällen sehr schnell und blutig."

Gita kehrte mit seinem Arzneibeutel zurück und legte ihn auf den Boden. „Ich habe nicht genug Medikamente, um einen Elefanten zu behandeln", lamentierte er.

„Keine Sorge; ich glaube nicht, daß sie sehr schwer verletzt ist. Hier, sieh selbst."

Spence wies auf des zerrissene Ohr und die Wunde dahinter in der Schulter. Gita betastete die Wunde mit den Finger, während Adjani Simba mit Grasbüscheln beschäftigte.

„Die Kugel ist nicht ins Fleisch eingedrungen", verkündete

Doktor Gita nach seiner Untersuchung. „Sie wurde von der Haut abgelenkt, wahrscheinlich aufgrund des flachen Einfallswinkels und weil es eine minderwertige Kugel war – diese Leute verwenden oft die Kugeln aus abgeschossenen Hülsen wieder, wißt ihr. Wir werden ein wenig Sulfonamid in die Wunde reiben und etwas Schlamm darüberschmieren, um die Fliegen abzuhalten. Dann kommt es nicht zu einer Infektion. In ein paar Tagen ist sie wieder wie neu."

„Glaubst du, sie wird uns reiten lassen?"

Gitas Augen weiteten sich. „Habt ihr etwa vor, dieses Tier zu reiten?"

„Gewiß. Den ganzen Weg bis nach Darjeeling. Tu nicht so überrascht. Ich sagte doch, daß wir ein Transportmittel brauchen, und hier ist es."

Gita murmelte etwas Unverständliches und ging davon. Adjani lachte, und Spence klopfte dem Tier auf den Kiefer, schaute in Simbas ruhiges, blaubraunes Auge und sagte: „Du wirst uns helfen müssen, Mädchen. Wir machen das zum ersten Mal. Zeig uns, was wir tun müssen, wenn es soweit ist. Einverstanden?"

Der Elefant schien ihm zuzuzwinkern und schlang ihm seinen Rüssel um den Hals.

„Gutes Mädchen. Gute Simba. Wir werden uns schon gut verstehen."

Gita kehrte mit einem Haufen Schlamm auf einem großen Blatt zurück. Aus einer braunen Flasche goß er sich etwas Sulfonamid auf die Hand und trug es vorsichtig auf die Wunde an der Seite des Elefanten auf. Danach schmierte er den Schlamm als eine Art Verband darüber. „So, mehr können wir nicht tun."

„Dann laßt uns aufbrechen."

„Hast du eine Ahnung, wie man so ein Vieh reitet?" fragte Adjani.

„Nein, aber allzu schwer kann es nicht sein. Ich habe es in alten Filmen gesehen. Schauen wir mal." Spence ging zum Kopf des Elefanten und sagte: „Leg dich hin, Mädchen. Leg dich hin, Simba."

Nichts passierte.

„*Mehrbani se*, Simba", sagte Adjani.

Der Elefant hob den Rüssel, nickte und ließ sich umständlich auf die Knie nieder.

„Ich dachte, du verstehst nichts von Elefanten", sagte Spence.

„Tut er auch nicht", spöttelte Gita. „Er hat nur auf Hindi *bitte* gesagt."

Adjani lächelte und breitete die Arme aus. „Hat doch funktioniert, oder nicht?"

„Also, wer zuerst?" fragte Spence.

„Es ist dein Elefant, Sahib. Steig du zuerst auf." Adjani klopfte ihm auf die Schulter.

„Also schön, ihr Feiglinge. Dann also ich. Man muß sich nur an einem Ohr festhalten und . . . " Spence stieg auf das Knie des Elefanten, ergriff das rechte Ohr und schwang sich hinauf hinter seinen Kopf. „Nichts dabei."

Adjani folgte und kletterte in die Sänfte. Dann war Gita an der Reihe. Er stand zitternd auf dem Boden. „Nun komm schon. Du kannst nicht den ganzen Weg neben uns herlaufen, und wir können dich nicht den *goondas* überlassen. Also bring es hinter dich."

„Für dich ist das eine Kleinigkeit, Spencer Reston. Aber ich habe eine Frau und fünf schöne Töchter. Ein Mann muß an seine Familie denken."

„Komm schon, Gita, wir verschwenden unsere Zeit." Schon krochen die Schatten des Waldes über den Weg, und die Bäume versanken in einem tiefblauen Zwielicht.

Spence griff mit der Hand nach unten. „Komm; deine Landsleute haben das seit mindestens einer Million Jahren gemacht."

Gita biß sich auf die Unterlippe und reichte seine Beutel hinauf. Dann ergriff er Spences Hand und kletterte hinauf. Er hörte erst auf zu strampeln, als er in der Rückensänfte saß und sich an die Seitenwände klammerte.

„Alle Mann an Bord?" rief Spence. „Dann los. Wie war das Wort, Adjani?"

„*Mehrbani se.*"

Auf den Befehl hin stand der Elefant auf und setzte sich in Bewegung. Spence fand bald heraus, daß er sich durch einen sanften Fersenstoß hinter das Ohr leicht steuern ließ – mit dem rechten

Fuß rechts herum, mit dem linken Fuß links herum. Ein Stoß mit beiden Füßen gleichzeitig ließ den Elefanten schneller gehen.

So schwankten sie davon wie die alten Könige auf ihren sagenhaften Reittieren mit vergoldeten Stoßzähnen. Spence fand den Ritt aufregend.

„Das nenne ich stilvoll reisen!" rief er seinen Passagieren über die Schulter zu.

„Glaubst du jetzt?" rief Adjani zurück.

„Ich fange an", sagte Spence zu sich selbst. „Ich glaube, ich fange an."

Fünfzehntes Kapitel

Gegen Morgen erwachte Spence durch das Geräusch von Donner in den Bergen. Als es hell wurde, begann ein bleierner Regen aus niedrigen, trüben Wolken auf sie herabzuströmen. Die drei erhoben sich und saßen zusammengekauert unter dem Banyanbaum, der ihnen als Obdach für die Nacht gedient hatte. Sie kauten weiche, überreife Mangos und süße Birnen, die Gita auf dem letzten Marktplatz für sie gekauft hatte, und warteten darauf, daß es aufhörte zu regnen.

„Vielleicht regnet es den ganzen Tag", bemerkte Gita kundig. „Das gibt es oft um diese Jahreszeit. Wir nähern uns der Regenzeit."

„Wenn es nicht bald aufhört, müssen wir so oder so weiter", sagte Spence. Er machte sich immer mehr Sorgen um Ari – irgendwie schien das mit seiner Ohnmacht vom Vortag zusammenzuhängen. Er hatte das deutliche Gefühl, daß sie in großer Gefahr schwebte, und das machte ihn ungeduldig, sie so schnell wie möglich zu erreichen.

Sie warteten noch eine halbe Stunde; Spence stand auf, lehnte sich an einen der Stämme des Baumes, wechselte dann zu einem anderen und marschierte bald hin und her wie ein Tiger in einem Käfig. „Es hört nicht auf", verkündete er schließlich, als das Ende seiner Geduld erreicht war. „Laßt uns aufbrechen."

Gita machte ein Gesicht wie jemand, der verfaulte Eier riecht. Er hob seine runden Schultern und kam umständlich auf die Beine. „Keine Sorge, Gita", meinte Adjani. „Die Dusche wird uns allen gut tun."

Sie traten hinaus in den trüben Regen und banden Simba los, die ebenfalls mit ihren mächtigen Kiefern die fleischigen Birnen gekaut hatte. Die Elefantin begrüßte ihre neuen Herren mit einem Trompetenstoß und begutachtete jeden von ihnen einschließlich der Hosentaschen, während sie niederkniete, um sie aufsteigen zu lassen. Dann brachen sie auf in Richtung Norden, allmählich zu den Bergen hin ansteigend.

Spence betrachtete die Landschaft durch die weißen Nebelschwaden und bemerkte, daß es sich seit Kalkutta erheblich verändert hatte. Die Vegetation des Dschungels war jetzt anders; die Grüntöne waren tiefer und gingen in dem dunstigen Regen mehr ins Bläuliche. Zwischen den niedrigeren Bäumen waren hohe Kiefern eingestreut, die in die Luft aufragten und sie mit ihrem Duft erfüllten. Spence vermutete, daß sie bereits einige hundert Meter höher waren, wenn auch der Anstieg so allmählich war, daß sie es nicht bemerkt hatten.

Dennoch bemerkte er eine Veränderung in der Luft – sie erschien frischer, und die letzte Nacht war ein wenig kühler gewesen als jede andere, seit sie nach Indien gekommen waren.

Fast eine Stunde lang ritten sie in zügigem Tempo vorwärts, hingen ihren Gedanken nach und versuchten sich den Regen vom Leib zu halten, der dennoch allmählich alles durchdrang.

Sie kamen an einen kleinen Bach, der quer über die Straße floß. Simba watete hinein und blieb dann stehen, um zu trinken. Sie planschte mit ihrem Rüssel im Wasser herum und machte Blasen, bevor sie sich das Wasser ins Maul spritzte.

Spence ließ ihr den Spaß; er wußte nicht, wann sie wieder Gelegenheit zum Trinken finden würden. Als der Elefant aus dem Bach heraustrat, spürte Spence, wie ein Zittern das Tier durchlief wie ein elektrischer Schock, und es erstarrte mitten im Schritt und ließ seinen ausgestreckten Rüssel suchend in der Luft hin- und herschwenken.

Voraus beschrieb der Weg eine scharfe Kurve und entschwand hinter einer Wand aus Bäumen dem Blick. Spence nahm nichts war, das Simbas Reaktion hätte erklären können, aber er war nicht so dumm, am Instinkt eines Elefanten zu zweifeln.

„Was ist los? Warum halten wir?" fragte Gita. Sein durchnäßter Turban hing um seine Ohren und Augenbrauen herab, so daß er aussah wie ein kleiner Bengel, der die Kleider seines Vaters trug.

„Pst!" zischte Spence. Mit einer Handbewegung schnitt er weitere Diskussionen ab. Er gab Simba sanft die Fersen, und sie setzte sich langsam und mit einer gemessenen, lautlosen Anmut in Bewegung. Er staunte, wie glatt und leise sich das Tier bewegen konnte, wenn es wollte.

Sie schlichen auf die Straßenbiegung zu.

Spence legte sich vornüber auf den Kopf des Elefanten und spähte voraus, soweit er konnte, als sie um die Biegung kamen. Auf der Straße lagen ein paar undefinierbare Gegenstände, doch dann blickte er herab und sah etwas, das er sehr gut erkannte: Ein abgetrennter menschlicher Arm, an dem der Daumen fehlte, lag direkt vor ihnen mitten auf dem Weg. Er war blutleer und bleich, reingewaschen durch den Regen. Ein weißer Knochen schimmerte grauenhaft aus dem abgerissenen Ende hervor, und der Arm selbst wirkte wie ein Warnzeichen: *Halt! Keinen Schritt weiter!*

Als er die Augen von dem schaurigen Überrest hob, sah er die Löwen.

Es waren zwei – ein Männchen und ein Weibchen, beide naß und triefend vom Regen. Das große Männchen riß an einem Kadaver in der Mitte des Weges, während das Weibchen dabeisaß und wartete, bis sie mit Fressen an der Reihe war. Der Kadaver war bis zur völligen Unkenntlichkeit zerfetzt – wie auch die anderen, die im Umkreis verstreut lagen –, aber Spence erkannte mit einer plötzlich aufsteigenden Übelkeit, was sie waren. Die Kleidungsfetzen, die Schuhe und Sandalen, der Hut und das Gewehr sagten ihm alles.

Der Löwe, der erst jetzt auf die Eindringlinge aufmerksam wurde, starrte trotzig hinauf und stieß ein Brüllen hervor, der Spence das Blut gefrieren ließ. Simba ließ sich nicht beirren und hielt ihren Rüssel eng aufgerollt hoch über dem Kopf. Der Löwe brüllte noch wilder, ergriff dann den Kadaver mit seinen Kiefern und schleppte ihn über die Straße hinweg in den Wald davon. Die hellbraune Löwin folgte mit der indignierten Haltung beleidigter Hoheit.

„Das war knapp", sagte Spence. Er schaute sich grimmig auf dem Schauplatz des Massakers um. „Ich dachte, sie würden uns angreifen."

„Löwen sind Feiglinge", meinte Gita, „obwohl ich selbst mich auch nicht allzu tapfer gefühlt habe. Aber sie würden kaum einen Elefanten angreifen. Wir müssen in der Nähe von Jaldapara sein."

„Was ist das?"

„Vor vielen Jahren gab es ein großes Tierreservat namens Jaldapara. Ich habe gehört, daß es dort immer noch Löwen gibt."

„Offenbar nicht zu knapp."

„Das ist alles, was von der Gruppe des Gouverneurs übrig ist. „Ich sehe nichts, was noch zu retten wäre. Wir werden das den Behörden in Darjeeling melden müssen."

„Ich frage mich, ob es wohl Überlebende gab." Spence trieb den Elefanten weiter und hielt nur noch einmal kurz, um eine Uniformkopfbedeckung aufzuheben, die einem der Begleiter des Gouverneurs gehört hatte.

„Wahrscheinlich haben die *goondas* keine Überlebenden zurückgelassen", sagte Gita. „Sie lassen die Kaufleute nur leben, damit sie heimkehren und wieder reich werden und von neuem ausgeraubt werden können.

Aber das hier –" Ihm fehlten die Worte. „Barmherziger Vater, beschütze uns."

Sie setzten ihren Weg durch den Schauplatz des Hinterhalts fort. Spence sah noch verschiedene Dinge zwischen den Büschen zu beiden Seiten des Weges liegen, aber er schaute nicht zu genau hin, um nicht zu entdecken, worum es sich handelte. Er hatte genug gesehen.

Die nächsten Tage waren nicht voneinander zu unterscheiden – ebensowenig wie die Dörfer, durch die sie kamen. Mit der Dämmerung erhoben sie sich, um unter verhangenem Himmel im Regen ihren Weg fortzusetzen. Der Regen dauerte bis zum Mittag an, worauf sich der Himmel aufklarte und die Sonne mit Macht herniederbrannte, um die Straße und den umgebenden Wald in einen dampfenden, erstickenden Sumpf zu verwandeln.

Auch die Landschaft veränderte sich wenig; es gab Berge und noch mehr Berge, zwischen denen sich manchmal spektakuläre Schluchten und tief eingeschnittene Täler auftaten; doch nach so vielen dieser großartigen Aussichten stumpften die Reisenden dagegen ab. Indien, das Land der zu vielen – der zu vielen Menschen, zu vielen Religionen, zu vielen Kulturen und zu vielen Probleme – hatte auch zu viele wunderbare Aussichten. Die Wirkung war betäubend, wie auch alles andere in diesem fremdartigen Land betäubte.

Doch als sie die letzte Steigung zu den hohen Bergen von Darjeeling zu erklimmen begannen, bemerkte Spence, daß der Wald ausdünnte und die Vegetation kärger wurde. Die Bäume wurden immer niedriger und die Berghänge abrupter und steiler. Zweimal überquerten sie uralte Hängebrücken, deren Stahlseile verrostet waren – viele waren sogar gerissen und baumelten nun nutzlos in die Stromschnellen darunter herab –, und die fehlenden Stahlplatten waren wie offene Falltüren, denen man sorgfältig aus dem Weg gehen mußte.

Einmal begegneten sie etwa einem Dutzend buddhistischen Priestern, die auf einer Pilgerreise nach Buddh-Gaya im Süden waren. Sie trugen leuchtend gelbe Dhotis mit Halsgirlanden aus weißen Blüten, die wie kleine Glocken aussahen, und winkten murmelnd und singend im Vorbeigehen mit ihren Gebetsfähnchen dem Elefanten zu.

Kaum fünfzig Meter von der Stelle entfernt, an der sie an den glücklichen Pilgern vorbeigekommen waren, begegneten sie einem

Bettler, der auf dem Boden hockte. Spence sah das Bein des Mannes neben ihm ausgestreckt, und er jammerte erbärmlich, als der Elefant näherkam, machte aber keinen Versuch, ihm aus dem Weg zu gehen. Der arme Kerl blickte beschwörend zu den Reisenden auf, und Spence sah zu ihm hinab, als der Elefant geschickt um diesen menschlichen Haufen Elend auf dem Weg herummanövrierte.

Da sah Spence, daß das Bein des Mannes grotesk und unmenschlich verkrümmt war. Er hielt Simba an und glitt von seinem Sitz herunter; Adjani und Gita folgten schnell nach. Als der Bettler diese Reaktion sah, brach er in wilde und ängstliche Klagerufe aus, da er offenbar befürchtete, die Reisenden würden ihn schlagen und seinen Bettelertrag stehlen, sich gleichzeitig aber Hilfe von ihnen erhoffte.

„Oh“, sagte Gita, als er das Bein des Mannes betrachtete. „Das sieht nicht gut aus. Es ist sehr weit fortgeschritten.“ Er hob den schmutzigen, vom Regen durchnäßten Fetzen, der den Leib des Mannes bedeckte, und Spence sah den grausigen Anblick. Das Bein war eine faulende Masse grün-schwarzen Fleisches voller Geschwüre, aus denen Eiter und Blut sickerte.

„Was können wir für ihn tun?“ sagte Spence, während er sich abwandte.

„Nichts“, sagte Adjani. „Für ihn kommt unsere Hilfe zu spät. Er wird bald sterben.“

Die getrübten Augen und die Teilnahmslosigkeit, die Spence in den schlaffen Zügen des Bettlers sah, bestätigten Adjanis Diagnose. Doch er weigerte sich, die Ungerechtigkeit dieses hoffnungslosen Urteils zu akzeptieren. „Wir werden ihm helfen“, sagte er kurz. „Wenn wir ihm nicht zum Leben verhelfen können, dann werden wir ihm zumindest helfen, wie ein menschliches Wesen zu sterben.“

Adjani sah seinen Freund erstaunt an. „Du hast recht, Spence. Das ist das mindeste, das wir tun können.“

Spence wandte sich zu den Pilgern um, deren Singsang noch in der Luft hing, während sie sich eilends davonmachten. „Ist euer Gott taub und blind?“ schrie er ihnen empört nach. „Ist ihm alles egal? Oder gibt es ihn überhaupt?“

Spence hob den Mann auf – er schien überhaupt nichts zu wiegen

– und spürte die Knochen hart durch die papierdünne Decke aus Haut und Stoffetzen. Adjani stützte behutsam das verletzte Bein, während sie ihn zum Straßenrand hinübertrugen. Der Bettler betrachtete sie aus verängstigten, fiebrigen Augen und wimmerte vor Schmerzen, als sie ihn bewegten. „Vermutlich hat er schon seit Tagen dort gesessen", murmelte Adjani. Spence schaute sich nach der Stelle um. Da, wo der Mann gesessen hatte, war der Boden trokken, und die Fußspuren der buddhistischen Priester führten nur Zentimeter weit entfernt daran vorbei.

Gita zog seinen Arzneibeutel hervor und nahm einige Artikel heraus, die vielleicht von Nutzen sein würden. Außerdem brachte er dem Mann Wasser zu trinken und gab ihm etwas von ihrem Vorrat an Mangos und Birnen. Der Mann trank durstig, wollte aber von dem frischen Obst keinen Bissen nehmen. Immer noch beobachtete er sie mit stummem Mißtrauen, während sie sein Bein freilegten und sich daranmachten, es zu reinigen.

Der Anblick war beinahe mehr, als Spence ertragen konnte, und der Gestank trieb ihm die Tränen in die Augen. Das verfaulte Glied hatte keine Ähnlichkeit mehr mit einem menschlichen Körperteil. Mit einem faltbaren Behälter aus Zeltstoff, den sie in Simbas Sänfte gefunden hatten, holte er Wasser aus einem Graben in der Nähe, in dem frisches Regenwasser floß. Ein paar neugierige Krähen, die den Bettler aus der Ferne beobachtet hatten, ließen sich nun auf den Zweigen eines Baumes nieder, um sich das Ganze aus der Nähe anzusehen.

Gita und Adjani hoben behutsam das Bein an, das allem Anschein nach bei einem Unfall zermalmt worden war – vielleicht hatte ihn ein ankommendes Fahrzeug erwischt, als er gerade quer über die Straße nach irgendeinem Stück Abfall hechtete, das jemand auf den Boden geworfen hatte. Spence begann das Wasser darüber zu gießen, es zu baden und den Schmutz und die Absonderungen abzuwaschen.

Diese Anstrengung ließ das Blut wieder frei über das faulende Fleisch fließen, und Haut und Muskeln lösten sich in dem sanft darüberschwemmenden Wasser auf. Fleisch und Knochen fielen von dem Bein ab, als das Wasser sich darauf ergoß. Das Bein platzte auf, und der Gestank vereiterten Fleisches überwältigte Spence. Der Behälter fiel aus seiner Hand, und er wandte sich zur Seite, als ihm der Mageninhalt hochkam.

Spence wischte sich den Mund am Ärmel ab und hob grimmig den Eimer wieder auf, doch bevor er weitermachen konnte, flatterte eine Krähe von dem Baum über ihnen herab und holte sich einen kleinen Knochen, an dem noch ein Fetzen Fleisch hing. Der Vogel packte seine Beute mit seinem gelben Schnabel und flog damit davon.

„Sie haben auch Hunger", sagte Gita. „Verüble es ihnen nicht."

Mit Tränen in den Augen hob Spence den Behälter und goß das restliche Wasser über das Bein. Dann zerrissen sie einen von Gitas Baumwollsäcken, um ihn als Verband zu benutzen; sie umwickelten den Rest des Gliedes vorsichtig und säuberlich mit dem trockenen Tuch. Dann schickten sie sich an, dem Bettler seine durchnäßten Fetzen abzustreifen, um ihn zu waschen, aber er klammerte sich so wild daran, daß sie es sein ließen.

Gita bot ihm noch einmal Obst an, redete leise auf ihn ein und erklärte ihm, daß sie ihm nichts tun würden und keine Gegenleistung für ihre Freundlichkeit erwarteten. Daraufhin nahm der Bettler die Früchte vorsichtig an und öffnete seinen Mund voller geschwärzter, faulender Zähne, um zu essen.

Er nahm zwei oder drei Bissen und legte sich dann zurück, wobei er sie immer noch beobachtete, als erwarte er jeden Moment, daß sie sich auf ihn stürzen würden. Er schloß die Augen, gab ein langgezogenes Wimmern von sich, erzitterte und starb.

Spence begriff nicht, warum der Bettler so plötzlich und so lautlos dahinging. Verblüfft blickte er auf den reglosen Leib hinunter, dann wandte er sich abrupt ab.

„Es ist schon gut, Spence." Adjani trat an seine Seite. „Wir haben das Richtige getan. Wir haben getan, was wir konnten."

Spence schüttelte traurig den Kopf. „Es war nicht genug."

Gita, der mit ausgestreckten Armen über dem Leichnam stand, sagte: „Siehst du, wie er gestorben ist, Spencer Reston? Dieser Bettler, der in seinem Leben nie einen Moment der Barmherzigkeit und Anteilnahme erfuhr, lernte beides im Augenblick seines Todes kennen. Er hat gegessen und getrunken, seine Wunde ist verbunden worden, und es war jemand da, der von seinem Sterben wußte."

Spence schaute den Leichnam lange an und versuchte sich das Leben vorzustellen, das dieses verworfene Stück menschlichen Abfalls gelebt haben mußte. Er konnte es nicht – genausowenig, wie er sich vorstellen konnte, eine Qualle zu sein. Die Kluft zwischen ihren Welten war zu groß – sie lagen Lichtjahre auseinander.

Dennoch hatte es Spence in einer reinen, selbstlosen und barmherzigen Anstrengung versucht.

Sie hüllten den Leichnam in die Flagge des Gouverneurs, die sie zusammengerollt in der Sänfte gefunden hatten, und trugen sie ein paar Meter weit zwischen die Bäume am Straßenrand. Dort legten sie ihn in eine Senke unter einem Baum und bedeckten ihn mit bloßen Händen mit regenfeuchter Erde.

„Vater", sagte Adjani, als sie über dem Grab standen, „nimm dein Geschöpf auf."

Schweigend erklommen sie wieder den Rücken des Elefanten und ritten weiter nach Siliguri.

Sechzehntes Kapitel

Jedesmal, wenn August Zanderson seine Tochter anschaute, sah er das Bild seiner geistesgestörten Frau vor sich. Ari war allmählich immer teilnahmsloser und verwirrter geworden, während die Tage vergingen und sie immer wieder Hocking zu jener geheimen Zusammenkunft folgte. Jedesmal, wenn sie zurückkehrte, war sie ein bißchen selbstvergessener, ein bißchen versunkener, ein bißchen weniger sie selbst.

Sie aß nicht viel und war bleich und hohlwangig geworden. Dafür schlief sie um so mehr, und selbst wenn sie wach war, schien sie die gegenständliche Welt nicht wahrzunehmen. Es war, als verwandelte sich die junge Frau vor seinen Augen in einen Geist.

Vergeblich hatte er sie zu überreden versucht, ihre Zusammenkünfte mit Hocking abzubrechen, aber er hatte keinen Einfluß mehr auf sie. Immer, wenn Hocking kam, war sie bereit und wartete auf ihn, obwohl er zu den merkwürdigsten Zeiten tagsüber oder nachts erschien.

Zanderson hatte Hocking gedroht – auch das vergeblich – und sich anstelle seiner Tochter angeboten. Doch damit hatte er nichts als höhnisches Gelächter und Spott geerntet. Doch da er seine Tochter vor seinen Augen verwelken sah, war er entschlossen, sie nicht kampflos aufzugeben. Wenn Hocking das nächste Mal erschien, wollte er ihm entgegentreten. Er hatte ein Stuhlbein abgebrochen und hielt es griffbereit verborgen, für den Fall, daß seine Argumente zusätzliche Überzeugungskraft benötigten.

Nun, während Ari wie ein Kind der Nacht schlief, ging er vor der Tür auf und ab und wartete auf den Ruf, der früher oder später kommen würde. Als er das Klappern des Riegels im Schloß der riesigen, schweren Holztür hörte, straffte Zanderson seine Schultern und baute sich direkt vor dem Eingang auf.

Hocking glitt in das Zimmer und sah nicht sofort, daß die Gestalt des Direktors ihm den Weg versperrte. Doch dann trafen sich ihre Augen, und für einen Augenblick schien Hocking zu erschrekken. Doch er fing sich sofort und sagte: „Gehen Sie mir aus dem Weg. Zurück."

„Ari bleibt hier, Hocking. Lassen Sie sie in Ruhe."

„Gehen Sie mir aus dem Weg, Sie Narr! Ich warne Sie."

„Und ich sage Ihnen, daß es vorbei ist. Sie werden sie nicht mehr von hier wegbringen. Ich lasse es nicht zu."

Hockings Züge spannten sich bei dieser Herausforderung. „Was wollen Sie denn dagegen tun, Direktor? Wie wollen Sie mich aufhalten?"

„Zwingen Sie mich nicht, mich zu verteidigen. Ich werde es tun." Zanderson hob zornig seine Stimme. „Sie hat den ganzen Tag geschlafen! Sie ist völlig erschöpft. Wenn das so weitergeht, werden Sie sie umbringen."

Hocking starrte den Mann an. Seine Hand legte sich flach auf die Konsole des Pneumostuhls. „Ich fordere Sie zum letzten Mal auf, mir aus dem Weg zu gehen.“

Langsam trat der Direktor zur Seite. Hocking glitt vorwärts, und als er an dem Direktor vorbeiwollte, ergriff dessen Hand blitzschnell den Knüppel. Er holte aus und schlug mit voller Kraft auf Hockings Schädel ein.

Doch die Bewegung war nicht schnell genug. Hockings Finger zuckten im gleichen Moment auf seiner Konsole, und der improvisierte Knüppel traf nur Zentimeter von seinem Kopf entfernt auf einen unsichtbaren Widerstand und prallte zurück.

Sprachloses Erstaunen zeichnete sich auf dem Gesicht des Direktors ab, als er seinen gut gezielten Schlag in die Irre gehen sah. Hockings Augen verengten sich, und er fletschte vor Wut die Zähne. „Sie wagen es, mich anzugreifen!“ Seine Stimme klang verzerrt aus dem Lautsprechersystem des Stuhls.

Zanderson, dessen Entschlossenheit sich verflüchtigte, hob noch einmal seine Waffe und schlug zu. Wieder spürte er, wie das Stuhlbein auf einen Widerstand traf, der es von seinem Ziel ablenkte. Im gleichen Moment fühlte er ein Prickeln in seinen Fingern, und seine Hand wurde gefühllos. Der Knüppel wurde bleischwer und fiel ihm aus der Hand. Dann lag der Direktor auf den Knien und preßte die Hände auf die Ohren, als ein unerträglicher Hochfrequenzton durch sein Gehirn schnitt. Das Geräusch entzog seinem Körper alle Kraft, und er schlug schwer zu Boden.

„Ich hätte mehr von Ihnen erwartet, Direktor. Sie Schwachsinniger! Ich sollte Sie zerquetschen wie ein Insekt, das Sie ja auch sind.“ Hocking bewegte einen Finger auf der Konsole, und der Direktor kniff vor Schmerz die Augen zusammen und rollte sich dann auf die Seite und blieb regungslos liegen. Seine Augen starrten leer an die große gewölbte Zimmerdecke über ihm.

Der weiße, eiförmige Stuhl drehte sich in der Luft, und Hocking blickte auf. Ari stand mit einem sanften, beinahe heiteren Ausdruck auf ihrem Gesicht vor ihm. Der Blick ihrer tiefblauen Augen wirkte weich und unscharf. Sie sah aus wie ein kleines Mädchen, das in einem Tagtraum gefangen war.

Hocking bemerkte, daß Ari nicht im geringsten über den Fall ihres Vaters entsetzt zu sein schien, obwohl sie gesehen haben mußte, was geschehen war. Er faßte sich schnell. „Sind Sie fertig, Ariadne?“

„Ja“, sagte sie mit schlaftrunkener Stimme. „Ich bin fertig. Bringen Sie mich zu der Traummaschine.“

„Sie kennen den Weg. Gehen Sie diesmal voraus“, sagte Hokking. Ich komme hinterher.“

Darjeeling war so verschieden von Kalkutta wie das Meer von einem Abwasserkanal. Frisch, sauber und funkelnd vor Lebendigkeit thronte es auf einem steilen Berg in einer Höhe, die den Besucher schwindelig machte. Es war so weit von dem Indien entfernt, das Spence bisher kennengelernt hatte, daß es genausogut auch auf einem anderen Planeten hätte liegen können.

Von majestätischen Bergen umgeben – allen voran Kanchenjunga mit seinen Zwillingsgipfeln – und durch die dünne, sonnengetrocknete Luft gereinigt, glänzte Darjeeling in Spences Augen wie ein seltenes Juwel. Eine riesige Kuppel blauen Himmels breitete sich über allem aus wie ein seidener Baldachin, und wohin er auch sah, flatterten winzige blaue Vögel von Hausdächern auf die Straße hinab und wieder hinauf auf die Hausdächer.

Die Leute von Darjeeling – Nepalesen, Tibeter, Bhotia, Lepcha und andere von obskurer Herkunft – wirkten kräftig und gesund und leuchteten vor Freundlichkeit. Spence fand die Stadt selbst fast ebenso berauschend wie die Höhe, besonders nach der langen Reihe von Tieflanddörfern, die sich in ihrem Schmutz und Elend kaum voneinander unterschieden.

„Darjeeling – das Juwel des Himalaya!“ krähte Gita. „Ich hätte nie zu hoffen gewagt, daß ich es je sehen würde.“

Sie erklommen die fast senkrechten Straßen der sorgfältig auf Terrassen angelegten Stadt und ernteten erstaunte Blicke und Rufe von den farbenfrohen Bewohnern, von denen viele in die jahrhundertealten Stammestrachten aus Seide und Federn und Silberschmuck gekleidet waren. Kinder, die den Elefanten erblickten, liefen hinter ihnen her und zeigten lachend mit ihren Fingern auf sie. Ihr Aufstieg durch die unteren Bereiche der Stadt in den oberen Stadtteil brachte sie und ihre inoffizielle Eskorte schließlich zum Sitz der Regierung. Nachdem sie schier endlose Treppenfluchten und Terrassen erstiegen hatten, gelangten sie endlich zu dem mit einer Goldkuppel überdachten Palast des Gouverneurs, dem herrlichen Raj Bhavan.

Innerhalb der weißen Ziegelsteinmauern, die in der Sonne funkelten, lagen makellose Grünflächen. Handbeschnittene Miniaturbäume säumten die breite Zufahrt, die zum eigentlichen Palast führte, der ein lebendiges Relikt der britischen Kolonialzeit war.

Als der Elefant die Straße vor dem Palast erreichte, warfen die Wachen an den eisernen Toren nur einen Blick auf das Tier und die lärmende Menge dahinter und rannten sofort auf sie zu, um sie mit angelegten Gewehren aufzuhalten. Schimpfend und aufgeregt gestikulierend traten sie ihnen entgegen. Gita schimpfte zurück und zeigte immer wieder auf den Palast. Nach einer kurzen Besprechung rannte eine der Wachen davon, um den Hauptmann zu holen.

Währenddessen schaute sich Spence wie benommen um. Die Berge ragten, so nahe, daß man meinte, sie berühren zu können, auf allen Seiten auf, so daß sich überall, wohin er auch blickte, neue überwältigende Aussichten boten. Von diesem Standort auf dem Birkenhügel, auf dem das Regierungsviertel lag, fielen die Dächer von Darjeeling in absteigenden Stufen ab, so daß man den Eindruck hatte, auf dem Dach der ganzen Welt zu stehen. Die geschäftigen Einwohner der Stadt gingen zielstrebig ihren Geschäften nach und strahlten dabei eine breit lächelnde, sprühende Heiterkeit aus.

Spence war bezaubert von allem, was er sah, und zufrieden damit, einfach zu schauen und es in sich aufzusaugen.

„Der Gouverneur wird Sie jetzt empfangen.“ Die Worte weckten ihn aus seinem Tagtraum. Er drehte sich um und erblickte einen kleinen – hier waren alle von kleiner Statur –, aber gut gebauten Mann in einer frisch-grünen Uniform. Er lächelte und zeigte eine Reihe gesunder, weißer Zähne, doch seine flackernden schwarzen Augen verrieten den Tumult, den ihr Besuch unter seinen Leuten angerichtet hatte. „Folgen Sie mir bitte.“

Die eisernen Tore öffneten sich, und mit dem Hauptmann am Kopf des Elefanten setzten sie sich auf der baumgesäumten Auffahrt in Bewegung. Am Fuß der breiten Palasttreppe stiegen sie ab und wurden durch zwei riesige Bronzetüren hineingeführt. Spence hörte hinter sich ein lautes Trompeten, drehte sich um und sah, wie Simba mit hoch erhobenem Rüssel von zwei Tierpflegern mit Gerten weggeführt wurde.

„Mach's gut, altes Mädchen", sagte Spence. „Und danke fürs Mitnehmen."

„Ich hatte schon vergessen, daß wir uns von ihr trennen müssen", sagte Adjani bedauernd. „Ich habe angefangen, sie gernzuhaben."

Spence seufzte und nickte.

Im Gegensatz zu seinen Untergebenen war der Gouverneur ein großer Mann von fürstlichem Gebaren. Spence fiel es leicht, sich vorzustellen, er sei irgendwie in die Vergangenheit gereist und säße einem indischen Fürsten zur Zeit der Mogule gegenüber.

Überall schimmerte weißer Marmor, zuweilen von dicken orientalischen Teppichen bedeckt; Topfpflanzen wuchsen in großen Krügen aus gehämmertem Messing, und die mandelfarbenen Wände waren mit Tierfellen und Schnitzereien aus Jade und Alabaster, Elfenbein und Teakholz behängt. An den Decken, die ebenfalls mit stilisierten Reliefmustern aus Elefanten, Löwen und tanzenden Jungfrauen bedeckt waren, glänzte Gold, und sie wurden gestützt von großen Säulen aus grünem Marmor.

In einem der vielen Audienzzimmer des Palastes saßen sie in einer Nische, die von einem Raumteiler gebildet wurde, der aus dünnen Platten aus gelbem Marmor in Gestalt Tausender ineinander verschlungener Rosen gemeißelt worden war. Rote Seidenkissen auf großen Rattansesseln gab den Reisenden das Gefühl, Mitglieder eines Fürstenhauses zu sein, als sie saßen, Tee tranken und sich mit dem Gouverneur unterhielten. Ein Diener des Gouverneurs umschwebte sie mit silbernen Tellern voll kleiner Nußkuchen und Süßigkeiten.

„Ich bin sehr erschüttert über den Angriff auf die Reisegruppe meines Ministers. Dennoch freue ich mich, daß Sie mir meinen Elefanten Ambooli wiederbringen und mich über diesen empörenden Anschlag gegen meine Autorität unterrichten. Ich danke Ihnen für diese Freundlichkeit. Sie soll nicht unbelohnt bleiben.

Kann ich irgend etwas für Sie tun, um Ihnen meine Dankbarkeit zu zeigen? Bitte sprechen Sie es nur aus."

„Vielen Dank, Gouverneur, aber Ihre Gastfreundschaft war Dank genug."

„Das ist nicht der Rede wert. Es würde mich freuen, wenn Sie während Ihres Aufenthaltes in Darjeeling in meinem Haus wohnen würden. Wir empfangen selten so ehrenwerte Gäste, und Ihre Gesellschaft wäre mir eine Freude." Ein kurzer Wink seiner Hand sandte den Diener eilends davon. „Sehen Sie? Es ist alles bereits vorbereitet."

„Gouverneur –", fing Spence an.

„Bitte, genug mit den Titeln. Für Sie bin ich einfach Fazlul." Sein Lächeln war freundlich und charmant, aber gleichzeitig eigenartig reserviert – als ob er ein Spiel spielte, das von ihm verlangte zu lächeln, es aber offensichtlich als Zumutung für seine wahren Gefühle empfand. Spence bemerkte, daß die Augen des Gouverneurs ständig zu den Raumteilern hinüber wanderten, die sie umgaben, als ob er jeden Moment aufspringen und einen lauernden Attentäter überraschen wollte. Insgesamt hatte Fazlul eine Ausstrahlung subtiler, verschlagener Gemeinheit an sich, die er durch Diplomatie und gute Manieren überdeckte.

Ihr Gastgeber sah ganz wie einer der alten Herrscher aus, die fähig waren, ihren Gästen die Hand einer schönen Tochter zu reichen oder sie in eine Ziegenhaut einzunähen und die Wildkatzen auf sie loszulassen – je nachdem, wonach ihnen im Moment gerade war.

„Ja, Fazlul", wiederholte Spence. „Wir haben gehört, daß sich irgendwo hier in der Nähe in den Bergen die Ruinen eines alten Palastes befinden. Glauben Sie, daß es jemanden gibt, der uns dorthin führen könnte?"

„Oh, Sie sind Archäologe? Das dachte ich mir gleich, als ich Sie sah. Sie wissen natürlich, daß diese Berge viele Geheimnisse enthalten. Es gibt eine ganze Reihe solcher Orte, die interessant für Sie sein könnten: Paläste, Tempel, Gräber, Schreine. Dies war einmal der Mittelpunkt der Welt, wissen Sie. Und eines Tages wird es das wieder sein, möchte ich gerne glauben.

Ich werde jedoch unseren Hofhistoriker beauftragen, sich mit Ihnen zu besprechen und Sie zu beraten. Er wird Ihnen einen Führer zur Verfügung stellen können, und ich bin sicher, daß er Sie auch selbst gern begleiten wird. Wie Sie feststellen werden, werden Sie alle sehr beliebte Besucher sein. Ich hoffe, daß Sie lange bleiben, denn sicherlich werden Sie so viele Einladungen erhalten, daß Sie sie gar nicht alle annehmen können.

Doch heute abend sollen Sie meine Gäste bei einem Bankett zum Gedenken an das Fest des Naag Brasputi sein. Das ist ein sehr farbenfrohes Fest in dieser Gegend. Ich bin sicher, daß Sie Ihre Freude daran haben werden."

Der Gouverneur erhob sich, legte die Handflächen zusammen und hob sie ans Kinn. „*Namastey*, meine Herren. Bis heute abend."

Die drei Gäste standen auf, verabschiedeten sich von dem Gouverneur und sahen ihm nach, wie er sich entfernte – mit erhobenen Schultern, aufrechtem Rücken und dicht an den Seiten liegenden Händen, als ob er die Krone und das Zepter seines Amtes trüge.

„Mir ist, als hätte ich gerade eine Audienz beim König von Siam gehabt", sagte Spence.

„Da liegst du nicht so falsch", sagte Adjani. „Er gehört einer jahrhundertealten Fürstenfamilie an."

„Er ist ein stolzer und rücksichtsloser Mann", bemerkte Gita. „Selbst in Kalkutta hört man Geschichten über ihn. Es wäre besser für uns, wenn er unsere Gesellschaft nicht so sehr schätzen würde."

Siebzehntes Kapitel

Hätte es der Gouverneur darauf angelegt, seine Gäste zu beeindrucken, so hätte er nicht erfolgreicher dabei sein können. Bei Anbruch der Dämmerung wurden sie aus ihren Zimmern geholt – nach dem sie sich ausgeruht, gebadet und neue Baumwollkleider angelegt hatten – und in einen großen Bankettsaal geführt, der an einem Ende auf eine große Rasenfläche hinausführte. Menschen aller Stände – Beamte, Diener, weitere Gäste und Würdenträger – versammelten sich im Saal, und auf dem Rasen schien ein regelrechter Zirkus seine Vorstellung zu beginnen.

Die drei traten hinaus auf die Grünfläche unter dem feurigen, violett-orangefarbenen Sonnenuntergang, der die Berggipfel um sie her mit einer kühlen Flamme erleuchtete, und sahen Jongleure, Feuerschlucker, Schlangenbeschwörer und Akrobaten. Ein Mann, der mit den Fersen an einem Seil hing, schwang immer im Kreis um einen langen Mast herum und drehte sich dabei auch noch um die eigene Achse. Andere Artisten gingen auf dem Seil, und überall zeigten Tänzer ihre verschlungenen und leichten Bewegungen vor Gruppen von applaudierenden Zuschauern. Lachende Kinder verstreuten Blütenblätter und spritzten parfümiertes Wasser auf alle Gäste, und exotische Melodien erfüllten die Luft.

Menschen aus der Stadt strömten auf die Rasenflächen des Palastes, und bald hatte der Lärm und das ausgelassene Treiben die Schwelle zum Chaos erreicht.

Spence, Adjani und Gita bewegten sich durch die Menge und bestaunten hier einen Mann, der großen Applaus dafür erntete, daß er lebendige Schlangen verschluckte und dann Zentimeter für Zentimeter wieder herauszog; dort einen anderen, der lange Stahlnadeln durch seine Wangen und Augenlider und die Haut an seinem Hals stach.

Spence fand die Festatmosphäre gleichzeitig aufregend und abstoßend. Er fühlte sich wie ein Hinterwäldler, der in die Stadt gekommen war, um sich die Kuriositäten des Varietés anzuschauen;

es faszinierte und erstaunte ihn, ließ aber ein unangenehmes Gefühl in der Magengegend zurück. Alles war gänzlich außerhalb seiner Erfahrung, fremd und unerklärlich merkwürdig. Nichts in seiner Welt der Bücher und Meßinstrumente wies auf die Existenz dieser Welt hin, die er hier vor sich sah. Er konnte sie mit nichts vergleichen.

Adjani hielt sich an Spences Seite, beobachtete ihn mit wachem Interesse und erklärte ihm, was sie sahen, und etwas von der Bedeutung dahinter, wenn er konnte. Auch Gita steuerte hilfreiche Erklärungen bei, aber er ging selbst zu sehr als Teilnehmer in dem Schauspiel auf, als daß man sich auf ihn als Führer hätte stützen können. Seine runde Gestalt war immer wieder im Getümmel zu sehen, wie er sich in einen Tanz einreihte oder sich in einer Zuschauermenge nach vorn schob. Bald war er von mehreren Lagen Blumengirlanden bedeckt. Sein Gesicht leuchtete vor jungenhafter Begeisterung; man hätte meinen können, das ganze Schauspiel sei nur zu seinem Vergnügen allein veranstaltet worden.

Als die ersten Abendsterne sich zeigten und dem Spiel der Farben ihr helles Licht hinzufügten, wurden Spence und seine Freunde zurück in den Bankettsaal geleitet, wo man ihnen einen Platz am offenen Ende der Halle anwies, von wo aus sie das ausgelassene Treiben des Festes überblicken konnten.

Man reichte ihnen und anderen Würdenträgern am Tisch Schüsseln mit Rosenwasser und heiße, nach Zitronen duftende Handtücher, um sich nach all der Ausgelassenheit zu erfrischen. Dann gingen Diener mit Tabletts voller köstlicher Kuchen und anderer Appetitanreger herum.

Der Gouverneur erschien auf einem Balkon direkt über dem Rasen, wo er von seinen Gästen an der Tafel und der feiernden Menge zu sehen war. Ein donnernder Beifallschor begrüßte seine Ankunft. Die Gäste an der Tafel standen auf und hießen ihn nicht weniger enthusiastisch willkommen als die Bevölkerung auf dem Rasen.

Fazlul, der in seiner leuchtend weißen Galauniform, einem langen, fließenden, silberumsäumten weißen Mantel und einem weißen Turban mit einem riesigen funkelnden Edelstein über der Stirn, eine glänzende Erscheinung abgab, hob seine Hände über die Feiernden, und atemlose Stille legte sich über alle. Er sprach ein paar Worte, die Spence nicht verstehen konnte, und hob dann von neuem die Hände, und das Fest erwachte wieder zu vollem Leben. Spence erriet, daß der beliebte Führer dem Fest seinen Segen erteilt und den Feiernden befohlen hatte, die Nacht in vollen Zügen zu genießen. Offensichtlich traf dieser Befehl bei allen, die ihn hörten, auf große Bereitwilligkeit; mit aller Eile machten sie sich daran, ihn auszuführen.

Der Gouverneur und seine Frau, eine zierliche, dunkelhaarige Schönheit in einem schimmernd blaßgrünen Kleid, stiegen die breite Treppe herab, die den Balkon mit der Terrasse verband, und traten in die Mitte ihrer Ehrengäste. An jedem Platz blieben sie stehen und wechselten ein paar Worte mit jedem Gast, bevor sie weitergingen. Bald standen sie vor Spence, Adjani und Gita.

Die drei standen unsicher da, als der Gouverneur seiner Frau verkündete: „Dies sind die Männer, die Ambooli gerettet haben, wie ich dir erzählt habe. Meine Herren, meine Frau Sarala."

Mit einem warmen und heiteren Lächeln hob die schöne Dame ihre zusammengelegten Hände und neigte ihren Kopf. „*Namastey*, meine Freunde. Danke, daß Sie Ambooli gerettet haben. Sie ist das Lieblingstier meines Gatten, wie Sie sicher erraten haben. Es war eine entsetzliche Tragödie, aber wir sind froh, daß Sie zu uns gekommen sind. Bitte genießen Sie den Abend. Ich hoffe, daß ich sehr bald das Vergnügen einer privaten Audienz mit Ihnen haben werde. Es kommen so selten Neuigkeiten aus der Welt in diese Berge." Sie lächelte wieder, und Spence glaubte sogar, ein Augenzwinkern wahrzunehmen. „Und Besucher noch seltener. Wir müssen uns zusammensetzen und ausgiebig unterhalten."

„Es wäre uns ein Vergnügen", antwortete Adjani formvollendet. Der Gouverneur nickte steif und entfernte sich mit den Worten: „Genießen Sie den Abend. Es wird phantastisch, das versichere ich Ihnen."

„Er war ziemlich zurückhaltend", flüsterte Spence Adjani zu, als Fazlul und Sarala gegangen waren. „Hast du bemerkt, daß er uns die ganze Zeit, während seine Frau sprach, nicht einmal angesehen hat?"

„Ja, merkwürdig." Adjani zuckte die Achseln. „Vielleicht sollten wir unseren Aufenthalt hier soweit wie möglich abkürzen. Mir wäre wohler, wenn wir uns einem so mächtigen Mann nicht aufdrängen würden."

„Ist er wirklich so mächtig? Ich weiß nicht, was ich von ihm halten soll."

Adjani zuckte wieder die Achseln. „Ich bin sicher, wir denken uns mehr dabei, als wir sollten. Ich kann mir keinen Grund vorstellen, warum er uns gegenüber mißtrauisch sein sollte."

„Vielleicht, aber ich hatte beide Male, als wir ihm gegenüberstanden, den Eindruck, daß eine Gefahr von ihm ausgeht."

Plötzlich brach direkt vor der Terrasse ein Rasseln und Klappern aus. Kostümierte Musiker mit Trommeln und Tamburinen und einheimischen Flöten stimmten eine eigentümliche, überirdische Musik an, und eine Schar tanzender Mädchen kam angelaufen.

„Die Show beginnt", sagte Spence.

„Tanzen ist in Indien eine Lebensweise. Jeder tanzt hier. Und die verschiedenen Tänze haben besondere Bedeutungen. Dies ist ein Festtanz, ein Freudentanz. Die Kostüme der Mädchen werden über viele Generationen von Mutter zu Tochter weitergegeben. Wer gut tanzt, gefällt den Göttern."

Obwohl die Schritte und Handbewegungen, die zum Rhythmus der Trommeln vollzogen wurden, einem kompliziert verschlungenen Muster folgten, wirkten sie auf Spence mehr wie ein Schreiten und Posieren als wie ein Tanz. Doch er genoß den Anblick der zierlichen, gelenkigen Gestalten in ihren farbenfrohen roten, grünen und goldenen Kostümen, die die Taille freiließen. Goldene Halsketten und Ohrringe und Nasenringe glitzerten im Licht, als die Mädchen tanzten, zunächst langsam, dann aber mit steigendem Tempo.

Ein Tanz folgte dem anderen, und dann noch einer – mal mit männlichen Tänzern, mal mit weiblichen, und manchmal gemischt. Auf dampfenden Tabletts wurde Essen gereicht, und Adjani achtete darauf, was auf Spences Teller aufgelegt wurde, und gab einen laufenden Kommentar darüber, worum es sich bei den einzelnen Speisen handelte und wie scharf sie jeweils waren. Der vergorene Palmensaft floß reichlich, und Spence trank die lieblich schmeckende Flüssigkeit in großen Schlucken, ohne auf ihre Wirkung zu achten.

Binnen kurzem blickte er aus glänzenden Augen und in strahlender, wenn auch etwas benebelter Verfassung in seine Umgebung.

Eine Schauspielertruppe betrat die improvisierte Bühne, als das Geschirr abgeräumt wurde. Spence betrachtete das unverständliche Drama – in dem es ihm um die Entdeckung von Ameisen in der Kleidung einer der Figuren zu gehen schien – und versank in einer melancholischen Stimmung. Vielleicht war es eine Reaktion auf das starke Getränk oder auf die Ereignisse der letzten Tage. Jedenfalls glitt er immer tiefer in eine trübe und trostlose Gemütsverfassung hinab, die von dem Lärm und der Heiterkeit um ihn her nur noch verstärkt wurde.

Adjani bemerkte die nachdenkliche Haltung seines Freundes und schaute ihn eingehend an. Er war nicht überrascht, als Spence – während einer Parade von Prozessionswagen zu Ehren Brasputis – rüde von seinem Stuhl aufsprang und hinaus auf den Rasen stapfte, ohne zu irgend jemandem ein Wort zu sagen.

Die anderen Gäste an dem langen Tisch hatten sich schon wieder unter die Feiernden gemischt, so daß niemand Spences merkwürdiges Verhalten bemerkte. Er geriet in die Menge derer, die um eine gigantische Darstellung des grünhäutigen, sechsarmigen Brasputi herumtanzten, und wurde von der Flut der Fackeln tragenden Tänzer mitgerissen.

Er war sich seiner deprimierten Stimmung im Grunde nicht bewußt. Ihm schien es einfach so, daß er das Interesse an dem Treiben um ihn her verloren hatte und eine stille Ecke suchte, wo er allein sein konnte. Er ging an grinsenden Pappmaché-Statuen vorbei, die mit Girlanden behängt waren und lüstern die grünen Gesichter verzogen, und schüttelte sich Blütenblätter aus dem Haar, während er sich seinen Weg durch die Menge bahnte.

Er achtete nicht auf diese Dinge, so wenig wie auf die tausend anderen Anblicke, die sich ihm boten. Sein Blick richtete sich nach innen, denn er dachte an die Frau, der seine ganze Zuneigung galt: Ari. Seit sie in dem Sanatorium in der Nähe von Boston voneinander getrennt worden waren, war keine Minute vergangen, in der er nicht an sie gedacht hätte. Bei allem, was ihm seither widerfahren war, war sie sein erster Gedanke gewesen.

Daß irgend etwas Böses mit ihr geschah, fühlte er in seinem Herzen. Es schien in Wellen zu kommen und ihn in unvorhersehbaren Momenten zu überfallen – wie damals auf der Straße – als ob er gerufen würde. Dieses Gefühl war stark in ihm geworden, als er beim Essen saß. Er spürte es wie einen Schmerz in seiner Seele. Sie war in Schwierigkeiten und brauchte seine Hilfe.

Jetzt, als er in zielloser Flucht vor den überschwenglichen Festlichkeiten über den Rasen ging, spürte er die Stiche stärker als je zuvor. Er wußte, daß er ihr nahe war – irgendwo in diesen grünen Hügeln wartete sie auf ihn. Er fühlte ihre Nähe, als ob sie ihn aus der Ferne durch einen lautlosen Ruf heranlockte, den nur seine Seele hören konnte.

Er begann zu rennen, blind und rücksichtslos. Er lief über den Rasen, fand ein offenes Tor in der Mauer, und rannte hinaus ins Getümmel der Straßen Darjeelings.

Im Geist hörte er eine Stimme, die ihn antrieb. *Lauf, finde sie! Sie braucht dich! Beeil dich! Jede Sekunde zählt! Lauf!*

Und er gehorchte.

Die Straßen der Stadt wimmelten von Feiernden, die mit ihren Prozessionswagen zum Raj Bhavan hinaufzogen. Später würden die Bilder zum nahegelegenen See gebracht, in Brand gesteckt und auf ihren kleinen Flößen auf den See hinausgestoßen werden, während ein Feuerwerk den Nachthimmel erleuchtete, das den Sieg von Naag Brasputi über seine Feinde symbolisierte. Doch nun war die Parade in vollem Gang, und die tanzenden, singenden Stadtbewohner wetteiferten um die Gunst des Gouverneurs, indem sie das größte oder am reichsten geschmückte Standbild zu präsentieren versuchten.

Wie ein Lachs, der gegen den Strom schwimmt, kämpfte er gegen den Strom der Menschen an, die dem Palast entgegenstrebten. Ein Gedanke, nur ein einziger Gedanke pulsierte in seinem Gehirn. *Finde Ari. Finde sie, bevor es zu spät ist.*

Er schlängelte sich im Zickzack durch die Menge und gelangte endlich in eine dunkle und stille Seitenstraße. Einen Moment lang stand er da und schaute das steile Gefälle hinunter. *Geh,* sagte die Stimme. *Beeil dich.* Er ging.

Als er den Fuß der Straße erreichte, befand er sich auf einer anderen Ebene der Stadt, die etwas ärmer und weniger gepflegt wirkte als das Regierungsviertel. Die Straßen waren schmaler und die Häuser eng zusammengepreßt und aufgetürmt. Zum größten Teil waren sie menschenleer, da ihre Bewohner an den Hauptfeierlichkeiten anderswo in der Stadt teilnahmen.

Spence lauschte auf das Geräusch seiner eigenen Schritte, während er weiterrannte und nur gelegentlich stehenblieb, um eine neue Richtung einzuschlagen. Ohne es zu wissen, entfernte er sich aus dem eigentlichen Darjeeling in Richtung Chaurastha, dem antiken Kern der Stadt.

Er bemerkte nicht, daß er mehrere Brücken überquerte, und hörte auch nicht das Rauschen des eisigen Wassers unter ihm. Diese Brücken markierten die Grenzen Darjeelings. Als er sie hinter sich hatte, betrat er das alte Chaurastha – die Stadt der Träume.

Die Straßen fielen in stufenförmigen Terrassen steil ab, und er sah undeutlich Treppenstufen unter seinen Füßen; doch er setzte seinen Weg fort, getrieben von dem Drängen, das er in seinem Inneren vernahm. Er schien auf einen Ort zuzulaufen, den er nicht kannte, doch er glaubte, daß er ihn erkennen würde, wenn er ihn fand. Er ließ sich von seinen Beinen tragen, wohin sie wollten.

Über ihm leuchtete der Vollmond. Von der Stadt her hörte er die Ausgelassenheit der Menge, doch hier in der alten Stadt blieb die Stille unberührt. Er sah den orangefarbenen Widerschein Tausender Fackeln am Himmel, aber hier war alles dunkel. Er blieb stehen, um sich umzuschauen, und hörte das Rasseln seines eigenen Atems, das zwischen den dunklen Wänden und Durchgängen der heiligen Stadt widerhallte, und das gelegentliche Bellen eines Hundes.

Langsamer ging er weiter zwischen den merkwürdig geformten Häusern der verlassenen Stadt hindurch und kam schließlich zu einer schmalen alten Fußgängerbrücke. Als er sie überquert hatte, stand er vor einem Tempel. Da das breite hölzerne Tor offen war, trat er ein.

Wie ein Schatten schlich er über den Tempelhof auf den kleinen Stupa, einen buddhistischen Kultbau, in der Mitte zu. Der Stupa hatte die Form eines Bienenstocks wie alle anderen, die er gesehen hatte, sah aber sonst anders aus. Er betrat den Schrein und spürte den kühlen Atem des Abends auf seinem Gesicht und seinem Hals, als er lautlos in das Dunkel eintauchte.

Der Schrein war größtenteils durch das Mondlicht erleuchtet, das durch ein Loch in der Mitte der Kuppel einfiel, aber zusätzlich brannten zwei Kerzen vor dem Steinaltar der Gottheit. Spence trat auf den Altar zu.

Es war eine schlichte Steinplatte, auf der Worte eingegraben waren, die er nicht lesen konnte. Einige Zeit stand er da und blinzelte in das flackernde Licht der Fackeln.

Er empfand ein starkes Gefühl, an diesen Ort geführt worden zu sein. Er schaute sich um und schüttelte den Kopf wie jemand, der aus einem Traum erwacht und dann feststellt, daß sein Traum wahr geworden ist.

Wie war er hierhergekommen? Wo waren Adjani und Gita? Warum war er hier?

Spence fuhr sich mit einer Hand über die Augen. Hatte er wieder einen Blackout gehabt? Nein, er erinnerte sich an manche Dinge: daran, wie er durch dunkle Straßen gerannt war, wie er sich durch Menschenmengen geschoben hatte und an grellbunte Götzenbilder, die ihn angegrinst hatten. Es war alles da, doch es schien, als wäre es einem anderen passiert.

Zusammen mit dem Gefühl, aus einem Traum zu erwachen, daß über allen anderen Empfindungen lag, verspürte er auch die unerklärliche Gewißheit, schon einmal hiergewesen zu sein; er hätte darauf schwören können.

Die Form der Stupa, ihr Inneres, die Beschaffenheit des Altars, die Worte, die darauf eingraviert waren – all das erschien ihm sehr vertraut und doch sehr fremd. Wenn er schon einmal hier gewesen war, sagte er sich, dann mußte es in einem anderen Leben gewesen sein oder auf einem anderen Planeten.

Es *war* auf einem anderen Planeten gewesen: auf dem Mars! In einem Sekundenbruchteil stieg die Erinnerung in ihm auf; so plötzlich, daß Spence ins Wanken geriet. Der Stupa war eine exakte Nachbildung des *krassil*, das er in Tso, der alten Stadt der verschollenen Marsianer, besucht hatte.

Er ging auf das Götzenbild zu, das in seiner Nische hinter dem Altar stand, und blickte zu ihm auf. Der Stein glänzte von den Ölopfern, mit denen er von den Priestern übergossen worden war. Aber die Gestalt der Gottheit war nicht zu verkennen: Naag Brasputi, mit seinen eigenartig verlängerten Gliedmaßen, seinem schmalen Körper und seinen riesigen, starrenden, alles sehenden Augen, war das getreue Abbild von Kyr.

Er ließ seine Augen an den langen Armen zu den Handgelenken und den gefalteten Händen hinabwandern und sah, was er schon vorher wußte. Naag Brasputi hatte nur drei Finger an jeder Hand.

Spence stolperte rückwärts und fiel gegen etwas Weiches, das ihn umklammerte. Er wirbelte herum und sah zwei Augen in einem Gesicht, das hinter ihm in der Dunkelheit schwebte. Spence fuhr zurück, und eine Stimme sprach zu ihm.

Achtzehntes Kapitel

„Es war die reinste Plackerei, dir zu folgen“, sagte Adjani. „Ein Bluthund hätte es nicht besser machen können.“

„Adjani! Du bist es – was machst du denn hier?“ Spence trat einen Schritt zurück und hob die Hände an seinen Kopf, der zu pochen begonnen hatte wie ein Tamburin in den Händen einer Feuertänzerin. „Warum hast du mich so hart geschlagen?"

„Ich habe dich nicht geschlagen, aber ich hätte es tun sollen. Einfach so aus dem Gouverneurspalast wegzurennen . . . Was hast du dir eigentlich dabei gedacht?" Spence schaute seinen Freund mit verängstigten Augen an. Adjani sah es und wußte, was es bedeutete. „Wieder ein Blackout?"

„Nein, kein Blackout. Diesmal war es anders. Es war, als ob mir jemand sagte, was ich tun soll. Ich erinnere mich an alles, aber es ist irgendwie verschwommen . . . "

Die Einzelheiten seiner Flucht durch die Stadt gingen ihm wieder durch seinen schmerzenden Kopf. Schließlich erinnerte er sich an die Entdeckung, die er gemacht hatte.

„Schau mal, Adjani!" Er schickte sich an, sich herumzudrehen, doch er mußte sich an den Seiten des Altars festhalten; flammende Pfeile des Schmerzes schossen ihm durchs Gehirn. „Siehst du das?" Spence deutete auf das Götzenbild, das selbstgefällig aus seiner Nische auf sie herabschaute.

„Ich sehe es. Was ist das? Der alte Naag Brasputi, vermute ich."

Spence ergriff Adjanis Arm und schüttelte ihn. „Nein! Schau noch einmal hin!"

Adjani sah sich die hohe, schmale Gestalt aus grauem Stein genauer an. Dann drehte er sich um und sagte: „Es ist ungewöhnlich und sehr alt, aber –"

„Es ist Kyr! Oder jemand, der ihm sehr ähnlich sieht. Es ist ein Marsianer. Ich schwöre es dir!"

„Bist du sicher? Das ist doch nicht der Palmensaft, der da aus dir spricht, oder . . . "

„Ich bin absolut sicher. Es ist ein genaues Abbild eines Marsianers. Begreifst du es nicht? Es stimmt alles. Hier ist der Beweis. Eines ihrer Schiffe kam hierher. Sie ließen sich in diesen Bergen nieder."

Mit verengten Augen und nachdenklichem Ausdruck trat Adjani noch näher an das Götzenbild heran und studierte es gründlich. „So sieht also ein Marsianer aus. Ich gebe zu, daß es deiner Beschreibung von Kyr bemerkenswert ähnlich sieht."

„Absolut, bis hin zu den dreifingrigen Händen. Und schau dir an, wie hoch es ist. Es sieht keinem der anderen Götterbilder auch nur entfernt ähnlich."

„Und ich weiß auch, warum. Dieses Standbild ist sehr alt. Es wurde angefertigt, lange bevor die Götzen ihre klassische, stilisierte Form annahmen. Nach einer Weile fingen die Priester an, die Götter menschenähnlicher darzustellen."

„Der Mensch erschuf Gott nach seinem Bilde, stimmt's?"

„Mehr oder weniger. Aber dieses Bild hier ist ein Beispiel dafür, wie sie ausgesehen haben müssen, bevor das passierte."

„Glaubst du, daß dies der Traumdieb ist?"

„Schwer zu sagen. Der Traumdieb ist eher so etwas wie ein Dämon. Er kann viele Formen annehmen." Adjani betrachtete die Gravierungen auf dem Altar und ließ seine Hand darüber gleiten. „Ich kann die Schrift hier nicht lesen. Es ist ein Dialekt, den ich nicht kenne."

„Gita kennt ihn vielleicht."

„Ja, vielleicht. Wir werden ihn morgen hierherbringen. Im Moment sollten wir lieber zu dem Fest zurückkehren, bevor man uns vermißt."

Sie verließen den Schrein und liefen zurück über den Tempelhof. Ihre Gestalten glichen im Mondlicht Geistern, die aus den Steinen des Schreins hervorsprangen und in die Nacht flohen. Sie eilten zurück über die Fußgängerbrücke und durch die alte Stadt. Als sie den alten Basar erreichten, blieb Spence stehen.

„Warte!" Seine Stimme war ein gespanntes Flüstern. Adjani erstarrte. „Horch!"

Beide Männer lauschten gespannt in die Dunkelheit. In weiter Ferne hörten sie immer noch den Lärm der Feierlichkeiten durch die Stille; die Salutschüsse der Feuerwerke klangen wie fernes Gewehrfeuer der *goondas* in den Bergen.

„Ich höre überhaupt –", fing Adjani an.

„Pst!" schnitt Spence ihm das Wort ab.

Dann hörte er das Geräusch, das ihn gestoppt hatte, obwohl er nicht sofort erkannte, warum. Es war nur ein Rascheln von Blättern auf den Pflastersteinen, nur ein Flüstern, als käme der Widerhall des Straßenlärms dieses Tages wieder aus den Ritzen empor, die ihn absorbiert hatten.

Adjani hörte es ebenfalls. „Was ist das?“

Im ersten Moment wußte Spence darauf nicht zu antworten. Dann ging es ihm auf. Es war ein Geräusch, das er in einem Traum gehört hatte – der Klang des Todes auf rasenden Füßen.

„Hunde! Komm weiter!“

Sie rannten die schmale Straße zwischen zerfallenden Fassaden alter Häuser hindurch. Der Mond schien von oben zwischen die Häuser herab, und sie konnten die Straße weit überblicken, als ob sie einen Canyon entlangstarrten, dessen steinerne Ufer sich zu beiden Seiten auftürmten. Adjani rannte neben ihm her, und sie hörten das gedämpfte Geräusch der Füße hinter sich.

Spences Lungen brannten in seiner Brust; er war an solche Anstrengung in dieser Höhe noch nicht gewöhnt. Doch er ignorierte den Schmerz und rannte durch eine Straße nach der anderen. Er warf einen schnellen Blick über die Schulter nach hinten und sah das Schimmern von Augen in einer brodelnden schwarzen Masse, die ihnen immer näher kam.

Dann erreichten sie einen Hof, der auf drei Seiten von einer hohen Mauer begrenzt war und sich zur Straße hin öffnete. Es war ein Marktplatz; er roch den süßlichen Gestank von faulenden Früchten und Fleisch. Die Pflastersteine unter seinen Füßen waren glitschig vor Schmutz; überall auf dem Marktplatz erhoben sich Abfallhaufen wie dunkle Hügel. Eine Ratte, die über den Platz huschte, hielt inne, erhob sich auf die Hinterbeine und schnüffelte in der Luft und sprang dann davon und verschwand in einem Abflußloch.

Adjani lief auf einen leeren Marktstand zu und kehrte mit zwei langen Gegenständen zurück. Einen davon drückte er Spence in die Hand. „Hier – für alle Fälle.“

Spence schaute auf seine Hand und sah, daß es eine schwere Holzstange war. Dann wanderte sein Blick zur Straße hinter ihnen, und er sah das Mondlicht auf den Rücken der Hunde glitzern wie auf einem schnell fließenden Strom, in dem immer wieder die gebogenen weißen Sicheln ihrer Zähne aufleuchteten.

„Es ist zu spät“, sagte Spence. Noch während er sprach, hörte er ein gewaltiges, lechzendes Fauchen, als die Hunde mit schnappenden Kiefern, aufgestellten Nackenhaaren und an die eckigen Köpfe angelegten Ohren aus der schmalen Straße auf den verlassenen Marktplatz strömten. Es war genauso wie in seinem Traum.

Wirf deinen Knüppel weg, sagte eine Stimme in ihm. *Wirf ihn weg. Es ist vorbei.*

„Gott, hilf uns“, rief Spence, und schüttelte die betäubende Lethargie ab, die ihn beschlich. Ihm war, als wollte ihn ein Traum an einem Stück verschlingen.

Die mehr als zwei Dutzend Hunde verteilten sich über den Marktplatz und umzingelten sie. Der Leithund des Rudels, ein riesiges schwarzes Tier mit einer breiten Schnauze und langen Reißzähnen, sprang mit einem kehligen Knurren vor.

Spence hob seinen Knüppel und ließ ihn hinabschwingen. Der Hund wich aus, und ein anderer sprang aus der Nähe heran. Wieder sauste der Knüppel nieder. Adjani war auf seiner Seite ebenfalls voll beschäftigt.

Die Hunde rannten um sie herum, bellten und fletschten die Zähne und schossen auf sie zu, um mit ihren Fängen nach ihnen zu schnappen. Noch wagten sie es nicht, sich auf sie zu stürzen, um ihnen den Rest zu geben. Sie würden ihre Beute erst einmal müde machen.

Spence und Adjani standen Schulter an Schulter und wehrten diese Scheinangriffe mit ihren Knüppeln ab. Wie lange sie so würden durchhalten können, konnte Spence nicht sagen – schon jetzt schien die Kraft in seinen Armen nachzulassen. Der Lauf durch die Straßen hatte ihn ermüdet.

Die Hunde kamen näher, und das schwarze Leittier rannte bellend um das Rudel herum und peitschte seine Söldnerbastarde zu schäumender Raserei an.

Die Tiere hatten ihren Kreis um sie jetzt auf Angriffsweite zusammengezogen. Jeden Moment würden sie sich auf sie stürzen. Die ersten würden mit zerschmetterten Schädeln fallen, aber die beiden Männer würden es nicht schaffen, sie alle zu erwischen. Spence spürte jetzt schon fast ihre Zähne in seinem Fleisch.

„Wir müssen uns Rücken an Rücken stellen", sagte Adjani. „Dann können wir uns gegenseitig schützen."

Sie taten es, und wie auf dieses Signal hin griffen die Hunde an.

Im gleichen Moment hörte Spence ein Flattern über ihnen, ein Rascheln in der Luft wie von ledernen Flügeln. Aus dem Augenwinkel sah er eine merkwürdige Gestalt herabsinken. Auch die Hunde sahen es, und einige von ihnen drehten ab, um nach dem Ding zu schnappen. Etwas blitzte im Mondlicht silbern auf, und dann vibrierte plötzlich die Luft mit einem Ton, der Spence zu durchbohren schien.

Die vordersten Angreifer unter den Hunden fielen zu Boden, als wären sie von einem einzigen unsichtbaren Schlag getötet worden. Winselnd und in die eigenen Gliedmaßen beißend wälzten sie sich umher. Wieder spürte Spence, wie die Luft vibrierte, obwohl er diesmal das Geräusch nicht hören konnte; der Ton lag über dem menschlichen Hörvermögen. Die übrigen Tiere ergriffen kläffend die Flucht. Diejenigen, die durch den Ton gefällt worden waren, lagen wie geschlagen da, keuchten schwer und ließen die Köpfe schlaff auf dem Boden ruhen. In geringer Entfernung setzte das merkwürdige Geschöpf sanft auf dem Marktplatz auf.

Es war schwer, die Gestalt im Mondlicht richtig zu sehen, aber Spence glaubte, ein Lebewesen von etwas mehr als einem Meter Höhe mit zwei Flügeln wie denen einer Heuschrecke zu erkennen. Die Beine waren fellbewachsen wie die einer Ziege, aber am Hinterteil schwang sich in einem Bogen der Schwanz eines Skorpions empor. Die Arme waren lang und mager, die Hände und Finger kaum mehr als dünne Stäbchen.

In diesen Händen hielt das Wesen eine glänzende silberne Kugel; dieser Gegenstand war es, der den hohen Ton erzeugt hatte, durch den die Hunde in die Flucht geschlagen wurden.

Spence stand wie gebannt da, als das Wesen sich zu ihm wandte und ihn mit einem kalten, fremdartigen Blick betrachtete. Sein Gesicht, und das war das Beängstigendste daran, sah intelligent und deutlich menschenähnlich aus. Es starrte ihn unverwandt aus blaßgrünen Augen an, die im Mondlicht glühten, und als Spence in diese unheimlichen unirdischen Augen starrte, verstand er plötzlich, daß das Wesen mit ihm zu kommunizieren versuchte.

Der Gedanke erfüllte ihn mit solchem Abscheu, daß er zurückfuhr. Er verspürte den Impuls, sich auf die Kreatur zu stürzen und sie zu zerschmettern. Als ob es seine Gefühle spürte, sprang das Wesen in unbeholfenen, ruckartigen Bewegungen zurück, seine Flügel raschelten in der Luft wie trockene Blätter an einem toten Baum, und es flog davon.

Spence verfolgte es mit seinen Augen, bis es über den Dächern verschwand. „Hast du das gesehen?“ fragte er mit vor Ungläubigkeit schwacher und unsicherer Stimme.

„Ich habe es gesehen, aber ich glaube es nicht.“

„Was immer es war, es versuchte mit mir zu kommunizieren.“ Spence sah seinen Freund aus geweiteten Augen an, und ein Schauder durchlief ihn. „Adjani, es war ein Dämon.“

„Ein Naga – ein Schlangengeist. Und wir haben ihn mit eigenen Augen gesehen.“

Ohne ein weiteres Wort sprangen die beiden über die keuchenden Leiber der niedergestreckten Hunde und rannten davon. Als sie den Marktplatz verlassen hatten, hasteten sie durch leere Straßen zurück zum Palast des Gouverneurs. Über ihnen beleuchtete rot und golden explodierende Sterne ihren Weg, als das Feuerwerk am Himmel erblühte.

Außer Atem und schwitzend trotz der kühlen Abendbrise, die von den Bergen her kam, erreichten sie die Palastmauern. Sie gingen an den vereinzelten Gruppen von Feiernden vorbei, die immer noch durch die Straßen rund um den Palast zogen – die meisten waren zum See gegangen, um die brennenden Flöße zu sehen. Aber einige der Figuren waren gleich hier in Brand gesetzt worden und wurden nun unter dem Singsang ekstatischer Anbeter an langen Stangen durch die Straßen getragen.

Sie schlichen sich durch das immer noch offene Tor und gingen über den kurz geschnittenen Rasen zwischen Gruppen von Leuten, die das Feuerwerk beobachteten, auf die Terrasse zu.

Auf den Terrassenstufen kam ihnen ein besorgter, händeringender Gita entgegen.

„Ihr wart plötzlich verschwunden. Ich konnte euch nicht finden. Es hat Ärger gegeben, ja? Oh, ich habe es gewußt."

„Wir sind erschöpft, Gita", sagte Adjani. „Wir werden in unsere Zimmer gehen." Spence nickte nur.

Doch als sie sich umwandten, stand wie aus dem Nichts plötzlich Fazlul vor ihnen. „Sie haben genug, meine Gäste? Schon so früh?" Er lächelte herzlich, aber seine Augen waren tot. „In jedem Fall hoffe ich, daß der heutige Abend für Sie eine exotische Unterhaltung und vielleicht eine ungewöhnliche Ablenkung war."

„Wir haben es sehr genossen, Gouverneur." Gita setzte sein aalglattestes und einschmeichelndstes Gehabe auf. „Es war ein Abend, an den wir uns stets erinnern werden. Ich freilich könnte noch die ganze Nacht weiterfeiern, aber ach! – meine armen Freunde aus dem Westen sind an solche anstrengenden Feierlichkeiten nicht gewöhnt. Wir bitten um Ihr Nachsehen, denn nach unserer Reise haben wir den Nachtschlaf dringend nötig." Spence und Adjani murmelten passende Ausreden dafür, daß sie sich zurückziehen wollten, und nickten lächelnd.

„Natürlich", antwortete Fazlul. „Ich kann mir vorstellen, daß sich die Mühen der vergangenen Tage jetzt bei Ihnen bemerkbar machen. Nun gut, Sie werden Ihre Betten bereit finden. Gute Nacht, meine Herren, und angenehme Träume."

„*Namastey*, Gouverneur", sagten die drei im Chor. „Gute Nacht."

Immer noch lächelnd ging der Gouverneur davon. Sie sahen ihm nach, und sobald er außer Hörweite war, wandte sich Spence zu den anderen und flüsterte: „Ich kann mir nicht helfen, ich glaube, dieser schlaue Teufel weiß, was heute nacht passiert ist! Er weiß es!"

Neunzehntes Kapitel

Der Himmel war rosa, lange bevor die Sonne über den Kanchenjunga stieg, um die Nacht aus der Stadt zu verbannen. Doch Spence war schon vor Sonnenaufgang auf gewesen. Er hatte in der Nacht nicht viel geschlafen, sondern im Bett gelegen und an die Kreatur mit den glühenden grünen Augen gedacht. Als endlich die Nacht ihren dunklen Schleier lüftete und das erste graue Licht des Morgens im Osten erschien, stand er auf und ging in Adjanis Zimmer hinüber.

„Wir müssen hier verschwinden", sagte er. Auch Adjani schlief nicht.

„Das denke ich auch. Wir sollten irgendeine Ausrede abliefern und gleich nach dem Frühstück aufbrechen."

„Nein, ich meine sofort. Jetzt."

Adjani legte den Kopf auf die Seite und schaute Spence aufmerksam an. „Wirklich? Rechnest du mit Schwierigkeiten?"

„Ich weiß nicht. Vielleicht. Ich habe die ganze Nacht wachgelegen und über alles nachgedacht – über die Hunde und dieses Wesen, das Götzenbild und so weiter. Und darüber, daß Fazlul wußte, daß wir dorthin gehen würden." Er hielt inne. „Adjani, daß wir gestern abend lebendig zurückkehrten, war nicht geplant."

Adjani saß mit gekreuzten Beinen auf dem Bett und nickte leicht, den Blick auf einen Punkt direkt über Spences Kopf gerichtet. Spence erkannte an der Haltung seines Freundes, daß er sich konzentrierte, und ließ ihm Zeit, die Fakten im Geist noch einmal durchzugehen.

„Ja, vielleicht hast du recht", sagte Adjani schließlich. „Wir werden gehen. Zieh dich an; ich hole Gita. Wir brechen sofort auf."

Spence kehrte in sein Zimmer zurück, zog seinen frisch gereinigten und gebügelten Overall an fuhr mit den Füßen in seine Stiefel. Als er wieder zu Adjani kam, rieb sich dort gerade ein sehr schlaftrunkener Gita die verquollenen Augen und kratzte sich am Bauch, während er sich fertig anzog.

„Das Frühstück in diesem Haus zu verpassen, ist ein Verbrechen!" lamentierte er.

„Ob du das auch dann so sehen würdest, wenn es dein letztes Frühstück auf dieser Erde wäre?"

„Was?" Gitas Augen wurden rund wie Grapefruits. „Dann gab es also doch Probleme gestern abend. Ich habe es gewußt, obwohl ihr ja dem alten Gita nie etwas erzählt. Ich muß immer alles selbst herausfinden."

„Hör auf zu schmollen und setz deinen Turban auf", sagte Spence. „Wir haben dir nichts erzählt, weil, na ja, weil dazu einfach keine Zeit war. Wir wollten nicht, daß du dir Sorgen machst, und überhaupt waren wir uns selbst nicht so sicher, was passiert war."

„Ihr glaubt, ich würde es nicht verstehen", sagte Gita betrübt, während er sich den langen Streifen aus dünnem blauen Baumwollstoff um den Kopf wickelte.

„Ich glaube nicht einmal, daß *ich* es verstehe", schnappte Spence.

„Wir wollten nichts vor dir verbergen", erklärte Adjani. „Wir erzählen dir alles, sobald wir hier weg sind. Wir müssen jetzt gehen."

„Ich bin fertig", schniefte Gita. „Laßt uns fliegen, wenn wir fliegen müssen."

Spence schlich zur Tür und öffnete sie, schaute sich nach beiden Seiten um und winkte den anderen, ihm zu folgen. Sie stahlen sich durch den langen Korridor und dann die breite Marmortreppe hinab zu der großen Eingangshalle des Palastes. In dem ganzen Palast war kein Geräusch zu hören; niemand rührte sich auch nur in dem grauen Zwielicht des Morgens.

Schnell und leise wie Einbrecher durchquerten sie die kühle Marmorhalle, indem sie von einer der großen grünen Säulen zur anderen huschten. Gerade als sie die bronzenen Außentüren erreichten, ertönte laut und klar und herausfordernd eine Stimme in der stillen Halle: „So bald schon wollen Sie uns verlassen, meine Gäste? Ich hatte gehofft, Sie würden sich entschließen, etwas länger zu bleiben."

Die drei erstarrten, und hinter einer der Säulen trat Fazlul hervor. Er wurde von Palastwachen mit altmodischen Bajonetten begleitet, die jedoch trotz ihres Alters in exzellentem Zustand zu sein schienen. Der Gouverneur kam auf sie zu, auf dem Gesicht das gleiche verschlagene Lächeln, das sie schon bei ihrem ersten Zusammentreffen bemerkt hatten. „Was für ein Jammer, daß Sie gerade jetzt gehen wollen, wo ich für Sie einen Ausflug in die Berge arrangiert habe."

„Wir haben nichts getan, Gouverneur", sagte Adjani. „Lassen Sie uns in Frieden ziehen."

„Oh, ich habe nicht die Absicht, Sie hier festzuhalten. Ganz und gar nicht." Er wandte sich an Spence. „Ich glaube, Sie baten darum, etwas von der alten Architektur dieser Gegend zu sehen – Tempel, Paläste und dergleichen. Ich habe Anweisung gegeben, Ihnen Ihren Wunsch zu erfüllen."

Fazlul hob die Hand und schnippte mit den Fingern, und die Wachen traten vor und ergriffen ihre Arme. „Bringt sie nach Kalitiri. Und sorgt dafür, daß unsere Gäste eine angenehme Reise haben."

Sie wurden aus dem Palast herausgeführt und in einen antiquierten Truppentransporter aus einer vergangenen Epoche verfrachtet. Während man sie grob in den Lastwagen stieß, ertönte das Leiern des Anlassers, und der Motor hustete sich ins Leben. Zwei Wachen saßen mit ihnen hinten auf der Ladefläche und zwei vorn im Führerhaus. Der Wagen setzte sich in Bewegung, und sie holperten die breite Allee zum Tor hinunter.

Spence schaute zurück zum Palast und sah den Gouverneur auf der Treppe stehen und ihnen nachblicken. Er fühlte sich verraten und benutzt und zum Narren gehalten, und die Leichtigkeit, mit der der Gouverneur mit ihnen umsprang, versetzte ihn in Wut. Er beobachtete Fazluls hohe, weiße Gestalt, bis sie das Tor durchquert und die Mauer hinter sich gelassen hatten. Dann kam ihm allmählich der Gedanke, daß sie jetzt immerhin auf dem schnellsten Weg zu ihrer Begegnung mit dem Traumdieb waren.

„Ich hätte es vorgezogen, wenn unser Besuch etwas überraschender erfolgt wäre, aber zumindest müssen wir nicht zu Fuß gehen", murmelte er Adjani zu.

„Dafür können wir dankbar sein. Es wäre ein ziemlicher Gewaltmarsch gewesen. Wer weiß? Vielleicht ist das Gottes Art, uns den Weg zu ebnen."

„In dem Fall", sagte Spence, während er es sich auf der Bank so bequem wie möglich machte, „möchte ich nicht darüber nachdenken, wie der ungeebnete Weg aussähe."

Olmstead Packer versuchte seiner Frau eine Nachricht zukommen zu lassen, verlor dabei beinahe sein Leben und setzte gleichzeitig die sorgfältig ausgesponnenen Pläne der Untergrundbewegung von Gotham aufs Spiel. Da er wußte, daß sie damit rechnete, von ihm zu hören, und vermutlich schon selbst versucht hatte, ihn zu erreichen und ihm die Details über ihre Rückkehr nach Gotham mitzuteilen, verschlüsselte er eine Botschaft und sandte sie ihr zu, ohne dabei zu bedenken, daß die Meuterer ein Verfolgungsprogramm in das System eingeschleust haben konnten.

Als er aus der öffentlichen Zelle an der Broadway-Achse trat, erwarteten ihn Chief Ramms Männer.

„Sind Sie Olmstead Packer?"

„Wer?" fragte Packer in gespielter Verständnislosigkeit.

„Kommen Sie bitte mit uns. Wir möchten Ihnen ein paar Fragen stellen." Einer der Männer trat vor und ergriff seinen Arm.

Da die Achse voll mit Schichtverkehr war, hatten die Sicherheitsbeamten zweifellos auf die volle Kooperation ihres Gefangenen gezählt – die meisten Leute schätzen es nicht, ihre Schande öffentlich in Szene zu setzen. Doch Packer, der die Vorzüge von Ramms schützendem Gewahrsam bereits einmal genossen hatte, fand nichts Verlockendes an dem Gedanken eines weiteren Aufenthalts. Er schüttelt die Hand des Beamten ab und schrie, er werde belästigt. Sofort waren sie von neugierigen Zuschauern umringt.

Die verwirrten Beamten befahlen der Menge weiterzugehen und wurden wütend, als die Leute nicht darauf reagierten. Irgend jemand sagte etwas, und ein anderer schrie – während Packer unaufhörlich lautstark dagegen protestierte, daß seine Rechte verletzt würden –, und als die Beamten nach ihren Taserpistolen griffen, tauchte Packer in die Menge und rannte davon.

Die Sicherheitsbeamten folgten ihm, verloren ihn jedoch in der Nähe einer der Radialtunnels im Gewühl. Wenig später, als er die

Sicherheit ihres verborgenen Unterschlupfes erreicht hatte, schilderte ein atemloser Packer die Szene dem ernst nickenden Kalnikov. Daraufhin informierte ihn Kalnikov, daß die Beamten Befehl hatten, ihn zu töten.

„Sind Sie sicher?“ fragte Packer ungläubig und riß die Augen auf.

Der große Russe kicherte freudlos. „Wir gelten beide als gefährlich. Wir sind gebrandmarkte Leute. Das nächste Mal, mein Freund, sollten Sie nicht so dumm sein. Sie können Ihrer Frau alles erzählen, wenn es vorbei ist. Bis dahin –“

„Keine Sorge. Ein nächstes Mal wird es nicht geben. Ich bin nicht so dumm, zweimal in die gleiche Falle zu gehen.“

„Sie lernen dazu, mein Freund. Bald werde ich einen echten Freiheitskämpfer aus Ihnen machen.“ Eine große Hand klopfte dem Physiker auf den Rücken. „Habe ich Ihnen je erzählt, daß mein Urgroßvater mit Wjenkotrowitsch im Krieg der Kommissare kämpfte? Er war einer der echten Moskauer Saboteure. Das war ein richtiger Freiheitskämpfer.“

„Sie haben ihn nur beiläufig ungefähr fünfzigmal erwähnt.“

„Also schön, wie wäre es dann mit Großväterchen Nikko, der am Abend der ersten Wahlen dem Präsidenten das Leben rettete? Habe ich Ihnen davon schon erzählt?“ Packer war nicht geistesgegenwärtig genug, so zu tun, als kenne er die Geschichte. „Nein? Aaah, *das* ist eine Geschichte.“

Packer hatte sich an Kalnikovs unerschöpflichen Reichtum an Geschichten gewöhnt und fing sogar an, Spaß daran zu haben. Schließlich stand ihnen jede Menge Zeit zur Verfügung, während sie darauf warteten, daß sich dieser oder jener Korridor leerte oder der eine oder andere Kontaktmann mit Informationen erschien. Die beiden Männer waren sehr gute Freunde und raffinierte Verschwörer geworden.

Während Kalnikov mit seiner Geschichte in Fahrt kam, dachte Packer über ihre Zukunft als Flüchtlinge nach. Ihr enger Unterschlupf unter der Andockbucht im Wartungsbereich für die Hydraulik war zu einem Gefängnis geworden; Packer sehnte sich danach, wieder in seinem Labor zu arbeiten, und schwor, daß er sich nie wieder über sein kleines Büro beklagen würde.

„Wann können wir endlich hier heraus?“

„Wie? Was sagten Sie?“ Kalnikov war ganz in seine Erzählung versunken.

„Wann wird das alles vorbei sein?“

„Sie werden ungeduldig, mein Freund.“

„Wer wäre das nicht? Ich bin diese Herumschleicherei leid.“

„Haben Sie Geduld. Bei der Zusammenkunft in der zweiten Schicht werden wir mehr erfahren. Ich erwarte einen Bericht von unserem Kontaktmann im Büro des Direktors.“

„Wir haben all diese Berichte bereits. Sie sagen uns nichts Neues.“

„Da bin ich anderer Meinung. Sie verraten uns eine Menge. Sie verraten uns zum Beispiel, daß die Meuterer nichts tun. Sie warten auf etwas. In der Zwischenzeit versuchen Sie die Illusion zu wahren, daß alles glatt und normal läuft. Obwohl wir natürlich wissen, daß das nicht so ist.“

„Wir könnten diese Illusion zum Platzen bringen.“

„Könnten wir – und das werden wir auch. Aber noch nicht jetzt. Die Zeit ist noch nicht reif.“

„Wann denn?“ stöhnte Packer. Er verfügte nicht über Kalnikovs Fähigkeit zu warten.

„Bald. Sehr bald. Wenn die Meuterer offen versuchen, die Station unter ihre Kontrolle zu bringen – dann handeln wir. Die Bürger von Gotham werden wissen, auf welche Seite sie sich stellen müssen. Wir werden den Schwung ihrer eigenen Aktionen nutzen, um sie zu vernichten.“

„Eine Menge Leute könnten dabei verletzt werden.“

Kalnikov hob seine mächtigen Schultern. „Ja, einige können verletzt werden. Freiheit ist eine kostspielige Sache; sie fordert immer einen hohen Preis. Aber auf diese Weise werden weniger Leute verletzt werden, als wenn wir zu früh handeln würden. Wir dürfen den Meuterern nicht das Gefühl geben, es gebe irgendeinen Grund, früher zu handeln, als sie es geplant haben. Wenn wir uns dann gegen sie erheben, werden sie ihre Pläne aufgeben und improvisieren müssen. Das ist in solchen Auseinandersetzungen stets ein großer Nachteil.“

„Und in der Zwischenzeit?"

„In der Zwischenzeit gibt es immer noch MIRA."

„Ja, MIRA. Aber das ist nicht so einfach. Wir brauchen die richtige Ausrüstung, um auch nur damit anzufangen."

„Wir werden die Ausrüstung bekommen. Wir werden sie bekommen. Vertrauen Sie mir."

Packer fürchtete manchmal, daß Kalnikov seine revolutionäre Rhetorik genauso von sich gab wie ein Papagei zärtliche Anzüglichkeiten – voller Schneid und Bravado, aber gänzlich unfähig, Taten folgen zu lassen. Daß der russische Pilot ein romantischer Träumer war, wußte er bereits; ob Kalnikov auch erfüllen konnte, was er so eifrig verkündete, blieb abzuwarten. Freilich hatte Packer keinen besseren Plan anzubieten; deshalb klammerte er sich an Kalnikovs Ideen wie ein Mann, der an einem Hochseil hing und betete, daß ihn der Fall nicht umbringen würde.

Zwanzigstes Kapitel

„Keine Frage, Adjani. Das *ist* es, was wir letzte Nacht gesehen haben. Es kann nichts anderes gewesen sein." Spence drehte den Talisman in den Händen und studierte ihn aufmerksam. „Aber er wird der Realität nicht einmal zur Hälfte gerecht."

„Du hast einen Naga-Geist gesehen, Spencer Reston? Ich kann es nicht glauben – obwohl mir in letzter Zeit eine Menge unglaublicher Dinge zu passieren scheinen. Hast *du* dieses Geschöpf auch gesehen?" Mit halb skeptischem, halb ehrfürchtigem Ausdruck sah er Adjani an.

„Ich habe es gesehen, Gita. Und ich stimme zu, daß es zweifellos das ist, was dieser Talisman darstellt. Aber Spence hat recht, das Wesen ist noch weitaus unheimlicher als diese Figur."

Sie kauerten im Schatten des Truppentransporters, während die Palastwachen des Gouverneur ein ausgiebiges Mittagessen zu sich nahmen. Die dünne Bergluft wehte kühl über ihre Gesichter, die Sonne brannte heiß, und sie waren dankbar für die kurze Pause in der holperigen Fahrt über die miserable Straße.

„Und das ist noch nicht alles", fuhr Spence fort. „Wir haben einen Tempel mit einer Darstellung des Traumdiebs gefunden. Des *echten* Traumdiebs!"

„Das war zweifellos Brasputi – der Herrscher der Rsis und Vidyadharas. Sein Bild findet man überall in Darjeeling."

„Dieses befand sich in der alten Stadt."

„Und es sah genauso aus wie ein Marsianer."

„In dem Fall wünschte ich, ich hätte es selbst gesehen."

„Keine Sorge, Gita, wir alle werden sehr bald den wirklichen, lebendigen Brasputi sehen."

„Was sollen wir nur tun?" stöhnte Gita. „So in die Hände unseres Feindes gegeben zu werden wie Hühner zum Rupfen . . . aah!" Sein rundes Gesicht verzerrte sich zu einem Ausdruck tiefer Trauer über das, was ihnen drohte.

„Wir sind noch nicht dort", beschwichtigte ihn Adjani.

„Bei weitem nicht", sagte Spence. „Ich habe noch einen Trumpf im Ärmel, von dem ich euch noch nichts erzählt habe – keinem von euch." Er griff in eine Reißverschlußtasche seines Overalls und holte eine kleine, flache, muschelähnliche Scheibe hervor. Als er sie in der Hand hielt, spürte er, wie ihre eigentümliche Energie bei seiner Berührung erwachte.

„Was ist das?"

„Es wird *bneri* genannt – es ist eine Art Signalgerät. Kyr hat es mir gegeben. Er sagte, falls ich ihn je brauchen sollte, muß ich nur dieses Ding in die Hand nehmen und dabei an ihn denken; und dann wüßte er, daß ich in Schwierigkeiten bin, und würde mir zu Hilfe kommen."

„Laß mich sehen", sagte Adjani. „Ein psychoaktives Gerät. Faszinierend. Warum hast du mir das nicht früher gezeigt?"

„Ich weiß es nicht. Vielleicht denkt ein Teil von mir immer noch, daß ich irgendwann aufwachen und feststellen werde, daß das

Ganze nur ein einziger großer, absurder Traum ist. Aber das hier – dieser anfaßbare Gegenstand – erinnert mich daran, daß alles Wirklichkeit ist. Schreckliche Wirklichkeit. Vielleicht habe ich es deswegen verdrängt."

„Probier es aus", sagte Gita aufgeregt. „Oh bitte, probier es doch jetzt aus."

Spence betrachtete die Scheibe in seiner Hand und spürte, wie ihre Wärme seine Hand erfüllte. Er schloß die Augen und begann sich zu konzentrieren, doch bevor er auch nur einen einzigen Gedanken fassen konnte, wurde es ihm aus der Hand gerissen. Seine Augen öffneten sich, und er starrte in den Lauf eines Gewehrs.

Einer ihrer Bewacher, der sie genau beobachtet hatte, war näher gekommen, während sie miteinander geredet hatten. Er hielt das *bneri* in seiner Hand und drehte es stirnrunzelnd.

„Gita, sag ihm, daß es nichts Besonderes ist – nur eine Muschel. Bitte ihn, es mir zurückzugeben." Spence lächelte den Bewacher an, während er sprach, aber seine Stimme war gespannt wie eine Saite.

Schnell gab Gita diese Botschaft an den Bewacher weiter. Der betrachtete den Gegenstand und schleuderte ihn dann in die Büsche am Straßenrand. Das Letzte, was Spence von seinem wertvollen Geschenk sah, war daß es durch die Spitzen der Büsche den Berghang hinabsegelte.

„Nein!" schrie er und sprang auf.

Der Soldat gab ihm einen Stoß mit dem Gewehrkolben, und Spence fiel rückwärts gegen die Wand des Lastwagens. Der Anführer der Wachen rief seine Männer zu sich, und sie hielten außer Hörweite eine kurze Besprechung ab.

„Das gefällt mir nicht", sagte Gita. „Was haben die vor?"

Der entsetzte Spence ignorierte die Bemerkung, starrte auf die Stelle, wo er ihre einzige Hoffnung hatte davonfliegen sehen, und stöhnte. „Tja, das war's dann wohl. Jetzt sitzen wir drin." Er wandte sich zu seinen Freunden. „Es tut mir leid. Ich hätte euch nie in diese Sache hereinziehen dürfen. Es ist meine Schuld."

„Spence, zum letzten Mal, hör endlich auf, dich zu entschuldigen. Hast du denn ein so monumentales Ego, daß du meinst, du seist für alles verantwortlich? Das hier ist nichts als eine weitere Schlacht in dem uralten Krieg zwischen Licht und Finsternis."

Spence gewann keinen Trost aus dieser Rede. Sein Problem war für ihn immer noch *sein Problem*; der Gedanke, es könnte tatsächlich eine größere Bedeutung dahinterstecken, heiterte ihn keineswegs auf.

Der Lastwagen holperte eine verschlungene Bergstraße empor und bog um eine Kurve, die sich in einen steilen Berghang schnitt. Ein winziges Dorf kam in Sicht.

„Dort ist es", sagte Adjani. „Rangpo – dort befindet sich das Seminar, an dem Aris Großvater unterrichtete. Dort drüben sieht man die Mauern des alten Klosters. Seht ihr sie?"

Trotz seiner schwarzen Stimmung schaute sich Spence das Dorf interessiert an. Es sah ziemlich so aus, wie er es sich vorgestellt hatte. „Warum wurde das Seminar ausgerechnet in dieses Provinznest gelegt? Warum nicht nach Darjeeling?"

„Wer weiß? Vielleicht waren die Leute in Rangpo offener für das Christentum. Gott sucht sich oft die Geringsten unter uns aus, um seinen Willen zu tun."

Das ergab für Spence keinen Sinn, aber er lernte allmählich, daß vieles an Gott für den normalen Menschenverstand keinen Sinn ergab. „Viel scheint hier nicht los zu sein."

In diesem Augenblick stieß Gita, der verdrossen in die Landschaft gestarrt hatte, sie an und sagte: „Was war das? Habt ihr das gesehen?"

„Was denn?" Spence spähte in die Richtung, in die Gitas zitternder Finger deutete – irgendwo hinter ihnen am Himmel. Er sah nichts.

„Es war ein Lichtblitz. Sehr hell. Genau dort."

„Ein Gewitter vermutlich", antwortete Spence und blickte zu den grauen Wolken hinüber, die von den Bergen herabkamen. Die Sonne war zu einem trüben, dunstverhangenen, schmutzig-gelben Ball geworden, der nicht viel Wärme oder Licht spendete. „Sieht aus, als ob es Regen gibt."

„Das sah aber nicht wie ein Gewitterblitz aus“, beharrte Gita, obwohl er keine andere Erklärung zu bieten hatte.

Alle drei suchten vom Heck des offenen Lasters aus den Himmel ab, konnten aber nichts Ungewöhnliches entdecken. Sie setzten sich wieder, als der Wagen durch ein Schlagloch holperte. Kurz darauf kamen sie durch Rangpo, ohne daß der Wagen die Geschwindigkeit minderte, und erreichten die Bergstraße, wo sie langsamer fuhren und schließlich hielten.

„Warum halten wir hier?“ fragte Gita, der aufsprang, als der Wagen zum Stehen kam.

Spence schaute sich um. Sie waren von allen Seiten von hohen Bäumen und dichten Büschen eingeschlossen; er konnte weder den Berg vor ihnen noch die Ortschaft hinter ihnen sehen. Einer ihrer Bewacher kam an die Seite des Lasters und bedeutete ihnen mit seinem Gewehr auszusteigen.

„Tut, was er sagt“, sagte Adjani. „Ich glaube nicht, daß das geplant war.“

„Was haben die vor?“ jammerte Gita.

„Still!“ schnappte Spence. „Du mußt einen klaren Kopf behalten! Adjani, frag ihn, was los ist.“

Adjani sprach mit dem Bewacher, der das Kommando zu führen schien, erhielt aber keine Antwort. Zwei der Wachen hingen etwas hinterher, als ob sie Angst vor dem hätten, was gleich passieren würde.

Die drei Gefangenen wurden an den Rand der Straße getrieben, und der Anführer rief: „Halt!“ Er hob sein Gewehr. Die anderen Wachen standen in der Nähe, taten aber nichts. Ihre Gesichter waren bleich, und Angst stand in ihren Augen.

„Sie wollen uns umbringen!“ sagte Spence. Er warf Adjani einen Blick zu. „Sag ihnen, daß wir ihnen Geld geben, wenn sie uns gehen lassen. Rede mit ihnen!“

Adjani hob seine Hände und rief den Soldaten etwas zu. Spence konnte nicht verstehen, was er sagte, aber es schien auf die Männer wenig Wirkung zu haben – sie standen immer noch unentschlossen im Hintergrund und warteten darauf, daß die Tat vollbracht wäre. Der Anführer gab eine kurze Antwort.

„Es hat keinen Zweck", sagte Adjani. „Er sagt, er hat seine Befehle."

„Dann laß uns abhauen!"

Aber es war zu spät. Der Anführer der Bewacher rief seinen Männern einen strengen Befehl zu, und sie hoben widerwillig ihre Gewehre und zielten auf die Gefangenen.

„Gott, sei uns gnädig!" rief Gita und vergrub sein Gesicht in den Händen.

„Rennt!" schrie Spence.

Er hörte ein Geräusch und erkannte, daß es das Klicken eines Abzugs war. Er sah das Glitzern des Sonnenlichtes auf dem stählernen Lauf des Gewehrs und schaute in das schwarze Rohr, aus dem ein winziges Projektil herausschoß. Er warf sich zu Boden und rollte sich auf die schützenden Bäume hinter ihnen zu. Dann hörte er, wie der Knall des Gewehrschusses die Stille zerriß, das Laub der Bäume erzittern ließ und die Vögel aufscheuchte.

Noch im Rollen schaute Spence sich um, und was er sah, verblüffte ihn maßlos. Die Kugel verließ den Lauf des Gewehrs und trieb gemächlich auf ihn zu. Sie bewegte sich mit entnervender Langsamkeit, schien an Schwung zu verlieren und sank zur Erde hinab. Das Geschoß beschrieb einen Bogen und landete vor ihm auf der Straße. Dort blieb sie glänzend und reglos liegen.

Ein Ausdruck ungläubigen Erstaunens trat auf die Gesichter der Wachen. Sie warfen sich nervöse Blicke zu.

„Schaut!" rief Adjani. Er deutete aufgeregt die Straße hinauf.

Dort stand eine hohe, dünne Gestalt, gekleidet in einen hautengen Anzug aus einem leuchtend blauen Material, und streckte einen Arm aus, mit dem sie eine lange, leuchtende Rute hielt. Hinter der Gestalt stand ein flaches, rundliches, glockenförmiges Objekt, das wie durch Hitzewellen zu flimmern schien.

Auch die Soldaten erblickten die Gestalt. Sie wichen zurück. Einer von ihnen feuerte einen Schuß aus seinem Gewehr ab, und sie alle sahen, wie die Kugel vor seinen Füßen schwächlich in den Staub hinabsank. Daraufhin warf der Soldat sein Gewehr fort und rannte davon. Die anderen drehten sich um und flohen mit ihm. Zuletzt murmelte noch der Anführer ein paar tonlose

Worte, dann wandte auch er sich um und lief seinen Männern nach.

Spence sprang auf die Füße und rannte auf die fremdartige Gestalt zu. Adjani und Gita blieben etwas vorsichtiger hinter ihm.

Als sie ihren Freund erreichten, umarmte er gerade einen extrem hochgewachsenen Humanoiden, der sie mit großen, runden, bernsteinfarbenen Augen musterte.

„Kyr!" rief Spence, beinahe außer sich vor Erleichterung. „Du bist gekommen! Du hast uns das Leben gerettet!"

Adjanis Unterkiefer fiel herab, und Gita rieb sich die Augen.

„Adjani, Gita . . . " sagte Spence, als er sich den erstaunten Männern zuwandte, „Kyr, dies sind meine Freunde."

Der Marsianer betrachtete sie mit einem langen, unverwandten Blick, als ob er ihre Gedanken läse. „Männer von der Erde", sagte er endlich, „ich freue mich, euch kennenzulernen." Mit diesen Worten streckte er langsam seine lange, dreifingrige Hand aus.

Einundzwanzigstes Kapitel

„Ich sollte dir an Ort und Stelle das Fleisch zerschmelzen! Ich sollte deinen verwelkten Körper in seine Atome zerblasen! Wie kannst du es wagen, dich mir zu widersetzen!" Die uralten Augen schleuderten Blitze, und die Stimme krächzte vor mörderischer Wut.

Dieses eine Mal schien Hocking keine Worte zu finden. „Ich . . . ich habe mich dir nicht widersetzt, Ortu. D-da muß ein Fehler vorliegen."

„Da liegt ein Fehler vor, und du hast ihn begangen, als du dich durch deinen eigenen übersteigerten Ehrgeiz verleiten ließest. Du wirst für diesen Irrtum bezahlen, aber zuerst will ich wissen, ob du überhaupt weißt, was du getan hast. Hast du auch nur die geringste

Ahnung, was für einen Schaden du mit deinen stümperhaften, schwächlichen Bemühungen angerichtet hast? Keine Antwort?"

Hocking hatte seinen Meister noch nie so zornig erlebt. Er hielt es für das Beste, den Mund zu halten und den Sturm durchzustehen, wenn möglich.

„Nein? Nun gut, dann werde ich es dir sagen", spie Ortu. Er richtete sich auf und saß hoch und beherrschend auf seinen Kissen, obwohl er sich nicht von der Stelle rührte. Sein haarloser Schädel schimmerte wie eine polierte Kugel; die hängenden Falten um seinen Hals zuckten bei jedem seiner giftigen Worte. Der leuchtende Reif um seine Stirn glühte heiß, und die großen, gelben Augen, die vom Alter ungetrübt in ihren riesigen Höhlen brannten, durchbohrten das Ziel, auf das sie sich richteten, wie Laserstrahlen. Hokking sank tiefer in die nachgiebigen Kissen seines Pneumostuhls.

„Deine Einmischung hat die Arbeit von tausend Jahren aufs Spiel gesetzt. Jahrhunderte der kulturellen und sozialen Konditionierung haben uns bis zu diesem exakten Moment der maximalen Verwundbarkeit geführt. Nun endlich ist das *tanti* auf die genaue mentale Frequenz des kollektiven menschlichen Geistes eingestimmt. Die Menschheit schwankt auf der Schwelle zu unserer neuen Weltordnung und ahnt nicht einmal, welche Ereignisse bevorstehen. Wie Hunde erwarten sie die Ankunft eines Meisters, der sie führen wird."

„Was hat sich denn daran geändert, Ortu? Es ist immer noch so, wie es war. Nichts ist verloren."

„Schweig! Sehr viel ist verloren! Ich habe dich für intelligenter als andere deiner Rasse gehalten. Gebrauche also dein elendes Gehirn – überdenke, was du getan hast!"

So sehr er sich auch bemühte, Hocking erriet nicht, was schiefgegangen sein könnte. Er wußte nicht einmal genau, wie Ortu überhaupt von seinem Plan, Spencer Reston zu beseitigen, erfahren hatte.

„Versagt dir deine Zunge den Dienst? Das wäre nur recht und billig, da du ja nicht einmal den geringfügigsten Bruchteil des Ganzen ermessen kannst.

Das *tanti* ist bereit, nicht wahr? Es ist viele Jahre lang eingehend getestet worden." Ortu sank wieder etwas in sich zusammen und starrte Hocking stumpf an. „Seine Wirkungsstärke ist milliardenfach gesteigert worden."

„Richtig." Hockings Mund war trocken, und er krächzte.

„Mit dem *tanti* besitzen wir die Fähigkeit, das universale Unterbewußtsein zu kontrollieren und dadurch das Verhalten aller menschlichen Wesen auf der Erde zu steuern. Mit seiner Hilfe können wir buchstäblich die Welt beherrschen."

„Wer die Träume eines Menschen beherrscht, beherrscht seinen Geist", sagte Hocking. Er hatte die Maxime oft genug gehört.

„Und dennoch, was geschieht während der letzten Feinabstimmung? Unerwartet stoßen wir auf einen Menschen, der in der Lage ist, sich der völligen Kontrolle zu widersetzen. Wie ist das möglich?" Ortu verschränkte seine langen, dünnen Arme vor der schmalen Brust. „Antworte mir!"

„Ich weiß es nicht", schnappte Hocking. „Offensichtlich wäre es nicht geschehen, wenn ich es wüßte."

„Gut gesagt. Aber erkennst du denn nicht einmal jetzt deinen Irrtum? Kam dir nie der Gedanke, daß dort, wo ein Mensch Widerstand leistet, auch die ganze Menschheit Widerstand leisten könnte? Darum wollte ich, daß er hierhergebracht wird – um das Geheimnis seiner Fähigkeit zu ergründen, sich der Kontrolle zu widersetzen. Statt dessen versuchst du, ihn zu eliminieren, zu vernichten. Hättest du Erfolg gehabt, so würden wir es niemals erfahren."

„Aber du hast ihn doch gerettet, nicht wahr?" Hocking kämpfte gegen die aufsteigende Angst an, die ihn durchlief, als er sich an seine erfolglosen Versuche, Reston zu töten, erinnerte. „Ich sehe noch nicht, inwiefern ich unseren Plänen ernsthaften Schaden zugefügt, geschweige denn unsere Erfolgsaussichten gemindert habe."

„Dann gestatte mir, dich zu erleuchten, oh *Weiser*", höhnte Ortu. Hocking verfärbte sich angesichts des Spottes. „Reston hat Kontakt zu einem Angehörigen meiner Rasse aufgenommen –"

„Unmöglich! Beim gegenwärtigen Stand der Physik . . ."

„Es ist *nicht* unmöglich. Ich habe dir doch gerade gesagt, daß es geschehen ist. Es ist eine Tatsache. Er ist nicht in ferne Galaxien gereist, nein. Er hat einen der Wächter geweckt und ihn hierher gerufen."

„Ich glaube es nicht!"

„Du wirst es glauben. Vor langer Zeit, als wir von Ovs auswanderten, ließen wir in jeder Stadt einen der Unseren zurück, um alles, was wir zurücklassen mußten, für den Tag zu bewahren, an dem andere es finden würden, damit sie unser Wissen klug einsetzen und die Schätze unserer Kultur respektieren würden."

„Aber Reston hätte das niemals entdecken können – niemand auf der Erde glaubt, daß es Marsianer gibt, geschweige denn marsianische Städte."

„Du, der du an nichts glaubst – woher willst du wissen, was die Menschen in ihrem innersten Herzen glauben? Und warum erzählst du mir immer wieder, diese Dinge seien nicht möglich, wenn sie doch in der Tat geschehen sind?

Die Menschen glauben, daß ihre Erlösung von den Sternen kommen wird, von wohlmeinenden Wesen, die ihnen den Weg weisen werden. *Das* ist es, was die Menschen heute glauben. Habe ich nicht Hunderte von Jahren damit verbracht, diesen Glauben zu nähren? Wundererscheinungen am Himmel, merkwürdige und unerklärliche Ereignisse am Boden zu erzeugen? Dies alles geschah, um den Weg für dieses letzte Stadium zu bereiten, für die Bereitschaft der Menschheit, einen Erlöser von außerhalb ihrer Welt anzunehmen.

All das war Teil der sozialen und mentalen Konditionierung. Die Menschen sprechen von UFOs und suchen nachts am Himmel nach Zeichen, daß ihre Brüder aus dem All zu ihnen kommen. Und warum? Weil ich es so wollte. Ich, Ortu, habe sie so programmiert."

„Wie könnte ein Mann, selbst wenn er so störrisch ist wie Reston, daran etwas ändern?"

Ortu seufzte. „Weil er die Kraft hat, zu widerstehen, alle zunichte zu machen, was ich getan habe. Und der Wächter, der jetzt bei ihm ist, wird nicht zulassen, daß wir unsere Arbeit fortsetzen – er wird sie stoppen."

„Warum?“

„Weil er es muß. Es ist seine Pflicht, der er sich mit seinem Leben verschworen hat.“

„Dann müssen sie alle vernichtet werden“, sagte Hocking, der zum ersten Mal wieder so etwas wie Hoffnung schöpfte. „Ich hatte am Ende doch recht.“

Ortu wiegte seinen Kopf hin und her. „Du begreifst immer noch nicht. Vielleicht bist du nicht in der Lage, zu erfassen, was ich dir gesagt habe.“

„Ich begreife, daß wir, wenn unsere Arbeit gefährdet ist, alle notwendigen Maßnahmen ergreifen müssen, um diese Gefahr auszuschalten. Wir müssen sie aufhalten.“

„Und wie, schlägst du vor, sollen wir das tun?“ sagte Ortu finster.

Hocking dachte schnell nach und sagte: „Deine Jünger könnten es. Sende sie aus, deine Feinde zu vernichten.“

„Du hast uns keine Wahl gelassen. Ich werde sie holen lassen.“ Ortus Kopf sank herab. In diesem Augenblick schien er das volle Gewicht seiner Jahre zu tragen. Seine Stimme sank zu einem heiseren Flüstern. „Geh jetzt.“

Hocking glitt aus der von Rauchwolken erfüllten Kammer und fand Pundi, der nahebei auf dem Flur herumlungerte. „Bring sofort seine Jünger!“ befahl er. Eilends machte sich der Diener auf, um die Truhe mit den sechs Teakholzkästen zu holen.

Gita, dessen geweitete Augen für keinen Moment von dem Fremden wichen, hüpfte unaufhörlich in einer Art ekstatischem Tanz auf und nieder. Er war beinahe buchstäblich außer sich. Und obwohl er sich an dem Gespräch der anderen nicht beteiligte, entging ihm kein Wort.

Spence und Adjani waren damit beschäftigt, dem aufmerksam zuhörenden Kyr ihre gegenwärtige Situation zu erläutern. Es war wie ein Wunder für Gita, daß der Marsianer so gut sprechen konnte. Spence hatte zwar von der bemerkenswerten Fähigkeit des Wesens berichtet, aber daß minderte keineswegs Gitas Verblüffung darüber, daß die ersten Worte, die er aus dem Munde eines

Außerirdischen vernahm, in fließendem Englisch gesprochen wurden.

Spence war mitten in der Erklärung. „Wir haben gute Gründe zu der Annahme, daß einer der Euren – ein Ovsianer – zur Zeit der Großen Wanderung auf die Erde kam. Er hat Jahrtausende lang irgendwo in diesen Bergen gelebt – an einem Ort namens Kalitiri. Die Soldaten in dem Lastwagen hätten uns eigentlich zu ihm bringen sollen, aber . . . offensichtlich hatten sie ihre Meinung geändert."

Kyr überdachte diese Information; seine Augen verengten sich, und er wandte seinen Blick den Bergen zu. „Wenn einer von meiner Rasse hier ist, wird er gefunden werden. Er muß überzeugt werden, zum Ovs zurückzukehren. Es ist verboten, sich in eine fremde Kultur einzumischen."

„Leider scheint es, als ob es genau das ist, was er hier die ganze Zeit über getan hat", sagte Adjani. „Wir vermuten, daß er irgendwie mit Spences Blackouts und seinen Träumen zu tun hat; ja, daß er für sie verantwortlich ist. Zumindest in einem Fall ist das, was Spence geträumt hat, Wirklichkeit geworden."

„Das *tanti* – der Traummacher", sagte Kyr. „Es ist eine Maschine – ein Sender, mit dem man Gehirnfunktionen beeinflussen und geistige Bilder induzieren kann. Auf Ovs wurde es als medizinisches Instrument verwendet, um solche zu behandeln, die an akuten geistigen Störungen litten."

„Ich fürchte, hier auf der Erde ist ein ganz anderer Gebrauch davon gemacht worden", antwortete Adjani.

„Dann muß das *tanti* zerstört werden; und diejenigen, die es benutzen, müssen gestoppt werden."

„Genau das denken wir auch." Spence blickte auf zu dem verblassenden Himmel des Spätnachmittags. „Aber es wird bald dunkel werden. Vielleicht sollten wir uns vor Einbruch der Nacht einen Unterschlupf suchen – zumindest, bevor die Soldaten den Mut fassen, hierher zurückzukehren."

„Kommt mit", sagte Kyr. „Wir werden mein Fahrzeug benutzen." Ein langer Arm hob sich und deutete auf das immer noch leuchtende Objekt, das in der Mitte der ungepflasterten Straße stand.

„Eine fliegende Untertasse“, sagte Gita. „Ich werde in einer fliegenden Untertasse fliegen!“

„*Vimana*“, sagte Kyr. „Wir nennen es *vimana.*“

„Himmelswagen! Er hat recht!“ rief Gita aus. „Das Wort ist in unserer Sprache genau dasselbe!“

„Warum auch nicht?“ schmunzelte Spence. „Ohne Zweifel stammt es ja aus der Sprache der Marsianer.“

„Dann ist es also wirklich wahr! Und die Mythen meines Volkes . . .“, fing Gita an und hielt inne, erschrocken über die Implikationen dieser Entdeckung.

„Sind dennoch Mythen“, setzte Adjani seinen Satz fort. „Wenn auch mit einem Körnchen Wahrheit dahinter.“

„Einem ganzen *Berg* von Wahrheit, Sahib“, sagte Gita kopfschüttelnd. „Als ich zuvor sagte, daß ich dir deine Geschichte glaube, hätte ich mir nie *träumen* lassen . . . Wenn man sich vorstellt, daß die Leute all diese Jahre Marsianer angebetet haben! Es verschlägt einem die Sprache.“

Spence hörte diesem Gespräch zu und lächelte. Als sie auf die *vimana* zugingen, sagte er: „Kyr, was hat dich dazu gebracht hierherzukommen?“

„Dein *bneri* hat mich gerufen.“

„Nein, es wurde mir weggenommen, bevor ich es benutzen konnte. Einer der Soldaten riß es mir aus der Hand, gerade als ich dir mein Signal senden wollte.“

„Ich habe das Signal bekommen und darauf reagiert.“

„Aber wie kann das sein? Wie konntest du so schnell hier sein? Es dauerte nur ein paar Minuten, bis du kamst. Ist dein Raumschiff denn so schnell?“

„Ich weiß nicht, was du meinst, Erdenfreund. Ich habe deine Anwesenheit auf dieser Straße wahrgenommen. Ich habe den Lastwagen beobachtet, seit er die große Stadt auf dem Berg verließ.“

Nun war Spence völlig verwirrt. „Das kann nicht sein – da hatte ich noch gar nicht versucht, dich zu erreichen. Du konntest mein Signal doch nicht empfangen, bevor ich es sandte!“ Er schüttelte den Kopf und schaute Adjani hilflos an.

„Wann genau hast du denn das Signal empfangen?“ fragte Adjani.

„Deine Frage hat keine Bedeutung. Ich kann sie nicht beantworten.“ Der Marsianer hob seine schmalen Schultern wie ein Mensch, der seine Unwissenheit andeuten will.

„Keine Bedeutung? Willst du damit sagen, daß die Zeit für die Wirkung des *bneri* irrelevant ist?“

„Es wirkt außerhalb der Zeit, wie auch das Denken außerhalb der Zeit steht. Deshalb kann man darüber nicht die Frage nach dem ‚Wann' stellen.“

„Das kapiere ich nicht“, murmelte Spence. „Du etwa?“

„Ich denke schon“, sagte Adjani. „Das Gebet wirkt oft auf die gleiche Weise. Wir erleben manchmal, daß der Same für die Antwort auf unsere Gebete schon ausgesät wurde, bevor wir überhaupt auf den Gedanken gekommen sind zu beten. Das ist möglich, weil Gott nicht wie wir auf die Zeit begrenzt ist. Vergangenheit, Gegenwart, Zukunft – er durchstreift alle Zeit, wie er will.“

Kyr gab einen tief pfeifenden Laut von sich und übersetzte ihn für die anderen.

„Dieser Gott, von dem du sprichst. Er ist das All-Wesen – die Quelle.“

„Ja“, antwortete Adjani. „Kennst du ihn? Betest du ihn an?“

„Anbeten?“

„Das bedeutet, ihn zu verehren, wertzuachten, zu preisen und zu lieben.“

Wieder zuckte Kyr die Achseln. „Ich glaube, das gehört dazu, vor ihm zu leben. Wir kennen ihn und spüren seine Gegenwart bei uns zu allen Zeiten.“

„Auf der Erde ist es nicht so“, sagte Adjani. „Die Menschen müssen sich dafür entscheiden, ihn zu kennen, und ihn aus freiem Willen anbeten.“

„So ist es auch bei uns. Aber wer würde sich schon dafür entscheiden, ihn nicht zu kennen?“ Kyr warf Spence einen schnellen, ironischen Blick zu.

„Du würdest staunen“, sagte Spence.

„Ich sagte dir einmal, ich würde einen Weg finden, dir die Wege des All-Wesens zu erklären. Doch jetzt sehe ich, daß es eine Barriere zwischen uns gibt, die ich nicht durchdringen kann. Sie wurde von Dal Elna aufgerichtet, der euch anders gemacht hat als uns. Meine Erklärungen würden dich nicht zufriedenstellen."

„Ich glaube dir, Kyr. Bei einem Erdenmenschen hilft alles nichts, es sei denn, er findet das All-Wesen selbst, auf seine eigene Weise."

In diesem Moment unterbrach sie Gita, der während dieses Gesprächs geschwiegen hatte: „Schaut! Die Leute von Rangpo kommen. Sie haben deine *vimana* gesehen. Wir müssen uns jetzt davonmachen, sonst bleiben wir die ganze Nacht hier."

„Wir werden uns über diese Dinge ausführlicher unterhalten, wenn die Zeit nicht so drängt. Jetzt haben wir Arbeit vor uns", sagte Kyr. Er drehte sich um und ging auf sein Raumfahrzeug zu. Als er näherkam, erschien eine rote Linie auf dem Dach des Objekts, lief an einer Seite hinunter und spaltete es auf. Ein gleißendes Licht überflutete sie, als sich die beiden Hälften öffneten, um sie aufzunehmen. Spence, Adjani und Gita traten zögernd in das Licht und folgten Kyr in das Schiff.

Die Leute von Rangpo sahen vier Gestalten in einem roten Lichtstrahl verschwinden, und dann erfüllte ein lautes, schwirrendes Geräusch die Luft, als das merkwürdige Objekt plötzlich hell orange aufleuchtete und in einem Sekundenbruchteil über ihre Köpfe hinwegschoß und über die Ortschaft auf die Berge zuflog, wo es in den Wolken verschwand.

Zweiundzwanzigstes Kapitel

Der milde Abend umfing sie wie eine sanfte und liebevolle Hand. Der kühle Windhauch ließ das Feuer aufflackern, das unter Gitas geschickten Fingern zu knistern begann. Die tiefblauen Schatten verdunkelten sich in dem grünen Bambuswald, und die raschelnden Geräusche der Affen und Vögel in den Bäumen wurden still. Kyrs Raumschiff stand ein paar Meter von ihnen entfernt auf einer Lichtung; jetzt, wo seine Systeme abgeschaltet waren, gab es einen schwach bläulichen Schimmer von sich.

Gita wich nicht von der Seite des hochgewachsenen Fremden – schüchtern und nervös wie ein Schuljunge in der Gegenwart eines hohen Würdenträgers, ein Schuljunge, der nicht einmal davon träumte, sich an den Gesprächen Erwachsener zu beteiligen, sich jedoch nichts mehr wünschte, als innerhalb des Zauberkreises ihrer Worte zu bleiben.

Adjani hatte, seit sie in die *vimana* eingestiegen waren, nicht aufgehört, Fragen zu stellen. Die beiden tauschten in so schnellem Tempo Gedanken aus, daß einem der Kopf schwirrte, wenn man zu folgen versuchte. Spence lehnte sich zurück und lächelte mit einer Art träumerischer Großzügigkeit, als wollte er sagen: Eigentlich ist er ja mein Freund, aber ich teile ihn gerne mit euch. Es reichte ihm, einfach dazusitzen und in der warmen Freundschaft der Gruppe zu baden – mit dergleichen war er im Lauf seines Einzelgängerlebens nicht gerade verwöhnt worden.

Er lag da und ließ die erhabenen Worte und Gedanken über sich rollen wie die warme Brandung an einem sonnenbeschienenen Strand, die sich zu voller Höhe erhoben und ihn dann überspülten und mit Freude und Heiterkeit erfüllten. Ihm war, als hätte er viele Jahre lang auf diesen besonderen Augenblick gewartet.

Dort am Lagerfeuer auf jener Lichtung am Bergeshang spürte Spence, wie etwas zu ihm kam, wonach er sich immer gesehnt hatte, seit er erwachsen war. Es war eine Sache, der er verschiedene Namen gab, je nach der geistigen Haltung, die er gerade einnahm, wenn er die Sehnsucht verspürte. Meistens nannte er sie *Gewißheit*, und was er damit meinte, war die Gewißheit, daß es in diesem veränderlichen Universum etwas Absolutes und Unveränderliches gab.

Als Wissenschaftler hatte er es schon vor langer Zeit aufgegeben, dieses unveränderliche Absolute finden zu wollen; das einzige ihm bekannte Gesetz des Universums, auf das Verlaß war, war die

Veränderung. Was heiß war, kühlte ab; was kalt war, wurde noch kälter; feste Körper wurden zu Dampf und umgekehrt; schnelle Teilchen verlangsamten sich; Umlaufbahnen verfielen, Materie verfiel, Fleisch verfiel. Die Entropie regierte. Nichts blieb unverändert und unveränderlich.

Daß das unveränderliche Absolute, nach dem er sich sehnte, das göttliche Wesen sein könnte, darauf kam er nicht. Aber jetzt kam ihm dieser Gedanke; mehr noch, er spürte deutlich, wie ihm etwas unaufhaltsam näher kam. Aus irgendeinem Grund – vielleicht, weil er in Indien war – stellte er es sich in der Gestalt eines großen Tigers vor. Ihm war, als schliche sich die feurige, wilde Kreatur an ihn an; in seinem Nacken prickelte es. Ein Schauder lief seine Wirbelsäule hinab.

Dann stand Kyr im Schein des Feuers, hoch aufgerichtet über der Gruppe, die in dem gelben Lichtkreis kauerte. Das Gespräch war verstummt. Spence hörte nichts als das Knistern des Feuers und die Nachtgeräusche des Waldes.

Kyr schaute jeden von ihnen nacheinander mit seinen großen, durchdringenden Augen an. Was er dachte, errieten sie nicht – der Blick schien von einer Emotion erfüllt zu sein, die in Spences Erfahrung nicht vorkam.

Dann begann Kyr langsam und leise zu sprechen. „Vor langer Zeit war es in meiner Welt Brauch, immer dann, wenn man nach langer Abwesenheit wieder zusammenkam oder wenn man für einige Zeit fortgehen mußte, ein besonderes Mahl miteinander zu teilen, die *Essila.* Am Abend unseres ersten Zusammentreffens, bevor wir uns dem stellen, was uns vielleicht bald erwartet, möchte ich es mit euch teilen, meine neuen Freunde."

Nach diesen Worten ging Kyr zu seinem Raumschiff, bestieg es und kehrte Augenblicke später mit einer Kugel in jeder Hand zurück. Diese legte er am Rande des Feuerscheins auf den Boden und ließ sich daneben nieder. Die Erdenmenschen krochen näher heran.

Kyr nahm eine der Kugeln und hob sie hoch. „In unserem Gehen und Kommen sind wir eins. Getrennt und zusammen sind wir eins. In den Vielen ist Einer."

Spence erinnerte sich, daß Kyr diesen letzten Satz einmal verwendet hatte, als er von dem All-Wesen sprach.

Die Kugel in Kyrs Händen öffnete sich entlang einer Naht in der Mitte, und die obere Halbkugel hob sich ab und gab den Blick auf das Innere frei: eine Art weißlicher, watteähnlicher, durchscheinender Substanz, die stark an Wolken erinnerte.

„Ein Körper besteht aus vielen Zellen und ist doch ein Körper. Ein Leben besteht aus vielen Tagen und ist doch ein Leben. Jedes Menschen Körper und jedes Menschen Leben ist ein Spiegel des Einen, der sie uns schenkte. In den Vielen ist Einer."

Kyr streckte seine langen Hände gegen das Feuer aus und schloß die Augen. Sein Worte kamen fast in einer Art Gesang. Spence wußte, daß die Litanei in Kyrs eigener Sprache ein Lied gewesen wäre. Kyrs Leistung, sie zu übersetzen, grenzte ans Wunderbare.

„Wenn wir zu den Sternen aufsteigen, ist Dal Elna dort. Wenn wir in den Staub des Todes niederfahren, ist Dal Elna dort. Dal Elna ist in allen Dingen: in den Sternen, im Staub, in den Steinen, im Feuer. Doch diese Dinge enthalten Dal Elna nicht. In den Vielen ist Einer.

Sterne werden geboren, und Sterne sterben, und Dal Elna weiß um ihr Scheiden. In den Tiefen des Raums sind Dal Elnas Wege bekannt. Auf geschaffenen Welten und noch ungeschaffenen Welten wird Dal Elnas Name besungen. Dal Elna ruft das Licht aus der Dunkelheit hervor und setzt die Planeten in ihre Umlaufbahnen. Nichts existiert, das nicht in Dal Elna existierte. In den Vielen ist Einer.

Bevor die Zeit begann, war Dal Elna. Wenn die Zeit vergangen sein wird, wird Dal Elna bleiben. Bald wird die Zeit aufhören, und die Vorhänge unseres Geistes werden sich teilen, und wir werden Dal Elna sehen. Alle lebendigen Seelen werden Dal Elna kennen. In den Vielen ist Einer."

Kyr ließ die Hände sinken, hob die Schale und bot sie jedem der Männer an, die um ihn her saßen. Spence griff hinein und nahm etwas von der schaumigen Substanz; ein langer Fetzen riß ab und leuchtete rosa im Feuerschein.

Zuletzt nahm sich auch Kyr etwas davon und setzte die Schale mit den Worten ab: „Von der *Essila* zu essen, heißt, die Seelen zu verschmelzen, einander zu kennen, wie man selbst gekannt ist. Darum soll niemand davon essen, der den anderen nicht liebt."

Spence schaute jeden der anderen der Reihe nach an. Er hatte es noch nie in Worte gefaßt; aber ja, er liebte Adjani und Gita. Sie hatten ihr Leben riskiert, um ihm zu folgen, ihm zu helfen, und er liebte sie dafür. Ihm fielen keine anderen Freunde ein, denen er mehr vertraute.

Kyr schien zu warten, bis jeder von ihnen mit sich zu Rate gegangen war, und dann, als er sah, daß alle sich einig zu sein schienen, sagte er: „Schmeckt die Süße eurer Liebe zueinander. In den Vielen ist Einer."

Kyr hob seine Hand an die Lippen, und die anderen folgten seinem Beispiel, und ihre Augen flackerten in dem tanzenden Licht.

Spence spürte, wie die Essila zerschmolz, als sie seine Zunge berührte, und plötzlich war sein Mund voll von der süßesten Speise, die er je geschmeckt hatte – süßer als jede Beschreibung. Doch es war eine Süße, die nicht übersättigte oder überdrüssig machte, obwohl sie alle anderen Sinne überwältigte.

Er schluckte und spürte, wie sich eine prickelnde Wärme in seinem Körper bis in die Gliedmaßen hinein ausbreitete. Plötzlich empfand er eine Nähe zu den anderen und eine Wärme, wie er sie noch nie gekannt hatte. Er schaute hinüber zu Adjani, und ein kaum merkliches Leuchten schien von dem Gesicht des schlanken Inders auszugehen.

Er warf einen Blick auf Gita, auf dessen rundem Gesicht ein breites Lächeln voll ungetrübten Glücks erstrahlte. Zwei große Tränen rollten langsam an seinen Wangen hinunter, als er von einem zum anderen blickte.

Spence spürte, wie sein eigenes Herz in ihm anschwoll, bis er glaubte, platzen zu müssen. Er fühlte sich höher, edler und wahrer, als er es je in seinem Leben gewesen war. Ihm war, als ob auch er vor Freundlichkeit und Barmherzigkeit glühte.

Er wußte, daß das zum Teil ebenso sehr von den anderen ausging wie von ihm selbst. Es stimmte; ihre Herzen und Seelen flossen zusammen wie seltene und kostbare Öle, von denen jedes den

Wert der anderen steigerte und doch dabei nichts von seinem eigenen Wert verlor.

Spence fühlte sich aus sich selbst herausgehoben, und er kannte jeden seiner Freunde, wie er sich selbst kannte. In diesem Moment wußte er von ihren Schwächen und Fehlern, doch er liebte sie trotz jeglicher Unzulänglichkeiten und vergab ihnen, wie er ihnen in sich selbst vergab.

Noch eine andere Präsenz war da, die er nicht beschreiben konnte; sie war seinem menschlichen Bezugsrahmen völlig fremd, obwohl viele der grundlegenden Eigenschaften gleich waren. Er wußte, daß diese Präsenz in ihm Kyr war, und er liebte den Marsianer für seine ganze fremdartige Einzigartigkeit und seine reichlich fließende Freundlichkeit.

Er saugte diese Eindrücke in sich auf und schmeckte sie, bewahrte sie, ehrte sie. Er wollte diesen Augenblick für alle Ewigkeit festhalten und immer diese unglaubliche, unbeschreibliche Süße auf seiner Zunge spüren.

Doch Kyr erhob die zweite Kugel, und sie öffnete sich vor ihren Augen. Er nahm den oberen Teil der Kugel, der aus mehreren ineinanderliegenden Halbkugeln bestand, und reichte eine davon Adjani, dann Gita und Spence. Zuletzt nahm er sich selbst eine Schale. Dann goß er ihnen aus der unteren Hälfte eine Flüssigkeit ein, die im Feuerschein funkelte.

Als jede der Schalen mit der Flüssigkeit gefüllt war, hob Kyr die seine und begann wieder zu sprechen. „Alle Flüsse münden ins Meer; alle Straßen erreichen ihr Ziel. In jedem Anfang liegt der Same des Endes. Doch in Dal Elna gibt es nur den Anfang. In den Vielen ist Einer."

Kyr hob die Schale an die Lippen und trank. Spence und die anderen folgten seinem Beispiel.

Die fremdartige Flüssigkeit hatte keinen Geschmack, den Spence hätte beschreiben können – sie war nicht süß, zumindest nicht so süß wie die erste Substanz, aber auch nicht bitter. Sie berührte seine Lippen mit einem Prickeln, als ob ein schwacher elektrischer Strom durch seine Haut liefe.

Er ließ den sprudelnden Trank über seine Zunge rollen, und ihm war, als schmeckte er kühles Feuer – das Zeug schien beinahe lebendig zu sein. Er schluckte und spürte das spielerische Prickeln auf dem ganzen Weg nach unten. Er trank wieder, diesmal einen größeren Schluck, und ließ das kühle Feuer auf seiner Zunge tanzen. Die Wirkung war so, daß er laut auflachen oder zu singen anfangen wollte. Er spürte, wie das innere Feuer in seine Venen drang und seinen Herzschlag beschleunigte. Plötzlich war er wacher und bewußter als je zuvor in seinem Leben.

Er blickte mit neuen Augen in die Welt, und was für eine Welt er da sah! Obwohl es Nacht war und dunkel, konnte er all die hohen, schlanken Bambusstämme rundum sehen, auf denen der Feuerschein tanzte. Er sah die schmalen, spitz zulaufenden Blätter mit den feinen Sägezähnen an den Rändern einzeln und präzise gezeichnet. Jedes davon barg eine köstliche, unbeschreibliche Schönheit.

Über den flackernden Zungen des Feuers erblickte er ein Insekt. Durch sein erhöhtes Sehvermögen schien es fast bewegungslos zu verharren oder sich in langsamen, anmutigen Stößen zu bewegen, während die winzigen, transparenten Flügel durch die Luft schlugen. Er sah das Glitzern des Lichtes, daß sich auf seine vielzelligen Augen verstreute, und das farbige Schillern auf seinem Schalenleib. Die Beine hingen wie feine Fäden unter seinem eingeschnürten Körper, und seine Fühler bogen sich sanft über den Rücken.

Als er den Blick hob, sah er den Himmel, zuerst dunkel, dann plötzlich erstrahlend in dem Licht unzähliger Sterne, von denen jeder klar und kristallisch leuchtete, scharf umrandet und mit Strahlen, die ihn durchbohrten wie Nadeln.

Wohin er auch blickte, sah er irgendein neues Wunder, irgendein alltägliches Ding, das sich auf eine Weise offenbarte, wie er es noch nie zuvor gesehen hatte. Das Gewöhnliche war ins Außergewöhnliche verwandelt, das Normale ins Übernormale.

Seine Freunde saßen immer noch genauso da wie zuvor, aber er sah sie völlig verändert. Er sah nicht nur ihre äußere Erscheinung, sondern ihr innerstes Wesen ohne jede Maske. Und jeder von ihnen war in jeder Hinsicht größer, schöner und stärker. Sie saßen gehüllt in schimmernde Auren aus Gold und Violett, als seien sie in lebendiges Feuer gekleidet. In ihren Gesichtern las er eine unergründliche Zärtlichkeit, und etwas, das er nur Weisheit nennen konnte, leuchtete aus ihren Augen hervor, aber eine Weisheit, die reiner und feiner war, als sie je auf der Erde hervorgebracht wurde.

Spence schaute Kyr an und erblickte nicht den überlangen Marsianer, sondern ein Geschöpf, das sich kaum von ihm und den anderen unterschied, das ihnen ähnlich war und doch auf kaum merkliche Weise anders.

Und hatte Spence sich zuvor gefühlt, als ob er strahlte, so war ihm jetzt, als sprühte er Funken. Er erhaschte flüchtige Blicke auf die farbigen Blitze, die von ihm ausströmten und sich mit dem Licht der anderen vermischten.

Spence war zum Bersten voll mit der freudigen, funkelnden, widerhallenden Liebe, die er für seine Freunde empfand. Er spürte die Macht ihrer Liebe zu ihm und zueinander, und sie war wie ein tiefer, starker Brunnen, der von der Mitte aus in alle Richtungen floß wie eine unerschöpfliche Quelle.

Doch er nahm noch eine andere, subtile und doch deutliche Präsenz wahr. Diese Präsenz war mit allen anderen und selbst mit seiner eigenen verschlungen, hielt sie und überlagerte sie, ohne dabei ihren eigenen deutlichen Charakter zu verlieren. In seinem erhöhten Bewußtseinszustand sandte er die Finger seines Geistes aus, um diese Präsenz zu betasten. Er streckte seinen Geist danach aus und berührte sie vorsichtig. Sofort fuhr sein Geist zurück wie von einem blendenden Lichtblitz getroffen.

Da wußte er, daß er die Quelle selbst berührt hatte.

Er fühlte sich schwindelig und berauscht und vollkommen erschüttert von dieser einen kurzen Begegnung. Dann begann sich sein Geist mit merkwürdigen und wunderbaren und in ihrer Klarheit und Kraft erschreckenden Gedanken zu füllen.

Er sah Galaxien, die sich in den eiskalten Tiefen des Alls drehten; er hörte das Dröhnen der Stille, das in der Musik der galaktischen Bewegung unterging. Das Lied der Sterne – der ganze Himmel war davon erfüllt!

Er sah unzählige Welten, die unter namenlosen Sonnen entstanden. Auf jeder dieser Welten sproß das Leben hervor, entsprungen aus der Stimme, die es geweckt hatte. Pflanzen von jeder Art, Tiere von vielfältigster Gestalt, menschliche Geschöpfe, die so unterschiedlich waren, wie man es sich nur vorstellen konnte, doch sie alle besaßen jenen göttlichen inneren Funken, der der unveränderliche Stempel des Schöpfers war.

Er sah seine eigene Welt als winzigen Fleck in der Dunkelheit und erkannte, daß sein Leben und das Leben eines jeden Menschen, der je gelebt hatte, nur ein einziger unsicherer Schritt in dem Großen Tanz des Himmels war.

Der Tanz schwoll an und verebbte, wie es der Schöpfer wollte, und alles folgte seinen Bewegungen. Nirgendwo gab es eine einzelne Gestalt in diesem Tanz, die nicht in seinen Plan einbezogen war – von den scheinbar zufälligen Bewegungen miteinander kollidierender Atome über die grenzenlosen Weiten der leeren Nacht bis hin zum ziellosen Krabbeln eines Insekts im Staub und dem richtungslosen Dahinschlängeln eines Flusses aus geschmolzenem Eisen in einer Welt, die kein menschliches Auge je erblicken würde – alles war eingeschlossen, getragen, eingehüllt in den Großen Tanz.

In den Vielen ist Einer. Endlich begriff Spence.

Ein einziger Tanz; aber aller Raum und alle Zeit waren nötig, um ihn zu beschreiben. Ein Leben; aber alle lebendigen Dinge waren nötig, um es zu definieren. Ein Geist, aber alle Gedanken waren nötig, um ihn zu kennen. Und doch konnte er nicht zur Gänze beschrieben, definiert oder gekannt werden. Er wußte jetzt, warum Kyr und seine Rasse ihn das All-Wesen nannten, denn es überstieg alles, was es berührte, selbst während es sich herabbeugte, um es zu erschaffen.

Und obwohl es eine Milliarde Welten zeugte, einer Billion Himmelslichtern ihre Stimmen verlieh, den Lauf von einer Billiarde Leben lenkte, war das All-Wesen Einer: untrennbar, unteilbar, unauflöslich, unveränderlich. All-weise, all-gnädig, all-heilig, all-wissend. Unendlich und ewig . . .

Was Spence weiter sah, ging in einer schwindelerregenden Flut von Gedanken und Gefühlen und Bildern von unvorstellbarer Macht und Großartigkeit unter. Keuchend und atemlos erlebte er die Wirkung seines einzigen, flüchtigen Kontaktes mit dem Gott, den er so lange geleugnet hatte, aber nun nicht länger leugnen konnte.

Spence neigte sich vor der Präsenz in Demut und Hingabe und erkannte dies als den ersten spontanen Akt der Anbetung, den er je vollzogen hatte. Als er das tat, wußte er, daß die Präsenz ihn bis in seine Tiefen kannte und daß er jetzt und in Zukunft nichts von ihr zu befürchten hatte. Schwere Lasten von Schuld und Scham fielen von ihm ab, und eine Stimme in seinem Geist sagte: „Höre, Sohn des Staubs. Warum bist du so lange und so verzweifelt davongelaufen? Wovor wolltest du fliehen? Deine Flucht ist zu Ende. Tritt ein in meine Ruhe."

„Ja, ja, ja", hörte Spence sein Herz antworten. „Bitte sag mir, wie."

„Vertrau mir. Suche mich, und dann folge mir."

Spence fühlte eine Flut in sich aufsteigen, die aus ihm heraus auf die Präsenz zufloß, doch er wußte, daß die Entscheidung immer noch bei ihm allein lag. Ein Wort konnte die Flut aufhalten und zum Versiegen bringen oder auch die Tore öffnen und sie für immer fließen lassen.

„Ja", sagte Spence. „Ich werde folgen. Geh voraus."

Dreiundzwanzigstes Kapitel

Mit entschiedenen Schritten betrat Chief Ramm den Raum, in dem seine Männer sich versammelt hatten und ihn erwarteten. Die Gespräche im Raum erstarben, als der Sicherheitschef sich kühl umschaute.

„Schön", sagte er. „Es wird nicht lange dauern. Ich habe gerade Befehl erhalten, Phase zwei der Operation Kehraus einzuleiten.

Deshalb müssen die Flüchtigen sofort festgenommen werden. Alle Streifenführer haben ihre Anstrengungen zu verdoppeln. Ich möchte jeden Sektor nochmals genau überprüft haben. Arbeiten Sie rund um die Uhr, wenn es sein muß. Ich will, daß sie gefunden werden, und zwar *jetzt*! – bevor sie Gelegenheit haben, Schwierigkeiten zu machen. Verstanden?"

Ein zustimmendes Murmeln ging durch den Raum. „Worauf warten Sie noch? Machen Sie sich an die Arbeit!" Die Sicherheitsbeamten erhoben sich sofort und verließen nacheinander den Besprechungsraum. Im Wachraum dahinter hörte er die Streifenführer ihre Gruppen zusammenrufen und für die neuerliche Durchsuchung aufteilen. Er schaute sich in dem leeren Raum um und verließ ihn dann durch eine Seitentür.

Als er im Verwaltungssektor ankam, schob er sich an der Rezeptionistin vorbei und ging direkt in das Büro des Direktors. Wermeyer blickte bei seinem Eintreten erstaunt von dem Flachbildschirm auf, den er gerade studierte.

„Nun?" fragte der ehemalige Assistent und lehnte sich im Sessel seines Chefs zurück.

„Wir haben sie noch nicht, aber wir werden sie erwischen. Es ist nur eine Frage der Zeit. Schließlich können sie nicht weit sein."

„Ja, nun . . . sehen Sie zu, daß Sie sich darum kümmern."

„Ich werde damit schon fertig, keine Sorge. Wie geht es bei Ihnen?"

„Wie am Schnürchen. Ich bin gerade noch einmal die Pläne für die Vollendung der Bauarbeiten an der Maschinenanlage durchgegangen. Wir sind voll im Zeitplan. Hocking hat an alles gedacht."

„Hoffen wir es."

Wermeyer warf ihm einen schnellen, fragenden Blick zu. „Was soll das heißen?"

„Nichts. Die ganze Sache macht mich nur ein bißchen nervös, wissen Sie. Eine ganze Raumstation zu übernehmen . . . ich meine, das hat noch nie jemand gemacht."

„Entspannen Sie sich, machen Sie Ihre Arbeit, und alles wird laufen wie geplant. Haben Sie Ihre Befehle erhalten?"

„Habe ich. Phase zwei ist am Anlaufen; meine Männer sind bereits informiert. Haben Sie Nachricht, wann die Maschine eintreffen wird?"

„Noch nicht. Hocking sagte, wir sollten uns bereithalten. Das tun wir."

„Wie steht es mit dem neuen Masterprogramm?"

„Fertig und bereit zum Einsatz. MIRA wird nicht wissen, wie ihr geschieht. Alle Kommunikations- und Betriebsfunktionen werden unter unserer Kontrolle stehen, sobald wir das Stichwort bekommen. Falls jemand auf die Idee kommen sollte, einen Hilferuf abzuschicken, wird er nicht das geringste in dieser Hinsicht unternehmen können. Und was möglichen Widerstand angeht –"

„Um jeglichen Widerstand werde ich mich kümmern. Ich rechne nicht damit, daß es viel davon geben wird. Es ist schrecklich kalt und einsam da draußen . . ." Er nickte an Wermeyer vorbei zu der riesigen Aussichtskuppel und den Sternen, die dahinter hell strahlten.

„Nun ja, hoffen wir, daß es nicht soweit kommt."

Ramm wandte sich zum Gehen. Bevor er die Tür erreichte, blieb er stehen und sagte: „Sagen Sie mir sofort Bescheid, wenn Hocking eintrifft. Wir werden die Andockbucht lieber absichern, falls Pakker und sein Pilotenfreund auf irgendwelche Ideen kommen."

„Sagen Sie *mir* Bescheid, sobald Sie sie finden", gab Wermeyer spitz zurück. „Das Ganze dauert schon lange genug."

Wie lange die Vision andauerte, wußte Spence nicht. Als er zu sich kam, war das Feuer zu einem glühenden Holzkohlehaufen zusammengesunken, und der Mond war hinter den Baumwipfeln verschwunden. Grillen zirpten ihr Nachtlied, und die Brise von den Berghängen war kühl geworden.

Gita lag zusammengerollt neben den Überresten des Lagerfeuers und schlief fest, den Turban auf den ausgestreckten Arm aufgelegt. Adjani saß mit angezogenen Knien, den Kopf auf die Brust herabgesunken. Kyr hatte seine langen dünnen Beine gekreuzt und die Arme um die schmale Brust geschlagen und starrte ihn die glühenden Kohlen, die sich in seinen großen, gelben Augen widerspiegelten.

Die Wirkung der *Essila* prickelte immer noch in Spences Gliedern und pulsierte in seinem Gehirn; eine Spur der Süße war immer noch auf seinen Lippen zu schmecken. Doch der Rausch der vermischten Gedanken und Emotionen, der geteilten Wesen und Geister war verflogen.

„Es ist vorbei", sagte Spence leise. Der Marsianer wandte den Kopf und blickte ihn aufmerksam an.

„Ja, Erdenbruder. Alles, was uns bleibt, ist, dem Einen zu danken, daß er uns die *Essila* gab, damit wir einander vollkommener erkennen können."

„Ich werde den Rest meiner Tage damit verbringen, ihm zu danken", sagte Spence. Die Erinnerung an alles, was er gesehen hatte, brannte noch in ihm, und er wußte, daß sie ihn immer begleiten würde. „Hat sie immer eine so starke Wirkung?"

„Manchmal mehr, manchmal weniger. Beim ersten Mal ist es am überwältigendsten, aber jedesmal ist es anders ... " Kyr wußte nicht, wie er es erklären konnte, und verstummte. Spence verstand, daß dies nicht etwas war, das man erörterte und analysierte, sondern einfach erlebte und annahm. Er fragte sich, ob die anderen das gleiche erlebt hatten wie er.

In diesem Moment drehte sich der Wind, und Spence hörte ein Geräusch, das in seinem Kopf eine Warnlampe aufleuchten ließ. „Hast du das gehört?"

Der Marsianer legte den Kopf auf die Seite. Das Nachtlied zirpte ungestört weiter durch den Wald. „Ich höre eine Menge Dinge – und sie sind alle neu für mich", antwortete Kyr schließlich.

„Vielleicht war es nur der Wind –", fing Spence an, aber da hörte er das Geräusch wieder, diesmal deutlicher: ein schwaches, schwirrendes Summen wie das Rascheln toter Blätter an einem Baum. Er wußte, was es war; er hatte es schon einmal gehört. „Nein! Nicht noch einmal!" rief er und sprang auf.

Er starrte hinauf an den Nachthimmel zwischen den Bäumen und sah die Umrisse mehrerer schwarzer Gestalten über sie hinweggleiten, und das Geräusch jener vibrierenden Flügel drang als trockenes Zischen an seine Ohren.

„Wir müssen hier weg!“ schrie Spence. „Der Traumdieb hat uns gefunden!“

„Was ist los? Was ist passiert?“ Adjani sprang sofort auf.

„Der Dämon ist wieder da – der Dämon des Traumdiebs. Diesmal sind es mehrere, glaube ich. Nichts wie weg hier!“

Spence wollte Gita aufwecken, aber Kyr hob ihn bereits mit einer mühelosen Bewegung vom Boden auf und schritt über die Lichtung auf das Raumschiff zu.

Spence und Adjani rannten durch das hohe Gras hinter ihm her und blickten zum Himmel, als sich das schreckliche Summen verstärkte.

Sie erreichten das Schiff, als der erste der Jünger Ortus niederfuhr. Eine Stimme in Spences Kopf sagte: *Halt! Lauf nicht weg!*

Spence blieb stehen, drehte sich um und sah eines der Geschöpfe wenige Meter von ihm entfernt aufsetzen. Es betrachtete ihn aus glühenden, grünen Augen, und er sah, wie sich das schreckliche, menschenähnliche Gesicht im Mondlicht verzog. Es hatte riesige, membranenartige Flügel wie die einer Fledermaus, die an einem menschenähnlichen Rumpf hingen, von dem vier Arme ausgingen. Die untere Hälfte des Körpers ähnelte einer Schlange – das Ding sah genauso aus wie der Talisman, den Adjani gefunden hatte.

Gleich darauf landete eine weitere dunkle Gestalt dahinter und eine dritte ein wenig seitwärts. Alle starrten ihn bösartig aus ihren unheimlich leuchtenden Augen an.

„Komm schnell herein!“ Spence spürte eine Berührung an seiner Schulter und wurde von Adjani herumgerissen. „Spence!“ schrie Adjani. „Beweg dich!“

Adjani erschien vor ihm und schien ihm aus weiter Ferne etwas zuzurufen. Er fühlte, wie ihn etwas zu den grauenhaften Geschöpfen mit den glühenden Augen zog. Er machte kehrt und fing an, auf sie zuzugehen; ein fremder Wille lenkte seine Schritte.

„Was mache ich denn da?“ fragte er sich.

Komm hierher, befahlen die Stimmen.

„Spence!“ schrie Adjani. „Komm zurück!“

Spence blieb stehen und schüttelte den Kopf. Er hatte die bösartigen Wesen fast erreicht, als er vom Boden emporgehoben und zurück zu der wartenden *vimana* getragen wurde, die nun in einem hellen Orange leuchtete. Er drehte sich in der stählernen Umklammerung und sah Kyr, der sich über die Schulter nach den Dämonen umschaute.

Sie hatten das Raumschiff fast erreicht, als er aus dem Augenwinkel ein Schimmern sah. Einer der Dämonen hielt einen glänzenden Gegenstand in der Hand. Im selben Moment durchfuhr ihn ein mächtiges Geräusch – ein Geräusch, das seine Knochen zu schmelzen und seine Eingeweide zu Gelee werden zu lassen schien. Kyr stolperte und fiel, und Spence wurde aus seinem Griff zu Boden geworfen.

Bevor er denken oder sich bewegen konnte, spürte er eisige Finger auf sich. Er sah eine dünne, steiffingrige Hand nach ihm greifen, und die kalte Berührung einer dieser grausigen Hände auf seiner Haut ließ ihn vor Abscheu erzittern. Spence kämpfte schwach, aber sein Wille hatte ihn verlassen, und er konnte sich nicht aus dem Griff lösen. Im selben Moment spürte er, wie er das Bewußtsein verlor. Dunkle Wolken schienen sich vor seinen Augen zusammenzuziehen, und ihm war, als würde sein Schädel geöffnet und das Gehirn aus seiner Höhle gerissen. Er war völlig machtlos dagegen.

Er schwankte am Rande der Bewußtlosigkeit und sah Kyr neben sich liegen und mit offenen Augen an den sternenübersäten Himmel hinaufstarren. Dann tauchte eine groteske Fratze vor seinem Gesicht auf, und Spence schaute in die kalten, grünen Augen eines der Wesen. In den Händen hielt es eine silberne Kugel, die es auf ihn herabsenkte. Spence spürte, daß er in dem Moment, wo die Kugel seinen Kopf berühren würde, vollkommen unter ihrer Kontrolle stehen würde.

Die Kugel kam näher; nur noch Zentimeter trennten ihn jetzt von ihr. Er versuchte sich zur Seite zu wälzen, aber die Mühe war vergeblich und absurd. Er schloß die Augen und blieb still liegen.

Im selben Moment blitzte ein durchdringendes rubinrotes Licht auf und traf die Kugel; das Objekt zersplitterte in der Hand des Wesens und löste sich auf.

Der Bann fiel von ihm ab. Er sprang auf die Füße, riß die in ihn verkrallten Hände der grauenhaften Kreatur von sich ab und trat danach.

Er hörte einen Schrei, und im nächsten Moment stand Adjani mit einer langen Rute in der Hand neben ihm – das Ding schimmerte im Mondlicht auf, und Spence erkannte es als die Waffe, die Kyr am Nachmittag auf der Straße benutzt hatte, um sie zu retten. Die Luft roch nach angesengtem Metall, und in Spences Kopf tobte ein pochender Schmerz. In seinen Ohren rauschte ein ferner Ozean. Aber er war frei.

Adjani nahm das Ende der Rute in beide Hände und schlug damit nach der vordersten der Kreaturen. Sie alle sprangen zurück außer Reichweite, und Adjani packte Spence am Ärmel seines Overalls und zog ihn zurück auf das Raumschiff zu.

„Warte! Kyr ist verletzt", sagte Spence. „Wir müssen ihn an Bord schaffen. Gita! Faß mit an! Schnell!"

Sie beugten sich über den Körper des Marsianers, hoben ihn hoch und machten sich daran, ihn zum Schiff zu tragen. Spence hörte ein Schwirren über sich in der Luft und sah einen der Dämonen über sie hinwegschießen. Zwei weitere standen zwischen ihnen und dem marsianischen Raumschiff. „Sie haben uns den Weg abgeschnitten!"

Der fliegende Naga stürzte sich aus der Luft auf sie herab. Adjani wirbelte herum und hob die Rute in seiner Hand, und wieder schnitt der rubinrote Strahl durch die Nacht. Der Schuß traf das Monster in die Brust, als es unmittelbar über ihnen war und schon mit seinen grotesken Händen nach ihnen griff. Es gab einen hellen Blitz, und das Wesen wurde in der Luft zurückgeschleudert, als hinge es an einem Draht, an dem plötzlich jemand gerissen hätte. Ein markerschütternder Schrei drang aus seiner nichtmenschlichen Kehle, und das Wesen fiel zur Erde. Doch zur Überraschung aller kam es wieder auf die Füße und ging zurück zu den anderen.

„Wir können hier nicht bleiben. Wir müssen abhauen." Spence blickte auf den immer noch bewußtlosen Marsianer hinab, der zu seinen Füßen lag. „Ich werde ihn tragen. Ihr deckt unseren Rückzug. Los!"

Gita, der am ganzen Leib vor Angst zitterte, half, Kyr auf Spences Schultern zu heben, während Adjani ihnen mit der Rute die Naga-Geister vom Leib hielt. Der Schlag gegen den ersten Dämon schien sie vorsichtiger gemacht zu haben, aber sie hatten sich wieder formiert und kamen näher.

„Gita, geh voraus. Wir sind direkt hinter dir. Da entlang!" rief Spence und schob Gita voraus auf den Wald zu. „Bewegung!"

Die Dämonen erkannten, was vor sich ging, und begannen wütend zu kreischen. Sie sprangen in die Luft, um ihre Jagd fortzusetzen.

So schnell er konnte, stolperte Spence mit Kyr auf den Schultern dahin, wobei er hin und wieder gegen Zweige und Baumstämme stieß, als sie den Wald erreicht hatten. Adjani blieb an seiner Seite, stützte ihn und lotste ihn durch das Dickicht. Gelegentlich drehte er sich um und gab einen Schuß auf die hinter ihnen herjagenden Wesen ab.

Sie rannten bergab, und das Gefälle wurde immer steiler. Spence schien es, als seien sie schon seit Stunden unterwegs, aber es konnte nur Minuten gedauert haben, bis seine Lungen zu brennen begannen und seine Beine ermüdeten. Doch er blieb in Bewegung.

Allmählich wurde der Wald weniger dicht, und das Unterholz wurde spärlicher. Er glaubte, Lichter zu sehen, die vor ihnen durch die Bäume schimmerten. „Ich glaube, ich sehe etwas!" rief Gita. „Ja! Es ist das Dorf! Da vorne ist Rangpo."

„Schaffst du es?" fragte Adjani. „Laß mich ihn tragen."

„Nein, ich schaffe es schon. Weiter!" Spence gestattete sich einen schnellen Blick nach hinten. „Wo sind sie?"

„Sie sind direkt hinter uns. Aber sie scheinen einen gewissen Abstand zu halten."

„Sie haben Angst vor deiner Waffe –"

„Oder sie warten nur darauf, daß wir aus dem Wald heraus ins Freie laufen."

„Daran habe ich nicht gedacht." Spences Herz sank wieder.

Der Weg wurde steiler und felsiger. Spence stolperte mehrere Male über Steine und landete unsanft auf den Knien. Jedesmal hievte ihn Adjani wieder auf die Füße, und sie hasteten weiter. Dann standen sie am Rand des Waldes und blickten hinab auf das

Dorf, das unter ihnen auf dem Hang lag. Das widerwärtige Schwirren der Flügel der Dämonen wurde lauter und drohender, als die Kreaturen näherkamen.

Spence, dessen Herz wild pochte, stützte sich schwer atmend auf Gitas Arm. „Also, jetzt oder nie. Los!"

Gita murmelte ein Gebet und stürmte aus dem Schutz der Bäume hervor; Spence folgte ihm auf den Fersen. Sofort ertönte ein Kreischen über ihnen, als eine der Kreaturen auf sie herabschoß. „Runter!" brüllte Adjani. Spence warf sich auf den Boden und spürte den Luftzug der greifenden Klauen dicht an seinem Kopf vorbeiziehen. Er blickte gerade rechtzeitig auf, um Adjani auf sich zurennen zu sehen.

„Paß auf!" schrie er. Aber es war zu spät.

Adjani, der den Himmel hinter sich beobachtete, sah nicht den umgestürzten Baumstamm, der direkt auf seinem Weg lag, und fiel hart zu Boden. Die Waffe entfiel seiner Hand, segelte durch die Luft und landete in der Mitte zwischen ihnen. Adjani rappelte sich auf und hechtete nach der fremdartigen Waffe. Ein Schwirren erklang in der Luft, und eine dunkle Gestalt schoß herab und packte das Instrument.

Spence, der all dies unter Kyrs Gewicht hilflos mit ansah, stöhnte: „Oh nein!"

„Schaut hierher!" rief Gita. „Der Herr sei gepriesen!"

Spence wirbelte herum zu der Richtung, aus der Gitas Stimme kam, und sah eine glatte, hohe Steinmauer schwach im Mondlicht schimmern. Adjani war sofort neben im und ergriff Kyr. Sie trugen den Marsianer gemeinsam und hasteten auf die Mauer zu.

„Hier entlang! Beeilt euch! Das Seminar! Lauft schnell!"

Sie erreichten die Mauer und rannten daran entlang auf der Suche nach einem Eingang. Gita verschwand um eine Ecke, und sofort hörten sie seine Stimme: „Hier ist ein Tor! Beeilt euch, Freunde! Ein Tor!"

Als sie ihn einholten, war er dabei, mit bloßen Händen gegen das Tor zu trommeln. Ein einziges Licht brannte in einer Laterne über dem Eingang. Sie drängten sich in dem Lichtkegel zusammen, als ob er einen Schutz vor den Schrecken der Nacht böte.

Spence lehnte Kyr gegen die Mauer im Durchgang. Ein Stöhnen kam aus der Kehle des Marsianers. „Ich glaube, er kommt zu sich. Könnt ihr sie sehen?"

Adjani suchte den Himmel ab und antwortete: „Nein, aber ich bin sicher, sie sind irgendwo da draußen. Eigenartig, ich glaube, sie sind uns gar nicht weiter gefolgt. Ich frage mich, warum."

„Mir ist egal, warum, solange sie uns in Ruhe lassen."

„Ich höre jemanden kommen", sagte Gita, der immer noch mit beiden Händen gegen das hölzerne Tor hämmerte.

Nach einem Augenblick hörten sie eine Stimme von innen, die schnell auf Hindi sprach. Gita antwortete und sagte dann: „Bitte machen Sie auf! Wir brauchen Hilfe!"

Es gab ein knirschendes Geräusch, als der Riegel zurückgeschoben wurde, und dann öffnete sich die Tür mit einem Ächzen, und in dem Spalt erschien ein Gesicht.

„Wer stört unsere Ruhe zu dieser Stunde?" Schwarze Augen, die im Licht funkelten, tanzten schnell von einem zum anderen.

„Bitte, Sir. Wir suchen Zuflucht in Ihren Mauern. Unser Freund ist verletzt. Dürfen wir hereinkommen?"

Nach kurzem Zögern wurde die Tür weit geöffnet, und ein kleiner Mann mit glattpoliertem Kahlkopf kam zum Vorschein. „Sie sind willkommen, Freunde. Wie kann ich Ihnen helfen?"

Sobald Kyr drinnen war, wirbelte Adjani zur Tür herum, schlug sie zu und schob den Riegel vor. Die Augen ihres Gastgebers verengten sich, und er warf ihnen einen scharfen Blick zu.

Spence sah es und sagte: „Wir wollen nichts Böses, Sir. Wir werden Ihnen nicht weiter zur Last fallen."

„Ich bin Devi, der Dekan dieses Seminars. Ich war gerade auf dem Weg in mein Quartier, als ich Sie ans Tor klopfen hörte. Sind Sie in Schwierigkeiten?"

„Wir waren auf der Straße unterwegs", sagte Adjani, „und haben im Wald campiert."

„Wilde Tiere spürten uns auf und verfolgten uns", sagte Gita mit vor Angst geweiteten Augen. „So kamen wir hierher, Eure Eminenz."

Devi lachte. „Sie haben einiges hinter sich, das kann ich sehen.

Und nun zu Ihrem Freund." Er beugte sich herab, um den Marsianer zu untersuchen.

Spence wandte sich schnell um und verbarg die Züge des Außerirdischen. „Es wird ihm gleich besser gehen. Er ist gestürzt. Wir mußten ihn tragen. Ich glaube, er kommt gleich zu sich."

Devi nickte. „Ich werde nicht in Sie dringen. Ihre Geheimnisse sind sicher bei mir. Es ist bekannt, daß es früher in diesen Wäldern wilde Tiere gab, obwohl es lange her ist, seit irgend jemand einen Löwen oder einen Tiger gesehen hat. Aber wir werden das für den Augenblick auf sich beruhen lassen." Er lächelte, und Spence sah seinen kahlen Schädel nicken. „Nun werden Sie sich hinlegen und ausruhen wollen, denke ich."

„Wir möchten Ihnen keine Mühe machen, Sir", sagte Adjani.

„Oh, das macht keine Mühe. Es tut mir nur leid, daß ich Ihnen keine Betten bieten kann; sie sind alle belegt. Aber folgen Sie mir – ich werde etwas für Sie finden."

Er drehte sich um und führte sie über den Hof zum Hauptgebäude des Komplexes. Ihre Schritte widerhallten schwach auf dem mit Steinen gepflasterten Weg. Sie bewegten sich vorsichtig und suchten am Himmel nach den gefürchteten Silhouetten. Doch der Himmel war klar und hell, und der Mond schien weiß. Von den Dämonen war nichts zu sehen.

Vierundzwanzigstes Kapitel

Kalnikov ließ sich vorsichtig durch das gerade mannsgroße Loch im Unterdeck unterhalb der Andockbucht hinab. Das Loch war eher für durchschnittlich große Raumfahrer gedacht, weniger für russische Riesen; und Kalnikov war über dies ein recht breit gebauter Riese, so daß er seine Schultern sehr behutsam hindurchzwängen mußte, um nicht steckenzubleiben. Als er durch war, sprang er an der kurzen Leiter hinunter und ging durch die Verbindungsröhren zu dem Wartungsraum, den Packer und er zu ihrem Domizil, ihrem Kriegslager und ihrer Operationsbasis für die bevorstehende Revolution gemacht hatten.

Er betrat den Raum, der voller Zylinder und hydraulischer Schläuche und elektronischer Bauteile zu ihrer Steuerung steckte. Packer kauerte über einer kleinen Konsole an einem winzigen Tisch in dem überfüllten Raum, das Gesicht grün angestrahlt von dem Bildschirm, in den er starrte.

„Wie steht's, mein Freund? Geht es voran?"

„Hmpf. Reicht es nicht, daß Sie mir völlig veraltete Werkzeuge geben, mit denen ich arbeiten muß? Erwarten Sie auch noch Fortschritte?"

„Sie entwickeln sich zu einem richtig unangenehmen Burschen, Packer. Aber das macht mir nichts aus", sagte der Russe heiter. Packer wandte seinen Blick von dem Bildschirm zu seinem Kameraden und bemerkte eine deutliche Veränderung im Gesicht des Mannes – er wirkte leichtherzig und voller Lächeln und Augenzwinkern.

„Haben Sie getrunken?"

„Nein, ich habe Neuigkeiten."

„Was für welche?"

„Erst müssen Sie mir sagen, wie Sie mit Ihrem kleinen Projekt da zurechtkommen."

Packer runzelte die Stirn. In den letzten Tagen – oder waren es Wochen? – hatte er sich nicht aus ihrem Gefängnis gerührt. Die meiste Zeit über hatte er vor diesem kleinen Bildschirm gesessen und die grün leuchtenden Zeichen und Buchstaben und Zahlen angestarrt. MIRA war ein zähes altes Mädchen, nicht leicht zu knakken, und ihm standen dafür nur die Werkzeuge eines Viertkläßlers zur Verfügung.

Sie hatten beschlossen, das Risiko einzugehen, MIRAs Datenbank anzuzapfen, um die Informationen zu überwachen, die zwischen den Büros der Verwaltung und der Sicherheitsabteilung hin- und herliefen – zwischen Wermeyer und Ramm. Dafür brauchten sie ein Terminal und eine Zapfleitung, die nicht auffiel, wenn sie benutzt wurde. Kalnikov hatte aus irgendeiner verstaubten Ecke ein altes Keyboard-Modell mitgehen lassen und Packer daran gesetzt. Seitdem hatte er unaufhörlich gearbeitet.

„Wie ich zurechtkomme? Ich werde mein Leben lang einen krummen Rücken haben", sagte Packer. „Was das Projekt angeht, nun, wer weiß? Morgen oder vielleicht übermorgen. Es ist zu früh, das zu sagen. MIRA hat eine dicke Schale, wie eine Ritterrüstung. Und mit diesem Kindercomputer kann man keine Wunder vollbringen." Er hielt inne und winkte abfällig zu dem Gerät hin; dann fuhr er fort.

„Aber ich habe fünfzehn von meinen besten Studenten im dritten Jahr in Gruppen aufgeteilt. Wir haben das Programm in fünf Abschnitte aufgeteilt, und jede Gruppe arbeitet an einem Teil des Quellcodes. Im Moment versuche ich nur, unser System hier ein wenig auf Trab zu bringen, damit wir die Zapfleitung steuern können, wenn wir erst einmal auf Leitung sind."

„Dann sind wir also drin?"

„Noch nicht. Aber bald. Ich habe mich über die Wartungsleitungen der Autohydraulik einschleichen können, und ich habe ein paar davon umgeschaltet, ohne daß es bisher jemand bemerkt hat. Vielleicht blinkt jetzt irgendwo ein rotes Lämpchen, das irgendwann jemandem auffällt, aber das müssen wir riskieren. Es gibt noch einiges zu tun."

„Wann?" fragte Kalnikov und verschränkte seine kräftigen Arme vor der breiten Brust.

„Wie ich schon sagte, bald – morgen oder übermorgen. Vielleicht auch später. Das Problem ist, daß die besten Programmierer der Welt ziemlich ausgefuchste Abhörfallen eingebaut haben. Wenn man an die Daten heranwill, muß man diese Fallen überlisten, und das ist so gut wie unmöglich. Es wäre vermutlich einfacher, das Ohr ans Schlüsselloch zu legen und auf diese Weise zu lauschen."

Der Russe war nicht beeindruckt. „Es ist möglich. Alles, was ein Mensch tun kann, kann ein anderer auch wieder zunichte machen."

„Danke für die Ermutigung."

„Aber es muß bis heute abend geschafft sein."

„Was? Moment mal –" Packer sprang so heftig auf, daß sein Stuhl mit einem Krachen auf dem Boden landete.

„Beherrschen Sie sich bitte. Wir müssen heute abend auf Leitung sein. Ich habe durch unser Netz die Information erhalten, daß heute morgen Nachrichten eingegangen sind."

„Nachrichten von wem?"

„Sie sind alle codiert. Wir wissen es nicht. Aber sie haben bewirkt, daß die Anstrengungen, uns zu finden und das Netz aufzudecken, erheblich verstärkt worden sind."

„Oh, großartig."

„Die Zeit wird knapp. Irgend etwas wird bald passieren, und sie wollen uns zur Sicherheit aus dem Weg haben, bevor es soweit ist. Wir brauchen jede Vorwarnung, die wir kriegen können. Wir müssen an MIRAs Datenbanken heran und diese Signale lesen – und alle weiteren, die durchkommen."

Packer hob die Augenbrauen. „Die sind richtig sauer auf uns, was?"

„Sie schnüffeln sogar in den Ventilationsschächten herum – behaupten, es gäbe ein chemisches Leck im Sanitärsystem, und es wären Spuren von Zyanid in der Luft gefunden worden. Das ist natürlich nur eine Ausrede, damit die Leute sich nicht aufregen."

„Dann ist es nur eine Frage der Zeit, wann sie uns hier herausspülen."

„Darum kümmere ich mich schon. Ich stehe im Kontakt mit meinem Zweitkommandierenden. Er ist auf unserer Seite. Er wird die Durchsuchung der Andockbucht entweder abblocken oder irgendwie behindern. Noch müssen wir uns keine Sorgen machen. Auf jeden Fall wird er in der Lage sein, uns zu warnen. Aber wegen heute abend . . . "

Packer seufzte. „Ich werde tun, was ich kann. Wir sind alle erschöpft. Wir haben rund um die Uhr an dieser Sache gearbeitet."

„Tun Sie Ihr Bestes, Genosse. Bald wird Ihre Arbeit belohnt werden." Kalnikov wandte sich zum Gehen.

„Es wird bald losgehen, nicht wahr? Wie lange haben wir noch?"

„Noch achtundvierzig Stunden, vielleicht weniger. Nur Mut, mein Freund. Bald werden Sie wieder ein freier Mann sein." Der schwergewichtige Pilot stapfte davon und summte dabei eine leicht kriegerisch klingende Melodie vor sich hin.

„Ja", murmelte Packer, „auf die eine oder andere Weise werde ich ein freier Mann sein." Dann wandte er sich wieder seinem Keyboard zu, tippte eine Ermahnung an sein Team von codeknackenden Abhörspezialisten ein und bat um einen Bericht über die erzielten Fortschritte. Nachdem das erledigt war, machte er sich wieder an die Arbeit.

August Zanderson stand im Dunkeln. Das letzte Tageslicht war geschwunden, während er bewegungslos ausharrte wie ein steinernes Standbild, das den Ruf erwartete, der es zum Leben erwecken würde.

Nahebei hörte er Aris leises Atmen, das wie flache Meereswellen klang, die irgendwo in der Ferne über den Sand des Ufers spülten. Als sie schläfrig und unansprechbar von ihrem letzten Treffen mit Hocking zurückgekehrt war, war sie sofort in einen todesähnlichen Schlaf gesunken. Ihr Vater hatte neben ihrem Bett gestanden und sie beobachtet, bis die Dunkelheit sie seinem Blick entzog. Nun lauschte er auf ihren Atem, ballte und öffnete die Fäuste, während er abwechselnd fluchte und um ihre Wiederherstellung betete.

Nach einer Weile nahm er unten im Hof Stimmen wahr. Die gedämpften Laute drangen durch den offenen Ausgang zum Balkon ins Zimmer. Er löste sich aus seiner Starre, trat hölzern auf den Balkon hinaus und spähte in die Dunkelheit unter ihm. Er hörte das Geräusch von Schritten, die zu einem anderen Teil des Palastes eilten, dann war es wieder still.

Er wollte sich gerade umdrehen und zu seiner Wache am Bett seiner Tochter zurückkehren, als er aus dem Augenwinkel mehrere große, undefinierbare Silhouetten vorüberziehen sah, die sich schwarz von dem etwas helleren Nachthimmel abhoben und über den Palast hinweg auf die niedrigeren Berghänge zuglitten.

Ein Gefühl der Furcht begleitete das Vorbeiziehen der unheimlichen Gestalten. Zanderson erschauderte gegen seinen Willen und zog sich zurück ins Innere.

„Alles, was wir wollen, ist ein Bett für die Nacht", sagte Spence. „Am Morgen werden wir wieder weg sein."

„Bitte, Sie können bleiben, solange Sie möchten. Bis Sie sich ausgeruht haben und Ihr Freund wieder reisefähig ist, sollten Sie nicht einmal daran denken, aufzubrechen. Sie sind hier in Sicherheit und sehr willkommen. Wir sind ein armes Seminar, und auch unsere Studenten sind arm, aber wir sind reich im Geist und besitzen einen großen Reichtum der Gnade. Was wir haben, werden wir gern mit Ihnen teilen."

Spence wollte Einwände erheben, aber Adjani fiel ihm ins Wort und sagte: „Wir fühlen uns sehr geehrt, Dekan Devi. Selbstverständlich werden wir so lange bleiben wie nötig. Ihre Gastfreundschaft ist uns sehr willkommen."

Devi lächelte warm und zufrieden. Er wandte sich zu der Tür der Kapelle, öffnete sie und führte seine Gäste hinein. Drinnen war es dunkel und warm, und es roch etwas alt und dumpf – wie in einer alten Bibliothek oder einem Museum, dachte Spence. Der Geruch war ihm nicht im mindesten unangenehm; eher gab er ihm ein Gefühl der Geborgenheit, als ob er einen sicheren Hafen außer Reichweite der Wirren und Schrecken der Welt erreicht hätte. Dies war es also, was die Alten mit einem *Sanctuarium* meinten. Hier, auf diesem heiligen Boden, konnte ihm nichts schaden. Er war sicher und hatte Frieden.

Sofort fiel das Gewicht der Sorge von seinen Schultern ab.

Er betrachtete die hochgewölbten Decken, die im sanften Licht der Kerzen, die vor dem Altar in großen eisernen Haltern brannten, kaum zu erkennen waren.

„Ja, dieser Ort ist sehr alt und sehr heilig." Devi sprach mit gedämpfter Stimme.

Während er sprach, bemerkte Spence, daß sich noch andere in der Kapelle befanden. Er hatte geglaubt, sie seien allein, doch als seine Augen sich an das trübe Licht gewöhnt hatten, sah er, daß im Vordergrund der Kapelle sich mehrere Gestalten schweigend über etwas beugten. „Stören wir bei irgend etwas?" Er deutete auf die Gestalten.

„Überhaupt nicht. Lassen Sie uns dafür sorgen, daß Ihr Freund es bequem hat, und dann werde ich Ihnen davon erzählen." Er nickte zu den Gestalten hin, deren Umrisse sich vor dem Kerzenschein abzeichneten.

Kyr hatte sich soweit erholt, daß er sich auf eigenen Füßen bewegen konnte, aber er schien immer noch nicht zu wissen, wo er war oder was mit ihm geschah. Adjani, der ihn stützte, legte ihn auf einer Sitzbank in der Nähe nieder, schob ein Kissen unter seinen Kopf und breitete die Decke über ihn, die Devi mitgebracht hatte. Gita legte sich ans andere Ende der Bank, und beide schliefen bald friedlich.

„Ich glaube, es wird ihm bald besser gehen", flüsterte Adjani, als er zu Devi und Spence zurückkehrte. Sowohl Spence als auch Adjani hatten sich alle Mühe gegeben, Kyr soweit möglich im Schatten zu halten, um ihren Gastgeber nicht durch die Anwesenheit des Außerirdischen zu erschrecken – es wäre schließlich nicht leicht zu erklären gewesen. Nachdem er nun sicher auf der Kirchenbank ruhte, atmeten beide Männer erleichtert auf. Ihr Geheimnis würde noch eine Weile sicher sein.

Devi bedeutete ihnen, ihm an eine Stelle zu folgen, wo sie freier sprechen konnten, ohne die schlafenden Männer zu stören. Spence betrachtete die knienden Gestalten; er konnte sie jetzt deutlich sehen, wie sie sich über ein kreuzförmiges Mosaik aus weißen Steinen im Fußboden beugten.

„Dies sind die Freunde der Fürbitte", sagte Devi. „Sie versehen ihr Amt des Gebets."

„Freunde der Fürbitte? Ein heiliger Orden?"

„Ja, aber nicht in dem Sinne, wie Sie es meinen. Es ist eine Gemeinschaft, aber jeder kann sich ihr anschließen. Hier im Seminar sind wir alle Mitglieder. Ihren modernen Namen hat sie von einem Professor, der vor vielen Jahren hier lehrte – ein Amerikaner wie Sie. Er hatte eine Tochter, ein kleines Mädchen, das krank wurde und beinahe starb, glaube ich. Über viele Wochen hinweg wurde eine Gebetswache gehalten, und schließlich erholte sie sich. Er schrieb ihre Wiederherstellung unserer Fürbitte zu und gab uns diesen Namen, obwohl das, wie ich schon sagte, vor meiner Zeit war."

„Und seither haben sie unaufhörlich gebetet?"

„Oh ja, und auch schon davor – lange davor. Es geht viele Jahrhunderte zurück. Ich sagte Ihnen schon, daß dieser Ort sehr alt ist. Nach der Überlieferung stand genau hier die allererste christliche Kirche in Indien. Diese Kapelle steht auf den Grundmauern dieser ersten Kirche. Der heilige Timotheus selbst soll diesen Ort besucht haben, so alt ist er. Die Apostel verbreiteten den neuen Glauben bis an die Enden der Erde, wie der Herr es ihnen aufgetragen hatte. Ihr Same fand in ihr fruchtbaren Boden und schlug Wurzeln.

Von Anfang an ist dies ein Ort des Gebets gewesen. Wir halten uns in unserer Zeit ebenso an diesen ehrwürdigen und heiligen Brauch, wie es andere in ihrer Zeit taten. Er erstreckt sich in einer ununterbrochenen Kette zurück durch die Zeit und verbindet uns über all die Jahrhunderte hinweg mit den allerersten Gläubigen."

Während Devi sprach, öffnete sich die Tür zu der Kapelle, und eine einsame Gestalt glitt herein und nahm ihren Platz vor dem Altar ein, worauf ein anderes Mitglied der kleinen Gruppe aufstand und ebenso still die Kapelle verließ.

„Und so setzt es sich immer fort", bemerkte Devi. „Manchmal in großen Gruppen, manchmal in kleinen; und manchmal ist es nur ein einzelner Student oder Dozent, der schweigend hier kniet. Sie kommen, um zu beten, und bleiben, bis ein anderer kommt und ihren Platz einnimmt. Die Kette setzt sich fort – Glied für Glied geschmiedet."

Spence war überwältigt von der geduldigen Hingabe dieser Gemeinschaft. Er hatte noch nie etwas dergleichen gehört, und solche selbstlose Barmherzigkeit überstieg fast seine Begriffe. Die stille, entschlossene Disziplin der Freunde der Fürbitte machte ihn fast sprachlos. „Wofür beten sie?" fragte er und war sofort verlegen über die Taktlosigkeit seiner Frage.

„Sie beten für alles, was der Geist ihnen aufs Herz legt. Doch immer beten sie um Liebe, Weisheit und die Kraft, Gottes Willen zu tun; und auch darum, daß seine Gegenwart in der Welt manifest wird. Wir beten, daß der Herr in Herrlichkeit wiederkommen und daß der Vater alle Menschen von dem Bösen erlösen möge. Wie der Name andeutet, leisten wir Fürbitte für die ganze Menschheit vor dem Thron des Lichts."

Sie unterhielten sich noch ein wenig, und dann überließ sie Devi ihrer Ruhe. Als Spence sich auf einer der Kirchenbänke niederlegte, ging ihm vor allem ein Gedanke nicht aus dem Sinn: Es *mußte* Aris Mutter gewesen sein – jenes Kind, dessen Krankheit das Seminar dazu brachte, diese Gemeinschaft zu organisieren, die ihre Gebetswache bis zum heutigen Tag fortsetzte. Wer sonst hätte es sein können? Hatte sie mit ihrem zerbrochenen Leben für irgend etwas bezahlt? Hatte ihr Leiden ein Maß der Gnade erworben, das ihm nun in seiner Not zugute kam? Als er darüber nachdachte, erinnerte er sich an Einen, dessen Opfer den äußersten Preis für sie alle beglichen hatte.

Seltsam, die Ökonomie des Himmels, dachte Spence. Er hatte das unabweisbare Gefühl, daß irgendwie, jenseits aller sterblichen Berechnung, eine Ordnung, eine feine Symmetrie regierte, die ihn und die wahnsinnige Caroline Zanderson in ihrer Balance hielt und sie in ihrer großen Rechnung mit diesem fast vergessenen Seminar in Verbindung brachte, in dem jene demütigen Studenten gemeinsam in unaufhörlichem Gebet niederknieten. Gegen was? Den Traumdieb? Vielleicht unbewußt, aber auch gegen jene größere Finsternis des Bösen, die sich über dem Angesicht der Erde zusammenbraute, jenen unermeßlichen Ungeist, der beständig das Licht zu ersticken drohte, es letztlich aber nicht konnte.

Und warum nicht? Weil eine winzige Gemeinschaft, gemeinsam mit all den anderen kleinen und scheinbar bedeutungslosen Gemeinschaften überall in der Welt, sich fest an die Flamme hielt und sie in der starken Festung ihrer Hingabe barg – selbst inmitten des Feindeslagers.

Seltsam, die Ökonomie des Himmels.

Sie brachen früh am nächsten Morgen auf, bevor irgend jemand anderes sich rührte. Niemand, nicht einmal die drei, die über dem Kreuzmosaik vor dem Altar knieten, sah sie gehen. Kyr schien sich vollkommen von den Nachwirkungen des Sonarschusses erholt zu haben, der ihn betäubt hatte. Leicht und schnell ging er im silbernen Licht der Morgendämmerung über den Hof des Seminars, mit Gita als kurzem und untersetztem Schatten an der Seite.

Spence hob den hölzernen Riegel, schob das Tor auf und trat wieder in die Welt hinaus. Er fühlte sich ausgeruht und gelassen, als ob ihm eine tiefe Gewißheit zuteil geworden wäre, daß sein rastloses Umhertasten in der Dunkelheit nicht umsonst war. In sich spürte er eine winzige, prickelnde Empfindung, die das Herz beschleunigte, die Sinne schärfte und ein neues Zielbewußtsein verriet. Die Nacht im Seminar war ein heilsames Zwischenspiel gewesen, eine segensreiche Erholung, die er dringend gebraucht hatte.

Ohne zu sprechen, kehrten sie auf dem gleichen Weg, auf dem sie in der Nacht zuvor gekommen waren, zu der Stelle zurück, an der sie campiert hatten. Als die Sonne zwischen den Baumwipfeln aufstieg, standen sie wieder am Ort ihres Lagerfeuers, von dem nun nur noch ein geschwärzter Kreis kalter Asche übrig war. Stille herrschte rundum, als sie hinüber zu der nahen Waldlichtung starrten. Kyrs Raumschiff war verschwunden.

Fünfundzwanzigstes Kapitel

Hocking glitt geräuschlos in die verräucherte Kammer. Wolken von Räucherwerk wallten vor ihm auf und teilten sich in Wirbeln, als er sie durchquerte. Ortu saß unbeweglich mit auf die Brust herabgesunkenem Kopf und auf den Knien ruhenden Armen auf seinen Kissen. Es war die kräftesparende Stellung, in der Hocking ihn gesehen hatte, solange er sich erinnern konnte. Der greisenhafte Marsianer bewegte sich selten.

Doch als Hocking sich näherte, hob sich das alte Haupt. „Was gibt es?“ fragte Ortu. „Was willst du? Ich habe dich nicht gerufen.“

„Ich habe die Nagas zurückkehren sehen. Was für Neuigkeiten haben sie gebracht?“

In der Stimme des Handlangers lag eine Schärfe, die Ortu noch nie zuvor wahrgenommen hatte. Er starrte Hocking an und sagte: „Das werde ich dir sagen, wenn ich es für richtig halte.“

„Du wirst es mir jetzt sagen“, sagte Hocking gelassen.

Ortu riß seine großen, gelben Augen weit auf und starrte Hokking scharf an. „Du wagst es, meine Entscheidungen in Frage zu stellen?“

„Ich bin es leid, den gehorsamen Diener zu spielen. Von nun an werden wir als Gleichberechtigte handeln –“

„Gleichberechtigte! Niemals!“

„Als Gleichberechtigte, Ortu. Ich habe deine Launen lange genug ertragen. Jahrelang habe ich in deinem Schatten gewartet, aber das ist jetzt vorbei.“

„Verschwinde hier, du Narr. Geh mir aus den Augen. Du bist berauscht von deinen eigenen Träumen von der Macht. Ich allein sage, was geschehen wird und wann.“ Der *kastak* flammte einmal auf und verblaßte dann zu einem stetigen, purpurnen Glühen.

„Das ist jetzt vorbei, Ortu. Ich träume von Macht, ja, und ich habe eigene ehrgeizige Pläne, von denen du nichts weißt. Einige davon habe ich bereits in die Tat umzusetzen begonnen, während du dabei sitzt und nichts tust.“

„Ach? Und was sind das für lächerliche Pläne, oh, Weiser?“

„Sag mir, was passiert ist – was haben die Nagas gefunden?“

„Sie sind entkommen.“

„Wie das? Was ist geschehen?“

„Was macht das letzten Endes für einen Unterschied? Sie sind entkommen ...“

„Und der Wächter?“

„Und der Wächter mit ihnen. Sie sind jetzt auf dem Weg hierher.“

„Dann müssen wir bereit für sie sein, wenn sie eintreffen.“

Ortu sank in sich zusammen. „Tu, was du willst, wir sind einem Wächter nicht gewachsen . . . Ich bin zu alt."

„Ortu!" rief Hocking. „Hör mir zu! Ich brauche dich! Wenn wir sie zerschlagen wollen, brauche ich deine Macht!"

Der Marsianer zog sich weiter in seinen normalen, tranceähnlichen Zustand zurück. „Du kannst sie nicht besiegen . . . Es ist zu spät. Wir sind gescheitert . . ."

„Nein!" schrie Hocking. Der Pneumostuhl glitt näher an die reglose Gestalt vor ihm heran. Ortu rührte sich nicht. Hocking blickte auf den gesenkten Kopf seines Meisters und sah den Stirnreif, den *kastak*, der nun unregelmäßig pulsierte. Er streckte seine dünne, leicht zitternde Hand danach aus. Im nächsten Augenblick hielt er die Quelle der Macht Ortus zwischen den Fingern.

Ortus Augen flogen auf. „Was?" keuchte er. Ein erschrockener Ausdruck erschien auf seinem Gesicht.

„Gib ihn mir!"

„Nein!" Ortu zog seinen Kopf zurück, aber Hockings Knochenfinger hielten fest. Er spürte, wie sich Ortu zu befreien versuchte, und war erstaunt, wie schwach sein Meister war. Mit einer schnellen Bewegung riß er ihm den Reif vom Kopf, und der *kastak* war sein. „Jetzt bin ich am Drücker!" Er hielt den *kastak* vor Ortus entsetztes Gesicht. „Die Macht ist mein!"

„Gib ihn mir zurück!" schrie Ortu. „Du weißt nicht, was er bedeutet."

„Ich weiß genug, um uns zu retten, wenn du es nicht tun willst."

„Nein – ich – ich brauche ihn . . . "

„Er gehört jetzt mir, Ortu."

Der Außerirdische sprang auf Hocking zu, um ihm den Reif aus den Händen zu reißen. Ein Finger zuckte auf Hockings Konsole, und Ortu wurde in einem Haufen zurück in seine Kissen geschleudert.

„Ich habe jetzt das Kommando, Ortu. *Ich* sage, was geschehen wird."

Ortu rührte sich nicht von der Stelle; seine Augen starrten Hokking trübe an. „Gib ihn mir zurück", bettelte er. „Ich werde ohne ihn sterben."

„Dann stirb!“ Hocking zog sich von dem sich windenden Außerirdischen zurück. „Du wirst mich nicht mehr ausnutzen können, Ortu. Ich habe dich lange genug ertragen.“

„Ahh!“ Ortu hob eine Hand und rollte schwächlich vorwärts, als wollte er Hockings Rückzug verhindern. Aber er hatte nicht die Kraft, sich zu erheben, und blieb zitternd liegen, als ob Schüttelfröste seinen zerbrechlichen Leib durchliefen.

Hocking verließ den Raum, ohne sich umzuschauen. Im Geist war er bereits dabei, einen Plan zu schmieden. Er würde sie zu sich kommen lassen und dann alle vernichten – bis auf Reston. Reston würde auch zerschmettert werden, aber zuerst mußte sein störrischer Wille vollkommen gebrochen werden. Bevor er mit ihm fertig war, würde Reston um den Tod betteln und dann mit Hockings Namen auf den Lippen sterben.

Hockings Züge verzerrten sich zu einer gierigen Maske, als er sich vorstellte, wie Spencer Reston vor ihm im Staub kroch und um Erlösung bat. Und er würde sie ihm geben, oh ja, er würde sie ihm geben.

Zu Fuß kämpften sich die drei Wanderer über spärlich bewaldete Hügel aufwärts, immer höher auf Kalitiri zu. Der Weg war wohlbekannt und gut markiert. Sie sahen den Berg selbst, an dessen Hängen weiße Wolkenfetzen hingen, still und majestätisch vor sich aufragen, fern und abseits von der Welt der Menschen.

Sie gingen zwischen terrassenförmig angelegten Reis- und Hirsefeldern hindurch, die in die Hänge geschnitten waren wie Treppenstufen für Riesen. Auf den Feldern arbeiteten die Bergbewohner mit ihren Pflügen oder reparierten die Lücken, wo der Regen Rinnsale in die Terrassen gegraben und die Erde fortgespült hatte. Andere kamen beladen wie Packtiere mit Feuerholz aus den Wäldern oberhalb der Dörfer. Über allem hing eine Atmosphäre stiller Geschäftigkeit, die friedlich und gut wirkte.

Die Bauern mit ihren Körben aus geflochtenen Zweigen gingen ihrer Arbeit nach und hielten nur kurz inne, um schweigend einen Blick auf die drei Neuankömmlinge und ihren hochgewachsenen Begleiter zu werfen oder sie mit einem Ruf und einem Winken zu grüßen, während sie vorbeigingen. Als Spence die Arbeitenden beobachtete, war ihm, als wäre er schon einmal hiergewesen – vor einiger Zeit. Es war das gleiche Gefühl eines *Déjà-vu*-Erlebnisses, das ihn auf dieser Reise schon mehrfach überfallen hatte. Er hatte den Eindruck, daß er diesen Ort tatsächlich wiedererkannte. Doch dieses Mal brachte die Szene nichts von der merkwürdigen Panik mit sich, die ihn in seinen Träumen immer ergriffen hatte.

Natürlich! Das war es. Seine Träume! – er war in seinen Träumen hiergewesen. Spence blieb stehen und schaute sich um, als hätte er sich in einer Umgebung verirrt, die ihm dennoch außerordentlich vertraut erschien. Diese Berge waren die Berge, die er in seinen Träumen gesehen hatte, und dies waren die abgerissenen Bauern, die so hart arbeiteten, um die Steine aus dem Boden zu graben und fortzuschleppen. Es war, als wäre er in seinen eigenen Traum zurückgekehrt; für einen Moment erschien ihm die Welt eingefroren und unwirklich. Das Gefühl ging vorbei, und seine Umgebung nahm wieder ihr normales Aussehen an. Die merkwürdige Rückblende verblaßte und hinterließ nur eine leichte Orientierungslosigkeit, die er schnell abschüttelte.

„Was ist los, Spence? Alles in Ordnung?“ Adjani stand mit einem besorgten Ausdruck auf dem Gesicht neben ihm.

Spence zwang sich zu einem Lächeln und sagte: „Es ist nichts. Ich glaube, ich habe mich für einen Augenblick an diesen Ort erinnert. Er kam in einem meiner Träume vor.“

„Und?“

„Und nichts weiter – wirklich, es ist alles in Ordnung. Es war nur irgendwie ein komisches Gefühl.“ Er lachte. „Vielleicht versucht jemand, mir etwas zu sagen.“

Adjani nickte nur und sagte: „Komm weiter, aber sag mir Bescheid, wenn du noch mehr Rückblenden erlebst. Möglicherweise ist dies eine gefährliche Gegend für dich.“

Spence hatte nicht daran gedacht, daß er möglicherweise um so verwundbarer wurde, je näher er dem Traumdieb kam. Der Gedanke gab ihm das Gefühl, daß jeder Schritt auf Kalitiri zu einen weiteren Nagel in seinen Sarg schlug. Das entnervte ihn und ließ ihn sich klein und schwach fühlen.

Endlich erreichten sie die Stelle, wo die Schlucht den Berg von dem verschlungenen Bergpfad trennte. Der Palast war immer noch ein gutes Stück entfernt, aber bereits zu sehen. Seine dunklen Mauern schimmerten zwischen den Bäumen hervor, die rundum hoch gewachsen waren.

„Da ist es", sagte Gita und deutete voraus. „Und hier sind wir." Er schaute seine Freude mit einem besorgten Ausdruck an. „Was sollen wir tun? Es ist keine Brücke da."

Gita hatte recht. Dort, wo die Brücke gewesen war, befanden sich nur noch zwei hohe Masten, von denen zerfaserte Seile herabhingen und in dem Wind flatterten, der durch die Schlucht fegte.

„Ja, was sollen wir tun?" echote Spence. „Gibt es noch eine andere Brücke?"

Gita schüttelte langsam den Kopf. „Nein, Sahib. Das ist unwahrscheinlich. Diese Bergbewohner benutzen über Generationen hinweg die gleichen Wege. Sie legen nur dann neue an, wenn ein alter von einem Erdrutsch vernichtet wurde. Es ist sicher, daß dies der einzige Weg war. Daß die Brücke verfallen ist, zeigt, daß die Leute wenig Verwendung für diesen Weg hatten. Kalitiri ist kein Ort, den sie gerne aufsuchen."

Kyr blickte in die tiefe Schlucht hinab. „Verglichen mit den Spalten in der Oberfläche von Ovs ist das gar nichts."

„Du willst doch nicht etwa vorschlagen, daß wir versuchen, dort hinunter- und auf der anderen Seite wieder hinaufzuklettern, oder?" fragte Spence ungläubig. Er starrte in die schwindelerregende Tiefe zu dem reißenden Strom dort unten hinab und ließ dann seinen Blick an der senkrechten, zerklüfteten Felswand auf der anderen Seite emporwandern. Die Kluft war gut und gerne zwanzig oder dreißig Meter breit. „Ohne ein gutes Seil würde ich das niemals wagen."

Gita rollte die Augen in stummem Entsetzen über den Gedanken und warf seine Arme empor. Adjani schaute von einem zum anderen. „Nun, es gibt nur eine Möglichkeit, schätze ich. Wir können Seile von den Dorfbewohnern kaufen. Vielleicht helfen sie uns sogar hinüberzukommen."

Spence schluckte schwer. „Kyr und ich werden hierbleiben. Du und Gita geht los und seht, was ihr beschaffen könnt. Wir werden inzwischen die beste Stelle zum Hinunterklettern aufspüren und euch wieder hier treffen."

Während Gita sich mit Adjani auf den Weg machte, protestierte er, es habe alles keinen Zweck, es würde ihn nicht im geringsten stören, zurückgelassen zu werden, und Klettern schlage ihm sowieso immer auf den Magen. Sein Protest verklang, als er und Adjani sich auf dem verschlungenen Pfad entfernten und bald außer Sicht waren.

Spence betrachtete den Wald, der den größten Teil des Palastes vor dem Blick abschirmte – alles bis auf die schimmernde Halbkugel des Stupas und den schmalen Turm daneben. Soweit er sehen konnte, regte sich nichts. Der Ort sah überwuchert und verlassen aus und wirkte wie eine Behausung von Affen und Papageien.

Doch er spürte auch eine Macht von dort ausgehen, die ihn in ihrem Bann hielt. Er fühlte beinahe körperlich, wie sie ihn anzog. War es nicht blanke Torheit, zu glauben, sie könnten irgend etwas erreichen, indem sie hierherkamen – vier Leute, unbewaffnet und ganz und gar im Nachteil? War das ganze Unternehmen verrückt? Gehörte es vielleicht von Anfang an zum Plan des Traumdiebs?

Als ob er Spences dunkle Gedanken erahnte, wandte sich Kyr ihm zu und sagte: „Laß die Verzweiflung nicht an deinem Herzen nagen, Erdenfreund."

„Ich habe Angst, Kyr. Was können wir schon gegen ihn ausrichten?"

„Sei unbesorgt. Dal Elna hat uns nicht bis hierher geführt, nur damit wir jetzt scheitern."

„Da bin ich mir nicht so sicher. Warum hat er all das überhaupt zugelassen?"

„Warum? Das kann niemand wissen – die Antwort übersteigt unsere höchsten Gedanken."

„Wir haben keine Waffen. Nichts, womit wir kämpfen könnten."

„Wir sind dennoch alles andere als hilflos. Du hattest nichts, als du dich auf Ovs verirrtest, und dennoch hast du überlebt; mehr noch, du hast an Stärke und Weisheit zugenommen."

„Das war etwas anderes."

„Inwiefern?" Kyr sah ihn eindringlich aus seinen großen, gelben Augen an. Spence hatte keine Antwort und wandte sich ab. Er fing an, den Rand der Schlucht nach einer günstigen Stelle für den Abstieg abzusuchen. Dabei versuchte er, das Gefühl einer tiefen Vorahnung abzuschütteln, das ihn zu beschleichen begann – als ob die Nähe zu dem Palast und seinem Bewohner seine Hilflosigkeit und Angst steigerte. Doch die Bedrückung ließ sich nicht abschütteln. Eher verstärkte sich ihr Klammergriff um Spence. Die Tatsache, daß auch Ari in diesem Griff gefangen war – ein Gedanke, der ihm nie weit aus dem Sinn schwand –, machte ihn um so mächtiger.

Nachdem sie den Rand der Schlucht in beiden Richtungen ein gutes Stück weit abgesucht hatten, kamen sie zu dem Schluß, daß es keine bessere Stelle für die Überquerung gab als die, wo sich die Brücke befunden hatte. So gingen sie dorthin zurück, um die Rückkehr von Adjani und Gita zu erwarten.

Sie brauchten nicht lange zu warten. Kaum hatten sie sich neben dem alten Brückenpfosten niedergelassen, als sie vom Hang her sich nähernde Geräusche hörten. Bald sahen sie Gitas blauen Turban auf sich zukommen, und daneben Adjanis schlanke Gestalt. Doch hinter ihnen folgte offenbar die gesamte Bevölkerung von Rangpo und der umgebenden Landschaft. Alle redeten und schrien durcheinander, als wären sie unterwegs zu einem wichtigen Sportereignis; und so war es im Grunde auch: Sie wollten sehen, wie diese Ausländer an den Felsen den Tod überlisteten. Wetten wurden abgeschlossen, und die Einsätze für den unwahrscheinlichen Fall, daß das Unternehmen erfolgreich sein würde, waren bereits hinterlegt.

Spence schaute verblüfft drein, als Adjani und Gita angeschlendert kamen. Er warf Kyr einen schnellen Blick zu – es war unmöglich, ihn jetzt noch zu verbergen oder sein fremdartiges Aussehen zu verschleiern.

„Tut mir leid", sagte Adjani. „Wir haben versucht, sie davon abzubringen, aber . . ." Er machte eine hilflose Geste zu der Menge um ihn her, über die sich in Kyrs Gegenwart eine eigentümliche Stille gelegt hatte. „Sie mußten mitkommen. Wir haben sie am Hals, fürchte ich."

Schwarze Augen funkelten, und geflüsterte Worte schwirrten durch die Schlange der Menschen, als sie den Außerirdischen sahen. Kyr erwiderte ihre Blicke gelassen, und ein ehrfürchtiges Schweigen breitete sich unter den Bergbewohnern aus, die offenbar annahmen, einem Gott oder zumindest einem sehr mächtigen Geist unbekannter Art gegenüberzustehen. Voller Verwunderung beobachteten sie, wie er vortrat und die Seile entgegennahm, die sie trugen.

Gita wandte sich zu der Menge und rief ein paar schnelle Worte. „Ich habe ihnen gesagt, daß sie keine Angst zu haben brauchen und daß er unser und ihr Freund ist."

Kyr nahm ein handgedrehtes Hanfseil und schlang es sich um die Schulter.

„Kyr, was hast du vor?" fragte Spence.

„Sieh zu, und du wirst es sehen." Er trat an den Rand der Schlucht und begann hinabzuklettern.

„Warte!" sagte Adjani. „Laß dich wenigstens mit einem Seil sichern."

Gita schloß seine Augen. „Oh, gütiger Himmel!"

„Das ist nicht nötig. Dies ist eine Fähigkeit, die auf Ovs jeder von Kindesbeinen an besitzt. Es ist ein Spiel."

Mit diesen Worten warf er sich zum Entsetzen der Zuschauer über die Klippe. Die Menge stürzte nach vorn, und jeder erwartete, seinen fallenden Körper auf den Felsen zerschmettern zu sehen. Statt dessen sahen sie das fremdartige Wesen mit Leichtigkeit an der Felswand hinabklettern, geschickt wie eine Spinne, wobei er seine langen Arme und Beine weit ausstreckte und sich an unmöglichen, kaum sichtbaren Unebenheiten im Gestein festhielt. Immer tiefer kletterte er, mit einer Leichtigkeit, als stiege er eine Treppe hinab.

Spence und alle anderen staunten über Kyrs schnelle, sichere Bewegungen. Im Nu hatte der Marsianer den Boden der Schlucht erreicht und begann, die schäumenden Stromschnellen zu überqueren. Wie ein riesiges Wasserinsekt sprang der Außerirdische über die tosenden Wellen. Als er drüben war, blickte er auf zu seinem Publikum, das sich am Rande der Schlucht drängte, griff dann hinauf und fing an, auf der gegenüberliegenden Seite ebenso schnell emporzuklettern wie eine Eidechse auf dem Weg zu ihrem bevorzugten Sonnenfelsen.

Dann stand er ihnen gegenüber auf der anderen Seite und wiegte den Kopf hin und her, als wollte er sagen: *Es ist ganz einfach, macht es nur genauso wie ich.*

„Gut gemacht!“ rief Adjani. Und sofort brach die Menge in wilde Schreie und Hochrufe aus. Spence schüttelte nur ungläubig den Kopf und grinste.

Inzwischen machte Kyr sich daran, ein Ende des Seils an einem der Brückenpfosten auf der anderen Seite der Schlucht festzubinden. Dann schleuderte er die Rolle über die Schlucht zurück. Er brauchte mehrere Versuche dafür, aber schließlich fingen sie das Seil auf und befestigten es an dem Brückenpfosten auf ihrer Seite. Dann übernahmen die Dorfbewohner das Kommando.

Ein weiteres Seil wurde hinüberbefördert und am zweiten Pfosten befestigt. Nun waren zwei parallele Seile straff über die Schlucht gespannt. Spence sah noch nicht ein, wie ihnen das helfen konnte, doch er schwieg und ließ die Männer, die in dieser Gegend lebten, ihre Arbeit tun. Er und Gita setzten sich auf einen Felsen in der Nähe und sahen zu, wie die neue Brücke Formen annahm.

Die Sonne war ein trüber gelber Ball, der niedrig am Himmel stand, als das dritte Seil gespannt war. Dieses bestand eigentlich aus vier separaten Strängen, die zu einer Art Zopf geflochten waren, und wurde genau zwischen den ersten beiden über die Schlucht gezogen. Auf beiden Seiten der Schlucht waren jetzt Leute am Werk – einige hatten sich an den ersten beiden Seilen hinübergehangelt, indem sie die Beine darum schlangen und sich mit den Händen vorwärtszogen.

Als nächstes wurden weitere Seile zwischen den beiden oberen Strängen zu dem etwas niedriger verlaufenden dazwischen verlegt, so daß ein v-förmiger Kanal entstand. Und obwohl diese Arbeit ziemlich schnell vor sich ging, war sich Spence des Verstreichens der Zeit nur zu deutlich bewußt – der Tag war fast vorüber. Hier oben in den Bergen brach die Nacht schnell herein. Sobald die Sonne erst einmal hinter den Vorhang der Berge hinabgesunken war, würde sich Dunkelheit schnell über die Hochebenen und Täler ausbreiten, wenn auch der Himmel noch stundenlang hell bleiben mochte.

Die letzten Strahlen der Sonne lagen bereits auf den Gipfeln und verwandelten ihre Schneekappen in goldene Kronen, und Spence spürte, wie die Nachtkühle in die Luft eindrang, als die neue Brücke fertig war. Und obwohl er ihre Konstruktion vom ersten bis zum letzten Moment beobachtet hatte, erschien ihm die Seilbrücke dennoch wie ein Wunder, als wäre sie plötzlich aus dem Nichts aufgetaucht und hätte sich von selbst über den Abgrund gezogen wie ein magisches Spinnennetz.

„Also, wer geht zuerst?" fragte Adjani.

Spence brauchte einen Moment, bis er den Sinn der Frage richtig verstanden hatte. Dann fiel der Groschen – es war Zeit hinüberzugehen. „Oh, äh, geh du zuerst, Adjani. Du hast mehr Erfahrung in solchen Dingen."

„Ich?" Er schaute sich um. Die Bergbewohner, die sie eifrig beobachteten, lächelten und deuteten auf ihn.

„Siehst du, Adjani? Sie wollen, daß du der erste bist, der die neue Brücke einweiht. Du wirst sie doch nicht enttäuschen wollen."

Adjani holte tief Luft und sagte: „Ich glaube nicht. Also schön, es geht los." Er fixierte die Brücke betrat das Seil und klammerte sich mit den Händen an die parallelen Seile zu beiden Seiten. Von der Menge kamen Hochrufe. „Ich fühle mich wie ein Seiltänzer im Zirkus!" rief er über die Schulter zurück und begann, mit einem Ausdruck tiefer Konzentration auf dem Gesicht hinüberzugehen, indem er immer einen Fuß vorsichtig vor den anderen stellte, sich an den Seiten festhielt und nicht stehenblieb, bis er die andere Seite erreicht hatte und strahlend zu seinen Freunden zurückwinkte. „Kommt! Es ist ganz leicht!" rief er.

„Gita, du bist der nächste", sagte Spence. „Auf geht's."

„Aber Sahib, ich –"

„Keine Sorge, ich bin gleich hinter dir. Mach es nur einfach genauso wie Adjani. Es wird dir nichts passieren." Er führte den murmelnden Gita zur Brücke und legte die Hände auf die beiden parallelen Seile.

Gita schluckte und starrte in die dunkler werdende Tiefe der Schlucht unter ihm.

„Sieh nicht hinab, Gita. Schau nur zur anderen Seite hin. Beobachte Adjani; er wird dir helfen."

Mit aschgrauem Gesicht und zitternden Händen setzte Gita zögernd einen Fuß auf das untere Seil und prüfte seine Tragkraft. Vorsichtig verlagerte er sein Gewicht auf das Seil und wagte sich dann Zentimeter für Zentimeter vorwärts.

„Komm weiter", rief Adjani von der anderen Seite herüber. „Bleib nicht stehen und sieh nicht hinab."

Mit entnervender Langsamkeit tastete sich Gita über die Brücke und schwankte bei jedem Schritt heftig hin und her. Er erreichte die Mitte und blieb dann stehen, zu verängstigt, um weiterzugehen.

„Bleib nicht stehen!" rief Spence. „Geh weiter, du schaffst es. Du machst es hervorragend. Bleib nur in Bewegung."

„Lieber Gott im Himmel!" rief Gita hilflos.

„Komm schon, Gita, du schaffst es", lockte Adjani.

Doch Gita, der die Augen fest zusammengekniffen hatte und sich mit den Händen an die schwankenden Seile klammerte, konnte sich nicht bewegen.

„Keine Panik", sagte Spence. „Du machst das prima. Bleib ruhig. Ich komme dich holen."

Ohne zu zögern, trat Spence auf den Fußstrang und arbeitete sich vor bis zu der Stelle, wo Gita wie steifgefroren in der Mitte der Brücke verharrte. Unterwegs redete er unaufhörlich beruhigend auf seinen Freund ein, und Adjani tat das gleiche von der anderen Seite her.

„Wir werden es schaffen, Gita. Bleib nur ruhig. Mach keine plötzlichen Bewegungen."

Die Brücke schwankte und federte, als Spence darauf entlangging. Der Wind wehte zwischen den Felsen unter ihnen hindurch, und die Seile ächzten unter dem gemeinsamen Gewicht zweier Männer. In diesem Moment fühlte Spence, daß Gitas Furcht real war, denn er verspürte sie selbst. Er schluckte hart und zwang sich weiterzugehen.

Gita war jetzt direkt vor ihm. Er war in der Mitte der Brücke stehengeblieben, und sein Gewicht führte dazu, daß das Gefälle für Spence etwas steiler war. Zusammen mit dem normalen Schwingen und Federn der Brücke machte dies die Überquerung noch gefährlicher.

„Gita, ich bin gleich hinter dir. Ich komme jetzt zu dir; beweg dich nicht."

Spence wollte ihm noch nicht mehr Angst einjagen, indem er ihn überraschte. Er sah, wie Gitas Hände sich mit weiß hervorstehenden Knöcheln wie Klauen an die Geländerseile klammerten.

„Ich bin hier, Gita. So, und jetzt werden wir gemeinsam weitergehen", sagte Spence sanft, als er noch zwei Schritte von ihm entfernt war. Ein Geräusch wie ein Schluchzen drang aus der Kehle des Inders zu ihm herüber. Spence erkannte, daß es die erste Zeile des Vaterunsers war, die Gita ständig wiederholte. „Ich möchte, daß du dich wieder in Bewegung setzt, Gita. Fertig? Beweg dich, wenn ich es dir sage. Wir werden zusammen gehen. Linke Hand zuerst. Okay. Beweg dich."

Gita ließ die Hand an dem Seil entlanggleiten und machte einen Schritt.

„Gut. Das ist es. Jetzt rechts."

Sie gingen noch ein paar Schritte zusammen, und dann blieb Spence stehen, um das Federn der Brücke zu mäßigen. Gita ging weiter und erreichte die andere Seite. Applaus brach aus, als Gitas Füße wieder festen Boden betraten.

Spence schickte sich an, Gita zu folgen, aber er beobachtete dabei Gitas Empfang statt seine eigenen Füße. Er hob den Fuß, die Brücke schwang, und Spence, dessen Blick immer noch auf der Szene vor ihm lag, durchfuhr ein eisiger Schrecken, als er ins Leere trat.

Aus der Balance geraten, scherte die Brücke noch weiter aus, und Spence spürte, wie sein anderer Fuß von dem Seil abrutschte. Mit der rechten Hand verlor er den Halt und versuchte verzweifelt, sich irgendwo anders festzuhalten. Er sah die Dunkelheit unter sich und hörte das Rauschen des Flusses in der Tiefe. Alles schien zu ihm heraufzudringen, um ihn nach unten zu ziehen und zu verschlingen. Jemand rief seinen Namen.

Noch während er all dies erlebte, wußte Spence, daß es schon einmal geschehen war. In einem Traum. Die hauchdünne Linie zwischen seinem Traum und der schrecklichen Realität, die ihn jetzt einhüllte, verschwomm in diesem Augenblick, und beides verschmolz miteinander. Er wußte, daß er fallen würde. Er wußte es mit felsenfester Gewißheit. Er würde unten auf den Felsen zerschmettert werden, und sein Körper würde vom Fluß mitgerissen werden. Es war alles im Traum vorausgesagt worden.

Die Welt drehte sich um ihn her. Der Himmel über ihm, die Brücke, seine Freunde, die Dorfbewohner, die gierige Dunkelheit unter ihm – alles rotierte um ihn her wie ein Kaleidoskop. Er spürte, wie sein Griff an dem Handseil nachließ, und eine schwindelige Verwirrung überkam ihn. Er schüttelte den Kopf, um wieder klar zu sehen, und schrie um Hilfe. Das Echo seiner eigenen Stimme drang scharf an seine Ohren und erstarb wie Wellen von Gelächter.

Seine vor Schmerz brennenden Finger erschlafften, und er spürte, wie sich das Seil in seinen Händen drehte, als es ihm entglitt.

Sechsundzwanzigstes Kapitel

„Die Sache gefällt mir nicht. Es wird mir zu gefährlich." Packer hatte die Arme vor der Brust verschränkt und stand mit dem Rükken zu seinem Zuhörer. Sein rotes Haar, seit vielen Tagen ungekämmt, stand in alle Richtungen wie ein roter Mop, den jemand kräftig geschüttelt hatte. Sein sonst stets frischer Overall war verknittert und durchgeschwitzt, und sein vor Müdigkeit graues Gesicht war mit langen roten Stoppeln übersät.

„Was sollen wir dagegen tun, mein Freund? Es ist gefährlich, ja.

Wir spielen hier kein Kinderspiel." Kalnikov kauerte mit hängenden Schultern auf seinem Stuhl und blickte finster an die Decke. Auch ihm waren die Belastungen der letzten Tage anzusehen.

„Wir könnten versuchen, ihn herauszubekommen", schlug Pakker vor.

„Zu riskant. Abgesehen davon würde schon der Versuch ihnen verraten, daß sie einen wichtigen Fang gemacht haben. Außerdem würden sie dadurch erfahren, daß wir ein gutes Netz von Spionen haben, das uns über jeden ihrer Schritte Bericht erstattet. In Fällen wie diesem ist es leider besser, abzuwarten und nichts zu unternehmen. Wir dürfen das Netz nicht in Gefahr bringen."

„Wir sollen ihn also einfach schmoren lassen? Wir reden hier über meinen Chefassistenten, wissen Sie, den Kopf unseres glorreichen Spionagenetzes."

„Um so mehr Grund haben wir, Ruhe zu bewahren. Wir dürfen keinesfalls den Eindruck erwecken, daß er wertvoll für uns sei. Sonst werden sie denken, sie seien in einer Position, in der sie mit uns handeln können. Auf diesen Gedanken dürfen sie niemals kommen! Sie müssen in dieser Hinsicht im unklaren bleiben. Wir müssen sie rätseln lassen. Schweigen ist besser. Und es ist auch besser für Jones, Sie werden sehen."

Packer fuhr sich mit der Hand durch die Haare und ließ sich schwer auf einen Stuhl dem russischen Piloten gegenüber fallen. Tiefe Sorgenfalten durchzogen sein mißmutiges Gesicht. „Ich vermute, Sie haben recht. Aber zuwider ist es mir trotzdem."

„Ich weiß. Es ist höchst bedauerlich. Aber es gibt noch Hoffnung. Wir wissen nicht, was er ihnen erzählt hat. Vielleicht hat er sie davon überzeugt, daß er nichts über unseren Aufenthaltsort weiß. Und falls sie nicht ziemlich verzweifelt sind, werden sie ihm glauben müssen. Ich kann mir nicht vorstellen, daß selbst Ramm die Stirn hat, die Leute reihenweise zu verhaften. Die Meuterer müssen immer noch einen gewissen Anschein von Recht und Ordnung aufrechterhalten – zumindest noch für eine gewisse Zeit. Also, vielleicht werden sie Jones ja freilassen, was?"

Packer nickte langsam. Kalnikov fuhr fort: „Und nun, wie steht es mit unserer Zapfleitung?"

„MIRAs Abwehr ist vor ein paar Stunden zusammengebrochen."

„Das ist eine gute Nachricht! Wirklich? Phantastisch! Das ist endlich einmal ein Grund zum Jubeln."

„Nun, ja und nein. Ohne zu sehr in die technischen Einzelheiten gehen zu wollen, sagen wir einfach, wir haben es erst zu sechzig Prozent geschafft. Es liegt immer noch ein gutes Stück Weg vor uns. MIRA ist ein raffiniertes Mädchen. Sie ist auf dem neuesten Stand der Technik, und ihre Datenbänke sind alle auf Biochip-Komponenten gespeichert. Die sind aus der Ferne wesentlich schwieriger zu manipulieren. Komplexer. Wir können durch ihre Schaltkreise streifen und alle möglichen Kleinigkeiten aufsammeln, auf die wir stoßen, aber auf diese Weise würde es Jahre dauern, bis wir finden, was wir suchen. Und es kann leicht passieren, daß wir über irgendeinen internen Stolperdraht fallen und uns verraten – dann wüßten sie, daß jemand sie angezapft hat. Sie würden anfangen, die Informationen hin- und herzuverlagern, und wir würden sie niemals finden. Wir müssen also herausfinden, wo die Information gespeichert ist, an die wir heranwollen, und ebenso, welche Leitungen sie für die Kommunikation verwenden. Kurz, wir brauchen den Quellcode für den Systemaufbau. Eine Straßenkarte. Daran arbeiten wir gerade."

„Nun, bleiben Sie dran. Sagen Sie mir Bescheid, sobald Sie etwas haben." Kalnikov stand auf und strich sich die Uniform glatt. „Ich muß los und den Bericht der letzten Schicht von meinem Zweitkommandierenden entgegennehmen."

„Eine Sache noch", rief Packer ihm nach. „Wir könnten eine Abschaltung gewisser Bordsysteme auf ganz Gotham veranlassen."

„Tatsächlich? Wie würden Sie das anstellen?"

„Ganz einfach. Wir brauchen nur eine fehlerhafte Information einzuschmuggeln – beispielsweise ein Warnsignal von einem beschädigten Lüftungsaggregat oder so etwas. MIRA würde dann den Ventilator abschalten, um ihn zu überprüfen, oder sie würde jemanden benachrichtigen, damit er hingeht und ihn repariert. Jedenfalls wäre er abgeschaltet, während all das vor sich ginge. Das könnte nützlich sein."

„Oh ja", grinste Kalnikov breit. „Man weiß nie, was einem nützlich sein kann."

Ramm marschierte vor dem Schreibtisch des Direktors hin und her. Wermeyer schaute ihm dabei zu und trommelte mit den Fingern auf der hölzernen Tischplatte.

„Es hat keinen Zweck. Ich muß ihn bald gehen lassen; ich kann ihn nicht unbegrenzt festhalten – wir haben noch nicht einmal eine Anklage gegen ihn erhoben. Die Leute fangen an, Fragen zu stellen."

„Na, dann erheben Sie doch eine Anklage. Denken Sie sich etwas aus. Wenn wir ihn jetzt laufenlassen, weiß er genau, daß wir keine Ahnung haben, wo sie sich versteckt haben. Und falls er tatsächlich in Kontakt mit den anderen steht, werden sie es auch wissen."

„Irgendeine Nachricht von Hocking?"

„Zum dritten Mal – nein, noch nicht! Warum entspannen Sie sich denn nicht? Es hilft nichts, wenn Sie nervös werden. Alles läuft wie geplant. Die Übernahme erfolgt genau nach Zeitplan."

Ramm schüttelte den Kopf und starrte Wermeyer an. „Ich werde mich nicht entspannen, solange diese Station nicht absolut sicher in unserer Hand ist. Im Moment gibt es noch zu viele Variablen. Zu vieles kann noch schiefgehen."

„Sie machen sich zuviel Sorgen, Ramm. Ich habe Ihnen doch schon gesagt, daß überhaupt nichts schiefgehen kann. Warum bleiben Sie nicht hier und nehmen einen Drink mit mir? Sie sehen aus, als könnten Sie einen gebrauchen."

„Nein danke. Ich bin noch im Dienst", antwortete Ramm kühl. Er wandte sich zum Gehen. „Ich frage mich trotzdem, was Hokking wohl aufhält. Er sollte inzwischen längst hier sein."

Wermeyer zuckte nur die Achseln und wandte sich ab. Ramm machte sich zu viele Sorgen – er war ein guter Soldat, aber er konnte sich endlos Sorgen machen und in Details herumwühlen. Doch bald würde alles vorbei sein, und dann würde die Station ihnen gehören. Und danach? Nun, wer konnte das voraussehen? Alles war möglich. Absolut alles.

Spence spürte, wie sich das Seil in seinen Händen drehte, als seine Finger es losließen. Er sah es zur Seite gleiten. Seine Hand griff ins Leere. Für den Bruchteil einer Sekunde schien er bewegungslos in der Luft zu hängen, bevor er rückwärts in die Schlucht hinabsank. Er hörte die Schreie der entsetzten Zuschauer und erkannte zwischen unverständlichen Rufen seinen eigenen Namen.

Im Fallen drehte er sich in der Luft und bekam eine der Seitenverstrebungen der Brücke zu fassen. Mit einer Hand ergriff er das Seilstück und hielt sich fest. Dann, während das Blut so heftig in seinen Schläfen pochte, daß er kaum sehen konnte, schaffte er es, die andere Hand an das Seil zu bekommen und sich ein paar Zentimeter weit hochzuziehen.

Doch das Seil war ein schwacher Rettungsstrang; es verlängerte die Agonie nur. Denn als er sich strampelnd daran klammerte, riß das Seilstück ab, und er stürzte in die Schlucht hinab – begleitet von neuen Schreien der Beobachter oben an den Klippen.

Die Dunkelheit raste von unten her auf ihn zu, und die graubraune Felswand glitt nur eine Armlänge entfernt an ihm vorbei.

Dann traf ihn etwas. Zuerst dachte er, er sei an einen Felsvorsprung gestoßen. Ein reißendes Geräusch ertönte – als ob sich seine Kleidung an den Felsen verfangen hätte. Im gleichen Moment spürte er einen stechenden Schmerz zwischen den Schulterblättern. Er blieb hängen und drehte sich mit nutzlos zuckenden Armen und Beinen in der Luft. Sein Kopf schlug vornüber mit dem Kinn auf die Brust.

Sein Fall war mitten in der Luft von irgend etwas gestoppt worden. Er drehte den Kopf, um zu sehen, was ihn gerettet hatte, und blickte in Kyrs riesige Augen. Der Schlag, den Spence zwischen den Schulterblättern gespürt hatte, war Kyrs blitzschneller Griff nach seiner Kleidung gewesen. Jetzt hielt ihn der Marsianer mit einer Hand fest, während er sich mit der anderen an einen kaum sichtbaren Handgriff an der Felswand klammerte.

Augenblicke später kletterten sie über den Rand der Klippen, und eifrige Hände zogen sie in die Sicherheit zurück. Adjani umklammerte Spences Arm mit eisernem Griff und zog ihn vom Rand weg.

Kyr beugte sich über ihn und fragte: „Bist du verletzt?"

„Nein, nur schwindelig. Ich bin gleich wieder in Ordnung."

„Es tut mir leid, wenn ich dir weh getan habe, Erdenfreund. Bei eurer Schwerkraft kann ich mich leider nicht sehr leicht bewegen. Ich fürchte, ich habe dich zu hart getroffen."

Spence schüttelte nur den Kopf.

„So etwas habe ich noch nie gesehen!" rief Gita. „Ich habe noch in meinem ganzen Leben noch nie gesehen, wie jemand sich so schnell bewegte. Großer gütiger Himmel!"

Spence schaute zu der Schlucht hinüber. „Mein Traum wäre beinahe Wirklichkeit geworden. Ich danke Gott, daß es nicht so gekommen ist. Und ich danke *dir*, Kyr. Ich verdanke dir mein Leben."

„Ich bin froh, daß ich dir dienen konnte, Erdenfreund."

„Schaut euch das an!" rief Gita hinter ihnen. „Unser Publikum verläßt uns. Die Show ist vorbei!"

Sie drehten sich um und sahen die Dorfbewohner schweigend davonziehen, zurück zu ihren Häusern, weg von der Dunkelheit, die sich über die Berge legte.

„Ich kann es ihnen nicht verübeln", sagte Spence. Er nickte in Richtung Kalitiri, das wie eine dunkle, undurchdringliche Masse über ihnen aufragte und sich nun kaum noch von der umgebenden Berglandschaft abhob. „Wir gehen geradewegs in die Höhle des Löwen. Ich bin sicher, daß sie damit nichts zu tun haben wollen. Aber ich frage mich, woher sie es wußten?"

„Es sind sehr abergläubische Leute, diese Bergbewohner", sagte Gita. „Sie wandern nicht gern in der Dunkelheit durch diese Berge. Das bringt nur Unglück. Wenn die Sonne untergeht, entfachen sie ihr Feuer gegen die Nacht und vergraben sich in ihren Häusern bis zum Morgen."

Die letzten der Bergbewohner waren nun leise durch die Dämmerung verschwunden. Sie waren ohne ein Wort gegangen, um die allmählich erwachenden Geister der Berge nicht aufzustören.

„Was tun wir jetzt?" fragte Spence sich laut. „Hat jemand eine Idee?"

„Ja", sagte Adjani. „Ich habe den ganzen Tag darüber nachgedacht."

„Und?“

„Und ich glaube, es ist Zeit, einen Kriegsrat abzuhalten.“

Siebenundzwanzigstes Kapitel

Die Idee war lächerlich. Schlichtweg albern, fand Spence. Zu viert wollten sie versuchen, in die Festung des Traumdiebs einzudringen, und das mit bloßen Händen – sie hatten nicht einmal eine Keule, um sich damit ihrer Haut zu wehren – und was dann? Mit ihm diskutieren? Ihn dazu überreden, seine bösen Pläne aufzugeben? Hier war jemand, der mit Hilfe des mysteriösen *tanti* Macht über das Denken der Menschen ausübte, es nach seinem Willen lenken konnte – und sie wagten es, sich ihm zu nähern?

Es ergab keinen Sinn. Es war nicht logisch. Ihre Erfolgsaussichten, rechnete sich Spence aus, waren gleich Null. Aber was blieb ihnen übrig? Etwas mußte getan werden; jemand mußte es versuchen. Das Los war auf diese Vier gefallen; es gab niemanden anderen.

So wandte Spence seine Augen von der dunkel aufragenden Silhouette des Palastes ab. „Sollen wir alles noch einmal durchgehen? Nur um sicher zu sein, daß wir alle wissen, was zu tun ist?“

Sie waren es schon mehrere Male durchgegangen, aber es konnte nicht schaden, es ein weiteres Mal zu tun; überdies würde es sie beschäftigen, während sie darauf warteten, daß der Mond sich über den Rand der Berge im Osten erheben würde. Spence sah bereits einen dünnen Streifen der Mondscheibe hervorschimmern; es würde jetzt nicht mehr lange dauern.

„Gut“, sagte Adjani. „Wir beobachten uns alle gegenseitig und gehen leise. Spence und ich gehen voraus; Gita und Kyr folgen. Wir wissen nicht, ob die Tore bewacht sind, aber es sieht von hier aus ziemlich still aus. Wir haben keine Bewegung gesehen. Wahrscheinlich rechnen sie nicht damit, daß jemand hierherkommt."

Natürlich erwarten sie uns! schrie Spence innerlich. *Sie wissen, daß wir hier sind. Sie haben auf diese Begegnung genauso gewartet wie wir!* Aber er sagte nichts und nickte, während Adjani fortfuhr.

„Sobald wir drinnen sind, versuchen wir Direktor Zanderson und Ari zu finden. Dann suchen wir nach der Maschine – Kyr wird wissen, wonach wir dabei Ausschau halten müssen. Okay? Denkt daran, das Überraschungselement ist auf unserer Seite. Wenn wir nicht gesehen werden, schaffen wir es vielleicht, die Sache ohne Komplikationen durchzuziehen."

Es gab vieles, was noch nicht gesagt worden war. Sie alle wußten das, aber sie nickten dennoch zustimmend. Kyr schien der einzige der Vier zu sein, der keinerlei Bedenken im Blick auf das hatte, was sie versuchen wollten.

Adjani blickte sich um. Der Mond war aufgegangen und übergoß die Landschaft mit seinem flüssigen Licht. Die Umrisse des in rankende Blätter gekleideten Palastes schimmerten silbern. „Es ist soweit. Gehen wir", sagte er und trat aus ihrem Versteck heraus auf den steinigen, überwucherten Pfad, der zum Tor hinauf führte.

Spence folgte ihm, und sie schlichen auf die Mauern zu, die immer massiver und undurchdringlicher erschienen, je näher sie kamen. Das Warten hatte nur dazu geführt, daß ihre Aufgabe in ihren Augen noch aussichtsloser und der Traumdieb noch furchterregender geworden war.

Mit einem überwältigenden Gefühl der Furcht und des bevorstehenden Unheils schlich sich Spence auf das hölzerne Tor zu.

Kein Zweig rührte sich, nicht der kleinste Windhauch fuhr durch die Blätter. Die Ruine wirkte wie ein totes und verlassenes Überbleibsel, ein Schrein für eine irdische Gottheit, die längst verschwunden war. Vielleicht stimmte das; vielleicht gab es den Traumdieb am Ende überhaupt nicht. Oder vielleicht war er nicht mehr hier.

Noch während ihm diese Gedanken durch den Kopf gingen, wußte Spence, daß sie nicht zutrafen. Er war von Kräften, die stärker waren als sein eigener Wille, an diesen Ort gezogen worden.

Ob dahinter der Traumdieb oder ein anderer steckte, spielte keine Rolle. Er war hier. Also schön; was auch kommen mochte, er würde nicht zurückweichen.

„Horch!" flüsterte Adjani. „Was ist das?"

Spence war so in sich versunken gewesen, daß er überhaupt kein Geräusch gehört hatte. „Ich habe nichts –"

„Pst! Horch!"

Ein Geräusch wie Lachen oder sehr weit entferntes Singen drang zu ihnen – wie von einem Boot, das weit draußen auf dem Wasser schwamm. Der Laut kam zu ihnen und verflog wieder, eine Ahnung klingelnder Stimmen; kaum zu hören. Dann war alles wieder still.

Adjani und Spence schauten sich an, zuckten die Achseln und näherten sich weiter dem Tor.

Spence konnte nun schon die einzelnen Bretter unterscheiden, aus denen die Torflügel gezimmert waren. Er sah die breiten eisernen Bänder, die sie befestigten. Die dunkeln Mauern schwangen sich über dem Tor zu einem höheren Bogen, und obwohl sie glatt waren, konnte Spence einige Stellen erkennen, wo man zum Klettern Halt für die Füße und Hände finden konnte.

Sie hatten den Eingang fast erreicht, als von der anderen Seite ein kratzendes Geräusch erklang, das plötzlich einem lauten Ächzen wich, als die riesigen Torflügel aufschwangen.

Spence erstarrte. Adjani duckte sich. Ein schwirrendes Geräusch ertönte in der Luft über ihnen; Spences Magen krampfte sich zusammen, und sein Herzschlag schien auszusetzen. Das Geräusch war ihm mittlerweile nur zu vertraut, und es erfüllte ihn mit Verzweiflung.

Dann sah er sie: drei Paar leuchtende Augen direkt vor ihm unter dem Tor. Drei weitere dunkle Schatten zogen über sie hinweg. Er blickte sich um und sah die Gestalten dreier Naga-Dämonen hinter sich leicht aufsetzen.

Dann begannen die Kreaturen alle gleichzeitig vorzurücken und den Kreis um sie enger zu schließen. Spence und Adjani hielten sich eng aneinander. Die Kreaturen innerhalb des Tores bewegten sich ins Mondlicht hinaus, und Spence sah, daß die mittlere eine große silberne Kugel trug – das gleiche Objekt, das er schon zuvor gesehen hatte, das die Hunde betäubt und später Kyr außer Gefecht gesetzt hatte.

Die bösartigen Kreaturen kamen näher. Spence blickte sich um und sah, daß Kyr und Gita sich nicht aus ihrem Versteck gerührt hatten. Die Monster schienen nichts von ihrer Gegenwart zu wissen; vielleicht würden sie unbemerkt bleiben und konnten ihnen irgendwie helfen.

Die Wesen kamen näher und hatten sie jetzt vollkommen eingekreist. Es gab keinen Fluchtweg, und Flucht hatte ohnehin keinen Sinn – ein Strahl aus der silbernen Kugel, und alles war vorbei. Wellen von Hoffnungslosigkeit und Grauen stiegen in Spence auf. Die Kreaturen waren nur ein paar Schritte entfernt.

Spence schaute in ihre grün leuchtenden Augen. Gedanken drangen in seinen Kopf, von denen er wußte, daß sie nicht seine eigenen waren. Innere Stimmen sprachen zu ihm. *Komm mit uns*, sagten sie. *Dir wird nichts geschehen. Komm.*

Spence preßte sich die geballten Fäuste gegen die Schläfen, als wollte er sich die fremden Gedanken aus dem Kopf pressen. *Nein!* schrie er innerlich. *Ich werde es nicht tun!*

Doch seine Füße bewegten sich bereits auf das Tor zu – die Dämonen brachten sie in den Palast. Er öffnete den Mund, um zu sprechen, aber er konnte seine Zunge nicht bewegen. In stummem Entsetzen blickte er um sich. *Gott, hilf uns! Rette uns!*

Sie gingen an den geöffneten Torflügeln vorbei und unter dem Bogen hindurch. Spence spürte jetzt deutlich, daß ein anderer Wille als sein eigener seine Schritte lenkte. Obwohl er dagegen ankämpfte, bewegte er sich weiter vorwärts. Er war machtlos dagegen, zu tun, was er nicht tun wollte. Eine Macht, die stärker war als sein eigener Wille, hatte ihn völlig unter ihrer Kontrolle.

Dann drang erneut aus dem Nichts der Gesang an seine Ohren; diesmal näher und deutlicher. Aber es war kein Gesang; es war der Klang von vielen Stimmen, aufgeregten Stimmen, die alle durcheinander riefen, und er kam näher.

Die Macht, die ihn umklammert hielt, lockerte ihren Griff, und er schaute sich nach hinten um. Eine lange Kette heller Lichter kam durch die Nacht auf sie zu. Einen Augenblick lang konnte er sich nicht vorstellen, was das sein könnte, aber die Stimmen kamen von diesen Lichtern her, die sich schnell näherten.

Fackeln! Er packte Adjani am Arm, drehte ihn herum und zeigte auf die Stelle, wo sich die Fackeln an der Spitze zu einer großen Menge gruppierten, während von hinten in einer einzelnen Reihe neue hinzukamen. Plötzlich traf ihn die Erkenntnis. Im gleichen Moment fand er seine Stimme wieder. „Die Dorfbewohner!"

Die Naga-Dämonen zögerten einen Augenblick lang. Spence spürte, wie sich ihre Kontrolle über ihn lockerte, während sie ihre Aufmerksamkeit dieser neuen Entwicklung zuwandten. Die Kreatur mit der Kugel trat mit halb aufgespannten Flügeln vor. Sie hob die Kugel in dem Moment, als die ersten der Fackelträger angerannt kamen.

Spence sah ihre Gesichter im Licht; die Klingen provisorischer Waffen blitzten in ihren Händen – Hacken und Buschmesser und andere Werkzeuge. Sie stürmten auf die Kreaturen zu und blieben dann verwirrt stehen, als der Dämon mit der Kugel vortrat und das Objekt über seinen Kopf hob.

Spence hechtete auf das Wesen zu und stieß die Kugel fort. Er landete mit einem Schlag flach auf der Erde, so daß ihm die Luft wegblieb, und sah das silberne Objekt davonrollen.

Ein gewaltiger Aufschrei ertönte, und die Bauern stürmten herein. Eisige Hände ergriffen Spence, und zwei der Kreaturen packten ihn und wollten ihn hochheben, um ihn davonzutragen. Er schrie auf und war sofort von Dorfbewohnern umrundet, die Keulen und Macheten trugen. Dann zog ihn jemand auf die Füße, und er blickte auf und sah Kyr, der sich über ihn beugte.

„Alles in Ordnung. Mir geht es gut", sagte er, als er stand.

„Kommt!" rief Adjani direkt hinter ihnen.

Die Bauern strömten an ihnen vorbei und drängten sich durch die Tore herein. Die Nacht war erfüllt von Licht und Geräuschen – es war, als ergösse sich ein Fluß in ein ausgetrocknetes Tal. Hier und da bildeten sich Wirbel im Strom. Spence sah Knäuel von Männern auf den Boden einschlagen, Hacken und Spaten hoben sich und fielen herab, und er wußte, daß die Dämonen ihnen nicht mehr zu schaffen machen würden.

„Sie sind zurückgekommen", sagte er ungläubig.

„Sie sind zurückgekommen, wahrhaftig!" rief Gita. Sein rundes Gesicht verzog sich zu einem breiten Grinsen. „Gott sei gepriesen! Sie sind zurückgekommen, um uns zu helfen – und auch, um an dem Schatz teilzuhaben, von dem sie glauben, daß wir ihn drinnen finden werden."

„Dann hoffe ich, daß sie tatsächlich etwas finden!" sagte Spence. „Aber zunächst einmal sollten wir lieber das finden, wonach wir suchen."

Adjani ging ihnen bereits voraus über den alten Hof. Das Echo der erregten Stimmen und der Widerschein der Fackeln drang aus jeder Ecke zu ihnen zurück. Sie rannten auf das nächste und größte Gebäude zu und betraten durch einen breiten Eingang den Hauptkorridor.

Das Gedränge der Körper schob sie alle zusammen vorwärts. Wie Funken schien die Erregung sie alle zu durchschießen. Sie gelangten an einen kleineren Korridor, der von dem ersten abzweigte. Spence blieb stehen und schaute hinein. Am anderen Ende, in ein paar Metern Entfernung, befand sich eine einzige Tür. Spence ging darauf zu.

Achtundzwanzigstes Kapitel

Die Geräusche des Aufruhrs verklangen in den Korridoren hinter ihm, als die Dorfbewohner weiterstürmten. Er hörte Rufe aus anderen Teilen des Palastes, doch hier war es wieder dunkel und still. Er starrte auf die Tür und wußte, was ihn auf der anderen Seite erwartete: der Traumdieb, der alte Naag Brasputi, der entsetzliche Herrscher über die Geister der Menschen.

Erstaunt stellte Spence fest, daß er in diesem Moment ganz ruhig war; er spürte keine Angst, kein Entsetzen, nicht einmal eine Beunruhigung darüber, daß er der eigenen Kammer des Ungeheuers so nahe war. Es war, als hätte nun, da ihm nichts anderes übrig blieb, als sich dem Wesen vor ihm zu stellen, dieses Wesen all seinen Schrecken für ihn verloren. Seine Macht über ihn war gebrochen. Und doch wußte er, daß dies nicht die ganze Erklärung sein konnte; da mußte noch mehr sein.

Er hörte ein Rascheln und eine Bewegung neben sich. „Ja, er ist hier", sagte Kyr und hob seine Hände vor der Tür. „Ich spüre seine Gegenwart . . ." Er hielt inne und fügte dann hinzu: „Aber seine Lebenskraft nimmt ab."

Spence streckte die Hand aus und stieß die Tür auf. Sie ließ sich mühelos öffnen, und er trat durch den niedrigen Steinbogen in einen großen Raum ein, in dem nach Räucherwerk riechender, braune Dunstschwaden hingen. An den Wänden waren große Steinvasen aufgereiht. Am anderen Ende hockte inmitten eines Meeres bunter Kissen auf einem steinernen Podest ganz allein der alte Marsianer.

Langsam, mühselig hob sich der alte Kopf. Die großen, gelben Augen öffneten sich und betrachteten sie mit kühler Verachtung. Der faltige Hals zitterte, und der Mund öffnete sich. „Hier bist du also endlich, Wächter."

Kyr trat langsam vor. „Wer bist du?" Er sprach so, daß Spence ihn verstehen konnte.

„Ich habe im Laufe meines Lebens viele Namen getragen. Welchen möchtest du hören? Brasputi – so werde ich von vielen genannt. Traumdieb nennen mich manche, wie man mir sagt. Ortu war mein Name, als ich noch unter dem Volk von Ovs wandelte." Er legte den Kopf zurück, um die vor ihm aufragende Gestalt Kyrs zu betrachten. „Es ist seltsam, nach so langer Zeit einen Angehörigen meiner eigenen Rasse zu sehen."

„Ortu", murmelte Kyr und wiegte seinen Kopf hin und her. „Warum?"

Unausgesprochene Worte gingen zwischen den beiden Außerirdischen hin und her. Dann akzeptierte Ortu Kyrs Autorität, denn sein Blick glitt von ihm weg. „Ich werde es dir sagen." Seine Augen schlossen sich, sein Kopf sank wieder auf die Brust, und wie in Trance begann er zu sprechen:

„Wir suchten die fernen Sterne, und ich führte viele herrliche Schiffe in Heimaten unter fremden Sonnen. Doch immer brannte in meinem Geist die Schönheit dieser Welt und ihres Volkes. Sie schien mir unter allen Welten, die ich gesehen hatte, bevorzugt. Als die *vimana* unter meinem Kommando eine Fehlfunktion hatte, konnten wir nicht weitersuchen, und ich führte meine Kolonie hierher zurück. Wir kamen an diesen Ort, der damals kaum bevölkert war. Viele lange Jahre lebten wir hier in Frieden. Aber wir gründeten keine Kolonie – die Strahlung, die unsere *vimana* beschädigt hatte, beschädigte auch unsere Körper, und wir konnten uns nicht mehr fortpflanzen.

Mit der Zeit starb unser Volk aus, zum Teil durch fremdartige Krankheiten dieser Welt, zum Teil durch Alter; manche starben auch durch die Hand primitiver Erdenmenschen, denen wir zu helfen versuchten. Ich allein blieb übrig von allen, die hierherkamen. Und hier bin ich bis heute geblieben."

„Du weißt, daß es verboten ist, sich in die Dinge der Erdenmenschen einzumischen. Du selbst, Ortu, hast dies vor dem Rat durchgesetzt. Du warst es, der uns den Weg der Tapferkeit zeigte."

Ortu schwieg lange. Sein Leib zitterte, und er schien sich vor ihren Augen aufzulösen. Als er wieder sprach, hatte sich seine Stimme verändert. Er fiel in den lispelnden Singsang der marsianischen Sprache zurück, obwohl die Worte immer noch irdische Worte waren.

„Unser Schicksal war besiegelt. Meine Kolonie würde niemals blühen, niemals die strahlende Vision erreichen, an deren Verwirklichung ich so hart gearbeitet hatte. Wir *starben aus* . . ."

Wieder folgte ein langes Schweigen. Dann erklang seine Stimme wieder, diesmal noch angestrengter und mit durcheinandergeworfenen marsianischen und irdischen Worten.

„Unbesungen von den Söhnen des Ovs zu sterben . . . *helith vsi jvan . . .* versuchten zu helfen, sie zu lehren, aber *renni ospri . . .* so primitiv. Es dauerte so lange, so lange . . . *bvur elchor shri.* Ich wollte sie lehren. Ich wartete Jahre, aber es ging zu langsam voran. Ich brannte für sie.

Einer nach dem anderen starben die Strahlenden . . . *rsis Atri, Pulastya, Kratu, Vasistha, Pulaha, Marici, Angiras . . .* " Die Worte waren Spence vertraut, der sich daran erinnerte, daß dies die Namen der Götter der indischen Folklore waren, von denen ihnen Adjanis Vater erzählt hatte. Dies waren Ortus Kameraden gewesen, die nun lange tot waren, aber in Indiens phantastischen Legenden immer noch in Erinnerung blieben und verehrt wurden.

Spence starrte den greisenhaften Marsianer an, während die zitternde Stimme weitersprach.

„Die Irrtümer, das nutzlose Morden, das *sengri.* Wir versuchten sie zu lehren . . . Wir liebten sie, aber sie wollten nicht verstehen." Bei diesen Worten schnappten die verknitterten Augenlider noch einmal auf, und die gelben Augen funkelten trotzig. „Ist es ein Wunder, daß ich mit der Zeit lernte, sie zu hassen? Ihre Welt war vollkommen, und doch hatten sie nichts Besseres zu tun, als sie zu zerstören!"

„Du hattest kein Recht dazu!" rief Spence. Ortus Kopf fuhr wackelnd zu ihm herum.

„*Benasthani risto!* Kein Recht? Ich habe es mir selbst genommen. Ich hatte den *kastak* – die Macht. Die einzige Möglichkeit, sie davon abzuhalten, sich selbst und diese Welt zu zerstören, war, sie unter meine Herrschaft zu bringen, und dafür habe ich Jahrhunderte von eurer Zeit gearbeitet." Ortu zuckte die Achseln; er schien des Redens müde zu werden. Sein Kopf viel vornüber auf seine eingesunkene Brust, und er schloß die Augen wieder.

„Ich glaube dir nicht", sagte Spence. Er zitterte innerlich vor Wut über das, was ihm das verdrehte und pervertierte Wesen vor ihm angetan hatte.

„Ich hatte Macht", murmelte Ortu. „Mit dem *tanti* pflanzte ich Gedanken und Träume in die Geister der Menschen, die sie dem Tag immer näher brachten, an dem ich mich als ihr Herrscher offenbaren würde. Aber jetzt ist es vorbei . . . "

Der haarlose Kopf rollte auf den Schultern herum, und die schrecklich dünnen, ausgemergelten Glieder fielen schwach herab. Der Leib wankte einen Augenblick, sank dann vorwärts auf die Kissen und blieb auf der Seite liegen. Er zuckte einmal krampfhaft und lag dann still.

„Nein!" schrie Spence und rannte vorwärts. Er wollte das Leben zurück in diesen verhaßten Leib prügeln und ihn zwingen, zu ihm zu reden, ihm zu sagen, warum ihm all das angetan worden war, was er hatte erleiden müssen. Er fühlte sich betrogen, ausgenutzt und verletzt.

„Er ist tot." Spence spürte eine kühle Hand auf seinem Arm, als er innerlich brodelnd über der Leiche des Traumdiebs stand.

„Aber woran ist er gestorben?"

„Er war sehr alt und krank. Die Saat seiner Vernichtung wurde vor langer Zeit gesät. Nur die Macht des *kastak* erhielt ihn am Leben. Nun hat er sich zu den Strahlenden gesellt. Es ist vorbei."

„Nein. Es ist nicht vorbei." Spence kam zu sich und schaute sich schnell im Raum um. „Wo ist Hocking? Wir müssen ihn finden, bevor . . ."

In diesem Augenblick hörte er einen erstickten Aufschrei, drehte sich um und sah eine leicht gebeugte Gestalt im Eingang stehen. Es war Pundi, der alte Diener. Er hatte die Augen weit aufgerissen und hielt sich die Hand vor den Mund.

Spence ging zu ihm hinüber und ergriff seinen Arm, bevor er davonlaufen konnte. Das Gesicht des Dieners war bleich geworden, und er starrte auf den Körper seines Herrn, der so still auf den Kissen lag.

„Wo sind die anderen?"

„Ist . . . mein Herr . . .?" Pundi richtete seine großen Augen abwechselnd auf Spence und Kyr. In seinem Gesicht mischten sich zu gleichen Teilen Angst und Erleichterung.

„Ja, er ist tot", sagte Spence. „Sag uns, wo die anderen sind. Wo sind Ari und ihr Vater?" Er schüttelte den Diener am Arm.

In diesem Augenblick erschienen Adjani und Gita im Eingang. Sie warfen einen Blick auf den Körper des toten Marsianers, und dann verkündete Adjani: „Wir können sie nirgends finden – weder

Ari noch ihren Vater noch Hocking. Wir habend diesen Teil des Palastes vollständig durchsucht."

„Wo sind sie?" schrie Spence den Diener an. Der Mann murmelte etwas Unverständliches.

„Er sagt, die *vimana* seines Herrn sei bereitgemacht worden", übersetzte Gita.

„Schnell!" sagte Spence und schob den verwirrten Pundi vor sich her. „Bring uns zu ihnen! Beeilung!"

Kyr beugte sich über den verfallenen Körper des Traumdiebs, legte ihm die Hände zusammen und ordnete seine Gliedmaßen sorgfältig. „Geht", sagte er. „Ich werde nachkommen."

Spence, Gita und Adjani verließen die Kammer und stießen Pundi vor sich her. Als sie den Korridor betraten, hörten sie ein tiefes Grollen, das die Grundmauern des Palastes bis zu den Wurzeln im Fels erzittern ließ.

„Was war das?" rief Spence. Adjani und er schauten sich an.

„Klang wie eine Explosion."

„Es war zweifellos die *vimana* meines Herrn."

Sie hetzten durch den Gang und hinaus auf den Hof. Über dick mit Moos bewachsene Steine rannten sie und blieben stehen, um einem hell gleißenden orangefarbenen Stern nachzuschauen, der hinauf in den Himmel schoß und rasch kleiner wurde.

Weißer Rauch stieg immer noch aus den Ruinen der eingestürzten zentralen Kuppel auf, die das Raumfahrzeug durch Jahrhunderte beherbergt hatte.

„Hocking!" sagte Spence.

Als sie in das Turmverließ stürmten, fanden sie August Zanderson, der sein Gesicht in den Händen verbarg und stöhnte und wimmerte.

„Direktor, was ist geschehen?"

Ein schneller Blick durch den Raum bestätigte Spences Befürchtung: Ari war verschwunden. Schon bevor ihr Vater es ihnen verriet, wußte er, daß Hocking sie mitgenommen hatte, um sein Entkommen zu sichern.

„Wo bringt er sie hin?" fragte Spence, in dessen Augen ein dunkles Feuer glomm.

„Ich weiß es nicht genau, aber ich glaube, er hatte vor, nach Gotham zurückzukehren. Er sagte etwas davon, die Station sei jetzt bereit für ihre Ankunft – er hatte noch zwei andere bei sich. Vielleicht gibt es noch mehr.“ Sein Gesicht, in dem bei ihrem Eintreffen zunächst Hoffnung und Erwartung aufgeleuchtet hatten, verdunkelte sich nun wieder, als ihm die Bedeutung dessen aufging, was er gesagt hatte. „Sie ist weg. Wir können sie nicht mehr einholen – es wird Tage dauern, bevor wir eine Fähre nach oben bekommen können. Oh“, stöhnte er und fuhr sich mit der Hand durchs Haar. Der Mann hatte sich gewaltig verändert, seit Spence ihn zuletzt gesehen hatte. Er wirkte ausgemergelt und hager; um sein Kinn war ein ungleichmäßiger, fleckiger Stoppelbart gewachsen. Seine Augen waren rot umrandet und tief eingesunken.

„Wir werden sie kriegen“, sagte Spence.

„Wir sollten uns lieber beeilen“, sagte Adjani. „Sie haben einen guten Vorsprung.“

Neunundzwanzigstes Kapitel

Ihr Plan scheiterte kläglich. Hocking erreichte die Station vor ihnen und war bereit, sie zu empfangen. Ein kurzes Scharmützel in der Andockbucht – das dazu führte, daß die Möchtegern-Befreier mit Taser-Pfeilen überschüttet wurden – machte dem Befreiungsversuch ein schnelles Ende.

Als Spence zu sich kam, lag er mit dem Gesicht nach unten in einer Zelle. Benommen versuchte er die Nachwirkungen des Taser-Pfeils abzuschütteln und fragte sich, was passiert war. Sie hatten sich darauf verlassen, daß das plötzliche starke Auftreten von Direktor Zanderson die Meuterer in Panik versetzen und ihnen so Zeit geben würde, sich in der alarmierten Bevölkerung Gothams die nötige Unterstützung zu sichern.

Aber sie erhielten nie die Chance, den Alarm auszulösen. Chief Ramm und seine Männer nahmen sie in Empfang, sobald sie die Fähre verließen. Alles war sorgfältig berechnet.

Im Rückblick wunderte sich Spence, wie sie je etwas anderes hatten erwarten können. Sie hatten töricht gehandelt und waren von Hocking mit Leichtigkeit aufs Kreuz gelegt worden. Wie hätte es anders kommen können? Jede ihrer Bewegungen war vorausgesehen worden.

Nun lag er allein in einer Zelle im Sicherheitstrakt und fühlte sich, als hätte ihn jemand mit einer Keule niedergeschlagen und anschließend als Pidg-Ball benutzt. Er war schwach und schlapp; seine Glieder zitterten noch von den neurologischen Nachwirkungen des Taser-Schusses; er hatte einen blutigen Geschmack im Mund, und in seiner Nase pulsierte es noch, weil er offenbar darauf gefallen war, als ihn der Taser-Pfeil traf.

Stöhnend setzte er sich auf und entdeckte eine kleine Lache getrockneten Blutes an der Stelle, wo sein Gesicht auf dem Boden gelegen hatte. Zögernd berührte er mit einem Finger seine Nase und stellte fest, daß sie fürchterlich verschwollen, aber wahrscheinlich nicht gebrochen war. Das Blut hatte sich reichlich über seinen ganzen Overall ergossen.

Auf Händen und Knien schleppte er sich zu der kleinen Waschgelegenheit, die in eine Wand der Zelle eingelassen war. Er ließ Wasser in das winzige Becken laufen und spritzte es sich ins Gesicht, um das Blut von Wange und Hals abzuwaschen. Er spülte den Mund aus, spuckte und schaute sich dann im Spiegel an.

Das trostlose Bild, das ihm daraus entgegenstarrte, heiterte ihn nicht sonderlich auf. Das gleiche galt für seine Aussichten für die nächste Zukunft.

Was würden sie mit ihm machen? Und mit den anderen? Dann erinnerte er sich an Ari. Heiße, schwarze Wut stieg wie geschmolzene Lava in ihm auf. Wo war sie? Was hatten sie mit ihr angestellt?

Sein Zorn brannte sich in sinnlosem Wüten aus und erschöpfte sich, indem sich Spence mit aller Kraft gegen die durchsichtige

Kunststofftür seiner Zelle warf. Dann sank er wieder zu Boden und saß keuchend mit dem Rücken gegen die Tür gelehnt, weinte vor Zorn und Frustration und trommelte mit den Fäusten auf den Boden.

Der Ausbruch verging, und er lag niedergeschlagen an die Tür gelehnt. In diesem Augenblick wurde er sich bewußt, daß es verbrannt roch.

Innerhalb von Sekunden hatte der Geruch von schmelzendem Kunststoff die Zelle erfüllt, und Spence wurde von einem Hustenanfall geschüttelt. Er legte sich auf den Boden, um nicht an den Dämpfen zu ersticken. Von einem Punkt in der Mitte des Bodens begann Rauch aufzusteigen, der sich unter der Zellendecke zu einer dichten schwarzen Wolke sammelte. Fasziniert und entsetzt gleichzeitig beobachtete er die Rauchsäule. *Was zum Kuckuck geht hier vor?* fragte er sich.

Er mußte nicht lange warten, bis er es herausfand.

Im Mittelpunkt der Zelle erschien zuerst ein runder, geschwärzter Punkt, und dann sank der Boden an dieser Stelle ein, als ob er geschmolzen würde – was auch der Fall war.

Schwarze Dämpfe stiegen in verschlungenen Schwaden vom Boden auf. Spence fürchtete, bald ersticken zu müssen; die verbliebene saubere Luft wurde immer weniger, je größer die Wolke unter der Decke wurde.

Er hielt den Atem an und wartete.

Gerade als er unter den Dämpfen zu würgen begann, hörte er das Geräusch reißenden Materials und sah dann durch den trüben Rauch, wie jemand seinen Kopf durch das Loch steckte, das im Boden entstanden war.

Der Kopf, der unter einer Schutzbrille und einer Atemmaske verborgen war, schaute sich im Raum um und entdeckte ihn dann. Eine Hand erschien und winkte ihm näherzukommen.

Mit Tränen in den brennenden Augen kroch Spence auf dem Bauch zu dem Loch hinüber. Der Boden unter ihm war heiß wie ein Backblech.

Eine Maske wurde ihm in die Hand gedrückt, und er fummelte ungeschickt daran herum, bis er sie aufgesetzt hatte und den Sauerstoff tief in seine brennenden Lungen sog. Dann reichte man ihm ein Paar dicker Handschuhe und bedeutete ihm, durch die Öffnung im Boden hinabzusteigen.

Kaum war er unten, warf er die Handschuhe ab, riß sich die Maske vom Gesicht und sprang von der Plattform, die direkt unter seiner Zelle aufgerichtet worden war.

„Packer! Was machst du denn hier?"

„Wir müssen uns entschuldigen, daß wir Sie nicht schon früher in der Andockbucht in Empfang genommen haben", ertönte hinter ihm eine Stimme mit einem starken russischen Akzent. „Wir wurden leider aufgehalten."

„Kalnikov! Sie auch hier?"

„Bist du in Ordnung, Reston?" Packer, dessen Maske ihm nun um den Hals hing, klopfte ihm auf die Schulter. „Mann, es ist gut, dich wiederzusehen."

„Ich habe das nicht erwartet, ich –"

„Danke uns noch nicht. Wir sind noch lange nicht aus der Patsche heraus."

„Wo sind die anderen?"

Packer hob die Augen und deutete nach oben.

„Noch gefangen?"

„Wir arbeiten im Moment daran, sie herauszuholen. Wir haben allerhand zu tun gehabt in den letzten Stunden. Ich muß dir alles erzählen –"

„Aber ein anderes Mal", unterbrach Kalnikov. „Bitte, Genossen. Wir müssen sofort von hier weg."

Damit bückte sich der Russe und hob einen dicken, zylinderförmigen Apparat hoch, an dem ein Schlauch mit einer scharfkantigen Mündung angebracht war. „Dies ist unsere neueste Erfindung. Sollte in keiner Raumstation fehlen."

„Davon bin ich überzeugt", bemerkte Spence. Dann eilten sie alle durch den Wartungsgang davon, indem es vor Leitungen und Rohren und Luftschächten verschiedener Art und Größe wimmelte.

„Was befindet sich unter dem Gang?" fragte Spence.

„Kantinenküchen", antwortete Packer.

„Wohin gehen wir?"

„Das wirst du gleich sehen."

Sie hasteten weiter, bis sie eine Öffnung mit unebenen Rändern erreichten, die in die Wand einer riesigen Röhre geschnitten worden war. „Das ist unsere Hauptverkehrsstraße", sagte Packer. „Es ist ein Belüftungstunnel, der die ganze Station umläuft. Wir mußten ein paar kleine Veränderungen in der Konstruktion anbringen, aber er erfüllt seinen Zweck."

Sie betraten die Röhre, in der ein kleines elektrisches Wartungsfahrzeug auf sie wartete. „Kalnikov wird dich zur Kommandozentrale bringen. Ich warte hier auf die anderen. Sie müßten jetzt jeden Augenblick hier sein. Ich möchte sicher sein, daß nichts schiefgeht."

Spence stieg in den Wagen, und sie fuhren los; der einzelne Scheinwerfer warf seinen Strahl in die Dunkelheit des runden, abgeschlossenen Tunnels. Nach einer Fahrt, die sie nach seiner Schätzung etwa ein Viertel des Weges um die gesamte Station geführt hatte, blieben sie stehen und stiegen in einen Schacht hinab, der mit einer Leiter versehen war. Sie kletterten hinunter zur nächsten Ebene und setzten dort ihren Weg fort, bis sie schließlich einen winzigen Raum erreichten, der vollgestopft mit Werkzeugen und Materialien und verstreuten Bauteilen verschiedener Maschinen war.

„Was ist hier passiert? Eine Explosion im Ersatzteillager?"

„Wir waren aus naheliegenden Gründen nicht in der Lage, die Instandhaltungsabteilung in Anspruch zu nehmen, um unser kleines Nest richtig einzurichten. Wir dachten, die Freiheit wäre Ihnen lieber als eine angenehme Umgebung."

„Ich beschwere mich nicht, glauben Sie mir. Es sieht großartig aus. Klein, aber großartig."

„Wir dachten uns, daß es Ihnen gefallen würde."

„Was wird nun geschehen?"

„Darüber werden wir uns unterhalten müssen. Unser erstes Ziel war, Sie aus der Gefangenschaft herauszuholen. Darüber hinaus ist noch nichts entschieden."

„Ist die Station denn schon übernommen worden?"

„Nein, noch nicht. Jedenfalls nicht offiziell. Es hat keine Bekanntmachung gegeben, keine offenen Aktionen. Für die meisten Einwohner läuft weiterhin alles normal."

„Die meisten?"

Kalnikov lächelte stolz. „Es gibt einen kleinen, aber effektiven Kader aufgeklärter Personen." Er beglückte Spence mit einem seiner knochenschüttelnden Schulterschläge. „Willkommen im Untergrund, Dr. Reston!"

Innerhalb einer Stunde steckte der kleine Raum unter der Andockbucht voller aufgeregt und laut durcheinanderredender Leute.

Adjani war zuerst zu ihnen gestoßen, gefolgt von Gita und Direktor Zanderson. „Wo ist Kyr?" fragte Spence. Die Kadetten, die die letzten Gefangenen gebracht hatten, schüttelten nur die Köpfe.

„Da war noch jemand bei euch?" fragte Packer.

„Ja", sagte Spence. „Ein . . . äh, Freund."

Packer sah Spence mißtrauisch an, drang aber nicht auf Einzelheiten. „Dann müssen sie ihn irgendwo anders untergebracht haben." Er wandte sich zu den Kadetten. „Also schön, ihr Fährenspringer, raus mit euch. Haltet die Augen offen und paßt auf, wenn ihr herauskommt; und verwischt eure Spur. Wir können nicht vorsichtig genug sein. Jetzt los; ich melde mich, sobald wir wissen, was wir als nächstes unternehmen."

Die Kadetten grinsten vor Zufriedenheit und Abenteuerlust und verschwanden lautlos und schnell. „Also dann", sagte Kalnikov, „kommen wir zur Sache."

„Richtig", stimmte Packer zu und sah Spence und Adjani an. „Aber zuerst werdet ihr beide uns einiges erklären müssen."

Alle setzten sich an einen Konferenztisch, der in dem überfüllten Wartungsraum hastig aufgestellt worden war. Kalnikov setzte sich an die Kopfseite, Packer zu seiner Rechten. Spence, Adjani, Gita und Zanderson setzten sich rund um den Tisch. Als man Direktor Zanderson anbot, ihm wieder das Kommando über die Station zu übertragen, antwortete er: „Solange diese Wahnsinnigen an der Macht sind, habe ich nichts zu kommandieren. Ich bin kein Guerillakämpfer, meine Herren. Lassen Sie uns bitte nicht auf falschem Zeremoniell beharren. Sie, Kalnikov und Packer, haben das Kommando – dabei wollen wir es belassen.“

„Wir akzeptieren Ihre Empfehlung, Direktor“, sagte Kalnikov. „Nun möchte ich, daß einer von Ihnen uns genau schildert, womit wir es zu tun haben. Bisher haben wir aus einer etwas benachteiligten Position heraus operiert.“

Alle Augen richteten sich auf Spence und Adjani, und sie begannen ihren Bericht über alles, was sie über den Traumdieb und seine Pläne für eine Weltherrschaft wußten. Die anderen saßen wie gebannt, während sich die unglaubliche Erzählung entspann.

„. . . Der Traumdieb ist tot“, schloß Spence. „Wir haben ihn sterben sehen. Offenbar hat Hocking die Macht seines Meisters usurpiert und hat nun vor, seine eigenen Pläne hier an Bord der Station zu verfolgen.“

„Das ergibt einen Sinn“, stimmte Kalnikov schließlich zu. „Wir hatten schon den Verdacht, daß die Rebellen auf Gotham ihre Befehle von jemandem auf der Erde erhielten. Aber wir hatten keine Ahnung, wer es war. Wer ist dieser Hocking?“

„Ein Verrückter.“

„Und ein bösartiges Genie“, fügte Adjani hinzu. „Er wird vor nichts zurückschrecken, um seine Ziele zu erreichen, und er besitzt eine Maschine, mit deren Hilfe er diese Ziele verwirklichen kann.“

„Was ist das für eine Maschine?“ fragte Packer.

„Ein sogenanntes *tanti.* Stark vereinfacht ausgedrückt ist es ein bewußtseinsveränderndes Gerät, das ursprünglich in der psychiatrischen Medizin verwendet wurde“, erklärte Spence. Zu Packer und Kalnikov gewandt, fügte er hinzu: „Ihr werdet noch nicht davon gehört haben. Adjani und ich haben die Maschine selbst noch nie zu Gesicht bekommen, aber sie existiert und befindet sich irgendwo hier auf Gotham.“

„Und wir glauben“, fuhr Adjani fort, „daß es zu einer Maschine modifiziert wurde, die in der Lage ist, ganze Teile der Welt mit ihren Signalen zu bestrahlen, oder auch mit Hilfe von Satelliten die ganze Welt. Darum ist diese Station so wichtig für Hocking.

Sie verschafft ihm eine dauerhafte Operationsbasis außer Reichweite der Weltmächte.“

Packer rieb sich das Kinn und runzelte die Stirn. „Angenommen, was ihr da sagt, stimmt, so unwahrscheinlich es auch klingt; was genau macht denn diese Maschine, dieses *tanti*?“

„Ich vermute“, fing Spence an, sorgfältig nach den richtigen Worten suchend, „daß es irgendwie auf die elektrischen Impulse innerhalb des Gehirns einwirkt. Es stimuliert gewisse Bereiche der Hirnrinde – zum Beispiel diejenigen, die normalerweise für die Aktivität des Unterbewußtseins zuständig sind – und drückt ihnen ein vorgefertigtes Muster von Wellenimpulsen auf.“

„Mit anderen Worten?“

„Mit anderen Worten, es formt das Denken, induziert Träume, manipuliert den Geist selbst.“

„Kontrolle über den Geist“, sagte Kalnikov.

„Genau“, antwortete Adjani. „Spence kann ein Lied davon singen, daß es funktioniert. Wir hätten ihn deswegen beinahe verloren.“

Die anderen betrachteten Spence sorgfältig, als hielten sie Ausschau nach irgendwelchen plötzlichen Veränderungen an ihm. Spence lächelte grimmig. „Aus rein persönlicher Erfahrung kann ich sagen, daß die Wirkung verheerend ist. Was geschehen wird, wenn das *tanti* auf die Erde losgelassen wird . . . Nun, stellen Sie sich eine Welt vor, in der die Hälfte der Bevölkerung dazu getrieben wird, ihren Wahnsinn durch quälende Selbstzerstörung zu beenden, während die Überlebenden zu geistlosen Arbeitsrobotern werden, die einem geisteskranken Meister dienen.“

Stille senkte sich über den Raum. Direktor Zanderson war der erste, der wieder sprach. Seine Stimme war fest, aber gespannt. „Es liegt an uns, meine Herren. Hocking muß sofort gestoppt werden, und diese Maschine muß vernichtet werden. Mit jedem Moment, in dem er seine Pläne weiter verfolgen kann, kommen wir einem allumfassenden Chaos näher.“

Kalnikov legte seine Hände flach auf den Tisch. „Es paßt also alles zusammen, ja? Befassen wir uns nun mit Ideen, wie wir dieses Monster und seine Alptraummaschine zur Strecke bringen können.“ Er schaute sich in der dichten Runde gespannter Gesichter um. „Haben Sie Vorschläge, Genossen?“

Dem Plan, den sie Stunden später endlich zusammengezimmert hatten, fehlten diverse entscheidende Elemente, um wirklich idiotensicher zu sein. Doch was dem Plan fehlte, wurde durch nackten Wagemut mehr als ergänzt.

Dreißigstes Kapitel

„Warum war es nicht fertig? Mein Befehl war, daß alles bei meiner Ankunft bereit sein sollte!“ Hockings Pneumostuhl surrte unheilverkündend über den Boden. Ramm, Wermeyer, Tickler und einige andere beobachteten ihn schweigend, da sie ihn nicht noch mehr verärgern wollten.

„Sie haben es versäumt – das heißt, wir haben es versäumt, vorauszusehen, daß Sie so bald eintreffen würden. Wir haben auf Ihr Signal gewartet. Als es kam, blieben uns nur noch ein paar Stunden Zeit – das reichte nicht aus“, erklärte Wermeyer.

Hocking runzelte die Stirn. „Ich mußte meine Pläne, sagen wir, modifizieren. Setzen Sie Ihre Leute sofort darauf an. Ich möchte, daß die Plattform fertiggestellt wird und die Maschine so bald wie möglich installiert und einsatzbereit ist. Ist das klar?“

„Meine Leute sind bereits an der Arbeit – sie müßten innerhalb einer Stunde damit fertig sein“, sagte Wermeyer.

„Exzellent! Und die Triebwerke?“

„Bereit für den Testlauf – ebenfalls innerhalb einer Stunde.“

„Das ist noch besser! Sehen Sie, wozu Sie fähig sind, wenn Sie die Anweisungen befolgen und zu jammern aufhören? Also schön, wir werden mit der Projektion beginnen, sobald das *tanti* auf unsere neue Umlaufbahn kalibriert ist.“

In diesem Moment gab es eine leichte Unruhe im Vorzimmer, und einer von Ramms Sicherheitsbeamten betrat mit bleichem Gesicht den Raum. Er ging direkt auf seinen Chef zu und reichte ihm eine Notiz. Ramm las die Notiz, und seine Hand begann zu zittern.

Hockings Augen verengten sich. „Was ist los?"

„Die Gefangenen – Reston und die anderen . . . " Er schaute sich hilfesuchend nach Wermeyer um. „Sie sind geflohen."

„Ihr Idioten! Ihr schwachsinnigen Idioten!" explodierte Hokking. „Ich werde euch –"

„Wir sind ihnen auf den Fersen. Sie werden festgenommen werden", fügte Ramm schnell hinzu.

Hocking schien geneigt, dem Thema weiter nachzugehen, änderte aber dann abrupt seine Meinung. Er schaute jeden von seiner Mannschaft nacheinander an, als ob er das Schicksal jedes einzelnen abwägte. Die anderen schauten zu und warteten nervös. Sie spürten, daß irgendeine Entscheidung in der Balance hing.

„Es wird keine Rolle spielen", sagte Hocking endlich, so leise, daß einige es kaum hören konnten. Er entließ sie mit einer unbeholfenen Kopfbewegung. „Sie können jetzt gehen." Der schwebende Stuhl wandte ihnen die Rückseite zu.

Das wischende Geräusch der sich öffnenden Tür ertönte, und die Gruppe verließ den Raum. Hocking drehte sich um und sah Ramm noch dastehen. „Nun? Was gibt es?"

„Ich, äh . . . ach, nichts." Im letzten Moment verließen ihn die Nerven. „Ich habe mich nur gefragt, warum Reston so wichtig für Sie ist."

Hockings Züge verzerrten sich zu einem höhnischen Grinsen. „Er ist *nicht* wichtig für mich!"

„Warum wollen Sie ihn dann so dringend haben?" Ramm wußte, daß er sich auf unsicherem Grund bewegte. „Ich meine, warum lassen Sie mich ihn nicht einfach töten und das Problem damit ein für allemal aus der Welt schaffen?"

Hocking wand sich in seinem Stuhl und schnitt eine Grimasse. „Oh, ich werde ihn schon noch töten. Letzten Endes." Als er fortfuhr, sprach er mehr zu sich selbst als zu Ramm. „Aber zuerst muß er leiden, wie ich gelitten habe. Er muß sich vor *mir* verneigen! Er muß meine Überlegenheit anerkennen! Ja, ja. Er muß seine Schwäche verfluchen ..." Er blickte auf und warf dem Sicherheitschef einen wütenden Blick zu. „Gehen Sie jetzt."

Ramm nickte kurz und ging ohne ein weiteres Wort. Die Zeit wurde knapp. Die Flüchtigen mußten wieder gefangengenommen werden. Er ging zu Wermeyer, der im nächsten Raum auf ihn wartete.

„Nun? Was haben Sie erwartet?"

„Keine Ahnung", sagte Ramm wütend. „Was hat er damit gemeint – ‚Es wird keine Rolle spielen'?"

Wermeyer zuckte die Achseln. „Wer kann das sagen? Offensichtlich ist es nicht wichtig. Er hat irgend etwas vor, das ist alles. Ich schlage vor, daß Sie die Gefangenen finden, bevor irgend etwas passiert."

„Fangen Sie an, sich Sorgen zu machen, Wermeyer?"

„*Sie* sind es, um den ich mir Sorgen mache. Sie wissen ja, wie er manchmal ist." Er machte eine Kopfbewegung zu dem Raum hin, den sie gerade verlassen hatten.

„Ich fange an, mich zu fragen, warum ich mich je von Ihnen dazu überreden ließ."

„Sie haben den Direktor dieser Station hinter Schloß und Riegel und fangen an, Ihre Beteiligung in Frage zu stellen?"

„Hatte. Ich *hatte* den Direktor hinter Schloß und Riegel."

„Dann bringen Sie ihn einfach dorthin zurück, und von jetzt an wird alles glattgehen, das verspreche ich Ihnen."

„Mir scheint, da versprechen Sie etwas zuviel." Damit marschierte Ramm davon. Wermeyer sah ihm nach und machte sich dann eilends auf den Weg, um die Montage des *tanti* und die Einrichtung der neu installierten Triebwerke zu überwachen; beide Projekte befanden sich im abschließenden Stadium. Bald würde die Station aus ihrer Umlaufbahn ausscheren und reisen, wohin sie wollten. Er konnte sich ein Lächeln nicht verkneifen: Alles lief genau nach Plan.

Gekleidet in die grünen Overalls der Instandhaltungs-Bediensteten – die Packers Kadetten aus der Wäscherei entwendet hatten – standen Gothams loyale Verteidiger steif da, schauten auf ihre Uhren und wichen gegenseitig ihren Blicken aus. „Es ist fast soweit", sagte Packer. „Sollen wir es noch einmal durchgehen?"

„Nicht nötig", antwortete Zanderson. „Wir wissen alle, was zu tun ist." Er schaute Spence an. „Haben Sie das Medikament?"

„Das Encephamin ist bereit." Er schaute Kalnikov und Packer an und sagte: „Ich habe drei Ampullen aufgezogen. Das ist nicht viel, aber wenn wir es in das Belüftungssystem bringen, müßte es ausreichen, um die gesamte Station für zwei, vielleicht auch drei Minuten in Schlaf zu versetzen. Das Zeug ist ziemlich stark."

Kalnikov hielt seinen Arm hoch. „Ich stelle 16.43 Uhr ein ... fertig ... jetzt!"

Spence schaute auf seine Uhr. „Richtig." Die Bestätigung wurde rundum wiederholt.

„Also schön", sagte Packer mit einem tiefen Atemzug, „das wär's. Gehen wir."

„Beten wir, daß Gott mit uns geht", sagte Zanderson.

Spence schaute Adjani an, der neben ihm stand. „Dann wollen wir uns mal wieder ins Getümmel stürzen, was?" Adjani lächelte und nickte. Er öffnete den Mund, um zu sprechen, und zögerte dann. „Was ist los? Hast du etwas vergessen?"

Adjanis Augen wurden hart; seine Züge spannten sich. „Adjani!" Spence berührte seine Schulter und spürte, wie sich seine Muskeln versteiften. Seine Augen schossen zu den anderen hinüber – auch sie standen erstarrt da.

Dann hörte er es, das hohe, klingelnde Geräusch – das Geräusch seiner Alpträume. Sein Geist wand sich, als ein Vorhang aus Dunkelheit rund um ihn niederging. „Hocking!" keuchte er. „Das *tanti*!" Er ballte seine Fäuste und preßte sie gegen die Augenhöhlen. Ein gequälter, verkrampfter Schrei drang aus seiner Kehle, und er sackte auf dem Boden zusammen.

Ein Blatt fiel kreisend aus großer Höhe herab. Es drehte sich und ritt auf Luftwirbeln umher, während es immer tiefer sank. Spence beobachtete es fasziniert und bemerkte, daß das Blatt eigentlich ein Gesicht war – dünn wie Stoff und fast durchsichtig, mit Löchern für die Augen, die Nasenlöcher und den Mund. Es war sein eigenes Gesicht.

Diese dünne Haut war von ihm abgerissen und dem Wind überlassen worden, um davonzuschweben, wohin es wollte. Spence sah zu, wie es davonflog, und hoffte, daß jemand sein Gesicht einfangen und es ihm zurückgeben würde. Er sah ein ganzes Meer von Händen emporschnellen und nach dem taumelnden Gesicht greifen.

Und dann war es in den Händen von jemand, den er nicht sehen konnte. Die Hände hielten das flatternde Objekt behutsam und trugen es auf ihn zu. Er erkannte nur die ausgestreckten Hände, die das halb durchsichtige Gesicht hielten. Die Person mit seinem Gesicht blieb vor ihm stehen und hielt es ihm hin. Er nahm es und legte es wieder an seinen Ort.

Sofort sah er wieder klarer. Vor ihm stand eine schöne junge Frau mit goldenem Haar und chinablauen Augen und sagte: „So ist es viel besser." Sie streckte ihm ihre Arme entgegen, und er trat zögernd auf sie zu. Als er seine Arme um das Mädchen schloß, entschwand sie seinem Blick, und er stand wieder allein.

„Ari!" rief er. Er hörte, wie sich das Echo ihres Lachens von ihm entfernte und dann verstummte. „Ari!" Er setzte sich in Bewegung und rannte in die Richtung, aus der er das Geräusch zuletzt gehört hatte.

„Ich muß sie finden", flüsterte Spence. „Ich muß Ari finden!" Er kämpfte sich benommen hoch wie ein erschöpfter Taucher, der sich mit letzter Kraft zur Oberfläche hocharbeitete. Er spürte den Zug des *tanti* wie ein Taucher eine starke Tiefenströmung. Ein Teil von ihm sehnte sich danach, nachzugeben und sich dem Strom zu überlassen, friedlich ins Vergessen zu entschweben, in die sanfte Dunkelheit. *Gib nach,* flüsterte ihm der Strom ein. *Kämpfe nicht mehr gegen mich an. Gib nach.*

„Nein!" rief Spence. Seine eigene Stimme dröhnte wie aus der Ferne auf ihn ein. „Ich werde nicht nachgeben!"

Dann, wie der Taucher, der glaubt, daß seine Lungen gleich

platzen müssen, aber noch einen letzten Stoß tut und spürt, wie sein Kopf die Oberfläche durchstößt und kalte, saubere Luft in seine brennenden Lungen strömt, zwang sich Spence durch schiere Willenskraft ins Bewußtsein zurück. Die Gegenstände um ihn her wurden wieder klar und deutlich. Sein Sehvermögen nahm zu, und das furchtbare Schwindelgefühl ließ nach. Er war frei.

Blinzelnd stand er da, wagte es kaum zu glauben, aber es war so: Er war frei. Er hatte den geheimen Unterschlupf der Widerständler verlassen – soviel wußte er noch; vage erinnerte er sich daran, durch endlose Tunnels gerannt oder gegangen zu sein. Als er sich jetzt umschaute, sah er, daß er auf einer der Hauptachsen in der Nähe eines Verbindungstunnels stand. Überall um ihn her lagen die bewegungslosen Körper der Einwohner Gothams, die von der ersten Projektion des *tanti* zu Fall gebracht worden waren. Es war, als hätte ein monströses Gemetzel stattgefunden und überall lägen die Toten herum. Augen starrten, ohne zu blinzeln. Ohne zu sehen. Ohne etwas zu wissen.

Der Anblick machte ihn krank, und er wandte sich ab und rannte im Zickzack um die auf dem Boden liegenden Leiber herum den Achsentunnel entlang. *Hocking ist wahnsinnig*, dachte Spence. *Er hat seine schreckliche Maschine gegen die Station gerichtet!* Doch das war natürlich genau das, was er tun mußte – erst die Station unterjochen und unter seine Kontrolle bringen. Warum hatten sie daran nicht gedacht? Sie waren zu beschäftigt gewesen, sich darum zu sorgen, was das *tanti* auf der Erde anrichten würde, um daran zu denken, was es auf Gotham anrichten konnte.

Doch Spence hatte den ersten Impuls überlebt – wie er auch all die anderen überlebt hatte. Er fragte sich, ob er dem nächsten würde widerstehen können, wenn er kam; daran, daß er bald kommen würde, hatte er keinen Zweifel. Er mußte Hocking finden und irgendwie die Maschine abschalten – bevor es niemanden mehr gab, der Widerstand leistete.

Aber *er* war der einzige, der widerstehen konnte, der einzige, der zwischen Hocking und seinen bösen Zielen stand. Diese Erkenntnis brachte einen erhöhten Klarblick mit sich. Seine Sinne schärften sich; die Wirklichkeit teilte sich und glitt in beide Richtungen zur Seite. Finsternis stand auf der einen Seite und Licht auf der anderen. Er sah seinen Weg klar vor sich liegen. Er straffte die Schultern und setzte seine Füße auf diesen Weg.

Spence erreichte sein Labor und tippte seinen Code ein, und die Tür glitt auf. Er trat über die Schwelle. Vor ihm auf dem Boden lag die ausgestreckte Gestalt Kurt Millens. Ein schneller Blick zur Kontrollkabine zeigte ihm Tickler schlafend auf Spences Stuhl. „Die Ratten kehren immer in ihr Nest zurück", murmelte er. Er musterte die Verwüstung in seinem Büro – Akten und Speicherplatten lagen im ganzen Raum verstreut. „Ich frage mich, was die hier angestellt haben?"

Er packte Tickler an der Schulter und schüttelte ihn grob. „Tickler! Können Sie mich hören? Wachen Sie auf! Tickler!" Spence runzelte die Stirn; *Hocking hat nicht einmal seine eigenen Leute verschont*, dachte er.

Ein Stöhnen kam über die Lippen des Mannes. Spence schüttelte ihn wieder. „Wo ist Ihr Boss? Hocking – wo ist er?"

„Umpf . . .", sagte Tickler.

„Kommen Sie, altes Wiesel. Wo ist Hocking? Sagen Sie's mir, und ich lasse Sie in Ruhe."

„Ahhh . . . ich . . ." Ticklers Kopf kippte nach vorn auf die Konsole.

„Tickler, hören Sie mir zu!" Spence beugte sich dicht über das Ohr des schlafenden Mannes. „Ich muß Hocking finden. Sie sind der einzige, der weiß, wo er ist. Das macht Sie zu einem sehr wichtigen Mann."

„Ich . . . bin . . . wichtig . . .", murmelte er.

Spence lächelte finster. „Ganz genau, Sie sind wichtig. Und jetzt sagen Sie mir, wo er ist."

Tickler seufzte verträumt. „Niemand . . . weiß . . ."

„Wenn Sie es mir sagen, werde ich dafür sorgen, daß alle erfahren, daß Sie es waren, der es gesagt hat. Sie werden berühmt sein."

„Berühmt . . . wichtig", flüsterte Tickler.

„Ja, und nun, wo ist er?" Er schüttelte den Mann noch einmal.

Beeilung! Bevor es zu spät ist! schrie er innerlich. Äußerlich zwang er sich zur Ruhe. „Sie können es mir sagen, Tickler. Es ist wichtig."

„Hocking . . .", fing er an, sprach aber nicht weiter.

„Ja! Er versteckt sich. Wo?"

„Versteckt sich . . . im Zylinder . . . immer im Zylinder."

Der Zylinder! Wo ist das? Spence gab seinem ehemaligen Assistenten einen neuen Stoß. „Der Zylinder, Tickler – ich weiß nicht, wo er ist."

Doch Tickler antwortete nicht. Er versank tiefer in seinem geistlosen Schlaf. Spence verlor den Kontakt zu ihm.

„Wo ist dieser Zylinder? Sagen Sie es mir jetzt, oder Sie werden nie berühmt!"

„. . . is' in den Sternen . . .", sagte Tickler, und das war das Letzte, was Spence aus ihm herausbekommen konnte.

„In den Sternen?" dachte Spence laut. „Ich bin keinen Schritt weiter als vorher."

Denk nach, sagte er sich. *Bleib ruhig und denk nach. Wo kann man von der Station aus Sterne sehen? Natürlich von jeder Aussichtsblase aus. Dann kann es das nicht sein. Was sonst? Dann bleibt nur draußen.*

Spence wandte sich um und rannte mit dem hilflosen, hoffnungslosen Gefühl durchs Labor, daß die Zeit ihm davonlief.

Ari lag in einem todesähnlichen Schlaf auf einer niedrigen Liege. Das weiche Licht, das auf sie fiel, ließ ihre ohnehin bleichen Züge noch geisterhafter erscheinen. Ihr Haar lag schlaff und trübe um ihren Kopf und hing über den Rand der Couch beinahe bis auf den Boden herab.

Sie rührte sich nicht, als ein dünnes, schwirrendes Geräusch wie das Summen eines mechanischen Insekts sich ihr näherte. Sie achtete auch nicht auf die Stimme, die sie ansprach.

„Ariadne", seufzte die Stimme. „Ariadne, meine Geliebte."

Eine schmale, bis auf die Knochen abgemagerte Hand näherte sich, berührte ihre Wange und zuckte vor der unnatürlichen Kälte jener weichen Haut zurück wie vor dem Stich einer Nadel.

Dann strich ihr die zitternde Hand über ihren weißen Hals, fuhr langsam über die Umrisse ihrer Brust und legte sich schließlich auf ihre kalten Hände, die sie auf dem Bauch gefaltet hielt. Ein zukkender Finger fuhr über die feinen Knochen ihrer Hand und ihres Handgelenks, die sich unter der aschgrauen Haut abzeichneten.

„Oh, Ariadne . . ." Die Stimme war ein zitterndes Seufzen, das sich wie ein Schluchzen aus der Kehle quetschte. „Bald werde ich dich wecken, und du und ich, wir werden zusammen sein. Meine Geliebte, meine Ariadne. Bald wirst du mir gehören."

Die zitternde Hand strich ihr über das Haar und streichelte leicht ihre Schläfen. „Es tut mir so leid, meine Liebe. So leid. Ich wollte dir nicht schaden. Aber du wirst es verstehen – mit der Zeit wirst du es verstehen. Du wirst mich lieben, wie ich dich liebe, meine Schöne. Wie ich dich liebe. Mit der Zeit wirst du die Vision sehen, die ich sehe, und wirst meine Träume teilen.

Nur für dich habe ich das alles getan. Ja, so ist es. Nur für dich. Für uns, meine Liebe. Ich mußte es ihnen zeigen. Sie glauben, sie hätten meine Pläne durchkreuzt. Aber ich werde ihnen zeigen, was für Narren sie sind. Meine überlegene Intelligenz wird sie beschämen. Und du wirst mich lieben, mein Herz. Oh ja, das wirst du. Das wirst du, das wirst du."

Hocking zog seine Hand zurück, und sie fiel auf die Konsole seines Pneumostuhls. Seine Augen glitzerten hart aus seinen Schädel hervor, und er fuhr sich mit der Zungenspitze über die dünnen Lippen. Er konnte seine Augen nicht von ihr abwenden. Es war, als versetzte ihre Schönheit ihn in eine Trance; sie war die Flamme, die das groteske Geschöpf zu ihr hingezogen hatte.

Auf seine perverse Art liebte Hocking sie tatsächlich. Die Nähe der jungen Frau während der langen Sitzungen in Ortus Palast war ihm ans Herz gedrungen. Es hatte ihn merkwürdig berührt, zu sehen, wie sie um ihres Geliebten willen furchtlos ihre Aufgabe auf sich nahm, und begann sich einzubilden, er sei es, für den sie sich so aufopferte. Ebenso bildete er sich ein, daß sie anfing, ihn zu lieben, wie er sie liebte, obwohl er nie auch nur die kleinste Andeutung über seine Gefühle für sie gemacht hatte.

Endlich riß er sich los, und der Stuhl glitt zu einem anderen Teil des Raumes und einer anderen Liege hinüber. Auch hier verharrte er, und sein Blick verhärtete sich wieder zu seinem normalen arroganten Ausdruck. Er begann leise und drohend zu sprechen.

„Du hättest nicht kommen sollen, Marsianer. Nichts als der Tod erwartet dich hier. Ich werde dich am Ende vernichten. Ich muß. Ich kann dich nicht hier weiterleben lassen, und da, wo wir hingehen, ist kein Platz für dich. Doch für eine kleine Weile bist du mir noch nützlich."

Die lange Gestalt lag still.

Hocking wandte sich von dem reglosen Marsianer ab und betrachtete wieder seine Wand voller Bildschirme, die ihm verschiedene Szenen aus Gotham zeigten, wo die Einwohner zwischen den Impulsen der *Tanti*-Projektionen schlafend herumlagen. „Dies, meine Kinder, ist nur ein Vorgeschmack. Bald wird meine Macht über euch vollkommen sein." Er blickte auf die Uhr und berechnete die Zeit bis zum nächsten Impuls. „Sehr bald."

Einunddreißigstes Kapitel

Spence stieg auf eine Wartungsplattform am Ende der Andockbucht und blieb dort einen Moment stehen, bevor er absprang. Er sprang ungeschickt und schaltete sein Mini-Schubaggregat einen Sekundenbruchteil zu spät ein. So entkam er der künstlichen Schwerkraft von GM nicht so elegant, wie er es geplant hatte. Er stieß sich das Schienbein an der Plattform an, als er wieder hinabsank; dann begann das Aggregat auf seinem Rücken zu arbeiten und hob ihn hinweg.

Sobald er in der Schwerelosigkeit war, manövrierte er geschickt und ließ sich rückwärts von der Station wegtreiben. Er schwebte an der gigantischen, geschwungenen Oberfläche der Station entlang, die sich langsam unter ihm drehte. Über ihm hing in einiger Entfernung die große schüsselförmige Funkantenne mit ihrer langen Schnauze in der Mitte. Er schwebte darauf zu und ließ seinen Blick über die Station wandern, die unter ihm entlangglitt.

Es war ein aufregendes Gefühl, so im Raum spazierenzugehen, aber Spence versuchte es zu unterdrücken und sich auf die Aufgabe zu konzentrieren, die vor ihm lag. Dennoch konnte er nicht verhindern, daß sein Blick immer wieder zu dem unendlichen, sternenübersäten Antlitz der Tiefe und zu der blaugrünen Sichel der Erde hinüberwanderte, die sich jenseits des Horizonts der Station erhob.

Ein Zylinder, dachte er. *Wo ist dieser Zylinder?* Er suchte auf der rotierenden Station nach allem, was auch nur entfernt zylinderförmig aussah. Er betätigte den Schalter seines Schubaggregats und ließ sich weiter von GM wegtreiben. Dann sah er es – erleuchtet von den gleißenden weißen und gelben Flutlichtlampen der Bautrupps. *Das neue Teleskopgehäuse. Es sieht aus wie ein Zylinder.*

Spence nahm die Baustelle in Augenschein und sah Stücke von langen Metallverstrebungen im Raum schweben, ebenso wie Stapel von großen Duraluminium-Platten in der Nähe des Zentralturms. Winzige Arbeiter – in speziellen Anzügen, in denen sie aussahen wie Miniaturraumschiffe – schwebten bewegungslos in der Nähe.

Er versteckt sich vor aller Augen, dachte er. Ihm ging ein Bild von Hocking durch den Kopf, der wie eine giftige Spinne, aufgebläht von Haß und unersättlicher Machtgier, in der Finsternis seines stinkenden Loches saß und seine trügerischen Fäden spann. Das Bild ekelte ihn an. Und nun war er auf dem Weg, um dieser Spinne gegenüberzutreten.

Er flog über die Baustelle hinweg und sank auf das Teleskopgehäuse hinab. Als er nahe genug herangekommen war, drückte er auf einen Knopf auf der Konsole an seinem Unterarm, und die Magneten an seinen Stiefeln griffen, als seine Füße das Metallgitter des Gehweges berührten. Er schwankte gefährlich vornüber; er hatte seinen Einfallswinkel nicht richtig berechnet, und sein

Vorwärtsschwung riß ihn wieder von den Füßen. Er fiel auf die Knie und stieß mit dem Helm auf das Gitter. *Ruhig Blut*, sagte er sich. *Nur keine Panik.* Er richtete sich vorsichtig wieder auf und bemerkte einen magnetischen Bolzendreher, der auf dem Gitter haftete.

Er hob den Bolzendreher auf und bewegte sich auf das Gehäuse zu. Es war ein riesiger zylinderförmiger Vorsprung, der aus seiner Verankerung auf der Oberfläche der Station hervorragte. Wenn das Teleskop fertig war, würde man es aus der Verankerung lösen und frei schweben lassen, um den freien Blick auf jeden Punkt des Raumes zu ermöglichen. Doch jetzt war es noch sicher an der Station befestigt. Ein Gehweg führte darauf zu, und über dem Eingang brannte ein Licht.

Hier hast du dich also die ganze Zeit versteckt, dachte er. *Na schön, Hocking – ich habe dich gefunden. Und was jetzt?*

Er drückte auf den Zugangsschalter am Eingang. Nichts passierte. Das hatte er nicht anders erwartet, da der Schalter zweifellos codiert war und er die Kombination nicht kannte. Doch dann nahm er den Bolzendreher und schmetterte ihn mit aller Kraft in die Schaltkonsole. Das Gerät zersprang in tausend winzige Plastikstücke, die in alle Richtungen davonflogen. Erneut schwang er das Werkzeug und schlug damit in die freiliegenden Schaltkreise; es gab einen hellen Blitz, und die Tür glitt auf.

Spence betrat die winzige Luftschleuse, schloß die Innentür und versuchte es dann mit der äußeren. Zu seiner Überraschung schloß sie sich, und er hörte das Zischen der Luft, die in die Kammer einströmte. Als das Lichtsignal von Rot auf Grün umsprang, nahm er seinen Helm ab und kletterte aus dem Anzug.

Die Innentür öffnete sich automatisch, und er durchquerte den kleinen Vorraum zum Röhrenlift. Steifbeinig trat er ein. Sein Magen verkrampfte sich, und sein Herz schlug schnell. Schweiß bildete sich auf seinem Rücken und unter seinen Armen. Mit unsicherer Hand betätigte er den Knopf des Aufzugs.

Als das Geräusch des Röhrenlifts von unten heraufdrang, wandte sich Hocking von der Konsole ab; ein Ausdruck der Besorgnis huschte über seine ausgemergelten Züge. Der Aufzug hielt, die Tür glitt zur Seite, und Reston trat heraus.

„Sie!" keuchte Hocking. Für einen Moment verrieten seine Augen seine Überraschung, aber er faßte sich sofort wieder.

„Es ist vorbei, Hocking." Spence schaute seinen Feind fest an. „Ihr kleines Spiel ist zu Ende."

„Lügner!" spie Hocking. „Sehen Sie doch selbst –" Er deutete auf eine Batterie von Bildschirmen, die die Wirkung des *tanti* zeigten – die ganze Station war ein Schauhaus regloser Körper. Die furchtbare Maschine des Traumdiebs hatte ihre Arbeit gut gemacht.

„Geben Sie es auf", sagte Spence.

„Ha!" Hocking wirbelte zu ihm herum. „Sie sind mir von Anfang an auf die Nerven gegangen – Sie und Ihr störrischer Wille. Sie können stolz auf Ihre Leistung sein, Reston. Sie haben Widerstand geleistet, wo das kein anderer konnte – jeder andere hätte schon lange nachgegeben. Aber nicht Sie."

„Sie weichen aus."

„Schweigen Sie! Ortu hatte recht mit seiner Meinung über Sie. Sie sind gefährlich. Aber jetzt ist alles anders. *Ich* trage den *kastak*." Er nickte leicht, und der schmale Reif schimmerte auf seiner Stirn. „Sehen Sie, diesmal werden Sie mir nicht entwischen."

„Wo sind sie, Hocking? Was haben Sie mit Ari und Kyr gemacht?"

„Sie Narr!" Hocking glitt näher heran. „Sparen Sie sich Ihren Atem; Sie werden ihn brauchen. Ich werde Sie zertreten wie ein Insekt."

„Wo ist Ari?" beharrte Spence. Hockings Augen zuckten zu einer Gleittür auf der anderen Seite des Raumes hinüber. Spence ging hin und schob sie beiseite. Vor ihm lag Ari auf einer Konturliege. Der Anblick traf Spence wie ein Schlag. Mit geballten Fäusten drehte er sich um. „Wenn Sie sie verletzt haben, dann –"

„Sie können gar nichts tun!" Hockings Stuhl stieg höher und kam näher. Spence, der nicht wußte, was der andere tun würde, wartete bewegungslos.

Hocking grinste auf ihn herab. „Ich bin Ihr Meister, Reston. Sagen Sie es."

„Niemals!“

„Sagen Sie es!“ schrie Hocking. Sein Gesicht war Spences jetzt sehr nahe.

Spence erwiderte fest den Blick seines Feindes, sagte aber nichts.

„Sagen Sie es!“ schrie Hocking noch einmal, und der *kastak* blitzte auf. Ein lautes Knacken ertönte, und aus dem Pneumostuhl schoß ein Blitz hervor und traf Spence in der Brust.

Der Blitz durchzuckte ihn wie ein elektrischer Schlag. Er wurde mehrere Meter weit rückwärts durch die Luft geschleudert und landete auf dem Rücken.

„Jetzt werden wir sehen, wer gewonnen hat!“ krähte Hocking.

Der Pneumostuhl glitt näher. Spence, der vor Schmerzen Tränen in den Augen hatte und kaum etwas sah, wälzte sich herum und richtete sich auf die Knie auf. Er machte sich bereit.

Aus dem Augenwinkel sah er den Blitz. Gleichzeitig traf ihn der Schlag erneut und schleuderte ihn zu Boden. Er wälzte sich auf die Seite und wandte den Blick zum Röhrenlift, als ob er halb erwartete, Adjani zu sehen, wie er ihm zu Hilfe eilte. Aber niemand würde kommen. Er war allein.

Ein Gefühl der Übelkeit breitete sich in seiner Magengrube aus. Spence wußte, daß er sterben würde. Er hörte Hockings wahnsinniges Gelächter von den metallischen Wänden des Raumes widerhallen. Hocking hatte am Ende doch gesiegt.

Der Gedanke rührte Zorn in ihm auf. *Mein Gott!* dachte er. *Nach allem, was ich durchgemacht habe! Unter den Händen dieses Wahnsinnigen zu sterben! Gott, hilf mir.* Er hievte sich auf Hände und Knie empor.

Ein dritter Schuß riß seine Glieder unter ihm weg, und er schlug mit dem Kopf auf dem Boden auf. Glühende gelbe Bälle des Schmerzes explodierten vor seinen Augen, und in ihnen sah er Hockings Gesicht, das ihn höhnisch angrinste.

„Sagen Sie es!“ kreischte Hocking. „Sagen Sie es, und Sie werden schnell sterben.“

„Nein!“ rief Spence. Er wälzte sich herum und richtete sich erneut auf.

Ein weiterer Blitz traf ihn, und er spürte eine Schwäche in seinen

Armen und Beinen. Sein Atem ging mühsam. Die wiederholten Schläge entzogen ihm die Lebenskraft und verschleierten sein Gehirn durch Schmerzen. Seine Kraft ließ nach. *Das tanti*, dachte er. Wenn er die Kontrollen erreichen und es ausschalten konnte, gab es vielleicht eine Chance.

Langsam, jeden Nerv und jede Faser anspannend, erhob er sich und legte die Hände auf die Knie. Er hob den Kopf und sah Hokking an, der näherkam und das Gesicht zu einer grotesken Maske des Hasses verzog.

„Sie können mich nicht töten, Hocking." Die Worte kamen langsam und schwerfällig. Sein Folterer glitt noch näher. „Und Sie können mich nicht dazu bringen, mich vor Ihnen zu verneigen."

„Nein? In wenigen Augenblicken werden Sie mich um den Tod anbetteln. Sie *werden* mich als Ihren Meister anerkennen!" Hokking warf den Kopf zurück und lachte, wobei sein Kopf unsicher auf dem dünnen Hals hin- und herwackelte.

Wieder hörte Spence das knackende Geräusch, und sofort traf ihn ein neuer Blitz. Er stolperte ein paar Schritte rückwärts, ging aber nicht zu Boden. Er würde vielleicht sterben, aber er würde nicht noch einmal zu Boden gehen.

Hocking kam ihm nach, um in Schußweite für den Todesstoß zu kommen. Der *kastak* leuchtete wie ein Signalfeuer auf seinem Kopf. Spence ließ ihn kommen.

Nun konnte er Hockings Atem hören. Er schien den ganzen Raum zu erfüllen. Er ging auf die Konsole zu. Das knackende Geräusch schwoll wieder an. Hocking kam näher. Langsam und mit gesenktem Kopf stolperte Spence vorwärts.

Spence schaute Hocking nicht an, sondern kämpfte sich weiter vorwärts.

„Stop!" schrie Hocking. „Sie werden diese Kontrollen niemals lebend erreichen."

Genau in dem Moment, als Hocking ihn einholte, riß Spence den Kopf hoch und blickte zur Seite. „Ari!" schrie er.

Hocking drehte seinen Kopf unbeholfen zu der Liege hin, auf der die junge Frau lag. Sie war dort und schlief wie zuvor; nichts hatte sich verändert.

„Sie werden nicht –“, fing er an, doch er brach ab, als Spence auf ihn zusprang und nach dem dünnen Bündel von Drähten griff, die aus seiner Schädelbasis hervortraten. „Ahhk!“ kreischte er.

Hocking wand sich, und der Stuhl wich zur Seite aus. Spence ergriff die Drähte und klammerte sich mit aller Kraft daran.

Mit einem gewaltigen Ruck wurde Spence der Arm aus der Schulter gedreht; er spürte, wie die Kugel aus der Gelenkpfanne schnappte.

In der Hand hielt er ein Bündel loser Drähte.

Im gleichen Moment krachte Hockings Stuhl auf den Boden, und sein Insasse wurde herausgeschleudert wie eine Stoffpuppe, als die Schaltkreise sich kurzschlossen und durchbrannten und grauen Rauch und Funken in die Luft sprühten. Hocking wälzte sich hilflos auf dem Boden herum, die ausgemergelten Glieder von sich gestreckt – eine erbärmliche Marionette ohne Schnüre. Der *kastak* glitt ihm vom Kopf und rollte über den Boden außer Reichweite. Er bäumte sich auf und zuckte und blieb dann mit flatternden Augenlidern reglos liegen.

Spence, der seinen Arm an der Schulter umklammert hielt, stand einen Moment lang über der zusammengesunkenen Gestalt und wandte sich dann ab. Es war vorbei, aber er verspürte keine Freude über seinen Sieg.

Er ging hinüber zu Aris Liege. Die furchtbare Reglosigkeit ihres Körpers ließ ihm den Atem stocken.

„Sie ist nicht tot.“ Spence fuhr herum und sah hinter sich Kyr über Hockings Körper stehen. „Aber der hier ist es.“ Eine längliche Hand deutete auf den skeletthaften Körper. Eine kleine Blutlache breitete sich unter Hockings Schädel aus. Der Marsianer bückte sich und hob den *kastak* auf, der zu seinen Füßen lag. Die geheimnisvolle Kraft pulsierte immer noch darin.

„Kyr, du lebst.“ Spence sank neben der Liege zu Boden.

Der Marsianer beugte seinen langen Oberkörper über Aris Bett. Einen Augenblick lang studierte er ihr Gesicht und berührte dann mit dem Rand des *kastak* ihre Stirn. „Du hast mich von diesem hier befreit“, sagte er mit einer Kopfbewegung zu Hocking hin. „Ich werde sie vom Schlaf des Traumdiebs befreien.“

Kyr schloß seine Augen, und ein tiefes, pulsierendes Geräusch erfüllte den Raum. Ein warmer Energiefluß schien Spence einzuhüllen. Es dauerte nur einen Augenblick, dann hörte Kyr auf. Ein langes Seufzen erklang. Kyr zog den Reif zurück, aber auf Aris Zügen lagen immer noch die todesähnlichen Spuren ihres Schlafes.

Spence blinzelte, um seine Tränen zurückzuhalten. Er zog eine ihrer kalten Hände an sich, während sein Mund sich mit bitterer Asche zu füllen schien. „Oh, Ari“, rief er. „Ari!“

Er spürte, wie Kyrs Hand ihn berührte. „Deine Tränen sollen Freudentränen sein, Erdenfreund. Die Macht des Traumdiebs ist gebrochen.“

Spence hob langsam und zögernd den Kopf und blickte in die lieblichsten blauen Augen, die er je gesehen hatte.

Zweiunddreißigstes Kapitel

Die Party brodelte um ihn her wie ein Topf voller Wasser, das zu kochen begann. Spence stand mit einem Arm in der Schlinge abseits, hielt ein Glas aprikosenfarbenen Champagners in der Hand und sah zu, wie die Bläschen aufstiegen und zerplatzten, während sich um diesen oder jenen der Helden Trauben von Gästen sammelten und die Geschichten eines ums andere Mal vor den stets begierigen Zuhörern wiederholt wurden. Von allen Figuren in dem Drama des Augenblicks blieb nur Spence abseits und allein, ebenso sehr aus eigenem Willen wie aus Zufall.

Die Party war Direktor Zandersons Idee gewesen – er wollte damit einen Anfang machen, um die Loyalität der Getreuen zu belohnen und seinen Rettern zu danken. Nach einem ausgiebigen Abendessen waren die Tische entfernt worden, und es begann, was der Direktor einen Empfang „im engsten Kreis" nannte, womit er offenbar die gesamte Bevölkerung der Station meinte.

Kyr war natürlich die Hauptattraktion. Jedes Auge im Raum wanderte immer wieder in seine Richtung. Selbst Spence ertappte sich von Zeit zu Zeit dabei, wie er den Marsianer beobachtete, der die sich um ihn drängende Menge um zwei Köpfe überragte. Der ganze Raum pulsierte vor Energie, als ob eine Hochspannungsleitung Elektrizität in die Luft pumpte. Spence ahnte schon, wie die Schlagzeilen unten auf der Erde lauten würden.

Kalnikov, dessen Handgelenk verbunden war, und Packer, dessen linkes Auge von einem Schlag, den er in dem Handgemenge mit Ramm und seinen Leuten abbekommen hatte, blutunterlaufen bläulich schimmerte, trugen ihre Wunden wie Tapferkeitsmedaillen, während sie ein gemischtes Publikum aus MIRA-Technikern und Studenten im dritten Jahr und anderen unterhielten, die fasziniert den Einzelheiten lauschten, wie der Computer geknackt worden war. Auch Adjani war von einer Menschenmenge umringt, die jedes seiner Worte aufsaugte und ihn murmelnd vor Erstaunen mit Fragen über sein Abenteuer überschütteten.

Gita, der durch seine natürliche Harmlosigkeit und seinen Charme sofort zu einer Berühmtheit unter den Gothamiten wurde, fesselte ein großes Publikum von Gratulanten, die lachend seinen Erzählungen von wirklichen und erfundenen Abenteuern lauschten, die er auf seine unnachahmliche Weise vortrug.

August Zanderson war in Hochform und gab eine Art wandernde Pressekonferenz, indem er sich abwechselnd in jede Gruppe mischte und sich in wohlklingenden Platitüden über den Wagemut und die Tapferkeit aller Beteiligten erging.

Auch Spence hatte die Geschichten gehört. Der schnell denkende Ramm und seine Männer, die auf der Suche nach dem Versteck der Loyalisten die Luftschächte durchkämmten, waren wie alle anderen von dem Impuls des *tanti* getroffen worden. Als sie sich erholten, setzten sie ihre Suche fort und stießen, immer noch benommen, auf den Unterschlupf. Zum Glück waren die meisten der Loyalisten bereits erwacht, als Ramm sie erreichte. Ein kurzer Kampf entbrannte, bei dem mehrere Kadetten von benommenen

Sicherheitsleuten Taser-Pfeile abbekamen und in dessen Verlauf sich Kalnikov als Faustkämpfer ersten Ranges auszeichnete – er benötigte vier Schläge seiner mächtigen Fäuste, um Ramm und drei seiner hartnäckigsten Männer flachzulegen. Auch Packer machte trefflichen Gebrauch von seinen Fäusten, und die verbleibenden Rebellen leisteten keinen weiteren Widerstand.

Zanderson und Gita eroberten den Verwaltungssektor zurück und hatten wenig Schwierigkeiten, den schlafenden Wermeyer zu überwältigen. Als die Wirkung des *tanti* völlig abgeklungen war, saß der Direktor wieder fest im Sattel – sehr zum Entsetzen seines ehemaligen Assistenten. Sodann hatte sich der Direktor über das Lautsprechersystem an die benommene und verwirrte Bevölkerung von Gotham gewandt, um sie zu beruhigen. Nach dem ersten Schock war die Station allmählich wieder zur Tagesordnung übergegangen.

Alles war vorbei, nur die Geschichten nahmen kein Ende.

Spence seufzte und schaute sich um. Außer für einen kurzen Moment vor dem Essen hatte er Ari noch nicht zu Gesicht bekommen. Er reckte den Hals in der Hoffnung, einen Blick auf sie zu erhaschen – als er sie das letzte Mal gesehen hatte, war sie von einer Schar ihrer Freunde und einem Kränzchen rehäugiger junger Angestellter aus dem Verwaltungsbereich umringt gewesen.

„Suchst du jemanden?"

„Um die Wahrheit zu sagen, ich habe *dich* gesucht." Spence starrte in sein Glas.

„Wie lieb von dir."

„Ich . . . äh, vermute, du bist froh, wieder hier zu sein . . ." *Du Schwachsinniger!* schrie er sich innerlich an. *Sag es ihr!*

Ari lächelte, aber das Leuchten in ihren Augen verblaßte etwas. „Ja, ich bin froh, wieder hier zu sein. Du nicht?"

„Doch, sicher." Spence schaute weg. Wie konnte er ihr all das sagen, was er ihr sagen wollte? Es war weder die Zeit noch der Ort – nichts paßte. Irgend etwas hatte sich zwischen ihnen verändert, und diese Tatsache lag wie eine dunkle Wolke über ihnen. „Das mit deiner Mutter ist großartig."

„Ja, nicht wahr? Die Ärzte sagen, die Chancen stehen besser als je zuvor, daß sie sich erholen wird. Daddy hat sogar heute morgen mit ihr gesprochen. Ihr Zustand hat sich auf jeden Fall dramatisch gebessert – fast über Nacht. Ich bin so froh darüber. Ich . . . " Sie hielt inne und sagte dann leise: „Spencer, habe ich dich irgendwie verletzt?"

Die Frage traf ihn wie ein Stachel. „Nein!" Er blickte schnell auf. „Warum fragst du das?"

Sie zuckte die Achseln und legte den Kopf auf die Seite. „Weil du mich so behandelst. Du bist mir den ganzen Tag aus dem Weg gegangen, und heute abend auch . . ."

„Weil *ich* dich so behandle –"

„Du mußt zugeben, daß du nicht gerade freundlich zu mir gewesen bist, seit wir zurück sind."

Spence wurde rot und schaute weg. Wie konnte sie ihm Vorwürfe für die Abkühlung machen, die sie empfand – es lag an ihr, nicht an ihm. Er suchte nach einer Antwort, doch Adjanis plötzliches Erscheinen rettete ihn.

„Da seid ihr beiden ja! Ich hatte gehofft, euch heute abend noch einmal zu Gesicht zu bekommen. Jetzt konnte ich mich endlich losreißen." Er deutete mit der Hand auf das Menschengewühl. „Eine ganz schöne Versammlung, nicht wahr?" Dann bemerkte er den Ausdruck auf Spences Gesicht. „Aber ihr seht nicht gerade aus, als ob ihr den Abend genießt."

Ohne auf die zarten Gefühle zu achten, auf denen er vielleicht herumtrampelte, plauderte Adjani weiter. „Ari, hat Spence dir schon seine Neuigkeiten erzählt?"

„Nein, hat er nicht." Ihre Stimme klang ein wenig steif.

„Zu bescheiden, vermute ich." Spence war sich selbst nicht darüber im klaren, worauf Adjani anspielte – es gab verschiedene Dinge, über die er nachdachte, aber keines davon war schon entschieden.

Endlich spürte Adjani, daß er in eine heikle Situation hineingeplatzt war, und zog sich sofort zurück. „Entschuldigt mich, ich habe Packer versprochen, ein Wort mit ihm zu wechseln. Tut mir leid, daß ich euch unterbrochen habe."

Adjani ging, und hinter ihm blieb eine peinliche Stille zurück.

Spence verspürte den Drang, einfach wegzugehen, kämpfte aber dagegen an und blieb, da er erkannte, daß es Ari genauso gehen mußte.

„Was sind deine Pläne, Spence?“

„Ich weiß es eigentlich noch nicht. Ich weiß nur, daß ich meine Arbeit hier nicht fortsetzen kann.“

Das war eine Überraschung. „Ach?“ Ihr Gesicht blieb ruhig und scheinbar unberührt.

Er schaute sie an und versuchte verzweifelt, etwas von der Nähe wiedererstehen zu lassen, die sie einmal geteilt hatten. „Es hat keinen Zwecke mehr“, sagte er; es klang, als hätte er ein Urteil über den Zustand ihrer Beziehung gefällt. Ihre Augen glitten von ihm ab. Er beeilte sich, den falschen Eindruck zu korrigieren. „Ich meine, es spielt keine Rolle mehr. Für mich hat sich da draußen etwas verändert, Ari. Es gibt soviel zu tun . . . Ich könnte in der Forschung einfach nicht mehr glücklich sein. Nicht nach dem, was ich gesehen habe.“

„Aha.“

„Du verstehst das, nicht wahr?“

„Ich denke schon. Wir haben alle eine Menge durchgemacht.“

Spence schüttelte den Kopf. „So habe ich es nicht gemeint. *Ich* bin verändert worden, Ari.“ Er rang nach Worten. „Gott hat mich gerufen – zum ersten Mal in meinem Leben habe ich das Gefühl, zu etwas Höherem berufen zu sein, als nur meinen eigenen Ehrgeiz zu befriedigen.“

„Das ist wunderbar, Spence.“ Ari zwang sich zu einem Lächeln. „Wirklich. Ich freue mich für dich.“

Es ging alles daneben. Nichts kam so heraus, wie er es erhoffte. Mit jeder Sekunde verbreiterte sich die Kluft, die zwischen ihnen gähnte. Nichts schien sie überbrücken zu können.

„Was hast du vor?“ Aris Stimme klang zaghaft.

Spence zuckte die Achseln. „Ich glaube, ich sollte eine Weile warten, bevor ich irgend etwas entscheide.“

„Ich verstehe.“

„Ich möchte mich nicht übereilt in irgend etwas hineinstürzen.“

„Natürlich.“

Sie machte es ihm nicht leichter. Spence holte tief Luft und preschte vor.

„Ich habe daran gedacht, für ein paar Wochen nach Hause zu fliegen. Ich würde gern meine Familie sehen . . . Da gibt es eine Menge loser Enden, die ich wieder verknoten möchte, eine Menge verlorener Zeit, die aufzuholen ist . . ."

Er schaute sie an, und sie wandte ihr Gesicht ab, aber Spence glaubte zu sehen, daß ihr Kinn zitterte und ihre Augen feucht schimmerten.

„Ehrlich gesagt, ich habe mich gefragt, ob du vielleicht mit mir kommen würdest."

Da, ich habe es endlich gesagt.

Sie schaute ihn wieder an, und ihr Verhalten änderte sich von einem Moment auf den anderen. Spence spürte, wie ein warmes Gefühl ihn erfaßte.

„Oh, Spence, wirklich?"

„Ja, das heißt . . . Ich meine, da sind ein paar Leute, die ich dir gerne vorstellen möchte. Meine Familie." Für einen Augenblick standen sie voreinander; Spence hatte den Eindruck, daß sich der Raum leicht drehte, und dann lag Ari in seinen Armen, und sein Gesicht war in ihrem Haar vergraben. Die Welt wirkte wieder frisch und schien eigenartigerweise nach Zitronen zu duften.

„So sieht das schon viel besser aus!" Das wiedervereinte Paar wandte sich um, und da standen Adjani und Kyr und schauten sie an. „Ich habe mich schon gefragt, wie lange ihr beide wohl brauchen würdet, bis ihr euch wieder miteinander angefreundet habt", sagte Adjani.

Spence merkte, daß alle Augen im Raum nun auf ihn gerichtet waren. Es war ihm egal.

„Adjani und ich haben uns unterhalten", sagte Kyr. „Es gibt etwas, das ich dir in Gegenwart deiner Freunde sagen muß." Der Marsianer richtete sich zu voller Höhe auf, um seine Botschaft zu verkünden. „Ich habe entschieden, daß es an der Zeit ist, dem Volk der Erde die Gaben meines Volkes zu übergeben."

„Spence", stimmte Adjani ein, „er möchte, daß du das Team leitet, das die Schätze des Mars organisieren und katalogisieren soll!"

Spence antwortete nicht; ihm fiel nichts ein, das er hätte sagen können.

„Hast du gehört? Das ist das aufregendste Projekt der letzten zehntausend Jahre!" Adjani erkannte schnell die Ursache für Spences Zögern.

„Ich weiß, daß du etwas gegen Krankheit und Armut unternehmen willst – du willst den Leuten helfen, die du da unten gesehen hast. Deine Augen sind für eine Welt geöffnet worden, von deren Existenz du bisher nichts wußtest, und du hast eine vage Vorstellung, mit Nahrungsmitteln und Medikamenten dorthin zurückzukehren. Aber wäre es nicht möglich, daß Gott in deine Hände die Mittel legt, genau das in weit größerem Maßstab zu tun, als du es je aus eigener Kraft könntest? Denk darüber nach! Als Leiter der Forschungsgruppe könntest du bestimmen, wie die Gaben von Kyrs Volk am besten auf der Erde verwendet werden sollten."

Getreu seiner Berufung hatte Adjani, die Zündkerze, die nötige Verbindung zwischen den Dingen hergestellt. Es dauerte einige Augenblicke, bis Spence seine Sprache wiederfand. In seiner Kehle hatte sich ein Kloß von der Größe einer Kartoffel gebildet. Er spürte, wie Ari sich bei ihm einhängte und seinen Arm drückte.

„Das ist mein Wunsch", sagte Kyr. „Du hast mir bewiesen, daß man den Menschen der Erde vertrauen kann. Ortus Verbrechen müssen wiedergutgemacht werden; seine Taten haben eine schwere Schuld des Leidens hinterlassen, die beglichen werden muß. Es ist an der Zeit, euch das zu geben, was für euch aufbewahrt worden ist. Das hat Dal Elna in meinen Geist gelegt."

„Du tust mir eine große Ehre an", sagte Spence. „Natürlich nehme ich an. Aber nur unter der Bedingung, daß Adjani die Verantwortung mit mir teilt und daß du, Kyr, bei uns bleibst, um uns zu lehren und uns zu weisen Entscheidungen zu führen."

Der Marsianer nickte. Adjani tanzte beinahe vor Freude und rief: „Hervorragend! Wir werden sofort beginnen!"

„Nicht so schnell! Ihr beide könnt sofort beginnen. Ich muß mich erst um ein paar persönliche Dinge kümmern." Er sah Ari an. „Nicht wahr?"

In diesem Augenblick kamen Packer und Kalnikov mit Gita in

seinem blauen Turban in der Mitte nach vorn. Direktor Zanderson folgte gleich dahinter und strahlte wie ein Cherub.

„Meine Herren, und meine Dame“, sagte er formell mit einem Zwinkern zu seiner Tochter hin. „Dr. Sundar Gita hat sich einverstanden erklärt, für eine Weile bei uns zu bleiben und einen Auffrischungskurs zu machen – Unterkunft und Material gehen natürlich auf Kosten von GM. Und wer weiß, vielleicht gefällt es ihm hier, und er bleibt noch länger. Wir werden seine Frau und seine Töchter mit der nächsten verfügbaren Fähre heraufbringen.“

„Bitte, Sie sind zu freundlich. Allerdings werde ich zu Hause sehr gebraucht.“ Er grinste. „Obwohl meine Frau und meine Kinder es nie zulassen würden, daß ich ihnen die Gelegenheit vorenthalte, herzukommen und diesen Ort zu sehen. Ein Traum wird wahr.“

„Willkommen an Bord!“ sagten alle im Chor.

Direktor Zanderson ließ seinen Blick über die Umstehenden wandern. „Übrigens, meine herzlichsten Glückwünsche an . . . nanu? Komisch – ich hätte schwören können, daß Spence und Ari eben noch hier gestanden haben.“

Der Garten wirkte kühl nach der stickigen Wärme auf der Party. Die Station schwebte von der Sonne weggeneigt, und die Solarschirme waren weit geöffnet, um das Licht einer Million Sterne einzulassen. Die feuchte, duftende Luft war unbewegt in der Dunkelheit. Spence und Ari hatten ausgiebig geredet und wanderten nun ziellos durch die grüne Einsamkeit, die nur von kleinen Laternen beleuchtet wurde.

„Wir sollten lieber zurückgehen“, sagte Spence nach einer Weile, „bevor sie uns einen Suchtrupp nachschicken.“

„Mmm“, seufzte Ari und hob ihren Kopf von seiner Schulter. „Ich fühle mich wie in einem Traum. Zu schade, daß er zu Ende geht.“ Sie stellte sich vor ihn und schlang ihre Arme um seinen Oberkörper.

„Es muß ja nicht zu Ende gehen“, sagte er und zog sie an sich. „Der Traum fängt gerade erst an.“

GEORGE MACDONALD
HINTER DEM NORDWIND
Roman.

Pappband mit Schutzumschlag. Innenillustrationen.
256 Seiten. ISBN 3-87067-484-9.

In manchen stürmischen Nächten besucht die schöne Dame Nordwind den kleinen Jungen Diamant und nimmt ihn mit auf ihre nächtlichen Fahrten. Diamant erlebt viele merkwürdige Abenteuer, lernt fremde Erdteile und Meere kennen und auch das Land hinter dem Nordwind, wo alle Dinge anders sind und anderen Regeln folgen.
Hinter dem Nordwind gibt es keine Sonne, doch alles ist in helles Licht getaucht (vielleicht entströmt das Licht den Blumen?), der Fluß macht geheimnisvolle Musik, und die Menschen sind zufrieden. „Sie sehen aus", sagt Diamant, „als ob sie darauf warteten, eines Tages noch fröhlicher zu sein."

„Es gibt bis heute und immer wieder Erwachsene, die sagen, als sie dies Buch von George MacDonald zum ersten Mal als Kind gelesen hätten, da sei ihnen klargeworden, was Dichtung ist."

Sybil Gräfin Schönfeldt

Brendow Buch Kunst Verlag